엔드 오브
왓치

스티븐 킹 장편소설 | 이은선 옮김

엔드 오브 왓치

END OF WATCH

황금가지

STEPHEN KING

차례

토머스 해리스에게 바친다

총을 들고
다시 내 방으로 들어가
총신이 하나 아니면 두 개인
총 한 자루를 들고
이 자살의 블루스를 부르느니
차라리 죽는 게 낫다는 걸 너도 알잖아.

―크로스 캐너디언 래그위드

마틴 스토버

동이 트기 직전이 가장 어두운 법이다.

구급차를 몰고 3번 소방서라는 본거지를 향해 어퍼말버러 대로를 천천히 달리던 로브 마틴의 머릿속에 이 케케묵은 명언이 떠올랐다. 이 명언을 남긴 주인공이 누구인지 몰라도 뭘 아는 사람이었다. 동틀 시각이 머지않은 오늘 이 새벽은 다람쥐 똥구멍보다 더 어두컴컴했다.

그렇다고 마침내 펼쳐진 새벽이 뭐 아주 대단하지도 않았다. 술기운이 남은 새벽이었다고 해야 할지, 안개가 자욱했고 이름과는 다르게 별 볼일 없는 인근 그레이트 호수의 냄새를 풍겼다. 그 사이로 내리는 차가운 보슬비가 재미를 더했다. 로브는 와이퍼 속도를 한 단계 높였다. 그리 멀지 않은 곳에서 정체가 빤한 노란색 아치 두 개가 어스름을 뚫고 부상했다.

"미국의 금문좆!" 제이슨 랩시스가 조수석에서 외쳤다. 로브는 구조대원으로 근무한 지난 15년 동안 수많은 응급구조사와 함께 일을 했지만 제이스 랩시스가 그 가운데 최고였다. 그는 아무 일도 없을 때는 느긋했고 온갖 일들이 한꺼번에 들이닥칠 때는 흔들림 없이 고도의 집중력을 발휘했다. "배 채워야지! 신이시여, 자본주의를 축복하소서! 들어가자! 들어가자!"

"그 말 진심이야?" 로브가 물었다. "그 쓰레기의 폐해를 보고 왔으면서?"

그들은 하비 게일런이라는 남자가 심한 흉통을 호소하며 911에 연락한 슈거 하이츠의 맥맨션(맥도날드 체인점을 만들 듯이 신속하고 특색 없이 효율적으로 짓는 대형 주택으로 미국 부동산 버블 이전에는 중산층 주택의 상징이었다 ─옮긴이)으로 출동했다가 돌아가는 길이었다. 도착해 보니 게일런 씨는 실크 잠옷 차림으로 부잣집 나리들이 '응접실'이라고 부르는 곳의 소파에 누워 있었는데, 그 모습이 꼭 모래사장 위로 쓸려온 고래 같았다. 아내는 남편이 지금 당장 이승에서 퇴근할 게 분명하다고 확신하는 얼굴로 그를 내려다보고 있었다.

"맥도널드, 맥도널드!" 제이슨이 연호하며 앉은 자리에서 폴짝거렸다. 심각한 표정으로 게일런 씨의 바이탈을 체크하던(로브가 기도유지 장치와 심장 질환용 의료장비가 담긴 응급용품 가방을 들고 바로 옆을 지켰다.) 유능한 전문가의 모습은 온데간데없었다. 금발이 들썩이며 눈을 덮자 제이슨은 덩치가 산만 한 14살짜리 남자아이 같아 보였다. "들어가자니까!"

로브는 안으로 들어갔다. 그는 소시지 비스킷이나 구운 버펄로 혀처럼 생긴 해시브라운 따위를 먹으면 될 것이다.

드라이브스루 창구는 줄이 별로 길지 않았다. 로브는 맨 뒤로 가
서 섰다.

"게다가 그자는 진짜로 심장마비를 일으킨 것도 아니었잖아." 제
이슨이 말했다. "멕시코 음식 과다복용이었지. 병원까지 태워다 주
겠다는 것도 거절했잖아?"

하긴 그랬다. 게일런 씨는 기운차게 트림을 몇 번 하고 아랫도리로
요란한 트럼본 소리를 한 번 내서 아내를 주방으로 피신하게 만들더
니 아니라고, 카이너 기념 병원으로 갈 필요는 없을 것 같다고 했다.
게일런이 전날 저녁에 멕시코 식당 티후아나 로즈에서 뭘 먹었는지
읊는 것을 듣고 났을 때 로브와 제이슨도 마찬가지 결론을 내렸다.
맥박이 강했고 혈압이 불안했지만 고질적인 문제일 수 있었고 현재
는 안정적이었다. 자동제세동기는 가방에서 꺼내지도 않았다.

"나는 에그 맥머핀 두 개랑 해시브라운 두 개." 제이슨이 선언했
다. "그리고 블랙커피. 아니, 다시 생각해 보니까 해시브라운을 세
개 사야겠다."

로브는 계속 게일런에 대해서 생각하는 중이었다.

"이번에는 소화불량이었지만 조만간 진짜로 큰일 날 거야. 심근
경색이 벼락처럼 들이닥치겠지. 체중이 얼마나 나갈 것 같아? 130?
150?"

"기껏해야 110정도일걸?" 제이슨이 말했다. "그리고 나 아침 먹으
려는데 재 뿌리지 마."

로브는 호수 때문에 생긴 안개를 뚫고 고개를 내민 금색의 아치를

향해 손을 흔들었다.

"미국인들이 겪는 문제의 절반이 여기랑 이 비슷한 기름구덩이들 때문에 생긴 거야. 너도 의료계 종사자니까 알 거 아냐. 네가 좀 전에 주문한 그 정도면 금세 900칼로리야. 에그 맥머핀에 소시지를 추가하면 1300칼로리쯤 된다고."

"그러는 우리 건강 전문가께서는 뭘 드시겠습니까?"

"소시지 비스킷. 음…… 두 개."

제이슨은 그의 어깨를 쳤다.

"역시!"

줄이 앞으로 움직였다. 앞에 차가 두 대 남았을 때 내장 컴퓨터 밑에 달린 무전기에서 요란한 소리가 들렸다. 배차요원들이 대개는 냉정하고 차분하고 침착한데, 이자는 레드불을 너무 많이 마시고 막말을 내뱉는 라디오 디제이 같았다.

"모든 구급차와 소방차에 알린다. MCI가 발생했다! 다시 한 번 반복한다, MCI가 발생했다! 모든 구급차와 소방차에 내리는 최우선 출동 명령이다!"

MCI는 대형 재난 사고(Mass Casualty Incident)의 약자였다. 로브와 제이슨은 서로를 멍하니 쳐다보았다. 비행기 추락, 열차 충돌, 폭발 아니면 테러. 거의 이 넷 중 하나였다.

"장소는 말버러 대로 시티 센터. 반복한다. 말버러 대로 시티 센터다. 다시 한 번 반복한다, 다수의 사상자가 예상되는 MCI다. 조심하기 바란다."

로브 마틴은 속이 뒤틀렸다. 열차 충돌이나 폭발 사고일 때는 아무도 조심하라는 말을 하지 않는다. 그렇다면 남는 건 테러였고 현재 진행형일 수도 있었다.

배차요원은 호출을 반복할 것이다. 제이슨이 경광등을 켜고 사이렌을 울리는 동안 로브는 프레이트라이너 구급차 핸들을 틀어서 앞차 범퍼를 긁어 가며 패스트푸드점을 빙 돌아 나가는 차로로 들어섰다. 시티 센터까지는 거리가 아홉 블록에 불과했지만 알카에다가 칼라시니코프 소총으로 총격 중이라면 그들이 맞대응할 수단은 믿음직한 제세동기밖에 없었다.

제이슨이 마이크를 잡았다.

"배차실, 3번 소방서 23번 구급차다. 약 6분 뒤에 도착 예정이다."

여기저기서 사이렌이 울려 퍼졌지만 로브가 소리를 듣고 판단하건대 그들의 구급차가 현장에서 가장 가까이 있는 듯했다. 무쇠 빛깔의 햇살이 대기 중으로 슬금슬금 스며들기 시작했고 그들이 맥도널드에서 빠져나와 어퍼말버러로 진입하는 순간 회색 안개를 뚫고 회색 차가 튀어나왔다. 보닛이 움푹 꺼지고 라디에이터 그릴에 심하게 녹이 슨 대형 세단이었다. 상향등으로 설정이 된 HD 전조등이 잠깐 그들을 똑바로 비추었다. 로브는 듀얼 에어 클랙슨을 누르고 핸들을 틀었다. 확실하지는 않지만 벤츠인 듯한 그 차는 자기 차로로 홱 돌아가더니 안개 속으로 점점 멀어져 가는 미등만 남긴 채 순식간에 사라졌다.

"맙소사, 하마터면 큰일 날 뻔했네. 번호판 못 봤지?"

"응." 로브는 심장이 어찌나 쿵쾅거리는지 목젖을 양쪽으로 때리는 맥박이 느껴질 정도였다. "우리 둘의 목숨을 구하느라 정신이 없어서. 시티 센터에서 어떻게 대형 재난 사고가 벌어질 수 있지? 하느님도 아직 기상 전인데. 잠겨 있었을 거 아냐."

"버스끼리 충돌한 거 아닐까?"

"땡. 버스도 6시는 되어야 운행을 시작하잖아."

사이렌 소리. 레이더 화면 속에서 깜빡이는 점들처럼 온 사방에서 사이렌 소리들이 한곳으로 모이기 시작했다. 경찰차 한 대가 그들 옆을 쌩하니 지나갔지만 로브가 알기로 구급차와 소방차 중에서는 그들이 선두였다.

'그러니까 알라후 아크바르(신은 위대하다는 뜻의 아랍어 ―옮긴이)를 외치는 미친 아랍인의 총에 맞거나 폭탄에 터져서 맨 먼저 죽을 수 있는 기회가 주어진다는 거지.' 그는 생각했다. '얼마나 잘된 일이야?'

하지만 일은 일이기에, 이 도시의 주요 행정본부와 대강당으로 이어지는 가파른 진입로를 향해 핸들을 틀었다. 대강당은 그가 악착같이 투표를 해서라도 근교로 이전시키고 싶을 만큼 흉물스러운 건물이었다.

"브레이크!" 제이슨이 외쳤다. "쌍, 로비, *브레이크!*"

수십 명의 사람들이 안개를 뚫고 그들을 향해 달려오는데 내리막길이라 그중 일부는 거의 전력 질주를 하다시피 했다. 몇몇은 비명을 지르고 있었다. 한 남자는 넘어져서 데굴데굴 구르다 벌떡 일어나 재킷 밑으로 찢어진 셔츠 자락을 펄럭이며 달렸다. 스타킹은 갈기갈기 찢기고 정강이에서는 피가 흐르고 구두는 한 짝이 날아간 어떤 여자가 로브의 시야에 들어왔다. 그가 황급히 브레이크를 밟자 구급차의 주둥이가 내려앉았고 고정되지 않은 물건들이 날렸다. 캐

비닛에 방치되어 있던 약품, 링거 병, 주삿바늘 봉지(규정 위반이었다.)들이 로켓으로 변했다. 게일런 씨에게 쓰지 않은 들것이 한쪽 벽에서 덜커덩거렸다. 틈새를 찾은 청진기가 앞 유리창에 세게 부딪치더니 콘솔 박스 위로 떨어졌다.

"기어가." 제이슨이 말했다. "천천히 기어가, 알았지? 불난 데 부채질하지 말자고."

로브는 액셀러레이터를 살살 밟아 가며 걷는 속도로 비탈길을 올라갔다. 수백 명이 계속 비탈길을 내려왔다. 일부는 피를 흘렸지만 대부분 눈에 보이는 외상은 없었는데, 하나같이 겁에 질린 얼굴이었다. 제이슨이 조수석 창문을 내리고 고개를 밖으로 내밀었다.

"무슨 일이에요? 무슨 일인지 아무라도 얘기 좀 해 주세요!"

한 남자가 시뻘게진 얼굴로 숨을 헐떡이며 다가왔다.

"차가 잔디 깎는 기계처럼 사람들 사이로 돌진했어요. 나도 그 정신병자 새끼한테 하마터면 치일 뻔했어요. 몇 명이나 치였는지 모르겠어요. 줄을 세운다고 설치해 놓은 기둥 때문에 돼지처럼 다닥다닥 붙어 있었거든요. 그 새끼는 일부러 그랬어요. 저 위에 사람들이…… 사람들이…… 피로 물든 인형처럼 쓰러져 있어요. 내가 본 것만 네 명이었는데 사망자가 더 많을 거예요."

그는 걸음을 옮겼다. 아드레날린이 식자 이제는 달리는 대신 터벅터벅 걸었다.

"무슨 색인지 봤어요? 그런 짓을 저지른 차 말이에요."

남자는 핼쑥하고 초췌한 얼굴로 그들을 돌아보았다.

"회색요. 회색 대형 세단이었어요."

제이슨은 의자에 몸을 기대고 로브를 쳐다보았다. 무슨 생각을 하는지 양쪽 모두 말로 표현할 필요가 없었다. 그들이 맥도널드에서 나오는 길에 핸들을 꺾어서 피한 그 차였다. 주둥이에 묻어 있었던 게 녹이 아니었다.

"가, 로비. 엉망진창이 된 뒤편은 나중에 걱정하기로 하고. 아무도 치지 말고 현장에 도착하는 데 집중하자고."

"알았어."

로브가 주차장에 도착했을 무렵에는 공포가 한풀 꺾인 분위기였다. 몇몇 사람들은 천천히 현장을 벗어나고 있었고, 다른 사람들은 회색 차에 치인 사람들을 돕고 있었고, 어디에나 있는 쓰레기들은 휴대 전화로 사진이나 동영상을 찍고 있었다. '유튜브에 올려서 조회수 올리겠다는 수작이겠지.' 로브는 생각했다. 건너지 마시오라고 적힌 노란색 테이프가 대롱대롱 매달린 기둥들이 보도 위에 쓰러져 있었다.

그들을 쌩하니 지나쳤던 경찰차가 건물 앞에 주차되어 있는데, 그 바로 옆에 있는 침낭 밖으로 가늘고 하얀 손이 삐죽 튀어나와 있었다. 한 남자가 침낭을 가로지르며 대자로 쓰러져 있었다. 그곳이 점점 번져 가는 피 웅덩이의 진원지였다. 경찰이 앞으로 오라고 구급차를 향해 손짓했다. 순찰차 지붕에서 깜빡이는 파란색 경광등 때문에 그들을 부르는 그의 팔이 덜덜거리는 것처럼 느껴졌다.

로브가 차량 정보 단말기를 들고 내리는 동안 제이슨은 구급차 꽁무니로 달려가서 응급용품 가방과 제세동기를 꺼냈다. 날이 점점 밝아 오자 로브는 강당 출입문 위에서 펄럭이는 현수막에 뭐라고 적혔는지 읽을 수 있었다. 1000개의 일자리 보장! 시민들과 함께 하는 랠프 킨슬러 시장.

아, 이른 새벽에 왜 그렇게 많은 사람들이 여기 모여 있었는지 이제 알 수 있었다. 채용박람회. 지난해에 벼락처럼 들이닥친 심근경색이 경제를 강타하자 어딜 가나 사는 게 빡빡해졌지만, 호수에 면한 이 조그만 도시에서는 21세기가 시작되기 전부터 일자리가 점점 줄기 시작했기에 상황이 유난히 힘들었다.

로브와 제이슨은 침낭 쪽으로 걸어가려고 했지만 경찰관이 고개를 저었다. 얼굴이 흙빛이었다.

"이 남자와 침낭 속의 두 사람은 죽었어요. 부인과 아이인 모양인데. 그 둘을 보호하려고 했던 거겠죠." 그는 트림과 구역질의 중간쯤에 해당하는 짧고 굵은 소리를 내더니 손으로 입을 가리고 다른 쪽으로 고개를 돌리며 손가락으로 가리켰다. "저기 저 여자분은 아직 가망이 있을지 모르겠네요."

문제의 그 여자는 등을 바닥에 대고 대자로 누워 있는데 두 다리가 꺾인 각도가 심상치 않았다. 베이지색 정장 바짓가랑이가 소변에 젖어서 거무칙칙했다. 남은 얼굴에는 기름얼룩이 문대져 있었다. 기절한 와중에 깔끔하게 씌운 치아를 드러내 으르렁거리는 표정을 짓고 있었다. 외투와 롤 넥 스웨터의 절반도 뜯겨져 나갔다. 목과 어깨에 큼지막하고 시커먼 멍들이 꽃처럼 피었다.

'염병할 차가 정면으로 치고 지나간 모양이로군.' 로브는 생각했다. 치고 지나가면서 그녀를 넙치로 만들어 버린 것이다. 그와 제이슨은 그 옆에 무릎을 꿇고 앉아서 파란색 장갑을 꼈다. 타이어 자국이 부분적으로 찍힌 핸드백이 바로 옆에 놓여 있었다. 로브는 핸드백을 집어서 구급차 안으로 던지며 타이어 자국이 증거가 될지 모른다는 생각을 했다. 그리고 이 여자가 나중에 핸드백을 찾을 수도 있었다.

목숨을 부지한다면 말이다.

"숨은 쉬지 않는데 맥은 잡혀." 제이슨이 말했다. "약하지만 안정적이야. 그 스웨터를 찢어 줘."

로브가 스웨터를 찢자 끈이 갈기갈기 잘린 브래지어 반쪽이 딸려 나왔다. 그는 거치적거리지 않도록 옷들을 밑으로 내린 다음 심폐소생술을 시작했고 제이슨은 기도 확보에 들어갔다.

"살 수 있을까요?" 경찰관이 물었다.

"모르겠어요." 로브가 말했다. "여긴 우리가 맡을 테니까 다른 문제들을 처리하세요. 구급차량들이 진입로로 돌진하면 거기에 치어서 죽는 피해자가 생길 거예요. 우리도 하마터면 그럴 뻔했거든요"

"어휴, 다친 사람들이 온 사방에 쓰러져 있어요. 무슨 전쟁터도 아니고."

"여건이 되는 사람들을 도와주세요."

"다시 숨을 쉬기 시작했어." 제이슨이 말했다. "나 좀 도와줘, 로비. 한 목숨 살려 보자고. 단말기 켜고 경부 골절, 경추 외상, 장기 손상, 안면 손상, 기타 등등의 가능성이 있는 환자를 이송할 예정이라고 카이너에 연락해. 상태가 심각하다고. 바이탈 알려 줄게."

로브가 단말기로 연락을 시도하는 동안 제이슨은 앰부백(호흡 정지시 사용되는 구급 임상기구 — 옮긴이)을 계속 눌렀다. 카이너 병원 응급실에서는 사무적이고 침착한 목소리로 당장 전화를 받았다. 카이너는 대통령 급이라고 불릴 때도 있는 1급 외상치료 전문병원이라 이런 상황에 대처할 태세를 갖추고 있었다. 그들은 1년에 다섯 번씩 교육을 받았다.

그는 연락을 마친 뒤에 산소 수치를 측정하고(예상대로 낮았다.) 구급차로 가서 딱딱한 경추보호대와 주황색 척추고정판을 챙겼다. 다른 구급차량들이 속속들이 도착하고 있었고 안개가 걷히기 시작해서 참사의 규모가 확연하게 눈에 들어왔다.

'차 한 대가 저지른 짓이란 말이지.' 로브는 생각했다. '믿기지가 않는군.'

"좋아." 제이슨이 말했다. "상태가 불안정하더라도 우리로서는 더 이상 어쩔 도리가 없네. 이제 구급차에 싣자고."

그들은 척추고정판을 지면과 수평이 되도록 조심스럽게 들어서 그녀를 구급차 안의 들것으로 옮기고 고정시켰다. 경추보호대로 감싸인 짓이겨진 창백한 얼굴이 공포영화에서 제물로 바쳐진 여인처럼 보였지만…… 한 가지 차이점이 있다면 영화에는 항상 묘령의 젊은 여인들이 등장하는 데 비해 이 여자는 40대 아니면 50대 초반으로 보인다는 것이었다. 구직을 하러 나서기에는 너무 나이가 많다고 볼 수 있었는데 구직 활동은 이제 두 번 다시 할 수 없겠다는 것을 한눈에 알 수 있었다. 상태로 보건대 어쩌면 두 번 다시 걷지 못할 수도 있었다. 이번 위기를 극복하고 목숨을 부지한다는 가정 아래 엄청난 행운이 따라 준다면 전신마비 신세를 면할 수 있을지 몰라도 로브가 보기에 하반신은 가망이 없었다.

제이슨은 무릎을 꿇고 앉아서 그녀의 입과 코에 투명 플라스틱 마스크를 씌우고 들것 머리맡에 달린 산소 탱크를 작동시켰다. 마스크에 김이 서렸다. 좋은 징조였다.

"다음은?"

로브가 물었다. 이제 또 뭘 하면 되느냐는 뜻이었다.

"아까 사방으로 날린 것들 속에서 에피 찾아 줘. 내 가방에 있는 거 꺼내도 되고. 맥박이 어느 정도 안정적이었는데 다시 희미해졌네. 불을 좀 질러야겠어. 이 정도 부상을 당하고 살아 있는 게 기적이긴 하지만."

로브는 엎질러진 붕대 상자 밑에서 에피네프린 앰풀을 찾아서 그에게 건넸다. 그런 다음 뒷문을 세게 닫고 운전석으로 올라타 시동을 걸었다. 대형 재난 사고 현장에 맨 먼저 도착하면 자동적으로 병원에도 맨 먼저 도착할 수 있었다. 따라서 이 여인에게 실낱같은 희망이 생겼다. 하지만 아무리 도로가 한산한 새벽이라도 가는 데 15분이 걸릴 테고 그녀는 랠프 M 카이너 기념 병원에 도착하기 전에 숨을 거둘 가능성이 컸다. 부상의 정도로 보았을 때 어쩌면 그 편이 나을 수도 있었다.

하지만 그녀는 그의 예상을 비껴갔다.

그날 오후 3시, 근무 시간은 이미 오래 전에 끝났지만 너무 흥분해서 퇴근할 생각조차 할 수 없었기에 로브와 제이슨은 3번 소방서 상황실에서 무음으로 해 놓은 ESPN을 시청했다. 모두 합해서 여덟 명을 이송했지만 그 여자가 가장 심각했다.

"그 여자, 이름이 마틴 스토버였어." 마침내 제이슨이 입을 열었다. "아직 수술 중이래. 네가 뒷간에 갔을 때 내가 연락해 봤어."

"가능성이 얼마나 될까?"

"모르겠는데 병원 측에서 포기하지 않았다는 건 뜻하는 바가 있는 거겠지. 고위 간부 비서직을 찾고 있었나 봐. 운전면허증에 적힌 혈액형을 확인하려고 핸드백을 뒤졌더니 추천서가 한 다발 들어 있던데. 일을 잘하는 것 같았어. 마지막 직장이 뱅크 오브 아메리카였는데 정리해고됐더라."

"만약 목숨을 부지하면? 어떻게 될 것 같아? 다리만 못 쓰게 되고 끝일 것 같아?"

제이슨은 농구선수들이 코트를 잽싸게 누비는 TV 화면만 물끄러미 바라보다가 한참 만에 입을 열었다.

"목숨을 부지하더라도 전신마비가 되겠지."

"확실해?"

"95퍼센트 확실해."

맥주 광고가 이어졌다. 술집에서 젊은이들이 미친 듯이 춤을 추었다. 모두들 흥겨워했다. 마틴 스토버에게 흥겨운 생활은 끝났다. 로브는 목숨을 건지더라도 그녀가 어떤 운명을 맞이하게 될지 상상해 보았다. 전동휠체어를 타고 다녀야 할 것이다. 유동식 아니면 링거를 통해 영양분을 공급받을 것이다. 인공호흡기를 달고 있어야 할 것이다. 배변 주머니를 차고 다녀야 할 것이다. 의학적으로 보았을 때 산 자와 죽은 자의 경계선상에서 지내야 할 것이다.

"크리스토퍼 리브는 나쁘지 않았잖아." 그의 생각을 읽기라도 한 것처럼 제이슨이 이렇게 말했다. "훌륭한 자세로 훌륭한 본보기를 보였지. 턱을 똑바로 들고. 심지어 영화감독까지 하지 않았나?"

"당연히 턱을 똑바로 들 수밖에 없었지. 늘 하고 다닌 경추보호대 덕분에. 그리고 지금은 죽었잖아."

"그 여자는 제일 괜찮은 옷을 입고 있었는데. 근사한 바지, 비싼 스웨터, 고급스러운 외투. 그렇게 재기해 보려고 했는데 어떤 *새끼*가 전부 날려 버렸네."

"체포했대?"

"내가 알기로는 아직. 잡으면 불알을 묶어서 끌고 갔으면 좋겠어."

그날 밤에 두 파트너는 뇌졸중 환자를 카이너 병원으로 이송한 김에 마틴 스토버의 상태를 확인했다. 그녀는 집중치료실에 있었고 뇌기능이 점점 향상돼서 당장 의식을 회복할 기미를 보였다. 그녀가 의식을 회복하면 누군가가 슬픈 소식을 전해야 할 것이다. 전신이 마비되었다고 말이다.

로브 마틴은 그 사람이 자기가 아니라서 다행이라는 생각이 들었다.

언론에서 '메르세데스 킬러'라고 부르기 시작한 작자는 아직 체포되지 않았다.

Z

2016년 1월

1

빌 호지스의 바지 주머니에서 유리창이 깨진다. 그 뒤를 이어서 남자아이들이 의기양양한 목소리로 일제히 외친다. **"홈런이다!"**

호지스는 놀라서 의자에 앉은 채로 움찔한다. 스태머스 박사 말고도 의사가 세 명 더 있는 병원이라 월요일 오전의 대기실은 혼잡하다. 모두들 고개를 돌려서 그를 쳐다본다. 호지스의 얼굴이 점점 벌게지는 게 느껴진다.

"죄송합니다." 그는 어느 누구에게랄 것 없이 사과한다. "문자가 온 거예요."

"엄청 요란한 문자네요." 백발은 점점 성기어져 가고 비글처럼 턱살이 처진 노부인이 말한다. 덕분에 낼모레면 칠순인 호지스는 어린아이가 된 듯한 기분을 느낀다. 하지만 그녀는 휴대 전화 에티켓을 잘 알고 있다. "이런 공공장소에서는 소리를 줄여 놔야죠. 아니면 아예 무음으로 해 놓든지."

"그럼요, 그럼요."

노부인은 읽던 책으로 다시 시선을 돌린다.(『그레이의 50가지 그림자』인데 너덜너덜한 것으로 보았을 때 여러 번 다시 읽는 중이다.) 호지스는 주머니에서 아이폰을 꺼낸다. 경찰서에서 함께 근무했던 예전 파트너 피트 헌틀리가 보낸 문자다. 피트도 이제 퇴직을 앞두고 있다. 믿기 어렵지만 사실이다. 경찰들은 그걸 임무 종료(End of Watch)라고 표현하는데 호지스는 암만해도 임무를 종료할 수가 없다. 그는 현재 파인더스 키퍼스라는 2인 사무실을 운영하고 있다. 몇 년 전에 그가 일으킨 사소한 문제 때문에 사설탐정 자격증이 물 건너간 이야기가 되자 차린, 자칭 독립 흥신소다. 이 도시에서는 자격증이 있어야 사설탐정으로 활동할 수 있지만 그는 가끔 사설탐정 일도 한다.

전화 부탁해요, 커밋 선배. 가능한 한 빨리. 중요한 일이에요.

호지스의 이름이 원래 커밋이지만 대부분의 사람들 앞에서는 그 이름이 아니라 가운데 이름인 윌리엄(빌)을 쓴다. 그래야 개구리 어쩌고 하는 농담의 빈도수를 최대한 줄일 수 있다.(커밋은 「세서미 스트리트」, 「더 머펫 쇼」 등을 통해 유명해진 개구리 인형의 이름이다 ─옮긴이) 하지만 피트는 커밋이라는 이름을 고수한다. 걸작이라고 생각하기 때문이다.

호지스는 전화기를 다시 주머니에 넣으려고 한다.(**방해하지 말라**고 설정할 방법을 찾을 수만 있다면 무음으로 바꿔서.) 지금 당장이라도 스태머스 박사의 진료실로 호출될 수 있고 얼른 면담을 끝내고 싶기 때문이다. 그가 아는 대부분의 노인들이 그렇듯 그 역시 병원이라면 질색이다. 어디가 잘못된 정도가 아니라 *아주* 잘못됐다고 할까 봐 겁이 난다. 게다가 예전 파트너가 무슨 얘기를 하고 싶어서 연락했는지 모르는 것도 아니다. 피트의 성대한 퇴임식이 다음 달에 열릴 예정이다. 장소는 공항 바로 옆 레인트리 인이다. 호지스의 퇴임식이 열렸던 곳이기도 한데 이번에 그는 술을 훨씬 많이 자제할 작정이다. 어쩌면 아예 입에 대지 않을 수도 있다. 현역 시절에는 알코올 문제가 있었고 결혼생활이 박살 난 이유 중 하나도 그것 때문이었는데 요즘은 당기지 않는다. 다행이다. 그는 예전에 『달은 무자비한 밤의 여왕』이라는 SF 소설을 읽은 적이 있었다. 그는 달에 대해서라면 아는 게 없지만 여기 이 지구에서 만들어진 위스키야말로 무자비한 밤의 여왕이라고 법정에서 증언할 수는 있다.

그는 문자를 보낼까 하다 관두기로 하고 자리에서 일어난다. 오래된 습관은 끊기 어려운 법이다.

이름표에 따르면 접수 담당 직원은 이름이 말리다. 17살쯤 되어 보이는데 그를 보더니 치어리더 같은 미소를 짓는다.

"금방 차례가 올 거예요, 호지스 씨. 조금씩 늦어지고 있네요. 월요일이 그렇잖아요."

"월요일, 월요일, 믿을 수 없는 그날(마마스 앤 파파스의 노래 가사다―옮긴이)."

그녀는 멍한 표정을 짓는다.

"잠깐 나갔다 올게요. 전화할 데가 있어서."

"그러세요." 말리가 말한다. "문 앞에 계세요. 순서가 되면 제가 손을 흔들어 드릴게요."

"그럼 되겠네요." 호지스는 밖으로 나가다 말고 노부인 앞에서 걸음을 멈춘다. "그 책, 재미있어요?"

그녀는 그를 올려다본다.

"아뇨, 하지만 아주 열정적이에요."

"그렇다고 하더군요. 영화는 보셨어요?"

노부인은 놀란 눈빛으로 관심을 보이며 그를 빤히 쳐다본다.

"영화도 있어요?"

"네. 한번 알아보세요."

호지스도 보지는 않았지만 하마터면 홀리 기브니(한때는 조수였고 지금은 그의 파트너인데, 힘들었던 어린 시절부터 영화광이었다.)에게 끌려가서 볼 뻔했다. 두 번이나 그럴 뻔했다. 문자가 오면 유리창 깨지는 소리와 함께 '홈런'이라는 고함 소리가 터지게 만들어 놓은 사람도 홀리였다. 재미있다고 생각했기 때문이었다. 호지스도 처음에는 그렇게 생각했다. 그런데 지금은 눈엣가시다. 어떻게 하면 바꿀 수 있는지 인터넷에서 찾아봐야겠다. 알고 보니 인터넷에서는 뭐든 알아낼 수 있다. 그중에는 도움이 되는 이야기도 있다. 흥미진진한 이야기도 있다. 웃기는 이야기도 있다.

그리고 우라지게 끔찍한 이야기도 있다.

2

신호음 두 번 만에 예전 파트너의 목소리가 들린다.

28

"헌틀리입니다."

그러자 호지스가 말한다.

"내 말 잘 들어. 이거 나중에 시험에 나올 수도 있으니까. 그래, 퇴임식에 참석할 거야. 그래, 식사가 끝나면 재미있지만 야하지는 않은 말을 몇 마디 하고 제일 먼저 건배를 제안할 거야. 그래, 자네의 예전 애인과 현재 애인이 둘 다 참석하지만 내가 알기로 아무도 스트리퍼는 부르지 않았어. 누가 불렀다면 바보 같은 핼 콜리일 테니까 그 녀석한테……"

"빌 선배, 그만해요. 퇴임식 때문에 연락한 거 아니에요."

호지스는 당장 말을 멈춘다. 뒤에서 들리는 웅성거림은 경찰들의 목소리다. 무슨 말을 하는지는 모르겠지만 경찰이라는 건 알 수 있다. 하지만 그가 당장 말을 멈춘 더 큰 이유는 피트가 그를 빌이라고 불렀기 때문인데, 그렇다면 심각한 문제가 벌어졌다는 뜻이다. 헤어진 아내 코린과 샌프란시스코에서 사는 그의 딸 앨리슨과 홀리가 차례대로 그의 머릿속을 스치고 지나간다. 맙소사, 홀리에게 무슨 일이 벌어진 거라면…….

"뭔데 그래, 피트?"

"저 지금 살인·자살 현장에 나와 있어요. 선배가 와서 봐 주었으면 해서요. 시간도 되고 괜찮다고 하면 딘짝도 데리고 오세요. 이런 말하기 싫지만 그쪽이 선배보다 조금 더 머리가 좋은 것 같거든요."

그의 주변은 무사하다. 날아들 충격에 대비하려는 듯 잔뜩 힘이 들어갔던 호지스의 복부 근육이 풀린다. 하지만 그를 병원 걸음하게 만든 속 쓰림은 여전하다.

"당연하지. 나보다 젊잖아. 예순이 넘으면 뇌 세포가 몇백만 개씩 파괴된다고. 자네도 몇 년 있으면 알게 될 테지만. 그런데 나처럼 늙어 빠진 노새를 살인 현장으로 부르는 이유가 뭔가?"

"이게 내 마지막 사건이 될 테고, 신문에 대대적으로 소개될 테고, 그리고…… 기절하지 마세요, 나는 선배의 의견을 존중하니까요. 기브니의 의견도요. 그리고 선배하고 기브니가 묘하게 엮인 사건이에요. 우연의 일치일 수도 있지만 잘 모르겠네요."

"어떤 식으로 엮였다는 건데?"

"마틴 스토버라는 이름 기억나요?"

처음에는 누군가 싶지만 금세 기억이 난다. 2009년의 어느 안개 긴 날 새벽에 브래디 하츠필드라는 정신병자가 훔친 벤츠를 몰고, 일자리를 구하러 시티 센터에 모인 사람들 사이로 돌진한 적이 있었다. 그로 인해 여덟 명이 사망하고 열다섯 명이 중상을 입었다. K. 윌리엄 호지스와 피터 헌틀리 형사는 사건을 수사하느라 부상을 당한 생존자 전원을 비롯해 안개 긴 그날 새벽 현장에 있었던 수많은 사람들을 만났다. 그 중에서도 마틴 스토버와 대화를 나누기가 가장 힘들었는데, 입술이 일그러져서 어머니 말고는 그녀가 하는 말을 아무도 알아듣지 못했을 뿐 아니라 전신이 마비됐기 때문이었다. 나중에 하츠필드는 호지스에게 편지에서 그녀를 "막대기에 머리가 달린 꼴"이라고 표현한 적이 있었다. 치명적인 진실이 내포되어 있기에 더욱 잔인한 농담이었다.

"「크리미널 마인드」 말고는 마비 환자가 살인을 저지르는 경우를 본 적이 없는데, 피트…… 그렇다면……?"

"네, 어머니가 범인이에요. 먼저 스토버를 죽인 다음에 자살했어요. 오실 거죠?"

호지스는 망설이지 않았다.

"응. 가는 길에 홀리 태워 갈게. 주소가 어떻게 되지?"

"힐탑 코트 1601번지요. 리지데일이에요."

리지데일이라면 이 도시 북쪽에 있는 근교로, 슈거 하이츠만 한 고급 주택가는 아니지만 상당히 괜찮은 동네다.

"홀리가 사무실에 있으면 40분 만에 갈 수 있어."

홀리는 사무실에 있을 것이다. 그녀는 거의 항상 8시면 출근하고 가끔 7시에 나올 때도 있고, 호지스가 집에 가서 저녁 차려먹고 컴퓨터로 영화나 보라고 소리를 지를 때까지 퇴근을 하지 않는다. 파인더스 키퍼스가 적자를 면하는 가장 큰 이유가 홀리 기브니다. 그녀는 조직화의 천재이고 컴퓨터의 귀재이며 일이 곧 생활이다. 여기에 호지스와 로빈슨 가족, 그중에서도 특히 제롬과 바브라가 덧붙여지기는 한다. 예전에 제롬과 바비의 엄마가 홀리에게 명예 로빈슨 가족이라고 하자 그녀는 한여름 오후 햇살처럼 얼굴을 환히 빛냈다. 홀리는 전보다 자주 그런 표정을 짓지만 아직도 호지스의 성에 차지는 않는다.

"좋아요, 커밋 선배. 고마워요."

"시신은 옮겨졌나?"

"우리가 통화하는 동안 안치소로 옮겨졌지만 이지가 사진을 찍어서 아이패드에 저장했어요."

호지스가 퇴직한 이후에 그의 파트너로 활약 중인 이사벨 제인스를 두고 하는 말이다.

"알았어. 에클레어 들고 갈게."

"여기 이미 빵집이에요. 그나저나 어디세요?"

"알 것 없어. 얼른 갈게."

호지스는 전화를 끊고 서둘러 엘리베이터로 향한다.

3

스태머스 박사의 8시 45분 예약환자가 드디어 뒤편의 검사실에서 나온다. 호지스 씨의 예약시간은 9시인데 벌써 9시 30분이다. 얼른 여기서 볼일을 마치고 남은 하루를 맞이하고 싶어서 안달이 났을 것이다. 복도를 내다보니 호지스가 휴대 전화로 통화를 하고 있다.

말리는 자리에서 일어나 스태머스의 진찰실 안을 훔쳐본다. 그가 서류철을 앞에 두고 책상에 앉아 있다. 커밋 윌리엄 호지스라는 색인 표가 달린 서류철이다. 그는 서류철 안의 뭔가를 열심히 쳐다보며 머리가 아픈 사람처럼 관자놀이를 문지르고 있다.

"스태머스 선생님? 호지스 씨 들어오시라고 할까요?"

그는 놀란 얼굴로 그녀를 쳐다보다 책상에 놓인 시계를 확인한다.

"맙소사, 그래요. 월요일은 참 신물이 난다니까."

"믿을 수가 없는 날이죠." 그녀는 이렇게 말하고 몸을 돌린다.

"내가 하는 일을 사랑하지만 이런 부분은 싫네." 스태머스가 말한다. 이번에는 말리가 놀랄 차례다. 그녀는 몸을 돌려서 그를 쳐다본다. "신경 쓰지 마요. 그냥 혼잣말이에요. 호지스 씨 들여보내요. 얼른 끝냅시다."

말리가 복도를 내다보니 저쪽 끝에 달린 엘리베이터 문이 닫히고 있다.

4

호지스는 병원 옆 주차장에서 홀리에게 연락한다. 사무실이 있는 로어말버러 대로의 터너 빌딩에 도착해 보니 그녀가 편한 신발 사이에 서류가방을 두고 건물 앞에 서 있다. 이제 40대 후반으로 접어든 홀리 기브니는 키가 큰 편이고 호리호리하며 갈색 머리를 대개는 하나로 묶어서 돌돌 말아 놓는데, 오늘 아침에는 두툼한 노스페이스 파카를 입고 모자로 조그만 얼굴을 가리고 있다. '언뜻 보면 평범한 얼굴이지만 예쁘고 지적인 눈을 보면 얘기가 달라지지.' 호지스는 이런 생각을 한다. 그런데 홀리 기브니는 웬만하면 상대방의 눈을 똑바로 쳐다보지 않기 때문에 그 눈을 확인하기까지 시간이 오래 걸릴 수도 있다.

호지스가 프리우스를 길가에 대자 그녀는 폴짝 올라타서 장갑을 벗고 조수석 쪽 히터 앞에 두 손을 갖다 댄다.

"오는 데 시간이 엄청 많이 걸렸네요."

"15분. 도시의 반대편에 있었거든요. 신호등마다 걸리더라고요."

"*18분이에요.*" 차량들의 행렬 속으로 합류하는 호지스를 향해 홀리가 짚고 넘어간다. "과속을 해서 역효과를 낳은 거예요. 시속 30킬로미터를 정확하게 지키면 신호등에 거의 걸리지 않아요. 그렇게 설정돼 있거든요. 내가 몇 번이나 얘기했구만. 이제 병원에서 뭐라고 했는지 알려 줘요. 시험을 A로 통과했어요?"

호지스는 고민한다. 선택지는 두 개뿐이다. 사실대로 실토하느냐, 얼버무리느냐. 속이 안 좋아서 계속 고생하다 홀리에게 들들 볶여서 병원을 찾은 길이었다. 처음에는 단순히 불편했을 뿐이었는데 이제는 통증이 느껴졌다. 홀리는 성격적인 문제가 있을지 몰라도 상당히 유능한 잔소리꾼이다. '뼈다귀를 물고 있는 개하고 비슷하지.' 호지스는 가끔 그런 생각을 한다.

"결과를 아직 몰라요."

'100퍼센트 거짓말은 아니잖아.' 그는 속으로 중얼거린다. '나는 아직 모르는 거 맞으니까.'

홀리는 크로스타운 고속화 도로로 진입하는 그를 미심쩍은 눈빛으로 쳐다본다. 그녀가 그런 눈빛으로 쳐다보면 싫다.

"어물쩍 넘어가지 않을게요. 믿어 줘요."

"믿어요." 홀리가 말한다. "믿어요, 빌."

이 말에 그의 마음이 한층 더 불편해진다.

홀리는 허리를 숙이고 서류가방을 열어서 아이패드를 꺼낸다.

"기다리는 동안 뭐 좀 찾아봤는데. 들어 볼래요?"

"날려 봐요."

"마틴 스토버는 브래디 하츠필드에게 치였을 때 50살이었으니까 이제 56살이에요. 57살일 수도 있지만 아직 1월밖에 안 됐으니까 그럴 가능성은 별로 없지 않겠어요?"

"가능성이 거의 없죠. 맞아요."

"시티 센터 사건 당시 그녀는 시카모어 대로에서 어머니와 함께 살고 있었어요. 브래디 하츠필드가 거기서 멀지 않은 곳에서 자기 어머니와 함께 살고 있었으니 어떻게 보면 아이러니한 일이라고 볼 수 있죠."

'톰 소버스와 그의 가족이 살던 곳과도 가깝지.' 호지스는 생각한다. 그와 홀리는 얼마 전에 소버스 가족과 얽힌 사건을 해결한 적이 있었는데, 그것 역시 지역 일간지에 '메르세데스 참사'라고 소개된 사건과 연관이 있었다. 생각해 보면 온갖 사람들이 실타래처럼 엉켜 있지만 그중에서도 가장 기괴한 연결고리는 하츠필드가 살인 무기로 동원한 차의 실제 주인이 홀리 기브니의 사촌이라는 사실이었다.

"노부인과 중증 장애인이 된 딸이 무슨 수로 나무 이름이 달린 동네('시카모어'가 단풍의 일종이다 — 옮긴이)에서 리지데일로 점프를 할 수 있었는지 모르겠네."

"보험 덕분이었죠. 마틴 스토브가 들어놓은 거액의 보험이 하나도 아니고 둘도 아니고 무려 셋이었거든요. 워낙 그런 데 목숨을 거는 성격이라." 호지스는 그걸 그렇게 긍정적으로 해석할 사람은 홀리밖에 없을 거라는 생각을 한다. "그녀는 생존자들 중에서 부상의 정도가 가장 심각했기 때문에 그 뒤로도 몇 번 소개가 됐어요. 시티 센터에서 일자리를 구하지 못하면 보험을 하나씩 해약해야 한다는 걸 알았다고 하더라고요. 이러니저러니 해도 무직의 홀어머니를 부양해야 하는 독신 여성이었으니까요."

"그런데 결국에는 그 어머니가 그녀를 돌보게 됐죠."

홀리는 고개를 끄덕인다.

"아주 생소하고 아주 슬픈 사연이죠. 그래도 경제적인 대비책을 마련해 놨으니 얼마나 다행이에요. 그게 바로 보험의 목적이죠. 심지어 계층 상향 이동까지 했잖아요."

"맞아요." 호지스는 말한다. "그런데 이제 둘 다 고인이 되었네요."

이 말에 홀리는 아무 대꾸도 하지 않는다. 전면에 리지데일 출구가 등장한다. 호지스는 그곳으로 빠져나간다.

5

피트 헌틀리는 살이 쪄서 허리띠 위로 배가 늘어졌지만 물 빠진 타이트한 청바지와 감색 블레이저를 입은 이사벨(이지) 제인스는 여느 때와 다름없이 눈이 부시다. 그녀의 부연 회색 눈이 호지스에게서 홀리로, 거기에서 다시 호지스에게로 이동한다.

"야위셨네요." 그녀가 말한다.

칭찬일 수도 있고 힐난일 수도 있다.

"위장에 문제가 있어서 오늘 검사를 받았어요." 홀리가 말한다. "검사 결과가 오늘 나오기로 되어 있었는데……"

"그 얘기는 그만해요, 홀리." 호지스가 말한다. "의료 상담 받으러 온 거 아니잖아요."

"두 분은 날마다 결혼한 지 오래된 부부에 점점 가까워지고 있는 것 같아요." 이지가 말한다.

홀리가 사무적인 말투로 대답한다.

"빌이랑 결혼하면 우리의 업무관계가 결딴날 거예요."

피트가 웃음을 터뜨리자 홀리는 그를 어리둥절한 눈빛으로 쳐다보며 같이 집 안으로 들어간다.

케이프 코드 스타일의 멋진 집이다. 언덕 꼭대기에 있고 날이 추운데도 집 안이 훈훈하다. 그들 네 명은 현관에서 얇은 고무장갑과 목이 짧은 부츠를 착용한다. '예전 생각이 나는군.' 호지스는 생각한다. '내가 은퇴를 하지도 않았던 것 같단 말이지.'

거실 한쪽 벽에는 눈이 왕방울만 한 떠돌이들을 그린 그림이 걸려 있고 다른 쪽 벽에는 대형 TV가 걸려 있다. TV 앞에는 커피테이블과 함께 안락의자가 놓여 있다. 테이블 위에는 《OK!》 같은 연예 잡지와 《인사이드 뷰》 같은 가십 잡지들이 부채꼴 모양으로 조심스럽게 펼쳐져 있다. 러그 한복판에 깊은 홈이 패어 있다. 호지스는 생각한다. '거기 앉아서 저녁에 TV를 보았겠군. 하루 종일 앉아 있었을 수도 있지. 엄마는 안락의자에, 마틴은 휠체어에.' 남은 자국으로 보았을 때 휠체어 무게가 엄청났던 모양이다.

"어머니의 이름은 뭐였지?" 그가 묻는다.

"재니스 엘러턴이오. 남편 제임스하고는 20년 전에 사별했대요. 그러니까……" 피트는 호지스처럼 구식이라 아이패드 대신 수첩을 들고 다닌다. 그가 수첩을 보며 말을 잇는다. "이본 카스테어스의 증언에 따르면요. 그녀와 다른 도우미 조지나 로스가 오늘 새벽 6시 직전에 출근했을 때 시신을 발견했어요. 두 사람은 일찍 출근하는 조건으로 추가 수당을 받았다더군요. 로스라는 여자는 별 도움이······."

"어찌나 횡설수설하던지." 이지가 말한다. "하지만 카스테어스는 괜찮았어요. 끝까지 침착하더라고요. 경찰서에 당장 연락해서 우리가 6시 40분에 현장에 도착했죠."

"엄마는 몇 살이었는데?"

"아직 확실하게는 모르겠어요." 피트가 말한다. "하지만 영계는 아니에요."

"79살이었어요." 홀리가 말한다. "빌이 데리러 올 때까지 기다리면서 기사를 검색했는데 한 기사에 시티 센터 참사 사건이 발생했을 때 73살이었다고 되어 있었어요."

"전신이 마비된 딸을 보살피기에는 엄청나게 많은 나이로군."

"그래도 건강했대요." 이사벨이 말한다. "카스테어스의 증언에 따르면 튼튼했대요. 그리고 도와주는 일손도 많았대요. 그게 다······"

"······보험 덕분이었단 말이지?" 호지스가 말문을 맺는다. "홀리한테 오는 길에 들었어."

이지가 홀리를 흘끗 쳐다본다. 홀리는 알아차리지 못하고 거실의 치수를 잰다. 뭐가 있는지 적는다. 킁킁거리며 냄새를 맡는다. 엄마가 앉았던 안락의자 등받이를 손바닥으로 훑는다. 홀리는 정서 장애가 있고 놀라우리만치 자유분방하지만 남들보다 훨씬 자극에 민감하다.

피트가 말한다.

"도우미가 오전에 두 명, 오후에 두 명, 저녁에 두 명 있어요. 1주일에 7일 동안. 소속은……" 그는 다시 수첩을 본다. "……홈 헬퍼스예요. 무거운 것을 옮기는 일은 다 그들이 해요. 그리고 낸시 앨더슨이라는 가정부도 있는데 오늘은 오지 않는 날인 모양이에요. 부엌 달력에 *낸시, 섀그린폴스*라고 적혀 있고 오늘부터 수요일까지 줄이 그어져 있더라고요."

장갑과 부츠를 착용한 두 남자가 복도에서 건너온다. 그쪽이 죽은 마틴 스토버가 지내던 공간인가 보다고 호지스는 추측한다. 둘 다 증거물을 담은 상자를 들고 있다.

"침실이랑 욕실은 다 끝났어요." 둘 중 한쪽이 말한다.

"뭐 있어요?" 이지가 묻는다.

"예상하는 만큼요." 다른 쪽이 말한다. "욕조에 흰머리가 제법 많았는데 노부인이 거기서 저세상으로 건너갔으니 이례적인 부분은 아니죠. 욕조에 대변도 있었지만 흔적만 남았어요. 그것 역시 예상할 수 있는 부분이고요." 묻는 듯한 호지스의 표정을 보고 감식반원이 덧붙인다. "요실금 팬티를 입고 있었거든요. 거기다 숙제를 한 거죠."

"으웩." 홀리가 말한다.

맨 처음 말문을 열었던 감식반원이 말한다.

"샤워 의자가 있지만 한쪽 구석으로 치워졌고 위에 수건이 잔뜩 쌓여 있었어요. 한 번도 쓴 적이 없는 것 같더라고요."

"스펀지 목욕을 시킨 모양이네요." 홀리가 말한다.

그녀는 요실금 팬티 때문인지 욕조에 묻었다는 똥 때문인지 계속 구역질나는 표정을 짓고 있지만 시선은 끊임없이 이리저리 움직인다. 한두 가지 질문을 하고 어쩌다 한 번 의견을 내놓을지 몰라도 좀

은 공간에 여럿이서 함께 있으면 특히 위협감을 느끼기 때문에 아마 잠자코 있을 것이다. 하지만 호지스는 최소한 남들보다는 그녀를 더 잘 알기에 지금 정신을 바짝 차리고 있을 거라고 장담할 수 있다.

나중에 그녀가 무슨 얘기를 꺼내면 호지스는 귀담아들을 것이다. 작년에 소버스 사건을 통해서 터득했다시피 홀리의 말을 귀담아 들으면 그만 한 보람이 있다. 그녀는 기존의 틀에서 벗어난, 가끔은 벗어나도 너무 벗어난 생각을 하고 묘한 직감을 소유하고 있다. 그리고 기본적으로 겁이 많은데도 불구하고(그럴 수밖에 없는 이유는 하늘도 알고 땅도 안다.) 용감해질 때가 있다. 브레디 하츠필드, 즉 미스터 메르세데스가 현재 카이너 기념 병원의 레이크 리전 외상성 뇌손상 병동에 입원해 있는 이유도 홀리 때문이다. 하츠필드가 시티 센터 때보다 훨씬 더 엄청난 참사를 일으키려고 했을 때 홀리가 볼베어링이 가득 담긴 양말로 그의 두개골을 박살냈기 때문이다. 이제 그는 뇌손상 병동의 신경과 전문의가 '지속 식물 상태'라고 표현한 경계 지대에서 살고 있다.

"마비 환자들도 샤워할 수 있어요." 홀리가 부연 설명한다. "그런데 주렁주렁 달린 생명유지 장치 때문에 힘드니까 대개 스펀지 목욕을 하는 거예요."

"햇볕이 잘 드는 부엌으로 가죠."

피트의 말에 그들은 부엌으로 자리를 옮긴다.

호지스의 눈에 맨 처음 들어온 부분은 엘러턴 부인의 마지막 식사가 담겼던 접시가 딱 한 장 꽂혀 있는 식기 건조대다. 조리대는 반짝거리고 바닥은 앉아서 식사를 해도 될 만큼 깨끗해 보인다. 호지스가 생각하기에는 위층에 있는 그녀의 침대도 깔끔하게 정리돼 있을 것 같다. 어쩌면 그녀는 청소기까지 돌려 놓았을지 모른다. 요실금 팬티까지 챙겨 입었다지 않은가. 그녀는 처리할 수 있는 모든 일을 처리해 놓았다. 호지스는 한때 자살을 심각하게 고민했던 사람으로서 그 심정을 이해할 수 있다.

6

피트, 이지 그리고 호지스는 식탁에 앉는다. 홀리는 그냥 서성이며 이지의 아이패드에 담긴 엘러턴/스토버 사진을 들여다보거나 나방만큼 가벼운 장갑 낀 손으로 이 찬장, 저 찬장을 열어 본다.

이지는 화면을 넘겨 가며 그들에게 하나씩 설명한다.

맨 첫 번째는 두 중년 여성의 사진이다. 둘 다 빨간색 나일론으로 된 홈 헬퍼스 유니폼을 입고 있고 우람하고 어깨가 떡 벌어졌는데, 한 명(호지스가 보기에는 조지아나 로스인 듯하다.)은 어깨를 붙잡고 울고 있어서 팔뚝이 가슴을 누르고 있다. 다른 한 명인 이본 카스테어스는 좀 더 단호한 성격인 듯하다.

"두 사람은 5시 45분에 출근했어요." 이지가 말한다. "각자 열쇠를 들고 다녔기 때문에 문을 두드리거나 초인종을 누를 필요가 없었죠. 카스테어스의 말에 따르면 마틴은 6시 30분까지 잘 때도 있었대요. 엘러턴 부인은 늘 5시쯤에 일어나서 커피부터 마셔야 하는데 오늘은 부인이 일어나지도 않았고 커피 냄새도 나지 않았다더군요. 그래서 어쩐 일로 부인이 늦잠을 자는가 보다, 잘 됐다 생각했대요. 스토버는 일어났나 확인하려고 복도 바로 옆에 있는 그녀의 방으로 살금살금 들어갔다가 이걸 발견한 거죠."

이지가 다음 사진으로 넘긴다. 호지스는 홀리가 또다시 으웩 하는 소리를 낼 줄 알았더니 아무 말 없이 사진을 열심히 들여다보기만 한다. 스토버가 이불을 무릎까지 내리고 침대에 누워 있다. 망가진 얼굴은 영영 원상 복구되지 않았지만 평화로워 보인다. 눈은 감겼고 뒤틀린 손을 맞잡고 있다. 급식관이 뼈만 앙상한 복부에 삐죽 꽂혀 있다. 휠체어(호지스가 보기에는 우주비행사의 우주 캡슐에 더 가깝다.)는 바로 옆에 세워져 있다.

"스토버의 방에서 무슨 *냄새가* 나긴 했어요. 그런데 커피가 아니라 술 냄새였죠."

이지가 화면을 넘긴다. 스토버의 곁 테이블을 클로즈업한 사진이다. 알약들이 깔끔하게 한 줄로 놓여 있다. 스토버가 약을 소화시킬 수 있도록 곱게 가는 막자사발도 있다. 그 사이에 엉뚱하게도 950cc짜리 스미노프 트리플 디스틸드 보드카 병과 플라스틱 주사바늘이 놓여 있다. 보드카 병은 빈 병이다.

"부인이 일말의 가능성까지 차단했어요." 피트가 말한다. "스미노프 트리플 디스틸드가 150퍼센트 확실한 증거예요."

"딸을 생각해서 최대한 빨리 끝내고 싶었겠죠." 홀리가 말한다.

"맞아요."

이지는 그렇게 말하지만 누가 들어도 싸늘하기 그지없다. 그녀는 홀리를 좋아하지 않고 홀리도 그녀를 좋아하지 않는다. 호지스도 그건 알지만 이유는 전혀 모르겠다. 이사벨과 만날 일이 거의 없으니 홀리에게 이유를 물어보지도 않았다.

"막자사발을 클로즈업으로 찍은 사진도 있나요?" 홀리가 묻는다.

"그럼요." 이사벨이 다음 화면으로 넘기자 알약을 가는 도구가 비행접시만큼 크게 펼쳐진다. 바닥에 하얀 가루가 남아 있다. "이번 주말이 되어야 분명하게 밝혀지겠지만 옥시코돈(마약성 진통제 — 옮긴이) 같아요. 라벨을 보면 불과 3주 전에 다시 처방을 받았는데 그 병도 보드카 병처럼 비었거든요."

그녀는 다시 눈을 감고 기도하는 사람처럼 뼈만 앙상한 손을 깍지 끼고 누워 있는 마틴 스토버의 사진으로 돌아간다.

"어머니가 약을 갈아서 병에 넣고 보드카를 마틴의 급식관에 넣었죠. 사형에 쓰이는 독극물 주사보다 훨씬 효과적이었을 거예요."

이지가 다시 화면을 넘긴다. 이번에는 홀리가 "으웩."이라고 하지만 시선을 돌리지는 않는다.

첫 번째 사진은 마틴의 장애인용 욕실을 와이드 샷으로 찍었는데 아주 낮은 세면대와 아주 낮은 수건걸이와 장식장, 특대형 욕조가 갖추어져 있다. 욕조의 전면이 보인다. 분홍색 나이트가운을 입은 재니스 엘러턴이 어깨까지 물에 담그고 욕조에 기대고 앉아 있다. 호지스가 짐작하기로 물속으로 들어가는 순간 나이트가운이 풍선처럼 부풀었을 텐데 이 사진 속에서는 앙상한 그녀의 몸에 들러붙었다. 비닐봉지를 머리에 쓰고 샤워가운에 달려 있는 그런 종류의 테리직 허리띠로 입구를 동여맸다. 그 아래로 꾸불꾸불 나온 기다란 관이 타일 바닥에 놓인 조그만 깡통과 연결되어 있다. 깡통 옆면에는 웃는 아이들의 얼굴이 찍혀 있다.

"자살 키트예요." 피트가 말한다. "아마 인터넷에서 만드는 법을 배웠을 거예요. 사진까지 첨부해 가며 만드는 법을 설명한 사이트가 많거든요. 우리가 도착했을 때는 욕조의 물이 차가웠지만 부인이 들어갔을 때는 따뜻했을 거예요."

"마음을 진정시키는 용도였겠죠."

리지가 끼어든다. 그녀는 으웩이라고 하지는 않지만 굳은 표정으로 잠깐 혐오감을 표출하고 다음 사진으로 넘긴다. 재니스 엘러턴을 클로즈업해서 찍은 사진이다. 그녀의 마지막 숨결로 비닐봉지 안에 김이 서렸지만 눈을 감고 있다는 것을 알 수 있다. 그녀도 평화로운 표정으로 이승과 작별했다.

"통 안에는 헬륨이 들어 있어요." 피트가 말한다. "아무 대형 할인 매장에 가면 구할 수 있죠. 원래는 꼬맹이들 생일파티 때 풍선 부풀리는 용도인데 비닐봉지를 뒤집어쓰면 자살 도구로도 쓸 수 있어요. 머릿속이 어지럽다가 흐릿해지는데 그때는 생각이 바뀌더라도 비닐봉지를 벗을 수 없을지 몰라요. 그러다 의식을 잃고 숨이 끊기죠."

"마지막 사진 다시 보여 주세요." 홀리가 말한다. "욕실을 전체적으로 찍은 거요."

"아." 피트가 말한다. "왓슨 박사께서 뭔가를 보신 모양이로군요."

이지가 그 사진으로 돌아간다. 호지스가 실눈을 뜨고 허리를 숙이자(근거리 시력이 예전만 못하다.) 홀리가 본 것이 그의 눈에도 들어온다. 어느 콘센트에 꽂힌 얇은 회색 코드 옆에 매직이 놓여 있다. 누군가(딸이 글씨를 쓸 수 있는 시절은 지나갔으니 엘러턴일 것이다.)가 세면대에 Z라고 큼지막하게 한 글자를 적어 놓았다.

"이게 뭘까요?" 피트가 묻는다.

호지스는 생각한다.

"유서겠지." 그는 마침내 말문을 연다. "Z는 알파벳의 맨 마지막 단어잖아. 부인이 그리스어를 알았다면 오메가를 적었을지 몰라."

"저도 그렇게 생각해요." 이지가 말한다. "생각해 보면 살짝 우아한 것 같기도요."

"Z는 조로의 상징이기도 해요." 홀리가 짚고 넘어간다. "가면을 쓰고 다닌 멕시코의 기사. 조로 영화가 엄청 많은데 앤서니 홉킨스가 돈 디에고 역을 맡은 작품은 별로였어요."

"그게 이거랑 무슨 상관이에요?"

이지가 묻는다. 깍듯하게 관심을 보이는 듯한 표정이지만 말투에는 가시가 돋쳐 있다.

"텔레비전 시리즈도 있었어요." 홀리는 말을 잇는다. 최면이라도 걸린 것처럼 사진을 계속 쳐다보고 있다. "흑백 텔레비전 시절에 월트 디즈니에서 만든 거요. 엘러턴 부인은 어렸을 때 그걸 봤을지 몰라요."

"스스로 목숨을 끊을 준비를 하면서 어린 시절의 추억에서 위안을 얻었을 거라고요?" 피트는 미심쩍어하는 목소리다. 호지스의 심정도 마찬가지다. "그럴 수도 있겠네요."

"허튼소리일 가능성이 더 크죠."

이지는 그렇게 말하며 눈을 부라린다.

홀리는 아랑곳하지 않는다.

"욕실 좀 둘러봐도 돼요? 이 손으로도 아무것도 건드리지 않을게요."

그녀는 장갑을 낀 조막만 한 손을 들어 보인다.

"그러세요." 이지가 냉큼 허락한다.

'그 말인즉, 어른들끼리 얘기 좀 하게 꺼져 달라는 뜻이겠지.' 호지스는 생각한다. 홀리를 대하는 이지의 태도가 마음에 들지 않긴 하지만 홀리에게 흡수되지 않고 그대로 퉁겨져 나오니 짚고 넘어갈 필요가 없어 보인다. 게다가 오늘 아침 따라 홀리가 이리저리 왔다 갔다 하며 살짝 정신 사납게 굴고 있다. 호지스 짐작에는 사진 때문인 것 같다. 시신은 경찰에 찍힌 사진에서 가장 시신다워 보인다.

그녀는 욕실을 확인하러 사라진다. 호지스는 깍지 낀 손으로 뒷목을 받치고 팔꿈치를 펼치며 의자에 기대고 앉는다. 속을 썩이던 위장이 오늘 아침에는 좀 잠잠하다. 커피를 차로 바꿔서 그런 모양이다. 그렇다면 PG팁스(영국의 차 브랜드 — 옮긴이)를 쟁여야겠다. 아니, 박스째 *사야*겠다. 복통이라면 이제 지긋지긋하다.

"우리를 여기로 부른 이유가 뭔지 얘기해 주겠나, 피트?"

피트는 눈썹을 쫑긋 세우며 아무것도 모르는 척한다.

"그게 무슨 소리예요, 커밋 선배?"

"자네 말마따나 이 사건은 신문에 대대적으로 소개될 거야. 사람들이 좋아하는 신파극 같은 이야기잖아. 이 모녀에 비하면 그들의 일상이 얼마나 더 행복해 보이겠나……"

"냉소적이기는 하지만 맞는 말씀이에요." 이지가 한숨을 쉰다.

"……하지만 메르세데스 참사와의 연관성은 인과 관계라기보다 우연에 가까운데." 호지스는 진심으로 그렇게 생각하는지 자신할 수 없지만 말해 놓고 보니 왠지 그럴듯하게 들린다. "이 사건은 고통스러워하는 딸의 모습을 더 이상 감당할 수 없게 된 노부인이 저지른 평범한 안락사잖아. 헬륨 가스통을 틀었을 때 엘러턴은 마지막으로 이런 생각을 했겠지. '딸아, 금방 뒤따라갈게. 내가 천국의 거리를 걸을 때 너는 내 바로 옆에 있을 거야.'"

이지는 그 말에 코웃음을 치지만 피트는 하얘진 얼굴로 생각에 잠긴다. 오래 전에, 아마도 30년쯤 전에 태어난 지 얼마 되지 않았던 피트의 첫딸이 영아 돌연사 증후군으로 세상을 떠난 적이 있다는 것이 퍼뜩 호지스의 머릿속을 스치고 지나간다.

"슬픈 사연이고 신문에서 하루 이틀 다루어지겠지만 세상 어딘가에서 날마다 벌어지고 있는 일이잖아. 어쩌면 매시간 벌어지고 있는. 그러니까 무슨 꿍꿍이속이냔 말이지."

"어쩌면 아무것도 아닐 수 있어요. 이지는 아무것도 아니랬어요."

"맞아요, 그랬어요." 그녀가 인정한다.

"이지는 내가 결승선을 앞두고 나사가 풀린 게 아닌가 생각할 수도 있어요."

"그건 아니에요. 그냥 브래디 하츠필드라는 별을 보닛 밖으로 내쫓을 때도 되지 않았나 생각할 뿐이에요."

그녀는 부연 회색 눈을 호지스에게로 옮긴다.

"저기 저 기브니 씨가 신경성 틱과 이상한 연상 작용으로 똘똘 뭉쳐 있을지 몰라도 하츠필드의 시계를 아주 제대로 멈춘 것만큼은 인정해요. 덕분에 그는 카이너 뇌손상 병동에서 숙면을 취하고 있고,

거기서 계속 그러다 폐렴에 걸려서 죽으면 나랏돈이 왕창 절약되겠죠. 우리 모두 알다시피 그가 재판을 받을 일은 없을 거예요. 시티 센터 사건 때 체포하지는 못했지만 1년 뒤에 밍고 대강당에서 2만 명의 아이들을 날려 버리려고 했을 때에는 기브니가 제대로 저지했잖아요. 이겼다고 치고 이제 넘어가면 안 돼요?"

"휴우." 피트가 말한다. "도대체 얼마나 오랫동안 그 말을 담아 두고 있었던 거야?"

이지는 웃음을 참으려고 하지만 잘 되지 않는다. 미소로 화답하는 피트를 보고 호지스는 생각한다. '피트하고 나만큼이나 호흡이 잘 맞는구먼. 저런 조합을 깨뜨리다니 정말이지 안타까운 일이야.'

"좀 됐어요. 이제 저분께 얘기하세요." 이지는 호지스 쪽으로 고개를 돌린다. "적어도 「엑스파일」에 나오는 외계인들 때문에 부른 건 아니에요."

"그럼?" 호지스가 묻는다.

"키스 프라이어스 그리고 크리스타 컨트리맨." 피트가 말한다. "4월 10일에 하츠필드가 시티 센터에서 범행을 저질렀을 때 둘 다 현장에 있었어요. 19살이었던 프라이어스는 두 다리와 고관절과 갈비뼈 네 대가 부러졌고 장기 손상을 입었어요. 거기다 오른쪽 시력의 70퍼센트를 잃었고요. 21살이었던 컨트리맨은 갈비뼈와 팔이 부러졌고 척추 부상을 당해서 저로서는 생각하고 싶지도 않을 만큼 고통스러운 온갖 치료를 받은 끝에 회복이 됐죠."

호지스도 그 부분에 대해서는 생각하고 싶지 않지만 브래디 하츠필드에게 당한 피해자들에 대해서는 수시로 생각한다. 대개는 70초의 끔찍한 시간이 수많은 사람의 일상을 오랫동안 어떤 식으로 바꾸어 놓았는지…… 마틴 스토버의 경우에는 어떤 식으로 영영 바뀌었는지에 대해서 생각한다.

"그들은 '나를 통한 회복'이라고, 매주 열리는 치료 모임에서 만나 사랑하는 사이로 발전했어요. 두 사람의 상태는…… 천천히 좋아졌고 결혼 계획을 세웠죠. 그런데 작년 2월에 동반 자살을 했어요. 어느 오래된 펑크 록 가사처럼 약을 한 움큼 먹고 죽었어요."

이 말을 듣고 호지스는 스토버의 침대 옆 테이블에 놓여 있던 막자사발을 떠올린다. 막자사발 바닥에는 옥시코돈 가루가 남아 있었다. 그녀의 어머니는 옥시코돈을 전부 보드카에 녹였지만 그 테이블에는 다른 마약성 진통제도 많았다. 바이코딘과 바륨을 한 움큼씩 연거푸 삼키면 됐을 텐데 왜 번거롭게 비닐봉지와 헬륨을 동원했을까?

"프라이어스하고 컨트리맨은 역시 날마다 벌어지는 청소년 자살 사례라고 볼 수 있죠." 이지가 말한다. "양가 부모님이 결혼에 회의적인 입장이었어요. 아이들이 서두르지 않길 바랐죠. 그리고 그 둘은 손잡고 야반도주를 할 수도 없었잖아요? 프라이어스는 거의 걸을 수도 없었고 둘 다 직업이 없었으니까요. 양쪽 집 모두 보험금으로 매주 치료를 받고 장을 볼 정도는 됐지만 마틴 스토버처럼 캐딜락 급으로 보장을 받은 건 아니었거든요. 요는 뭔가 하면 뭣 같은 일은 벌어지기 마련이라는 거예요. 심지어 이건 우연의 일치라고 볼 수도 없어요. 심하게 다친 사람들은 우울해질 수밖에 없고 우울해진 사람들은 가끔 스스로 목숨을 끊잖아요."

"그 둘이 어디서 그랬지?"

"프라이어스의 방에서요." 피트가 말한다. "부모님이 남동생을 데리고 식스 플래그스로 하루 놀러 간 사이에요. 둘이 약을 먹고 침대 안으로 기어들어 가서 서로 끌어안고 로미오와 줄리엣처럼 죽었죠."

"로미오와 줄리엣은 무덤 속에서 죽었잖아요." 부엌으로 돌아오며 홀리가 말한다. "프랑코 체피렐리의 영화에서 말이에요. 그 작품이야말로 정말이지 최고의……"

"네, 네, 알아들었어요." 피트가 말한다. "무덤, 침대. 최소한 글자 수는 같잖아요."

홀리는 커피 테이블에 놓여 있던 《인사이드 뷰》를 들고 있는데 조니 뎁의 사진이 보이도록 접어서 그가 술에 취했거나 정신이 몽롱하거나 죽은 것처럼 보인다. 지금까지 거실에서 가십 신문을 읽고 있었던 걸까? 그랬다면 오늘은 정말이지 그녀의 컨디션이 안 좋은 날인 거다.

피트가 말한다.

"그 메르세데스 아직 있어요, 홀리? 하츠필드가 사촌언니 올리비아한테서 훔친 그 차 말이에요."

"아뇨." 홀리는 접은 신문을 무릎에 얹고 양쪽 무릎을 단정하게 붙이며 의자에 앉는다. "작년에 팔고 빌이 타고 다니는 프리우스로 바꿨어요. 기름을 너무 많이 먹어서 친환경적이지 않더라고요. 그리고 상담 치료사도 차를 바꾸는 게 어떻겠느냐고 했어요. 1년 반이 지났으니까 떨쳐 버릴 때도 됐다고, 심리 치료의 관점에서도 효용이 다 됐다고 하면서요. 그런데 왜요?"

피트는 의자에 앉은 채 몸을 앞으로 숙이고 벌린 무릎 사이로 손

깍지를 낀다.

"하츠필드는 전자장치로 문을 따고 그 메르세데스 안으로 들어갔어요. 보조키는 사물함에 있었고요. 그는 열쇠가 거기 있는 걸 알았을 수도 있고 시티 센터 참사는 우발적인 범죄였을 수도 있어요. 아무도 모를 일이죠."

'그리고 올리비아 트릴로니는 사촌 홀리와 많이 닮았지.' 호지스는 생각한다. '불안증이 있고 방어적이며 사회성과는 거리가 멀다는 점에서. 절대 멍청하지 않지만 좋아하기 힘든 성격이라는 점에서. 우리는 그녀가 열쇠를 꽂아 두고서 메르세데스 문을 잠그지 않았을 거라고 확신했어. 그런 식으로 설명하는 게 가장 간단했으니까. 그리고 논리적인 사고가 아무 힘도 발휘하지 못하는 원시적인 차원에서 그랬길 *바랐지*. 그녀가 눈엣가시 같았거든. 우리는 그녀가 거듭 아니라고 주장하는 것을 자신의 실수에 책임을 지지 않으려는 오만한 태도로 해석했지. 핸드백에서 꺼내서 보여 준 열쇠? 그건 보조키라고 단정 지었고. 우리는 그녀를 들들 볶았고, 언론에 그녀의 이름이 흘러들어 가자 그쪽에서도 그녀를 들들 볶았지. 결국 그녀는 자기가 실수를 저질렀나 보다고 생각하게 됐어. 다중 살인을 계획한 괴물에게 날개를 달아 주었다고. 컴퓨터 천재가 문을 여는 장치를 만들어 냈을 줄은 어느 누구도 상상조차 하지 못했어. 올리비아 트릴로니마저도.'

"하지만 우리만 그녀를 들들 볶았던 것도 아니잖아."

호지스는 자기 생각을 입 밖으로 낸 줄도 몰랐다가 그들이 일제히 그를 돌아보자 그제야 알아차린다. 홀리는 똑같은 생각을 하고 있기라도 했던 것처럼 그를 향해 살짝 고개를 끄덕인다. 그랬다 한들 놀랄 일도 아니다.

호지스는 말을 잇는다.

"그녀가 열쇠를 빼서 차를 잠갔다고 몇 번씩 강조해도 우리가 그 말을 믿지 않았던 건 사실이야. 그러니까 우리에게도 일말의 책임이 있다고 볼 수 있지만 하츠필드가 나중에 그녀의 머릿속에 끔찍한 생각을 심었잖아. 자네는 그 얘기를 하고 싶은 거지?"

"네." 피트가 대답한다. "그는 그녀의 메르세데스를 훔쳐서 살인 도구로 활용하는 정도로 만족하지 않고 그녀의 머릿속으로 들어갔잖아요. 비명과 비난이 흘러나오는 오디오 프로그램까지 컴퓨터에 몰래 설치하면서. 그 다음 표적이 커밋 선배였고요."

그렇다. 그 다음 표적이 그였다.

호지스는 아무도 없는 집에 혼자 살며 잠을 설치고, 만나는 사람이라고는 잔디를 깎고 집안 곳곳을 수리해 주던 제롬 로빈슨밖에 없었던 인생 최고의 슬럼프 시기에 하츠필드에게 익명의 불쾌한 편지를 받았다. 그러니까 퇴직한 경찰들이 흔히 겪는 임무 종료 우울증에 시달리고 있었을 때 말이다.

퇴직 경찰들은 자살률이 극도로 높아! 브래디 하츠필드는 편지에서 이렇게 말했다. 그들이 인터넷이라는 21세기인들이 선호하는 수단으로 소통하기 전에 있었던 일이다. *네 총에 대해서도 생각하지 말았으면 좋겠어. 하지만 지금 생각하고 있지, 그렇지?* 하츠필드는 마치 자살을 고민하는 호지스의 생각을 읽고 낭떠러지 너머로 밀어서 떨어뜨리려고 하는 것 같았다. 올리비아 트릴로니에게 효과를 보

고서 맛을 들인 것이다.

"맨 처음 선배랑 같이 일을 하게 됐을 때 선배가 그랬잖아요. 상습범은 페르시아 카펫 같다고 보면 된다고. 그 말 기억나요?"

"음."

그건 호지스가 수많은 경찰관들에게 설파한 이론이다. 귀담아들은 사람은 거의 없었고 지겨워하는 표정으로 보건대 이사벨 제인스도 마찬가지인 듯하지만 피트는 달랐다.

"몇 번이고 똑같은 패턴을 반복한다고. 사소한 차이는 무시하고 근본적인 공통점을 찾으라고. 아무리 똑똑한 녀석들이라도, 심지어 휴게소에서 여자들을 살해한 고속도로 살인마라도 머릿속에 반복 스위치가 들어 있는 것과 같다고. 브래디 하츠필드로 말할 것 같으면 자살 전문가였으니까……"

"*자살 설계자였죠.*"

홀리가 말한다. 그녀는 미간을 찌푸리고 신문을 내려다보고 있는데 안색이 전에 없이 창백하다. 호지스도 하츠필드 사건의 기억을 더듬는 게 힘들지만(그래도 이제 더는 뇌손상 병동으로 그 새끼를 면회하러 가지 않는다.) 홀리는 더 힘들다. 예전으로 돌아가서 다시 담배를 피우지 않았으면 좋겠지만 그런다 한들 그는 놀라지 않을 것이다.

"뭐든 마음대로 불러도 좋지만 아무튼 특유의 패턴이 있었잖아요. 심지어 자기 어머니까지 부추겨서 자살하게 만들었고."

호지스는 아무 말도 하지 않지만, 드보라 하츠필드가 자기 아들이 메르세데스 살인범이라는 사실을 (아마도 우연히) 발견하고 자살한 게 분명하다는 피트의 주장에는 회의적인 입장이다. 일례로 하츠필드 부인이 그 사실을 알게 됐다는 증거가 전혀 없다. 그리고 그녀가 먹은 것은 땅다람쥐 퇴치제라 고통스럽기 그지없었을 것이다. 브래디가 어머니를 살해했을 수도 있지만 호지스는 그 가설도 믿지 않았다. 그가 누군가를 한 명이라도 사랑한 적이 있다면 어머니였다. 호지스는 땅다람쥐 퇴치제가 다른 사람을 겨냥했거나…… 어쩌면 사람이 아닌 다른 존재를 겨냥한 것일 수도 있다고 생각한다. 부검 결과에 따르면 그 독극물은 햄버거와 섞였다고 했는데 개들이 무엇보다 좋아하는 것이 다진 생고기 덩어리다.

로빈슨 가족이 개를 기른다. 귀가 축 늘어진 귀여운 잡종이다. 브래디는 녀석을 숱하게 보았을 것이다. 호지스를 유심히 관찰했을 텐데 제롬이 호지스의 잔디를 깎으러 올 때마다 대개 그 녀석을 데리고 왔다. 땅다람쥐 퇴치제의 표적은 그 개 오델이었을 수 있다. 호지스는 로빈슨 가족 앞에서 이런 이야기를 절대 꺼낸 적이 없다. 홀리 앞에서도 마찬가지다. 말도 안 되는 헛소리일 수도 있지만 호지스가 보기에는 브래디의 엄마가 스스로 목숨을 끊었다는 피트의 주장도 이와 다를 게 없다.

이지는 무슨 말을 꺼내려다 피트가 손을 들어서 막자 입을 다문다. 이러니저러니 해도 그가 선임인 데다 나이 차가 제법 난다.

"이지는 마틴 스토버의 경우는 자살이 아니라 살인이라고 말하려고 한 건데, 나는 마틴이 먼저 얘기를 꺼냈거나 어머니와 의논 끝에 합의했을 가능성이 아주 크다고 봐요. 그러니까 내 관점에서는 둘 다 자살인 거죠. 공식 기록상으로는 그렇지 않겠지만."

"다른 시티 센터 생존자들도 체크해 봤겠지?"

"작년 추수감사절 직후에 죽은 제럴드 스탠스베리 말고는 모두 살아 있어요. 심장마비였어요. 부인이 그러는데 관상동맥 질환이 그 집안 내력이고 아버지나 형보다 오래 산 거랬어요. 이지 말마따나 아무것도 아닐 수 있지만 선배하고 홀리한테 알려야 할 것 같더라고요." 피트는 두 사람을 번갈아 쳐다본다. "두 분은 그 녀석을 작살낸 것에 대해서 찜찜해하지 않죠?"

"응." 호지스는 대답한다. "요즘 들어서는."

홀리는 계속 신문을 내려다보며 고개만 끄덕인다.

호지스가 묻는다.

"프라이어스 군이 컨트리맨 양과 자살했을 때 그 방에도 정체 모를 Z가 적혀 있지는 않았겠지?"

"그럼요." 이지가 대답한다.

"자네가 알기로는 그렇다는 거겠지." 호지스는 짚고 넘어간다. "아닌가? 오늘 이것도 방금 전에서야 알아차린 걸 보면 그럴 것 같은데."

"왜 이러세요. 이렇게 노닥거릴 시간 없어요."

이지는 비난하듯 손목시계를 확인하고 자리에서 일어난다.

피트도 따라서 일어난다. 홀리는 가만히 앉아서 거실에서 슬쩍 들고 나온 《인사이드 뷰》만 쳐다본다. 호지스도 아직은 일어나지 않는다.

"프라이어스-컨트리맨 사건의 사진을 다시 한 번 확인할 거지, 피트? 혹시 모르니까."

"네. 그리고 이지 말이 맞을지 몰라요. 두 분을 여기로 부르다니 내가 쓸데없는 짓을 했을지도요."

"불러줘서 고마워."

"그리고…… 트릴로니 부인을 그런 식으로 대한 것에 대한 죄책감이 남아 있다고 할까요?" 피트는 호지스를 쳐다보고 있지만 사실은 새하얗게 질린 얼굴을 하고 무릎 위에 저질 신문을 올려놓고 있는 비쩍 마른 여자에게 하는 말처럼 들린다. "부인이 열쇠를 꽂아 놓고 내린 거라고 철석같이 믿었거든요. 다른 가능성은 일절 생각하지도 않았어요. 그 뒤로 다시는 그러지 않겠다고 스스로 다짐했지만."

"이해해."

"우리 모두 동의하는 한 가지 사실이 있다면." 이지가 말문을 연다. "하츠필드가 사람들을 들이받고 폭탄으로 날리고 그럴 수 있는 시절은 끝났다는 거예요. 그러니까 「브래디의 아들」 뭐 이런 영화가 개봉되지 않는 이상 고인이 된 엘러턴 부인의 집과는 이제 작별하고 각자 갈 길을 가는 게 어떨까요? 반대하시는 분 있어요?"

없다.

7

호지스와 홀리는 집 앞 진입로에 잠깐 서 있다가 차에 오르고 차가운 1월의 바람을 가르며 달린다. 캐나다에서 직통으로 불어오는 북풍이라 대개 오염된 널따란 호수의 냄새를 머금고 있는 동풍과 달리 상쾌하다. 힐탑 코트의 이 끝에는 집이 몇 채 없고 가장 가까운 주택에는 매물 팻말이 걸려 있다. 호지스는 톰 소버스가 중개업자인 것을 보고 미소를 짓는다. 톰도 시티 센터 참사 때 중상을 입었지만 원상태로 거의 회복됐다. 호지스는 회복력이 뛰어난 사람들을 볼 때마다 놀라워진다. 그런다고 인류에 대한 희망이 생기는 건 아니지만…….

아니다, 생긴다.

차에 탄 홀리는 안전벨트를 매는 동안에만 《인사이드 뷰》를 바닥에 내려놓았다가 다시 집어 든다. 그녀가 그 신문을 들고 나와도 피트와 이사벨, 두 사람 모두 아무 소리하지 않았다. 호지스가 보기에는 신경도 쓰지 않는 눈치였다. 사실 신경 쓸 필요가 없었다. 법적으로는 어떨지 몰라도 그들의 관점에서 엘러턴의 집은 범죄 현장이 아니었다. 피트가 꺼림칙하게 여기기는 했지만 호지스가 보기에는 경찰의 직감이라기보다 미신에 가까운 반응이었다.

'하츠필드는 홀리가 휘두른 해피 슬래퍼에 맞았을 때 죽었어야 했어.' 호지스는 생각한다. '우리 모두를 위해서 그 편이 나았을 텐데.'

"서에 도착하면 피트가 프라이어스-컨트리맨 자살 사건 때 찍은 사진들을 다시 한 번 확인할 거예요." 그는 홀리에게 얘기한다. "아주 꼼꼼하게. 하지만 어딘가에, 굽도리 널이나 거울이나 뭐 그런 데 Z가 적혀 있다는 소식이 들리면 내가 오히려 놀랄 것 같은데."

그녀는 아무 대꾸도 하지 않는다. 눈빛이 멍하다.

"홀리? 내 말 듣고 있는 거예요?"

그녀는 살짝 움찔한다.

"네. 섀그린폴스에 갔다는 낸시 앨더슨을 어떤 식으로 찾아낼지 생각하는 중이었어요. 내 검색 프로그램을 돌리면 금세 찾을 수 있겠지만 통화는 당신이 해야 해요. 요즘은 나도 정 어쩔 수 없는 경우면 모르는 사람하고도 통화할 수 있지만……"

"맞아요. 좋아졌죠."

그런 전화를 할 때마다 니코레트 금연껌이라는 듬직한 친구를 옆에 두어야 하고, 만일의 경우에 대비해서 책상 위에 트윙키스 케이크 과자도 준비해 두어야 하지만 진짜 좋아졌다.

"하지만 그녀가 모시던 가족이(당신도 알다시피 *친구*였을 수도 있고요.) 죽었다는 소식을 내가 알릴 수는 없어요. 그건 당신이 해 주어야 해요. 그런 거 잘하잖아요."

호지스는 그런 일을 잘할 사람이 어디 있겠느냐는 생각이 들지만 아무 소리 하지 않는다.

"왜요? 앨더슨이라는 여자는 지난주 금요일부터 집을 비웠다는데."

"알 자격이 있으니까요. 친척들한테 연락하는 건 경찰 쪽에서 할 테지만 가정부한테까지 연락하지는 않을 거잖아요. 내가 생각하기에는 그래요."

호지스가 생각하기에도 그렇고 홀리 말이 맞다. 앨더슨이라는 여자도 출근했다가 문 앞에 경찰이 X자 모양으로 붙여 놓은 테이프를 발견할 게 아니라 알 자격이 있다. 하지만 홀리가 오로지 그런 이유에서 낸시 앨더슨에게 관심을 보이는 게 아니라는 생각이 든다.

"당신 친구 피터랑 회색 눈의 미녀는 거의 *아무* 조치도 취하지 않았어요. 물론 마틴 스토버의 방이랑 휠체어랑 엘러턴 부인이 자살한 욕실에는 지문 감식 가루를 뿌려 놓았지만 부인이 거처한 2층에는 전혀 손도 안 됐더라고요. 아마 침대 밑이나 벽장에 숨겨진 시신은 없는지 살피고는 땡이었을 거예요."

"잠깐만. 2층에도 올라갔다 왔다고요?"

"당연하죠. 철저하게 수사하는 사람이 한 명은 있어야 할 텐데 그 둘은 그럴 생각이 없어 보였거든요. 그 두 사람은 어떤 일이 벌어졌는지 정확하게 파악이 끝났다고 생각해요. 피트가 당신한테 연락한 이유는 오로지 섬뜩했기 때문이에요."

섬뜩하다. 맞다, 그거였다. 그가 아무리 애를 써도 떠오르지 않던 단어가 바로 그거였다.

"나도 섬뜩했어요." 홀리가 담담한 목소리로 말한다. "그래도 이성이 마비되지는 않았어요. 모든 게 이상했어요. 이상하고 이상하고 이상했다고요. 그러니까 가정부랑 통화해야 해요. 뭘 물어보면 좋을지 모르겠거든 내가 알려 줄게요."

"욕실 세면대에 적힌 Z 때문에 이러는 거예요? 내가 모르는 뭔가를 알고 있으면 알려줬으면 좋겠는데."

"내가 뭘 아는 게 아니라 본 게 있어서 그래요. 그 Z 옆에 뭐가 있는지 못 봤어요?"

"매직이오."

그녀는 *그것밖에 안 되느냐고* 묻는 눈빛으로 그를 흘끗 쳐다본다.

호지스는 법정에서 증언할 때 특히 쓸모 있는, 잔뼈 굵은 경찰관의 기술을 소환한다. 그 사진을 이번에는 머릿속에서 떠올린 것이다.

"세면대 옆 콘센트에 코드가 꽂혀 있었죠."

"맞아요! 처음에는 보고 전자책 단말기용인가, 엘러턴 부인이 거의 하루 종일 그 주변에서 지내니까 꽂아 놓은 건가 싶었어요. 마틴의 방에 있는 콘센트에는 온갖 생명유지 장치가 연결돼 있어서 거기다 아예 코드를 꽂아 놓으면 간편하게 충전할 수 있잖아요. 안 그랬겠어요?"

"그렇겠죠."

"그런데 나한테 누크도 있고 킨들도 있는데……"

'어련하시겠습니까.' 그는 생각한다.

"……둘 다 코드가 그렇게 생기지 않았어요. 까만색이거든요. 그런데 이건 회색이었어요."

"원래 딸려 온 걸 잃어버려서 테크 빌리지에서 다른 걸 샀을 수도 있잖아요."

브래디 하츠필드가 근무했던 디스카운트 일렉트로닉스가 도산하는 바람에 이 도시에 남은 전자용품 판매점이 테크 빌리지뿐이다.

"아니에요. 전자책 단말기는 갈퀴처럼 생긴 플러그를 써요. 그런데 이건 좀 더 넙적했어요, 태블릿 PC용처럼. 아이패드만 그런 플러그인데 욕실에 꽂혀 있는 건 훨씬 작더라고요. 그래서 2층으로 올라가서 찾아봤죠."

"그랬더니……?"

"엘러턴 부인의 침실 창문 옆 책상에 놓인 구식 PC밖에 없더라고요. *진짜* 구식이었어요. 모뎀이 연결돼 있지 뭐예요."

"맙소사, 설마!" 호지스는 소리를 지른다. "모뎀이라니!"

"그렇게 웃을 일이 아니잖아요, 빌. 죽은 사람들을 두고."

호지스는 한 손을 핸들에서 떼고 진정하라는 듯이 들어 보인다.

"미안해요. 얘기 계속해요. 그래서 컴퓨터를 켜 봤다는 거죠?"

홀리는 살짝 당황스러워한다.

"뭐, 네. 하지만 경찰이 그럴 생각이 없어 보이길래 내가 대신 수사하느라 그런 거예요. *기웃거린* 게 아니라요."

호지스는 반박할 수도 있지만 그냥 지나간다.

"비밀번호가 설정되어 있지 않기에 엘러턴 부인의 검색 기록을 찾아봤어요. 엄청 많은 온라인 쇼핑몰이랑 마비와 연관 있는 의학 사이트에 접속했더라고요. 줄기세포에 아주 관심이 많았던 것 같던데 그럴 만도 하죠. 딸이 그런 상태였으니……"

"그걸 10분 만에 다 파악했다는 거예요?"

"내가 속독에 일가견이 있잖아요. 그런데 뭐가 *없었는지* 알아요?"

"자살과 연관 있는 게 전혀 없었겠죠."

"맞아요. 그런데 무슨 수로 헬륨에 대해 알아냈을까요? 그뿐 아니라 알약을 보드카에 섞어서 딸의 급식관에 넣는 법은 무슨 수로 알아냈을까요?"

"흠. 독서라는 신비롭고 아주 오래된 의식도 있잖아요. 당신도 들어 보았겠지만."

"그 집 거실에 책 있는 거 봤어요?"

호지스는 마틴 스토버의 욕실 사진을 떠올렸던 것처럼 이번에는 거실 사진을 떠올려 본다. 홀리의 말이 맞다. 이것저것이 놓인 선반과 눈이 왕방울만 한 떠돌이들을 그린 그림과 평면 TV는 있었다. 커피 테이블 위에 잡지가 몇 권 있었지만 펼쳐 놓은 모양새로 보건대 열심히 읽기 위한 것이 아니라 장식용에 가까웠다. 게다가《애틀랜

틱 먼슬리》 같은 잡지도 아니었다(《애틀랜틱 먼슬리》는 미국의 일류 문
예잡지이다 ― 옮긴이).

"아뇨. 거실에는 책이 없었어요. 스토버의 방을 찍은 사진에서는
몇 권 본 기억이 나지만. 그중 한 권은 성서 같았고." 호지스는 접힌
채 그녀의 무릎에 놓여 있는 《인사이드 뷰》를 흘끗 쳐다본다. "거기
뭐가 들어 있어요, 홀리? 뭘 숨긴 거예요?"

홀리는 일단 얼굴이 빨개지기 시작하면 데프콘 1단계로 진입해서
놀라울 정도로 시뻘게진다. 지금 그 현상이 벌어지고 있다.

"훔친 거 아니에요. 빌린 거예요. 나는 도둑질은 하지 않아요, 빌.
절대로!"

"알았으니까 진정해요. 뭔데요?"

"욕실 콘센트에 꽂혀 있던 거요." 그녀가 신문을 펼치자 짙은 회
색 화면이 달린 밝은 분홍색 기기가 나온다. 전자책 단말기보다는
크고 태블릿 PC보다는 작다. "1층으로 다시 내려왔을 때 잠깐 생각
해 보려고 엘러턴 부인의 의자에 앉았거든요. 앉아서 팔걸이하고 쿠
션 사이에 손을 넣고 앞뒤로 움직였어요. 뭘 찾으려고 그런 게 아니
라 그냥요."

'홀리가 위안을 얻고 싶을 때 동원하는 여러 가지 수법 가운데 하
나지.' 호지스는 생각한다. 지난 몇 년 동안 특유의 수법을 얼마나
많이 보았는지 모른다. 과잉보호하는 어머니와 공격적일 정도로 사
교적인 삼촌과 함께 등장한 그녀를 처음 만났을 때부터 말이다. 그
들과 함께 등장했다니, 아니다, 그건 아니다. 그러면 대등한 관계였
던 것처럼 느껴지지 않겠는가. 샬럿 기브니와 헨리 시로이스는 그녀

를 하루 소풍 나온 정신 장애아처럼 대했다. 홀리는 이제 완전히 달라졌지만 예전의 흔적이 여전히 남아 있다. 호지스는 그래도 괜찮다고 생각한다. 누구에게나 그늘이 있지 않은가.

"오른쪽에 이게 있었어요. 재핏이요."

어디에선가 그 이름을 들어본 기억이 가물가물하게 날 듯 말 듯하지만 컴퓨터 칩으로 작동하는 기기에 관한 한 호지스는 시대에 한참 뒤처진 사람이다. 집에서 쓰는 컴퓨터도 계속 망가뜨려서 다른 지방에서 사는 제롬 로빈슨 대신 홀리가 하퍼 가에 있는 그의 집으로 찾아와서 고쳐 준다.

"뭐라고요?"

"재핏 커맨더요. 최근은 아니지만 인터넷에서 광고 본 적 있어요. 테트리스, 사이먼, 스펠타워, 이런 단순한 게임들이 100여 개 들어 있는 게임기예요. 그랜드 세프트 오토처럼 복잡한 게임은 말고요. 이게 왜 그 집에 있었을까요, 빌? 그 집에 사는 두 여자 중 한 명은 나이가 80에 가깝고 나머지 한 명은 비디오 게임은커녕 전등 스위치도 켤 수가 없는데 말이죠."

"이상하긴 하네요. 기이한 정도까지는 아니지만 분명 이상하긴 하네요."

"그리고 코드가 Z라는 글자 바로 옆에 꽂혀 있었잖아요. 마지막을 의미하는 유서가 아니라 재핏의 Z일 거예요. 적어도 내 생각에는 그래요."

호지스는 곰곰이 생각해 본다.

"그럴 수도 있겠네요."

그는 전에도 그 이름을 들어 본 적이 있는지 아니면 프랑스 사람들이 포 수브니르라고 부르는 거짓 기억인지 다시 한 번 고민에 잠긴다. 브래디 하츠필드와 분명 연관이 있는 것 같은데 그마저도 장담할 수 없는 것이 오늘 브래디라는 단어가 그의 머릿속에 박혀 있다.

'마지막으로 면회를 간 지 얼마나 됐지? 6개월인가? 8개월인가? 아니야, 그보다 더 됐지. 제법 오래됐어.'

피트 소버스와 훔친 돈 뭉치와 피트가 발견한 공책(실질적으로 그의 집 뒷마당에 묻혀 있다시피 했던)에 얽힌 사건을 해결하고 얼마 안 있어서 찾아간 게 마지막이었다. 그때 브래디는 예전과 다를 게 거의 없었다. 절대 때가 묻지 않는 격자무늬 셔츠와 청바지를 입은 무뇌 인간이었다. 호지스가 뇌손상 병동의 217호실을 찾아갈 때마다 보았던 것처럼 똑같은 의자에 앉아서 창밖의 주차장을 멍하니 내다보고 있었다.

그날 유일한 차이점이 있었다면 217호실 밖에서 벌어진 변화였다. 수간호사 베키 헬밍턴이 카이너 기념 병원 수술실로 보직이 변경되면서 브래디를 둘러싼 소문을 물어다 주던 호지스의 정보원이 사라졌다. 새로운 수간호사는 찔러도 피 한 방울 나지 않을 것 같고 얼굴이 움켜쥔 주먹처럼 생긴 여자였다. 루스 스캐펠리는 아무리 사소한 것이라도 브래디와 연관 있는 정보를 알려 주면 50달러를 주겠다는 호지스의 제안을 거절하며 환자의 정보를 다시 한 번 매수하려고 들면 윗선에 보고하겠다고 협박했다.

"선생님은 심지어 방문객 명단에도 없는 분이잖아요."

"그에 대한 정보를 얻으려는 게 아니에요." 호지스는 이렇게 말했다. "브래디 하츠필드와 관련해서 필요한 정보는 죄다 알고 있어요. 내가 궁금한 건 직원들이 그를 두고 하는 이야기예요. 이런저런 소문들이 있거든요. 개중에는 상당히 황당한 소문도 있고요."

스캐펠리는 경멸하는 눈빛으로 그를 노려보았다.

"어느 병원이든 이러쿵저러쿵하는 이야기들이 있기 마련이죠, 호지스 씨. 유명한 환자를 둘러싸고서요. 하츠필드 씨의 경우에는 악명이 높은 환자라고 해야겠지만. 헬밍턴 간호사가 뇌손상 병동에서 그쪽으로 옮겨 간 직후에 내가 직원회의를 열어서 하츠필드 씨를 놓고 쑥덕거리는 거 당장 중단하라고, 한 번만 더 무슨 소문이 들리면 진원지를 추적해서 내쫓겠다고 했어요. 선생님의 경우에는……" 그녀는 코 밑으로 그를 내려다보며 얼굴을 한층 일그러뜨렸다. "전직 경찰관이, 그것도 훈장까지 받은 분이 뇌물이라는 수법을 동원하려고 하다니 믿기지가 않네요."

다소 굴욕적인 만남이 그런 식으로 막을 내리고 얼마 지나지 않았을 때 홀리와 제롬 로빈슨이 그를 궁지에 몰아넣고 면회를 중단하라고 압력을 행사했다. 그날따라 제롬이 유난히 심각하게 나왔다. 발랄하게 재잘거리던 평소 모습은 온데간데없었다.

"거기 가 봐야 상처만 받을 뿐이에요." 제롬이 말했다. "아저씨가 거기 다녀오면 티가 나요. 이후로 이틀 동안 머리 위에 먹구름을 달고 다니거든요."

"1주일 동안이라고 보는 게 더 맞지." 홀리가 덧붙였다. 그녀는 그를 외면한 채 손가락만 꼬고 있었다. 호지스는 어디 하나라도 부러지기 전에 그녀의 손가락을 잡고서 막고 싶어졌다. 하지만 그녀의 말투는 단호하고 분명했다. "그의 안에는 남은 게 아무것도 없어요, 빌. 그걸 인정해야 해요. 그리고 뭔가 남아 있다면 당신이 찾아올 때마다 즐거워할 거예요. 자기 때문에 당신이 얼마나 괴로워하는지 보면서 즐거워할 거라고요."

그 말이 결정타였다. 호지스도 그렇다는 걸 알고 있었다. 그래서 그는 발길을 끊었다. 담배를 끊는 것과 비슷했다. 처음에는 힘들었지만 시간이 지날수록 쉬워졌다. 지금은 몇 주 동안 브래디와 그가 저지른 끔찍한 범죄를 생각하지 않을 때도 있었다.

그의 안에는 남은 게 아무것도 없어요.

호지스는 그 말을 다시금 되새기며 시내로 차를 몬다. 사무실로 돌아가면 홀리가 컴퓨터를 초고속으로 돌리며 낸시 앨더슨의 추적에 나설 것이다. 힐탑 코트 끝자락에 자리 잡은 그 집에서 무슨 일이 벌어졌는지 몰라도(생각과 대화, 눈물과 약속이 꼬리에 꼬리를 물고 이어지다 급식관으로 약물이 주입되고 웃는 아이들의 얼굴이 찍힌 가스통에 든 헬륨 가스가 등장했을 것이다.) 브래디 하츠필드하고는 아무 상관없을 것이다. 홀리가 그의 머리를 말 그대로 박살내지 않았던가. 호지스가 그 사실을 가끔 의심하는 이유도 브래디가 법의 심판을 그런 식으로 모면한 현실을 견딜 수 없기 때문이다. 결국에는 그 괴물이 그의 손아귀에서 교묘하게 빠져나간 현실을 말이다. 호지스는 당시 심장마비로 정신을 못 차리느라 자칭 해피 슬래퍼라고 부르는 볼 베어링을 잔뜩 넣은 양말을 휘둘러 보지도 못했다.

그래도 희미한 기억으로 남아 있다. 재핏.

예전에 어디에선가 분명 들어본 적이 있었다.

그의 위장이 찌릿하게 경고를 보내자 지키지 못한 의사와의 면담 약속이 생각난다. 나중에 그 문제를 처리해야 하겠지만 내일은 아니다. 스태머스 박사가 아무래도 궤양이 생겼다는 진단을 내릴 것 같은데 그런 이야기는 나중에 들어도 된다.

8

홀리는 전화기 옆에 니코레트 껌을 새것으로 한 상자 준비해 놓지만 한 개도 씹을 필요가 없다. 여러 앨더슨 중에서 맨 처음 통화를 시도한 상대가 가정부의 동서로 밝혀졌기 때문인데, 두말하면 잔소리지만 그녀는 파인더스 키퍼스라는 회사에서 낸시와 연락하고 싶어 하는 이유를 궁금해한다.

"유산이나 뭐 그런 것 때문인가요?"

그녀가 희망에 찬 목소리로 묻는다.

"잠시만요." 홀리가 말한다. "사장님을 바꿔 드릴게요."

그녀는 호지스의 부하직원이 아니고 작년에 피트 소버스 사건을 해결한 뒤로 대등한 동업자가 되었지만 난처한 상황에 처하면 늘 이런 식으로 꽁무니를 뺀다.

컴퓨터로 재핏 게임 시스템스에 대해서 찾아보고 있었던 호지스가 수화기를 들자 홀리는 스웨터 목 부분을 물어뜯으며 그의 책상 옆에서 어슬렁거린다. 호지스는 털실을 물어뜯는 것이 그녀에게도 좋지 않고 그녀가 입고 있는 페어 아일 스웨터에도 좋지 않다는 것을 알리기 위해 전화기의 대기 버튼을 한참 동안 누른다. 그런 다음 가정부의 동서와 통화를 시도한다.

"죄송하지만 낸시에게 슬픈 소식을 전해야 할 것 같은데요."

그는 이렇게 말하고 짧게 상황을 설명한다.

"어머나." 린다 앨더슨(홀리가 그의 메모지에 이름을 적어 주었다.)이 말한다. "그 소식을 들으면 엄청 충격을 받을 거예요. 일자리가 날아간 건 둘째치고 2012년부터 그 집에서 일을 했는데 그분들을 진심으로 좋아했거든요. 작년 11월 추수감사절 때도 거기서 저녁을 같이 먹었어요. 경찰이신가요?"

"퇴직 경찰입니다. 하지만 이 사건을 배정받은 팀과 공조 수사를 벌이고 있어요. 그쪽에서 앨더슨 씨에게 연락을 해달라고 해서요." 피트가 현장으로 그를 초대했으니 이 거짓말로 인해 불이익을 당할 일은 없을 것이다. "어떻게 하면 앨더슨 씨에게 연락할 수 있을까요?"

"휴대 전화 번호를 알려 드릴게요. 남동생 생일 파티가 있어서 새 그린폴스에 갔어요. 마흔 살 생일이라고 해리의 부인이 유난을 떨었거든요. 수요일인가 목요일까지 있다 올 거예요. 적어도 계획상으로는 그래요. 이 소식을 들으면 당장 달려오겠죠. 낸은 빌이 죽은 뒤로 (빌은 우리 남편의 동생이에요.) 고양이를 친구 삼아서 혼자 살고 있어요. 엘러턴 부인과 스토버 양이 일종의 대리 가족이었는데. 이 소식을 듣고 정말 슬퍼할 거예요."

호지스는 전화번호를 받아서 적고 곧바로 통화를 시도한다. 낸시 앨더슨은 신호음이 한 번 떨어지자마자 전화를 받는다. 그는 그의 신분을 밝히고 소식을 전한다.

그녀는 충격으로 한동안 아무 말을 하지 못하다가 말문을 연다.

"아니에요, 그럴 리가 없어요. 분명 호지스 형사님이 착각하신 걸 거예요."

그는 그 말에 호기심이 동해서 아니라고 하지 않는다.

"왜 그렇게 생각하십니까?"

"왜냐하면 그 두 사람은 행복하게 지냈거든요. 같이 TV를 보면서 얼마나 잘 지냈다고요. DVD로 영화도 보고, 요리 프로그램이나 여자들이 나와서 유명 인사를 초대해 재미있는 이야기를 나누는 토크쇼도 보고 하면서요. 안 믿기실지 몰라도 그 집에서는 웃음소리가 끊이지 않았어요." 낸시 앨더슨은 망설이다 이렇게 덧붙인다. "제대로 알고 계신 거 맞아요? 잰 엘러턴하고 *마티* 스토버 맞아요?"

"유감스럽지만 그렇습니다."

"하지만…… 자기 상태를 받아들였는걸요! *마티* 말이에요. 마틴요. 마비 환자 생활에 적응하는 게 노처녀 생활에 적응하는 것보다 더 쉬웠다고 입버릇처럼 말했어요. 우리 둘이 있을 때 그런 이야기를 얼마나 많이 했다고요. 나도 남편과 사별했으니까요."

"그러니까 스토버 씨는 애초부터 없었던 거로군요."

"아뇨, 있었어요. 재니스가 아주 예전에 결혼 생활을 한 적이 있어요. 짧게 끝났다고 들었는데 재니스 말로는 덕분에 마틴이 생겼으니까 한 번도 후회한 적이 없다고 했어요. 마티는 사고를 당하기 직전에 남자친구가 있었는데 심장마비로 즉사했어요. 마티 말로는 매주 3일씩 시내 헬스클럽에서 운동하고 아주 건강한 사람이었는데 그래서 죽었을 거래요. 심장이 하도 튼튼하다 보니 역효과로 빵 터져 버린 거라고."

호지스는 관상동맥 질환 생존자답게 귀담아 듣는다. 헬스클럽은 절대 금물.

"마티는 사랑하는 사람을 떠나보내고 혼자 남는 것보다 더 심한 마비 상태는 없다고 했어요. 나는 남편 빌이 떠났을 때 그런 감정을 느끼지는 않았지만 무슨 뜻인지 알 수 있었어요. 헨리드 목사님이 그녀를 만나러 자주 들렀고(마티는 목사님을 종교적인 고문이라고 불렀죠.) 목사님이 오지 않더라도 그들 모녀는 날마다 예배와 기도를 드렸어요. 매일 정오에요. 그리고 마티는 인터넷으로 회계 수업을 들을 생각이었어요. 그녀와 같은 장애인들을 위한 특별 강좌가 있다던데 아셨어요?"

"아뇨."

호지스는 대답하고 메모지에 *스토버가 컴퓨터로 회계 수업을 들을 생각이었다고 함*이라고 적은 다음 홀리 쪽으로 돌려서 보여준다. 그녀는 눈썹을 추켜세운다.

"물론 가끔 눈물도 흘리고 슬퍼하기도 했지만 두 사람은 대개 *행복하게* 지냈어요. 적어도…… 그게 그러니까……"

"그게 그러니까 뭐죠, 낸시?"

그는 아무 고민 없이 호칭을 그녀의 이름으로 바꾼다. 이것 역시 닳고 닳은 경찰의 수법이다.

"아, 아무것도 아닐 수 있는데 마티는 평소와 다름없이 행복해 보였어요. 마티는 정말이지 사랑이 넘치거든요. 얼마나 신앙심이 깊고 얼마나 긍정적인지 믿기지 않을 정도예요. 하지만 잰은 심각한

70

고민거리가 있는 사람처럼 요즘 들어서 조금 말수가 줄었어요. 돈 걱정이 생겼거나 크리스마스를 보내고 우울해졌나 싶었지 이럴 줄은……" 그녀는 코를 훌쩍인다. "죄송해요. 코 좀 풀어야겠어요."

"그러세요."

홀리가 메모지를 집는다. 글씨가 하도 작아서(종종 변비에 걸린 글씨 같다는 생각이 든다.) 거의 코에 닿을 정도로 가까이 메모지를 갖다 대야 뭐라고 썼는지 읽을 수 있다. *재핏에 대해서 물어봐요!*

앨더슨이 코를 풀자 경적 소리가 들린다.

"죄송해요."

"괜찮습니다. 낸시, 엘러턴 부인이 혹시 조그만 포켓용 게임기를 가지고 있었나요? 분홍색이었을 텐데요."

"맙소사, 그걸 어떻게 아셨어요?"

"사실 저는 아는 게 없습니다." 호지스는 솔직하게 말한다. "물어 보고 싶은 게 몇 가지 있는 퇴직 형사일 따름이죠."

"부인 말로는 어떤 남자한테 받았다고 했어요. 설문지를 작성해서 회사로 발송하겠다고 약속만 하면 무료로 쓸 수 있다고 했대요. 페이퍼백보다 조금 컸고 한동안 집 안에 그냥 방치돼 있었는데……"

"그게 언제였는데요?"

"정확한 날짜는 기억이 안 나지만 분명 크리스마스 전이었어요. 맨 처음 봤을 때는 거실 커피 테이블 위에 놓여 있었어요. 크리스마스가 지날 때까지 접힌 설문지와 함께 거기 그렇게 방치돼 있었는데 (크리스마스트리를 치웠기 때문에 기억해요.) 어느 날 보니까 식탁 위에 있더라고요. 잰이 뭐 하는 건가 싶어서 켜 봤더니 클론다이크, 픽처,

피라미드 이런 식으로 솔리테어(혼자서 하는 카드 게임 — 옮긴이)가 열 종류도 넘게 있더래요. 그래서 부인이 설문지를 작성해서 보냈죠."

"부인은 그걸 마티의 욕실에서 충전했나요?"

"네. 왜냐하면 그 주변에서 거의 하루 종일 시간을 보냈으니까 거기에서 충전하는 게 가장 간편했거든요."

"그렇군요. 좀 전에 엘러턴 부인이 말수가 줄었다고 했는데……"

"조금 줄었다고 했죠." 앨더슨이 당장 바로잡는다. "대개는 예전하고 다를 바 없었어요. 마티처럼 사랑이 넘쳤어요."

"그런데 무슨 고민거리가 있는 것 같았다?"

"네, 내가 보기에는요."

"*심각한* 고민거리가?"

"글쎄요……"

"소형 게임기가 생긴 뒤로 그랬나요?"

"말씀을 듣고 보니 그러네요. 하지만 조그만 분홍색 태블릿으로 솔리테어를 한다고 우울해질 이유가 도대체 뭐가 있겠어요?"

"그러게요."

호지스는 말하고 메모지에 대문자로 *우울해했음*이라고 적는다. 말수가 없어지는 것과 우울해하는 것 사이에는 비약적인 차이가 있다.

"친척들한테는 알렸나요?" 앨더슨이 묻는다. "이 도시에는 없지만 오하이오에 사촌들이 있는 건 분명하고 캔자스에도 몇 명 있는 걸로 아는데요. 어쩌면 캔자스가 아니라 인디애나일 수도 있어요. 주소록에 이름이 적혀 있을 거예요."

"지금 우리가 통화하는 동안 경찰에서 연락하고 있을 겁니다." 호지스는 이렇게 말하고 나중에 피트에게 연락해서 확인해야겠다고 생각한다. 그의 전화를 받고 예전 파트너는 짜증을 내겠지만 상관 없다. 낸시 앨더슨이 한 마디, 한 마디 내뱉을 때마다 그녀의 아픔이 느껴져서 어떻게든 다독이고 싶을 뿐이다. "하나만 더 물어봐도 될까요?"

"그럼요."

"혹시 그 집 주변에서 얼씬거리는 사람을 본 적 있나요? 아무 이유 없이 그러는 사람을요."

홀리가 열심히 고개를 끄덕인다.

"왜 그런 걸 물어보세요?" 앨더슨은 놀란 목소리다. "*외부인*의 소행이라고 생각하시는 건……"

"저는 아무 생각도 하지 않습니다." 호지스는 막힘없이 대처한다. "그냥 경찰을 돕는 중이에요. 지난 몇 년 동안 인원 감축이 있었거든요. 시 전체적으로 예산이 삭감돼서요."

"알아요. 끔찍한 일이죠."

"그래서 경찰로부터 질문지를 넘겨받았는데 그게 마지막 질문이었을 뿐입니다."

"아무도 없었어요. 있었더라면 제가 알아차렸을 거예요. 집과 차고 사이에 통로가 있거든요. 차고가 난방이 돼서 거기에 식료품 저장실이랑 세탁기, 건조기가 설치돼 있어요. 제가 그 통로를 하루에도 몇 번씩 왔다 갔다 했는데 거기서 길거리가 보이거든요. 힐탑 코트의 거기까지 오는 사람도 거의 없었어요. 잰과 마티의 집이 맨 끝 집이고 거길 지나면 돌아 나와야 하거든요. 물론 집배원이나 UPS 기사나 가끔 페덱스 기사가 올 때는 있었지만(UPS나 페덱스는 모두 미국의 배송 업체—옮긴이) 길을 잃은 사람이 헤매고 다니지 않은 이상 그 길의 끝은 우리가 독차지했다고 볼 수 있어요."

"그러니까 아무도 없었다는 거로군요."

"네, 분명히 아무도 없었어요."

"엘러턴 부인에게 게임기를 준 사람도요?"

"그 사람이 부인에게 접근한 곳은 리지라인 푸드였어요. 언덕 기슭, 그러니까 시티 가가 힐탑 코트와 만나는 네거리에 있는 잡화점요. 1~2킬로미터만 더 가면 시티 애비뉴 플라자에 크로거가 있었고 거기 물건이 조금 더 저렴했지만 재니스는 리지라인 푸드만 갔어요. 동네 상점을 애용해야 한다고, 그래야…… 그래야……" 그녀는 느닷없이 오열한다. "그런데 *다른 데서* 뭘 샀다는 거잖아요, 그렇죠? 믿을 수가 없어요! 재니스는 무슨 일이 있어도 마티를 해치지 않을 사람인데."

"슬픈 일이죠." 호지스가 말한다.

"오늘 당장 돌아가야겠네." 앨더슨은 호지스에게 하는 말이라기보다 혼잣말처럼 중얼거린다. "친척들이 오려면 시간이 좀 걸릴 텐데 이것저것 처리할 사람이 있어야 하잖아요."

'가정부로서 마지막 임무로군.' 호지스는 생각한다. 가슴 뭉클하면서도 은근 섬뜩한 발상이다.

"시간 내주셔서 감사합니다. 이제 그만……"

"물론 그 노인네가 있긴 있었죠."

"노인네라뇨?"

"1588번지 앞에서 몇 번 봤어요. 길가에 주차하고 인도에 서서 그 집을 쳐다보더라고요. 맞은편으로 언덕을 조금 내려가면 나오는데 모르셨을지 몰라도 매물로 내놓은 집이에요."

호지스도 아는 집이지만 아무 말도 하지 않는다. 그녀의 이야기를 방해하고 싶지 않기 때문이다.

"한번은 안으로 들어가서 퇴창을 들여다보더라고요. 마지막으로 폭설이 내리기 전이었어요. 윈도 쇼핑을 하나 했죠." 그녀는 울음기가 묻어 있는 웃음을 터뜨린다. "우리 어머니가 보았더라면 그냥 침만 흘리는 거라고 했겠지만요. 그런 집을 살 만한 형편이 안 되는 사람 같아 보였거든요."

"그래요?"

"네. 디키스에서 파는 초록색 바지 같은 일꾼용 복장이었고 파카는 마스킹테이프로 때웠더라고요. 차도 아주 오래 됐고 여기저기 프라이머를 뿌린 흔적이 있었고요. 죽은 우리 남편은 그걸 가난뱅이의 광택제라고 불렀는데."

"차종이 뭐였는지는 모르시죠?"

그는 메모지를 다음 장으로 넘겨서 적는다. *마지막으로 폭설이 내린 게 언젠지 알아봐 줘요.* 홀리는 읽고 고개를 끄덕인다.

"네, 죄송해요. 차에 대해서는 아는 게 없어서요. 심지어 색깔도 기억이 안 나요. 군데군데 프라이머가 뿌려져 있었다는 것 말고는. 호지스 씨, 착오가 있었던 거 정말로 아니에요?"

그녀는 거의 애원하는 투다.

"저도 착오가 있었다고 말할 수 있으면 좋겠는데 그럴 수가 없네요. 낸시, 도움이 많이 됐어요."

그녀는 미심쩍어하는 말투로 묻는다.

"그런가요?"

호지스는 그녀에게 그의 전화번호와 홀리의 전화번호와 사무실 전화번호를 알려 준다. 뭐든 새로운 게 생각나면 연락해 달라고 한다. 마틴이 2009년 시티 센터 사건으로 전신이 마비됐기 때문에 언론에서 관심을 보일 거라고, 내키지 않으면 신문이나 TV 인터뷰를 거절해도 된다고 알려 준다.

그러고는 낸시 앨더슨이 다시 울음을 터뜨리는 소리를 들으며 전화를 끊는다.

9

그는 홀리를 데리고 한 블록 거리에 있는 팬더 가든이란 중식당으로 점심을 먹으러 간다. 아직 이른 시각이라 식당 안에 거의 그들밖에 없다시피 하다. 육식을 끊은 홀리는 채소 차우면을 주문한다. 호지스는 잘게 썬 매콤한 쇠고기를 좋아하지만 요즘은 속이 부대껴서 대신 마라 소스 양고기 요리를 선택한다. 둘 다 젓가락을 쓴다. 홀리는 젓가락을 자유자재로 쓸 수 있기 때문이고 호지스는 젓가락을 쓰면 먹는 속도가 느려져서 점심을 먹은 뒤에 속이 화끈거릴 가능성이 낮아지기 때문이다.

그녀가 말한다.

"마지막 폭설이 내린 게 12월 19일이었어요. 기상청에 따르면 거번먼트 스퀘어에 28센티미터, 브랜슨 파크에 33센티미터가 쌓였대요. 어마어마한 정도는 아니지만 이번 겨울에 그것 말고는 10센티미터가 최고 기록이었어요."

"크리스마스 6일 전이었군요. 앨더슨의 기억에 따르면 그 무렵 재니스 엘러턴이 재핏을 받았다고 했는데."

"부인에게 재핏을 준 사람이 그 집을 쳐다보던 사람과 동일 인물이었을까요?"

호지스는 브로콜리를 젓가락으로 집는다. 브로콜리는 몸에 좋을 것이다. 맛이 없는 채소는 다 그렇지 않은가.

"엘러턴이 마스킹테이프로 파카를 때운 사람이 건넨 물건을 받지는 않았을 것 같은데요. 전혀 가능성이 없다고 보는 건 아니지만 상당히 낮죠."

"점심 먹어요, 빌. 내가 먹는 속도가 지금보다 더 빠르면 돼지처럼 보이겠어요."

호지스는 그녀가 시키는 대로 하지만 요즘은 속이 미친 듯이 쓰리지 않을 때도 식욕이 별로 없다. 먹은 게 목에 걸리자 차로 씻어 내린다. 좋은 생각인 게, 차를 마시면 좀 괜찮아지는 듯하다. 그는 아직 듣지 않은 검사 결과에 대해 생각한다. 문득 궤양보다 더 심각한 병일 수도 있다는, 궤양이 그나마 가장 나은 시나리오일 수도 있다는 생각이 든다. 궤양에는 약을 먹으면 된다. 다른 병은 그렇지가 않다.

접시 중앙이 보이자(하지만 가장자리에 남은 음식이 어마어마하게 많다.) 그는 젓가락을 내려놓고 이렇게 말한다.

"당신이 낸시 앨더슨을 추적하는 동안 내가 찾은 게 있어요."

"뭔데요?"

"재핏에 대한 기사를 읽었거든요. 컴퓨터에 기반을 둔 회사들이 등장했다 사라지는 속도에 놀라워하면서. 꼭 6월의 민들레 같더군요. 재핏 커맨더는 시장을 독점하지 못했어요. 너무 단순하고 너무 비싸고 쟁쟁한 경쟁자들이 너무 많아서. 회사 주식은 폭락했고 선라이즈 솔루션스라는 회사로 매각됐죠. 2년 전에는 그 회사마저 망해서 문을 닫았고요. 그런즉 재핏은 오래 전에 시장에서 자취를 감추었을 테니 기기를 준 사람이 무슨 사기극을 꾸미고 있었다고 봐야겠죠."

홀리는 그 말에 담긴 의미를 금세 알아차린다.

"그러니까 설문지는 그 뭐냐, 신빙성을 확보하기 위한 헛짓거리였다는 말이로군요. 하지만 그 남자가 엘러턴 부인한테서 돈을 뜯어내려고 한 것은 아니었잖아요?"

"맞아요. 우리가 알기로는 그렇죠."

"뭔가 심상찮은 일이 벌어지고 있어요, 빌. 헌틀리 형사와 회색 눈의 미녀한테도 얘기할 거예요?"

호지스는 접시에 남은 것들 중에서 가장 조그만 양고기를 집은 참이었는데 이로써 내려놓을 핑계가 생겼다.

"그녀를 좋아하지 않는 이유가 뭐예요, 홀리?"

"나를 비정상이라고 생각하니까요." 홀리는 무덤덤한 말투다. "그래서 그런 거예요."

"내가 보기에는 그렇지 않……"

"맞아요. 어쩌면 나를 위험인물이라고 생각할 수도 있어요. 라운드 히어 콘서트에서 브래디 하츠필드를 그런 식으로 후려친 것 때문에요. 하지만 상관없어요. 그때로 돌아가면 똑같이 할 거예요. 1000번이라도!"

그는 그녀의 손을 자기 손으로 감싼다. 그녀의 주먹 안에서 젓가락이 소리굽쇠처럼 부들부들 떨린다.

"나도 알아요. 그리고 당연히 그래야죠. 덕분에 1000명이 목숨을 구했잖아요. 최소 1000명이."

그녀는 손을 빼서 밥알을 집기 시작한다.

"뭐, 그녀가 나를 비정상이라고 생각하는 건 얼마든지 감당할 수 있어요. 평생 그렇게 생각하는 사람들을 상대하면서 살았는걸요, 우리 부모님부터 시작해서. 그런데 그게 다가 아니에요. 이사벨은 보이는 것만 보고, 자기보다 더 많은 걸 보거나 더 많은 걸 찾으려는 사람들을 좋아하지 않아요. 빌, 당신에 대해서도 똑같이 생각해요. 당신을 질투한다고요. 피트를 사이에 두고."

호지스는 아무 말도 하지 않는다. 그는 그럴 수도 있다고 생각해본 적이 한 번도 없다.

그녀는 젓가락을 내려놓는다.

"내 질문에 대답하지 않았잖아요. 우리가 지금까지 알아낸 사실을 그 두 사람한테 얘기할 거예요?"

"아직은 아니에요. 당신이 오후에 사무실을 지켜주면 먼저 하고 싶은 일이 하나 있는데."

홀리는 남은 차우면을 내려다보며 미소를 짓는다.

"그야 늘 하는 일이잖아요."

10

빌 호지스만 베키 헬밍턴의 후임을 싫어하는 게 아니다. 외상성 뇌손상 병동에서 근무하는 간호사와 잡역부 들은 그곳을 깡통이라고 부르는데 루스 스캐펠리는 부임하자마자 별명이 꼴통이 된다. 그녀는 부임한 지 3개월 만에 사소한 규정 위반으로 세 명의 간호사를 다른 곳으로 내보냈고 물품보관실에서 담배를 피운 잡역부를 해고했다. "너무 산만하다"거나 "너무 도발적"이라는 이유를 들어서 알록달록한 유니폼을 금지시켰다.

하지만 의사들은 그녀를 좋아한다. 신속하고 유능하기 때문이다. 그녀는 환자들을 대할 때도 신속하고 유능하지만 차갑고 기본적으로 경멸하는 분위기를 풍긴다. 아무리 천지개벽할 부상을 당한 환자라도 그녀 앞에서 무뇌 인간이나 바보나 머저리라고 부르지 못하게 하지만 풍기는 특유의 *분위기*가 있다.

"실력은 있어요." 스캐펠리가 부임하고 얼마 되지 않았을 때 휴게실에서 한 간호사가 다른 간호사에게 말했다. "그건 누가 봐도 분명해요. 하지만 뭔가 부족한 게 있단 말이죠."

다른 간호사는 산전수전 다 겪은 30년 경력의 베테랑이었다. 그녀는 곰곰이 생각하다가…… *정곡을 찌르는* 두 마디를 내뱉었다.

"자비가 부족하지."

스캐펠리는 펠릭스 배비노 신경과 과장과 회진을 돌 때는 절대 차갑거나 경멸하는 분위기를 풍기지 않는다. 설령 그녀가 그런다 한들 그는 알아차리지도 못할 것이다. 알아차린 의사들이 몇 명 있긴 하지만 거의 아무도 신경을 쓰지 않는다. 워낙 잘난 양반들이라 간호사라는 열등한 존재(수간호사일지라도 마찬가지다.)들의 소행은 안중에도 없다.

스캐펠리는 어떤 문제가 생겼건 현재 상태는 외상성 뇌손상 병동 환자들의 책임이고 그들이 좀 더 열심히 노력하면 기능을 일부나마 회복할 수 있다고 굳게 믿는 눈치다. 그럼에도 불구하고 그녀는 자기에게 주어진 역할을 묵묵히, 대개는 유능하게 수행한다. 그녀보다 훨씬 더 많은 사랑을 받았던 베키 헬밍턴보다 능력이 더 좋은 것 같기도 하다. 누가 이런 소리를 하면 스캐펠리는 사랑을 받으려고 이 자리에 있는 게 아니라 환자들을 보살피기 위해서 있는 거라며 논의의 마침표를 찍을 것이다.

하지만 깡통의 장기 입원 환자 중에 그녀가 싫어하는 환자도 있다. 바로 브래디 하츠필드다. 시티 센터에서 다치거나 죽은 친구나 친척은 없지만 그가 사기를 치고 있다고 생각하기 때문이다. 그런 식으로 응당한 처벌을 모면하고 있다고 생각하기 때문이다. 그녀는 대개 멀찌감치 거리를 두고 다른 직원에게 그를 맡긴다. 그를 보기만 해도 이 사악한 인간에게 간단하게 농락당하는 사회 시스템에 하루 종일 분노가 끓기 때문이다. 그리고 그를 멀리하는 또 한 가지 이유가 있다. 그의 병실에 들어가면 그녀 자신을 전적으로 믿을 수가 없기 때문이다. 그녀는 두 번 어떤 짓을 저질렀다. 들통나면 병원에서 잘릴 수도 있는 그런 짓이었다. 하지만 1월 초의 그날 오후, 호지스와 홀리가 점심 식사를 마무리하고 있을 무렵, 그녀는 보이지 않는 선에 끌리기라도 한 듯 217호실로 향한다. 바로 그날 아침에 그녀는 어쩔 수 없이 그 병실에 출입했다. 배비노 박사는 늘 같이 회진을 돌자고 하는데, 브래디가 그에게는 보석 같은 환자다. 그는 브래디의 회복 속도에 놀라워하고 있다.

"애초에 혼수상태에서 깨어날 가망성이 없는 환자였어요." 그녀가 깡통으로 자리를 옮기자마자 배비노는 이렇게 얘기했다. 브래디 이야기만 나오면 냉혈인간 같은 그가 명랑해진다. "그런데 지금 상태를 봐요! 물론 부축을 받아야 하지만 짧은 거리는 걸을 수도 있고 혼자 식사를 할 수 있고 간단한 질문에 말로 아니면 손짓으로 대답도 할 수 있잖아요."

'포크로 눈을 찌르는 습관도 있고요.' 루스 스캐펠리는 이렇게 덧붙일 수도 있지만 참는다. 브래디의 말로 하는 대답이라는 것도 그녀의 귀에는 *와 와* 아니면 *겁 겁*으로 들린다. 그리고 배변 문제도 있다. 그는 요실금 팬티를 입혀 놓으면 참는다. 그걸 벗기면 시계로 잰 것처럼 정확하게 침대에 소변을 본다. 가능하면 거기다 대변까지 싼다. 꼭 일부러 그러는 것처럼 말이다. 그녀가 보기에는 *일부러* 그러는 거다.

그런가 하면 그는 스캐펠리가 자기를 좋아하지 않는다는 것도 안다. 이것만큼은 확실하다. 이날 아침만 해도 검진이 끝나고 배비노 박사가 병실에 딸린 화장실에서 손을 씻는 동안 브래디는 고개를 들어서 그녀를 쳐다보며 한 손을 가슴에 얹었다. 그러고는 부들부들 떨며 살짝 주먹을 쥐었다. 그 주먹에서 가운뎃손가락이 천천히 뻗어져 나왔다.

처음에 스캐펠리는 보고도 그게 뭔지 이해하지 못했다. 브래디 하츠필드가 그녀에게 손가락으로 욕을 한 것이다. 바로 그때 화장실에서 물소리가 끊기자 그녀의 유니폼에 달린 단추 두 개가 튕겨져 나오면서 튼실한 플레이텍스 컴포트 스트랩 브라의 중간 부분이 드러났다. 그녀는 이 쓰레기 같은 인간을 둘러싼 소문을 믿지 않았지만, 믿기를 거부했지만 이건…….

그가 그녀를 보며 미소를 지었다. *씩 웃었다.*

이제 그녀는 머리 위에 달린 스피커에서 흘러나오는 잔잔한 음악을 들으며 217호실로 향한다. 사물함에 넣어 두었던 분홍색 유니폼으로 갈아입었는데 별로 좋아하지 않는 옷이다. 그녀는 이쪽을 예의 주시하는 눈길이 있는지 좌우로 확인하고 혹시라도 모를 경우에 대비해 브래디의 차트를 들여다본 다음 안으로 들어간다. 브래디는 늘 그렇듯 창가의 의자에 앉아 있다. 네 벌 있는 격자무늬 셔츠와 청바지를 입고 있다. 머리는 곱게 빗었고 두 뺨은 어린애처럼 반질반질하다. 가슴 주머니에 *바브라 간호사가 면도시켜 주었어요!*라고 적힌 배지가 달려 있다.

'도널드 트럼프처럼 살고 있군.' 루스 스캐펠리는 생각한다. 여덟 명을 죽이고 몇 명인지 모를 수많은 사람들에게 부상을 입히고 로큰롤 콘서트장에서 수천 명의 십 대 소녀들을 죽이려고 했는데 여기 이렇게 앉아서 전담 직원이 가져다주는 밥을 먹고, 병원에서 빨아주는 옷을 입고, 면도까지 남이 해 준다. 1주일에 세 번씩 *마사지도* 받는다. 1주일에 네 번씩 스파에 가서 뜨거운 욕조에 몸도 담근다.

도널드 트럼프 같다고? 흥. 석유가 많이 나는 중동 어느 사막의 족장의 삶에 더 가깝겠다.

그가 그녀에게 손가락으로 욕을 했다고 얘기하면 배비노는 뭐라고 할까?

'그럴 리가요.' 그는 이렇게 말할 것이다. '그럴 리가요, 스캐펠리 간호사. 그냥 근육이 반사적으로 움직인 거겠죠. 아직은 그 정도 수준의 사고가 불가능해요. 그리고 가능하다 한들 당신한테 왜 그런 욕을 하겠어요?'

"나를 좋아하지 않으니까 그렇겠지." 그녀는 분홍색 치마로 덮인 무릎에 손을 얹고 몸을 앞으로 숙이며 말한다. "안 그래요, 하츠필드 씨? 이로써 피장파장이네요. 나도 당신을 좋아하지 않으니까."

그는 그녀를 쳐다보지 않고 그녀가 한 말을 들은 티도 내지 않는다. 창밖으로 주차장만 내다볼 뿐이다. 하지만 그녀가 한 말을 들은 게 분명하다고 장담할 수 있기에 전혀 알은체하지 않는 태도가 그녀의 분노를 부채질한다. 그녀가 말을 하면 *귀담아들어야* 할 것 아닌가.

"오늘 아침에 일종의 마인드 컨트롤로 내 유니폼에 달린 단추를 뜯은 거라고 믿어야 할까요?"

아무 대꾸가 없다.

"내가 그 정도로 바보 같지는 않아요. 그 유니폼, 원래부터 바꾸려고 했어요. 몸통이 너무 딱 맞아서. 다른 순진한 직원들은 속일 수 있을지 몰라도 나는 못 속여요, 하츠필드 씨. 당신이 할 수 있는 일은 여기 앉아 있는 것뿐이죠. 그리고 기회가 생길 때마다 침대에 실례를 해 놓는 것."

아무 대꾸가 없다.

그녀는 제대로 닫혀 있는지 문 쪽을 흘끗 확인한 다음 무릎을 짚고 있던 왼손을 내민다.

"당신 때문에 부상을 입은 사람들 가운데 일부는 아직도 고통스러워하고 있어요. 그걸 생각하면 기쁘죠? 그렇죠? 당신은 어떨까요? 어디 한번 알아볼까요?"

그녀는 셔츠로 덮인 그의 젖꼭지를 먼저 살짝 건드린 다음 엄지손가락과 집게손가락으로 집는다. 손톱이 짧지만 최대한 힘껏 꼬집어서 먼저 이쪽으로 비튼 다음 다시 저쪽으로 비튼다.

"그게 아픔이라는 거예요, 하츠필드 씨. 마음에 들어요?"

일말의 변화도 없이 무표정한 그의 얼굴이 그녀의 부아를 돋운다. 그녀는 코와 코가 서로 거의 맞닿을 정도로 가깝게 허리를 숙인다. 그녀의 얼굴이 주먹처럼 한층 일그러진다. 안경 뒤에서 그녀의 파란 눈이 불룩 튀어나온다. 입가에 살짝 침이 맺힌다.

"고환을 이렇게 비틀어 줄 수도 있어." 그녀가 속삭인다. "진짜야."

그렇다. 정말 그럴 수도 있다. 그가 배비노에게 고자질을 할 수 있는 것도 아니지 않은가. 그가 쓸 수 있는 단어는 기껏해야 마흔 몇 개에 불과하고 그마저도 알아들을 수 있는 사람이 거의 없다. 옥수수 더 주세요가 어우우 어 우에오로 나와서 예전 서부영화에서 인디언들이 쓰던 말처럼 들린다. 완벽하게 발음할 수 있는 유일한 한마디가 어머니 보고 싶어요인데 스캐펠리는 어머니가 죽었다고 몇 번이고 다시 일깨울 때마다 희열을 느낀다.

그녀는 그의 젖꼭지를 좌우로 비튼다. 시계 방향으로 돌렸다가 시계 반대 방향으로 돌린다. 잡고 있는 힘껏 꼬집는다. 그녀의 손은 힘이 세기로 유명한 간호사의 손이다.

"너는 배비노 선생님이 네 애완동물인 줄 아는데 그 반대야. 네가 그의 애완동물이지. 네가 그의 모르모트라고. 그는 너한테 투여하는 실험용 약물에 대해서 내가 아무것도 모른다고 생각하지만 나는 다 알아. 비타민이라고? 비타민이라니 지나가던 개가 웃겠네. 나는 여기서 벌어지는 모든 일을 알아. 그는 너를 원상회복시킬 수 있을 거라고 생각하지만 그럴 일은 없을 거야. 너는 선을 넘었거든. 그리고 원상 복귀되면 어떻게 되겠어? 재판을 받고 평생 감방에 썩어야 할 거 아냐. 웨인스빌 주립 교도소에는 뜨거운 욕조도 없을 텐데."

손목의 힘줄이 튀어나올 정도로 세게 젖꼭지를 꼬집는데도 그는 어떤 반응도 보이지 않는다. 무표정한 얼굴로 주차장만 내다볼 따름이다. 계속했다가는 간호사가 멍이 들고 부풀어 오른 것을 보고 차트에 기록할 것이다.

그녀가 손을 놓고 숨을 헐떡이며 뒤로 물러서자 창문 꼭대기에 달린 베니션 블라인드가 갑자기 해골처럼 덜거덕거린다. 그 소리에 화들짝 놀란 그녀가 주위를 두리번거린다. 다시 그에게로 고개를 돌려보니 그가 주차장이 아닌 다른 데를 보고 있다. 뭔가를 아는 듯한 또렷한 눈빛으로 *그녀를* 쳐다보고 있다. 스캐펠리는 번뜩이는 공포를 느끼며 뒤로 한 걸음 물러선다.

"배비노한테 보고할 수도 있어. 하지만 의사들은 요리조리 갖다 붙이는 데 재주가 있거든. 특히 간호사의 말이라면 아무리 수간호사의 말이라도 듣질 않지. 그리고 뭐 하러 보고를 하겠어? 마음껏 실험하라지. 웨인스빌 교도소도 너한테는 과분해, 하츠필드. 어쩌면 그가 투여한 약물 때문에 네가 죽을 수도 있겠다. 너는 그렇게 죽어도 싼 인간이야."

배식 카트가 복도를 요란하게 지나가는 소리가 들린다. 누군가가 늦은 점심을 받아가는 모양이다. 루스 스캐펠리는 꿈에서 깨어난 사람처럼 움찔하고, 하츠필드에서 이제는 잠잠한 베니션 블라인드로 시선을 옮겼다가 다시 하츠필드에게로 시선을 옮기며 문을 향해 뒷걸음질 친다.

"너 혼자 이런저런 생각할 수 있도록 이제 나가 줄게. 하지만 마지막으로 한 마디만 하겠는데 다시 한 번만 손가락으로 욕을 하면 그때는 고환을 비틀어 줄 줄 알아."

브래디의 손이 무릎에서 가슴으로 움직인다. 부들부들 떨고 있지만 운동 조절 능력에 문제가 있어서 그런 거다. 1층에서 1주일에 열 번씩 물리치료를 받은 덕분에 근긴장은 어느 정도 되찾았다.

스캐펠리는 그녀를 향해 기울어지는 가운뎃손가락을 믿기지 않는다는 듯이 빤히 쳐다본다.

음흉한 미소는 덤이다.

"너는 변태야." 그녀는 나지막이 말한다. "또라이야."

하지만 스캐펠리는 다시 그에게 다가가지 않는다. 그랬다가는 무슨 일이 벌어질지 모른다는 말도 안 되는 공포가 문득 엄습했기 때문이다.

11

오후에 잡아 놓은 약속을 몇 개 변경해야 하지만 그래도 톰 소버스는 호지스의 부탁에 기꺼이 응한다. 빌 호지스에게 진 신세에 비하면 리지데일의 빈 집을 구경시켜 주는 것쯤이야 아무것도 아니다. 이러니저러니 해도 그 전직 경찰관 덕분에(더불어 그의 친구 홀리와 제롬의 도움 아래) 그의 아들과 딸이 목숨을 구했다. 어쩌면 아내도 그랬다고 볼 수 있었다.

톰은 들고 있는 서류철에 달린 쪽지에 적힌 숫자를 입력해 현관에 달린 경보 장치를 해제한다. 호지스를 1층 이곳저곳으로 안내하며 울려 퍼지는 발소리 사이로 장광설을 늘어놓는다. 도심에서 제법 멀긴 하지만 다르게 해석하면 상수도, 배관, 쓰레기 수거, 스쿨버스, 시내버스, 이런 도시의 혜택을 누리되 도심의 소음에서 해방될 수 있다는 뜻도 되는 거죠.

"이 집에는 케이블도 설치되어 있고 아주 풀옵션이에요."

"좋네요. 하지만 이 집을 사려는 건 아니에요."

톰은 호기심 어린 눈빛으로 그를 쳐다본다.

"그럼 원하시는 게 뭔데요?"

호지스가 생각하기에 그에게 말하면 안 될 이유가 없다.

"이 집을 맞은편의 저 집을 감시하는 용도로 쓴 사람이 있는지 파악하고 싶어서요. 지난 주말에 살인·자살 사건이 벌어졌거든요."

"1601번지에서요? 맙소사, 빌, 끔찍한 사건이네요."

'그렇죠.' 호지스는 생각한다. '그리고 당신은 누구한테 얘기하면

그 집의 중개를 자신이 맡을 수 있을지 벌써부터 계산기를 두드리고 있겠죠?'

그렇다고 이 남자를 폄하하는 건 아니다. 그로 말할 것 같으면 시티 센터 대참사로 인해 산전수전을 다 겪은 사람이다.

"이제 보니 지팡이를 두고 다니네요?"

같이 2층으로 올라가며 호지스가 묻는다.

"밤에는 가끔 쓸 때도 있어요. 특히 비가 오거나 하면요." 톰이 대답한다. "과학자들은 궂은 날 관절이 더 쑤신다는 주장이 근거 없는 속설이라고 하지만 그렇지 않다는 산증인이 바로 나예요. 자, 여기가 안방인데 보시다시피 아침 햇살을 제대로 받을 수 있도록 설계가 되어 있어요. 넓고 근사한 욕실에는 제트 샤워기가 딸려 있고 여기이 복도를 따라서 조금만 가면……"

'네, 집 좋네요.' 호지스는 속으로 중얼거린다. 리지데일이니 당연히 그럴 수밖에 없겠지만 최근에 누군가가 들어왔던 흔적은 없다.

"충분히 보셨나요?" 톰이 묻는다.

"네, 이 정도면 된 것 같네요. 보시기에 혹시 전과 달라진 부분이 있던가요?"

"전혀요. 그리고 경보 장치가 좋은 거예요. 무단으로 침입하려고 했던 사람이 있었다면……"

"그렇군요. 이렇게 추운 날에 불러내서 미안해요."

"별말씀을요. 어차피 나왔어야 했는걸요. 이렇게 뵈니까 좋네요." 그들은 부엌 문 밖으로 나간다. 톰이 문을 다시 잠근다. "그런데 너무 마르셨네요."

"뭐, 사람들이 그러잖아요. 살은 아무리 빼도 부족하고 돈은 아무리 많아도 부족하다고."

시티 센터에서 부상을 입은 초기에 너무 말랐고 너무 가난했던 톰은 이 말에 예의상 미소를 지어 보이고 집 앞쪽을 향해 걸음을 옮긴다. 호지스는 몇 발짝 따라가다가 걸음을 멈춘다.

"차고를 좀 볼 수 있을까요?"

"그럼요. 하지만 안에 아무것도 없는데요."

"살짝 둘러보기만 할게요."

"돌다리도 두드려 보고 건너자는 말씀이죠? 알겠습니다. 열쇠 찾아볼게요."

그런데 열쇠를 찾을 필요가 없다. 차고 문이 5센티미터 정도 열려 있다. 두 남자는 뜯겨 나간 자물쇠 주변을 말없이 쳐다본다. 한참 만에 톰이 입을 연다.

"하. 놀라운데요?"

"경보 장치가 차고까지 미치지는 않는 모양이로군요."

"맞습니다. 여긴 훔쳐 갈 만한 게 전혀 없으니까요."

호지스는 미도장 원목으로 벽을 대고 바닥에는 콘크리트를 부은 직사각형의 공간 안으로 들어간다. 콘크리트에 찍힌 부츠 자국이 보인다. 호지스의 입김이 보이고 다른 것도 보인다. 위아래로 여닫게 된 왼쪽 문 앞에 의자가 놓여 있다. 누군가가 거기 앉아서 밖을 내다보았던 것이다.

호지스는 촉수로 그의 허리를 감싸듯 왼쪽 옆구리에서부터 점점 번져오는 통증을 전부터 느끼고 있었다. 그런데 오랜 친구와도 같았던 그 통증이 흥분으로 인해 일시적으로 사라진다.

'누군가가 여기 앉아서 1601번지를 내다보았던 거야. 그랬다는 데 내 전 재산을 걸겠어, 전 재산이 얼마 되지도 않지만.'

호지스는 차고 전면으로 걸어가서 파수꾼이 앉았던 의자에 앉는다. 문 중간에 수평으로 창문이 세 개 달려 있는데 맨 오른쪽 것만 먼지가 깨끗하게 닦여 있다. 1601번지의 큼지막한 거실 창문이 정면으로 보인다.

"빌." 톰이 부른다. "의자 밑에 뭐가 있어요."

호지스는 뭔지 확인하느라 후끈하게 그를 덮치는 속 쓰림을 견디며 허리를 숙인다. 지름이 7~8센티미터쯤 되는 까만색 원반이다. 가장자리를 잡아서 들어올린다. 금색으로 스타이너(STEINER)라는 한 단어가 새겨져 있다.

"카메라 뚜껑인가요?" 톰이 묻는다.

"쌍안경 뚜껑이에요. 돈 많은 경찰서에서 쓰는 스타이너 사 쌍안경 뚜껑요."

블라인드까지 걷혀 있었다면 파수꾼이 성능 좋은 스타이너(호지스가 아는 한 성능이 좋지 않은 스타이너 제품은 없다.)로 엘러턴과 스토버의 거실을 훤히 들여다보고도 남았을 텐데…… 그와 홀리가 그날 아침 거실로 들어섰을 때 블라인드가 걷혀 있었다. 그들이 CNN을 보고 있었다면 파수꾼이 화면 하단에 뜨는 자막까지 읽을 수 있었을 것이다.

호지스에게 증거품 수집용 봉투는 없지만 외투 주머니에 휴대용 크리넥스가 있다. 그는 크리넥스 두 장을 뽑아서 조심스럽게 렌즈 뚜껑을 감싼 다음 외투 안주머니에 넣는다. 의자에서 일어나는데(또다시 배가 찌릿하다. 오늘따라 통증이 심하다.) 또 다른 무언가가 그의 눈에 들어온다. 위아래로 여닫는 문과 문 사이 나무에 누군가가 어쩌면 주머니칼로 한 글자를 새겨 놓았다.

Z다.

12

집 앞 진입로에 거의 다다랐을 때 새로운 손님이 호지스를 찾아온다. 타는 듯한 느낌이 왼쪽 무릎 뒤편을 번쩍 하고 가른 것이다. 칼로 찔린 것처럼 아프다. 그는 아픈 것도 아픈 거지만 놀란 마음에 비명을 지르며 허리를 숙이고, 통증이 사라지지 않으면 뭉친 근육이라도 풀려고 욱신거리는 무릎마디를 문지른다.

톰도 그의 옆에서 허리를 숙이는 바람에 두 사람 모두 힐탑 코트를 따라 천천히 올라오는 구닥다리 쉐보레를 보지 못한다. 희미해진 파란색 차체에 군데군데 빨간색 프라이머가 묻어 있다. 운전석에 앉은 노인이 두 남자를 쳐다보느라 좀 더 속도를 늦췄다가 이내 푸르스름한 배기가스를 내뿜으며 쌩하니 내달린다. 엘러턴과 스토버의 집을 지나 단추걸이 모양의 도로 끝 회차 지점으로 향한다.

"왜요?" 톰이 묻는다. "왜 그러세요?"

"쥐가 났어요." 호지스는 이를 악 문 채로 대답한다.

"주물러 보세요."

호지스는 산발한 머리칼 사이로 아프지만 우스꽝스러운 표정을 짓는다.

"내가 지금 뭐 하고 있는 걸로 보여요?"

"제가 해 드릴게요."

6년 전에 어떤 채용박람회에 갔다가 물리치료 베테랑이 된 톰 소버스가 호지스의 손을 옆으로 치운다. 한쪽 장갑을 벗고 손가락으로 세게 누른다.

"으악! 염병할! 아파 죽겠네!"

"알아요. 어쩔 수 없어요. 멀쩡한 쪽 다리에 최대한 체중을 싣고 움직이세요."

호지스는 그가 시킨 대로 한다. 칙칙한 빨간색 프라이머로 여기저기를 칠한 말리부가 이번에는 언덕을 내려가는 방향으로 다시 한 번 천천히 등장한다. 운전자가 그들을 또다시 한참 동안 쳐다보더니 쌩하니 사라진다.

"괜찮아지고 있어요." 호지스가 말한다. "고마워요."

하지만 위장이 불에 덴 듯하고 허리를 접질린 느낌이다.

톰이 걱정스러운 눈빛으로 그를 쳐다보고 있다.

"정말 괜찮으신 것 맞아요?"

"그럼요. 잠깐 근육이 뭉친 거예요."

"그게 아니라 심부정맥 혈전증일 수도 있어요. 이제 젊은 나이가 아니잖아요, 빌. 검사를 받아요. 나랑 같이 있을 때 무슨 일이 생기면 피트가 죽을 때까지 나를 용서하지 않을 거예요. 걔 여동생도 마찬가지고. 우리가 진 빚이 좀 커야 말이죠."

"알아서 관리하고 있어요. 내일 진찰 예약 잡아 놨어요. 자, 이제 나갑시다. 얼어 죽겠네."

두세 걸음 절뚝거리고 났더니 통증이 완전히 사라져서 멀쩡하게 걸을 수 있다. 톰보다 멀쩡하게 걸을 수 있다. 톰 소버스는 2009년 4월에 브래디 하츠필드와 조우한 덕분에 평생 절뚝거리며 지내야 한다.

13

집으로 퇴근하자 속이 좀 괜찮아졌지만 피곤해서 기절할 지경이다. 요즘 들어 금세 피곤해지는 이유가 입맛이 없어서 그런 거라고 자기 최면을 걸어 보지만 과연 그럴까 싶다. 리지데일에서 집으로 오는 길에 유리창 깨지는 소리와 남자아이들이 홈런이라고 환호하는 소리가 두 번 들렸지만 그는 운전 중에는 절대 휴대 전화를 들여다보지 않는다. 위험하기도 하지만(이 주에서는 불법인 건 둘째치고) 그보다는 휴대 전화의 노예가 되고 싶지 않기 때문이다.

게다가 그중 한 번은 누구 문자인지 독심술사가 아니라도 알 수 있다. 그는 먼저 현관 옆 붙박이장에 외투를 걸고 안주머니에 든 렌즈 뚜껑이 무사한지 살짝 건드려 본다.

첫 번째 문자는 홀리가 보낸 것이다. 피트와 이사벨에게 얘기해야겠지만 먼저 나한테 전화해 줘요. 물어볼 게 있어요.

두 번째 문자는 홀리가 보낸 것이 아니다. 스태머스 박사님께서 긴히 하실 말씀이 있답니다. 내일 오전 9시로 예약이에요. 꼭 지켜 주세요!

호지스는 손목시계를 확인한다. 오늘이 시작된 지 한 달은 된 것 같은데 이제 겨우 4시 15분이다. 스태머스의 진료실로 전화하자 말리가 받는다. 명랑한 치어리더 같은 목소리로 알 수 있는데 그가 이름을 밝히자 그녀의 목소리가 심각해진다. 어떤 검사 결과가 나왔는지 모르겠지만 좋지 않다는 것만큼은 분명하다. 밥 딜런도 예전에 노래했다시피 꼭 기상청에 물어봐야 바람의 방향을 알 수 있는 건 아니다.

그는 홀리, 피트, 이사벨과 먼저 만나고 싶기에 9시 예약을 9시 30분으로 늦추겠다고 한다. 스태머스 박사와의 면담 이후에 바로 입원할 리는 없겠지만 그는 현실주의자이고 다리를 갑작스럽게 관통한 통증 때문에 놀라서 하마터면 지릴 뻔했다.

말리는 잠시 기다려 달라고 한다. 영 래스칼스의 노래가 잠깐 흐른 뒤에(호지스는 그들도 지금쯤은 어마무지하게 늙은 래스칼스가 되었을 거라는 생각을 한다.) 다시 그녀의 목소리가 들린다.

"9시 30분으로 옮겨 드릴 수 있어요, 호지스 씨. 하지만 스태머스 박사님이 꼭 오셔야 한다고 강조해 달라고 하시네요."

"어느 정도로 심각하기에요?"

자신도 모르게 불쑥 이 말이 튀어나온다.

"저는 아무것도 몰라요. 하지만 문제가 있다면 가능한 한 빨리 치료를 받으셔야 하지 않겠어요?"

"맞아요." 호지스는 심각한 목소리로 얘기한다. "예약한 시간에 맞춰서 꼭 갈게요. 고마워요."

그는 전화를 끊고 전화기를 물끄러미 쳐다본다. 프리본 가에 살았던 시절에 그가 뒷마당에 설치한 그네를 타고 하늘 높이 날아오르며 환하게 웃는 딸아이의 일곱 살 때 사진이 배경화면이다. 그들이 아직 한 가족이었던 시절에 찍은 사진이다. 이제 앨리는 서른여섯 살의 이혼녀로 상담 치료를 받으며 창세기만큼이나 오래된 이야기(조만간 그 여자랑 헤어질 건데 아직은 아니야.)를 반복했던 남자와의 고통스러웠던 관계를 극복하는 중이다.

호지스는 전화기를 내려놓고 셔츠를 들춘다. 왼쪽 복부의 통증이 나지막이 중얼거리는 수준으로 가라앉은 것은 다행이지만 흉골 아래 부분이 불룩 튀어나온 것은 마음에 걸린다. 사실 그는 점심도 반은 남겼고 아침으로 먹은 거라고는 베이글 한 조각뿐인데 그렇게 부어 있으니 마치 엄청난 양의 식사를 해치운 것 같다.

"너 왜 이러는 거냐?" 그는 불룩한 배에 대고 묻는다. "내일 병원에 가기 전에 힌트라도 들었으면 좋겠다만."

컴퓨터를 켜고 인터넷이라는 의학박사에게 물으면 원하는 모든 힌트를 찾을 수 있겠지만 인터넷을 통한 자가 진단은 바보짓이라는 결론을 내린 참이다. 그래서 대신 홀리에게 전화한다. 그녀는 1588번지에서 흥미진진한 정보를 찾았는지 궁금해 한다.

"「래프인」(1960년대와 1970년대에 미국에서 방송됐던 코미디 프로그램 ─ 옮긴이)에 출연했던 그 남자의 표현을 빌자면 아주 흥미진진한 정보를 찾았지만 먼저 물어보고 싶은 것부터 물어봐요."

"마틴 스토버가 컴퓨터를 주문했는지 피트가 알아낼 수 있을까요? 신용카드 사용 내역을 입수하든지 해서요. 어머니의 컴퓨터는 구닥다리였잖아요. 그녀가 컴퓨터를 주문했다면 정말로 인터넷 강의를 들을 생각이 있었다는 거고, 정말로 인터넷 강의를 들을 생각이 있었다면……"

"그럼 어머니와 함께 동반 자살을 공모했을 가능성이 현격하게 떨어지겠죠."

"맞아요."

"하지만 어머니가 단독으로 저질렀을 가능성을 배제할 수는 없잖아요. 스토버가 자는 동안 급식관을 통해 약과 보드카를 투입한 다음 욕조 안으로 들어가서 마무리를 지은 거죠."

"하지만 낸시 앨더슨 말로는……"

"두 사람이 행복하게 지냈다고 했죠. 맞아요, 나도 알아요. 그냥 짚고 넘어간 거예요. 그랬을 거라고 믿지는 않아요."

"피곤한가 봐요."

"하루 일과가 끝나면 찾아오는 슬럼프예요. 뭐 좀 먹고 나면 기운이 날 거예요."

평생 식욕이 이렇게 없어 본 적은 처음이다.

"많이 먹어요. 너무 말랐어요. 하지만 그 전에 그 빈 집에서 뭘 발견했는지 알려 줘요."

"집이 아니라 차고에서 발견했어요."

호지스는 이야기를 시작한다. 그녀는 말허리를 자르지 않는다. 그의 이야기가 끝난 뒤에도 아무 말도 하지 않는다. 홀리는 가끔 통화 중이라는 사실을 잊을 때가 있기 때문에 그가 옆구리를 찌른다.

"어떻게 생각해요?"

"모르겠어요. 정말 모르겠어요. 여기저기 전부…… 이상해요. 그렇지 않아요? 아닌가? 내가 오버할 때가 있긴 하잖아요. 가끔요."

'아무렴, 그렇고말고요.' 호지스는 속으로 중얼거리지만 이번만큼 은 그렇게 생각하지 않기에 오버하는 거 아니라고 얘기한다.

홀리가 말한다.

"재니스 엘러턴이 때운 파카와 일꾼용 복장을 입은 사람이 건네는 물건을 받았을 리가 없다고 했죠?"

"그랬죠."

"그렇다면……" 그녀가 퍼즐을 맞출 수 있도록 이번에는 그의 쪽 에서 침묵을 지킨다. "그렇다면 음모를 꾸민 사람이 두 명이었다는 뜻이 되겠네요. 두 명. 한 명은 장을 보러 나온 재니스 엘러턴에게 재핏과 가짜 설문지를 주었고 다른 한 명은 맞은편 집에서 그녀의 집을 관찰했죠. 그리고 쌍안경! *비싼* 쌍안경! 그 둘이 공범은 아니었 을지 모르지만……"

그는 기다린다. 미소를 살짝 머금고 기다린다. 홀리의 사고회로가 10의 속도로 회전하면 머릿속에서 돌아가는 톱니 소리가 들릴 것만 같다.

"빌, 전화 끊은 거 아니죠?"

"당신 의견을 기다리고 있어요."

"그 둘은 공범인 것 같아요. 내가 보기에는요. 그리고 죽은 두 여 자와 모종의 관계가 있었을 것 같아요. 자, 만족하십니까?"

"그래요, 홀리. 만족해요. 내일 9시 30분에 병원 예약이 잡혀 있는 데……"

"검사 결과가 나온 거예요?"

"맞아요. 그래서 그 전에 피트, 이사벨과 만났으면 하는데. 8시 30분 괜찮겠어요?"

"당연하죠."

"앨더슨과 당신이 찾은 게임기와 1588번지까지 전부 얘기하고 그들의 생각을 들어보죠. 어때요?"

"좋아요. 하지만 그 여자는 아무 생각도 없을걸요?"

"아닐 수도 있잖아요."

"맞아요. 그리고 내일은 하늘이 초록색 바탕에 빨간 땡땡이 무늬로 바뀔 거예요. 이제 뭐 좀 만들어서 먹어요."

호지스는 알았다고 하고 초저녁 뉴스를 보며 깡통에 담긴 치킨 누들 수프를 데운다. 속으로 '할 수 있어, 할 수 있어.' 응원을 하며 한 숟가락씩 띄엄띄엄 한 그릇을 거의 비운다.

그릇을 씻는데 옆구리에서 시작된 통증이 또다시 촉수를 뻗어 허리를 감싼다. 심장이 뛸 때마다 통증이 심해졌다 가라앉길 반복하는 듯하다. 속이 뒤틀린다. 그는 욕실로 달려갈까 고민하지만 이미 늦었다. 싱크대 위로 허리를 숙이고 눈을 감은 채 먹은 걸 게운다. 그렇게 계속 눈을 감은 채 더듬더듬 수도꼭지를 가장 세게 틀어서 토사물을 씻어 내린다. 입과 목젖에서 끈적끈적한 피 맛을 느꼈기에 뭐가 나왔는지 눈으로 확인하고 싶지가 않다.

'에잇.' 그는 생각한다. '이거 큰일이로군.'

'이것 참 큰일이로군.'

14

오후 8시.

루스 스캐펠리가 손바닥만 한 옷을 입고 달리는 청춘 남녀를 출연시키려는 핑계에 불과한 한심한 리얼리티 프로그램을 보고 있을 때 초인종이 울린다. 그녀는 당장 문 앞으로 달려가지 않고 슬리퍼를 질질 끌며 부엌으로 들어가 현관에 달아 놓은 방범 카메라 화면을 켠다. 위험하지 않은 동네에 살고 있지만 조심해서 나쁠 건 없다. 돌아가신 어머니가 입버릇처럼 했던 말이 *인간쓰레기는 어디든 돌아다닌다*는 거였다.

그녀는 집으로 찾아온 사람의 얼굴을 확인한 순간 놀란 동시에 불안해진다. 남자는 비싸 보이는 트위드 코트를 입고 밴드에 깃털이 꽂힌 중절모를 쓰고 있다. 완벽하게 이발한 은발이 모자 밑에서 관자놀이를 따라 인상적으로 흐른다. 한 손에는 얇은 서류가방을 들고 있다. 신경과 과장이자 레이크 리전 외상성 뇌손상 병동의 수석 책임자인 펠릭스 배비노 박사다.

초인종이 다시 울리자 그녀는 황급히 달려가며 생각한다. '내가 오늘 오후에 무슨 짓을 저질렀는지 모를 거야. 문이 닫혀 있었고 내가 들어가는 걸 본 사람이 없잖아. 긴장 풀어. 다른 일로 왔겠지. 노조 때문이라든지 그런.'

하지만 스캐펠리가 간호사 노조 간사를 맡은 지 5년이 지났지만 지금까지 배비노는 한 번도 그녀와 노조 문제를 의논한 적이 없다. 사복으로 갈아입으면 길거리에서 스쳐 지나가더라도 배비노는 그녀를 알아보지 못할 것이다. 여기에 생각이 미치자 낡은 실내복에 그보다 더 낡은 슬리퍼(게다가 토끼가 그려진!)를 신고 있다는 사실이 퍼뜩 떠오르지만 이미 엎질러진 물이다. 적어도 머리에 롤을 감고 있지는 않다.

'미리 전화를 할 것이지.' 하지만 그 뒤를 이어서 떠오른 생각에 그녀는 심란해진다. '나를 급습하려고 했던 걸까?'

"안녕하세요, 배비노 선생님. 추운데 들어오세요. 실내복 차림으로 맞아서 죄송해요. 손님이 오실 줄 몰랐어요."

그가 안으로 들어와서 현관에 우뚝 서는 바람에 그녀는 그를 빙 돌아가서 문을 닫는다. 방범 카메라 화면이 아니라 가까이서 보니 어수선한 복장 면에서 서로 피장파장이다. 그녀가 실내복에 슬리퍼를 신고 있긴 하지만 그의 뺨도 까칠하게 자란 희끗희끗한 수염으로 덮여 있다. 배비노 박사는 원래 패션 리더로 꼽히는데(목에 두른 캐시미어 목도리를 보라.) 오늘 저녁에는 면도의 필요성이 상당히 심각하다. 게다가 눈 밑에 자주색 주머니가 달려 있다.

"코트 이리 주세요."

배비노는 다리 사이에 서류가방을 넣고 코트 단추를 풀어서 고급스러운 목도리와 함께 그녀에게 건넨다. 아직까지 말을 한 마디도 하지 않았다. 그녀가 저녁으로 맛있게 먹은 라자냐가 바닥으로 점점 가라앉고 그와 함께 위장이 밑으로 늘어지는 듯한 기분이 든다.

"뭐라도……"

"거실로 갑시다."

그는 이렇게 말하고 이 집 주인인 양 그녀를 지나서 앞장선다. 루스 스캐펠리는 종종걸음으로 뒤따라간다.

배비노는 안락의자 팔걸이에 놓인 리모컨을 집어서 텔레비전을 겨누고 음소거 버튼을 누른다. 청춘 남녀들이 계속 뛰어다니지만 MC의 무의미한 종알거림은 더 이상 들리지 않는다. 스캐펠리는 불안한 수준을 넘어 두려움을 느낀다. 그토록 힘들게 쟁취한 수간호사라는 자리뿐 아니라 그녀의 안위까지 위태롭게 느껴진다. 그의 눈빛에 아무 표정이 없다. 공허 그 자체다.

"뭐라도 좀 드릴까요? 탄산음료나 아니면⋯⋯"

"내 말 잘 들어요, 스캐펠리 간호사. 수간호사로 계속 있고 싶으면 똑똑히 들어요."

"아니⋯⋯ 그게⋯⋯"

"잘리고 싶지 않으면." 배비노는 서류가방을 그녀의 안락의자에 내려놓고 금색의 정교한 잠금장치를 푼다. 조그맣게 탁 하는 소리와 함께 잠금장치가 위로 열린다. "당신은 오늘 정신지체가 있는 환자를 폭행했어요. 성폭행으로 간주될 수도 있는 폭행을 저지르고 법적인 용어를 빌자면 협박죄를 저질렀어요."

"저는⋯⋯ 절대⋯⋯"

그녀가 하는 말소리가 거의 들리지 않을 지경이다. 기절하기 전에 어디 앉아야겠다는 생각이 들지만 가장 좋아하는 의자 위에는 그의 서류가방이 놓여 있다. 그녀는 거실 저편에 있는 소파로 걸어가는 도중에 커피테이블이 휘청거릴 정도로 세게 정강이를 부딪친다. 발목으로 흘러내리는 핏방울이 느껴지지만 쳐다보지 않는다. 그걸 쳐다보는 순간 *기절할 것이다*.

"하츠필드 씨의 유두를 잡고 비틀었죠. 그런 다음 다음번에는 고환을 그렇게 하겠다고 협박했고."

"저한테 음란한 짓을 했어요!" 스캐펠리는 불쑥 내뱉는다. "가운뎃손가락을 들어 보였다고요!"

"간호사로 두 번 다시 일을 못하게 만들어 주겠어요."

그는 소파에서 거의 기절하다시피 한 그녀를 두고 서류가방 깊숙한 곳을 쳐다보며 이렇게 얘기한다. 서류가방 옆면에 그의 이니셜이 모노그램으로 찍혀 있다. 당연히 금색이다. 그는 신형 BMW를 몰고 다니며 머리는 50달러를 주고 잘랐을 것이다. 어쩌면 그보다 더 주었을지 모른다. 거만하고 고압적인 이 상사가 사소한 잘못 하나에 그녀의 인생을 짓밟아 버리겠다고 협박하고 있다. 조그만 판단상의 실수를 저질렀을 뿐인데.

마룻바닥이 갈라지며 그녀를 삼켜 버렸어도 좋으련만 시야가 이보다 더 선명할 수가 없다. 그의 모자 밴드에 꽂힌 깃털 가닥과 충혈된 그의 눈에 선 진홍색 핏발과 뺨과 턱에 보기 싫게 난 회색 수염이 하나하나 눈에 들어오는 듯하다. 염색하지 않으면 그의 머리도 수염처럼 쥐털 색일 것이다.

"저는……" 눈물이 난다. 뜨거운 눈물이 그녀의 차가운 뺨을 타고 흐른다. "저는…… 이러지 마세요, 배비노 박사님." 그가 무슨 수로 알았는지 모르겠지만 상관없다. 중요한 건 그를 설득하는 것이다. "다시는 그러지 않겠습니다. 이러지 마세요. *이러지 마세요.*"

배비노 박사는 아무 대꾸조차 하지 않는다.

15

3시부터 11시까지 깡통에서 근무하는 네 명의 간호사 가운데 한 명인 셀마 발데스는 형식적으로 217호실의 문을 두드리고(환자가 대답을 하는 법이 없으니 형식적이라는 거다.) 안으로 들어간다. 브래디는 창가 의자에 앉아서 어두컴컴한 밖을 내다보고 있다. 침대 옆 스탠드가 켜져 있어서 머리칼이 군데군데 금색으로 반짝인다. *바브라 간호사가 면도시켜 주었어요!*라고 적힌 배지를 계속 달고 있다.

그녀는 잠옷으로 갈아입을 준비가 됐느냐고 물으려다(그는 셔츠나 바지 단추를 직접 풀지는 못하지만 단추만 풀어 주면 벗는 건 할 수 있다.) 생각을 바꾼다. 배비노 박사가 하츠필드의 차트에 중요한 내용임을 강조하는 빨간색으로 적어 놓은 문구가 있었다. "반의식 상태일 때 환자를 방해하지 말 것. 그 시간 동안 스스로 조금씩 뇌를 '재부팅' 하는 것일 수 있음. 이후에 30분 간격으로 체크할 것. 이 지시사항을 반드시 준수하기 바람."

셀마가 보기에 하츠필드는 아무 짝에도 쓸모없는 뇌를 재부팅하는 게 아니라 머저리 랜드를 헤매고 다니는 것에 불과하다. 하지만 깡통에서 근무하는 모든 간호사가 그렇듯 그녀 역시 배비노를 조금 무서워하는 데다 그에게는 오밤중에도 불쑥불쑥 등장하는 습관이 있는데 이제 겨우 8시가 조금 지났다.

그녀가 마지막으로 체크한 이후에 하츠필드는 게임기가 있는 침대 옆 테이블까지 세 발짝을 걸어간 상태다. 그는 손재간이 달려서 장착된 게임은 하지 못하지만 게임기를 켤 수는 있다. 켜서 무릎 위에 올려놓고 데모 영상을 보는 것을 좋아한다. 가끔은 중요한 시험을 앞두고 공부하는 사람처럼 허리를 숙이고 1시간 넘게 들여다보고 있을 때도 있다. 가장 좋아하는 게임이 피싱 홀인데 지금 그 게임의 데모 영상을 보고 있다. *바닷가에서, 바닷가에서, 아름다운 바닷가에서……*.

그녀는 다가가서 '그 게임을 정말로 좋아하나 봐요.' 하고 말을 걸려다, 밑줄까지 그어져 있었던 *이 지시사항을 반드시 준수하기 바람*이 떠오르자 가로 12.5센티미터, 세로 7.5센티미터의 조그만 화면을 대신 내려다본다. 그가 왜 이 게임을 좋아하는지 알 것 같다. 이국적인 물고기들이 등장했다가 멈추었다가 꼬리를 한 번 흔들고 쌩하니 사라지는 장면이 아름답고 근사하다. 어떤 물고기는 빨갛고…… 어떤 물고기는 파랗고…… 어떤 물고기는 노랗고…… 어머, 예쁜 분홍색도 있네…….

"그만 봐."

거의 여닫는 일이 없는 문에 달린 경첩처럼 삐걱거리는 목소리이고 단어와 단어 사이에 상당한 간격이 있지만 그래도 아주 또렷하다. 뭉개진 발음으로 우물거리던 평소와 다르다. 셀마는 그가 그냥 말을 한 게 아니라 똥침이라도 놓은 것처럼 화들짝 놀란다. 재핏 화면이 순간 파란색으로 번쩍이며 물고기들이 지워지지만 잠시 후에 되살아난다. 셀마가 헐렁한 원피스에 거꾸로 달아 놓은 시계를 흘끗 확인해 보니 8시 20분이다. 맙소사, 여기에 거의 20분 동안이나 서 있었단 말인가.

"가."

브래디는 물고기들이 왔다갔다 헤엄치는 화면을 계속 내려다보고 있다. 셀마는 가까스로 시선을 옮긴다.

"나중에 와." 쉼표. "내가 이거." 쉼표. "다 보면."

셀마는 그가 시킨 대로 복도로 나간 다음에서야 정신을 차린다. 그가 말을 걸다니 놀랄 일이다. 비키니를 입고 배구 경기 하는 여자 선수들을 감상하듯 피싱 홀 데모 영상을 감상하다니 그것 역시 놀랄 일이다. 진짜 심각한 문제는 뭔가 하면 *아이*들에게 왜 그런 게임기를 쥐여 주느냐 하는 것이다. 아직 발달이 덜 된 아이들의 두뇌에 좋을 리가 없지 않은가? 그런데 또 한편으로 생각해 보면 노상 컴퓨터 게임들을 하고 있으니 면역이 됐을지 모른다. 그나저나 그녀는 할 일이 많다. 하츠필드는 의자에 앉아서 게임기나 쳐다보도록 내버려 두자.

어쨌거나 누굴 해치고 있는 건 아니니까.

16

펠릭스 배비노는 예전 SF 영화에 등장하는 안드로이드처럼 허리를 뻣뻣하게 접더니 서류가방 안에서 전자책 단말기처럼 생긴 분홍색의 납작한 기기를 꺼낸다.

"당신이 이 안에서 알아내 줬으면 하는 숫자가 있어요." 그가 말한다. "9자리 숫자예요. 그걸 알아내면 오늘 사건은 없었던 일로 하겠어요, 스캐펠리 간호사."

미친 거 아니냐는 생각이 들지만 그녀의 인생이 걸린 마당에 그런 소리를 입 밖으로 내뱉을 수는 없다.

"무슨 수로요? 저는 전자 기기를 전혀 다룰 줄 몰라요. 휴대 전화도 간신히 쓰는 걸요!"

"말도 안 되는 소리. 수술실 간호사 시절에 인기 많았잖아요. 손재주가 좋아서."

맞는 말이지만 카이너 수술실에서 가위와 견인기와 거즈를 건넨 게 10년 전 일이다. 6주 과정으로 이루어진 미세수술 강의를 받아 보지 않겠느냐는 제안이 들어왔지만(병원 측에서 교육비를 70퍼센트 부담하겠다고 했다.) 그녀는 관심 없다고 일축했다. 그건 핑계일 뿐, 사실은 시험에서 떨어질까 봐 겁이 났다. 하지만 그의 말마따나 한창때 그녀는 손이 빨랐다.

배비노가 기기 맨 위에 달린 버튼을 누른다. 그녀는 목을 빼고 쳐다본다. 불이 들어오면서 재핏에 접속하신 것을 환영합니다!라는 문구가 뜬다. 뒤를 이어서 온갖 아이콘으로 가득한 화면이 뜬다. 게임들인 모양이다. 그가 화면을 한 번, 두 번 넘기더니 그녀에게 자기 옆으로 오라고 한다. 그녀가 망설이자 그는 미소를 짓는다. 상냥하고 매력적인 미소랍시고 짓는 거겠지만 그녀는 오히려 겁이 난다. 그의 눈빛에서 인간적인 감정이라고는 전혀 보이지 않기 때문이다.

"이리 와 봐요, 간호사. 설마하니 내가 물겠어요?"

물론 그렇기는 하다. 하지만 물면 어쩔 것인가?

그럼에도 불구하고 그녀는 가까이 다가가서 이국적인 물고기들이 왔다갔다 헤엄치는 화면을 쳐다본다. 물고기들이 꼬리를 흔들자 물방울이 보글보글 솟는다. 어디선가 어렴풋이 들어본 멜로디가 흐른다.

"보이죠? 피싱 홀이라는 게임이에요."

"아, 네."

그녀는 대답하고 속으로 중얼거린다. '정말 미친 모양이네. 과로로 정신줄을 놓았나 봐.'

"화면 하단을 터치하면 노래가 바뀌면서 게임이 시작되지만 그렇게는 하지 마요. 데모 영상만 있으면 되니까. 분홍색 물고기를 찾아요. 자주 안 나오고 속도가 빠르기 때문에 정신 똑바로 차리고 있어야 해요. 화면에서 눈을 떼면 안 돼요."

"배비노 박사님, 괜찮으신 거죠?"

그녀의 목소리가 맞긴 한데 멀리서 들리는 것처럼 느껴진다. 그는 아무 대꾸도 하지 않고 계속 화면만 쳐다볼 따름이다. 스캐펠리도 화면을 쳐다본다. 물고기들이 신기하다. 그리고 노래도 살짝 최면 효과가 있다. 화면에서 파란 불이 번쩍인다. 그녀가 눈을 깜빡였다가 뜨자 물고기들이 다시 보인다. 이리저리 헤엄친다. 꼬리를 튕겨서 보글보글 물방울을 만든다.

"분홍색 물고기가 보일 때마다 터치하면 숫자가 떠요. 분홍색 물고기가 아홉 마리니까 숫자도 아홉 개예요. 그 숫자들을 알아내면 없던 일이 되는 거예요. 알겠어요?"

그녀는 숫자들을 적어 놔야 하는지 아니면 그냥 외워야 하는지 물으려다가 외우기는 너무 힘들 것 같아서 알았다고 한다.

"좋아요." 그가 기기를 건넨다. "물고기 아홉 마리, 숫자 아홉 개예요. 하지만 분홍색 물고기만이라는 걸 명심해요."

스캐펠리는 물고기들이 헤엄치는 화면을 빤히 쳐다본다. 빨간색과 초록색, 초록색과 파란색, 파란색과 노란색 물고기들이 조그만 직사각형 화면의 왼쪽으로 사라졌다가 오른쪽으로 다시 등장한다. 오른쪽으로 사라졌다가 왼쪽으로 다시 등장한다.

왼쪽, 오른쪽.

오른쪽, 왼쪽.

몇 마리는 위로, 몇 마리는 아래로.

하지만 분홍색은 어디 있을까? 분홍색 아홉 마리를 터치해야 없던 일이 되는데.

서류가방의 걸쇠를 다시 닫는 배비노가 곁눈으로 보인다. 그가 가방을 집어서 나간다. 떠나는 것이다. 상관없다. 분홍색 물고기를 터치해야 이 모든 게 없던 일이 될 수 있다. 화면에서 파란 불빛이 번쩍이고 물고기들이 다시 등장한다. 왼쪽에서 오른쪽으로, 오른쪽에서 왼쪽으로 헤엄친다. 노래가 흘러나온다. *바닷가에서, 바닷가에서, 아름다운 바닷가에서, 그대와 나, 그대와 나, 오 얼마나 행복할까.*

분홍색이다! 터치! 11이라는 숫자가 뜬다! 이제 여덟 마리 남았다!

그녀가 분홍색 물고기를 두 마리째 터치한 순간 현관문이 조용히 닫히고, 세 마리째 터치한 순간 배비노 박사가 밖에서 차의 시동을 건다. 그녀는 거실 한가운데 서서 키스라도 하려는 사람처럼 입을 살짝 벌린 채 화면을 내려다보고 있다. 뺨과 이마 위에서 색상이 바뀌고 움직인다. 그녀는 휘둥그레 뜬 두 눈을 깜빡이지도 않는다. 네 번째로 등장한 분홍색 물고기가 그녀의 손끝을 유혹하듯 천천히 헤엄쳐 가지만 그녀는 가만히 서 있기만 한다.

"안녕, 스캐펠리 간호사."

고개를 들어 보니 브래디 하츠필드가 그녀의 안락의자에 앉아 있다. 유령처럼 가장자리가 어른거리지만 분명 그다. 그날 오후에 병실로 찾아갔을 때 입었던 옷차림 그대로 청바지에 체크무늬 셔츠를 입고 있다. 셔츠에는 *바브라 간호사가 면도시켜 주었어요!*라고 적힌 그 배지가 달려 있다. 하지만 깡통의 모든 직원들이 익히 보아 왔던 멍한 눈빛은 온데간데없다. 관심이 살아 있는 눈빛으로 그녀를 유심히 쳐다보고 있다. 그녀는 펜실베이니아 주 허시에서 보낸 어린 시절에 남동생이 그런 눈빛으로 개미 사육 상자를 관찰하던 기억이 난다.

물고기들이 브래디의 눈 속에서 헤엄치고 있는 것을 보면 분명 환영이다.

"그는 고발할 거야." 하츠필드가 말한다. "증거가 그의 주장뿐일 거라고 착각하지는 마. 그가 내 병실에 베이비시터용 몰래 카메라를 설치했거든. 나를 관찰하려고. 나를 연구하려고. 광각렌즈라 병실 전체가 다 보여. 그런 렌즈를 어안렌즈라고 하지."

그는 재미있는 말장난 아니냐는 듯이 미소를 지어 보인다. 빨간색 물고기 한 마리가 그의 오른쪽 눈을 가로지르며 사라졌다가 왼쪽 눈 위로 다시 등장한다. 스캐펠리는 생각한다. 머릿속이 물고기들로 가득하군. 나는 그의 머릿속을 들여다보고 있는 거야.

"카메라는 녹음기에 연결돼 있어. 그는 당신이 나를 고문하는 영상을 이사회에 제출할 거야. 사실 나는 예전처럼 통증을 느끼지 않기 때문에 별로 아프지 않았지만 그는 고문이라고 표현하겠지. 거기서 그치지 않을 거야. 그는 그 영상을 유튜브에 올릴 거야. 페이스북에도. 배드메디신 닷컴에도. 입소문이 나겠지. 당신은 유명해질 거야. 고문 간호사로. 그런데 누가 당신을 변호할까? 누가 당신 편을 들어 줄까? 아무도 없어. 왜냐하면 당신을 좋아하는 사람은 없거든. 다들 당신을 끔찍한 인간이라고 여기지. *당신* 생각은 어때? 당신이 보기에도 당신이 끔찍한 인간인 것 같아?"

듣고 보니 그런 것 같다. 뇌를 다친 사람의 고환을 비틀겠다고 협박하는 사람은 끔찍한 인간일 수밖에 없다. 왜 그랬을까?

"말로 해 봐." 그가 웃는 얼굴로 허리를 숙인다.

물고기가 헤엄친다. 파란 불빛이 번쩍인다. 노랫소리가 들린다.

"말로 해 보라고, 이 쓰레기 같은 년아."

"나는 끔찍한 인간이다."

루스 스캐펠리는 그녀 말고는 아무도 없는 거실에 대고 그렇게 얘기한다. 재핏 커맨더 화면을 내려다본다.

"좀 더 성의 있게 말해 봐."

"나는 끔찍한 인간이다. 나는 쓰레기 같은 끔찍한 년이다."

"배비노 박사가 어떻게 할 거라고?"

"영상을 유튜브에 올리고. 페이스북에 올리고. 배드메디신 닷컴에 올리고. 동네방네 얘기하고."

"너는 체포될 거야."

"나는 체포될 거야."

"신문에 네 사진이 실릴 거야."

"당연히 그렇겠지."

"너는 감옥에 갈 거야."

"나는 감옥에 갈 거야."

"그런데 누가 네 편을 들어 줄 거라고?"

"아무도 없어."

17

브래디는 깡통의 217호실에 앉아서 피싱 홀의 데모 영상을 빤히 내려다본다. 완전히 깨어 있고 정신을 차린 표정이다. 이 표정을 펠릭스 배비노 말고는 아무도 모르지만 배비노 박사는 더 이상 문제될 게 없다. 배비노 박사는 거의 존재하지 않는다. 요즘 그는 대개 닥터 Z로 존재한다.

"스캐펠리 간호사." 브래디가 말한다. "우리, 부엌으로 갈까?"

그녀는 반항하지만 그것도 잠시다.

18

호지스는 통증의 밑바닥에서 헤엄치며 계속 수면 상태를 유지하려고 하지만 자꾸 그를 끌어올리는 통증의 성화에 못 이겨 표면 위로 고개를 내밀고 눈을 뜬다. 침대 옆 시계를 더듬더듬 집어서 확인해 보니 새벽 2시다. 깨어 있기에 안 좋은 시각이다. 어쩌면 최악의 시각이라고 볼 수도 있다. 퇴직 후에 불면증으로 고생했을 때 새벽 2시야말로 자살하기 좋은 시각이라는 생각을 한 적이 있었는데 이제 와 생각해 보니 엘러턴 부인도 이 시각에 일을 저지르지 않았을까 싶다. 새벽 2시. 날이 절대 밝지 않을 것만 같은 이때.

그는 침대에서 일어나 천천히 욕실로 건너가서 거울 속에 비친 그의 모습을 애써 외면하며 붙박이장에서 거대한 대용량 젤루실(제산제 — 옮긴이) 병을 꺼낸다. 네 모금을 꿀꺽꿀꺽 마신 다음 곧바로 허리를 숙이고, 속에서 잘 받아들이는지 아니면 닭고기 수프 때 그랬던 것처럼 곧바로 방출 단추를 누르는지 살핀다.

안으로 흡수되자 통증이 가라앉기 시작한다. 가끔 젤루실이 그런 효과가 있다. 늘 그런 건 아니지만.

다시 침대로 돌아갈까 싶지만 지면과 나란하게 누우면 무지근한 욱신거림이 다시 시작될까 두렵다. 그는 대신 발을 질질 끌며 사무실로 들어가서 컴퓨터를 켠다. 왜 이런 증상이 나타나는지 원인을 검색하기에 최악의 시각이라는 걸 알지만 더 이상 참을 수가 없다. 데스크톱 바탕화면이 뜬다.(역시 앨리의 어렸을 때 사진이다.) 그는 파이어폭스(익스플로러와 같은 웹브라우저의 일종 — 옮긴이)를 열려고 마우스를 화면 하단으로 옮기다 그대로 얼어붙는다. 도크(원하는 아이콘들을 실행하기 쉽도록 모아놓을 수 있는 프로그램의 일종 — 옮긴이)에 새로운 게 생겼다. 풍선 모양의 문자 메시지 아이콘과 카메라 모양의 페이스타임 아이콘 사이에 빨간색으로 1이라고 적힌 파란색 우산이 떠 있다.

"데비스 블루 엄브렐라에서 누가 메시지를 보냈다는 거잖아. 이럴 수가."

거의 6년 전에 지금보다 많이 어렸던 제롬 로빈슨이 그의 컴퓨터에 블루 엄브렐라 앱을 설치해 준 적이 있었다. 브래디 하츠필드, 일명 미스터 메르세데스가 그를 체포하는 데 실패한 형사와 대화를 원했고 호지스는 퇴직했음에도 기꺼이 대화에 응했다. 미스터 메르세데스 같은 개차반(다행스럽게도 이 세상에 그런 인간은 그다지 많지 않다.)에게 대화를 유도하면 체포는 거의 떼놓은 당상이었다. 건방진 녀석일수록 특히 더 그렇다고 볼 수 있는데, 하츠필드로 말할 것 같으면 건방의 상징이었다.

그들은 동유럽의 가장 깊고 어두운 어딘가에 서버가 있어서 보안이 확실하고 추적이 불가능하다는 채팅 사이트로 연락을 주고받을 이유가 각자 있었다. 호지스는 시티 센터 대참사의 범인을 자극해서 신원을 노출하는 실수를 저지르게 만들 속셈이었다. 미스터 메르세데스는 호지스를 자극해서 자살하게 만들 속셈이었다. 그는 올리비아 트릴로니를 상대로 성공을 거둔 전적이 있었다.

'사냥의 전율'이 옛이야기가 된 지금, 어떻게 지내고 있나? 그는 호지스에게 맨 처음으로 보낸 일반 우편에서 이렇게 물었다. 그런 다음 이렇게 얘기했다. 나랑 연락하고 싶어? 네 '피드백'을 들려주고 싶어? 그럼 언더 데비스 블루 엄브렐라로 접속해 봐. 심지어 네 아이디도 만들어 놓았어. 'kermitfrog19'로.

호지스는 제롬 로빈슨과 홀리 기브니의 엄청난 도움 아래 브래디를 추적했고 홀리가 그를 인정사정없이 두들겨 팼다. 제롬과 홀리에게는 10년 동안 이 도시의 모든 공공시설을 무료로 이용할 수 있는 권리가 선물로 주어졌다. 호지스에게는 심박 조율기가 선물로 주어졌다. 몇 년이라는 세월이 지난 지금까지도 다시금 떠올리고 싶지 않은 아픔과 상실도 있었지만 이 도시의 입장에서는, 특히 그날 저녁에 망고 콘서트장에 있었던 사람들 입장에서는 모두 잘 끝났다고 볼 수 있었다.

2010년 이후 언제인지 몰라도 중간에 파란 우산 아이콘이 화면 하단의 도크에서 사라졌다. 호지스는 왜 없어졌을지 궁금해졌더라도(그랬던 기억은 없다.) 그가 아무 힘없는 매킨토시에 저질러 놓은 잔학 행위를 제롬이나 홀리가 바로잡으려고 왔을 때 지웠나 보다고 생각했을 것이다. 그런데 그게 아니라 둘 중 한 명이 앱 폴더에 넣어서 지금까지 보이지만 않았을 뿐, 파란색 우산은 계속 남아 있었던 모양이다. 어쩌면 그가 직접 드래그해서 넣어 놓고 잊어버렸을 수도 있다. 3루를 돌아서 홈으로 달리기 시작하는 65세 이후에는 기억력이 몇 단씩 떨어진다.

그는 파란색 우산에 마우스를 대고 망설이다 클릭한다. 데스크톱 화면이 마법의 양탄자를 타고 망망대해를 떠다니는 젊은 남녀로 바뀐다. 은색 비가 내리지만 파란 우산이 그들을 안전하고 보송보송하게 지켜 준다.

아, 밀려오는 추억이 어쩌나 많은지.

그는 아이디와 비밀번호 난에 kermitfrog19라고 입력한다. 예전에 하츠필드가 이렇게 하라고 하지 않았던가? 잘은 모르겠지만 확인할 방법이 있다. 그는 엔터키를 힘껏 두드린다.

컴퓨터가 1~2초 동안 사색에 잠기는가 싶더니(실제로는 그보다 더 길게 느껴진다.) 짜잔, 접속이 된다. 그는 미간을 찌푸리고 눈 앞의 화면을 쳐다본다. 브래디 하츠필드는 메르세데스 킬러를 줄여서 merckill이라는 대화명을 썼는데(이건 확실하게 기억이 난다.) 이번에는 다른 사람이다. 홀리가 하츠필드의 뇌를 박살 냈으니 당연한 일인데 왠지 모르게 뜻밖으로 느껴진다.

　　Z-Boy가 채팅을 원합니다!
　　Z-Boy와 채팅하시겠습니까?
　　예 아니오

　호지스가 '예'를 선택하자 잠시 후에 메시지가 뜬다. 몇 단어 안 되는 한 줄짜리 문장이지만 호지스는 두려움이 아닌 흥분을 달래며 몇 번이고 다시 읽는다. 뭔가가 걸려들었다. 뭔지는 모르겠지만 대어인 것 같다.

　　Z-Boy: 그는 당신에게 아직 볼일이 남았다는군.

　호지스는 미간을 찌푸리고 물끄러미 쳐다본다. 그러다 마침내 의자에 앉은 채 몸을 내밀고서 메시지를 입력한다.

　　kermitfrog19: 누가 나한테 볼일이 남았다는 거지? 당신 누구야?

　응답이 없다.

호지스와 홀리는 데이브스 다이너에서 피트와 이사벨을 만난다. 데이브스 다이너는 아침만 되면 아수라장으로 변하는 스타벅스에서 한 블록 가면 나오는 조그맣고 저렴한 식당이다. 아른 아침의 바쁜 시간이 지났기에 그들은 뒤쪽 테이블을 골라서 앉을 수 있다. 주방에서는 배드핑거의 노래가 라디오에서 흘러나오고 웨이트리스들이 웃음꽃을 피우고 있다.

"30분밖에 시간이 없어." 호지스가 말한다. "병원에 달려가야 하거든."

피트가 걱정스러워 하는 표정을 지으며 몸을 앞으로 숙인다.

"심각한 병은 아니길요."

"아닐 거야. 이렇게 멀쩡한데." 오늘 아침에는 정말로 그렇다. 45살로 돌아간 기분이다. 비록 수수께끼 같고 불길하게 느껴질지 몰라도 컴퓨터 메시지의 효과가 젤루실보다 나은 듯하다. "우리가 알아낸 사실을 공개하려고. 홀리, 증거물A와 증거물B가 필요할 거예요. 건네줘요."

홀리는 타탄 무늬로 된 조그만 서류가방을 들고 나왔다. 거기서 (마지못한 듯 꾸물거리며) 재핏 커맨더와 1588번지 차고에서 주운 렌즈 뚜껑을 꺼낸다. 둘 다 비닐봉지 안에 들어 있는데 렌즈 뚜껑은 여전히 티슈로 둘둘 말려 있다.

"둘이 무슨 수작을 벌인 거예요?"

피트가 묻는다. 애써 장난스럽게 묻지만 호지스의 귀에는 비난의 기미가 느껴진다.

"수사한 거예요."

홀리가 그렇게 대답하고, 대개는 시선을 피하는 성격인데도 불구하고 무슨 말인지 알겠느냐고 묻는 듯이 이지 제인스 쪽을 흘끗 쳐다본다.

"자세하게 설명해 봐요." 이지가 말한다.

호지스가 설명하는 동안 홀리는 디카페인 커피(그녀가 마시는 유일한 음료다.)에는 손도 대지 않은 채 시선을 내리깔고서 그의 옆에 가만히 앉아 있기만 한다. 하지만 턱이 움직이는 것을 보니 다시 니코레트를 씹기 시작한 모양이다.

"믿을 수가 없네." 호지스의 이야기가 끝나자 이지는 이렇게 말한다. 재핏이 든 비닐봉지를 손가락으로 찌른다. "이걸 그냥 들고 *나왔단* 말이에요? 수산시장에서 산 연어라도 되는 것처럼 신문지로 둘둘 싸서 그 집에서 가지고 나왔다는 거예요?"

홀리가 의자 속으로 쪼그라드는 듯이 느껴진다. 무릎 위에 올려놓은 두 손을 어찌나 으스러지라 깍지 끼고 있는지 손마디가 하얘질 정도다.

호지스는 취조실에서 한 번 그에게 실수할 뻔한 적이 있긴 해도(무단으로 미스터 메르세데스 수사에 깊숙이 관여했을 때 있었던 일이다.) 이사벨을 제법 좋아했었는데 이제는 아니다. 홀리를 그런 식으로 주눅 들게 만드는 사람은 좋아할 수가 없다.

"이성적으로 접근해야지, 이지. 곰곰이 생각해 보라고. 홀리가 그걸 발견하지 못했다면(그것도 순전히 우연하게) 아직 거기 있었을 거 아닌가. 두 사람은 집안을 수색할 생각조차 하지 않았으니까."

"가정부한테 연락할 생각도 하지 않았을 거잖아요."

홀리가 말한다. 여전히 시선을 떨구고 있지만 말투에 가시가 돋쳐 있다. 호지스로서는 반가운 일이다.

"조만간 연락하려고 했다고요."

이지는 그렇게 얘기하지만 부연 회색 눈동자가 왼쪽 위로 움직인다. 거짓말을 할 때 나타나는 전형적인 반응이다. 그걸 보고 호지스는 피트와 그녀가 아직까지 가정부 얘기를 꺼내지도 않았음을 알아차린다. 하지만 *언젠가*는 연락을 했을 것이다. 피트 헌틀리가 곰 같은 구석이 있을지 몰라도 곰 같은 사람들이 원래 꼼꼼하다. 그것만큼은 인정해야 한다.

"그 기기에 지문이 묻어 있었더라도 이제는 다 지워졌을 거잖아요." 이지가 말한다. "영영 굿바이 아니냐고요."

홀리가 들릴락 말락 하게 뭐라고 중얼거리자 호지스는 맨 처음에 그녀를 만났을 때 (그녀를 낮잡아보고는) 옹알이라는 별명으로 불렀던 게 생각난다.

이지가 몸을 앞으로 숙이자 회색 눈에서 안개가 걷힌다.

"뭐라고요?"

"말도 안 되는 소리래." 홀리가 실제로는 *바보* 같은 소리라고 중얼거렸지만 호지스는 이렇게 말한다. "홀리 말이 맞아. 엘러턴이 좋아했던 의자 팔걸이하고 쿠션 사이에 처박혀 있었다니까. 지문이 찍혔던들 다 뭉개졌겠지, 자네도 알다시피. 그리고 어차피 두 사람은 집 안을 수색할 생각도 없었잖아?"

"그야 모르죠." 이사벨이 뚱한 목소리로 대답한다. "감식 결과에 따라서 어떻게 됐을지."

마틴 스토버의 침실과 욕실 말고는 감식반이 동원되지도 않았다. 이지를 비롯해서 모두가 아는 사실이니 호지스가 장황하게 짚고 넘어갈 필요는 없다.

"진정해." 피트가 이사벨에게 말한다. "내가 커밋 선배하고 홀리를 현장으로 불렀고 자네도 동의했잖아."

"그야 이럴 줄 모르고 그랬죠. 설마 두 분이……"

그녀는 말끝을 흐린다. 호지스는 그녀가 어떤 식으로 말문을 맺을지 궁금해하며 기다린다. 증거를 들고 나올 줄은 몰랐다고 할까? 뭐에 대한 증거일까? 컴퓨터로 하는 솔리테어, 앵그리 버드, 프로거에 중독됐다는 증거?

"엘러턴 부인의 소지품을 들고 나올 줄은 몰랐죠."

그녀는 궁색하게 말문을 맺는다.

"그래서 이렇게 돌려주잖아." 호지스가 말한다. "이제 다음 이야기로 넘어가도 될까? 회사에서 더 이상 생산되지도 않는 기기의 사용자 정보를 수집하고 있다고 주장하며 슈퍼마켓에서 그 기기를 부인에게 건넨 남자라든지."

"그들을 감시하고 있었던 남자라든지." 홀리가 계속 시선을 떨군 채로 말한다. "길 건너편 집에서 쌍안경으로 그들을 감시하고 있었던 남자 말이죠."

호지스의 예전 파트너가 티슈로 감싼 렌즈 뚜껑이 든 비닐봉지를 손가락으로 찌른다.

"지문을 채취해 보긴 하겠지만 별 기대는 하지 않아요, 커밋 선배. 사람들이 어떤 식으로 이런 뚜껑을 씌웠다 벗겼다 하는지 알잖아요."

"알지. 가장자리를 잡고서 그러지. 그리고 그 차고 안은 추웠어. 내 입김이 보일 정도로. 남자는 아마 장갑을 끼고 있었을 거야."

"슈퍼에서 접근한 남자는 일종의 신용 사기꾼이었을 거예요." 이지가 말한다. "특유의 냄새가 나요. 1주일 뒤에 전화를 걸어서 한물 간 게임 기기를 공짜로 받았으니 좀 더 비싼 신형을 구입해야 하지 않겠느냐고 강매하려고 하니까 부인이 댁의 일이나 신경 쓰라고 했겠죠. 아니면 설문지의 정보를 이용해서 부인의 컴퓨터를 해킹하려고 했을지도 몰라요."

"그 컴퓨터는 아니에요." 홀리가 말한다. "그건 거의 유물 수준이거든요."

"참 구석구석 많이도 돌아봤네요? 수사하는 김에 욕실 붙박이장도 열어 봤어요?"

호지스는 더 이상 참을 수가 없어진다.

"이사벨, 자네가 해야 할 일을 대신 한 거잖아. 자네도 알다시피."

이지의 뺨이 벌게진다.

"예의상 두 분을 부른 거였는데 연락하지 말걸 그랬어요. 늘 말썽만 부리잖아요."

"그만해." 피트가 말한다.

하지만 이지는 몸을 앞으로 내밀고서 호지스의 얼굴과 고개를 숙인 홀리의 정수리를 번갈아 쳐다본다.

"정체불명의 두 남자가 실제로 존재하는지 모르겠지만 존재한들 그 집에서 벌어진 일과는 아무 상관없어요. 한 명은 사기꾼이었을 테고 다른 한 명은 단순한 관음증 환자였겠죠."

호지스는 끝까지 호의적인 태도를 유지해야 한다는 걸 알지만(평화를 도모하고 어쩌고저쩌고) 그럴 수가 없다.

"여든 살 난 할머니가 옷을 벗거나 전신 마비 환자가 스펀지 목욕하는 광경을 훔쳐볼 생각에 침을 흘리는 변태라는 건가? 그래, 아주 그럴듯하구만."

"잘 들으세요." 이지가 말한다. "엄마가 딸을 죽이고 스스로 목숨을 끊었어요. 심지어 유서 비슷한 것까지 남겼잖아요. Z라고, 이제 끝이라고. 이보다 더 분명할 수 있겠어요?"

'Z보이.' 호지스는 생각한다. 데비스 블루 엄브렐라 속에 숨은 사람이 이번에는 누군지 몰라도 자칭 Z보이다.

홀리가 고개를 든다.

"차고에도 Z가 새겨져 있었어요. 문 사이 나무 기둥에. 빌이 봤어요. 재픗도 Z로 시작하고요."

"그렇죠." 이지가 말한다. "케네디하고 링컨도 영어로는 이름의 글자 수가 같잖아요. 그러니까 그 둘을 암살한 범인도 같겠네요?"

호지스가 손목시계를 흘끗 훔쳐 보니 조만간 일어서야 할 시각이다. 상관없다. 홀리의 마음을 상하게 하고 이지를 자극한 것 말고는 오늘의 만남에서 거둔 성과가 없다. 그가 새벽녘에 그의 컴퓨터에서 발견한 사실을 피트와 이사벨에게 얘기할 생각이 전혀 없었으니 그럴 수밖에 없다. 그 정보 하나면 수사의 강도가 좀 더 높아질지 모르지만 그는 직접 나서서 좀 더 알아보기 전까지는 비밀에 부칠 작정이다. 피트가 헛발질을 할지 모른다고 생각하고 싶지는 않지만…….

그럴 가능성이 다분하다. 그는 꼼꼼할지 몰라도 용의주도하지는 않다. 그리고 이지는 3류 소설에나 어울림직한 아리송한 글자와 정체불명의 남자들로 득시글거리는 벌집을 건드릴 생각이 없다. 엘러턴의 집에서 벌어진 죽음과 마틴 스토버가 마비 환자가 된 사연이 벌써 오늘 신문의 1면을 장식한 마당에, 현 파트너가 퇴직하자마자 한 단계 승진을 기대하는 마당에 그럴 리 없다.

"요는 살인·자살로 기록될 테니 그렇게 넘어가야 한다는 거예요. 그래야 해요, 커밋 선배. 내가 퇴직하잖아요. 그러면 이지가 빌어먹을 예산 삭감 때문에 당분간 새로운 파트너도 없이 어마어마한 건수를 맡아야 해요. 이것들이……" 피트는 두 개의 비닐봉지를 가리킨다. "흥미롭기는 하지만 그런다고 누가 봐도 빤한 사건의 진상이 달라지지는 않아요. 범죄의 대가가 꾸민 음모라고 생각하는 건 아니겠죠? 고물 차를 몰고 마스킹테이프로 파카를 때운 사람이요?"

"아니, 그건 아니야." 호지스는 홀리가 브래디 하츠필드를 두고 어제 한 말을 떠올리고 있다. 그녀는 *설계자*라는 단어를 썼다. "자네 말이 맞는 것 같아. 살인·자살이겠지."

홀리는 놀라워하며 상처받은 눈빛으로 그를 잠깐 쳐다보더니 다시 시선을 떨군다.

"하지만 부탁 하나만 들어주겠나?"

"들어 드릴 수 있는 거면요." 피트가 말한다.

"게임기를 켜 보려고 했는데 전원이 안 들어오더라고. 배터리가

다 됐나 봐. 배터리 넣는 부분을 열고 싶어도 그 슬라이드 패널에서 지문을 재취할 테니 건드릴 수가 있어야지."

"가루를 뿌려서 지문 감식을 하긴 하겠지만 과연……"

"그래, 나도 알아. 내가 부탁하고 싶은 건 사이버 수사대에 요청해서 여러 가지 게임 어플을 확인해 달라는 거야. 이상한 게 없는지."

"알았어요."

피트는 대답하고, 이지가 눈을 부라리자 앉은 자세를 살짝 바꾼다. 100퍼센트 장담은 못하겠지만 피트가 테이블 밑에서 그녀의 발목을 걸어차지 않았을까 싶다.

"이제 그만 가야겠네." 호지스는 말하고 지갑을 집는다. "어제 예약을 펑크 냈는데 오늘까지 그럴 수는 없지."

"계산은 저희가 할게요." 이지가 말한다. "이렇게 소중한 증거를 가져다주셨는데 저희가 해드릴 수 있는 게 그것밖에 없네요."

홀리가 들릴락 말락 하게 뭐라고 중얼거린다. 이번에는 홀리의 중얼거림을 해석하는데 이골이 난 호지스도 100퍼센트 장담은 못하겠지만 *재수없는 년*이라고 한 것 같다.

20

인도로 나서자 홀리는 유행과 무관하지만 왠지 근사한 격자무늬 헌팅캡을 귀까지 눌러쓰고 손을 외투 주머니에 쑤셔 넣는다. 그를 쳐다보지 않고 한 블록 거리에 있는 사무실을 향해 걷기 시작한다. 호지스는 차를 데이브스 앞에 세워 놓았지만 황급히 그녀를 따라간다.

"홀리."

"그 여자가 어떤 식인지 봤죠?"

홀리는 발걸음을 재촉한다. 여전히 그를 외면한다.

그는 위장이 다시 쑤시기 시작하고 숨이 찬다.

"홀리, 잠깐만요. 못 따라가겠잖아요."

홀리가 고개를 돌리자 호지스는 눈물이 그렁그렁 맺힌 그녀의 눈을 보고 깜짝 놀란다.

"이 사건은 이게 다가 아니에요! 절대, 절대, 절대 아니에요! 그런데도 그들은 깔개 밑으로 쑤셔 넣고 진짜 이유도 숨기려 들잖아요. 실은 메르세데스 킬러 때문에 찜찜하게 은퇴한 당신과 다르게 피트는 이 사건을 훌훌 털어 버리고, 언론에서 난리법석을 떠는 일도 없이 홀가분하게 은퇴식을 치르고 싶어서 그러는 거면서. 나는 이 사건이 이게 다가 아니라는 것도 알고, 당신이 그걸 안다는 것도 알고, 당신이 검사 결과를 들으러 가야 한다는 것도 알고, 정말로 *걱정이* 되기 때문에 당신이 검사 결과를 들으러 *가* 줬으면 하지만 그 딱한 엄마하고 딸은…… 그렇게…… 어디로 *쑤셔 넣어 버려도* 되는 사람들이 아니라고요!"

그녀는 마침내 부들부들 떨며 말을 멈춘다. 눈물은 벌써 뺨 위에서 얼어붙었다. 그는 자기를 쳐다보도록 그녀의 고개를 잡아서 든다. 다른 사람이 그런 식으로 손을 대면 그녀는 몸을 사릴 테고 상대가 제롬 로빈슨이라도 마찬가지일 것이다. 브래디가 올리비아 트릴로니의 컴퓨터에 심어 놓은 고스트 프로그램(이 프로그램으로 인해 그녀는 약물 과다 복용이라는 극단적인 선택을 했다.)을 협심해서 발견한 뒤로 지금껏 제롬이라면 사족을 못 쓰지만 그래도 마찬가지일 것이다.

"홀리, 우리의 수사는 끝나지 않았어요. 나는 사실 이제 시작이라고 생각하는데."

그녀는 그의 얼굴을 똑바로 쳐다본다. 이것 역시 다른 사람 앞에서는 절대 하지 않을 행동이다.

"그게 무슨 소리예요?"

"새로운 사실이 등장했어요. 피트와 이지한테는 알리고 싶지 않은 사실이. 그걸 도대체 어떤 식으로 받아들이면 좋을지 모르겠어요. 지금은 설명할 시간이 없지만 병원에 다녀와서 전부 얘기해 줄게요."

"알았어요, 좋아요. 얼른 가요. 나는 하느님을 믿지 않지만 기도할게요. 밑져야 본전이잖아요."

"맞아요."

그는 그녀를 짧게 끌어안았다가 놓고(그녀에게 긴 포옹은 역효과만 낳는다.) 차를 세워 놓은 데로 돌아가며 어제 그녀가 브래디 하츠필드를 가리켜 자살 설계자라고 했던 것을 떠올린다. 여가시간에 시를 쓰는 숙녀다운(호지스가 그녀의 작품을 본 적은 없고 앞으로도 볼 가능성은 없다.) 절묘한 표현이지만 브래디는 아마 턱도 없다며 비웃을 것이다. 브래디는 자기 자신을 자살의 황태자로 여길 것이다.

호지스는 홀리의 다그침에 못 이겨서 장만한 프리우스를 타고 스태머스 박사의 진료실로 향한다. 그러면서 제발 궤양이게 해 달라고 기도한다. 수술로 꿰매야 하는 출혈성이라도 좋다고.

제발 궤양이게 해 달라고.

그보다 더 심각한 병은 아니게 해 달라고 기도한다.

21

오늘은 대기실에서 한참 기다릴 필요가 없다. 5분 일찍 도착했음에도 대기실은 월요일 못지않게 붐비지만, 엉덩이를 붙이고 앉을 새도 없이 치어리더 같은 접수계 직원 말리가 호지스를 안으로 들여보낸다.

스태머스의 벨린다 젠슨 간호사는 1년 주기로 건강검진을 받을 때마다 대개 웃는 얼굴로 기분 좋게 그를 맞이하는데 그날 아침은 웃는 얼굴이 아니다. 호지스는 체중계 위에 올라서며 건강검진이 조금 늦어졌다는 사실을 떠올린다. 4개월이 늦었다. 사실 5개월에 가깝다.

구식 체중계의 바늘이 75 언저리에서 머문다. 2009년에 퇴직하면서 건강검진을 의무적으로 받았을 때는 체중이 104킬로그램이었다. 벨린다가 혈압을 재고 귀에 뭔가를 넣어서 현재 체온을 잰 다음 검사실을 지나 복도 끝에 있는 스태머스 박사의 진료실로 곧장 그를 데리고 간다. 손마디로 문을 두드리고 스태머스가 "들어오세요."라고 하자 당장 호지스만 남겨 두고 사라진다. 평소에는 말썽꾸러기 아이들과 콧대 높은 남편을 주제로 쉴 새 없이 조잘거리는데 오늘은 거의 한마디도 말을 하지 않는다.

'좋은 징조일 리 없겠지.' 호지스는 생각한다. '하지만 그렇게 끔찍한 소식은 아닐 수도 있어. 하느님, 제발 그렇게 끔찍한 소식은 아니게 해 주세요. 앞으로 10년만 더 살게 해 달라는 게 무리한 부탁은 아니잖아요? 그렇게는 안 되겠다면 5년은 어떨까요?'

웬델 스태머스는 머리숱이 급격히 줄어들어 가는 50대인데 은퇴 후에도 관리를 게을리 하지 않은 운동선수처럼 어깨는 넓고 허리는 가늘다. 그가 심각한 표정으로 호지스를 쳐다보며 자리를 권한다. 호지스는 자리에 앉는다.

"얼마나 안 좋은가요?"

"안 좋아요." 스태머스 박사는 이렇게 대답하고 얼른 덧붙인다. "하지만 가망이 없을 정도는 아닙니다."

"뜸들일 것 없이 단도직입적으로 말씀해 주세요."

"췌장암인데…… 그게…… 좀 늦게 발견이 된 것 같아요. 간까지 말려들어 갔네요."

호지스는 웃음을 터뜨리고 싶은 강렬하고 당황스러운 충동을 억누른다. 그냥 웃음을 터뜨리고 싶은 정도가 아니라 고개를 뒤로 젖히고 알프스 소녀 하이디의 그 우라질 할아버지처럼 요들을 부르고 싶다. 안 좋은데 가망이 없을 정도는 아니라는 스태머스의 발언 때문인 것 같다. 오래 전에 들은 우스갯소리가 생각났던 것이다. 의사가 환자에게 좋은 소식과 나쁜 소식이 있다며 뭐부터 듣고 싶으냐고 묻는다. 환자는 나쁜 소식부터 알려 달라고 한다. 그러자 의사가 말한다. '음, 뇌에 수술이 불가능한 종양이 생겼어요.' 환자는 흐느껴 울며 이런 소식을 들은 마당에 어떤 게 좋은 소식이 될 수 있겠느냐고 묻는다. 의사는 몸을 앞으로 숙이고 은밀한 미소를 지으며 말한다. '내가 요즘 접수계 직원이랑 떡을 치고 있는데 *끝내줘요*.'

"소화기내과 전문의를 찾아가세요. 오늘 당장요. 이 일대에서 가장 실력이 좋은 의사는 카이너 병원의 헨리 입이에요. 그를 찾아가면 유능한 종양전문의를 연결해 줄 텐데 종양전문의는 화학요법과 방사선치료를 시작하자고 할 거예요. 환자의 진을 빼는 힘든 치료일수 있지만 그래도 5년 전에 비하면⋯⋯"

"그만하세요."

호지스가 말한다.

웃음을 터뜨리고 싶은 충동이 고맙게도 사라졌다.

스태머스는 말을 멈추고 화창한 1월의 햇살을 맞으며 그를 쳐다본다. 호지스는 생각한다. '기적이 벌어지지 않는 한 이번이 내가 누릴 수 있는 마지막 1월이겠군. 와우.'

"가망성이 얼마나 됩니까? 좋게 포장하지는 마세요. 해결해야 할 일이 있는데 어쩌면 큰 일일 수도 있어서 알아야 하거든요."

스태머스는 한숨을 쉰다.

"안타깝지만 상당히 낮습니다. 췌장암이 워낙 은밀하게 움직이는 놈이라서요."

"얼마나 살 수 있을까요?"

"치료를 받으면요? 아마 1년? 어쩌면 2년요. 하지만 완치 가능성도 아예 없는 건 아니⋯⋯"

"생각을 좀 해 봐야겠습니다."

"이런 불쾌한 진단을 들으면 많은 환자들이 그렇게 말을 하는데요, 그때마다 내가 환자들에게 하는 얘기가 있습니다. 불이 난 건물 꼭대기에 서 있고 헬리콥터가 다가와서 줄사다리를 내려 주는데도 그걸 잡고 올라가기 전에 생각을 좀 해 봐야겠다는 말을 하겠느냐고요."

호지스가 고민에 잠기자 웃음을 터뜨리고 싶은 충동이 다시금 고개를 든다. 그 충동은 억누를 수 있지만 미소까지 그러지는 못한다. 그는 매력적인 함박 미소를 짓는다.

"고민해야 할지도요. 문제의 헬리콥터에 남은 연료가 7리터밖에 안 된다면요."

22

루스 스캐펠리는 스물세 살 때, 단단한 껍데기로 그녀를 감싸기 전이었던 그 시절에 정직하다고 볼 수 없었던 볼링장 사장과 짧고 파란만장한 연애를 한 적이 있었다. 그때 임신이 돼서 신시아라는 딸을 낳았다. 그녀의 고향인 아이오와 주의 대븐포트에서 있었던 일이고 당시 그녀는 캐플런 대학교에서 간호사 수업을 받고 있었다. 그녀는 자신이 어머니가 됐다는 데 놀라워했고, 아이 아빠가 털이 북슬북슬한 팔에 *살기 위해 사랑하고 사랑하기 위해 산다*는 문신을 새기고 배가 축 늘어진 40살의 남자라는 데 한층 더 놀라워했다. 만약 그가 청혼했더라도(하지 않았지만) 그녀는 속으로 몸서리를 치며 거절했을 것이다. 완다 이모가 육아를 도와주었다.

신시아 스캐펠리 로빈슨은 현재 (문신 없는) 근사한 남편과 두 아이와 함께 샌프란시스코에서 살고 있다. 큰 아이는 고등학교에서 우등생이고 가정은 화목하다. 신시아는 화목한 가정을 위해 각고의 노력을 기울인다. 어린 시절의 대부분을 보낸(그리고 어머니가 그 무시무시한 껍데기를 쌓기 시작한) 이모할머니의 집은 냉기가 흘렀고 *깜빡하지 말고 잘 챙겨야지*로 시작되는 비난과 꾸지람으로 가득했다. 감정적인 온도는 대개 영상을 유지했지만 7도를 넘는 경우는 거의 없었다. 신시아는 고등학생 시절부터 어머니를 이름으로 불렀다. 루스 스캐펠리는 거기에 대해서 한 번도 반발한 적이 없었다. 오히려 일말의 위안을 느꼈다. 그녀는 일 때문에 딸의 결혼식에 참석하지 못했지만 선물을 보냈다. 시계가 달린 라디오였다. 요즘 신시아와 어머니는 한 달에 한두 번씩 전화통화를 하고 가끔 이메일을 주고받는다. "조시는 학교생활을 잘하고 있어요. 축구팀을 만들었어요."라고 보내면 "다행이구나." 하고 짤막한 답장이 온다. 신시아는 어머니를 그리워한 적이 없다. 그리워할 거리가 거의 없었다.

그날 아침에 그녀는 7시에 일어나 남편과 두 아들의 아침을 차리고, 행크는 회사로 두 아이는 학교로 보내놓고 접시를 헹궈서 식기세척기에 넣고 돌린다. 그런 다음 세탁실로 건너가 빨래를 넣고 이번에는 세탁기를 돌린다. 아침마다 이렇게 집안일을 하면서 *깜빡하지 말고 잘 챙겨야지*, 이런 생각을 하지는 않지만 무의식 속 깊은 곳에서는 죽을 때까지 그 생각을 할 것이다. 어렸을 때 심어진 씨앗은 뿌리를 깊이 내리는 법이다.

9시 30분에 그녀는 커피를 한 잔 더 끓이고, TV를 틀고, 아마존이나 어번 아웃피터스 말고 다른 데서 온 이메일이 있는지 확인하려고 노트북을 켠다. 이날 아침에는 어머니가 간밤에 보낸 이메일이 있다. 오후 10시 44분에 보냈으니 태평양 표준시로 바꾸면 오후 8시 44분이다. 그녀는 미안이라는 한 단어가 적힌 제목을 보고 미간을 찡그린다.

이메일을 연다. 읽는 동안 심장박동이 빨라진다.

나는 끔찍한 인간이야. 나는 쓰레기 같은 끔찍한 년이야. 아무도 내 편을 들어주지 않을 거야. 이러는 수밖에 없어. 사랑한다.

사랑한다. 어머니에게 그 말을 마지막으로 들어 본 게 언제였던가? 신시아는 아들들에게 하루에 최소 네 번씩 그 말을 하지만 솔직히 기억이 나지 않는다. 그녀는 조리대에 올려놓고 충전 중이던 전화기를 집어서 처음에는 어머니의 휴대 전화로, 그 다음에는 집으로 전화를 건다. 두 번 다 루스 스캐펠리의 짧고 간단한 메시지가 들린다. "메시지를 남겨 주세요. 나중에 되도록 연락드리겠습니다." 신시아는 당장 전화해 달라고 메시지를 남기지만 어머니의 전화를 받지 못할 것 같은 끔찍한 예감이 든다. 지금은 물론이고 나중에도, 영원히 그럴 것 같은 예감이 든다.

그녀는 입술을 물어뜯으며 화창한 주방을 두 바퀴 돌다가 휴대 전화를 다시 집어서 카이너 기념 병원으로 전화를 건다. 다시 주방을 서성이며 뇌손상 병동으로 연결되길 기다린다. 마침내 스티브 핼펀이라는 간호사가 전화를 받는다. 핼펀은 스캐펠리 간호사가 출근을 하지 않았다고 한다. 8시부터 근무시간이 시작되는데 중부표준시로는 지금이 12시 40분이니 놀라운 일이다.

"집으로 연락해 보세요." 그가 말한다. "몸이 아파서 결근하시는 것일 수도 있으니까요. 전화도 없이 그러시다니 수간호사님답지 않은 일이긴 하지만요."

'그런 소릴 하다니 아무것도 모르시는군.' 신시아는 생각한다. '*깜빡하지 말고 잘 챙겨야지*가 일종의 주문과도 같은 집안에서 자라지 않았다면 모를 수밖에.'

그녀는 고맙다고 인사하고(아무리 걱정이 되더라도 그걸 깜빡할 수는 없다.) 3200킬로미터 멀리 있는 경찰서로 연락한다. 신원을 밝히고 최대한 침착하게 상황을 설명한다.

"저희 어머니가 태년바움 대로 298번지에 사세요. 성함은 루스 스캐펠리고, 카이너 병원 뇌손상 병동 수간호사예요. 오늘 아침에 어머니가 보낸 이메일을 보았는데 아무래도……"

심한 우울증에 걸린 것 같다고? 아니다. 그 정도로는 경찰이 출동하지 않을지 모른다. 게다가 그녀의 진심은 그게 아니지 않은가. 그녀는 심호흡을 한다.

"자살을 생각하고 계신 게 아닌가 하는 생각이 들어서요."

23

54번 순찰차가 태년바움 대로 298번지 앞 진입로로 들어선다. 고릿적에 방영된 경찰 시트콤에서 똑같은 번호의 순찰차를 타고 다녔던 두 주인공의 이름을 따서 투디와 멀둔이라고 불리는 아마릴리스로사리오와 제이슨 래버티가 차에서 내려 문 앞으로 다가간다. 로사리오가 초인종을 누른다. 응답이 없자 래버티가 문을 세게 두드린다. 여전히 아무 응답이 없다. 그가 혹시나 하는 마음에 손잡이를 잡고 돌려 보니 문이 열린다. 그들은 서로를 쳐다본다. 아무리 안전한 동네라고 해도 그래도 시내이고, 시내에서는 대개 문을 잠그고 산다.

로사리오가 고개를 안으로 들이민다.

"스캐펠리 부인? 로사리오 경관입니다. 뭐라고 말 좀 해 보세요."

아무 말이 없다.

그녀의 파트너가 옆에서 끼어든다.

"래버티 경관입니다, 부인. 따님이 걱정하고 있어요. 아무 일 없으신가요?"

아무 응답이 없다. 래버티는 어깨를 으쓱하고 열린 문을 가리킨다.

"숙녀 먼저."

로사리오는 무의식적으로 휴대한 무기를 고정한 끈을 풀며 안으로 들어간다. 래버티가 그 뒤를 따른다. 거실에 아무도 없는데 소리를 무음으로 해 놓은 TV가 켜져 있다.

"투디, 투디, 이거 예감이 안 좋은데." 로사리오가 말한다. "냄새 느껴져?"

래버티도 느껴진다. 피 냄새다. 냄새의 진원지는 루스 스캐펠리가 뒤집힌 의자 옆에 누워 있는 주방이다. 그녀는 쓰러지는 충격을 줄이려는 듯 두 팔을 대자로 뻗고 있다. 그녀가 만들어 놓은 깊은 칼자국이 보인다. 팔뚝은 거의 팔꿈치까지 세로로 길게 그었고 손목은

가로로 짧게 그었다. 토스터 옆 나무꽂이에서 꺼낸 육류용 칼이 회전판 위에 놓여 있다. 소금통과 후추통, 사기 재질의 냅킨 홀더 중간에 섬뜩하리만치 단정하게 자리 잡고 있는 회전판이다. 피는 시커멓게 엉겨 붙었다. 래버티가 보건대 죽은 지 최소 12시간은 지난 듯하다.

"TV에 재미있는 프로그램이 없었나 봐." 그가 말한다.

로사리오는 험상궂은 눈빛으로 그를 쳐다보고 시신 옆에 한쪽 무릎을 꿇지만 그 전날 세탁소에서 찾아온 유니폼에 피가 묻지 않도록 어느 정도 거리를 둔다.

"의식을 잃기 전에 뭔가를 썼어." 그녀가 말한다. "오른쪽 타일 위에 자기 피로 쓴 거 보이지? 뭐라고 쓴 것 같아? 2인가?"

래버티는 무릎을 손으로 집고 허리를 숙여서 자세히 쳐다본다.

"잘 모르겠네." 그가 말한다. "2 아니면 Z인 것 같은데."

브래디

"우리 아들은 천재야." 드보라 하츠필드는 친구들에게 입버릇처럼 이렇게 얘기했다. 그러고는 애교 만점의 미소를 지으면 이렇게 덧붙였다. "진짜면 자랑하는 거 아니잖아."

술을 진탕 마시기 전, 아직 친구들이 있었던 시절의 이야기다. 예전에 그녀에게는 프랭키라는 아들이 한 명 더 있었지만 그 아이는 천재가 아니었다. 프랭키는 뇌를 다친 장애아였다. 그는 네 살이었던 어느 날 저녁에 지하실 계단에서 굴러 목이 부러지는 바람에 죽었다. 드보라와 브래디가 밝힌 바로는 그랬다. 실상은 조금 달랐다. 조금 복잡했다.

브래디는 이런저런 발명품을 만드는 것을 좋아했고 나중에 그의 발명품으로 떼돈을 벌면 어머니와 함께 팔자 늘어지게 살 수도 있었다. 드보라는 그럴 수 있다고 확신했고 아들에게 종종 그렇게 얘기했다. 브래디도 그 말을 믿었다.

그는 다른 과목에서는 B 아니면 C로 연명했지만 컴퓨터 1, 2는 올 A였다. 노스사이드 고등학교를 졸업했을 무렵 그의 집은 온갖 장치들로 가득했고 그중에는 미드웨스트 비전에서 송신되는 케이블 TV를 훔쳐보는 블루박스처럼 지극히 불법인 장치들도 있었다. 그는 드보라가 거의 드나들지 않는 지하 작업실에서 온갖 발명에 몰두했다.

스멀스멀 의구심이 생겼다. 그와 더불어 이란성 쌍둥이라 할 수 있는 분노가 고개를 들었다. 그의 발명품이 아무리 기발해도 돈이 될 만한 건 없었다. 캘리포니아에서는 예컨대 스티브 잡스처럼 차고에서 어설프게 뚝딱뚝딱 만든 물건으로 떼돈을 벌고 세상을 바꾼 사람들이 있었는데, 브래디가 만든 것들은 수준 미달이었다.

예를 들어 그가 디자인한 '롤라'만 해도 그랬다. 롤라는 바퀴가 달려서 혼자 움직이고 장애물을 만나면 방향을 바꾸는, 컴퓨터가 달린 청소기였다. 이야말로 확실한 패였다. 하지만 어느 날 브래디는 레이스메이커 레인의 어느 멋들어진 전자용품 대리점에 전시된 룸바라는 청소기를 목격했다. 누군가가 선수를 친 것이었다. 간발의 차이가 엄청나게 다른 결과를 낳는다는 말이 그의 머리를 스치고 지나갔다. 얼른 떨쳐 버렸지만, 밤에 잠이 오지 않거나 또다시 끔찍한 편두통에 시달릴 때면 그 말이 다시금 떠올랐다.

하지만 시티 센터 대참사가 가능했던 것도 그가 발명한 두 가지 장치(그것도 사소한 발명품이었건만) 덕분이었다. 그가 TV 리모컨을 개조해서 만든 1번과 2번 발명품 덕분이었다. 1번은 신호등을 초록색에서 빨간색으로, 빨간색에서 초록색으로 바꿀 수 있는 장치였다.

2번은 그보다 좀 더 복잡한 장치였다. 그걸로 스마트키의 신호를 훔치면 아무것도 모르는 차주가 떠난 뒤에 차문을 딸 수 있었다. 처음에 그는 차문을 열고 들어가 현금이나 기타 귀중품을 훔치는 도구로 2번 발명품을 활용했다. 그러다 큰 차를 몰고 군중 사이로 돌진하면 어떨까 하는 생각이(그걸로 대통령이나 거물급 영화배우를 암살하면 어떨까 하는 상상과 함께) 희미하게 자리를 잡기 시작했을 때 올리비아 트릴로니 부인의 메르세데스 문을 따고 들어가 보니 사물함에 보조키가 들어 있었다.

그는 보조키를 나중에 쓸 일이 있을 거라는 판단 아래 그 차를 건드리지 않았다. 그로부터 얼마 지나지 않았을 때 우주를 관장하는 어둠의 세력이 메시지라도 보낸 듯 4월 10일에 시티 센터에서 채용 박람회가 열린다는 기사가 신문에 실렸다.

수천 명이 참가할 것으로 예상된다고 했다.

디스카운트 일렉트로닉스의 사이버 순찰대로 취직하면서 컴퓨터를 저렴하게 장만할 수 있게 되자 브래디는 지하 작업실에 노브랜드 노트북 일곱 대를 연결 설치했다. 여러 대를 쓸 일이라고는 거의 없었지만 일곱 대가 풍기는 분위기가 마음에 들었다. SF 영화나 「스타 트렉」에 나오는 공간 같아 보였다. 그는 음성 인식 시스템도 장착했는데 그로부터 몇 년 뒤에 애플이 시리라는 음성 인식 프로그램으로 히트를 쳤다.

또다시 간발의 차이가 엄청나게 다른 결과를 낳은 것이다.

이 경우에는 수십억 달러라는 엄청나게 다른 결과를 낳았다.

그런 상황에 놓였을 때 다 죽여 버리고 싶지 않은 사람이 어디 있을까?

시티 센터에서는 해치운 인원수가 겨우 여덟 명밖에 안 됐지만(정말 심각한 장애를 입은 경우도 있었지만 부상자는 제외한 숫자였다.) 록 콘서트장에서는 수천 명을 해치울 수 있었다. 그러면 그의 이름이 역사에 길이 남을 수 있었다. 그런데 버튼을 눌러서 볼 베어링을 제트 엔진이 달린 부채꼴 모양으로 날려 비명을 질러 대는 수백 명의 소녀들의(너무 뚱뚱하고 너무 오냐오냐하는 엄마들까지 한꺼번에) 사지를 절단하고 목을 자르려던 찰나, 누군가가 그의 머릿속에 달린 조명을 전부 꺼 버렸다.

그의 기억 속에서 이 부분은 영원히 암흑으로 남을 것 같지만 굳이 기억을 더듬을 필요도 없었다. 그런 짓을 저지를 사람은 오직 한 명, 커밋 윌리엄 호지스뿐이었다. 호지스는 트릴로니 부인처럼 스스로 목숨을 끊었어야 했는데, 그것이 그의 계획이었는데, 어찌어찌 그런 운명을 모면했고 브래디가 그의 차에 설치한 폭탄까지 피했다. 그 늙은 퇴직 형사는 콘서트장에 나타나서 브래디가 불멸을 달성하기 불과 몇 초 전에 그를 좌절시켰다.

쿵, 쿵, 조명이 꺼지고.

아가, 아가, 같이 가자.

우연의 일치는 교묘하고 복잡한 것이라서 브래디가 카이너 기념 병원으로 이송됐을 때 타고 간 차가 3번 소방서의 23번 구급차였다. 로브 마틴은 없었지만(그 무렵 미국 정부의 전액 지원 아래 아프가니스탄을 순방하고 있었다.) 제이슨 랩시스가 동승해 병원으로 질주하는 동안 브래디를 살리는 역할을 맡았다. 만약 돈을 걸 기회가 주어졌다면 랩시스는 가망 없다는 데 걸었을 것이다. 그는 격렬한 발작 상태였다. 심박수가 175였고 혈압은 치솟았다가 곤두박질치길 반복했다. 그런데도 23번 구급차가 병원에 도착했을 때 그는 이승에 머물러 있었다.

그를 검진한 에머리 윈스턴은 일부 베테랑들이 '새터데이 나이트 나이프 앤드 건 클럽'이라고 부르는, 상처를 깁고 고치는 병동의 고참이었다. 윈스턴은 마침 응급실 주변에서 간호사들과 노닥거리고 있던 의대생을 불러서 약식 진단을 맡겼다. 의대생은 반사작용이 저하됐고 왼쪽 동공이 팽창되었으며 바빈스키 반응은 정상적이라고 보고했다.

"그 말인즉?" 윈스턴이 물었다.

"그 말인즉, 돌이킬 수 없는 뇌손상을 입었다는 뜻입니다." 학생이 말했다. "무뇌 인간이 되었다는 거죠."

"아주 잘했어. 잘하면 우리가 너를 의사로 키울 수도 있을 것 같군 그래. 예후는?"

"오전 중으로 사망요."

"아마 그렇겠지." 윈스턴이 말했다. "그게 내 희망사항이기도 해. 원상태로 회복할 가망이 없으니까. 그래도 CT 촬영은 해야겠지."

"왜요?"

"그게 원칙이니까. 그리고 아직 살아 있을 때 뇌가 얼마나 손상됐는지 확인하고 싶은 마음도 있거든."

7시간 뒤에 애누 싱이 펠릭스 배비노라는 유능한 조수의 도움 아래 개두술을 실시해 브래디의 뇌를 압박하며 거룩하리만치 전문화된 수백만 개의 세포를 교살해 시시각각으로 손상을 증폭하고 있는 거대한 혈전을 제거했을 때도 그는 여전히 살아 있었다. 수술이 끝나자 배비노는 피로 얼룩진 장갑을 낀 채 싱에게 악수를 청했다.

"대단한 수술이었어요."

싱은 배비노의 악수에 응했지만 자조적인 미소를 지었다.

"그 정도야 *기본*이지. 지금까지 1000번쯤 한 수술인데. 1000번은 너무했고…… 200, 300번쯤? 정작 놀라운 건 이 환자의 체력이야. 이 수술을 감당하다니. 머릿속이 아주 그냥……" 싱은 고개를 저었다. "엉망진창이 되었는데."

"그가 무슨 짓을 하려고 했는지 아시는 모양이네요?"

"응, 들었어. 대규모 테러를 계획했다고. 당분간 목숨은 부지할지 몰라도 법정에 서지는 못할 거야. 눈을 감더라도 엄청난 손실이라고 볼 수는 없을 테지만."

배비노 박사는 이런 생각을 바탕에 깔고서 뇌사자나 다름없는 브래디에게 이미 처방이 내려진 산소와 이뇨제와 항경련제와 스테로이드 외에 추가로 세리벨린(그 혼자 부르는 명칭이었고 실질적인 명칭은 여섯 개의 숫자에 불과했다.)이라는 시험 약물을 투여하기 시작했다. 649558은 동물 실험에서 고무적인 결과를 보였지만 얽히고설킨 규제당국 덕분에 인체 실험의 날은 요원했다. 볼리비아의 신경연구소에서 개발한 약이라 문제가 더욱 복잡했다. 아내가 그녀의 계획대로 밀어붙인다면 허가가 떨어진다 하더라도 인체 실험이 시작될 무렵 배비노는 플로리다의 폐쇄된 시설에서 살고 있을 것이었다. 거기서 눈물이 나도록 지루한 하루하루를 보내고 있을 것이었다.

지금이야말로 현역 신경과 의사로 적극적인 활약을 펼치며 결과를 살필 수 있는 기회였다. 결과를 산출할 수만 있다면 노벨의학상을 받을 수도 있었다. 게다가 인체 실험 승인이 날 때까지 결과를 혼자만 알고 있으면 위험할 일도 없었다. 상대는 깨어날 가망성이 없는 타락한 살인범이었다. 기적적으로 깨어난다 한들 후기 알츠하이머 환자처럼 의식이 가물가물할 것이었다. 그 정도만 돼도 놀라운 일이었다.

'그 와중에 남들에게 도움이 될 수 있을지도 몰라, 하츠필드 씨.' 그는 혼수상태인 환자에게 말했다. 한 삽의 악행 대신 한 숟가락의 선행을 하게 되는 거지. 부작용을 일으킨다면? 뇌기능이 약간 개선되기는커녕 뇌사 상태에 빠지거나(지금 이미 그러기 직전이지만) 숨이 끊긴다면?

아쉬울 것 없어. 당신 입장에서도, 당신 가족 입장에서도. 어차피 가족도 없잖아.

세상 사람들 입장에서도 마찬가지야. 당신이 죽었다고 하면 좋아할걸?

그는 하츠필드 세리벨린 실험이라고 된 컴퓨터 파일을 열었다. 2010년부터 2011년까지 14개월 동안 모두 합해서 9차례 약물을 투여했다. 아무 변화가 없었다. 인간 모르모트에게 증류수를 투여하는 편이 나을 뻔했다.

그는 실험을 중단했다.

문제의 인간 모르모트는 15개월 동안 갓 태어난 영혼처럼 어두컴컴한 세계에서 지내다 16개월째에 자기 이름을 기억했다. 그는 브래디 윌슨 하츠필드였다. 처음에는 이것 말고는 아무것도 없었다. 과거도 현재도, 세 단어로 이루어진 이름 말고는 그라는 존재도 없었다. 그러다 포기하고 그냥 둥둥 멀리 날아가 버리려고 하기 직전에 또 다른 단어가 생각났다. 통제라는 단어였다. 한때는 중요한 단어였던 것 같은데 어떤 이유에서 그랬는지는 알 길이 없었다.

　그는 병실 침대에 누워서 글리세린을 바른 입술을 움직여 그 단어를 입 밖으로 내뱉었다. 그는 혼자였다. 눈을 뜬 그를 발견한 간호사에게 어머니가 어디 있느냐고 묻기 3주 전이었다.

　"통……제."

　그러자 불이 켜졌다. 「스타트렉」 스타일의 지하 작업실과 부엌을 잇는 계단 맨 위 칸에 서서 음성 인식으로 명령을 내렸을 때 그랬던 것처럼 불이 켜졌다.

　그가 거기 있었다. 엘름 대로의 지하실은 그가 마지막으로 그곳을 나섰을 때 보았던 그 모습 그대로였다. 다른 목적으로 쓰이던 다른 단어가 있었는데 지하실로 돌아오자 그 단어도 생각이 났다. 근사한 단어이기 때문이었다.

　"혼돈!"

　상상 속에서는 시나이 산에 오른 모세처럼 큰 소리로 외쳤다. 실제 병상에서는 꺽꺽거리는 속삭임에 불과했다. 하지만 주문이 통해서 일렬로 놓인 노트북이 켜졌다. 각 화면 위에 뜬 숫자가 바뀌었다. 20…… 19…… 18…….

이게 뭘까? 이게 도대체 뭘까?

기억이 나지 않았다. 일곱 개의 화면 위의 숫자가 0으로 바뀌면 컴퓨터가 먹통이 된다는 것만 알 수 있을 따름이었다. 그러면 컴퓨터도 이 방도 그가 어찌어찌 붙잡고 있는 실낱같은 의식의 끈도 날아가 버릴 것이다. 그는 어둠 속에 산 채로 묻힐 것……

바로 그거였다! 그 단어였다!

"어둠!"

그는 목청껏 그 단어를 외쳤다. 적어도 상상 속에서는 그랬다. 실제로는 이번에도 오랫동안 쓰지 않았던 성대 때문에 꺽꺽거리는 속삭임에 불과했다. 그의 맥박, 호흡, 혈압이 일제히 오르기 시작했다. 조만간 수간호사 베키 헤밍턴이 알아차리고, 달리는 정도는 아니지만 그래도 황급히 확인하러 올 것이다.

브래디의 지하 작업실에서 카운트다운이 14에서 멈추었고, 각 화면마다 사진이 떴다. 예전에는(지금은 증거물A에서부터 G에 이르는 꼬리표를 달고 휑뎅그렁한 경찰 증거물 보관실에 보관되어 있지만) 이 컴퓨터에 부팅이 되면 영화 「와일드 번치」의 스틸컷이 떴다. 그런데 지금은 브래디의 인생을 대변하는 사진들이 뜬다.

1번 화면에는 사과 조각이 목에 걸려서 뇌손상을 입었고 나중에 지하실 계단에서 굴러떨어진(드보라 하츠필드의 발이 일조했다.) 남동생 프랭키 사진이 떴다.

2번 화면에는 드보라 사진이 떴다. 브래디도 한눈에 알아볼 수 있는 몸에 찰싹 들러붙는 흰색 가운을 입고 있었다. '그녀는 나를 꿀단지라고 불렀지.' 그는 생각한다. '나한테 입을 맞출 때마다 그녀의 입술은 살짝 축축했고 나는 발기가 되곤 했지. 어렸을 때는 그녀가 그걸 발딱이라고 불렀는데. 나를 욕조에 넣어 놓고 가끔 따뜻하고 축축한 수건으로 거길 문지르면서 기분이 좋으냐고 물었는데.'

3번 화면에는 실제로 쓸모가 있었던 1번 발명품과 2번 발명품 사진이 떴다.

4번 화면에는 보닛이 움푹 들어갔고 라디에이터 그릴에서 피가 뚝뚝 떨어지는 트릴로니 부인의 회색 메르세데스 세단 사진이 떴다.

5번 화면에는 휠체어 사진이 떴다. 처음에는 연관성을 알 수가 없었는데 퍼뜩 생각이 났다. 라운드 히어 콘서트가 열렸던 날 그가 밍고 대강당에 그 방법으로 입장했다. 휠체어에 앉아 있는 가엾은 장애인은 아무도 걱정하지 않았다.

6번 화면에는 미소를 짓고 있는 잘생긴 청년의 사진이 떴다. 이름은 아직 생각이 나지 않았지만 정체는 알 수 있었다. 나이 많은 퇴직 형사의 잔디를 깎아 주는 깜둥이였다.

그리고 7번 화면에는 한쪽 눈 위로 페도라를 삐딱하게 눌러쓰고 미소를 짓고 있는 호지스의 사진이 떴다. '잡았다, 브래디.' 그 미소는 그렇게 얘기하고 있었다. '내 무기에 두들겨 맞아서 병상에 그렇게 누워 있네? 언제쯤 일어나서 걸을 수 있을까? 아마 평생 그럴 일이 없겠지.'

우라질 호지스 때문에 모든 게 망가졌다.

브래디는 그 일곱 개의 사진을 보강재 삼아서 그의 정체를 재건하기 시작했다. 그러는 동안 멍청하고 무신경한 세상에 맞선 그의 은

신처이자 보루와도 같았던 지하 작업실의 벽이 점점 얇아지기 시작했다. 벽 사이로 다른 사람들의 목소리가 들렸다. 간호사인 경우도 있었고 의사인 경우도 있었고 그가 연기를 하는 건 아닌지 확인하는 사법당국 관계자인가 싶은 경우도 있었다. 그는 연기를 하는 것이기도 하고 아니기도 했다. 진실은 프랭키의 죽음을 둘러싼 정황처럼 복잡했다.

처음에 그는 혼자 있는 게 확실할 때만 눈을 떴고 그마저도 자주 뜨지 않았다. 그의 병실에는 구경할 만한 게 많지 않았다. 조만간 그는 완전히 정신을 차려야 할 텐데 그렇더라도 여러 가지 생각을 할 수 있고 날마다 머릿속이 점점 맑아지고 있다는 것을 들키지 말아야 했다. 들켰다가는 재판을 받게 될 것이었다.

브래디는 아직 재판을 받고 싶지 않았다.

그에게는 아직 해야 할 일들이 있었다.

노마 윌머 간호사에게 말을 걸기 1주일 전, 한밤중에 눈을 뜬 브래디는 침대 옆 주사대에 매달려 있는 식염수 병을 쳐다보았다. 심심해진 그는 손을 들어서 밀어 버리려고, 아니면 쳐서 바닥으로 넘어뜨리려고 했다. 그의 의도대로 되지는 않았지만 병이 고리에 매달린 채 앞뒤로 흔들리고 있음을 알아차렸을 때 그의 두 손은 여전히 이불 위에 놓여 있었고 손가락은 여전히 살짝 안으로 구부러져 있었다. 환자가 뇌파로 나지막한 곡선을 그리며 긴 잠을 자고 있을 때는 아무리 물리 치료사를 동원해도 근위축 속도를 늦출 수 있을지언정 멈출 수는 없었다.

146

'내가 저걸 흔든 걸까?'

그가 다시 손을 뻗어 보려고 했을 때 두 손은 여전히 별다른 움직임이 없었지만(자주 쓰던 왼손이 살짝 떨리기는 했다.) 손바닥이 식염수병을 건드려서 다시 흔드는 게 느껴졌다.

그는 희한하다는 생각을 하고 다시 잠이 들었다. 호지스 때문에 (아니면 그 집 잔디를 깎아 주는 깜둥이 때문일 수도 있겠다.) 이 빌어먹을 병원에 입원한 이래 처음으로 청한 잠다운 잠이었다.

브래디는 그 뒤로 며칠 동안 들여다보는 사람이 없을 게 분명한 늦은 밤마다 상상 속의 손을 가지고 실험을 계속했다. 그러는 동안 교통사고로 오른손이 잘려서 '후크 선장'이라고 불렸던 고등학교 때 같은 반 친구 헨리 크로스비를 종종 떠올렸다. 의수를 달고 다녔지만(가짜인 게 너무 티가 나서 그 위로 장갑을 꼈다.) 가끔 그 대신 철제 갈고리를 달고 등교할 때도 있었다. 헨리는 갈고리가 물건을 집을 때 더 편하고, 여학생들 뒤로 살금살금 다가가서 맨살이 드러난 종아리나 팔을 그걸로 쓰다듬으면 보너스로 골탕까지 먹일 수 있다고 주장했다. 그가 한번은 브래디에게 손이 잘린 지 7년이 지났지만 지금도 마비가 됐다가 방금 전에 풀린 것처럼 간질거리거나 따끔거린다고 얘기한 적이 있었다. 그러면서 반질반질한 분홍색의 손목을 브래디에게 보여 주었다. "그렇게 따끔거리면 이 손으로 머리를 긁을 수도 있을 것 같다니까?"

브래디는 이제 후크 선장 크로스비의 심정을 완벽하게 이해할 수 있었는데…… 한 가지 차이점이 있다면 그는 가상의 손으로 머리를 긁을 수가 *있다*는 것이었다. 시도해 보았기에 아는 일이었다. 그뿐 아니라 간호사들이 밤이면 내려 주는 베니션 블라인드도 그 손으로 흔들 수 있었다. 창문이 침대에서 멀찌감치 떨어져 있기에 손을 뻗어도 닿질 않는데 가상의 손은 닿았다. 누군가(나중에 알고 보니 직원들 중에서 유일하게 그를 어느 정도 친절하게 대하는 수간호사 베키 헬밍턴이었다.)가 침대 옆 테이블에 가져다놓은 조화 꽃병도 쉽게 앞뒤로 움직일 수 있었다.

그는 끙끙대며 애를 쓴 끝에(그의 기억은 구멍투성이였다.) 이런 증상을 뭐라고 하는지 기억해 냈다. 염력. 집중력으로 물체를 움직일 수 있는 능력. 하지만 고도로 집중하면 머리가 깨질 듯이 아팠고 정신력은 이 현상과 별 상관이 없어 보였다. 손가락을 쫙 펼치고 이불 위에 놓여 있는 그의 우세손, 그의 *왼손*이 하는 일이었다.

상당히 놀라웠다. 그를 가장 자주 들여다보는 배비노(요즘 들어서는 흥미를 잃은 듯하지만)가 알면 신이 나서 어쩔 줄 몰라 하겠지만 브래디는 이 재주만큼은 아무에게도 공개하지 않을 작정이었다.

나중에 쓸 데가 있을지 모르겠지만 과연 그럴까 싶었다. 귀를 움직이는 것도 재주라면 재주지만 쓸모는 없지 않은가. 주사대에 달린 병을 움직이고 블라인드를 흔들고 액자를 쓰러뜨릴 수는 있었다. 커다란 물고기가 밑에서 헤엄이라도 치는 것처럼 담요를 우글쭈글하게 만들 수도 있었다. 놀라는 표정들이 재미있어서 가끔 간호사가 옆에 있을 때 그런 장난을 친 적도 있었다. 하지만 그것이 이 새로운 능력의 한계인 듯했다. 그는 침대 위에 달린 텔레비전을 켜 보려고 했지만 실패했고 병실에 딸린 화장실 문을 닫아 보려고 했지만 그것도 실패했다. 크롬 손잡이를 잡을 수는 있었지만(손가락으로 감싸자 차갑고 단단한 감촉이 느껴졌다.) 문이 너무 무거웠고 가상의 손은 너무 힘이 약했다. 아직은 그랬다. 그는 연습을 계속하면 손의 힘이 세질지 모른다는 생각이 들었다.

'눈을 떠야겠어. 아스피린으로 이 없어질 줄 모르는 우라질 두통을 달래고 음식다운 음식을 먹을 수 있게. 병원에서 주는 커스터드라도 꿀맛이겠어. 얼른 눈을 떠야지. 당장 내일이라도.'

하지만 그는 그 다음 날 눈을 뜨지 않았다. 그가 어디인지 모를 과거에서 소환한 능력이 염력 말고 또 있다는 사실을 알아차렸기 때문이었다.

오후에 그의 바이탈을 체크하고 저녁에 그의 잠자리를 준비하는 (24시간 내내 침대에 누워 있는 마당에 딱히 준비할 건 없지만) 간호사는 대개 새디 맥도널드라는 젊은 여간호사였다. 화장 없이 초췌한 분위기를 풍기는 까만 머리의 미녀였다. 브래디는 맨 처음 의식을 되찾은 지하 작업실에서 벽을 넘어 이곳으로 건너온 이래 병실을 찾은 모든 이를 상대로 그래 왔던 것처럼 살짝 뜬 눈으로 그녀를 관찰했다.

그녀는 그를 두려워하는 눈치였지만 알고 보니 그에게만 그러는 게 아니었다. 맥도널드 간호사는 모든 사람을 두려워했다. 그녀는 걸어다니기보다 종종걸음을 치는 성격이었다. 일을 하는 동안 아무라도, 예컨대 수간호사 베키 헤밍턴이라도 217호실에 들어오면 뒷걸음질을 쳤다. 그리고 배비노 박사를 무서워했다. 그와 한 공간에 있을 때 그녀가 느끼는 공포를 브래디도 거의 감지할 수 있을 정도였다.

그런데 알고 보니 이게 허풍이 아니었다.

브래디가 커스터드를 생각하다 잠이 든 다음 날, 새디 맥도널드가 3시 15분에 217호실로 들어와 그의 침대 머리맡에 달린 모니터를 확인하고 발치에 달린 클립보드에 숫자를 적었다. 이제 그녀는 주사대에 걸린 링거병을 체크하고 벽장으로 가서 새 베개를 꺼낼 것이다. 그런 다음 한 손으로 그를 들어서(체구는 작아도 팔 힘이 좋았다.) 베개를 바꿀 것이다. 사실상 잡역부가 하는 일인데 서열상 맥도널드가 맨 밑바닥인 듯했다. 그러니까 말하자면 말단 간호사였다.

그는 그녀가 베개 교환을 마쳤을 때, 두 사람의 얼굴이 가장 가까워졌을 때 눈을 떠서 그녀에게 말을 걸기로 마음을 먹었다. 그러면 질겁할 테니까. 브래디는 사람들을 질겁하게 만드는 것이 좋았다. 그의 삶의 많은 부분이 바뀌었지만 그건 아니었다. 그가 침대보를 쭈글쭈글하게 만들었을 때 어떤 간호사가 그랬던 것처럼 그녀 역시 비명을 지를 수도 있었다.

그런데 맥도널드는 벽장으로 가다 말고 창문에 정신이 팔렸다. 주차장 말고는 볼 게 아무것도 없는데도 1분…… 2분…… 3분 동안 그 앞에 가만히 서 있었다. 왜 그랬을까? 우라질 벽돌 담벼락에 뭐 볼 게 있다고?

그녀와 함께 창밖을 내다보니 벽돌 담벼락만 있는 게 아니었다. 각 층마다 길게 뻥 뚫려 있어서 차들이 진입로를 올라가면 앞 유리창에 반사된 햇빛이 순간 반짝였다.

반짝. 반짝. 반짝.

'맙소사. 혼수상태에 있는 환자는 나 아닌가? 그런데 저 여자가 왜 무슨 발작이라도 일으킨 것처럼……'

잠깐. 쓰펄, 잠깐.

그녀와 *함께* 창밖을 내다본다고? 나는 지금 이렇게 침대에 누워 있는데 무슨 수로 그녀와 함께 창밖을 내다본다는 거지?

녹이 슨 픽업트럭이 지나갔다. 돈 많은 의사가 몰고 있을지 모를 재규어 세단이 그 뒤를 이었다. 브래디는 그가 그녀와 *함께* 창밖을 내다보는 게 아니라 그녀를 *통해서* 창밖을 내다보고 있음을 깨달았다. 다른 사람이 모는 차의 조수석에 앉아서 풍경을 감상하는 것과 같았다.

그리고 새디 맥도널드는 발작을 일으킨 게 맞았다. 하도 가벼운 증상이라 모르고 있을 따름이었다. 원인은 햇빛이었다. 지나가는 차량의 앞 유리창에 반사된 햇빛이었다. 진입로의 통행량이 소강상태로 접어들자마자, 아니면 햇빛의 각도가 살짝 바뀌자마자 그녀는 정신을 차리고 해야 할 일을 할 것이다. 자기가 넋을 잃었다는 것조차 모를 것이다.

브래디는 그렇다는 것을 알 수 있었다.

그녀의 안에 들어가 있었기 때문에 알 수 있었다.

조금 더 깊숙이 들어가 보니 그녀의 생각이 보였다. 놀라웠다. 앞 뒤로, 이쪽저쪽으로, 위아래로 번뜩이고 가끔은 의식의 핵이라고 할 수 있는, 그녀의 기본이라고 할 수 있는(확실하게 결론을 내리려면 나중에 아주 신중하게 고민해 보아야겠지만) 짙은 초록색 매개체를 가로지르는 생각들을 실질적으로 볼 수 있었다. 그는 조금 더 깊숙이 파고들어서 물고기처럼 지나가는 생각들을 몇 개나마 파악해 보려고 했지만 맙소사, 속도들이 너무 빨랐다! 그래도……

집에서 먹었던 머핀.

애완동물 가게 쇼윈도에서 보았던, 온몸이 까맣고 가슴 부분만 하얗던 고양이.

그리고…… 돌멩이? 돌멩이인가?

그녀의 아버지와 연관 있는 물고기는 빨간색이었다. 분노 아니면 수치심 아니면 양쪽 모두를 상징하는 색상이었다.

그녀가 몸을 돌려서 벽장으로 걸음을 옮기자 브래디는 잠깐 높은 데서 추락하는 듯한 현기증을 느꼈다. 현기증은 금세 가셨고 브래디는 다시 그의 안으로 돌아와서 그의 눈으로 밖을 내다보고 있었다. 들어온 줄도 몰랐으면서 그녀가 그를 쫓아낸 것이었다.

그녀가 커버를 바꾼 메모리폼 베개를 두 개 받쳐 주려고 그를 들어 올렸을 때 브래디는 게슴츠레한 상태로 고정되어 있는 눈을 뜨지 않았다. 말도 건네지 않았다.

심각하게 고민할 필요가 있기 때문이었다.

이후로 4일 동안 브래디는 병실에 드나드는 사람들의 머릿속으로 들어가 보려고 여러 번 시도했다. 어느 정도 성공을 거둔 것은 딱 한 번, 젊은 잡역부가 바닥을 닦으러 들어왔을 때뿐이었다. 녀석은 몽골 멍청이(그의 어머니가 다운증후군 환자를 이렇게 불렀다.)는 아니었지만 멘사 후보도 아니었다. 걸레 때문에 리놀륨 바닥에 생긴 축축한 줄무늬가 반짝이다 점점 희미해지는 것을 내려다보는 동안 그의 머릿속이 활짝 열렸다. 브래디는 그 속으로 들어갔다가 금세 나왔고 별반 재미도 없었다. 그는 그날 저녁에 구내식당 메뉴에 타코가 있을지 궁금해하고 있었다. 이 얼마나 엄청난 고민이란 말인가.

그러고 나서 현기증이, 높은 데서 추락하는 듯한 그 느낌이 찾아왔다. 녀석은 수박씨처럼 그를 뱉어 내고는 시계추처럼 걸레를 앞뒤로 꾸준히 움직였다.

가끔 그의 병실에 얼굴을 비친 다른 사람들을 상대로는 전혀 성공을 거두지 못했고 그것이 그에게는 얼굴이 가려울 때 긁지 못하는 것보다 더 큰 좌절이었다. 브래디가 파악한 그의 현재 상황은 절망적이었다. 뼈만 남은 몸 위에 쉴 새 없이 지끈거리는 머리가 얹혀 있었다. 마비가 된 건 아니라서 몸을 움직일 수는 있었지만 근육이 위축돼서 다리를 이쪽 아니면 저쪽으로 몇 센티미터 움직이는 것조차 엄청나게 힘이 들었다. 반면에 맥도널드 간호사의 머릿속으로 들어가면 마법 양탄자를 타고 날아다니는 기분이 들었다.

하지만 맥도널드의 머릿속으로 들어갈 수 있었던 것은 그녀가 간질 비슷한 발작을 일으켰기 때문이었다. 잠깐 문이 열릴 정도의 가벼운 발작을 일으켰기 때문이었다. 다른 사람들은 방어기제를 타고난 듯했다. 심지어 난쟁이로 태어났다면 이름이 멍청이였을(『백설공주와 일곱 난쟁이』에 나오는 한 난쟁이의 이름이다 — 옮긴이) 잡역부의 경우에도 안으로 들어가서 몇 초 머무는 수준에 그쳤다.

문득 오래된 우스갯소리가 생각났다. 뉴욕을 처음 찾은 방문객이 비트족을 붙잡고 물었다. "카네기홀에 가려는데 어떻게 하면 될까요?" 그러자 비트족이 대답했다. "연습을 하세요, 연습을."

'나한테 필요한 게 그거야. 연습을 하고 좀 더 튼튼해지는 것. 커 밋 윌리엄 호지스가 바깥세상 어딘가에 있을 텐데 그 늙은 퇴직 형 사는 자기가 이긴 줄 알 거 아냐. 그건 용납할 수 없지. 그건 용납하 지 못하지.'

그래서 2011년 11월 중순의 어느 폭우가 쏟아지던 날 저녁에 브 래디는 눈을 떴고 머리가 아프다면서 어머니를 찾았다. 상대방은 비 명을 지르지 않았다. 새디 맥도널드는 비번이었고 당직인 노마 윌머 는 그녀보다 강단이 있었다. 그럼에도 불구하고 그녀는 놀라서 살짝 비명을 지르고 배비노 박사가 아직 퇴근하지 않았는지 알아보러 의 료진 휴게실로 달려갔다.

브래디는 생각했다. '이제 내 인생의 2부가 시작되는군.'

브래디는 생각했다. '연습을 하세요, 연습을.'

가짜

1

호지스가 파인더스 키퍼스의 정식 파트너로 승격시켰고 남는 방이
하나 있는데도 불구하고(작지만 길거리가 내다보인다.) 홀리는 접수대
를 고집한다. 호지스가 10시 45분에 들어갔을 때도 그녀는 거기 앉
아서 컴퓨터를 들여다보고 있다. 그녀가 널찍한 가운데 서랍에 뭔가
를 잽싸게 집어넣지만 호지스의 후각이 (고장 난 저 아래쪽의 어딘가하
고는 다르게) 아직은 멀쩡하기에 먹다 만 트윙키스 냄새를 감지한다.

"어떤 상황이에요, 홀리베리?"

"제롬한테 전염된 모양인데 내가 그 별명 싫어한다는 거 알잖아
요. 다시 한 번만 홀리베리라고 부르면 어머니네 집에 1주일 동안
가 있을 거예요. 안 그래도 오라고 성환데."

'픽이나 그러시겠네.' 호지스는 생각한다. '당신은 어머니를 견디
지 못하잖아. 게다가 뭔가 냄새를 맡아서 헤로인 중독자 비슷한 상

태일 텐데?'

"미안해요, 미안." 그녀의 어깨 너머로 들여다보니 2014년 4월자 《블룸버그 비즈니스》 기사가 화면에 떠 있다. 헤드라인이 잿더미가 된 재핏이다. "그러게, 회사가 쫄딱 망해서 시장에서 퇴장했대요. 어제 얘기한 걸로 기억하지만."

"맞아요. 그런데 내가 궁금한 건 재고예요."

"재고라면?"

"안 팔린 재핏이 수천 개, 어쩌면 수만 개 됐을 거잖아요. 그것들이 어떻게 됐을지 궁금하다는 거죠."

"그래서 알아냈어요?"

"아직은 아니에요."

"내가 어렸을 때 먹지 않은 채소들과 함께 실어서 중국의 가난한 아이들한테 보내지 않았을까요?"

"굶어죽는 아이들 가지고 농담하면 되겠어요?"

그녀가 심각한 표정으로 묻는다.

"그럼요, 당연히 안 되죠."

호지스는 허리를 편다. 스태머스의 진료실에서 오는 길에 처방받은 진통제를 사 왔고(조만간 받아야 할지 모르는 어떤 것만큼은 아닐지 몰라도 이것도 큰일이다.) 몸이 거의 괜찮게 느껴진다. 심지어 배 속에서 희미한 허기마저 느껴진다. 반가운 변화다.

"폐기처분됐겠죠. 책 같은 경우에는 팔라지 않으면 그런다고 하던데."

"폐기처분하기에는 너무 엄청난 수량이잖아요. 게다가 게임이 잔

뚝 들어 있고 작동하는 데 아무 문제도 없는데. 최고급 버전인 커맨더 기종에는 무선 랜카드까지 장착돼 있었단 말이에요. 이제 검사 결과가 어떻게 나왔는지 알려 줘요."

호지스는 수줍으면서도 행복해 보임직한 미소를 지어낸다.

"좋은 소식이에요. 궤양인데 작대요. 약을 먹고 음식에 신경 써야겠지만 스태머스 선생님 말로는 그러기만 하면 저절로 나을 거래요."

그녀가 환한 미소를 짓자 호지스는 새빨간 거짓말을 하길 잘했다는 생각이 든다. 물론 낡은 신발에 묻은 개똥이 된 듯한 기분이 들긴 하지만 말이다.

"다행이다! 병원에서 하라는 대로 할 거죠?"

"당연하죠."

다시 개똥의 엄습이다. 이 세상의 어떤 음식도 그의 병을 고칠 수는 없을 것이다. 호지스는 쉽게 포기하는 성격이 아니고 다른 때 같았으면 췌장암의 완치 확률이 아무 낮다 한들 지금쯤 소화기내과 전문의라는 헨리 입을 찾아갔을 것이다. 하지만 블루 엄브렐러 사이트에서 받은 메시지로 인해 상황이 달라졌다.

"잘됐네요. 당신이 없으면 어떻게 지내야 할지 모르겠거든요, 빌. 진짜예요."

"홀리……"

"아니, 사실은 알아요. 집으로 돌아가겠죠. 그리고 그건 나한테 나쁜 영향을 미칠 거예요."

'두말하면 개소리지.' 호지스는 생각한다. '엘리자베스 이모의 장례식에 참석하러 온 당신 모녀를 맨 처음 만났을 때 어머니가 끈에

묶인 개처럼 당신을 끌고 다녔잖아요. 이거 해라, 홀리, 저거 해라, 홀리, 남부끄러운 일은 제발 하지 마라.'

"이제 뭔지 얘기해 줘요. 새로운 거. 새로운 거, 새로운 거, 새로운 거!"

"15분 뒤에 전부 얘기할게요. 그동안 커맨더 게임기들이 어떻게 됐는지 검색해 봐요. 아닐 수도 있지만 중요한 부분일 수도 있으니까요."

"알았어요. 검사 결과가 그렇다니 정말 기뻐요, 빌."

"그러게요."

호지스는 자기의 방으로 들어간다. 홀리는 의자를 돌려서 그의 뒷모습을 잠깐 쳐다본다. 방으로 들어가면서 문을 잠그다니 그런 경우가 거의 없었기 때문이다. 그렇지만 아예 전례가 없었던 건 아니다. 그녀는 다시 컴퓨터 쪽으로 고개를 돌린다.

2

"그는 당신에게 아직 볼일이 남았다는군."

홀리가 나지막이 다시 한 번 반복한다. 먹던 채소 버거를 종이접시에 내려놓는다. 호지스는 이야기를 해 가며 그의 몫을 다 해치운 참이다. 아파서 깼다는 얘기는 하지 않는다. 잠이 오지 않아서 인터넷 서핑을 하려고 일어났다가 메시지를 발견했다고 한다.

"맞아요, 그렇게 적혀 있었어요."

"보낸 사람은 Z보이였고요."

"맞아요. 슈퍼히어로와 함께 다니는 단짝 같지 않아요? 고담 시를 범죄로부터 안전하게 지키는 Z맨과 Z보이의 활약을 기대하시라!"

"그건 배트맨과 로빈이잖아요. 고담 시에서 순찰을 도는."

"나도 알아요. 나로 말할 것 같으면 당신이 태어나기 전부터 배트맨 만화를 읽고 있었다고요. 농담 삼아 해 본 소리지."

그녀는 채소 버거를 집어서 상추 한 조각을 끄집어내고는 다시 내려놓는다.

"브래디 하츠필드를 마지막으로 문병 간 게 언제예요?"

'단도직입적이로군.' 호지스는 감탄하며 생각한다. '역시 우리 홀리다워.'

"소버스 가족 사건을 해결한 직후에 갔었고 그 뒤에 한 번 더 갔어요. 한여름이었을 거예요. 그런데 당신과 제롬이 나를 궁지에 몰아넣고서는 발길을 끊으라고 하기에 끊었죠."

"당신을 생각해서 한 소리예요."

"알아요, 홀리, 이제 샌드위치 먹어요."

그녀는 샌드위치를 한입 먹고 입가에 묻은 마요네즈를 닦은 뒤에 마지막으로 문병 갔을 때 하츠필드가 어때 보였느냐고 묻는다.

"똑같았어요…… 대부분. 창가에 앉아서 주차장을 내다보고 있었어요. 내가 말을 걸고 질문도 했지만 여전히 대꾸가 없었고요. 뇌손상 환자 연기로는 아카데미상 감이에요. 하지만 그를 둘러싼 소문이 있었어요. 그가 마인드 파워를 쓴다는 소문이요. 가끔 직원들을 기겁하게 만들려고 화장실 수도를 틀었다가 끈다고 하더군요. 웬만하면 헛소리로 간주했을 텐데 수간호사인 베키 헬밍턴이 블라인드가 덜거덕거리고 TV가 저절로 켜지고 주사병이 앞뒤로 흔들리는 걸 몇 번 봤다는 거예요. 그녀로 말할 것 같으면 신뢰할 수 있는 증인인데 말이죠. 믿기 어렵겠지만……"

"그렇게 어렵지도 않아요. 염력은 입증된 현상이니까요. 문병 갔을 때 직접 본 적은 없고요?"

"그게……" 그는 말을 멈추고 기억을 더듬는다. "마지막에서 두 번째로 갔을 때 무슨 일이 벌어지긴 했어요. 침대 옆 테이블에 사진이 있었는데…… 어디론가 여행을 가서 어머니와 함께 서로 팔짱을 끼고 뺨을 맞대고 있는 사진이요. 엘름 대로에 있는 집에는 그보다 더 큼지막하게 걸려 있었는데. 어쩌면 당신도 기억할 거예요."

"당연히 기억하죠. 그 집에서 본 건 전부 기억해요. 그가 찍어서 컴퓨터에 저장해 놓았던 야한 사진들까지." 그녀는 납작한 가슴 위로 팔짱을 끼고 혐오감에 얼굴을 찡그린다. "*아주 비정상적인 관계였죠.*"

"누가 아니래요. 그가 실제로 어머니와 성관계를 맺었는지는 모르겠지만……"

"으웩!"

"……아마 하고 싶은 마음이 있었을 테고 적어도 그녀 쪽에서 그의 환상을 부추겼을 거예요. 아무튼 내가 그 사진을 집어서 그녀를 두고 개소리를 좀 늘어놓았어요. 그를 자극해서 반응을 하게 만들려고요. 왜냐하면 홀리, 그는 정신을 차렸거든요. 그것도 아주 멀쩡하게. 예나 지금이나 그렇다고 장담할 수 있어요. 가만히 앉아 있지만 그 속에는 시티 센터에서 그 많은 사람들을 죽였고 밍고 대강당에서 그보다 훨씬 많은 사람들을 죽이려고 했던 그 인간이 그대로 들어 있어요."

"그리고 전에도 데비스 블루 엄브렐러를 통해서 당신에게 말을 걸었다는 걸 잊으면 안 되죠."

"간밤에 그런 일이 있었는데 잊을 리가 있겠어요?"

"그때 무슨 일이 있었는지 이야기 계속해 봐요."

"그가 창밖으로 맞은편 주차장을 쳐다보던 걸 잠깐 멈췄어요. 눈을 희번덕거리더니…… 나를 쳐다봤죠. 그의 시선에 내 뒷덜미에 소름이 돋았고 공기가…… 뭐랄까…… *찌릿하게* 느껴졌어요." 그는 억지로 말을 잇는다. 가파른 언덕 위로 큼지막한 바위를 밀어 올리는 심정이다. "나는 경찰 시절에 흉악범도 체포한 적 있었고 그 가운데 몇 명은 아주 *엄청난* 흉악범이었지만(코딱지만 한 보험금을 노리고 세 살 된 아이를 살해한 엄마도 있었어요.) 붙잡히면 사악한 기운이 전혀 느껴지지 않았어요. 당나귀들이 우리 안으로 피신하면 날아가 버리는 콘도르 같았단 말이죠. 하지만 그날은 느낄 수 있었어요, 홀리. 정말로 느꼈어요. 브래디 하츠필드에게서."

"믿어요." 그녀가 들릴락 말락 한 목소리로 얘기한다.

"그리고 그에게 재핏이 있었어요. 내가 생각한 연결고리가 그거였어요. 단순한 우연의 일치가 아니라 연결고리가 맞는지는 모르겠지만. 이름은 모르겠고 다들 '도서관 앨'이라고 부른 어떤 남자가 있었는데 돌아다니면서 킨들과 종이책과 재핏을 나눠 주는 일을 했거든요. 잡역부였는지 자원봉사자였는지, 그건 모르겠어요. 곁다리로 봉사활동을 한 경비원일 수도 있어요. 연관성을 한눈에 알아차리지 못한 이유는 엘러턴 부인의 집에서 당신이 발견한 재킷이 분홍색이었기 때문이에요. 브래디의 병실에 있었던 건 파란색이었거든요."

"재니스 엘러턴 모녀에게 벌어진 일이 어떻게 브래디 하츠필드와 연관이 있을 수 있겠어요? 가능성이 있다면…… 그의 병실 밖에서 염력 현상이 벌어진 적도 있어요? 그런 소문도 들린 적 있나요?"

"아뇨. 하지만 소버스 사건이 해결됐을 무렵, 뇌손상 병동에서 한 간호사가 자살을 했어요. 하츠필드의 병실과 복도를 사이에 두고 있는 화장실에서 손목을 그었어요. 이름은 새디 맥도널드였고요."

"혹시……?"

그녀는 샌드위치를 다시 집더니 상추를 찢어서 접시 위로 떨어뜨린다. 그가 말을 맺어 주길 기다리고 있는 것이다.

"뭐요, 홀리? 직접 얘기해요."

"혹시 브래디가 그녀를 유도했다고 생각하는 거예요? 무슨 수로 그럴 수 있는지 모르겠는데요."

"나도 모르겠지만 브래디가 자살에 심취했다는 건 우리 둘 다 아는 바잖아요."

"혹시 이 새디 맥도널드라는 간호사도…… 재핏을 가지고 있었을까요?"

"아무도 모를 일이죠."

"어떤 식으로…… 그녀가 어떤 식으로……"

이번에는 그가 거들어 준다.

"수술실에서 슬쩍한 메스로요. 보조 검시관한테 들었어요. 디마지

오스라는 이탈리안 레스토랑 기프트 카드를 슬쩍 쥐여 주고."

홀리가 상추를 좀 더 찢는다. 그녀의 접시가 요정의 생일 파티에 뿌리는 색종이 조각처럼 보이기 시작한다. 호지스는 살짝 짜증이 나지만 말리지 않는다. 그녀는 그 말을 하려고 마음의 준비를 하는 중이다. 드디어 그녀가 입을 연다.

"하츠필드를 만나러 가겠네요?"

"맞아요, 그럴 거예요."

"그자한테서 뭔가 얻어 낼 게 있다고 생각해요? 지금까지 한 번도 소득이 없었잖아요."

"이제는 아는 게 좀 더 많아졌으니까요."

그런데 그가 아는 게 *뭐*가 있을까? 심지어 그의 의혹이 사실인지조차 장담할 수 없다. 하지만 하츠필드는 말벌이 아닐지 모른다. 깡통의 217호실에 앉아서 거미줄을 자아내고 있는 거미일지 모른다.

아니면 모든 게 우연의 일치일 수도 있다. 암세포가 그의 뇌 속까지 파고들어서 망상을 대거 유발하고 있는지 모른다.

피트라면 그렇게 생각할 테고 그의 파트너(회색 눈의 미녀라는 단어가 한번 머릿속에 박히자 자꾸 그렇게 부르게 된다.)는 맞는다고 목소리 높여 주장할 것이다.

그는 자리에서 일어난다.

"쇠뿔도 단김에 빼라잖아요."

그녀는 난도질한 상추가 수북이 쌓인 접시 위에 샌드위치를 내려놓고 그의 팔을 잡는다.

"조심해요."

"그럴게요."

"생각을 단속해야 해요. 그게 얼마나 정신 나간 소리처럼 들리는지 알지만 나로 말할 것 같으면 워낙에 가끔 정신이 오락가락하는 사람이니까 그냥 얘기할게요. 혹시라도…… 자해를 하고 싶은 생각이 들면…… 나한테 연락해요. *당장 연락해요.*"

"알았어요."

그녀는 팔짱을 끼고 양쪽 어깨를 붙잡는다. 요즘은 빈도수가 줄었지만 불안할 때 나타나는 동작이다.

"제롬이 있었으면 좋겠는데."

제롬 로빈슨은 애리조나에서 대학교 수업을 듣고 다른 해비타트 회원들과 함께 집을 짓고 있다. 호지스가 예전에 그런 봉사활동을 하면 *이력서 꾸미기에 좋겠다고* 말하자 홀리가 착한 아이라서 그런 일을 하는 거라고 그를 야단친 적이 있었다. 호지스도 그 말에는 동의하는 수밖에 없다. 제롬은 정말이지 착한 아이다.

"아무 일 없을 거예요. 그리고 이게 별일 아닐 수도 있어요. 우리가 길모퉁이의 빈집에 귀신이 사는 건 아닐까 조바심을 내는 어린아이들처럼 구는 것일지 모르잖아요. 피트가 우리 이야기를 들으면 우리를 둘 다 정신병원에 집어넣을 거예요."

이미 (두 번) 입원한 전적이 있는 홀리는 정말로 귀신이 사는 빈집이 있을지 모른다고 생각한다. 그녀는 반지를 끼지 않은 조그만 손을 어깨에서 떼어내 이번에는 그의 외투 소맷부리를 붙잡는다.

"도착하면 전화하고 나오는 길에도 전화해요. 까먹으면 안 돼요. 아무리 걱정이 되도 내 쪽에서는 연락할 수가 없잖아요. 왜냐하

164

면……."

"깡통에서는 휴대 전화를 쓸 수 없으니까요. 알아요. 전화할게요,
홀리. 기다리는 동안 내가 할 일을 몇 가지 줄게요." 그는 그녀가 수
첩 쪽으로 잽싸게 손을 뻗는 것을 보고 고개를 젓는다. "아니, 적을
것까지는 없어요. 간단한 일이니까. 첫째, 단종된 상품을 구할 수 있
는 이베이나 뭐 그런 사이트에 들어가서 재핏 커맨더를 한 대 주문
해 줘요. 할 수 있죠?"

"그 정도야 쉽죠. 그리고 또 뭐요?"

"선라이즈 솔루션스가 재핏을 인수하고 파산했잖아요. 변호사, 회
계사, 청산인을 동원해서 마지막 1센트까지 쥐어짜낸 파산 관재인
이 있을 거예요. 이름을 알아내면 오늘이나 내일 내가 연락을 할게
요. 팔리지 않은 재핏 게임기들이 어떻게 됐는지 파악하고 싶거든
요. 양쪽 회사 모두 폐업하고 한참 지났을 때 재니스 엘러턴에게 그
걸 준 사람이 있으니 말이죠."

그녀의 표정이 환해진다.

"엄청 기발한 생각인데요?"

'기발하다기보다 경찰의 일상적인 업무지.' 그는 생각한다. '내가
말기 암에 걸렸을지 몰라도 수사 방법을 잊어버리지는 않았어. 그건
놀라운 일이지.'

'훌륭한 일이야.'

3

터너 빌딩에서 빠져나와 버스정거장까지 가는 동안(프리우스를 끌고 가느니 5번 버스를 타고 가는 쪽이 더 빠르고 간편하다.) 호지스는 골똘하게 생각에 잠긴다. 브래디에게 어떤 식으로 접근해야 그의 마음을 열 수 있을지 고민한다. 그로 말할 것 같으면 현역 시절에 심문의 일인자였으니 무슨 방법이 있을 것이다. 지금까지는 브래디를 찾아간 이유가 그를 자극하고 긴장증 환자인 척 연기하는 게 분명하다는 증거를 찾기 위해서였다. 지금은 실질적인 질문거리가 생겼으니 브래디에게 대답을 들을 방법이 있을 것이다.

'거미를 쿡쿡 찔러야겠어.'

대면을 앞두고 계획을 세워야 하는데 방금 들은 진단과 그에 수반되는 두려움이 정신을 흐트러뜨린다. 죽음이 두려운 것도 사실이다. 하지만 앞으로 얼마나 괴로울 것이며 가까운 사람들에게는 어떤 식으로 알리느냐의 문제도 있다. 코린과 앨리는 충격을 받겠지만 기본적으로는 괜찮을 것이다. 제롬과 꼬맹이 여동생 바브라(이제는 꼬맹이라고 할 수도 없는 것이 몇 달 있으면 16살이다.)는 가슴 아파 하겠지만 로빈슨 가족도 마찬가지일 것이다. 그가 걱정하는 사람은 홀리다. 사무실에서는 그녀 스스로 정신이 오락가락한다고 말했지만 그건 아니다. 여릴 따름이다. 아주 여릴 따름이다. 그녀는 고등학생 때 한 번, 20대 초반에 한 번, 이렇게 두 번 신경 쇠약증에 걸렸다. 지금은 전보다 튼튼해졌지만 지난 몇 년 동안 그와 둘이서 운영하는 조그만 회사를 통해 주로 힘을 얻었다. 그 둘이 사라지면 그녀는 위험해질 것이다. 그는 차마 아닐 거라고 자기최면을 걸지는 못하겠다.

'그녀가 무너지도록 내버려 두지 않겠어.' 호지스는 고개를 숙인 채 주머니 깊숙이 손을 넣고 하얀 입김을 내뱉으며 걷는다. '절대 그런 일은 없도록 하겠어.'

그는 깊은 생각에 잠기느라 군데군데 프라이머로 칠해진 셰비 말리부를 이틀 새 세 번째로 못 보고 지나친다. 그 차는 지금 홀리가 선라이즈 솔루션스의 파산 관재인을 검색 중인 건물의 맞은편 길가에 주차되어 있다. 그 옆 인도에 마스킹테이프로 때운 불용 군수품 파카를 입은 노인이 서 있다. 그는 버스에 오르는 호지스를 지켜보더니 파카 주머니에서 휴대 전화를 꺼내 어디론가 전화를 건다.

4

홀리는 그녀가 이 세상에서 가장 사랑하는 사람이기도 한 상사가 길 모퉁이 버스 정거장으로 걸어가는 모습을 지켜본다. 6년 전에 처음 만났을 때는 그렇게 건장했던 사람이 이제는 껍데기만 남은 수준으로 *야위*었다. 게다가 손을 옆구리에 대고 걷는다. 요즘 들어 그럴 때가 많은데 그녀가 보기에는 자기가 그러는 줄도 모르는 눈치다.

그는 가벼운 궤양이라고 했다. 그녀도 그 말을 믿고 싶지만(그를 믿고 싶지만) 자신이 없다.

버스가 오고 빌이 버스에 올라탄다. 홀리는 손톱을 잘근잘근 씹는 한편 창가에 서서 멀어져 가는 버스를 바라보며 담배를 피우고 싶다는 생각을 한다. 니코레트 껌은 차고 넘치지만 가끔 담배라야 할 때도 있다.

'시간 낭비는 그만해.' 그녀는 속으로 혼잣말을 중얼거린다. '지저분하게 염탐할 작정이면 쇠뿔도 단김에 빼야지.'

그래서 그녀는 그의 방으로 들어간다.

컴퓨터 화면이 컴컴하지만 그는 퇴근할 때가 아닌 이상 컴퓨터를 끄지 않는다. 화면을 깨우기만 하면 된다. 화면을 깨우려는데 자판 옆에 놓인 노란색 수첩이 그녀의 시야에 들어온다. 그의 옆에는 항상 메모와 낙서로 뒤덮인 수첩이 있다. 그는 그런 식으로 생각을 정리한다.

수첩 꼭대기에 그녀도 잘 아는 문구가 적혀 있다. 라디오에서 처음 들은 순간부터 공감대를 불러일으킨 가사다. *이 모든 외로운 사람들*(비틀스가 부른 「엘리노어 릭비」의 가사다 — 옮긴이). 그가 거기에 밑줄을 그어 놓았다. 그 밑으로 그녀도 아는 사람들의 이름이 적혀 있다.

올리비아 트릴로니(미망인)

마틴 스토버(미혼, 가정부는 '노처녀'라고 불렀음)

재니스 엘러턴(미망인)

낸시 앨더슨(미망인)

그 뒤로도 줄줄이 이어진다. 당연히 그녀의 이름도 있다. 그녀 역시 노처녀다. 이혼한 피트 헌틀리의 이름도 있다. 역시 이혼한 호지스의 이름도 있다.

독신자들은 자살할 확률이 두 배 높다. 이혼한 사람들은 네 배 높다. "브래디 하츠필드는 자살에 심취했지." 그녀는 중얼거린다. "그게 그의 취미였어."

동그라미가 쳐진 그 이름들 밑에 무슨 뜻인지 모를 말이 끼적여져 있다. *방문객 명단? 무슨 방문객?*

그녀가 아무 키나 누르자 파일들이 여기저기 흩뿌려져 있는 빌의 컴퓨터 화면이 켜진다. 그녀는 이러면 제발 훔쳐가세요라고 적힌 팻말과 함께 귀중품을 식탁에 늘어놓고 문을 열어 놓은 채로 외출하는 것과 같다고 그를 몇 번이나 나무랐는지 모른다. 그는 항상 신경 쓰겠다고 대꾸했지만 한 번도 약속을 지킨 적이 없다. 어차피 이래도 그만, 저래도 그만인 것이, 홀리는 그의 암호를 알고 있다. 그가 무슨 일이 생길 경우에 대비하는 거라며 알려 주었는데 정말 무슨 일이 생긴 게 아닐까 싶어서 겁이 난다.

화면을 흘끗 보는 순간 그 무슨 일이 궤양이 아니라는 것을 한눈에 알 수 있다. 섬뜩한 제목이 달린 새 파일 폴더가 있다. 홀리는 그 폴더를 클릭한다. 맨 위에 고딕체로 적힌 끔찍한 단어들에 따르면 그 안에 든 파일이 커밋 윌리엄 호지스의 최종 유언장이라고 한다. 그녀는 당장 폴더를 닫는다. 그녀는 그의 유언장을 뒤적일 생각이 손톱만큼도 없다. 그런 문서가 존재하고 그가 바로 오늘 그걸 다시 들여다보았다는 것만으로도 충분하다. 사실 차고 넘친다.

그녀는 어깨를 움켜쥐고 그 자리에 서서 입술을 잘근잘근 깨문다. 여기서 한 걸음 더 내디디면 단순히 기웃거리는 정도가 아니라 엿보는 게 된다. 도둑질이 된다.

　여기까지 왔는데 밀어붙여야지.

　"맞아, 그래야지."

　홀리는 속삭이고, 어쩌면 아무것도 없을지 모른다고 속으로 중얼거리며 우표 모양의 이메일 아이콘을 클릭한다. 그런데 있다. 그가 오늘 새벽에 데비스 블루 엄브렐라에서 받은 메시지를 이야기하는 동안 마지막 메시지가 도착한 모양이다. 오늘 그가 만난 의사가 보낸 메시지다. 이름이 스태머스다. 그녀는 이메일을 열어서 읽는다. *가장 최근에 받으신 검사 결과지를 보관용으로 송부합니다.*

　홀리는 암호를 입력해 첨부 파일을 열고 빌의 의자에 앉아서 으스러지도록 주먹을 쥔 손을 무릎에 얹고 몸을 앞으로 숙인다. 스크롤이 8페이지의 두 번째 단락에 다다랐을 때 그녀는 울고 있다.

5

　호지스가 5번 버스의 뒷자리에 앉자마자 외투 주머니에서 유리창 깨지는 소리와 함께 홈런으로 오리어리 부인의 거실 유리창을 깬 아이들의 환호성이 들린다. 양복을 입은 남자가 읽고 있던 《월 스트리트 저널》을 내리고 못마땅해하는 눈빛으로 호지스를 쳐다본다.

　"미안합니다, 미안합니다." 호지스가 말한다. "바꾸려고 하는데 자꾸 깜빡하네요."

　"그걸 가장 먼저 처리하셔야 하겠는데요."

양복 입은 남자는 이렇게 말하고 읽고 있던 신문을 다시 든다.

예전 파트너가 보낸 문자다. 벌써 두 번째다. 호지스는 강렬한 기시감을 느끼며 그에게 전화를 건다.

"피트. 웬 문자야? 내 번호가 단축번호로 저장돼 있지 않나?"

"홀리가 말도 안 되는 벨소리를 설정해 놓았을 것 같아서요. 홀리는 그런 걸 끝내주는 장난으로 여기잖아요. 그리고 선배는 귀머거리답게 볼륨을 최대로 올려놓았을 테고요."

"볼륨이 최대로 설정된 건 문자 알림음이야. 전화가 오면 전화기가 내 다리에 대고 미니 오르가슴을 느끼고 끝이라고."

"그럼 알림음을 바꿔요."

몇 시간 전에 그는 살날이 앞으로 몇 달밖에 안 남았다는 소식을 접했다. 그런데 지금은 이렇게 휴대 전화 볼륨을 주제로 토론을 벌이고 있다.

"그래야지. 용건이 뭐야?"

"컴퓨터 범죄 수사팀의 한 녀석한테 그 게임기를 보여 줬더니 똥을 본 파리처럼 달려들지 뭐예요. 복고풍이라면서 좋아서 어쩔 줄 몰라 하더라고요. 5년 전쯤에 생산된 제품일 텐데 복고풍이라니."

"세상이 워낙 빠르게 돌아가잖아."

"그러게 말이죠. 아무튼 그 재핏은 망가졌어요. 그 녀석이 배터리를 갈아 끼우고 켰더니 밝은 파란색 불빛만 대여섯 번 번쩍이고는 먹통이 됐어요."

"무슨 문제인데?"

"일종의 바이러스일 가능성이 크긴 하죠. 그 기기 안에 무선 랜카드가 장착돼 있는데 그런 경로로 바이러스 감염이 제일 잘 되잖아요. 그런데 그 친구 말로는 불량 칩이 있거나 회로가 탄 것 같대요. 요는 뭔가 하면 무용지물이라는 거예요. 엘러턴이 그걸 썼을 리가 없어요."

"그런데 왜 딸의 욕실에 충전용 코드를 꽂아 놓았을까?"

이 말에 피트는 잠시 아무 말도 하지 않는다.

"좋아요. 한동안 작동이 되다가 칩이 망가졌거나 뭐 그랬나 보죠."

'제대로 작동이 됐어.' 호지스는 생각한다. '그걸로 식탁에서 솔리테어를 했다고. 클론다이크, 피라미드, 픽처, 이렇게 수없이 많은 종류를. 피터, 자네가 낸시 앨더슨과 통화를 했다면 알았을 텐데. 아직 버킷 리스트에 있는 모양이로군.'

"알았네. 진행 상황 알려 줘서 고마워."

"이번이 *마지막*이에요, 커밋 선배. 내 옆에는 선배가 그만둔 이후로 제법 호흡이 잘 맞았던 파트너가 있는데 그 파트너가 막판까지 자기보다 선배를 더 좋아했다며 입을 내밀고 자기 책상 앞에 앉아 있지 말고 내 퇴임식에 참석해 줬으면 하거든요."

호지스는 그를 설득할 수도 있지만 병원까지 두 정거장밖에 안 남았다. 게다가 피트나 이지와 결별하고 단독 수사를 강행하고 싶은 생각도 있다. 피트는 터벅거리고 이지는 사실상 발을 질질 끌며 걷고 있다. 반면에 호지스는 상태가 안 좋은 췌장도 있기 때문에 달리고 싶다.

"알았어. 아무튼 고마워."

"이렇게 접는 거죠?"

"디 엔드야."

그의 눈동자가 왼쪽 위로 움직인다.

6

호지스가 외투 주머니에 아이폰을 다시 넣은 데서 19블록 떨어진 곳은 딴 세상이다. 별로 좋은 곳은 아니다. 제롬 로빈슨의 여동생이 그곳에 있는데 난처한 상황에 처해 있다.

채플 리지 스쿨 교복(회색 모직 코트, 회색 치마, 하얀·니삭스, 빨간색 스카프)을 단정하고 예쁘게 갖춰 입은 바브라는 장갑 낀 손으로 노란색 재킷 커맨더를 잡고 마틴 루터 킹 가를 걷고 있다. 그 속에서 피싱 홀의 물고기들이 쏜살같이 헤엄치고 있는데 한낮의 서늘하고 환한 햇살 때문에 거의 보이지 않는다.

마틴 루터 킹 가는 로타운이라고 불리는 이 일대를 관통하는 두 개의 큰길 중 한곳이고 로타운은 인구의 대다수가 흑인이다. 바브라도 흑인인데(피부색이 밀크커피색에 가깝긴 하지만) 오늘이 초행이라니 바보 같고 한심한 인간이 된 듯한 기분이 든다. 이 동네 주민들이 그녀와 같은 인종이고 그들의 조상이 과거에 한 농장에서 너벅선을 나르고 짐짝을 옮겼을지 모르는데도 단 한 번도 이 근처에 와 본 적이 없는 이유는 부모님뿐 아니라 오빠까지 경고를 했기 때문이다.

"로타운은 사람들이 맥주를 마신 다음 그 맥주병을 씹어 먹는 곳이야." 예전에 오빠가 이렇게 말한 적이 있었다. "너 같은 여자아이는 갈 곳이 못 돼.”

'나 같은 여자아이는 그렇단 말이지.' 그녀는 생각한다. '근사한 백인 친구들과 함께 근사한 사립학교에 다니고 깔끔하고 고급스러운 옷도 많고 용돈까지 받는 나 같은 중상류층 여자아이는 그렇단 말이지. 나는 심지어 직불카드도 있잖아! 아무 데서나 60달러를 인출할 수 있는 직불카드가! 오, 놀라워라!'

그녀는 꿈을 꾸는 아이처럼 걷고 있고 약간 꿈을 꾸는 것 같기도 하다. 차를 두 대 넣을 수 있는 주차장이 딸려 있고 대출금을 모두 갚은 케이프 코드 스타일의 아늑한 집과 거리가 3킬로미터밖에 안 되는데 분위기는 전혀 다르다. 그녀는 수표를 현금으로 바꾸어 주는 가게와 기타, 라디오, 반짝이는 진주 손잡이가 달린 면도칼이 잔뜩 진열된 전당포를 지나친다. 1월의 추위를 막느라 문을 닫아 놓았는데도 맥주 냄새를 풍기는 술집들을 지나친다. 기름 냄새를 풍기는 좁고 어두컴컴한 식당들을 지나친다. 어떤 식당에서는 조각 피자를 팔고, 또 어떤 식당에서는 중국 음식을 판다. 어떤 식당 쇼윈도에는 이런 팻말이 놓여 있다. 엄마가 만들어 주시던 허시퍼피(옥수수 가루로 만든 작은 튀김 과자. 특히 미국 남부에서 많이 먹는다 — 옮긴이)와 콜라드 그린스(케일과 비슷한 초록색 잎채소 — 옮긴이).

'우리 엄마는 그런 거 안 만들어 줬는데.' 바브라는 생각한다. '나는 콜라드 그린스가 뭔지도 모르겠네. 시금치인가? 양배추인가?'

사실상 모든 길모퉁이마다 긴 반바지 아니면 헐렁한 청바지를 입은 남자아이들이 녹이 슨 장작통 앞에서 불을 쪼이거나 모래주머니를 차거나 이 추위에도 불구하고 재킷 앞섶을 열어젖힌 채 군함 같은 운동화를 신고 춤을 추고 있다. 친구나 자동차가 지나가면 큰 소리로 부르고, 멈추어 서는 차가 있으면 얇은 반투명 봉투를 창문 사이로 건넨다. 그녀는 마틴 루터 킹 가를 몇 블록인지 모르게 걷고 있는데(9블록인지 10블록인지 12블록인지 세다가 잊어버렸다.) 모든 길모퉁이가 햄버거나 타코 대신 약물을 파는 드라이브스루 같다.

그녀는 핫팬츠와 짧은 인조 모피 재킷을 입고, 반짝이는 부츠를 신고, 머리에는 형형색색의 어마어마한 가발을 쓰고 와들와들 떨고 있는 여자들을 지나친다. 창문을 널빤지로 막아 놓은 빈 건물들을 지나친다. 차축이 보이도록 죄다 뜯겼고 조직폭력배가 남긴 낙서로 뒤덮인 자동차를 지나친다. 한쪽 눈에 지저분한 거즈를 대고 있는 여자를 지나친다. 그 여자는 꽥꽥거리는 어린아이의 팔을 붙잡고 질질 끌고 가고 있다. 담요 위에 앉아서 와인을 병째 마시며 그녀를 향해 회색 혓바닥을 흔드는 남자를 지나친다. 가난하고 절망적이며 오래 전부터 여기 있었던 이 동네를 위해 그녀는 지금까지 한 게 아무것도 없었다. 무슨 조치를 취하기는커녕 생각조차 해 본 적이 없었다. 그녀는 지금까지 숙제만 했다. 밤늦게까지 친한 친구들과 통화하고 문자만 주고받았다. 페이스북 상태 메시지만 업데이트하고 피부 걱정만 했다. 형제자매들은 그녀가 사는 근교의 근사한 집에서 3킬로미터밖에 안 되는, 오래 전부터 여기 있었던 동네에서 끔찍한 삶을 잊으려고 술을 마시고 약을 하는데 그녀는 십 대 기생충답게 근사한 식당에서 부모님과 식사를 하고 있었다. 어깨 근처에서 찰랑거리는 반질반질한 그녀의 머리칼이 부끄럽다. 깨끗하고 하얀 니삭스가 부끄럽다. 그들과 같은 얼굴색이 부끄럽다.

"야, 가짜!" 길 건너편에서 누군가가 고함을 지른다. "여기서 뭐하는 거야? 너 같은 애는 볼일 없잖아!"

가짜.

그들이 집에서 즐겨 보는 텔레비전 프로그램 제목이지만 그녀의 정체이기도 하다. 그녀는 흑인이 아니라 가짜다. 백인 동네에서 백인의 삶을 살고 있다. 부모님이 돈을 많이 벌어서, 자기 집 아이가 다른 집 아이를 바보라고 부르면 당혹스러워할 만큼 편견이라고는 하나도 없는 사람들이 사는 동네에 집을 마련했기 때문이다. 그녀가 그렇게 근사한 백인의 삶을 살 수 있는 이유는 어느 누구에게도 위협적인 존재가 아니기 때문이다. 친구들과 남자와 음악, 남자와 옷, 남자와 TV 프로그램에 대해 조잘대고 버치힐 몰에서 어떤 여자애가 어떤 남자애와 같이 가는 걸 보았는지 종알거리며 제 갈 길을 가기 때문이다.

그녀는 가짜다. 그것은 쓸모없는 존재, 살 가치가 없는 존재라는 말과 같은 뜻이다.

"어쩌면 이제 그만 끝내는 게 좋을 수도 있겠다. 그렇게 하겠다고 선포하는 거야."

이런 목소리가 들린다. 이렇게 당연한 진리를 왜 지금에서야 깨달았나 싶다. 학교에서 배운 시에서 에밀리 디킨슨은 그녀의 시를 가리켜 한 번도 그녀에게 편지를 써 준 적이 없는 세상에 띄우는 편지라고 했는데, 바브라는 한 번도 편지를 써 본 적이 없다. 아무 의미 없는 한심한 리포트나 독후감이나 이메일만 잔뜩 썼을 뿐이다.

"이제 그럴 때가 됐을지 몰라."

그녀의 목소리가 아니라 친구의 목소리다.

그녀는 타로 점을 치는 가게 앞에서 걸음을 멈춘다. 지저분한 쇼윈도를 쳐다보는데 쏟아진 금발로 이마를 가리고 어린애처럼 웃는 백인 남자가 옆에 서 있는 것처럼 보인다. 그녀는 주위를 두리번거리지만 아무도 없다. 그녀의 착각이었다. 그녀는 게임기 화면을 다시 들여다본다. 타로 점을 치는 가게의 차양이 드리운 그늘 안으로 들어가자 헤엄치는 물고기들이 다시 밝고 선명해졌다. 앞뒤로 움직이다 가끔 파란 불빛이 번쩍이면 사라진다. 바브라가 왔던 길을 돌아보자 차로를 넘나들며 빠르게 달려오는 까만색 트럭이 보인다. 학교에서 남학생들이 빅풋 아니면 갱스터 라지라고 부르는 특대형 타이어를 달고 있다.

"저지를 거면 얼른 해치우는 게 좋지 않을까?"

누군가가 정말로 그녀의 옆에 서 있는 것 같다. 그녀를 이해하는 사람이. 그리고 그 목소리가 하는 말이 맞는다. 바브라는 지금까지 자살을 생각해 본 적이 한 번도 없었는데 지금 이 순간만큼은 그것이 완벽하게 이치에 맞는 판단처럼 느껴진다.

"유서를 남길 필요도 없어." 그녀의 친구가 말한다. 그의 모습이 쇼윈도에 유령처럼 희미하게 다시금 뜬다. "네가 여기서 그랬다는 사실 자체가 세상에 띄우는 편지가 될 테니까."

맞는 말이다.

"너는 너에 대해서 아는 게 너무 많아져서 계속 살아갈 수가 없게 되어 버렸어." 그녀가 헤엄치는 물고기들에게로 시선을 돌린 순간 친구가 지적한다. "너무 많은 걸 알아 버렸지. 안 좋은 것들로만."

그러더니 친구는 얼른 덧붙인다. "그렇다고 네가 끔찍한 인간이라는 건 아니야."

그녀는 생각한다. '그래, 끔찍한 인간인 것은 아니지. 쓸모없는 인간일 뿐.'

가짜.

트럭이 달려오고 있다. 갱스터 라지다. 제롬 로빈슨의 여동생은 열띤 미소로 얼굴을 환히 빛내며 그 트럭을 맞이하러 길가로 걸어간다.

7

1000달러짜리 양복 위에 걸친 하얀색 가운을 펄럭이며 깡통의 복도를 뚜벅뚜벅 걸어가는 펠릭스 배비노 박사는 그 어느 때보다 면도가 절실해 보이고, 평소에는 우아하기 그지없던 백발이 지금은 엉망진창이다. 그는 당직 데스크 옆에 옹기종기 모여서 불안한 목소리로 웅성거리는 간호사들을 무시하고 지나간다.

윌머 간호사가 그에게 다가간다.

"배비노 박사님, 소식 들으셨는지……"

그는 그녀를 쳐다보지도 않는다. 노마는 박사와 부딪쳐서 나가떨어지기 전에 얼른 옆으로 피하고, 놀란 눈으로 그의 뒷모습을 바라본다.

배비노는 가운 주머니에 늘 넣고 다니는 빨간색의 면회 사절 카드를 217호실 문손잡이에 걸고 안으로 들어간다. 브래디 하츠필드는 고개를 들지 않는다. 물고기들이 왔다갔다 헤엄치고 있는, 무릎 위의 게임기 화면에 온 정신을 집중하고 있다.

이 방에 들어서면 펠릭스 배비노는 사라지고 닥터Z가 등장할 때가 많지만 오늘은 아니다. 닥터Z는 브래디의 투사라고 볼 수 있는데, 지금은 브래디가 너무 바빠서 투사할 겨를이 없기 때문이다.

라운드 히어 콘서트가 열린 밍고 대강당을 폭파하려고 했던 기억은 여전히 뒤죽박죽이지만 조명이 꺼지기 전에 마지막으로 보았던 사람의 얼굴만큼은 생생하다. 호지스의 잔디를 깎아 주는 깜둥이의 여동생 바브라 로빈슨이었다. 그녀가 통로를 사이에 두고 브래디의 거의 맞은편에 앉아 있었다. 그런데 지금 그녀가 두 화면에 똑같이 뜬 물고기들과 함께 헤엄을 치고 있다. 브래디는 그의 젖꼭지를 잡고 비틀었던 스캐펠리라는 걸레 같은 사디스트를 해치웠다. 이제 로빈슨이라는 년을 해치울 것이다. 그녀가 죽으면 오빠가 슬퍼하겠지만 중요한 건 그게 아니다. 늙은 형사의 심장에 비수를 꽂는 것. 그게 가장 중요한 부분이다.

그게 가장 달콤한 부분이다.

그는 그렇다고 네가 끔찍한 인간은 아니라며 그녀를 달랜다. 그러자 그녀가 걸음을 옮긴다. 무언가가 마틴 루터 킹 가를 달려오고 있다. 그녀가 마음속 깊은 곳에서는 계속 그와 싸우고 있기 때문에 달려오는 게 뭔지 확실하게는 모르겠지만 큰 차다. 목적을 달성할 수 있을 만큼 큰 차다.

"브래디, Z보이가 연락했어." Z보이의 본명은 브룩스이지만 브래디는 더 이상 그를 그 이름으로 부르지 않는다. "네가 시킨 대로 감시하고 있었더니 그 경찰인지…… 전직 경찰인지가……"

"시끄러워."

그는 고개를 들지 않는다. 쏟아진 머리칼이 이마를 덮고 있다. 눈 부신 햇살을 받고 있는 모습이 서른 살이 아니라 스무 살에 가까워 보인다.

배비노는 일방적으로 지시를 내리는 데 인이 박인 데다 부하라는 새로운 신분에 아직 완전히 적응하지 못했기에 아랑곳하지 않는다.

"호지스가 어제 힐탑 코트에 등장해서 처음에는 엘러턴의 집에 들렀다가 맞은편의 그 집을 기웃거렸는데……"

"시끄럽다니까!"

"그자가 5번 버스를 타는 모습을 브룩스가 봤다는데 그럼 여기로 오고 있을지 모른다는 뜻이잖아! 여기로 오는 거라면 알고 있다는 뜻이고!"

브래디는 이글거리는 눈빛으로 그를 잠깐 쳐다보고 다시 화면 쪽으로 시선을 돌린다. 이 가방끈 긴 바보 때문에 집중력이 흐트러진다면…….

하지만 그런 사태는 용납하지 않을 것이다. 그는 호지스와 그의 집 잔디를 깎아 주는 깜둥이에게 상처를 입히고 싶다. 그들에게 진 빚을 갚을 수 있는 방법이 이것이다. 단순히 복수를 노리는 게 아니다. 콘서트장에 있었던 사람들 중에서 그녀가 첫 번째 실험 대상인데 남들과 다르게 조종하기가 쉽지 않았지만 드디어 수중에 들어와서 10초만 기다리면 된다. 그녀를 향해 달려오는 게 뭔지 이제 보인다. 트럭이다. 까만색의 큼지막한 트럭이다.

'어이, 아가씨.' 브래디 하츠필드는 생각한다. '네가 타고 갈 차가 오고 있어.'

8

바브라가 길가에 서서 달려오는 트럭을 보며 타이밍을 재다가 무릎을 구부린 순간, 뒤에서 누군가가 양손으로 그녀를 붙잡는다.

"야, 뭐하는 거야?"

바브라가 발버둥을 치지만 그녀의 어깨를 붙잡은 사람은 힘이 세고 트럭은 고스트페이스 킬라의 노랫소리를 요란하게 울려 대며 쌩하니 지나간다. 그녀는 어깨를 떼어 내며 몸을 돌려서 비쩍 마른 남자아이를 마주 본다. 그녀와 비슷한 나이로 보이는데 토드헌터 고등학교라고 적힌 재킷을 입고 있다. 키가 180센티미터를 조금 넘을 정도로 커서 올려다보아야 한다. 갈색 고수머리는 짧게 쳤고 염소수염을 길렀다. 목에는 금색의 얇은 목걸이를 걸고 있다. 웃고 있어서 녹색 눈이 장난기로 가득하다.

"너 예쁘다. 이거 칭찬이기도 하지만 사실이기도 해. 그런데 여기 안 살지? 옷차림을 보니까 그러네. 너희 엄마한테 무단횡단하지 말라는 소리 못 들었어?"

"남이야!" 그녀는 무서운 게 아니라 화가 난다.

그는 웃음을 터뜨린다.

"거기다 터프하기까지! 난 터프한 여자애 좋더라. 마리화나랑 코카인 살래?"

"너한테서는 아무것도 안 사!"

그녀의 친구가 떠나 버렸다. 어쩌면 그녀에게 환멸을 느꼈을지도 모를 일이다. '내 잘못이 아니야.' 그녀는 생각한다. '이 아이의 잘못이지. 이 *망나니*의 잘못이지.'

망나니! 이 세상에서 가짜한테 딱 어울리는 단어가 있다면 바로 망나니라는 단어가 아닐까. 그녀는 얼굴이 화끈 달아오르는 것을 느끼며 재핏 화면 속의 물고기 쪽으로 시선을 떨군다. 물고기들이 늘 그렇듯 그녀의 마음을 어루만져 줄 것이다. 그 남자한테 이 게임기를 받았을 때 하마터면 던져 버릴 뻔했다니! 이 물고기들을 몰랐으면 어쩔 뻔했어! 이 물고기들은 항상 그녀를 멀리 데려가고 가끔은 친구를 데려온다. 하지만 그녀가 잠깐 들여다본 순간 게임기가 없어진다. 휙! 하니 사라져 버린다. 망나니가 그 긴 손가락으로 게임기를 잡고서 홀딱 반한 얼굴로 화면을 내려다보고 있다.

"우와, 구식 게임기잖아?"

"내 거야!" 바브라는 소리를 지른다. "돌려줘!"

길 건너편에서 어떤 여자가 웃음을 터뜨리더니 쉰 목소리로 고함을 지른다.

"본때를 보여 줘라! 그 껑다리를 쓰러뜨려!"

바브라는 재핏을 향해 손을 뻗는다. 껑다리는 재핏을 머리 위로 들고서 그녀를 보며 웃는다.

"돌려 달라니까! 이 나쁜 놈아!"

구경꾼들이 늘어나자 껑다리는 보란 듯이 까불거린다. 그 사람 좋은 미소를 머금은 채 왼쪽으로 몸을 홱 틀었다가 오른쪽으로 더듬더듬 스텝을 밟는 것이 농구장에서 갈고 닦은 솜씨다. 초록색 눈이 반짝이며 춤을 춘다. 토드헌터의 여학생들은 너나할 것 없이 그 눈에 반했을지 몰라도 바브라는 이제 자살이나 가짜라는 단어나 자신이 이 사회의 식충이 같다는 생각을 더 이상 하지 않는다. 지금은 미칠 듯이 화가 날 따름이고, 그의 귀여운 몸짓은 불난 집에 부채질과 같은 역할을 한다. 그녀는 채플 리지의 축구 대표팀 선수이기에 껑다리의 정강이를 향해 멋진 페널티 킥을 날린다.

그는 아파서 비명을 지르며(하지만 이때마저도 *재미있어하는 표정*이라 있는 힘껏 킥을 날린 그녀의 부아를 돋운다.) 허리를 숙인다. 덕분에 키가 같아지자 바브라는 정사각형 모양의 소중한 노란색 플라스틱을 잽싸게 낚아챈다. 치맛자락을 휘날리며 몸을 돌려서 차도로 뛰어든다.

"*얘, 조심해!*" 목이 쉰 여자가 비명을 지른다.

끼이익 하는 브레이크 소리가 들리고 고무 타는 냄새가 풍긴다. 바브라가 왼쪽으로 고개를 돌려보니 화물용 밴이 그녀를 향해 돌진하고 있는데, 운전사가 브레이크를 밟아서 전면이 왼쪽으로 기울었다. 경악한 눈빛으로 입을 떡 벌리고 있는 그의 얼굴이 지저분한 앞유리창 너머로 보인다. 그녀는 재킷을 떨어뜨리고 두 손을 든다. 문득 바브라 로빈슨이 세상에서 가장 하기 싫은 일이 자살로 변하지만 그녀는 이렇게 도로 한복판에 서 있고 너무 늦어 버렸다.

그녀는 생각한다. '내가 타고 갈 차가 오고 있어.'

9

브래디는 재킷을 닫고 함박웃음을 지으며 배비노를 올려다본다.

"해치웠어." 그가 말한다. 뭉개지는 부분 하나 없이 발음이 또렷하다. "이제 호지스하고 하버드 시커먼스가 어떤 반응을 보일지 두고 보자고."

배비노는 누굴 해치웠다는 건지 알고도 남는 데다 관심을 보여야 한다는 것도 알지만 관심을 보이지 않는다. 그의 관심사는 오로지 보신뿐이다. 어쩌다 브래디에게 넘어가서 이런 일에 말려들게 되었을까? 언제부터 선택의 여지가 사라졌을까?

"바로 그 호지스 때문에 내가 찾아온 거야. 그가 지금 이쪽으로 오고 있어. 너를 만나러."

"호지스야 수도 없이 왔었잖아." 브래디는 이렇게 말하지만 늙은 퇴직 형사가 발길을 끊은 지 좀 되기는 했다. "매번 내 긴장증 환자 연기에 속아 넘어갔는걸."

"그가 사태를 파악하기 시작했어. 멍청하지 않은 인간이라고 너도 네 입으로 얘기했잖아. Z보이가 브룩스에 불과하다는 걸 알까? 너를 만나러 왔을 때 그를 보았을 텐데."

"나야 모르지."

브래디는 뿌듯하고 기진맥진하다. 이제 로빈슨 집안의 계집애의 죽음을 음미한 다음 낮잠을 한숨 자고 싶을 뿐이다. 해야 할 일들도 많고 벌여 놓은 일들도 많지만 지금 당장 그에게 필요한 것은 휴식이다.

"이런 모습을 그에게 보여 줄 수는 없어." 배비노가 말한다. "얼굴이 벌겋고 땀투성이야. 방금 전에 시티 마라톤을 완주한 사람처럼."

"그럼 당신이 막아 줘. 그럴 수 있잖아. 당신은 의사고 그는 연금으로 먹고 사는 머리 벗어진 늙다리잖아. 요즘은 주차 요금기에 입력한 시간이 초과된 차를 보아도 딱지를 끊을 권한조차 없을걸?"

브래디는 그의 집 잔디를 깎아 주는 깜둥이가 이 소식을 들으면 어떤 반응을 보일지 궁금해진다. *제롬*이라고 했지. 울음을 터뜨릴까? 무릎을 꿇으면서 주저앉을까? 옷을 찢고 가슴을 칠까?

호지스를 원망할까? 그럴 가능성은 없지만 그러면 가장 기분 좋을 것이다. 그러면 환상적일 것이다.

"알았어. 그래, 네 말이 맞아. 내가 막을 수 있지." 이것은 혼잣말인 동시에 인간 모르모트이어야 할 사람에게 하는 말이다. 하지만 인간 모르모트라는 발상은 어이없는 농담이 되어버렸다. "지금 당장은. 하지만 그자는 경찰 쪽에 아직 친구들이 있을 거야. 어쩌면 많을지도 몰라."

"그들은 두렵지 않아. 그자도 두렵지 않고. 그를 만나고 싶지 않을 따름이지. 지금 당장은." 브래디는 미소를 짓는다. "그자가 그 계집애 소식을 들은 다음에. *그때* 만날 거야. 이제 나가 줘."

마침내 누가 두목인지 파악하기 시작한 배비노는 브래디의 병실을 나선다. 늘 그렇듯 그의 모습으로 나설 수 있어서 다행이다. 닥터 Z가 되었다가 배비노로 돌아올 때마다 본연의 모습이 조금씩 사라지기 때문이다.

10

타냐 로빈슨은 20분 동안 네 번이나 딸에게 전화를 하지만 이번에도 메시지를 남겨 달라는 바브라의 명랑한 목소리만 들릴 따름이다. "내가 지금까지 남긴 메시지는 잊어 줘." 삑 소리 이후에 타냐는 이렇게 얘기한다. "아직 화가 풀리지는 않았지만 지금은 걱정돼서 죽겠는 게 더 크니까. 전화해. 아무 일 없는 건지 알아야겠다."

그녀는 책상에 전화기를 내려놓고 좁은 사무실을 왔다 갔다 걷기 시작한다. 남편에게 연락할까 고민하다 하지 않기로 한다. 바브라가 학교 수업을 빼먹은 거 아니냐며 폭발할 게 분명하다. 채플 리지에서 출결을 관리하는 로시 부인이 전화해서 바브라가 아파서 조퇴했느냐고 물었을 때 타냐도 처음에는 딸이 학교를 땡땡이친 줄 알았다. 바브라는 지금까지 그런 적이 한 번도 없었지만 모든 비행에는 처음이라는 게 있는 법이고 십 대 청소년의 경우에는 특히 그렇다. 혼자 그런 짓을 저지르지는 않았을 텐데 로시 부인과 좀 더 대화를 나누어 보니 바브의 친한 친구들은 전부 학교에 있다고 했다.

그 뒤로 그녀는 자꾸 불길한 생각이 들고, 경찰이 앰버 경보(어린이가 실종됐을 때 다양한 매체를 통해 알리는 시스템 — 옮긴이) 차원에서 크로스타운 고속도로 위에 띄운 표지판이 머릿속에서 떠날 줄 모른다. 섬뜩한 극장 차양인 양 **바브라 로빈슨**이라는 이름이 그 위에서 명멸한다.

전화기에서 「환희의 송가」 앞부분이 울리자 그녀는 전화를 받으러 달려가며 생각한다. '하느님, 감사합니다, 하느님, 감사합니다, 이

놈의 지지배 겨울방학 내내 외출 금지를……'

그런데 화면에 딸아이의 웃는 얼굴이 아니라 경찰 본부라는 발신자 이름이 떠 있다. 공포가 그녀의 뱃속을 관통하자 창자의 힘이 풀린다. 처음에는 엄지손가락이 움직이지 않아서 심지어 전화를 받지도 못한다. 그녀는 가까스로 초록색의 통화 버튼을 눌러서 벨소리를 잠재운다. 사무실의 모든 것이, 특히 책상 위에 놓인 가족사진이 너무 환하게 느껴진다. 전화기가 귀 쪽으로 부풀어 오른 것처럼 느껴진다.

"여보세요?"

그녀는 상대방의 이야기를 듣는다.

"네, 맞는데요."

그녀는 상대방의 이야기를 듣는 한편, 다른 쪽 손을 들어서 아무 소리도 나오지 못하게 입을 막는다. 이렇게 묻는 그녀의 목소리가 들린다.

"제 딸이 분명한가요? 바브라 로젤린 로빈슨이 맞나요?"

전화한 경찰관은 맞는다고 얘기한다. 분명하다고, 길거리에서 그녀의 신분증을 발견했다고 한다. 하지만 핏자국을 닦아 내고 이름을 확인했다는 이야기는 하지 않는다.

11

호지스는 차분한 분홍색으로 칠해져 있고 밤낮으로 나지막한 음악이 흐르는, 카이너 기념 병원 본관과 레이크 리전 외상성 뇌손상 병동을 연결하는 고가통로를 빠져나오자마자 이상한 낌새를 알아차린다. 일상의 패턴이 어지럽혀졌고 일처리가 제대로 이루어지지 않는 분위기다. 접시가 가득 담긴 점심 배식 카트가 여기저기에 방치되어 있고, 접시마다 구내식당에서는 중국 음식이랍시고 만들었을 국수 가락이 엉겨 붙어 있다. 간호사들이 삼삼오오 모여서 웅성거리고 있다. 한 명은 울고 있는 것 같다. 식수대 앞에서는 두 인턴이 머리를 맞대고 있다. 잡역부 한 명은 휴대 전화로 통화 중이다. 원칙적으로는 정직감인데 신경 쓰는 사람이 아무도 없으니 걱정할 필요가 없겠다.

어쨌든 루스 스캐펠리가 보이지 않으니 하츠필드를 만날 가능성이 높아질 수도 있겠다. 당직 데스크를 지키고 있는 노마 윌머는 호지스가 217호를 꾸준히 찾던 시절에 베키 헬밍턴과 함께 정보원 노릇을 톡톡히 했던 간호사다. 악재가 있다면 하츠필드의 담당의도 당직 데스크를 지키고 있다는 것이다. 호지스는 갖은 노력을 기울였지만 그와 돈독한 관계를 맺지 못했다.

그는 배비노가 그의 등장을 알아차리지 못한 채 조만간 윌머 혼자 남겨두고 PET 스캔이나 뭐 그런 걸 확인하러 떠나 주길 바라며 어슬렁어슬렁 식수대 쪽으로 걸어간다. 물을 한 잔 마신 다음 얼굴을 찡그리고 옆구리에 손을 갖다 대며 허리를 펴고서 인턴들에게 말을 건다.

"무슨 일 있어요? 분위기가 좀 어수선한 것 같은데요."

그들은 머뭇거리며 서로 흘끗 쳐다본다.

"말씀드릴 수 없는데요."

1번 인턴이 말한다. 사춘기 여드름의 잔재가 남아 있고 17살쯤 되어 보인다. 그가 엄지손가락에 박힌 가시를 제거하는 것보다 더 복잡한 수술의 보조를 서는 상상만 해도 몸서리가 쳐진다.

"환자와 관련된 일인가요? 혹시 하츠필드하고 연관 있어요? 내가 전직 경찰인데 그 녀석을 여기 입원시킨 데 일조한 전적이 있어서 묻는 거예요."

"호지스 씨." 2번 인턴이 말한다. "성함이 호지스 씨 맞죠?"

"네, 맞아요."

"그를 체포하셨죠?"

호지스는 당장 그렇다고 대답하지만, 만약 그에게 그 임무가 맡겨졌다면 브래디가 밍고 대강당에서 시티 센터를 뛰어넘는 성과를 거두었을 것이다. 브래디가 사제 플라스틱 폭탄을 터뜨리지 못하도록 저지한 사람은 홀리와 제롬 로빈슨이었다.

인턴들은 다시 한 번 서로 흘끗 쳐다본다. 이윽고 1번 인턴이 말문을 연다.

"하츠필드는 여전히 무뇌 인간 상태예요. 꼴통 간호사 때문에 이러는 거지."

2번 인턴이 팔꿈치로 그를 찌른다.

"야, 죽은 사람을 그런 식으로 얘기하면 어떻게 하냐? 이분 입이 가벼우면 어쩌려고."

호지스는 당장 엄지손톱으로 위험한 입을 잠그는 시늉을 한다.

1번 인턴은 당황한 표정을 짓는다.

"수간호사 스캐펠리 말이에요. 간밤에 자살을 했어요."

호지스의 머릿속에서 모든 조명이 켜지고 자신이 죽음을 앞두고 있을지 모른다는 사실이 어제 이후 처음으로 까맣게 잊힌다.

"진짜예요?"

"팔과 손목을 그어서 과다출혈로 죽었대요." 2번 인턴이 거든다. "제가 듣기로는 그래요."

"유서를 남겼대요?"

그들은 모른다고 한다.

호지스는 당직 데스크로 향한다. 배비노가 아직 거기서 윌머(긴급 승진에 당황한 눈치다.)와 함께 서류를 훑어보고 있지만 기다릴 여유가 없다. 이건 하츠필드가 싼 똥이다. 무슨 수로 그랬는지 모르겠지만 온 사방에 그의 낙인이 찍혀 있다. 우라질 자살 황태자의 낙인이.

그는 하마터면 윌머 간호사의 이름을 부르는 실수를 저지를 뻔하지만 마지막 순간에 본능적으로 정신을 차린다.

"윌머 간호사님, 저는 빌 호지스라고 합니다." 그녀도 익히 아는 이름이다. "시티 센터와 밍고 대강당 사건에 제가 관여를 했는데요. 하츠필드 씨를 만날 필요가 있어서 왔습니다."

그녀가 입을 열지만 배비노가 선수를 친다.

"어림도 없는 소리. 하츠필드 씨는 지방검찰청의 명령 아래 면회가 금지돼 있을 뿐 아니라 그렇지 않다 하더라도 당신의 면회는 허락할 수 없어요. 그는 평화롭고 차분한 분위기가 필요한 환자입니다. 과거에 당신이 무단으로 면회할 때마다 그런 분위기가 산산조각이 났어요."

"금시초문인데요." 호지스는 나긋나긋하게 대처한다. "제가 만나러 올 때마다 한 자리에 가만히 앉아 있기만 하던데요. 김빠진 맥주처럼 민숭민숭하게."

노마 윌머의 고개가 좌우로 왔다 갔다 한다. 꼭 테니스 경기를 관람하는 관객 같다.

"그야 후유증을 모르고서 하시는 말씀이죠."

까칠한 수염이 점점이 박힌 배비노의 뺨이 점점 벌겋게 달아오른다. 그의 눈 밑에는 다크서클이 있다. 호지스는 자동차에는 지느러미가 달렸고 여자들은 흰색 양말을 접어 신었던 선사시대에 「예수님과 함께 하는 삶」이라는 주일학교 활동지에서 본 만화를 떠올린다. 브래디의 담당의사는 만화 속의 남자와 닮았지만 딸딸이 중독자는 아닐 것이다. 이쯤 되자 신경과 의사들이 환자들보다 더 정신병자에 가까울 때도 많다고 했던 베키의 말도 생각이 난다.

"어떤 후유증이 있었을까요?" 호지스는 묻는다. "소소한 초능력을 발휘하면서 역정을 냈을까요? 제가 가고 나면 물건들이 쓰러지고 그랬나요? 화장실 변기 물이 저절로 내려갔을까요?"

"무슨 말도 안 되는 소리를. 당신은 그의 정신세계를 망가뜨려요. 그는 당신이 자기한테 집착한다는 것을, 악의적으로 집착한다는 것을 모를 정도로 뇌손상이 심각하지 않단 말입니다. 나가 주세요. 안 그래도 비극적인 사건 때문에 불안해하는 환자들이 많아요."

호지스는 그 말에 눈이 살짝 동그래지는 윌머를 보고, 인지기능이 남은 환자들(여기 이 깡통에는 그런 환자들이 많지 않다.)은 수간호사의 자살 소식을 전혀 모른다는 것을 알아차린다.

"그에게 몇 가지만 물어보고 얌전히 물러나 드리겠습니다."

배비노가 몸을 앞으로 숙인다. 금테 안경 뒤로 보이는 눈동자에 빨간 핏발이 서 있다.

"내 말 잘 들으세요, 호지스 씨. 첫째, 하츠필드 씨는 당신의 질문에 답변할 수 있는 상태가 아닙니다. 질문에 답변할 수 있을 정도로 호전됐으면 지금쯤 재판을 받고 있겠죠. 둘째, 당신은 공식 직함이 없어요. 셋째, 지금 당장 나가지 않으면 경비를 불러서 병원 밖으로 안내를 부탁하겠어요."

호지스는 이렇게 되받아친다.

"이런 질문해서 죄송한데 어디 편찮으신 건 아니죠?"

배비노는 호지스가 그의 얼굴에 대고 주먹이라도 휘두른 것처럼 뒷걸음질을 친다.

"*나가요!*"

삼삼오오 모여서 수군거리던 병원 직원들이 말을 멈추고 주위를 두리번거린다.

"알겠습니다." 호지스는 말한다. "갈게요. 갑니다."

본관과 연결된 통로 입구에 간식 자동판매기가 있다. 2번 인턴이 주머니에 손을 넣고 자동판매기에 기대고 서 있다.

"아이구. 된통 혼이 나셨네요."

"그런 것 같네요."

호지스는 자동판매기 안에 든 간식들을 찬찬히 살핀다. 먹어도 속에서 불이 나지 않을 만한 품목은 없지만 상관없다. 배가 고픈 것도 아니다.

"저기." 그는 주위를 두리번거리지 않고 말을 꺼낸다. "신상에 아무 지장 없는 간단한 심부름 하나 하고 50달러 벌고 싶으면 가까이 와 봐요."

머지않은 미래에 성년이 될 것처럼 생긴 2번 인턴은 그의 옆으로 바짝 다가선다.

"무슨 심부름인데요?"

호지스는 수사반장 시절에 그랬던 것처럼 요즘도 뒷주머니에 수첩을 넣고 다닌다. 그는 그 위에다 *전화 부탁해요*라는 두 단어와 함께 전화번호를 적는다.

"스마우그(『호빗』에 나오는 사악한 드래곤 — 옮긴이)가 날개를 펴고 날아가거든 이 쪽지를 노마 윌머한테 전해 줘요."

2번 인턴은 쪽지를 받고 접어서 가운 가슴주머니에 넣는다. 그러고는 기대에 찬 눈빛으로 그를 쳐다본다. 호지스는 지갑을 꺼낸다. 쪽지 하나에 50달러라니 상당한 출혈이지만 그는 말기 암환자가 돼서 좋은 점을 한 가지 깨달았다. 그건 바로 지출 계획 따위 개나 줘 버릴 수 있다는 것이다.

12

제롬 로빈슨이 작열하는 애리조나의 태양을 맞으며 널빤지를 어깨에 짊어지고 있을 때 휴대 전화가 울린다. 그들은 저소득층이 살긴 해도 번듯한 피닉스 남쪽의 변두리 동네에 집을 짓고 있는데 두

채가 이미 뼈대가 잡혔다. 그는 바로 옆 손수레 위에 널빤지를 가로로 얹고, 현장 감독인 헥터 알론조의 전화일 거라고 생각하며 허리춤에서 휴대 전화를 꺼낸다. 그날 오전에 일꾼 한 명이(사실 여자였다.) 발을 헛디뎌서 쌓인 철근 위로 넘어지는 바람에 쇄골이 부러지고 얼굴이 보기 흉하게 찢어졌다. 알론조가 세인트루크 병원 응급실로 그녀를 데리고 가면서 제롬을 임시 감독으로 임명했다.

그런데 조그만 창에 알론조의 이름이 아니라 홀리 기브니의 얼굴이 뜬다. 그녀가 미소를 지은 귀한 순간을 놓치지 않고 그가 직접 찍은 사진이다.

"홀리, 잘 지내죠? 좀 있다 내가 다시 전화할게요. 오전 내내 정신이 없어 놔서……"

"집으로 와 줘야겠어."

홀리가 말한다. 차분한 목소리지만 제롬은 그녀를 잘 알기에 이 세 마디 안에 담긴 여러 가지 감정을 느낄 수 있다. 그중에서 가장 큰 것이 공포다. 홀리는 아직도 두려움이 많다. 그녀를 끔찍이 사랑하는 제롬의 어머니가 한번은 공포가 홀리의 기본 설정이라고 표현한 적도 있었다.

"집으로요? 왜요? 무슨 문제가 생겼는데요?" 문득 공포가 그를 집어삼킨다. "아빠예요? 엄마예요? 바비예요?"

"빌이야. 암에 걸렸어. 아주 안 좋은 암이야. 췌장암. 치료를 받지 않으면 죽을 거야. 받아도 죽을지 모르지만 그래도 시간은 벌 수 있어. 나한테는 그냥 궤양이라고 했는데 왜 그랬냐면…… 왜 그랬냐면……" 거친 그녀의 숨소리를 듣고 제롬은 움찔한다. "그 염병할 브래디 하츠필드 때문이야!"

제롬은 브래디 하츠필드와 빌이 받은 끔찍한 진단이 무슨 관계인지 전혀 알 길이 없지만 문제가 터졌음을 직감한다. 공사현장 저쪽에서 안전모를 쓴 두 젊은 남자(제롬과 똑같은 해비타트 대학생 자원봉사자다.)가 삐삐 소리를 내며 후진 중인 시멘트 트럭을 엉뚱한 방향으로 인도하고 있다. 이러다 참사가 벌어지게 생겼다.

"홀리, 5분 있다가 내가 다시 전화할게요."

"하지만 집으로 와 줄 거지? 오겠다고 대답해. 나 혼자서는 이 얘기를 못 꺼내겠는데 *지금 당장 치료를 시작해야 한단 말이야!*"

"5분만요."

그는 이렇게 말하고 전화를 끊는다. 온갖 생각들이 휙휙 머리를 스치고 지나가서 이러다 머릿속에서 불이 날 것 같은데 작열하는 태양은 엎친 데 덮친 격이다. '빌 아저씨가 암에 걸렸다고?' 어떻게 보면 있을 수 없는 일이지만 또 어떻게 보면 *전적으로* 있을 수 있는 일이다. 제롬과 홀리와 함께 해결했던 피트 소버스 사건 때 그는 최고의 컨디션을 자랑했지만 조만간 70이고, 제롬이 10월에 애리조나로 떠나기 전에 마지막으로 만났을 때 건강이 그리 좋아 보이지 않았다. 살이 너무 빠졌고 안색이 너무 창백했다. 하지만 헥터가 돌아오기 전에는 아무 데도 갈 수 없다. 그건 마치 환자들에게 정신병원을 맡기고 떠나는 꼴이다. 게다가 응급실이 24시간 내내 북적거리는 피닉스의 병원들을 알기에 그는 어쩌면 여기 붙잡혀 있을 수도 있다.

그는 "*멈춰요! 제발 멈춰요!*"라고 고래고래 소리를 지르며 시멘트 트럭을 향해 달려간다.

그가 아무 생각 없는 자원봉사자들 때문에 엉뚱한 방향으로 움직이던 트럭을 새로 파 놓은 배수로에서 1미터도 안 되는 곳에 세워 놓고 숨을 돌릴 무렵 다시 전화벨이 울린다.

제롬은 허리춤에서 다시 전화기를 꺼내며 생각한다. '홀리, 아주머니를 정말 사랑하는데 가끔은 아주머니 때문에 돌아 버릴 것 같아요.'

그런데 이번에는 홀리가 아니라 어머니의 사진이 뜬다.

타냐가 울고 있다.

"집으로 와 줘야겠다."

그녀의 말에 제롬은 가끔 할아버지가 했던 말을 떠올린다. *불운은 꼭 못된 친구를 데리고 다닌다.*

결국은 바비 문제다.

13

호지스가 로비에서 출입문 쪽으로 걸어가는데 전화기가 진동으로 울린다. 노마 윌머다.

"갔어요?" 호지스가 묻는다.

노마는 누구 말하는 거냐고 물을 필요도 없다.

"네. 애지중지하는 환자를 살폈으니까 이제 마음 편하게 나머지 회진을 돌 수 있을 거예요."

"스캐펠리 간호사 소식 듣고 안타까웠어요."

진심이다. 그는 그녀를 좋아하지는 않았지만 그래도 진심이다.

"저도요. 블라이 제독(유명한 선상 반란이 벌어진 바운티 호의 함장이었다 ―옮긴이)이 바운티 호를 다스리듯 직원들을 관리하긴 했지만 그런 일은…… 상상하기도 싫어요. 맨 처음 그 소식을 들었을 때는 무슨 소리야, 다른 사람은 몰라도 그녀가 그럴 리는 없어, 이런 생각이 들었거든요. 그런데 다시 한 번 생각해 보면 그래, 그럴 만도 하지, 싶어요. 남편도 없지, 친한 친구도 없지…… 적어도 제가 알기로는 그래요. 아무튼 일밖에 없는데 직장 동료들은 전부 그녀를 싫어하잖아요."

"이 모든 외로운 사람들."

호지스는 이렇게 말하며 추운 밖으로 나서 버스정거장을 향해 방향을 튼다. 한손으로 외투 단추를 채우고 옆구리를 문지르기 시작한다.

"네. 외로운 사람들이 많죠. 제가 뭘 어떻게 해 드리면 될까요, 호지스 씨?"

"몇 가지 좀 물어보고 싶은 게 있는데요. 술 한잔 같이 할 수 있을까요?"

한참 동안 정적이 흐른다. 호지스는 거절당하려나 보다고 생각한다. 하지만 잠시 후에 그녀가 이렇게 말한다.

"무슨 질문인지 들었다가 배비노 박사님과의 사이에서 난처해지는 건 아니겠죠?"

"전혀 그럴 일 없다고는 말 못해요."

"이런, 고마워라. 그래도 내가 진 빚이 있네요. 베키 헤밍턴 시절에 우리 둘이 서로 알고 지내던 사이라는 걸 박사님 앞에서 티내지 않은 거요. 리비어 가에 바바블랙쉽이라고 이름이 기발한 술집이 하나 있어요. 직원들은 대부분 병원 가까운 데서 마시거든요. 찾을 수 있겠어요?"

"그럼요."

"여기 근무가 5시에 끝나거든요. 5시 30분에 만나요. 저는 시원한 보드카 마티니 좋아해요."

"준비해 놓고 기다릴게요."

"하츠필드를 만나게 해 줄지 모른다는 기대는 하지 마세요. 그랬다가는 제 일자리가 날아갈 수도 있으니까. 배비노가 예전부터 다혈질이기는 했지만 요즘은 정말이지 이상하거든요. 루스 소식을 전하려고 했더니 내 옆을 그냥 쌩하니 지나갔어요. 소식을 들었을 때 신경도 안 쓰는 눈치였고요."

"그 사람을 많이 사랑하는 모양입니다?"

그녀는 웃음을 터뜨린다.

"그런 소릴 하다니 술을 두 잔 사셔야겠는데요?"

"두 잔 살게요."

휴대 전화를 외투 주머니에 넣으려는데 다시 진동으로 울린다. 그는 타냐 로빈슨의 전화인 것을 확인한 순간 애리조나에서 집을 짓고 있는 제롬을 떠올린다. 건설현장에서는 사고의 가능성이 무궁무진하다.

그는 전화를 받는다. 타냐가 울고 있는데 처음에는 너무 심하게 울어서 짐이 피츠버그에 있고 좀 더 자세한 정황을 파악하기 전에는 연락을 하고 싶지 않다는 것 말고는 무슨 소리를 하는지 알아들을 수가 없다. 호지스는 연석에 서서 차량의 소음이 들리지 않도록 손바닥으로 다른 쪽 귀를 막는다.

"진정해요, 타냐, 진정해요. 제롬 때문이에요? 제롬한테 무슨 일이 생겼어요?"

"아뇨, 제롬은 아무 일 없어요. 제롬한테는 연락했어요. *바브라요.* 바브라가 로타운에서……"

"평일에 로타운이라니 도대체 거긴 왜요?"

"그러니까요! 어떤 남자아이가 차도로 밀치는 바람에 트럭에 치였대요! 카이너 기념 병원으로 이송했대요. 지금 그쪽으로 가는 길이에요!"

"지금 운전 중이에요?"

"네. 그게 무슨 상관……"

"전화 꺼요, 타냐. 그리고 진정해요. 나 지금 카이너에 있어요. 응급실에서 만납시다."

그는 전화를 끄고 다시 병원 쪽으로 몸을 돌려서 어설픈 속보로 걷는다. 그러면서 생각한다. '이 우라질 곳은 꼭 마피아 같다니까. 빠져나왔다 생각할 때마다 다시 기어들어 가야 하니, 원.'

14

구급차 한 대가 경광등을 번쩍이며 응급실 앞 주차공간에 후진하고 있다. 호지스는 아직까지 지갑에 넣고 다니는 경찰 신분증을 꺼내며 다가가 맞이한다. 응급구조사와 구조대원이 뒤에서 들것을 내리자 그는 빨갛게 찍힌 퇴직이라는 글자를 엄지손가락으로 가리고 슬쩍 신분증을 보여 준다. 원칙적으로 따지면 공무원 사칭이라는 중죄이기에 아껴 쓰는 수법이지만 지금 이 순간만큼은 더할 나위 없이 타당한 조치인 것처럼 느껴진다.

바브라는 진정제를 투여받았지만 의식은 있다. 호지스를 보자 그의 손을 세게 쥔다.

"빌 아저씨? 어떻게 이렇게 금세 오셨어요? 엄마한테 전화 받으셨어요?"

"응. 좀 어떠니?"

"괜찮아요. 주사를 맞아서 아프지도 않아요. 제…… 다리가 부러졌대요. 그래서 이번 시즌 동안 농구를 못 하게 됐는데 상관없을 거예요. 엄마가 한 25살 때까지 외출 금지라고 할 테니까요."

그녀의 눈에서 눈물이 흘러나온다.

그녀를 오래 붙잡고 있을 수 없기에 많으면 1주일에 네 번씩 차량 총격 사건이 벌어지는 마틴 루터 킹 가에 간 이유는 나중에 물어봐야 한다. 그보다 더 중요한 질문이 있다.

"바브, 너를 트럭 앞으로 밀친 남자아이 이름 아니?"

그녀의 눈이 동그래진다.

"아니면 자세히 봤니? 인상착의를 설명할 수 있겠어?"

"밀쳤다니…… 아니에요, 아저씨! 잘못 알고 계신 거예요!"

"경관님, 이제 가야 하는데요." 응급구조사가 말한다. "질문은 나중에 하시죠."

"잠깐만요!"

바브라는 소리를 지르며 일어나 앉으려고 한다. 구조대원이 조심스럽게 밀어서 다시 눕히자 그녀는 아파서 얼굴을 찡그리지만 호지스는 마음을 놓는다. 목소리가 크고 단호하다.

"왜, 바브?"

"제가 차도로 뛰어든 이후에 밀친 거예요! 반대편으로요! 어쩌면 그 아이 덕분에 목숨을 건진 걸지 몰라요." 그녀는 이제 목 놓아 울고 있다. 호지스는 부러진 다리 때문에 우는 거라고 단 한순간도 생각하지 않는다. "저는 죽고 싶지 않아요. 도대체 *왜* 그랬는지 모르겠어요!"

"이제 정말 검사실로 옮겨야 하는데요, 반장님." 응급구조사가 말한다. "엑스레이를 찍어야 해요."

"그 남자아이한테 아무 피해가 가지 않게 해 주세요!" 들것에 실려서 쌍여닫이문을 지나며 바브라가 외친다. "키가 커요! 눈은 초록색이고 염소수염을 길렀어요! 토드헌터에 다니고……"

그녀는 사라지고 그녀의 뒤에서 열렸던 문이 쾅 하고 닫힌다.

호지스는 마음대로 휴대 전화를 쓸 수 있는 밖으로 걸어 나가서 타냐에게 전화를 건다.

"지금 어디 있는지 모르겠지만 신호 무시하지 말고 천천히 와요. 방금 전에 들것에 실려서 들어갔는데 멀쩡해요. 다리가 부러졌대요."

"그걸로 끝이래요? 하느님 감사합니다! 내상은 없고요?"

"그야 검사를 받아 봐야 알겠지만 아주 팔팔했어요. 트럭에 살짝 부딪치기만 했나 봐요."

"제롬한테 다시 연락해야겠네. 제 전화를 받고 심장이 철렁했을 거예요. 그리고 짐한테도 알려야겠고요."

"여기 도착하거든 연락해요. 지금은 전화 끊고."

"빌, 당신이 연락하면 어때요?"

"아니, 그건 안 되겠어요, 타냐. 나는 다른 데 따로 연락할 데가 있어서요."

그는 그 자리에 가만히 서서 감각을 잃어 가는 귀 끝을 느끼며 하얀 입김을 내뱉는다. 그 다른 데가 피트가 될 수는 없다. 피트는 지금 그에게 살짝 짜증이 났고 이지 제인스는 그 두 배로 짜증이 났다. 그는 다른 선택지가 없을지 고민하지만 카산드라 신, 한 명밖에 없다. 그는 피트가 휴가를 갔을 때 몇 번, 그리고 피트가 아무 설명 없이 6주 동안 개인적인 시간을 가졌을 때 한 번 그녀와 파트너로 활약한 적이 있었다. 피트가 이혼한 직후였는데 호지스는 알코올 중독 재활 센터에 입원했나 보다고 추측했을 뿐 그에게 물은 적이 없었고 피트 역시 자진해서 정보를 제공한 적이 없었다.

캐시의 휴대 전화 번호를 모르기에 형사과로 전화해서 그녀가 현장에 출동하지 않았길 바라며 바꿔 달라고 한다. 운이 좋았다. 경찰견 맥그러프(범죄 예방 협회의 범죄 예방 캠페인 마스코트 — 옮긴이) 노래를 10초도 듣지 않았는데 그녀의 목소리가 들린다.

"보톡스의 여왕 캐시 신인가?"

"빌 호지스, 이 늙은 퇴물! 아직 살아 있었네요!"

'아직은 그렇지.' 그는 생각한다.

"같이 농담 따먹기 하니까 재밌네. 그런데 내가 부탁할 게 하나 있는데. 스트라이크 가에 있는 지서 아직 폐쇄 전이지?"

"네. 하지만 내년에는 검토 대상이에요. 그럴 만도 하지만. 로타운에서 무슨 일 생겼어요? 무슨 일인데요?"

"응. 이 도시에서 제일 안전한 동네잖아. 거기서 용의자로 어떤 남자애를 붙잡아 놓고 있을 텐데 내 정보가 맞는다면 훈장감이야."

"이름 알아요?"

"아니, 하지만 생김새는 알아. 키가 크고, 눈은 초록색이고, 염소수염을 길렀고." 그는 바브라에게 들은 대로 고스란히 전하고 이렇게 덧붙인다. "토드헌터 고등학교 교복을 입고 있을 수도 있어. 어떤 여자아이를 달려오는 트럭 앞으로 밀친 죄로 붙잡혀 왔을 텐데 사실은 반대쪽으로 민 거야. 덕분에 그 아이가 곤죽이 되지 않고 살짝 부딪치는 정도로 끝났지."

"확실해요?"

"응." 사실은 그렇지 않지만 그는 바브라를 믿는다. "이름 알아내서 그쪽 친구들한테 붙잡아 놓고 있으라고 해, 알았지? 내가 만나 보고 싶으니까."

"그 정도는 내 선에서 할 수 있을 것 같아요."

"고마워, 캐시. 이 은혜 잊지 않을게."

호지스는 통화를 끝내고 손목시계를 확인한다. 토드헌터 학생을 만나고 노마와의 약속 시간에 맞추려면 시내버스로는 너무 빠듯하다.

바브라가 했던 말이 그의 머릿속에서 계속 맴돈다. *저는 죽고 싶지 않아요. 도대체 왜 그랬는지 모르겠어요!*

그는 홀리에게 전화한다.

15

그녀는 사무실 근처의 세븐일레븐 앞에 서서 한 손에 윈스턴 담뱃갑을 들고 다른 손으로 셀로판 포장지를 벗긴다. 거의 5개월 동안 담배를 끊는 신기록을 수립 중이라 다시 손을 대고 싶지 않지만 빌의 컴퓨터에서 본 진단 때문에 지난 5년 동안 보수해 온 그녀의 삶 한복판에 구멍이 뚫렸다. 빌 호지스는 그녀의 기준점이다. 그녀는 그를 통해 세상과 소통하는 자신의 능력을 측정한다. 달리 표현하자면 그녀의 정신 상태를 측정하는 기준점이라는 뜻도 된다. 그가 없는 그녀의 삶을 상상하는 것은 고층빌딩 꼭대기에 서서 60층 아래에 있는 인도를 내려다보는 것과 같다.

그녀가 셀로판 포장지의 띠를 벗기려는 찰나 전화벨이 울린다. 윈스턴을 핸드백 안에 넣고 전화기를 꺼낸다. 그다.

홀리는 '여보세요'라고 하지 않는다. 제롬에게는 그녀 혼자서 이 얘기를 꺼내지 못하겠다고 말했지만, 바람 부는 이 도시의 인도에 서서 두툼한 겨울용 외투를 걸치고서도 벌벌 떨고 있는 지금은 달리 도리가 없다. 그냥 저절로 쏟아져 나온다.

"당신 컴퓨터를 봤어요. 기웃거리는 거, 나쁜 짓이라는 거 알지만 사과하지 않을 거예요. 그럴 수밖에 없었어요. 궤양이라는 당신의 말을 믿을 수가 없었거든요. 기분 나쁘면 나 잘라요. 아픈 데를 고치기만 하면 그래도 상관없어요."

수화기 저편에서 정적이 흐른다. 그녀는 듣고 있느냐고 묻고 싶지만 입이 얼어붙었고 심장이 어찌나 쿵쾅거리는지 온몸으로 느껴질 정도다.

마침내 그가 말한다.

"홀스, 고칠 수 있는 병이 아닌 것 같아요."

"적어도 시도는 해 봐야죠!"

"사랑해요." 그의 목소리에 담긴 무게가 느껴진다. 체념이 느껴진다. "내가 사랑한다는 거 알죠?"

"바보 같기는. 당연히 알죠." 그녀는 울음을 터뜨린다.

"당연히 치료해 봐야죠. 하지만 며칠 있다가 입원할 거예요. 지금 당장은 당신이 필요해요. 나 데리러 와 줄 수 있어요?"

"알았어요." 그녀는 전에 없이 흐느껴 운다. 그녀가 필요하다는 말이 진심이라는 것을 알기 때문이다. 그리고 누군가가 자신을 필요로 한다는 것은 엄청난 일이다. 어쩌면 세상에서 가장 엄청난 일이다. "어딘데요?"

그는 있는 곳을 얘기하고 다시 덧붙인다.

"그리고 또 하나."

"뭔데요?"

"내 쪽에서 당신을 자를 수는 없어요, 홀리. 당신은 직원이 아니라 내 파트너잖아요. 그걸 기억하도록 해요."

"빌?"

"왜요?"

"나 담배 안 피웠어요."

"잘했어요, 홀리. 이제 이쪽으로 와 줘요. 로비에서 기다릴게요. 밖은 너무 추워서."

"제한 속도가 허락하는 한도 안에서 최대한 빨리 갈게요."

그녀는 차를 세워 놓은 모퉁이 주차장으로 서둘러 간다. 가는 길에 뜯지 않은 담뱃갑을 쓰레기통에 버린다.

16

호지스는 스트라이크 가에 있는 지서로 가는 동안 깡통에서 있었던 일을 홀리에게 대강 설명한다. 루스 스캐펠리의 자살 소식으로부터 시작해서 안으로 실려 가는 동안 바브라가 했던 이상한 말로 마무리를 짓는다.

"당신이 무슨 생각하는지 알아요." 홀리가 말한다. "나도 똑같은 생각을 하고 있으니까. 모든 게 브래디 하츠필드로 귀결된다는 생각을 하고 있죠?"

"자살의 황태자." 호지스는 홀리를 기다리는 동안 진통제를 또 먹었기에 컨디션이 제법 괜찮다. "내가 지은 별명이에요. 잘 어울리지 않아요?"

"그런 것 같네요. 하지만 예전에 당신이 했던 말이 또 하나 있어요." 로타운 깊숙이 들어서자 그녀는 프리우스 운전석에 허리를 꼿꼿하게 세우고 앉아서 시선을 이리저리 움직인다. 누군가가 도로 한복판에 버려 놓은 쇼핑 카트를 피하느라 핸들을 급하게 튼다. "우연의 일치하고 음모는 다른 거라고. 기억나요?"

"기억나요."

그가 좋아하는 문구 중 하나다. 그가 좋아하는 문구는 여러 개가 있다.

"우연의 일치가 한데 연결된 거라면 음모를 백날 수사해도 아무 소득도 없을 수 있다고 했잖아요. 앞으로 이틀 안으로 구체적인 단서를 찾지 못하면 포기하고 치료를 시작해야 해요. 그러겠다고 약속해요."

"그보다 좀 더 걸릴 수도 있는데……"

그녀는 말허리를 자른다.

"제롬이 와서 도와줄 거예요. 옛날로 돌아간 것 같겠죠."

호지스는 『트렌트 최후의 사건』이라는 오래된 미스터리 소설 제목이 퍼뜩 생각나서 살짝 미소를 짓는다. 곁눈으로 그 미소를 포착한 그녀는 알겠다는 뜻으로 해석하고, 다행스러워하며 미소로 화답한다.

"4일." 그가 말한다.

"3일. 그 이상은 안 돼요. 하루 지날 때마다 확률이 떨어질 거 아녜요. 그러니까 바보 같은 협상하려 들지 마요. 그런 거 너무 잘하잖아요."

"알았어요. 3일. 제롬이 도와준다는 가정 아래."

"도와줄 거예요. 그리고 우리, 이틀 안으로 끝내 봐요."

17

스트라이크 가에 있는 경찰서는 왕정이 무너지고 난세가 판을 치는 중세시대 어느 나라의 성을 닮았다. 창문에는 어김없이 **빽빽한** 창살이 달려 있다. 순찰차용 주차장은 철책선과 콘크리트 방벽의 보호를 받고 있다. 카메라가 사방에서 고개를 **빳빳이** 세우고 모든 각도를 커버하는데도 이 회색 석조건물은 깡패들에게 습격을 당해서 출입문 위에 달린 전구 하나가 산산조각이 났다.

호지스와 홀리는 주머니 안의 내용물과 홀리의 핸드백을 플라스틱 바구니에 담고 금속 탐지기 앞을 지나는데 호지스의 시곗줄 때문에 삑 하는 경고음이 울린다. 홀리는 로비(여기도 구석구석 카메라가 달려 있다.) 벤치에 앉아서 아이패드를 연다. 호지스가 접수처로 가서 용건을 설명하자 잠시 후에 호리호리하고 머리가 희끗희끗해서 「더 와이어」(호지스가 보면서 유일하게 구역질을 느끼지 않은 경찰 드라마다.)의 레스터 프리먼을 살짝 닮은 형사가 나온다.

"잭 히긴스라고 합니다." 형사가 이렇게 말하면서 손을 내민다. "그 작가하고 동명이인이에요. 백인은 아니지만."

호지스는 그와 악수하고 홀리를 소개한다. 홀리는 평소처럼 손을 살짝 흔들며 중얼중얼 인사말을 건네고 다시 아이패드 쪽으로 시선을 돌린다.

"뵌 기억이 나는데요." 호지스가 말한다. "예전에 말버러 지서에 있지 않았나요? 정복 입던 시절에?"

"오래 전 이야기죠. 젊고 **빠릿빠릿**하던 시절요. 저도 호지스 씨를 기억합니다. 매캐런 공원에서 두 여성을 살해한 범인을 체포하셨죠?"

"그야 다 같이 체포한 거였죠, 히긴스 형사님."

"잭이라고 불러 주세요. 캐시 신의 전화 받았습니다. 그 친구, 면회실에 있어요. 이름이 드리스 네빌이에요." 히긴스는 이름의 철자를 알려 준다. "어차피 석방하려던 참이었어요. 여러 목격자들의 증언이 그의 주장과 일치하거든요. 좀 놀렸더니 그 여자아이가 화를 내면서 차도로 뛰어들었대요. 트럭이 달려오는 걸 보고 네빌이 달려들어서 여자아이를 거의 완전히 밖으로 밀쳤죠. 게다가 이 동네에서 이 아이를 모르는 사람이 없어요. 토드헌터 농구부 스타거든요. 아마 선수 장학금을 받고 1부 리그 학교로 진학할 거예요. 공부도 잘해서 우등생이고요."

"평일인데 성적 좋은 우등생께서는 길거리에서 대체 뭘 하고 있었답니까?"

"아, 다들 하교했어요. 학교 난방 장치가 또 갑자기 고장이 나서요. 아직 1월밖에 안 됐는데 올 겨울 들어 벌써 세 번째예요. 시장 말로는 여기 이 로타운이 잘나가고 있다고 하죠. 일자리도 많고 다들 성업 중이고 주민들은 행복해하고. 재선 때 두고 보겠어요. 그 방탄 SUV를 타고 다니는 꼴을."

"네빌이라는 아이도 다쳤나요?"

"손바닥 쓸린 게 전부예요. 가장 가까이서 본 목격자인 맞은편에 있었던 여자분의 표현을 빌자면 여자아이를 밀친 다음 '대빵 큰 새처럼 여자아이 위를 날았'대요."

"가도 된다는 걸 압니까?"

"아는데 계속 있겠다고 했어요. 그 아이가 괜찮은지 궁금하다고. 오세요. 이야기가 끝나면 내보내려고요. 호지스 씨가 내보내면 안 될 이유를 찾는다면 또 모르겠지만요."

호지스는 미소를 짓는다.

"로빈슨 양을 대신해서 뭘 좀 알아보려는 거예요. 몇 가지만 물어보고 더는 귀찮게 하지 않을게요."

18

면회실은 좁고 숨이 막힐 정도로 후끈하다. 머리 위에 달린 난방관에서 철커덕거리는 소리가 난다. 그래도 아담한 소파도 있고 수갑을 연결하는 볼트가 강철 관절처럼 삐죽 달려 있는 취조용 테이블은 없는 걸 보면, 이 경찰서에서 가장 번듯한 공간일 것이다. 호지스는 두세 군데 테이프로 때운 소파를 보고, 낸시 앨더슨이 힐탑 코트에서 본 적 있다고 했던, 마스킹테이프로 때운 파카를 입고 있었던 남자를 떠올린다.

드리스 네빌은 소파에 앉아 있다. 치노 팬츠와 흰색의 버튼업 셔츠를 입고 있어서 깔끔하고 단정해 보인다. 스타일이 느껴지는 부분은 염소수염과 금목걸이뿐이다. 교복 재킷은 개켜서 소파 팔걸이에 걸쳐 놓았다. 호지스와 히긴스가 들어오자 자리에서 일어나 손을 내민다. 누가 봐도 농구공을 잡도록 설계된 것처럼 손가락이 긴데, 손바닥의 두툼한 부분에 주황색 소독약이 발라져 있다.

호지스는 상처를 건드리지 않도록 조심스럽게 악수하고 자기소개를 한다.

"걱정할 일은 전혀 없네, 네빌 군. 사실 바브라 로빈슨이 감사 인사를 전하고 자네가 괜찮은지 확인해 달라고 나를 보냈어. 로빈슨 양의 가족하고 내가 오래 전부터 알고 지내던 사이라서."

"그 아이는 괜찮은가요?"

"다리가 부러졌지." 호지스는 이렇게 말하며 의자를 들고 온다. 한쪽 손을 슬금슬금 옆구리에 대고 꾹 누른다. "더 심하게 다칠 수도 있었는데. 내년이면 다시 축구장에서 뛸 수 있을 거야. 앉게, 앉아."

네빌이라는 아이는 소파에 앉아서 무릎이 거의 턱에 닿을 지경으로 몸을 수그린다.

"어떻게 보면 제 잘못이라고 할 수 있어요. 그런 식으로 놀리지 말았어야 하는데 너무 예뻐서요. 그래도…… 저가 장님은 아니거든요." 그는 잠깐 말을 멈추고 잘못 얘기한 부분을 고친다. "제가 장님은 아니거든요. 무슨 약을 했대요? 아세요?"

호지스는 미간을 찌푸린다. 바브라가 약을 했을지 모른다는 생각은 한 적이 없었는데 당연히 의심했어야 하는 부분이다. 이러니저러니 해도 그녀는 십 대고 지금은 실험의 시대다. 그런데 그는 로빈슨 가족과 한 달에 서너 번씩 저녁을 같이 먹었어도 그녀에게서 약물의 흔적은 전혀 느낀 적이 없다. 너무 가까운 사이라서 그랬을까? 그가 나이를 너무 많이 먹은 걸까?

"왜 약을 했을 거라고 생각하니?"

"여길 찾아온 것만 해도 그렇잖아요. 채플 리지 교복을 입고 있던

데. 해마다 두 번씩 맞대결을 하기 때문에 알아요. 매번 박살을 내지만. 그리고 정신이 몽롱한 것 같았어요. 차도로 걸어가려는 사람처럼, 점을 봐주는 맘마 스타스 앞 길가에 서 있었거든요." 그는 어깨를 으쓱한다. "그래서 말을 걸고 무단횡단하면 되느냐고 놀렸어요. 그랬더니 벌컥 화를 내면서 「엑스맨」에 나오는 키티 프라이드처럼 굴더라고요. 그게 귀여워 보여서……" 그는 히긴스를 쳐다보다 다시 호지스에게로 시선을 돌린다. "이 부분에서 제가 잘못했다는 건데 그래도 솔직하게 얘기할게요."

"그래."

"그게요…… 제가 게임기를 낚아챘어요. 그냥 장난으로 낚아채서 머리 위로 들었어요. 빼앗으려고 그런 건 절대 아니에요. 그랬더니 저를 발로 차고(여자아이치고는 제법이던데요.) 도로 낚아채 갔어요. 그때는 취한 것 같아 보이지 않더라고요."

"그럼 *어때* 보였는데, 드리스?"

그는 무의식적으로 아이의 성이 아닌 이름을 부른다.

"엄청 *화*가 난 것 같았어요! 그리고 겁에 질린 것 같기도 했고요. 사립학교 교복을 입은 자기 같은 여학생이, 특히 혼자서는 가면 안 되는 곳에 있다는 걸 그제야 알아차리기라도 한 것처럼 말이에요. 마틴 루터 킹 가라니. 장난하자는 것도 아니고." 그는 허리를 숙이고 긴 손가락을 무릎 사이로 넣어서 깍지를 끼며 열띤 표정을 짓는다. "제가 그냥 장난치고 있다는 걸 모르고서 완전 패닉 상태에 빠진 거예요. 무슨 말인지 아시겠죠?"

"그래." 호지스는 대답한다. 그가 열심히 맞장구를 치는 것처럼 들리겠지만(그가 바라기로는 그렇다.) 사실은 네빌이 한 말이 머리에 꽂혀서 로봇처럼 대응하는 중이다. *제가 게임기를 낚아챘어요.* 엘러턴과 스토버와 연관성이 없을 거라고 생각하는 마음도 있지만 연관성이 있을 수밖에 없다고, 완벽하게 아귀가 들어맞는다고 생각하는 마음이 훨씬 더 크다. "그래서 기분이 나빴겠구나."

네빌은 긁힌 손바닥을 천장으로 들어서 철학자 같은 포즈를 취한다. *별수 있나요?* 하는 뜻이다.

"여기가 그런 데잖아요. 로타운이잖아요. 그 아이로 말할 것 같으면 구름 위를 둥둥 떠다니다 자기가 있는 곳을 뒤늦게 깨달은 거죠. 저는 최대한 빨리 여기서 탈출하려고 하고 있어요. 일단 1부 리그 학교에 진학하고 저가, 아니 제가 프로에 입단할 만한 실력이 안 되면 좋은 직장에 취직할 수 있게 계속 성적을 관리할 거예요. 그런 다음 우리 가족을 탈출시킬 거예요. 가족이라고 해 봐야 저랑 엄마랑 남동생 둘뿐이에요. 제가 이 정도나마 생활할 수 있는 것도 다 엄마 덕분이에요. 우리가 흙장난이나 하도록 내버려 둘 분이 아니거든요." 그는 자기가 한 말을 복기하더니 웃음을 터뜨린다. "제가 '저가'라는 단어를 쓴 걸 들으셨다면 저를 똑바로 쳐다보셨을 거예요."

호지스는 생각한다. '의심스러울 정도로 번듯한 아이로군. 하지만 진국이야.' 호지스는 그렇다고 장담할 수 있는데, 드리스 네빌이 오늘 학교에 있었다면 제롬의 여동생이 어떻게 됐을지 생각조차 하기 싫어진다.

히긴스 형사가 말한다.

"그 여학생을 놀린 건 잘못했지만 이 정도면 실수를 만회했다고 인정해야겠네. 앞으로 또 그러고 싶은 충동이 느껴지면 오늘 하마터면 무슨 일이 벌어질 뻔했는지 기억을 더듬는 게 좋겠다."

"네. 그럴게요."

히긴스가 한쪽 손을 든다. 네빌은 하이파이브를 하지 않고 살짝 냉소를 지으며 손끝으로 살짝 건드리고는 그만이다. 착한 아이이기는 하지만 이러니저러니 해도 여기는 로타운이고 히긴스는 경찰이다.

히긴스가 자리에서 일어난다.

"이제 가도 될까요, 호지스 형사님?"

호지스는 그의 옛 호칭을 불러 준 데 감사하는 뜻에서 고개를 끄덕이지만 아직 물어볼 게 남았다.

"거의 끝났어요. 어떤 게임기였니, 드리스?"

"구식 게임기였어요." 일말의 망설임도 없다. "엄마가 벼룩시장인가 뭔가에서 동생한테 사다 준 게임보이 비슷했지만 그 아이 게임기는 달랐어요. 밝은 노란색이었던 건 기억나요. 여자아이가 좋아함직한 색은 아니죠. 적어도 제가 아는 여자아이들 기준에서는요."

"화면을 봤니?"

"잠깐요. 물고기들이 헤엄치고 있던데요."

"고맙다, 드리스. 그 아이가 약을 했다는 걸 어느 정도로 확신할 수 있겠니? 100퍼센트 장담할 수 있는 걸 10점이라고 한다면."

"음, 5점요. 제가 맨 처음 다가갔을 무렵에는 10점이었어요. 걔가 부딪친 화물용 밴하고는 비교도 안 될 만큼 대빵 큰 트럭이 달려오고 있었는데 그 앞으로 걸어가려는 것처럼 보였거든요. 코카인이나 필로폰이 아니라 그보다 약한 엑스터시나 대마초를 했나 보다고 생각했어요."

"그런데 네가 장난을 걸었을 때는? 게임기를 낚아챘을 때는?"

드리스 네빌은 눈을 부라린다.

"어휴, 삽시간에 정신을 차리더라고요."

"그래." 호지스가 말한다. "다 됐다. 고맙다."

히긴스도 고맙다고 인사하고 호지스와 함께 문 쪽으로 걸음을 옮긴다.

"호지스 형사님?" 네빌이 다시 자리에서 일어났기에 쳐다보려면 고개를 뒤로 젖혀야 할 지경이다. "제 연락처를 적어 드리면 그 아이한테 전해 주실 수 있나요?"

호지스는 잠깐 고민하다 가슴주머니에서 펜을 꺼내 바브라 로빈슨의 생명의 은인일 수도 있는 꺽다리 남자아이에게 건넨다.

19

홀리가 그를 싣고 로어말버러 가로 돌아간다. 그는 가는 동안 드리스 네빌과 어떤 대화를 나누었는지 이야기한다.

"영화였다면 둘이 사랑에 빠졌을 텐데."

그의 이야기가 끝나자 홀리가 말한다. 아쉬워하는 투다.

"인생은 영화가 아니니까요, 홀…… 홀리."

호지스는 홀리베리라고 내뱉기 직전에 정신을 차린다. 지금은 경솔하게 굴 때가 아니다.

"알아요, 알아." 그녀가 말한다. "그래서 내가 영화를 보러 가는 거 잖아요."

"재핏 게임기에 노란색이 있는지 없는지 모르죠?"

늘 그렇듯 홀리는 모든 정보를 꿰고 있다.

"열 가지 색상으로 출시됐는데 노란색도 있었어요."

"지금 나하고 같은 생각하고 있어요? 바브라에게 벌어진 일이 힐탑 코트의 어머니와 딸에게 벌어진 일과 연관성이 있을지 모른다는 생각을?"

"내가 지금 무슨 생각을 하고 있는지 나도 잘 모르겠어요. 피트 소버스 사건 때처럼 제롬이랑 같이 앉아서 차근차근 얘기를 나눠 봤으면 좋겠어요."

"제롬이 오늘 밤에 도착하고 바브라 상태만 괜찮으면 내일 그럴 수 있을지 몰라요."

"내일이면 2일째인데." 그녀는 그들이 쓰는 주차장 앞 길가에 차를 대며 말한다. "3일 중에 2일째요."

"홀리……"

"안 돼요!" 그녀가 격한 목소리로 말한다. "시작할 생각도 하지 마요! 약속했잖아요!" 그녀는 기어를 P로 거칠게 옮기고 그를 똑바로 쳐다본다. "하츠필드가 지금까지 연극을 했다고 생각하죠?"

"맞아요. 맨 처음 눈을 뜨고 엄마를 찾았을 때부터는 아닐지 몰라도 그 이후로 많이 정신을 차렸다고 생각해요. 어쩌면 완전히 정신을 차렸을 수도 있어요. 재판을 받지 않으려고 긴장증 환자인 척하는 거죠. 배비노는 알아차렸을 텐데. 뇌 스캔이니 뭐니 검사를 했을 테고……"

"상관없어요. 만약 그가 생각이라는 걸 할 수 있게 됐다면, 당신이 치료를 미루다 자기 때문에 죽었다는 걸 알게 되면 어떤 반응을 보일 것 같아요?"

호지스가 아무 대답도 하지 않자 홀리가 대신 대답했다.

"아이 좋아 좋아 좋아 하겠죠! *기뻐서 환장하려고 하겠죠!*"

"알았어요." 호지스가 말한다. "알아들었어요. 오늘하고 앞으로 이틀. 하지만 내 상황은 당분간 잊어 줘요. 그가 병실 밖으로 마수를 뻗을 수도 있다니…… 섬뜩한 일이니까."

"맞아요. 그리고 아무도 우리 말을 믿어 주지 않겠죠. 그것도 섬뜩한 일이에요. 하지만 당신이 죽을지 모른다는 생각만큼 섬뜩한 건 없어요."

그는 그 말을 듣고 그녀를 안아 주고 싶어지지만 그녀가 포옹을 거부하는 분위기를 온 몸으로 뿜어내고 있기에 대신 손목시계를 쳐다본다.

"나는 약속이 있어요. 숙녀를 기다리게 하면 안 되겠죠?"

"나는 병원으로 가 볼게요. 바브라는 면회 못 하더라도 타냐가 있을 텐데 가까운 사람 얼굴을 보면 반가워할지 모르잖아요."

"잘 생각했어요. 그런데 병원에 가기 전에 선라이즈 솔루션스 파산 관재인이 누구였는지 알아봐 줬으면 좋겠는데."

"토드 슈나이더예요. 이름이 여섯 단어로 이루어진 법률 회사 소속이고요. 사무실이 뉴욕에 있어요. 당신이랑 네빌 군이랑 이야기하는 동안 알아냈어요."

"아이패드로?"

"네."

"당신은 천재예요, 홀리."

"무슨. 그냥 컴퓨터로 검색만 하면 되는 건데요. 애초에 그걸 찾아 볼 생각을 한 당신이 대단하죠. 내가 연락할까요?"

그녀는 그러라고 할까봐 얼마나 두려워하고 있는지 표정으로 얘기하고 있다.

"그럴 필요 없어요. 그냥 사무실로 전화해서 통화 약속만 잡아 줘요. 내일 가장 이른 시각으로."

그녀는 미소를 짓는다.

"알았어요." 이내 미소가 사라진다. 그녀는 그의 복부를 가리킨다. "아파요?"

"조금요." 지금은 진짜 그렇다. "심장마비 때가 더 끔찍했어요." 그것도 사실이지만 그렇게 말할 수 있는 날도 얼마 안 남았을지 모른다. "바브라 만나면 안부 전해 줘요."

"알았어요."

홀리는 자기 차로 건너가는 그를 지켜본다. 옷깃을 세우고 옆구리에 왼손을 얹는 그의 모습에 울고 싶어진다. 아니면 분노의 고함을 지르고 싶어진다. 인생은 아주 불공평할 수 있다. 그녀는 동네북 신세였던 고등학생 시절부터 그걸 알았지만 지금도 그 사실을 깨달을 때마다 놀라워진다. 놀라워질 때가 지났을 텐데도 그렇다.

호지스는 차를 몰고 다시 시내를 관통하는 동안 라디오를 만지작거리며 괜찮은 로큰롤이 나오는 채널을 찾는다. BAM-100에서 더 냈의 「마이 샤로나」가 들리자 볼륨을 높인다. 노래가 끝났을 때 등장한 디제이가 엄청난 폭풍이 로키 산맥에서 동쪽으로 이동 중이라고 전한다.

호지스는 한 귀로 듣고 한 귀로 흘린다. 그는 브래디와, 재핏 게임기를 처음 봤을 때를 생각하는 중이다. 도서관 앨이 그 게임기를 나누어주었다. 앨의 성이 뭐였더라? 기억이 나지 않는다. 알기는 알았었는지 그것조차 불분명하다.

특이한 이름의 술집에 도착해 보니 바에 앉아서 시끄럽게 떠들고 서로의 등을 때려가며 부어라 마셔라 하는 사업가들과 멀찌감치 떨어진 뒤편의 테이블에 노마 윌머가 앉아 있다. 간호사 유니폼을 짙은 초록색 바지 정장으로 갈아입고 굽이 낮은 구두를 신었다. 그녀 앞에 이미 술잔이 놓여 있다.

"그거 내가 사기로 했잖아요."

호지스는 이렇게 말하며 맞은편에 앉는다.

"걱정 마세요." 그녀가 말한다. "나중에 한꺼번에 계산한다고 했어요."

"잘했어요."

"제가 여기서 호지스 씨와 만나는 걸 누가 보고서 찌른다 한들 배비노가 저를 자르거나 다른 부서로 전출시키지는 못하겠지만 사는 게 피곤해질 수는 있어요. 물론 저도 그의 인생을 조금은 피곤하게 만들 수도 있지만."

"진짜예요?"

"진짜예요. 호지스 씨의 오랜 친구 브래디 하츠필드를 대상으로 실험을 하고 있는 것 같거든요. 무슨 성분인지 모를 약을 먹이고. 주사도 놔요. 그의 말로는 비타민이라고 하지만."

호지스는 놀란 눈으로 그녀를 빤히 쳐다본다.

"언제부터요?"

"몇 년 됐어요. 베키 헬밍턴이 다른 곳으로 보직을 옮긴 게 그 때문이에요. 배비노가 엉뚱한 비타민을 투여해서 그가 죽으면 그 폭탄 뒷수습을 하기 싫어서예요."

웨이트리스가 온다. 호지스는 체리를 넣은 콜라를 주문한다.

노마는 콧방귀를 뀐다.

"콜라요? 진짜요? 어린애도 아니고 왜 이러세요."

"내가 지금까지 흘린 술을 다 합하면 당신이 앞으로 죽을 때까지 마실 술보다 더 많을 거예요." 호지스가 말한다. "배비노의 속셈이 뭘까요?"

그녀는 어깨를 으쓱한다.

"모르겠어요. 하지만 방치된 인간을 상대로 생체 실험을 벌인 의사는 그 말고도 많아요. 터스키기 매독 실험이라고 들어봤어요? 미국 정부에서 흑인 400명을 모르모트처럼 이용한 실험이죠. 40년 동안 계속됐는데 내가 알기로 속수무책인 사람들을 향해 차로 돌진한 인간은 *그 가운데* 한 명도 없었어요." 그녀는 호지스를 보며 삐딱한 미소를 짓는다. "배비노를 조사하세요. 그를 궁지로 몰아넣는 거예요. 한번 도전해 보는 거 어때요?"

"내 관심 대상은 하츠필드인데 당신의 말에 따르면 배비노가 부수적인 피해자가 될 수도 있겠네요."

"그렇다면 만세인데."

그르타면으로 발음되는 그렇다면을 듣고 호지스는 이게 첫 잔이 아닌가 보다는 결론을 내린다. 이러니저러니 해도 그는 잔뼈가 굵은 형사다.

웨이트리스가 콜라를 가져오자 노마는 잔을 비우고 들어 보인다.

"한 잔 더 할게요. 이 신사분께서 사 주신다고 하니까 더블로." 웨이트리스가 그녀의 잔을 들고 간다. 노마는 다시 호지스를 바라본다. "물어볼 게 있다고 하셨죠? 제가 대답할 수 있는 상태일 때 얼른 물어보세요. 혀가 살짝 마비되기 시작했는데 조만간 더 심해질 테니까요."

"브래디 하츠필드의 방문객 명단에 어떤 사람들이 들어 있나요?"

노마는 미간을 찌푸린다.

"방문객 명단이라고요? 지금 장난하시는 거예요? 그런 명단이 있다고 누가 그래요?"

"죽은 루스 스캐펠리가 그러던데요. 베키의 대를 이어서 수간호사로 부임한 직후에. 그를 둘러싸고 오가는 소문을 물어다 주면 베키 때 시세 그대로 50달러를 주겠다고 했더니 내가 자기 신발에 오줌이라도 싼 것처럼 굴더라고요. 그러더니 이렇게 말했어요. '선생님은 심지어 방문객 명단에도 없는 분이잖아요.'"

"허."

"그리고 오늘은 배비노가……"

"지방검찰청 어쩌고 하는 헛소리를 했죠. 저도 옆에서 들었어요."

웨이트리스가 노마의 앞에 새 잔을 내려놓자 호지스는 그녀가 인정받지 못하는 직장 생활에서부터 애정 없는 서글픈 애정 생활에 이르기까지 온갖 듣기 싫은 하소연을 늘어놓기 전에 얼른 끝내는 편이 좋겠다는 생각을 한다. 간호사들은 술이 들어가면 다 털어놓는 습성이 있다. 그런 점에서 경찰들과 비슷하다.

"당신은 내가 맨 처음 깡통을 드나들기 시작했을 때부터 거기서 근무를 했는데……"

"훨씬 오래 전부터 근무했어요. 12년 됐거든요." 대꺼든요. 그녀는 잔을 들어서 건배하고 단숨에 반을 비운다. "그리고 이제 임시로나마 수간호사로 승진했죠. 책임은 두 배로 늘었지만 연봉은 분명 동결될 거예요."

"최근에 지방검찰청에서 나온 사람을 본 적 있어요?"

"아뇨. 처음에는 서류가방 군단이, 그 개자식이 재판을 받을 만한 상태라고 선포하고 싶어서 몸이 단 의사들을 애완동물처럼 대동하고서 출동했지만, 침을 흘리며 숟가락을 집으려고 애를 쓰는 그자를 보고 실망하면서 떠났죠. 그 뒤로 재확인차 몇 번 더 들이닥칠 때마다 인원수가 점점 줄더니 요즘은 코빼기도 안 보여요. 그들이 보기에 그는 완벽한 무뇌 인간이거든요. 그러니 사건 종료, 이야기 끝이죠."

"그러니까 신경 껐다는 거로군요?"

그러지 않을 이유가 없다. 뉴스거리가 없을 때 어쩌다 한 번씩 소환될 뿐 브래디 하츠필드를 향한 세간의 관심은 사그라들었다. 새로운 뉴스감은 언제든 존재하기 마련이다.

"아시잖아요." 머리칼 한 움큼이 눈앞으로 떨어지자 그녀는 불어서 치운다. "그동안 그를 만나러 왔을 때 제지당한 적 있어요?"

'없었지.' 호지스는 생각한다. '하지만 마지막으로 찾아간 게 1년 반 전이라.'

"만약 방문객 명단이라는 게 있다면……"

"있더라도 지방검사가 아니라 배비노가 만든 거겠죠. 지방검사에게 메르세데스 킬러는 아웃 오브 안중이에요. 코딱지만큼도 관심 없을걸요?"

"그래요?"

"그렇다니까요?"

"그런 명단이 있는지 알아봐 줄 수 있어요? 수간호사로 승진도 됐겠다."

그녀는 잠깐 고민한다.

"컴퓨터에 저장돼 있지는 않을 거예요. 그러면 누구든 쉽게 검색할 수 있으니까. 하지만 스캐펠리가 당직 데스크의 서랍 하나를 잠가 놓고 거기에 서류철을 몇 개 보관했거든요. 누가 건방지게 굴고 누가 사근사근하게 구는지 얼마나 철저하게 기록했다고요. 뭐라도 찾아내면 20달러의 값어치가 있을까요?"

"내일 중으로 연락하면 50달러 줄게요." 그녀가 오늘 나눈 대화를 내일 기억할 수 있을지 그것조차 알 수 없는 상황이다. "촌각을 다투는 문제라서요."

"그런 명단이 있다 한들 권력 과시용일 거예요. 배비노는 하츠필드를 독차지하는 걸 좋아하거든요."

"그래도 알아봐 줄 거죠?"

"그럼요. 서랍 열쇠를 어디다 숨겼는지 아는걸요. 아마 우리 층 간호사라면 거의 누구나 알걸요? 꼴통이 죽었다니 아직도 적응이 안 되네."

호지스는 고개를 끄덕인다.

"그는 물건을 움직일 수 있어요. 손을 대지 않고도."

노마는 호지스가 아닌 다른 데를 쳐다보고 있다. 술잔 바닥으로 테이블에 원을 그리고 있다. 올림픽 로고를 따라 그리려고 하는 것처럼 보인다.

"하츠필드 말이에요?"

"그럼 누구겠어요? 맞아요, 하츠필드. 그런 식으로 간호사들을 질겁하게 만들어요." 그녀는 고개를 든다. "취했으니까 제정신일 때는 절대 하지 않을 이야기를 할게요. 나는 배비노가 그를 죽였으면 좋겠어요. 독극물을 투여해서 병실 밖으로 뺑 내쫓았으면 좋겠어요. 무섭거든요." 그녀는 말을 멈추었다가 다시 잇는다. "모든 간호사들이 그를 무서워해요."

21

홀리는 토드 슈나이더의 비서가 사무실 문을 닫고 퇴근할 준비를 하려는 찰나, 그에게 연락한다. 비서는 슈나이더 씨가 내일 오전 8시

30분부터 9시까지 시간이 된다고 전한다. 그 이후로는 하루 종일 면담이 있다고 한다.

홀리는 전화를 끊고 손바닥만 한 화장실에서 세수를 하고 데오도란트를 다시 뿌리고 사무실 문을 잠그고 카이너 기념 병원으로 출발하지만 마침 퇴근 행렬로 길이 가장 막힐 때다. 병원에 도착하니 6시이고 해가 완전히 졌다. 안내데스크 직원이 컴퓨터로 조회하더니 바브라 로빈슨은 B병동 528호실에 입원했다고 알려 준다.

"중환자 병동인가요?" 홀리가 묻는다.

"아니에요."

"다행이네요."

홀리는 굽이 낮은 편안한 구두를 또각거리며 항해에 나선다.

5층에서 엘리베이터 문이 열리자 바브라의 부모가 엘리베이터를 타려고 기다리고 있다. 휴대 전화를 손에 쥐고 있던 타냐가 홀리를 보더니 유령 대하듯 한다. 짐 로빈슨은 무슨 이런 일이 다 있느냐고 한다.

홀리는 살짝 움츠러든다.

"왜요? 왜 그런 눈으로 나를 쳐다봐요? 무슨 문제 있어요?"

"아니에요." 타냐가 말한다. "지금 로비로 내려가서……"

엘리베이터 문이 닫히기 시작한다. 짐이 팔을 뻗자 문이 다시 열린다. 홀리는 엘리베이터에서 내린다.

"……당신한테 전화하려던 참이었거든요."

타냐는 벽에 붙은 표지판을 가리키며 말을 맺는다. 휴대 전화 위로 빨간 선이 그어진 표지판이다.

"나한테요? 왜요? 그냥 다리가 부러진 거 아니었어요? 다리가 부러진 것도 중상이기는 하지만, 물론 그렇지만……"

"아이는 정신도 또렷하고 멀쩡해요." 짐은 이렇게 말하지만 타냐와 서로 눈빛을 주고받는 걸 보면 석연치 않은 구석이 있다. "사실 상당히 깔끔하게 부러졌는데 뒤통수에 큼지막한 혹이 생겨서 만일의 경우에 대비해 하룻밤 입원 조치를 내린 거예요. 다리를 치료한 의사 말로는 아침이면 99퍼센트 퇴원할 수 있을 거라고 했어요."

"약물 검사도 했지 뭐예요." 타냐가 말한다. "음성으로 나왔어요. 놀라지는 않았지만 어찌나 안심이 되던지."

"그럼 뭐가 문젠데요?"

"모두 다요." 타냐가 딱 잘라서 말한다. 마지막으로 만났을 때보다 10살은 나이 들어 보인다. "이번 주는 힐다 카버의 엄마 차례라서 그 엄마가 바브하고 힐다를 학교까지 태우고 갔는데 그때까지만 해도 멀쩡했대요. 평소보다 말수가 좀 없긴 했지만 그것 말고는 멀쩡했대요. 그런데 바브라가 힐다한테 화장실에 다녀와야겠다고 하더니 그 길로 사라진 거예요. 힐다 말로는 바브가 체육관 옆문으로 빠져나간 것 같대요. 아이들끼리도 그 문을 개구멍이라고 한대요."

"바브라는 뭐라고 하는데요?"

"우리한테는 *아무* 말도 하지 않으려고 해요." 그녀의 목소리가 떨리자 짐이 한 팔로 감싸 안는다. "그런데 홀리한테는 얘기하겠대요. 그래서 연락하려고 했던 거예요. 바브 말로는 자기를 이해할 수 있는 사람이 홀리밖에 없을 거래요."

22

홀리는 맨 끝에 있는 528호실까지 천천히 복도를 걷는다. 고개를 숙이고 골똘히 생각하느라 나달나달한 책과 화면 밑에 카이너 병원 소유라고 적힌 테이프가 붙은 킨들이 실린 카트를 밀고 오던 사람과 하마터면 부딪칠 뻔한다.

"죄송해요." 홀리가 말한다. "제가 앞을 안 보고 걸었네요."

"괜찮아요."

도서관 앨은 이렇게 말하고 가던 길을 간다. 그가 중간에 걸음을 멈추고 돌아보지만 그녀는 알아차리지 못한다. 앞으로 나눌 대화에 대비해서 용기를 그러모으는 중이다. 보나마나 감정이 북받치는 상황이 벌어질 텐데 그런 상황에 놓일 때마다 그녀는 겁이 난다. 바브라를 사랑해서 그나마 다행이다.

게다가 궁금한 마음도 있다.

그녀는 살짝 열려 있는 문을 두드리고 아무 대답이 없자 고개를 들이민다.

"바브라? 홀리야. 들어가도 되니?"

바브라는 힘없이 미소를 지으며 읽고 있던 『모킹제이』를 내려놓는다. 홀리는 카트를 밀고 다니던 남자한테서 빌린 책인가 보다고 생각한다. 그녀는 환자복 대신 분홍색 잠옷을 입고, 일으켜 세운 침대에 누워 있다. 타냐가 잠옷과 곁 테이블에 놓인 싱크패드를 챙겨 온 모양이다. 분홍색 잠옷 덕분에 바브라가 조금 생기발랄해 보이지만 여전히 멍한 표정이다. 머리에 붕대를 감지 않은 걸 보면 혹이 그렇게 심하지는 않았다는 뜻이다. 홀리는 병원에서 바브라를 하룻밤 입원시킨 또 다른 이유가 있는지 궁금해진다. 그녀가 생각할 수 있는 이유는 딱 한 가지인데 말도 안 되는 발상이라고 믿고 싶지만 그렇게 되질 않는다.

"홀리! 어떻게 이렇게 금세 왔어요?"

"널 보러 오던 길이었어." 홀리는 들어가서 등 뒤로 문을 닫는다. "친구가 입원하면 당연히 병문안을 가야 하는데 우리는 친구잖아. 엘리베이터 앞에서 너희 부모님 만났어. 네가 나랑 얘기하고 싶어 했다고 그러시던데."

"맞아요."

"내가 어떤 식으로 도와주면 좋을까, 바브라?"

"그게…… 제가 뭐 하나 물어봐도 돼요? 아주 개인적인 질문이기는 한데."

"좋아."

홀리는 침대 옆 의자에 앉는다. 의자에 전기라도 흐르는 것처럼 조심스럽게 앉는다.

"아줌마가 힘든 시간을 보냈었다는 거 알아요. 예전에 말이에요. 빌 아저씨랑 같이 일하기 전에."

"맞아." 홀리가 말한다. 천장에 달린 전등은 말고 곁 테이블의 스탠드만 켜져 있다. 스탠드의 은은한 불빛이 그들을 감싸며 그들만의 공간을 만들어 주고 있다. "아주 힘든 시간을 보냈지."

"자살하려고 해 본 적 있어요?" 바브라는 조그맣게 초조한 웃음을 터뜨린다. "제가 개인적인 질문이라고 했잖아요."

"두 번." 홀리는 망설임 없이 대답한다. 마음속이 놀라우리만치 차분하다. "맨 처음 그랬을 때는 너만 한 나이였어. 학교 친구들이 못되게 굴고 못된 말을 퍼붓는데 감당할 수가 없었거든. 그런데 별로 진심은 아니었어. 아스피린이랑 코 막힐 때 먹는 약을 한 움큼 삼키고 그만이었지."

"두 번째에는 진심이었어요?"

어려운 질문이라 홀리는 곰곰이 생각해 본다.

"그렇기도 하고 아니기도 했어. 직장 상사하고의 사이에서 문제가 생긴 다음이었는데. 요즘은 그런 걸 성추행이라고 하지만 그 당시에는 따로 부르는 이름 같은 것도 없었어. 나는 20대였고. 좀 더 센 약을 먹었지만 그 정도로는 부족하다는 걸 어느 정도는 알고 있었어. 내가 그 당시에 아주 위태롭기는 했지만 그래도 바보는 아니었고, 바보가 아닌 나는 살고 싶어 했거든. 마틴 스콜세지가 앞으로 영화를 몇 편 더 만들 텐데 그걸 보고 싶은 생각도 있었고. 마틴 스콜세지는 지금 살아 있는 감독들 중에서 최고야. 꼭 장편소설 같은 영화를 만들어. 대부분의 영화들은 단편소설 같은데."

"직장 상사가 아줌마를 공격했어요?"

"그 얘긴 하고 싶지 않고 중요한 문제도 아니야." 홀리는 고개도 들고 싶지 않지만 상대는 바브라는 사실을 상기하며 억지로 고개를 든다. 바브라는 그녀의 온갖 특이한 면모에도 불구하고 그녀를 친구로 대해 주었다. 그런 바브라에게 지금 문제가 생긴 것이다. "이유는 절대 중요하지 않아. 왜냐하면 자살은 모든 인간의 본능에 위배되는 정신 나간 짓이거든."

'어떤 상황에서는 예외겠지.' 그녀는 생각한다. '어떤 *구제불능의* 상황에서는. 하지만 빌은 구제불능이 아니야.'

'내가 그렇게 내버려 두지 않을 거야.'

"무슨 말인지 알겠어요." 바브라는 이렇게 말하고 베개 위에서 고개를 좌우로 젓는다. 뺨에 남은 눈물자국이 스탠드 불빛을 받고 반짝인다. "알겠어요."

"그래서 로타운에 갔던 거니? 자살하려고?"

바브라는 눈을 감지만 속눈썹 사이로 눈물이 흘러내린다.

"그건 아닌 것 같아요. 적어도 처음에는요. 그 목소리가 거기로 가라고 해서 갔던 거예요. 친구 목소리가요." 그녀는 말을 멈추고 생각에 잠긴다. "그런데 생각해 보면 그는 내 친구가 아니었어요. 친구라면 나더러 자살하라고 할 리 없잖아요, 안 그래요?"

홀리는 바브라의 손을 잡는다. 대개는 신체 접촉이 힘겹게 느껴지지만 오늘 저녁에는 아니다. 두 사람만의 비밀 공간 속에 있는 것처럼 느껴져서 그런 것일 수도 있겠다. 아니면 상대가 바브라이기 때문에 그런 것일 수도 있겠다. 어쩌면 둘 다일 수도 있겠다.

"무슨 친구 말이야?"

"물고기들이랑 같이 등장하는 친구요. 게임기 속에 있는 친구요."

23

앨은 도서관 카트를 밀고 병원 로비를 통과해서(홀리를 기다리는 로빈슨 부부의 앞을 지나간다.) 다른 쪽 엘리베이터를 타고 본관과 외상성 뇌손상 병동을 연결하는 고가통로로 올라간다. 당직 데스크를 지키고 있는 레이니어 간호사에게 인사를 건네자 고참인 그녀는 시선을 컴퓨터 화면에 고정한 채 인사를 건넨다. 카트를 밀고 복도를 지날 때도 앨이지만 카트를 문 앞에 두고 217호실로 들어가자 앨 브룩스는 사라지고 Z보이가 대신 등장한다.

브래디는 재핏을 무릎 위에 올려놓고 의자에 앉아 있다. 화면에서 시선을 떼지 않는다. Z보이는 헐렁한 회색 윗도리 왼쪽 주머니에서 재핏을 꺼내 전원을 켠다. 피싱 홀 아이콘을 건드리자 물고기들이 초보자용 화면 속에서 헤엄치기 시작한다. 빨간색 물고기, 노란색 물고기, 금색 물고기, 가끔 쏜살같이 움직이는 분홍색 물고기가 등장한다. 뚱땅뚱땅 배경음악이 흘러나온다. 어쩌다 한 번씩 환한 불빛이 터지면 그의 뺨이 물들고 그의 눈이 파란 진공으로 바뀐다.

그들은 거의 5분 동안 계속 그렇게 한 명은 서고 한 명은 앉아서 헤엄치는 물고기들을 뚫어져라 쳐다보고 뚱땅거리는 멜로디를 듣는다. 병실 창문에 드리워진 블라인드가 쉴 새 없이 덜거덕거린다. 침대보가 풀썩 내려갔다가 다시 올라간다. Z보이가 알겠다는 듯이 한두 번 고개를 끄덕인다. 잠시 후에 브래디의 손에서 힘이 풀리면서 게임기를 놓는다. 그의 쇠약한 다리를 타고 내려간 게임기는 두 다리 사이로 들어가서 덜커덕 바닥 위로 떨어진다. 그의 입이 벌어진다. 눈꺼풀이 반쯤 감긴다. 체크무늬 셔츠 안에서 오르락내리락하던 가슴의 움직임이 미미해진다.

Z보이가 어깨를 편다. 살짝 몸서리를 치고 재핏을 꺼서 원래 있었

던 주머니에 다시 넣는다. 오른쪽 주머니에서 아이폰을 꺼낸다. 컴퓨터 지식이 상당한 전문가가 거기에 최첨단 보안 장치를 설치해 놓았는데 내장 GPS가 꺼져 있다. 연락처 폴더에 이름은 없고 이니셜 몇 개뿐이다. Z보이는 FL을 누른다.

전화벨이 두 번 울리고 FL이 어설픈 러시아 말투로 전화를 받는다.

"지피티 거시기 요원이다, 동무. 명령을 기다리고 있다."

"허접한 농담이나 하라고 돈을 받는 건 아닐 텐데?"

정적이 흐른다. 그러고 나서.

"오케이. 농담은 자제하도록 하지."

"예정대로 진행한다."

"내가 잔금을 받아야 진행하는 거지."

"오늘 밤에 받을 수 있을 테니까 당장 작업에 착수해라."

"알았다." FL 말한다. "다음번에는 좀 더 어려운 일을 맡겨 주었으면 한다."

'다음 기회는 없을 텐데.' Z보이는 생각한다.

"이번 일이나 망치지 말도록."

"그럴 일은 없을 거다. 하지만 돈다발을 확인한 뒤에 시작한다."

"확인시켜 주겠다."

Z보이는 전화를 끊고 전화기를 주머니에 넣은 다음 브래디의 병실을 나선다. 다시 당직 데스크 앞을 지나는데 레이니어 간호사는 여전히 컴퓨터 화면에 푹 빠져 있다. 그는 카트를 간식 자동판매기 앞에 두고 고가 통로를 건넌다. 훨씬 젊은 사람의 분위기를 풍기며 발에 스프링이 달린 것처럼 걷는다.

한두 시간 뒤에 레이니어 아니면 다른 간호사가 의자에 구부정하게 앉아 있거나 재킷을 깔고 바닥에 대자로 뻗은 브래디 하츠필드를 발견할 것이다. 그래도 별로 걱정하지 않을 것이다. 그는 예전에도 수없이 의식을 완전히 잃은 적이 있었는데 매번 되돌아왔다.

배비노 박사는 재시동의 일환이라고, 의식을 되찾을 때마다 하츠필드가 조금씩 나아진다고 한다. "우리 친구가 점점 좋아지고 있어." 배비노는 이렇게 말한다. "보면 안 믿길지 몰라도 정말로 점점 괜찮아지고 있어."

'알지도 못하면서 하는 말이지.' 도서관 앨의 육신에 들어앉은 영혼은 이렇게 생각한다. '알지도 못하면서 열라 씨부렁대는 거지. 하지만 이제 슬슬 알아차리기 시작했지, B 박사? 안 그래?'

'끝까지 모르는 것보다 늦게라도 알아차리는 게 낫잖아.'

24

"길거리에서 나한테 소리를 질렀던 남자는 틀렸어요." 바브라가 말한다. "그 목소리가 그 남자의 말을 믿으라고 해서 믿었지만 틀렸어요."

홀리는 게임기 속의 목소리에 대해 알아내고 싶지만 바브라가 그 부분에 대해서는 아직 이야기할 준비가 되지 않았을 수 있다. 그래서 그 남자는 누구이고 뭐라고 소리를 질렀느냐고 묻는다.

"나더러 가짜라고 했어요. 그 TV 프로그램 제목처럼. 그 프로그램은 재미있지만 길거리에서는 욕으로 쓰이잖아요. 그건……"

"나도 그 프로그램 알아. 몇몇 사람들이 그 말을 어떤 식으로 쓰는 지도 알고."

"하지만 나는 가짜 아니에요. 피부가 까만 사람은 누구든 가짜 흑인이 될 수 없어요. 티베리 레인 같은 근사한 동네의 근사한 집에서 살아도요. 우리는 모두 항상 흑인이에요. 학교에서 아이들이 어떤 눈으로 나를 쳐다보고 뭐라고 수군대는지 내가 모를 줄 알아요?"

"당연히 알겠지."

과거에 똑같은 상황을 숱하게 겪은 바 있는 홀리는 그렇게 말한다. 고등학생 때 그녀의 별명은 옹알옹알이였다.

"선생님들은 양성평등과 인종평등을 운운하죠. 그걸 어기면 엄중처벌이 원칙이고 다들 진심이에요. 적어도 대부분의 선생님들이 그래요. 하지만 교실을 이동하는 동안 아무라도 복도를 걸어가면서 흑인, 중국에서 온 교환학생, 무슬림 여학생들을 골라낼 수 있어요. 스물 몇 명밖에 안 돼서 소금통에 잘못 섞여 들어간 후추알 비슷하거든요."

그녀는 격분한 한편 지친 목소리로 점점 열을 낸다.

"이런저런 파티에 초대되기는 했지만 초대를 못 받은 파티도 많고 데이트 신청은 딱 두 번밖에 못 받았어요. 그중 한 명은 백인이었는데 같이 영화를 보러 가니까 다들 우리를 쳐다봤고 어떤 사람은 우리 뒤통수에 대고 팝콘을 던지더라고요. AMC 12 극장에서는 불이 꺼지는 순간 인종평등도 중단되나 봐요. 한번은 축구 시합에 나갔을 때 이런 적이 있었어요. 내가 사이드라인을 따라 공을 드리블해서 완벽한 기회가 생기니까 골프 셔츠를 입은 어떤 백인 아빠가 '저 깜둥이를 막아!' 이러는 거예요. 나는 못 들은 척했어요. 그 남자의 딸은 히죽히죽 웃었고요. 아빠가 보는 앞에서 걔를 때려눕히고 싶었지만 참았어요. 또 한번은 1학년 때 점심시간에 관중석에 영어책을 두고 간 적이 있었는데 나중에 찾으러 가 보니까 누가 그 안에 *벅휘트* (가난한 동네에서 벌어지는 일들을 그려서 1920년대부터 1940년대까지 인기를 모았던 코미디 시리즈 「아워 갱」에 등장한 흑인 남자아이 별명이다. 「아워 갱」은 미국 영화 역사상 백인과 흑인을 처음으로 동등하게 묘사한 작품으로 꼽힌다 ─ 옮긴이) *여자친구*라고 적은 쪽지를 넣어 놨더라고요. 그때도 참았어요. 며칠, 가끔은 몇 주 동안 아무 일 없다가도 참아야 하는 일이 생겨요. 엄마, 아빠도 그렇다는 거 알아요. 하버드에 간 제롬 오빠는 다를지 모르지만, 오빠도 가끔은 그렇게 참아야 하는 일이 있을 거예요."

홀리는 그녀의 손을 꼭 잡기만 할 뿐 아무 말도 하지 않는다.

"나는 *가짜*가 아닌데 그 목소리는 나더러 맞는다고 했어요. 폭력적인 아빠와 약물중독자인 엄마와 함께 다세대 주택에서 살지 않는다고. 콜라드 그린스를 먹어 본 적도 없고 그게 뭔지도 모른다고. 포크찹이라고 하지 않고 폭찹이라고 한다고. 로타운 사람들은 가난하게 사는데 우리는 티베리 레인에서 잘 먹고 잘산다고. 나는 직불카드도 있고 좋은 학교에 다니고 오빠는 하버드에 다니지만…… 하지만 그렇잖아요, 홀리 아줌마…… 이건 내가……"

"그건 네가 선택한 게 아니지. 너는 지금 그 자리에서 지금의 너로 태어났을 뿐이야. 나처럼. 사실상 다른 모든 사람들처럼. 그리고 열여섯 살에 맘대로 바꿀 수 있는 게 옷차림밖에 더 있겠니."

"맞아요! 부끄럽게 생각하면 안 된다는 걸 저도 아는데 그 목소리를 듣고 있으면 부끄러워졌어요. 내가 쓸모없는 기생충인 것 같은 기분이 들었고 *아직까지 그런 기분이 남아 있어요*. 내 머릿속에 끈적끈적한 자국이 남기라도 한 것처럼. 지금까지 로타운에 한 번도 가 본 적이 없었는데 정말 *끔찍한* 동네였고 그 동네 사람들이랑 비교하면 나는 가짜가 맞아요. 그 목소리가 절대 없어지지 않을 것 같아서, 내 인생이 *망가진* 것 같아서 겁이 나요."

"목 졸라서 죽여야 해."

홀리가 건조하고 무심한 투로 딱 잘라 말한다.

바브라는 놀란 얼굴로 그녀를 쳐다본다.

홀리는 고개를 끄덕인다.

"응. 죽을 때까지 그 목소리의 목을 졸라야 해. 첫 번째로 해야 할 일이 그거야. 네가 너를 돌보지 않으면 좋아질 수 없어. 네가 좋아지지 않으면 그 어떤 것도 좋아지게 만들 수 없고."

"로타운은 있지도 않은 동네인 것처럼 그냥 학교로 돌아가지 못하겠어요. 살고 싶으면 뭔가 해야겠어요. 나이에 상관없이 뭔가 해야겠어요."

"자원 봉사 활동 같은 걸 생각하는 거니?"

"내가 생각하는 게 *뭔지* 나도 모르겠어요. 나 같은 어린애가 어떤 일을 할 수 있을지도 모르겠고요. 하지만 알아낼 거예요. 그걸 알아내기 위해서 그 동네에 다시 가겠다고 하면 엄마, 아빠는 싫어하시겠죠. 아줌마가 엄마, 아빠를 설득해 주세요. 어려운 일이라는 거 알

지만 제발요. 그 목소리를 잠재워야 한다고 엄마, 아빠한테 말씀드
려 주세요. 지금 당장 그걸 목 졸라 죽이지는 못하더라도 최소한 입
다물고 있게 만들 수는 있잖아요."

"알았어." 홀리는 두려움이 앞서지만 이렇게 얘기한다. "내가 말
씀드려 볼게." 좋은 수가 떠오르자 그녀의 표정이 달라진다. "트럭
이랑 정면충돌하지 않게 너를 옆으로 밀친 남학생이랑 얘기해 보면
되겠다."

"연락할 방법을 모르는데요."

"빌이 도와줄 거야. 이제 아까 그 게임기 얘기 좀 들어 보자."

"부서졌어요. 트럭이 치고 지나가서. 산산조각 난 걸 두 눈으로 확
인했는데 다행이에요. 눈을 감을 때마다 그 물고기들, 그중에서도
특히 분홍색 물고기가 보이고 노래가 들려요."

그녀는 콧노래로 흥얼거리지만 홀리는 들어본 적 없는 멜로디다.

간호사가 약품이 든 카트를 밀며 들어온다. 바브라에게 통증이 어
느 정도냐고 묻는다. 홀리는 그것부터 맨 먼저 물어보지 않은 게 부
끄러워진다. 어떻게 보면 그녀는 아주 못됐고 생각이 없는 사람이다.

"모르겠어요." 바브라가 말한다. "한 5 정도?"

간호사는 플라스틱 약 상자를 열고 바브라에게 조그만 종이컵을
건넨다. 약 상자 안에 흰색 알약이 두 개 들어 있다.

"5에 맞춤 처방된 약이야. 이걸 먹으면 죽은 듯이 잘 수 있어. 내
가 들어와서 동공을 확인할 때까지."

바브라는 약을 삼키고 물을 한 모금 마신다. 간호사는 홀리에게
'우리 아가씨'가 쉴 수 있게 얼른 나가 달라고 한다.

"금방 갈게요." 홀리는 이렇게 말하고, 간호사가 나가자 열띤 표정으로 눈을 반짝이며 몸을 앞으로 숙인다. "그 게임기 말이야. 어떤 경로로 네 손에 들어왔니?"

"어떤 남자가 줬어요. 힐더 카버랑 같이 버치 스트리트 몰에 갔을 때요."

"언제?"

"크리스마스 전이었는데 한참 전은 아니었어요. 오빠한테 줄 선물을 찾지 못해서 슬슬 걱정이 되기 시작했기 때문에 기억해요. 바나나 리퍼블릭에 괜찮은 스포츠 코트가 있었는데 너무 비쌌고 게다가 오빠는 5월까지 집을 지을 텐데 그 일을 하는 동안 스포츠 코트가 별로 필요 없지 않겠어요?"

"그렇겠지."

"아무튼 힐다랑 같이 점심을 먹고 있는데 어떤 남자가 다가왔어요. 모르는 사람이랑 말을 섞으면 안 되지만 우리가 어린애도 아니고 사람들로 북적거리는 푸드 코트였거든요. 게다가 괜찮은 사람 같아 보였고요."

'최악의 인간들이 대개 그렇지.' 홀리는 생각한다.

"어마무지하게 비싼 양복에 서류가방을 들고 있었어요. 자기 이름은 마이런 제이컴이고 선라이즈 솔루션스라는 회사 직원이라면서 명함을 줬어요. 서류가방 가득 재핏이 들어 있었는데 몇 개 보여 주면서 설문지를 작성해서 보내 주기만 하면 하나씩 가져도 된다고 했어요. 주소는 설문지에 적혀 있었어요. 명함에도 적혀 있었고요."

"주소를 혹시 기억하니?"

"아뇨. 명함도 버렸어요. 게다가 그냥 사서함 번호였고요."

"뉴욕이었니?"

바브라는 기억을 더듬는다.

"아뇨. 여기였어요."

"그래서 재핏을 받았구나."

"네. 엄마한테는 비밀로 했어요. 그 남자랑 말을 섞었다고 엄청 잔소리를 늘어놓으실 테니까. 설문지도 작성해서 발송했어요. 힐다는 안 했어요. 걔가 받은 재핏은 고장 났거든요. 파란 불빛을 한 번 번쩍이더니 그길로 먹통이 돼서 버렸어요. 걔가 공짜로 받은 게 어련하겠느냐고 했던 게 기억나요." 바브라는 피식 웃는다. "말투가 꼭 자기 엄마 같았어요."

"하지만 네 건 멀쩡했지."

"네. 구식이었지만…… 어이없게 재미있었어요. 처음에는요. 내 것도 고장 났으면 좋았을 텐데. 그럼 그 목소리를 몰랐을 텐데." 그녀는 눈을 감았다가 천천히 다시 뜬다. 그러고는 미소를 짓는다. "우와! 둥둥 떠다니는 기분이에요."

"아직 잠들면 안 돼. 그 남자 생김새를 설명할 수 있겠니?"

"머리가 하얀 백인이었어요. 나이가 많았고요."

"아주 많았어, 아니면 조금 많았어?"

바브라의 눈이 점점 초점을 잃어 간다.

"아빠보다는 많고 할아버지보다는 적었어요."

"예순? 예순다섯?"

"네, 아마도요. 빌 아저씨랑 나이가 비슷해 보였어요." 그녀가 갑

자기 눈을 번쩍 뜬다. "아, 맞다. 생각난 게 하나 있어요. 좀 이상하다 싶은 게 있었거든요. 힐다도 이상하다고 했고요."

"뭔데?"

"그 남자가 자기 이름은 마이런 제이컴이라고 했고 명함에도 그렇게 적혀 있었는데 서류가방에 찍힌 이니셜은 달랐어요."

"뭐라고 찍혀 있었는지 기억나니?"

"아뇨…… 죄송해요……." 그녀는 점점 잠 속으로 빠져든다.

"나중에 일어나면 그것부터 생각해 봐 줄래, 바브? 자고 일어나면 정신이 맑을 텐데 중요한 문제일 수 있거든."

"알았어요……."

"힐다가 자기 걸 버리지 않았으면 좋았을 텐데."

홀리는 중얼거린다. 바브라는 아무 대꾸가 없고, 그녀도 대꾸를 바라고 한 말이 아니었다. 그녀는 습관적으로 혼잣말을 중얼거린다. 바브라의 숨소리가 점점 깊고 느려진다. 홀리는 외투 단추를 채우기 시작한다.

"다이나한테 있어요." 바브라가 꿈을 꾸는 듯 몽롱한 목소리로 말한다. "걔 건 고장 나지 않았어요. 그걸로 크로시 로드랑…… 플랜트 대 좀비도 하고…… 『다이버전트』 3부작도 다운받았는데 뒤죽박죽으로 다운이 됐대요."

홀리는 단추를 채우다 말고 멈춘다. 그녀도 다이나 스코트를 안다. 로빈슨 가족의 집에서 여러 번 본 적이 있다. 보드게임을 하고 텔레비전을 보고 종종 저녁도 먹고 가고, 바브라의 모든 친구들이 그렇듯 제롬을 보며 침을 흘리던 아이다.

"다이나도 그 남자한테 받은 거니?"

바브라는 아무 대답이 없다. 다그치고 싶지는 않지만 어쩔 수 없기에 홀리는 입술을 깨물며 바브라의 어깨를 잡고 흔들고는 다시 묻는다.

"아뇨." 바브라는 좀 전처럼 몽롱한 목소리로 대답한다. "어느 사이트에서 받았어요."

"어느 사이트에서?"

바브라는 코 고는 소리로 대답을 대신한다. 완전히 잠이 든 것이다.

25

홀리는 로빈슨 부부가 로비에서 그녀를 기다리고 있다는 걸 알기에 잽싸게 기념품 가게로 들어가 진열된 곰 인형 뒤에 숨어서(그녀로 말할 것 같으면 숨는 데 도가 튼 사람이다.) 빌에게 전화를 건다. 바브라의 친구 다이나 스코트를 아느냐고 묻는다.

"당연하죠." 그가 말한다. "바브라의 친구라면 대부분 아는걸. 집에 놀러오는 친구들이라면. 당신도 그렇잖아요."

"가서 만나요."

"오늘 밤에?"

"지금 당장요. 그 친구한테 재핏이 있대요." 홀리는 숨을 크게 들이쉰다. "위험한 기기예요."

차마 입 밖으로 낼 수는 없지만 분명하다. 그건 자살 기계다.

26

217호실에서는 잡역부 놈 리처드와 켈리 펠햄이 매비스 레이니어의 감독 아래 브래디를 들어서 침대로 옮긴다. 놈이 바닥에 떨어진 재핏 게임기를 집어서 화면 속에서 헤엄치는 물고기들을 빤히 쳐다본다.

"이 녀석은 왜 다른 무뇌 인간들처럼 폐렴에 걸려서 죽지 않는 걸까요?" 켈리가 묻는다.

"성질이 너무 더러워서 그렇죠, 뭐."

매비스가 이렇게 말해 놓고 보니 놈이 헤엄치는 물고기들을 빤히 쳐다보고 있다. 눈을 휘둥그레 뜨고 입을 떡 하니 벌리고 있다.

"정신 차리세요." 그녀는 게임기를 낚아채서 전원을 끄고 브래디의 옆 테이블 맨 위 서랍에 넣는다. "오늘 하루 동안 갈 길이 멀다고요."

"엥?"

노마는 재핏이 쥐어져 있을 거라고 생각하는 사람처럼 자기 손을 내려다본다.

켈리는 레이니어 간호사에게 하츠필드의 혈압을 재 보겠느냐고 한다.

"산소가 살짝 부족한 것 같아 보여서요." 그가 말한다.

매비스는 잠깐 고민한다.

"젠장, 됐다 그래요."

그들은 밖으로 나간다.

27

이 도시의 부유한 동네로 꼽히는 슈거 하이츠에서 군데군데 프라이머를 뿌린 구닥다리 셰비 말리부가 라일락 드라이브의 어느 닫힌 대문을 향해 슬금슬금 다가간다. 철문에 바브라 로빈슨이 기억하지 못한 FB라는 이니셜이 멋들어지게 붙어 있다. Z보이는 낡은 파카(등판과 왼쪽 소매의 찢어진 부분을 마스킹테이프로 저렴하게 때웠다.)를 펄럭이며 운전석에서 내린다. 그가 키패드에 암호를 제대로 입력하자 문이 열린다. 그는 다시 차에 올라타고 운전석 밑에서 두 가지 물품을 꺼낸다. 하나는 주둥이 부분을 자른 플라스틱 탄산음료 병이다. 안에 쇠 수세미를 가득 넣었다. 다른 하나는 32구경 권총이다. Z보이는 권총 총구에 사제 소음기(이것 역시 브래디 하츠필드의 발명품이다.)를 끼우고 권총을 잡은 손을 무릎에 올려놓는다. 다른 손으로는 말리부를 운전해 구불구불하고 잘 닦인 집 앞 진입로를 올라간다.

앞에서는 현관에 달린 센서등이 켜진다.

뒤에서는 철문이 조용히 닫힌다.

도서관 앨

브래디는 그가 육체적인 측면에서는 끝장난 거나 다름없다는 사실을 금세 깨달았다. 무지하게 태어났을지언정 그 상태로 머물러 있지 않은 덕분이었다.

물리치료를 받기는 했지만(배비노 박사의 결정이었고 브래디는 왈가왈부할 입장이 못 됐다.) 물리치료로 거둘 수 있는 성과에는 한계가 있었다. 결국에는 일부 환자들이 고문의 길이라고 부르는 복도를 어기적어기적 10미터쯤 걸을 수 있게 되었지만, 그것도 나치 스타일로 재활센터를 관리하는 어슐러 하버라는 남자 같은 레즈비언의 부축을 받아야만 가능한 이야기였다.

"한 걸음만 더요, 하츠필드 씨."

이 말에 그가 간신히 한 걸음 더 걸으면 그 나쁜 년은 그 뒤로도 계속 한 걸음 더, 한 걸음 더를 반복했다. 브래디는 땀으로 흠뻑 젖은 몸을 부들부들 떨며 휠체어로 털썩 주저앉을 때마다 기름에 흠뻑 적신 걸레를 하버의 거기에 쑤셔 넣고 불을 지르는 상상을 했다.

"잘했어요!" 그녀는 큰 소리로 이렇게 외치곤 했다. "잘했어요, 하츠필드 씨!"

그가 *고마워요* 하고 아주 살짝 비슷하다고 볼 수 있는 단어를 우물거리면 그녀는 옆에 있는 아무라도 쳐다보며 득의양양한 미소를 지었다. 이것 봐요! 내가 키우는 원숭이가 말을 할 줄 알아요!

그는 말을 할 줄 알았고(그들이 아는 것보다 더 많은 단어를 더 또렷하게) 고문의 길을 10미터도 걸을 수 있었다. 컨디션이 좋은 날에는 커스터드를 별로 흘리지 않고 먹을 수도 있었다. 하지만 옷을 갈아입거나 신발 끈을 묶거나 똥을 싼 다음에 뒤를 닦지는 못했고 심지어 텔레비전을 보고 싶어도 (좋았던 그 시절의 1번 발명품과 2번 발명품을 생각나게 하는) 리모컨을 쓸 수가 없었다. 리모컨을 집을 수는 있어도 조그만 버튼을 조작하기에는 운동 제어 능력이 달렸다. 가까스로 전원 버튼을 누르더라도 신호 검색 중이라는 메시지가 뜬 텅 빈 화면만 빤히 쳐다보고 있어야 했다. 화가 나서 미칠 것 같았지만(2012년 초반에는 모든 것에 화가 났다.) 그는 티를 내지 않도록 조심했다. 화난 사람들은 화가 난 이유가 있기 마련인데 무뇌 인간들은 뭐에든 이유가 있으면 안 되기 때문이었다.

가끔 지방검찰청 소속 변호사들이 찾아올 때도 있었다. 배비노는 그들이 들락거리면 치료가 지연돼서 장기적으로 도움이 안 된다며 반발했지만 아무 소용없었다.

가끔 경찰이 지방검찰청 소속 변호사를 대동하고 찾아올 때도 있었고, 한번은 경찰 혼자 찾아온 적도 있었다. 머리를 짧게 치고 서글서글한 개 같은 뚱땡이였다. 브래디가 의자에 앉아 있었기에 개 같은 뚱땡이는 브래디의 침대에 앉았다. 그는 자기 조카도 라운드 히어 콘서트장에 갔었다고 말했다. "이제 열세 살인데 그 밴드라면 환장하거든." 그는 빙그레 웃으며 이렇게 말했고, 그 표정 그대로 산만한 배 위로 허리를 숙여서 브래디의 불알을 발로 걷어찼다.

"내 조카가 보낸 선물이야." 개 같은 뚱땡이는 이렇게 말했다. "충격이 느껴졌나? 그랬으면 좋겠는데."

브래디는 충격을 느꼈지만 개 같은 뚱땡이가 바란 만큼은 아니었다. 허리에서부터 무릎까지는 모든 게 몽롱해져 버렸기 때문이었다. 그 부분을 관장하는 뇌 속 회로가 타 버린 모양이었다. 평소 같으면 그것이 유감스러운 소식이었을 테지만 가보에 감행된 라이트훅을 감당해야 할 때는 다행스러운 소식이었다. 그는 멍한 표정으로 가만히 앉아 있었다. 턱으로 침도 살짝 흘렸다. 하지만 개 같은 뚱땡이의 이름을 기억했다. 모레티. 그 이름을 명단에 추가했다.

브래디에게는 긴 명단이 있었다.

그는 전적으로 우연한 기회에 새디 맥도널드의 머릿속으로 맨 처음 여행을 다녀온 덕분에 미미하게나마 그녀에 대한 영향력을 유지할 수 있었다.(멍청한 잡역부는 그보다 더 자유자재로 주무를 수 있었지만 그의 머릿속은 들락거려 봐야 로타운으로 휴가를 떠나는 거나 다름없었다.) 브래디는 맨 처음 발작을 일으켰던 창가 쪽으로 다가가도록 그녀를 유도하는 데 몇 번 성공했다. 그녀는 대개 창밖을 흘끗 내다보고는 하던 일을 계속해서 그를 좌절하게 만들었지만 2012년 6월의 어느 날에 또다시 가벼운 발작을 일으켰다. 브래디가 또다시 그녀의 눈을 통해 창밖을 내다보게 된 것인데 이번에는 조수석에 앉아서 경치를 감상하는 것으로 만족할 수 없었다. 이번에는 직접 운전을 하고 싶었다.

새디가 손을 올려서 젖가슴을 쓰다듬었다. 젖가슴을 꼭 쥐었다. 브래디는 새디의 다리 사이에서 나지막이 찌릿한 느낌이 시작되는 것을 느낄 수 있었다. 그가 그녀를 살짝 흥분시킨 것이었다. 재미있기는 했지만 쓸모는 전혀 없었다.

그는 그녀를 돌려세워서 병실 밖으로 걸어 나가게 만들까 생각했다. 복도를 지나 식수대에서 물을 한 잔 떠오게. 그의 살아 있는 휠체어로 만드는 것이다. 하지만 누가 말을 걸면 어쩐다? 그러면 뭐라고 대답해야 할까? 반짝이는 햇빛에서 멀어지자마자 새디가 정신을 차리고 하츠필드가 자기 안으로 들어왔다고 비명을 지르면 어쩐다? 사람들은 그녀가 실성했나 보다고 생각할 것이다. 병가를 보낼지 모른다. 그러면 브래디는 그녀에게 접근할 방법이 없어질 것이다.

그는 대신 그녀의 머릿속으로 더욱 깊숙이 파고들어서 이리 번쩍, 저리 번쩍하는 생각의 물고기들을 구경했다. 전보다 더 선명하게 보였지만 대부분 시시하기 짝이 없었다.

하지만 딱 한 마리…… 빨간색 물고기는…….

그가 빨간색 물고기를 생각하자마자 물고기가 시야에 들어왔다. 그녀가 그 생각을 하도록 조종했기 때문이었다.

빨간색의 큼지막한 물고기.

아버지 물고기였다.

브래디는 그 물고기를 얼른 낚아채서 붙잡았다. 간단했다. 그의 몸은 거의 무용지물이었지만 새디의 머릿속에서만큼은 발레리노 못지 않게 날렵했다. 아버지 물고기는 여섯 살 때부터 열한 살 때까지 주기적으로 그녀를 추행하다가 결국에는 갈 데까지 가서 그녀를 따먹었다. 새디가 학교 선생님에게 알리자 아버지는 체포되었고, 보석금을 내고 석방됐을 때 스스로 목숨을 끊었다.

브래디는 재미 삼아 그가 만든 물고기를 새디 맥도널드의 머릿속이라는 수족관 속으로 풀어 놓기 시작했다. 그녀의 의식과 무의식의 어스름한 중간지대에 잠복해 있었던 생각들을 부풀려서 만든, 조그맣고 독이 있는 복어였다.

그녀 쪽에서 그를 유혹했다고.

그녀는 사실 그의 관심을 즐겼다고.

그가 죽은 건 그녀 때문이라고.

그런 식으로 생각하면 자살이 아니었다고. 그런 식으로 생각하면 그녀가 그를 죽인 셈이라고.

그녀는 부르르 떨며 양손을 관자놀이로 가져갔고 창문에서 고개를 돌렸다. 그녀의 머릿속에서 튕겨져 나오는 순간, 브래디는 높은 데서 추락하는 듯한 특유의 현기증을 느꼈다. 그녀는 당황해서 하얗게 질린 얼굴로 그를 쳐다보았다.

"내가 잠깐 정신을 놓았나 봐요." 그녀는 이렇게 말하더니 떨리는 목소리로 웃음을 터뜨렸다. "아무한테도 얘기 안 할 거죠, 브래디?"

두말하면 잔소리였고 그 뒤로는 그녀의 머릿속으로 들어가기가 점점 더 쉬워졌다. 그녀가 창밖으로 차창에 반사되는 햇빛을 쳐다볼 때까지 기다릴 필요도 없었다. 그녀가 병실로 들어오기만 하면 끝이었다. 그녀는 점점 살이 빠졌다. 불완전하나마 예뻤던 얼굴이 빛을 잃었다. 어떤 날은 유니폼이 지저분했고 어떤 날은 스타킹에 구멍이 나 있었다. 브래디는 계속해서 폭뢰를 심었다. 네 쪽에서 그를 유혹한 거야, 너는 그걸 즐겼어, 그가 죽은 건 너 때문이야, 넌 살아 있을 자격이 없어.

하, 이야말로 짜릿한 작업이었다.

가끔 병원으로 기증품이 답지하는데, 2012년 9월에 제조사인지 자선단체인지에서 재핏 게임기 열 몇 대를 기증했다. 행정실에서는 교파를 초월한 예배실 옆의 조그만 도서관으로 그걸 보냈다. 꾸러미를 푼 잡역부는 게임기를 이리저리 살핀 끝에 쓸데없는 구닥다리라는 결론을 내리고 뒤편 책꽂이에 쑤셔 넣었다. 11월에 거기서 게임기를 발견한 앨 브룩스가 자기 몫으로 하나를 챙겼다.

피트폴 해리를 끌고 크레바스와 독사를 헤쳐 나가는 게임도 재미있었지만 그가 가장 좋아한 게임은 피싱 홀이었다. 게임 자체는 시시했지만 데모 영상이 좋았다. 남들이 들으면 웃을 테지만 진심이었다. 목요일 아침에 트럭이 오는 시간에 맞춰서 쓰레기를 내놓지 않았다며 동생이 고래고래 소리를 지르거나 오클라호마시티에 사는 딸이 전화로 신경질을 부린다든지 하는 식의 속상한 일이 생길 때마다 천천히 미끄러지듯 움직이는 물고기를 보고 배경음악을 들으면 기분이 풀렸다. 시간 가는 줄 모를 때도 있었다. 놀라운 효과였다.

2012년이 2013년으로 넘어가기 직전의 어느 날 저녁에 퍼뜩 좋은 생각이 떠올랐다. 217호실의 하츠필드는 글을 읽을 수 없었고 CD로 된 책이나 음악에는 전혀 관심을 보이지 않았다. 누가 헤드폰을 씌우면 답답한지 벗겨질 때까지 할퀴었다. 재핏 화면 밑에 달린 조그만 버튼도 조작 불능이겠지만 피싱 홀 데모 영상은 볼 수 있을 것이었다. 어쩌면 그가 그 영상이나 다른 게임의 데모 영상을 좋아할 수도 있었다. 그렇다면 다른 환자들(앨은 그들을 한 번도 무뇌 인간라고 생각한 적이 없었다.)도 그럴 가능성이 있었고 그렇다면 좋은 일이었다. 뇌손상으로 깡통에 입원한 몇몇 환자들이 가끔 폭력적인 성향을 보일 때가 있었던 것이다. 데모 영상으로 그들을 진정시킬 수 있다면 의사, 간호사 그리고 잡역부들이 (심지어 수위까지) 좀 더 수월하게 하루를 보낼 수 있을 것이었다.

어쩌면 그에게 보너스가 주어질 수도 있었다. 그럴 가능성은 희박하겠지만 꿈이야 꿀 수 있는 거였다.

그는 2012년 12월 초, 하츠필드를 정기적으로 찾아오는 손님이 떠난 직후에 217호실로 들어갔다. 그 손님은 호지스라는 전직 형사인데 그가 하츠필드의 머리를 후려쳐서 뇌를 망가뜨리지는 않았지만 하츠필드를 체포하는 데 결정적인 역할을 했다.

호지스가 찾아올 때마다 하츠필드는 흥분했다. 그가 가고 나면 217호실에서 물건들이 떨어지고, 샤워기가 틀어졌다가 꺼지고, 어떨 때는 화장실 문이 휙 하니 열렸다가 쾅 하고 닫혔다. 여러 간호사가 이런 현상을 목격했고 하츠필드의 소행이라고 생각했지만 배비노 박사는 콧방귀를 뀌었다. 그거야말로 특정 유형의 여자들이 보이는 히스테리 반응이라고 주장했다.(깡통에는 남자 간호사들도 있는데 말이다.) 앨은 그들이 하는 이야기가 사실이라는 걸 알았다. 그도 그런 현상을 여러 번 목격했는데, 그는 히스테리가 있는 사람이라기보다 정반대였다.

한번은 하츠필드의 병실 앞을 지나가다 무슨 소리가 들리기에 문을 열어 보니 창문에 달린 블라인드가 미친 듯이 춤을 추고 있었다. 호지스가 왔다 간 직후였다. 블라인드는 거의 30초 동안 그러다가 다시 잠잠해졌다.

앨은 친절하게 대하려고 했지만(그는 원래 누구든 친절하게 대하려고 했다.) 빌 호지스가 마음에 들지 않았다. 그는 하츠필드의 상태를 보고 흐뭇해하는 것 같았다. 안심하는 것 같았다. 앨도 하츠필드가 아무 죄 없는 사람들을 살해한 악당이라는 사실을 알고 있었지만 그런 짓을 저지른 사람이 더 이상 존재하지 않는 마당에 뭐 하는 짓인가 싶었다. 남은 건 껍데기에 불과했다. 그가 블라인드를 흔들고 물을 틀었다 끈들 무슨 상관일까. 그로 인해 피해를 입는 사람은 아무도 없었다.

"안녕하세요, 하츠필드 씨." 앨은 12월의 그날 밤에 이렇게 말했다. "내가 뭘 하나 들고 왔어요. 한번 보세요."

그는 재팻을 켜고 화면을 손끝으로 건드려서 피싱 홀 데모 영상을 띄웠다. 물고기들이 헤엄치고 배경음악이 흘러나오기 시작했다. 늘 그렇듯 앨의 마음이 차분해졌고 그는 그 느낌을 잠깐 즐겼다. 하츠필드가 볼 수 있도록 화면을 돌리려고 정신을 차려 보니 그가 병원 반대편인 A동에서 카트를 밀고 있었다.

재핏은 사라지고 보이지 않았다.

당황스러워야 맞는 것일 텐데 그렇지 않았다. 전혀 아무렇지 않았다. 살짝 피곤했고 머릿속을 어지럽게 떠다니는 생각들을 수습하기가 힘들게 느껴졌지만 그것 말고는 멀쩡했다. 행복했다. 왼손을 내려다보니 윗도리 주머니에 항상 넣고 다니는 볼펜으로 손등에 큼지막하게 Z를 써 놓았다.

'Z보이의 Z잖아.' 그는 생각하고 웃음을 터뜨렸다.

브래디는 도서관 앨의 머릿속으로 뛰어들어야겠다고 마음먹지 않았다. 그 늙은이가 손에 든 게임기를 내려다보고 몇 초 지났을 때 이미 들어가 있었다. 침입자가 된 느낌도 없었다. 렌트 기간 동안에는 허츠 세단이 내 차이듯 그의 몸이 이제 브래디의 몸이었다.

도서관 운영자의 의식의 핵은 어딘가에 아직 남아 있었지만 추운 날 지하실에서 돌아가는 보일러처럼 기분 좋게 웅웅거리는 소리에 불과했다. 그는 앨빈 브룩스의 모든 기억과 축적된 지식에 접근할 수 있었다. 58세에 은퇴하기 전까지 도서관 앨이 아니라 스파키 브룩스로 불리며 전기기술자로 근무했기 때문에 축적된 지식의 양이 상당했다. 만약 브래디가 배선을 바꾸고 싶으면 뚝딱 해치울 수 있었다. 그의 몸으로 돌아가면 능력을 상실하겠지만 말이다.

자기 몸에 생각이 미치자 문득 불안해진 그는 의자 위에 고꾸라져 있는 남자 위로 허리를 숙였다. 눈은 반쯤 감겨서 흰자만 보였다. 혀는 한쪽 입가로 삐져나왔다. 쭈글쭈글한 손을 브래디의 가슴에 얹어 보니 천천히 오르락내리락 하는 게 느껴졌다. 그러니까 그 부분은 괜찮다는 뜻인데 맙소사, 몰골이 이렇게 흉측할 수가 없었다. 뼈와 거죽만 남았다. 호지스가 그를 이렇게 만들었다.

그는 병실을 빠져나왔고 미칠 듯한 쾌감을 느끼며 병원을 한 바퀴 돌았다. 마주치는 모든 사람에게 미소를 지었다. 참을 수가 없었다. 새디 맥도널드 때는 혹시라도 잘못될까 봐 겁이 났었다. 지금도 마찬가지였지만 그때만큼은 아니었다. 훨씬 나았다. 그는 도서관 앨의 육신을 꼭 끼는 장갑처럼 입고 있었다. A병동의 청소팀장 애나 코리 옆을 지날 때는 남편이 방사선 치료를 잘 받고 있느냐고 물었다. 그녀는 엘리스가 대체로 잘 버텨 주고 있다며 물어봐 줘서 고맙다고 했다.

로비에 다다르자 그는 화장실 앞에 카트를 세워 두고 안으로 들어가 변기에 앉아서 재핏을 살펴보았다. 헤엄치는 물고기를 보자마자 어떻게 된 영문인지 알 수 있었다. 아마도 우연이겠지만 이 게임을 만든 멍청이가 최면 효과를 덤달아 연출한 것이다. 너 나 할 것 없이 영향을 받지는 않겠지만, 브래디가 보기에는 새디 맥도널드처럼 가벼운 발작을 일으키기 쉬운 사람들뿐 아니라 대다수가 걸려들 가능성이 컸다.

그도 지하 통제실에서 읽은 자료를 통해 알다시피 몇몇 전자 게임기와 아케이드 게임은 완벽하게 정상적인 사람들에게 발작이나 가벼운 최면을 유도할 수 있기 때문에 사용 설명서에도 경고 문구가 (깨알만 한 글씨로) 적혀 있었다. 장시간 플레이를 자제하고, 화면과

1미터 이상 거리를 유지하며, 간질 환자는 플레이를 삼가라고 되어 있었다.

비디오 게임에 국한된 현상도 아니었다. 포켓몬 시리즈의 한 편을 보고 수천 명의 아이들이 두통, 시력 저하, 메스꺼움, 발작을 일으키자 방영이 전면 금지된 적도 있었다. 미사일 몇 대가 연속으로 발사되는 장면이 스트로브 효과를 연출한 범인으로 지목됐다. 헤엄치는 물고기와 배경음악의 조합이 그와 동일한 역할을 했다. 재핏 게임기를 생산한 업체로 항의가 쇄도하지 않은 것이 놀라울 따름이었다. 알고 보니 항의가 접수된 적은 있었지만 많지는 않았다. 짐작컨대 이유는 두 가지였다. 첫째, 바보 같은 피싱 홀 게임 자체가 그런 효과를 연출하지는 않았다. 둘째, 재핏 게임기 자체를 구입한 소비자가 거의 없었다. 컴퓨터 업계의 표현을 빌자면 이 게임기는 벽돌이었다.

도서관 앨의 몸속으로 들어간 남자는 카트를 밀며 217호실로 돌아가 재핏을 침대 옆 테이블에 두었다. 좀 더 연구하고 생각할 필요가 있었다. 그런 다음 브래디는 (아쉬움을 달래며) 도서관 앨 브룩스의 몸에서 빠져나왔다. 특유의 현기증이 찾아왔고 그가 위가 아니라 아래를 내려다보고 있었다. 이제 어떤 상황이 벌어질지 궁금하기 짝이 없었다.

처음에 도서관 앨은 인간을 닮은 가구처럼 가만히 서 있었다. 브래디가 보이지 않는 왼손을 뻗어 그의 뺨을 토닥였다. 그러고는 앨의 머릿속으로 접근했지만, 맥도널드 간호사가 해리성 둔주(자신에 얽힌 기억을 상실한 채 가정과 직장을 떠나 방황하는 장애 —— 옮긴이)에서 빠져나왔을 때 그랬던 것처럼 차단돼 있을 거라고 생각했다.

그런데 문이 활짝 열려 있었다.

앨의 의식의 핵이 돌아왔지만 전보다 부피가 조금 줄었다. 그의 존재로 인해 일부분이 눌린 게 아닐까 싶었다. 그런들 상관없었다. 술을 너무 많이 마시면 뇌세포가 죽는다지만 그래도 남는 게 무궁무진하지 않는가. 앨의 경우에도 마찬가지였다. 적어도 지금은 그랬다.

브래디는 앨의 손등에 그가 적어 놓은 Z가 보이자(무슨 이유가 있었다기보다 적을 수 있기에 적은 거였다.) 입을 다문 채로 말을 건넸다.

"안녕, Z보이. 이제 나가 봐. 가서 A병동으로 건너가. 하지만 아무한테도 얘기하지 않을 거지?"

"뭘?" 앨은 어리둥절한 표정으로 되물었다.

브래디는 능력이 허락하는 한도 안에서 최대한 고개를 끄덕이고 미소를 지었다. 벌써부터 다시 앨이 되고 싶었다. 앨의 몸이 늙기는 했지만 적어도 제 기능을 발휘했다.

"맞아." 그는 Z보이에게 말했다. "딱히 아무것도 할 얘기가 없지."

2012년이 2013년이 되었다. 브래디는 염력을 갈고 닦는 데 흥미를 잃었다. 앨이 있으니 그럴 필요가 없었다. 한번 들어갈 때마다 그의 입김이 더 강해지고 조종하는 솜씨가 더 나아졌다. 앨을 조종하는 것은 군에서 아프가니스탄의 이슬람교도들을 예의 주시하다가 우두머리들에게 폭탄 테러를 감행할 때 쓰는 드론을 조종하는 것과 비슷했다.

정말이지 끝내줬다.

한번은 Z보이를 동원해 피싱 홀 데모 화면에 넋을 잃어 주길 바라며 늙은 퇴직 형사에게 재핏을 보여 준 적이 있었다. 호지스의 안으로 들어가면 얼마나 짜릿할까 싶었다. 들어갈 수만 있다면 연필을 집어서 늙은 퇴직 형사의 눈을 찌를 작정이었다. 하지만 호지스는 화면을 흘끗 쳐다보더니 도서관 앨에게 다시 돌려주었다.

브래디는 며칠 뒤에 이번에는 1주일에 두 번 그의 병실로 찾아와서 팔다리 운동을 시켜 주는 물리치료사 드니스 우즈를 상대로 다시 한 번 시도해 보았다. 그녀는 Z보이가 건넨 게임기를 받아들고 호지스보다 훨씬 오랫동안 헤엄치는 물고기들을 쳐다보았다. 그러자 어떤 *변화가* 생겼지만 만족스러운 수준은 아니었다. 그녀의 머릿속으로 들어가려고 하는 것은 질긴 고무 막을 뚫고 들어가려는 것과 같았다. 살짝 틈이 벌어져서 유아용 의자에 앉힌 어린 아들에게 스크램블드에그를 먹이는 그녀의 모습이 언뜻 보이는가 싶더니 곧바로 튕겨져 나왔다.

그녀는 재핏을 Z보이에게 돌려주며 말했다.

"그러게요, 물고기들이 예쁘네요. 이제 나가서 다른 환자들한테 책을 빌려 주지 그래요, 앨? 저하고 브래디는 성가신 무릎을 좀 만질게요."

이것으로 끝이었다. 다른 사람들은 앨처럼 즉각적으로 연결이 되지 않았다. 조금만 생각해 보면 이유를 알 수 있었다. 앨은 브래디에게 재핏을 보여 주기 전에 피싱 홀 데모 화면을 수십 번 감상했기 때문에 전처리가 되어 있었다. 이건 결정적인 차이점이자 참담하도록 절망적인 부분이었다. 수십 명의 인간 드론들 중에서 아무나 고를 수 있을 줄 알았더니 재핏을 개조해 최면 효과를 높이기 전에는 어림도 없는 일이었다. 무슨 방법이 없을까?

브래디는 과거에 온갖 장치를 개조해 보았던 사람답게(1번 발명품과 2번 발명품만 해도 그렇지 않은가.) 방법이 있을 거라고 생각했다. 재핏에는 무선 랜카드가 장착돼 있었고 와이파이는 해커의 가장 좋은 친구였다. 번쩍하는 불빛을 설정해 포켓몬 만화에서 미사일이 발사되는 장면처럼 일종의 스트로브 효과를 만들면 어떨까?

스트로브 효과로 달성할 수 있는 목적이 한 가지 더 있었다. 브래디는 커뮤니티 대학에서 '컴퓨터로 설계하는 미래'라는 수업을 들었을 때(학교를 영원히 때려치우기 직전이었다.) 1995년에 작성됐고 9.11 사태 직후에 기밀 해제가 된 장문의 CIA 보고서를 공부한 적이 있었다. 컴퓨터 프로그래밍을 통해 초고속으로 메시지를 전송하면 인간의 뇌가 그것을 메시지가 아니라 자신의 생각으로 받아들이게 된다는 「역하 지각의 운용 가능성」이라는 보고서였다. 예컨대 그가 스트로브 효과 안에 *이제 그만 자 괜찮아* 라든지 *진정해* 이런 메시지를 심을 수 있다면 어떻게 될까? 기존의 최면 효과에 이런 메시지를 결합하면 상당히 엄청난 조합이 탄생될 것 같았다. 물론 그의 짐작이 틀릴 수도 있었지만 그걸 알아낼 수 있다면 대체로 아무 짝에도 쓸모없는 오른손을 내줄 수도 있었다.

하지만 넘을 수 없는 산이 두 가지가 있었다. 하나는 최면 효과에 빠질 때까지 데모 화면을 쳐다보도록 사람들을 붙잡아 놓는 수단이었다. 또 하나는 도대체 무슨 수로 개조하느냐는, 그보다 더 근본적인 문제점이었다. 그는 컴퓨터에 접속할 방법이 없었고 접속한다 한들 아무 짝에도 소용이 없었다. 그는 우라질 신발 끈조차 묶을 수 없는 상태였다. Z보이를 활용할까 고민도 해 보았지만 당장 포기했다. 앨 브룩스는 동생과 동생의 가족들과 함께 살았다. 앨이 갑자기 컴퓨터 앞에서 고급 지식과 능력을 발휘하면 의심을 살 것이었다. 안 그래도 점점 얼이 빠져 가고 이상해진 앨을 두고 이미 의혹이 증폭되고 있었다. 주변에서는 노망이 시작되는 거 아니냐고 생각하는 눈치였는데 턱도 없는 소리는 아니었다.

Z보이는 남은 뇌세포 수가 점점 줄어들어 가는 것 같았다.

브래디는 점점 우울해졌다. 그는 기발한 아이디어가 암울한 현실과 정면충돌하는, 너무나도 익숙한 지점에 다다랐다. 롤라 진공청소기 때도 그랬다. 컴퓨터를 이용한 후진 장치 때도 그랬다. 홈 시큐리티에 혁명을 불러일으킬 전동식 TV 모니터 때도 그랬다. 그의 번뜩이는 영감은 항상 아무 결실도 맺지 못했다.

그래도 그의 바로 옆에는 인간 드론이 한 명 있었다. 호지스를 만나고 유난히 부아가 치밀었던 날, 브래디는 기분 전환 차원에서 그의 드론에게 일을 시킬 수 있는지 알아보기로 했다. Z보이는 그의 지시에 따라 병원에서 한두 블록 떨어진 인터넷 카페로 가서 5분 만에 앤서니 모레티, 즉 개 같은 뚱땡이가 어디 사는지 알아냈다. 인터넷 카페를 나선 Z보이는 브래디가 시키는 대로 불용 군수품 매장에 가서 사냥용 칼을 샀다.

다음 날 집을 나선 모레티는 도어 매트 위에 대자로 뻗은 개의 시체와 맞닥뜨렸다. 목이 잘린 시체였다. 그의 차 앞 유리창에는 개의 피로 *다음은 네 마누라와 아이 차례다*라고 적혀 있었다.

이 일을 저질렀다는 데서(이 일을 *저지를 수 있다*는 데서) 브래디는 생기를 얻었다. 복수는 꿀맛이라더니 정말 그랬다.

그는 가끔 Z보이를 보내서 호지스의 배를 쏘는 상상을 했다. 진저리치고 신음하며 마지막 숨이 끊겨 가는 퇴직 형사를 내려다보면 얼마나 기분이 좋을까!

하지만 그러면 브래디는 드론을 잃을 테고 구치소로 끌려가면 앨은 그를 범인으로 지목할 수 있었다. 게다가 그보다 더 중요한 이유도 있었다. 그 정도로는 *부족하다*는 것이었다. 그가 호지스에게 진 빚을 생각하면 배에 총을 맞고 10분에서 15분 동안 괴로워하는 정도로는 부족했다. 한참 부족했다. 호지스는 출구가 없는 죄책감의 늪에서 독가스를 마시며 지내야 했다. 더 이상 견딜 수가 없어서 스스로 목숨을 끊을 때까지 그래야 했다.

그리운 옛날 옛적에 그가 원래 세웠던 계획이 그거였다.

'하지만 방법이 없네.' 브래디는 생각했다. '아무 방법이 없네. 지금 이대로 끝까지 간다면 요양원행이 확실한 Z보이가 있기는 하고 보이지 않는 손으로 블라인드를 흔들 수는 있지만 그게 전부잖아. 그것 말고는 아무것도 없잖아.'

그런데 2013년 여름에 그를 감싸던 어둠 속으로 한 줄기 서광이 비쳤다. 손님이 그를 찾아온 것이었다. 시티 센터에서 계획적으로 살해한 여덟 명을 비롯해서 열 몇 가지 중죄 재판을 받을 수 있을 만큼 기적적으로 회복이 됐는지 확인하러 온 지방검찰청 소속의 양복쟁이나 호지스가 아니라 진짜 손님이었다.

형식적인 노크 소리에 이어서 베키 헬밍턴이 고개를 들이밀었다.

"브래디? 만나고 싶다고 찾아온 젊은 여자분이 있어요. 예전에 같이 일하던 사이인데 뭘 들고 왔대요. 만나 볼래요?"

브래디가 생각할 수 있는 젊은 여자는 딱 한 명뿐이었다. 싫다고 대답할까 고민했지만 악의와 더불어 호기심도 되살아났다.(어쩌면 그 둘은 같은 것일 수도 있었다.) 그는 고개를 한 번 기운 없이 끄덕이고 눈을 덮은 머리칼을 쓸어 넘기려고 애를 써 보았다.

손님은 바닥 밑에 지뢰라도 숨겨져 있는 것처럼 쭈뼛쭈뼛 안으로 들어왔다. 원피스를 입고 있었다. 브래디는 그녀가 원피스를 입은 모습을 본 적이 없었고 원피스가 있을 거라고 상상한 적도 없었다. 헤어스타일은 여전히 일렉트로닉스 사이버 순찰대로 함께 일했던 시절처럼 아무렇게나 친 짧은 머리였고 몸도 여전히 앞면이 널빤지처럼 납작했다. 문득 납작 가슴도 상관없다면 캐머런 디아즈는 이 바닥에서 오래도록 살아남을 거라고 했던 어느 코미디언의 농담이 생각났다. 그런데 그녀는 얽은 얼굴에 분을 살짝 바르고(놀라운 일이었다.) 심지어 립스틱까지 칠했다.(한층 더 놀라운 일이었다.) 한 손에 포장된 꾸러미를 들고 있었다.

"안녕." 프레디 링크래터가 전에 없이 수줍은 목소리로 말했다. "좀 어때?"

이로써 모든 가능성이 열렸다.

브래디는 최선을 다해서 미소를 지어 보였다.

BADCONCERT.COM

1

코라 배비노는 이니셜이 새겨진 수건으로 뒷목을 닦으며 지하 운동실에 달린 모니터를 향해 얼굴을 찡그린다. 러닝머신에서 10킬로미터가 아니라 6.5킬로미터밖에 뛰지 못했고 그녀는 운동이 중간에 끊기는 걸 싫어하는데 그 이상한 사람이 또 찾아왔다.

떵동 하고 초인종이 울리고 그녀는 머리 위에서 남편의 발소리가 들리길 기다리지만 아무 기척이 없다. 추레한 파카를 입은 노인(배가 고픈데 일자리도 없는 재향 군인을 도와주십쇼, 이런 팻말을 들고 교차로에 서 있는 노숙자 비슷해 보인다.)은 모니터 속에서 가만히 서 있다.

"젠장." 그녀는 중얼거리며 러닝머신을 멈춘다. 계단을 올라가서 뒤쪽 현관으로 나가는 문을 열고 큰 소리로 외친다. "펠릭스! 이상한 친구 왔어! 그 앨이라는 사람!"

아무 대꾸가 없다. 또 서재에 틀어박혀서 요즘 들어 사랑에 빠진 그 게임기를 들여다보고 있는 모양이다. 그녀가 컨트리클럽의 친구들에게 펠릭스의 새로운 취미 생활을 맨 처음 공개했을 때만 해도 농담조였다. 그런데 요즘은 농담처럼 얘기할 수 있는 수준을 넘어섰다. 예순세 살이면 애들 컴퓨터 게임기에 빠지기에는 너무 늙었고 건망증이 그렇게 심해지기에는 너무 젊은 나이라 알츠하이머가 조기에 발병한 건 아닌지 걱정이 되기 시작했다. 펠릭스의 이상한 친구도 마약 밀매업자가 아닌가 싶지만 그런 일을 하기에는 나이가 너무 많아 보인다. 게다가 그녀의 남편은 약물이 필요하면 얼마든지 스스로 조달할 수 있다. 그가 말하길 카이너 병원의 의사 절반이 최소 반나절 동안 약에 취해서 지낸다고 하지 않았던가.

떵동 하고 초인종이 울린다.

"환장하겠네."

중얼거리며 직접 문을 열어 주러 가는데 성큼성큼 한 발짝씩 옮길 때마다 점점 짜증이 난다. 그녀는 키가 크고 여성스러운 굴곡이 운동으로 인해 거의 사라졌을 만큼 비쩍 말랐다. 골프로 태운 피부가 한겨울까지 유지된다. 다만 누르스름하게 열어져서 만성 간질환 환자처럼 보일 따름이다.

그녀는 문을 연다. 1월의 밤바람이 불어 들어오자 땀에 젖은 얼굴과 팔이 선뜩해진다.

"당신의 정체를 알아야겠는데요." 그녀가 말한다. "그리고 당신하고 우리 남편이 무슨 일을 꾸미고 있는지도요. 내가 너무 많은 걸 바라나요?"

"아닙니다, 배비노 부인. 저는 어떨 때는 앨이고 어떨 때는 Z보이예요. 오늘 밤에는 브래디고요. 아, 날이 춥긴 하지만 바깥바람을 쐬니까 좋네요."

그녀는 그의 손을 내려다본다.

"그 병 안에는 뭐가 들었죠?"

"부인의 모든 걱정을 끝내 줄 무기요."

여기저기 때운 파카를 입은 남자는 이렇게 말하고 이어서 쿵 하는 둔탁한 소리가 들린다. 탄산음료 병 밑바닥이 산산조각으로 터지고 까맣게 탄 쇠 수세미 가닥이 민들레 홀씨처럼 허공을 떠다닌다.

코라는 쪼그라든 왼쪽 젖가슴 바로 밑을 강타당하는 것이 느껴지자 생각한다. '이 개새끼가 날 쳤잖아?' 그녀는 숨을 들이쉬려고 하지만 잘 되지 않는다. 가슴이 죽은 듯이 느껴지고 트레이닝복 허리 밴드 위로 온기가 뭉친다. 그녀는 끊겨서는 안 될 숨을 쉬어 보려고 계속 애를 쓰며 아래를 내려다본다. 파란색 나일론 위로 얼룩이 번지고 있다.

그녀는 시선을 들어서 문 앞에 서 있는 영감을 빤히 쳐다본다. 그는 밤 8시에 예고도 없이 들이닥친 결례를 만회하는 조그마한 선물이라도 되는 양 병의 남은 부분을 내밀고 있다. 삐죽 고개를 내민 쇠 수세미가 검게 그은 부토니에르 같다. 그녀는 마침내 숨을 들이마시지만 대부분 액체로 이루어진 숨이다. 그녀가 기침을 하자 피가 뿜어져 나온다.

파카를 입은 남자는 집 안으로 들어와서 등 뒤로 문을 닫는다. 병을 떨군다. 그런 다음 그녀를 밀친다. 그녀는 비틀거리며 뒷걸음질 치다 옷걸이 옆의 조그만 테이블에 놓인 장식용 꽃병을 쳐서 떨어뜨리고 쓰러진다. 단단한 마룻바닥에 부딪친 꽃병은 폭탄처럼 와장창 박살난다. 그녀는 액체로 이루어진 숨을 다시 한 번 들이마시고(그러면서 내가 우리 집 현관에서 익사하는구나, 하는 생각을 한다.) 또다시 피를 뿜어내며 기침을 한다.

"코라?" 배비노가 집 안 깊숙한 어딘가에서 그녀의 이름을 부른다. 자다 막 깬 사람 같은 목소리다. "코라, 괜찮아?"

브래디는 도서관 앨의 발을 들어서 도서관 앨의 묵직한 까만색 작업화로 힘줄이 팽팽하게 당겨졌고 뼈만 앙상하게 남은 코라 배비노의 목을 지그시 누른다. 그녀의 입에서 다시 피가 뿜어져 나온다. 햇볕에 잘 익은 그녀의 뺨에서 핏기가 가신다. 그는 발에 더욱 힘을 준다. 그녀의 안에서 딱 하고 뭔가가 부러지는 소리가 난다. 그녀의 눈동자가 불룩해지고…… 불룩해지다가…… 게슴츠레해진다.

"넌 질긴 편이었어."

브래디는 언뜻 들으면 다정하다 싶은 말투로 이렇게 얘기한다.

문이 열린다. 슬리퍼를 신은 발이 달려오더니 배비노가 등장한다. 그는 휴 헤프너(《플레이보이》 창간인 ― 옮긴이) 스타일의 우스꽝스러운 실크 잠옷 위에 가운을 입고 있다. 평소에는 그의 자부심이었던 은발이 엉망진창이다. 까칠했던 수염이 이제는 제법 자랐다. 그의 손에 들린 초록색 재핏 게임기에서 피싱 홀 배경음악이 뚱땅뚱땅 흘러나온다. *바닷가에서, 바닷가에서, 아름다운 바닷가에서.* 그는 현관 앞 바닥에 누워 있는 아내를 빤히 쳐다본다.

"이제 운동은 못 해."

브래디는 좀 전처럼 다정하다 싶은 말투로 그렇게 얘기한다.

"무슨 짓을 한 거야?"

배비노는 보고도 모르는 사람처럼 비명을 지른다. 그는 코라에게 달려가 무릎을 꿇고 앉으려고 하지만 브래디가 겨드랑이 밑으로 팔을 넣어서 일으켜 세운다. 도서관 앨이 찰스 애틀러스(한 시대를 풍미한 미국의 보디빌더 —옮긴이)는 못 되지만 217호실에 있는 그 쇠약한 몸뚱이보다는 훨씬 힘이 세다.

"그럴 때가 아니야." 브래디가 말한다. "로빈슨 집안의 계집애가 살아 있어. 그러니까 계획을 변경해야 해."

배비노는 그를 빤히 쳐다보며 생각을 정리하려고 하지만 잘 되지 않는다. 한때는 예리했던 그의 이성이 무뎌져 버렸다. 이 남자 때문이다.

"물고기를 봐. 너는 네 물고기를 보고 나는 내 물고기를 보고. 그러면 우리 둘 다 기분이 좋아질 거야."

"싫어."

배비노는 말한다. 그도 물고기를 보고 싶지만, 이제는 계속 물고기만 보고 싶지만 겁이 난다. 브래디가 희한한 액체라도 되는 양 자기 영혼을 그의 머릿속으로 들이붓고 싶어 하는데 그럴 때마다 그의 본질적인 자아가 조금씩 줄어든다.

"봐야 해. 오늘 밤에는 네가 닥터Z가 되어야 하거든."

"싫다니까!"

"너는 거부하고 말고 할 입장이 아니야. 점점 들통이 나고 있거든. 조만간 경찰이 네 집으로 들이닥칠 거야. 아니면 호지스가. 그쪽이 더 끔찍하지. 그는 권리 같은 거 읽어 주지도 않고 집에서 만든 몽둥이를 냅다 휘두르거든. 못돼 처먹은 개새끼라. 그리고 네 말이 맞아. 그는 알고 있어."

"나는…… 나는……" 배비노는 아내를 내려다본다. 맙소사. 눈이 불룩 튀어나왔다. "경찰에서는 믿지 않을 거야……. 나는 명망 있는 의사니까! 우리는 결혼한 지 35년 된 부부이고!"

"호지스는 다를걸? 그리고 호지스는 일단 물었다 하면 우라질 와이어트 어프(미국 서부개척시대의 마지막을 상징하는 인물. 「OK 목장의 결투」의 실제 주인공이다 — 옮긴이)가 되거든. 로빈슨 집안의 계집애한테 네 사진을 보여 줄 거야. 그러면 그 아이는 사진을 보고 '와, 맞아요, 이 남자가 쇼핑몰에서 재핏을 줬어요.'라고 하겠지. 그리고 그녀에게 재핏을 주었으니까 재니스 엘러턴한테도 네가 주었을지 모르고. 아차차! 거기다 스캐펠리도 있네."

배비노는 그를 빤히 쳐다보며 이 사태를 이해하려고 애를 쓴다.

"그리고 네가 나한테 투여한 약물도 있잖아. 호지스는 거기에 대해서도 이미 알고 있을지 몰라. 왜냐하면 워낙 뇌물을 거리낌 없이 뿌리는 작자인데 깡통의 간호사들이 대부분 약물에 대해서 알잖아. 감추려는 생각조차 하지 않은 네 덕분에 공공연한 비밀이 돼서." 브래디는 슬픈 표정을 지으며 도서관 앨의 고개를 젓는다. "너의 오만이 낳은 결과지."

"비타민이었어!" 배비노가 할 수 있는 말은 이게 전부다.

"네 서류를 압수하고 컴퓨터를 뒤지면 심지어 경찰들도 비타민이라는 네 말을 믿지 않을 거야." 브래디는 대자로 뻗은 코라 배비노를 흘끗 내려다본다. "그리고 네 마누라도 있지. 그건 무슨 수로 설명할래?"

"너는 병원으로 실려 오기 전에 죽었어야 했어." 배비노가 말한다. 언성이 높아져서 칭얼거리는 투가 된다. "아니면 수술실에서. 너는 프랑켄슈타인이야!"

"그 괴물과 그걸 탄생시킨 창조주를 혼동하면 쓰나." 브래디는 이렇게 말하지만 창조적인 측면에서 배비노가 기여한 부분은 많지 않다고 생각한다. B박사의 실험용 약물 덕분에 그에게 새로운 능력이 생겼을지 몰라도 그가 회복된 것은 그 약물과 전혀 또는 거의 상관이 없었다. 그건 전적으로 그가 거둔 성과였다. 의지의 승리였다. "그나저나 갈 데가 있는데 늦으면 안 되지."

"그 남자 겸 여자 말이지?"

배비노는 그런 사람한테 쓰는 단어가 뭔지 알았는데 지금은 생각나지 않는다. 그녀의 이름도, 저녁에 뭘 먹었는지도 마찬가지다. 브래디가 그의 머릿속으로 들어왔다가 나갈 때마다 뭔가가 조금씩 없어진다. 그의 기억이. 지식이. *자아가*.

"맞아, 그 남자 겸 여자. 그런 성적 취향을 과학 용어로는 루거스 먼추스라고 하지."

"싫어." 칭얼거림이 속삭임으로 변했다. "나는 여기 있을 거야."

브래디가 총을 들자 대충 만든 소음기의 잔해 사이로 총구가 보인다.

"네가 정말로 필요해서 이러는 건 줄 안다면 네 인생 최악의 착각을 저지르는 거야. 마지막 착각이기도 하지."

배비노는 아무 말도 하지 않는다. 이건 악몽이고 조만간 그는 깨어날 것이다.

"얼른 움직여. 안 그러면 내일 가정부가 강도한테 당한 너와 네 마누라의 시신을 나란히 발견하게 될 거다. 닥터Z로 내 일을 마무리 짓고 싶긴 하지만(네 몸이 브룩스보다 10년 더 젊고 상태도 괜찮으니까.) 어떻게든 내 목적을 달성하면 그만이니까. 게다가 너한테 커밋 호지스를 상대하도록 내버려 두는 건 못할 짓이지. 아주 고약한 인간이거든, 펠릭스. 너는 상상조차 못할 거야."

배비노는 여기저기 때운 파카를 입은 나이 많은 친구를 쳐다본다. 물기를 머금은 도서관 앨의 파란 눈에서 하츠필드의 눈빛이 느껴진다. 침으로 축축해진 배비노의 입술이 떨린다. 눈가에 눈물이 맺힌다. 브래디는 그걸 보며, 산발한 백발까지 더해지니 혀를 내밀고 있는 사진 속의 앨버트 아인슈타인과 닮았다는 생각을 한다.

"내가 어쩌다 이런 일에 말려들었을까?"

배비노는 넋두리를 늘어놓는다.

"누구나 무슨 일에든 그런 식으로 말려들게 되어 있어." 브래디는 다정한 목소리로 얘기한다. "한 걸음씩 천천히."

"왜 그 여자아이를 못 잡아먹어서 안달했던 거야?"

배비노가 불쑥 묻는다.

"실수였어." 기다릴 수 없었고 솔직히 공개하느니 그렇게 얘기하는 편이 낫다. 그는 다른 누군가로 가려져서 의미가 퇴색되기 전에 잔디 깎아 주는 깜둥이의 여동생을 해치우고 싶었다. "이제 헛소리 그만하고 물고기들이나 봐. 보고 싶어 한다는 거 아니까."

맞다. 그게 최악이다. 배비노는 그 모든 걸 알게 된 지금에도 그러고 싶다.

그는 물고기들을 쳐다본다.

배경음악을 듣는다.

잠시 후에 그는 방으로 들어가서 옷을 갈아입고 금고에서 돈을 꺼낸다. 집을 나서기 전에 한 군데 더 들른다. 그녀의 쪽도 그렇고 그의 쪽도 그렇고 욕실 붙박이장에 뭐가 많다.

구닥다리 말리부는 그냥 두고 배비노의 BMW에 올라탄다. 소파에서 잠이 든 도서관 앨도 두고 떠난다.

2

코라 배비노가 생전에 마지막으로 현관문을 열었을 무렵, 호지스는 올굿 플레이스에 사는 스코트 가족의 집 거실에 앉아 있다. 올굿 플레이스는 로빈슨 가족이 사는 티베리 레인에서 한 블록 거리다. 차에서 내리기 전에 진통제를 몇 알 먹은 덕분에 컨디션이 대체로 괜찮다.

다이나 스코트는 부모님을 양옆에 두고 소파에 앉아 있다. 연극반이 조만간 「판타스틱스」 공연을 할 노스사이드 고등학교에서 리허설을 하고 지금 막 돌아온 참이라 그날 밤에는 열다섯 살보다 조금 더 나이가 들어 보인다. 앤지 스코트는 호지스에게 그녀가 진짜 주인공 루이자 역을 맡았다고 자랑한다.(그 소리를 듣고 다이나는 눈을 부라린다.) 호지스는 그들을 마주 보고, 그의 집 거실에 있는 것과 아주 비슷하게 생긴 레이지보이 소파에 앉아 있다. 좌석이 움푹 꺼진 것으로 짐작컨대 평소에는 저녁마다 칼 스코트가 여기에 진을 치는 모양이다.

소파 앞 커피 테이블에는 밝은 초록색 재킷이 놓여 있다. 다이나가 자기 방에서 당장 들고 온 것으로 미루어 보면 운동 장비들과 함께 벽장에 처박혀 있었거나 먼지 뭉치와 함께 침대 밑에서 굴러다니지 않았다는 뜻이다. 학교 사물함에 방치되어 있지도 않았다. 그녀의 손이 닿는 곳에 놓여 있었다. 그러니까 구식이건 아니건 활용하고 있었다는 말이다.

"저는 바브라 로빈슨의 부탁으로 찾아온 길입니다." 그가 말한다. "바브라가 오늘 트럭에 치였는데……"

"어떡해." 다이나는 이렇게 중얼거리고 입으로 손을 가져간다.

"많이 다치지는 않았어." 호지스가 말한다. "한쪽 다리가 부러진 게 다거든. 상태를 보느라 하룻밤 입원하기는 했지만 내일이면 퇴원할 테고 다음 주면 다시 등교할 수 있을 거다. 깁스 위에다 낙서해도 될 거야. 요즘도 아이들이 그런 짓을 하는지 모르겠다만."

앤지가 딸의 어깨를 한쪽 팔로 감싸 안는다.

"그게 다이나의 게임기하고 무슨 상관인가요?"

"바브라도 이 게임기를 가지고 있었는데 이것 때문에 쇼크가 왔다고 해서요." 여기까지 오는 동안 홀리에게 들은 바에 따르면 거짓말이 아니다. "길을 건너다 깜빡 방향감각을 잃은 순간 쾅! 어떤 남자아이가 옆으로 밀쳤기 망정이지 안 그랬으면 훨씬 심하게 다칠 뻔했어요."

"맙소사." 칼이 말한다.

호지스는 허리를 숙이고 다이나를 쳐다본다.

"기기 결함이 얼마나 되는지 모르겠지만 바브의 경우도 그렇고 우리가 아는 다른 사건들의 경우도 그렇고 일부 기기에 결함이 있는 건 분명해."

"이 사건을 통해서 교훈을 얻었으면 좋겠구나." 칼이 딸에게 말한다. "앞으로는 누가 뭘 거저 주겠다고 해도 덥석 받지 말아야겠다는 교훈을 말이다."

이 말에 다이나는 완벽한 십 대 버전으로 다시 눈을 부라린다.

"내가 궁금한 건 뭔가 하면 이 게임기를 어디에서 입수했나 하는 거야." 호지스가 말한다. "미스터리인 게, 판매량이 얼마 되지 않았거든. 재핏 게임기가 망하는 바람에 제조사가 다른 회사로 넘어갔는데 그 회사마저 2년 전 4월에 도산했어. 재판매해서 비용을 조달하려고 남겨둔 재고 아니냐고 생각할 수도 있겠다만⋯⋯"

"그게 아니라 폐기처분했을 수도 있죠." 칼이 말한다. "책의 경우 재고를 그런 식으로 처리하거든요."

"저도 그렇다고 알고 있습니다. 그러니까 들어보자, 다이나. 어디에서 입수했니?"

"홈페이지에서요. 문제 생기는 건 아니죠? 모르고 그런 건데 아빠는 법을 몰랐다는 게 변명이 될 수는 없다고 입버릇처럼 말씀하시거든요."

"그런 걱정은 전혀 할 필요 없어." 호지스는 그녀를 안심시킨다. "어느 홈페이지?"

"badconcert.com이라는 데요. 리허설 도중에 아저씨가 오신다는 엄마 전화를 받고 휴대 전화로 찾아봤는데 없어졌더라고요. 가지고 있던 게임기가 바닥났나 봐요."

"아니면 분위기가 심상치 않다는 걸 알아차리고 예고 없이 슬그머니 철수한 것일 수도 있지." 앤지 스코트가 정색하고 말한다.

"그런데 쇼크가 어느 정도로 심각했나요?" 칼이 묻는다. "디가 자기 방에서 게임기를 들고 내려왔을 때 내가 뒤를 열어 보았거든요. AA 사이즈 건전지 네 개 말고는 아무것도 없던데요."

"저는 그 분야에 대해서는 전혀 모릅니다." 호지스가 말한다. 약을 먹었음에도 다시 위가 아프기 시작한다. 하지만 문제가 생긴 곳은 위가 아니라 길이가 15센티미터밖에 안 되는 바로 옆 장기다. 그는 노마 윌머와 만나고 나서 잠깐 췌장암 환자의 생존율을 검색했다. 5년 생존율이 6퍼센트밖에 안 됐다. 낙관적이라고는 할 수 없는 수치다. "아이폰 문자 알림음도 바꾸지를 못해서 주변의 죄 없는 사람들을 놀라게 하고 있는 처지거든요."

"제가 바꿔 드릴 수 있는데." 다이나가 말한다. "간단해요. 제 문자 알림은 크레이지 프로그예요."

"먼저 홈페이지 얘기부터 듣자."

"트위터에 있었어요. 학교에서 누가 알려 주더라고요. 여러 SNS를 타고 소문이 났거든요. 페이스북……… 핀터레스트……… 구글 플러스…… 이게 다 뭔지 아시죠?"

호지스는 모르지만 고개를 끄덕인다.

"뭐라고 되어 있었는지 정확하게는 아니지만 대충은 기억이 나요.

트위터 메시지는 140자를 넘을 수가 없거든요. 아시죠?"

"그럼."

호지스는 그렇게 대답하지만 트위터가 뭔지 알 길이 없다. 왼손이 욱신거리는 옆구리 쪽으로 슬금슬금 움직이려고 한다. 그는 움직이지 않도록 그 손을 붙잡아 놓는다.

"대충 뭐라고 되어 있었는가 하면……" 다이나는 눈을 감는다. 다소 부자연스럽기는 하지만 방금 전에 연극반 리허설을 마치고 온 참이지 않은가. "슬픈 소식. 어떤 정신병자 때문에 라운드 히어 콘서트가 취소됐다고 함. 하지만 기쁜 소식과 공짜 선물을 바라는 사람은 badconcert.com에 접속할 것." 그녀는 눈을 뜬다. "정확하지는 않지만 대충 어떤 내용이었는지 아시겠죠?"

"그래, 알겠다." 그는 수첩에 사이트 주소를 적는다. "그걸 보고 거기 들어가서……"

"네. 한두 명이 접속한 게 아니에요. 재미있기도 했거든요. 몇 년 전에 엄청 히트 쳤던 「키시스 온 더 미드웨이」를 부르는 라운드 히어의 바인이 20초 정도 나오다가 폭발음이 들리고 누군가가 꽥꽥거려요. '망할, 공연이 취소됐잖아.'"

"그게 뭐가 그렇게 재미있다는 건지 모르겠네." 앤지가 말한다. "너희 전부 죽을 수도 있었잖니."

"그냥 그렇게 끝났을 리는 없을 테고." 호지스가 말한다.

"그럼요. 인원이 2000명쯤 됐고 대부분 처음 가 보는 콘서트였을 텐데 평생 잊지 못할 경험을 망치지 않았느냐고 그랬어요. 음, 실제로 쓰인 단어는 *망치다*가 아니었지만요."

"실제로 쓰인 단어가 뭐였는지는 우리도 알겠다." 칼이 말한다.

"그러면서 라운드 히어 후원업체에서 재핏 게임기를 제공받았으니까 무료로 배포하겠다고 했어요. 일종의 보상 차원에서."

"그건 거의 6년 전에 있었던 일인데?" 앤지가 못 믿겠다는 말투로 묻는다.

"네. 생각해 보니까 좀 이상하긴 하네요."

"그런데 그 당시에는 생각해 보질 않은 거지?"

다이나는 샐쭉한 표정으로 어깨를 으쓱한다.

"생각해 봤어요. 그런데 괜찮을 것 같았다고요."

"어련하실까." 그녀의 아버지가 말한다.

"그래서…… 어떻게 했니?" 호지스가 묻는다. "네 이름과 주소를 이메일로 보내고 저걸……" 그는 재핏을 손으로 가리킨다. "우편으로 받았니?"

"그것 말고 하나가 더 있었어요." 다이나가 말한다. "콘서트를 보러 갔다는 걸 증명해야 했어요. 그래서 바브의 엄마를 찾아갔죠. 타냐 아줌마를요."

"왜?"

"사진을 받으려고요. 제 사진이 어딘가에 있을 텐데 못 찾겠더라고요."

"방이 말도 못해요." 앤지가 이렇게 말하고 이번에는 그녀가 눈을 부라린다.

호지스의 옆구리가 천천히, 꾸준히 욱신거리기 시작한다.

"무슨 사진 말이니, 다이나?"

"콘서트장에서 타냐 아줌마가(이름으로 불러도 아무 소리 안 해요.) 우리 사진을 찍어 줬거든요. 바브, 저, 힐다 카버 그리고 벳시 사진을요."

"벳시라면⋯⋯?"

"벳시 드위트요." 앤지가 말한다. "엄마들끼리 제비뽑기를 해서 아이들을 데려갈 사람을 정하기로 했는데 타냐가 뽑혔어요. 그래서 지니 카버의 밴을 몰고 갔죠. 그게 제일 큰 차라서."

호지스는 알겠다고 고개를 끄덕인다.

"아무튼 콘서트장에 도착했을 때 타냐 아줌마가 우리 사진을 찍었어요." 다이나가 말한다. "사진을 꼭 *찍어야* 했거든요. 한심하게 들린다는 건 알지만 우리가 그때 워낙 어렸잖아요. 지금이야 멘도사 라인(미국의 록밴드 ― 옮긴이)이나 더 레이비오넷츠(덴마크의 인디 록 듀오 ― 옮긴이)를 좋아하지만 그때는 라운드 히어가 짱이었어요. 특히 리드싱어 캠이요. 타냐 아줌마가 우리 휴대 전화로 사진을 찍었어요. 아니면 자기 전화기를 썼나? 기억이 잘 안 나요. 아무튼 우리들한테 한 장씩 다 주었는데 제 사진이 어디 있는지 못 찾겠더라고요."

"콘서트장에 갔었다는 증거로 사진을 보내야 했구나?"

"네, 이메일로요. 우리가 카버 아줌마의 밴 앞에 서 있는 사진만 있어서 자격 미달이면 어떡하나 걱정했더니 사람들이 줄을 서 있는 밍고 대강당이 배경으로 나온 사진이 두 장 있었어요. 밴드 이름이 적힌 간판이 없어서 그걸로 부족할 수도 있겠다고 생각했는데 1주일 뒤에 재핏이 배달됐어요. 큼지막한 에어캡 봉투에 넣어서요."

"발신자 주소가 있었니?"

"네. 사서함 번호는 기억나지 않지만 이름이 선라이즈 솔루션스였어요. 아마 투어 공연 후원업체였을 거예요."

그 회사가 그 당시에는 파산 전이었을 테니 그랬을 수도 있지만 호지스가 생각하기에는 가능성이 거의 없는 얘기다.

"이 도시에서 발송된 봉투였니?"

"기억이 안 나요."

"이 도시에서 발송된 거였어요." 앤지가 말한다. "바닥에 내팽개쳐진 봉투를 제가 주워서 쓰레기통에 버렸거든요. 저는 이 집의 하녀예요." 그녀는 딸을 흘끗 쳐다본다.

"죄송해요." 다이나가 말한다.

호지스는 수첩에 적는다. *선라이즈 솔루션스는 뉴욕 회사였는데 우편물은 여기서 발송됨.*

"그게 언제 있었던 일이니, 다이나?"

"그런 트윗이 있다는 얘기를 듣고 사이트에 접속한 게 작년이었어요. 정확한 날짜는 기억이 나지 않지만 추수감사절 방학 전이었어요. 엄청 빨리 배달이 돼서 진심 놀랐어요."

"그러니까 그걸 두 달 정도 가지고 있었던 거로구나."

"네."

"쇼크는 없었고?"

"네, 전혀요."

"이를 테면 피싱 홀 같은 게임을 하다가 네가 지금 어디 있는지 잊어버리고 그런 적 없었니?"

스코트 부부는 이 말에 놀란 표정을 짓지만 다이나는 사람 좋은 미소를 짓는다.

"최면 비슷한 거에 걸린 적 있느냐고 물으시는 거예요? 하나, 둘, 셋, 넷, 눈이 감긴다, 이런 식으로요?"

"나도 어떤 뜻에서 물은 건지 모르겠다만 좋아, 그렇다고 치자."

"아뇨." 다이나는 명랑한 목소리로 대답한다. "게다가 피싱 홀은 진짜 한심한 게임이에요. 어린애들용이거든요. 키패드 옆에 달린 조이스틱 비슷한 걸 움직여서 어부 조를 조종하고 물고기를 잡으면 점수를 얻어요. 하지만 너무 쉬워요. 그때 이 게임에 접속했던 이유도 분홍색 물고기에 아직 숫자가 뜨는지 확인하기 위해서였어요."

"숫자?"

"네. 게임기랑 같이 온 편지에 숫자 이야기가 적혀 있었어요. 모페드 스쿠터를 진짜 받고 싶어서 메모판에 편지를 꽂아 놨는데. 보여 드릴까요?"

"좋지."

그녀가 편지를 가지러 2층으로 달려 올라가자 호지스는 화장실을 좀 쓰겠다고 양해를 구한다. 들어가서 셔츠 단추를 풀고 욱신거리는 왼쪽 옆구리를 쳐다본다. 살짝 부은 것처럼 보이고 만지면 뜨끈하게 느껴지지만 그의 착각일 수도 있다. 그는 변기 물을 내리고 흰색 알약을 두 개 더 먹는다. 됐니? 그는 욱신거리는 옆구리에게 묻는다. 여기서 볼일 마칠 때까지 잠깐만 조용히 있어 주면 안 될까?

다이나가 무대 화장을 거의 지웠기에 아홉 살 아니면 열 살 때 흥분해서 전자레인지에 넣은 팝콘처럼 깡충깡충 뛰며 난생처음으로 콘서트장에 갔을 그녀와 다른 세 아이의 모습이 좀 전보다 쉽게 그려진다. 그녀가 게임기와 함께 배달되었다는 편지를 그에게 건넨다.

맨 꼭대기에 떠오르는 태양이 있고 선라이즈 솔루션스(SUNRISE SOLUTIONS)라는 문구가 아치 모양으로 태양을 감싸고 있다. 그럴듯하지만 호지스는 지금까지 이런 풍의 회사 로고를 본 적이 없다. 원본을 손으로 따라 그린 것처럼 묘하게 아마추어의 분위기를 풍긴다. 같은 내용의 편지에 아이의 이름을 넣어서 좀 더 친근하게 꾸몄다. 하지만 보험회사와 악덕 변호사들이 발송하는 단체 메일에도 이름이 들어가는 요즘 세상에 이런 편지에 속을 사람은 없을 것이다.

다이나 스코트에게

축하합니다! 65개의 재미있고 짜릿한 게임이 탑재된 재핏 게임기로 즐거운 시간을 보내기 바랍니다. 무선 랜카드가 장착돼 있기에 원하는 인터넷 사이트에 접속하고 선라이즈 리더스 동아리 회원으로 e북도 다운받을 수 있어요! 취소된 콘서트를 보상하는 차원에서 **무료로** 게임기를 제공하지만 주변 친구들에게도 널리 홍보해 주기 바랍니다. 그리고 한 가지 더! 피싱 홀 데모 영상에서 분홍색 물고기가 나올 때마다 손끝으로 터치하면 언젠가 물고기가 숫자로 변할 거예요! 물고기를 터치했을 때 나온 숫자의 조합이 다음에 해당하면 **엄청난 상품**을 받을 수 있어요. 하지만 숫자는 잠깐 동안만 등장했다가 사라지기 때문에 **수시로 확인하세요!** zeetheend.com의 '재핏 클럽'에 가입하면 친구들과 만날 수 있고 행운의 상품도 받을 수 있어요. 선라이즈 솔루션스와 재핏 제작팀에서 감사 인사를 전합니다!

낙서나 다를 바 없는 서명 밑으로 이런 문구가 이어진다.

다이나 스코트의 행운의 숫자:

1034=25달러 상당의 뎁 상품권

1781＝40달러 상당의 아톰 아케이드 상품권

1946＝50달러 상당의 카마이크 시네마스 상품권

7459＝웨이브 50cc 모페드 스쿠터(대상)

"이 헛소리를 믿었단 말이냐?" 칼 스코트가 묻는다.

아버지가 웃으며 던진 이 말에 다이나는 울음을 터뜨린다.

"알았어요. 제가 바보 같았어요. 마음껏 놀리세요."

칼은 그녀를 끌어안고 관자놀이에 입을 맞춘다.

"아니야. 나도 네 나이였다면 속았을 거다."

"그래서 분홍색 물고기를 수시로 확인했니, 다이나?"

호지스가 묻는다.

"네. 하루에 한두 번씩요. 그런데 분홍색 물고기가 워낙 빨라서 게임보다 그게 더 힘들어요. 장난 아니게 집중해야 해요."

'당연히 그렇겠지.' 호지스는 생각한다. 점점 더 느낌이 안 좋아진다.

"하지만 숫자는 안 나왔겠지?"

"아직은요."

"내가 가져가도 될까?" 그는 재핏을 가리키며 묻는다. 나중에 돌려주겠다고 얘기하려다 하지 않는다. 돌려줄 것 같지 않기 때문이다. "편지도 같이."

"한 가지 조건이 있어요."

통증이 이제 잦아들었기에 호지스는 미소를 지을 수 있다.

"뭔데?"

"분홍색 물고기를 계속 확인해 주세요. 그리고 행운의 숫자가 나오면 *제가* 상품을 받을 거예요."

"좋아." 호지스는 이렇게 대답하지만 속으로는 딴 생각을 한다. '다이나, 너한테 상품을 주고 싶어 하는 사람이 있긴 하다만 그게 모페드 스쿠터나 영화 관람권은 아닐 거다.' 그는 재핏과 편지를 들고 자리에서 일어난다. "시간 내 주셔서 감사합니다."

"별말씀을요." 칼이 말한다. "어찌 된 영문인지 파악이 되면 저희한테도 알려 주실 거죠?"

"그럼요." 호지스가 말한다. "다이나, 마지막으로 한 가지 더 물어볼 게 있는데 한심하게 들리더라도 내가 일흔을 앞둔 노인이라는 걸 기억해 주기 바란다."

그녀는 미소를 짓는다.

"학교에서 모턴 선생님은 그러세요. 이 세상에 한심한 질문은 딱 하나뿐인데……"

"물어보지 않은 질문이라고. 그래, 나도 그렇게 생각하니까 물어보마. 노스사이드 고등학교의 학생들은 전부 아는 거지? 공짜로 받을 수 있는 게임기, 숫자가 뜨는 물고기, 그리고 상품에 대해서."

"우리 학교뿐 아니라 다른 학교에서도 전부 알아요. 트위터, 페이스북, 핀터레스트, 익약…… 그런 식으로 소문이 번지거든요."

"콘서트장에 갔다는 걸 증명만 할 수 있으면 이 게임기를 받을 수 있는 거고?"

"그렇죠."

"그럼 벳시 드위트는? 벳시도 받았니?"

다이나는 얼굴을 찡그린다.

"아뇨. 웃긴 게 그날 저녁에 찍은 사진을 찾아서 보냈거든요. 그런데 천하태평인 성격이라 저보다 늦게 보내는 바람에 게임기가 다 떨어졌나 봐요. 꾸물대면 손해인 거죠."

호지스는 스코트 가족에게 다시 한 번 고맙다고 인사하고 다이나에게 연극 잘하길 빈다고 한 다음 차를 세워 놓은 곳까지 걸어간다. 운전석에 올라타고 보니 내부가 입김이 보일 정도로 춥다. 통증이 다시 찾아온다. 맥이 네 번 격하게 꿈틀거린다. 그는 이를 악물고 통증이 지나가길 기다리며 원인을 알았기 때문에 전에 없이 날카로운 통증이 느껴지는 거라고, 심리적인 증상이라고 자신을 다독이지만 설득력이 떨어진다. 문득 치료를 유예한 이틀이라는 시간이 길게 느껴지지만 그는 참을 것이다. 끔찍한 생각이 고개를 들고 있기에 그래야만 한다. 피트 헌틀리는 믿지 않을 테고, 이지 제인스는 얼른 구급차를 타고 가장 가까운 정신병원으로 이송해야 하는 것 아니냐고 할지 모른다. 호지스도 믿기지 않지만 조각들을 맞추었을 때 탄생된 그림이 황당할지는 몰라도 섬뜩한 논리를 갖추고 있다.

그는 프리우스에 시동을 걸고 집으로 향한다. 집에 가서 홀리에게 전화를 걸어 선라이즈 솔루션스가 라운드 히어 콘서트를 후원한 적이 있는지 알아봐 달라고 할 것이다. 그런 다음 TV를 볼 것이다. TV에서 재미있는 프로그램이 나오는 척하다가 지치면 침대에 누워서 아침이 오길 뜬눈으로 기다릴 것이다.

그런데 초록색 재킷이 너무 궁금하다.

너무 궁금해서 견딜 수 없을 정도다. 그는 올굿 플레이스와 하퍼

대로 중간의 쇼핑센터로 들어가서 문을 닫은 세탁소 앞에 차를 대고 게임기 전원을 켠다. 하얀 불빛이 번쩍이더니 빨간색 Z가 점점 가까이 다가오며 커져서 Z의 비스듬한 부분으로 온 화면이 빨개진다. 잠시 후에 하얀 불빛이 다시 번쩍이고 메시지가 등장한다. 재핏에 접속하신 것을 환영합니다! 게임을 사랑하는 우리! 시작하려면 아무 키를 누르거나 화면을 옆으로 움직이시기 바랍니다!

화면을 옆으로 움직이자 몇 줄로 깔끔하게 정리된 게임 아이콘들이 등장한다. 스페이스 인베이더, 동키 콩, 팩맨, 그리고 그 노란 악마의 여자친구 격인 미즈 팩맨 등 앨리가 어렸을 때 쇼핑몰에서 하고 놀았던 오락의 게임기 버전도 있다. 재니스 엘러턴이 중독되었던 갖가지 솔리테어도 있고, 호지스가 듣도 보도 못한 게임들도 많다. 화면을 한 번 더 움직이자 스펠타워와 바비스 패션 워크 사이에 피싱 홀이 있다. 그는 심호흡을 하며 아이콘을 터치한다.

화면에 피싱 홀을 불러오는 중입니다라는 메시지가 뜬다. 한 10초 정도(실제로는 그보다 더 길게 느껴진다.) 조그만 동그라미가 회전하다가 데모 영상이 시작된다. 물고기들이 왔다갔다 헤엄치거나 공중제비를 돌거나 대각선으로 쏜살같이 오르락내리락한다. 입과 퍼덕이는 꼬리에서 물방울이 피어오른다. 물의 꼭대기는 초록색이지만 밑으로 내려갈수록 점점 파래진다. 들어 본 적 없는 깜찍한 음악이 흐른다. 호지스는 화면을 쳐다보며 뭔가가 느껴지길 기다린다. 아마도 졸음이 쏟아지지 않을까 싶다.

물고기들은 빨간색, 초록색, 파란색, 금색, 노란색이다. 열대어로 설정이 됐을 텐데 엑스박스와 플레이스테이션 TV 광고처럼 극사실

주의적인 느낌은 없다. 기본적으로 단순한 만화다. 재핏이 망할 만도 했다는 생각이 들지만 물고기들이 어떨 때는 혼자서, 어떨 때는 쌍으로, 어쩌다 한 번씩은 대여섯 마리가 무지개 빛깔로 움직이는 것이 살짝 최면상태를 유발하기는 한다.

잠시 후에 오호라, 분홍색 물고기가 등장한다. 호지스는 화면을 터치하지만 물고기의 속도가 조금 더 빨라서 놓치고 만다. 그는 "젠장!" 하고 나지막이 중얼거린다. 진짜로 졸음기가 살짝 느껴지기 시작하자 그는 어두컴컴한 세탁소 유리창을 잠깐 올려다본다. 게임기를 들지 않은 쪽 손으로 왼쪽 뺨과 오른쪽 뺨을 차례대로 가볍게 때린 뒤 다시 화면을 내려다본다. 아까보다 많은 물고기들이 복잡한 패턴을 그리며 이리저리 움직이고 있다.

분홍색 물고기가 다시 등장하자 이번에는 화면 왼쪽으로 쌩하니 달아나기 전에 터치하는 데 성공한다. 물고기가 깜빡거리지만(꼭 '좋아, 빌, 이번에는 잘했어.'라고 말하는 듯이) 숫자가 뜨지는 않는다. 그는 열심히 쳐다보며 기다리고 분홍색 물고기가 또 한 마리 등장하자 다시 화면을 터치한다. 이번에도 숫자는 뜨지 않는다. 실제 현실에서는 존재하지 않는 분홍색 물고기만 보이고 끝이다.

음악이 시끄러워지고 느려진 것처럼 느껴진다. 호지스는 생각한다. '정말로 무슨 효과가 있네.' 가볍고 우연한 현상일지 몰라도 분명 뭔가가 있다.

그는 전원 버튼을 누른다. 화면에 감사합니다 또 만나요라는 메시지가 번쩍 뜨고 나서 캄캄해진다. 그는 계기판 시계를 확인한 순간 이렇게 앉아서 10분도 넘게 재핏을 쳐다보고 있다는 걸 알아차리고

화들짝 놀란다. 2분 아니면 3분쯤 지난 것 같은데. 끽해야 5분쯤 지
난 것 같은데. 다이나는 시간 가는 줄 모르고 피싱 홀 데모 영상을
쳐다본 적이 있다는 말을 하지 않았지만 그가 묻지도 않았다. 그가
제법 독한 진통제를 두 알 먹어서 좀 전의 그런 현상이 나타난 것일
수도 있다. 무슨 이유가 있다면 그 때문일 것이다.

그래도 숫자는 뜨지 않았다.

분홍색 물고기는 그냥 분홍색 물고기였다.

호지스는 재핏을 휴대 전화와 함께 외투 주머니에 넣고 집으로 차
를 몬다.

3

브래디 하츠필드의 정체가 만천하에 밝혀지기 전에 컴퓨터 수리
업체에서 함께 일했던 프레디 링크래터는 식탁에 앉아서 한 손가락
으로 은색 술병을 돌리며 멋진 서류가방과 함께 등장할 사람을 기다
린다.

그는 자칭 닥터Z라고 하지만 프레디는 바보가 아니다. 그녀는 서
류가방에 새겨진 이니셜이 상징하는 이름을 안다. 펠릭스 배비노,
카이너 기념 병원의 신경과장이다.

그는 그녀가 안다는 걸 알까? 알지만 신경 쓰지 않는 눈치다. 하지
만 이상하다. 아주 이상하다. 그는 명실상부하게 노익장을 과시하는
육십 대인데 훨씬 젊은 누군가를 연상시킨다. 그의 가장 유명한(사실

은 가장 악명이 높은) 환자를 연상시킨다.

술병이 돌고 또 돈다. 옆에 GH & FL 4EVER라고 새겨져 있다. 그들에게 영원은 약 2년이었고 글로리아 홀리스는 한참 전에 떠났다. 배비노(아니면 만화책에 등장하는 악당 스타일로 부르자면 닥터Z)도 거기에 기여한 부분이 있었다.

"그 사람, 섬뜩해." 글로리아가 말했다. "그보다 나이 많은 남자도 그렇고. 돈도 섬뜩해. 너무 많잖아. 그들이 무슨 속셈으로 프레디, 너를 끌어들이는지 모르겠지만 조만간 큰코다칠 거야. 나는 고래 싸움에 새우등 터지기 싫어."

물론 글로리아가 한눈을 판 것도 있었지만(몸은 각이 지고 턱은 뾰족하며 뺨은 움푹 들어간 프레디보다 좀 더 잘생긴 상대에게) 그 부분에 대해서는 절대 언급하고 싶지 않았다. 절대.

술병이 돌고 또 돈다.

처음에는 모든 게 아주 간단해 보였고 그 돈을 거부할 재간이 없었다. 그녀는 디스카운트 일렉트로닉스에서 사이버 순찰대로 근무하던 시절에 모아 놓은 돈이 별로 없었고 가게가 문을 닫은 뒤에 일인 IT 전문가로 거둔 수입으로는 길거리에 나앉지나 않으면 다행이었다. 예전에 직장 상사였던 앤서니 프로비셔가 '대인 관계 기술'이라고 표현한 능력이 있었다면 상황이 달랐을지 모르지만 그녀가 그쪽으로는 영 재주가 없었다. 자칭 Z보이라는(이야말로 만화책에나 나옴직한 이름이 아닌가.) 영감의 제안은 하늘에서 내린 선물과도 같았다. 그녀는 사우드사이드에서도 두메산골 속 천국이라고 불리는 동네의 개 같은 아파트에 살고 있었고, 이 남자에게 이미 받은 돈이 있음에도 월세가 한 달 밀린 상태였다. 그런 상황에서 어떻게 해야 했을까? 5000달러를 거절해야 했을까? 꿈 깨시지.

술병이 돌고 또 돈다.

이 남자가 늦는다. 어쩌면 오지 않을 수도 있는데 그게 최선일지 모른다.

그녀는 손잡이 달린 종이가방에 대부분의 소지품이 담긴(그 종이가방을 옹기종기 모아놓고 크로스타운 고속도로 굴다리 밑에서 잠을 청하는 그녀의 모습이 눈에 선했다.) 방 두 개짜리 그녀의 아파트를 이리저리 둘러보던 영감의 시선을 기억한다.

"이보다 집이 넓어야겠는데." 그가 말했다.

"맞아요. 그리고 캘리포니아에서 농사짓는 사람들한테는 비가 내려야겠죠." 그녀는 그가 건네 봉투를 슬쩍 들여다보았던 것을 기억한다. 50달러짜리 지폐를 넘기자 얼마나 기분 좋은 소리가 났는지 기억한다. "고맙긴 하지만 지금까지 진 빚을 전부 갚으면 얼마 안 남겠는데요?"

대부분 떼어먹을 수 있는 빚이었지만 영감한테 그걸 알릴 필요는 없었다.

"더 줄 거야. 그리고 우리 보스가 아파트도 하나 얻어 주고 거기서 어떤 우편물을 받아 달라고 할 수도 있어."

그 소리에 경보음이 울렸다.

"마약 얘기라면 없었던 일로 하죠."

그녀는 마음이 아팠지만 돈다발이 든 봉투를 그에게 내밀었다.

그는 경멸하듯 얼굴을 살짝 찡그리며 봉투를 그녀 쪽으로 다시 밀었다.

"약물은 아니야. 조금이라도 불법적인 구석이 있는 우편물에 수령했다고 사인을 하는 일은 없을 거야."

그래서 그녀는 지금 호숫가 근처의 이 아파트에 있다. 6층이라 전망이랄 것도 별로 없고 근사한 궁전도 아니다. 특히 겨울에는 더욱 그렇다. 더 늦게 지어진 더 근사한 고층 건물 사이로 호수는 손바닥만 하게 보일 뿐인데 바람은 그 사이로 아무 문제없이 잘도 불어오고 1월에는 그 바람이 차다. 장식용 온도계를 26도에 맞춰 놓아도 셔츠를 세 겹 걸치고 멜빵 청바지 밑에 내복을 입고 있다. 두메산골 속 천국이 과거 속 이야기가 된 것만큼은 기념비적인 일이지만 이로써 충분하냐는 물음표는 여전히 존재한다.

은색 술병이 돌고 또 돈다. GH & FL 4EVER. 하지만 영원한 건 없다.

로비 버저가 울려서 사람을 움찔하게 만든다. 그녀는 술잔(빛나던 글로리아 시대의 기념품이다.)을 들고 인터컴이 있는 곳으로 향한다. 또 러시아 스파이 말투를 쓰고 싶은 유혹을 애써 참는다. 배비노 박사를 자칭하건 닥터Z를 자칭하건 이 남자는 무서운 구석이 있다. 두메산골 속 천국에서 메타암페타민을 파는 약장수처럼 무서운 게 아니라 종류가 다르다. 하라는 대로 제대로 해치우고 일이 잘못됐을 때 큰 문제가 생기지 않길 비는 수밖에 없다.

"그 유명한 닥터Z이신가요?"

"두말하면 잔소리."

"늦으셨네요."

"나 때문에 못한 중요한 일이라도 있나, 프레디?"

아니, 그런 일은 없다. 요즘 그녀가 하는 일 중에 중요한 일은 없다.

"돈은 들고 오셨겠죠?"

"물론이지."

조급한 말투다. 이 어이없는 일을 맨 처음 의뢰한 영감도 똑같이 조급한 말투를 썼다. 그와 닥터Z는 닮은 구석이 전혀 없지만 말투가 비슷해서 형제지간인가 싶을 지경이다. 그런데 그들의 말투는 그녀가 예전에 함께 일했던 직장 동료하고도 비슷하다. 미스터 메르세데스로 밝혀진 사람하고도 말이다.

프레디는 닥터Z를 대신해서 저지른 여러 건의 해킹에 대해서 생각하고 싶지 않은 만큼, 그 부분에 대해서도 더 이상 생각하고 싶지 않다. 그녀는 인터컴 옆에 달린 버저를 누른다.

기운을 북돋기 위해 스카치위스키를 한 모금 마시며 그를 기다리기 위해 문 앞으로 걸어간다. 술병을 중간 셔츠 가슴주머니에 쑤셔 넣고, 그 아래 셔츠 주머니에 넣어 둔 박하사탕을 꺼낸다. 그녀에게서 술 냄새가 풍기더라도 닥터Z는 전혀 상관하지 않겠지만 그녀는 디스카운트 일렉트로닉스에서 일하던 시절에 술을 한 모금 마시고 나면 꼭 박하사탕을 먹었고 오래된 습관은 끊기 어려운 법이다. 맨 위에 입은 셔츠 주머니에서 말보로를 한 대 꺼내 불을 붙인다. 그러면 술 냄새도 없애고 마음도 좀 더 진정시킬 수 있을 것이다. 그가 간접흡연을 질색한들 어쩔 것인가.

"이 남자는 제법 괜찮은 아파트를 구해 주고 지난 18개월 동안 너한테 거의 3만 달러를 줬어." 글로리아는 이렇게 말했다. "어지간한 해커라면 누구든 눈을 감고서도 할 수 있을 만한 일이라며? 그런데 너를 선택한 *이유*가 뭘까? 돈을 그렇게 많이 주는 이유가 뭘까?"

이것 역시 생각하고 싶지 않은 부분이다.

시발점은 브래디가 엄마와 함께 찍은 사진이었다. 버치 몰 점이 문을 닫는다는 소식이 전해지고 얼마 되지 않았을 때 그녀가 디스카운트 일레트로닉스 창고에서 그 사진을 발견했다. 브래디가 그 악명 높은 메르세데스 킬러로 밝혀지자 그들의 상사였던 앤서니 '톤스' 프로비셔가 그의 책상에 있던 사진을 거기로 치운 모양이었다. 예전에 성 정체성을 주제로 진지한 대화를 몇 번 나눈 적은 있지만 프레디는 브래디를 딱히 좋아하지는 않았다. 그 사진을 싸서 병원으로 들고 간 건 순전히 즉흥적인 발상이었다. 그 뒤로 몇 번 더 찾아갔던 것은 단순한 호기심 더하기 브래디가 그녀에게 보인 반응에 대해 일말의 자부심을 느꼈기 때문이었다. 그가 *미소*를 지었던 것이다.

"환자가 반응을 보이네요." 한번은 프레디가 문병을 하고 나왔을 때 새로 바뀐 수간호사 스캐펠리가 말했다. "아주 드문 일인데."

베키 헬밍턴이 스캐펠리로 대체됐을 무렵, 프레디는 그녀에게 현금을 지급하는 임무를 인계받은 정체불명의 닥터Z가 사실은 펠릭스 배비노 박사라는 것을 알고 있었다. 그녀는 그 부분에 대해서도 생각하지 않았다. UPS를 통해 테레호테에서 날아오기 시작한 상자들에 대해서도, 해킹에 대해서도 그랬다. 그녀는 생각하지 않기의 달인이 되었다. 일단 생각하기 시작하면 연관성이 확연해지기 때문이었다. 이 모든 게 다 그 빌어먹을 사진 때문이다. 프레디는 충동을 참았더라면 얼마나 좋았을까 하는 생각을 하지만, 어머니가 늘 하던 말처럼 후회는 항상 너무 늦게 찾아오는 법이다.

복도를 걸어오는 그의 발소리가 들린다. 그녀는 초인종이 울리기 전에 문을 열고 자기도 모르게 불쑥 묻는다.

"솔직히 대답해 주세요, 닥터Z. 혹시 브래디인가요?"

4

호지스가 현관문 안으로 들어서자마자 아직 외투를 벗지도 않았을 때 휴대 전화 벨이 울린다.

"홀리."

"괜찮아요?"

생각해 보니 요즘 들어 그녀의 전화가 이 말로 시작할 때가 많다. 죽어라, 개새끼야, 보다는 낫긴 하다.

"좋아요."

"하루만 지나면 치료 시작하는 거예요. 시작하면 중단하지 않을 거고요. 의사가 뭐라고 하든."

"걱정 그만해요. 약속은 약속이니까."

"암이 완치되면 걱정 그만할 거예요."

'그러지 마요, 홀리.' 그는 생각하고, 뜻밖에 눈시울이 시큰해지자 눈을 감는다. '그러지 마요, 그러지 마요, 그러지 마요.'

"제롬이 오늘 밤에 온대요. 공항에서 전화로 바브라 상태를 묻기에 바브라한테 들은 이야기를 전부 해 줬어요. 11시에 도착한대요. 일찍 출발해서 다행이에요. 엄청난 폭풍이 들이닥치고 있다고 하거든요. 내가 차 렌트해 줄까 하고 물었어요. 당신이 다른 지방으로 출장 갈 때도 내가 렌터카 알아봐 주잖아요. 회사 계정을 만들어 놓으니까 아주 간단하게……"

"내가 항복할 때까지 당신이 끈질기게 졸라서 만든 거잖아요. 내가 모를 줄 알아요?"

"그런데 필요 없대요. 아버지가 마중 나온대요. 내일 오전 8시에 문병 갈 거고 병원에서 별 무리 없겠다고 하면 바브라를 퇴원시킬 거래요. 그래서 괜찮으면 10시쯤 우리 사무실로 올 수 있겠다고 했어요."

"좋아요." 호지스는 눈을 훔치며 말한다. 제롬이 얼마나 도움이 될지 모르겠지만 만나서 반가운 건 사실이다. "제롬이 그 빌어먹을 게임기에 대해서 뭐라도 좀 더 알아내면……"

"알아봐 달라고 했어요. 다이나한테 게임기 받았어요?"

"받았고 해 봤어요. 피싱 홀 데모 영상에 분명 뭔가가 있긴 있었어요. 한참 보고 있으면 졸리더라고요. 하지만 우연한 현상일 텐데 걸려들 아이가 있을까 싶어요. 다들 곧장 게임을 시작하고 싶어 할 텐데."

그는 다이나에게 들은 다른 정보를 그녀에게 전한다.

홀리가 말한다.

"그러니까 다이나는 바브라나 엘러턴과는 다른 경로로 재핏을 입수했군요."

"맞아요."

"그리고 힐다 카버도 잊으면 안 되죠. 걔도 이름이 마이런 제이컴이라는 남자한테 받았다고 했잖아요. 걔 건 고장이 났지만, 바브 말로는 파란 불빛이 한 번 번쩍하더니 꺼져 버렸대요. 당신도 파란 불빛 봤어요?"

"아뇨." 호지스는 별 게 없는 냉장고를 들여다보며 속에서 거부하지 않을 만한 게 있을지 고민하다 바나나 맛 요거트로 결정한다. "분홍색 물고기는 있었는데 내가 몇 마리 터치하는 데 어렵사리 성공했지만 숫자가 뜨지는 않았어요."

"엘러턴 부인의 게임기에서는 떴을 거예요."

호지스도 같은 생각이다. 일반화하기에는 이르지만 짐작컨대 서류가방을 들고 다니던 마이런 제이컴이라는 남자가 준 재핏에서만 물고기를 터치하면 숫자가 떴을 것이다. 그리고 이 게임의 배후에는 Z라는 글자와 연관이 있고 자살에 병적으로 관심이 많은 누군가가 있을 것이다. 이 게임은 브래디 하츠필드의 냄새를 물씬 풍기는데 젠장, 브래디는 카이너 기념 병원의 병실에 틀어박혀 있지 않은가. 반론의 여지가 없는 그 사실이 계속 호지스의 앞을 가로막는다. 아무래도 브래디 하츠필드가 꼭두각시들을 동원해서 똥칠을 하고 있는 것 같은데 어떤 식으로 그들을 조종하고 있을까? 그리고 그들은 왜 그를 대신해서 움직이고 있는 걸까?

"홀리, 컴퓨터로 뭐 하나만 알아봐 줘요. 대단한 건 아니고 확인할 게 있어서요."

"뭔데요?"

"2010년에 하츠필드가 밍고 대강당을 폭파하려고 했을 때 그 라운드 히어 콘서트 후원사 중에 선라이즈 솔루션스가 있었는지 알고 싶어서요. 아니면 다른 라운드 히어 콘서트라도 후원한 적이 있었는지도요."

"알았어요. 저녁 먹었어요?"

"지금 먹으려고요."

"잘 생각했어요. 뭐 먹을 건데요?"

"스테이크, 가늘게 썬 감자튀김 그리고 샐러드요." 호지스는 혐오와 체념이 뒤섞인 표정으로 요거트를 쳐다보며 말한다. "디저트로는 먹다 남긴 애플 타르트."

"전자레인지에 데워서 바닐라 아이스크림을 얹어 먹어요. 맛있겠다!"

"생각해 볼게요."

홀리가 5분 뒤에 찾은 정보를 가지고 연락하자 호지스는 그녀를 잘 알고 있음에도 불구하고 놀라워한다.

"맙소사, 홀리, 벌써 찾았어요?"

홀리는 프레디 링크래터가 했던 말을 거의 고스란히 따라한다. 물론 우연의 일치다.

"다음번에는 좀 더 어려운 일을 맡겨 줘요. 참고로 얘기하자면 라운드 히어는 2013년에 해체됐어요. 그런 보이 밴드들은 수명이 짧은가 봐요."

"그렇죠." 호지스가 말한다. "수염을 깎을 나이가 되면 여자애들이 흥미를 잃으니까."

"나는 몰랐어요. 원래부터 빌리 조엘 팬이었거든요. 마이클 볼턴도 좋아했고."

'아, 홀리.' 호지스는 안타까워진다. 전에도 여러 번이나 느꼈던 감정이다.

"이 그룹은 2007년부터 2012년까지 전국 투어를 여섯 번 했어요. 첫 번째 투어의 후원사는 샤프 시리얼스였고 콘서트장에서 무료로 샘플을 나누어 주었어요. 밍고에서 열렸던 콘서트를 포함해서 마지막 두 번은 후원사가 펩시였고요."

"선라이즈 솔루션스가 후원한 적은 없었군요."

"맞아요."

"고마워요, 홀리. 내일 봐요."

"네. 저녁 먹고 있어요?"

"지금 막 식탁에 앉았어요."

"알았어요. 그리고 치료 시작하기 전에 시간 내서 바브라 만나요. 어디가 문제인지 모르겠지만 아직 여파가 남아서 친숙한 사람들을 많이 만나는 게 좋거든요. 머릿속에 끈적끈적한 자국이 남은 것 같대요."

"그럴게요."

호지스는 그렇게 말하지만 그 약속을 지키지는 못한다.

5

혹시 브래디인가요?

마이런 제이컴을 자칭할 때도 있고 닥터Z를 자칭할 때도 있는 펠릭스 배비노는 그 말에 미소를 짓는다. 그러자 수염을 깎지 않은 뺨이 징그럽게 쭈글쭈글해진다. 오늘밤에 그는 챙이 좁은 중절모가 아니라 털이 북슬북슬한 우샨카(러시아군의 방한용 털모자 — 옮긴이)를 쓰고 있어서 눌린 백발이 밑으로 삐져나왔다. 프레디는 그렇게 물어본 것을, 그를 집 안에 들인 것을, 그라는 존재를 알게 된 것을 후회한다. 그가 브래디가 맞는다면 걸어다니는 유령의 집이나 다름없기 때문이다.

"나한테 아무것도 묻지 말아야 내가 거짓말을 할 일도 없을 텐데." 그가 말한다.

그녀는 그쯤에서 덮어 두고 싶지만 그렇게 되질 않는다.

"왜냐하면 말투가 비슷하거든요. 그리고 상자들이 배달된 다음 그 사람이 들고 온 해킹 프로그램…… 그거 브래디가 만든 거였어요. 지문처럼 분명했어요."

"브래디 하츠필드는 한물간 게임기에 쓸 수 있는 해킹 프로그램을 만들기는커녕 제대로 걷지도 못하는 긴장증 환자야. 그 게임기들 중에는 한물간 건 둘째 치고 고장 난 것도 있었단 말이지. 내 돈만 꿀꺽하고 물건은 떼먹은 선라이즈 솔루션스 개새끼들 때문에 지금 열 받아서 뚜껑 열렸어."

열 받아서 뚜껑 열렸어. 사이버 순찰대 시절에 브래디가 상사나 CPU에 모카라테를 쏟은 바보 고객 이야기를 할 때 종종 썼던 표현이다.

"프레디, 돈도 많이 받았고 일도 거의 끝났잖아. 그러면 됐지, 뭘 더 바라나?"

그는 대답을 기다리지 않고 그녀를 지나쳐 서류가방을 식탁 위에 놓고 탁 소리와 함께 연다. 그녀의 이니셜 FL이 적힌 봉투를 꺼낸다. 글자가 뒤로 비스듬하게 누웠다. 그녀는 디스카운트 일렉트로닉스 사이버 순찰대로 일하는 동안 그 비슷하게 뒤로 누운 글자를 수백 건의 작업 오더에서 본 적이 있다. 브래디가 쓴 작업 오더에서 본 적이 있다.

"1만 달러." 닥터Z가 말한다. "마지막 잔금이야. 이제 일을 시작하시지."

프레디는 봉투를 향해 손을 내민다.

"번거로우면 가셔도 돼요. 나머지는 기본적으로 자동이에요. 알람시계 맞추는 거랑 비슷해요."

'네가 브래디라면 직접 할 수도 있을 텐데.' 그녀는 생각한다. '나도 쓸 만하지만 네 실력이 더 좋았잖아.'

그는 그녀의 손끝이 닿을 때까지 기다렸다가 봉투를 뒤로 뺀다.

"여기 있겠어. 너를 못 믿어서 그러는 건 아니고."

'그럼요.' 프레디는 생각한다. '어련하시겠어요.'

그는 다시 한 번 두 뺨을 일그러뜨리며 섬뜩한 미소를 짓는다.

"그리고 누가 알겠어? 운이 좋으면 첫 번째 안타를 볼 수 있을지도 모르잖아."

"재킷을 받은 사람들이 대부분 버렸을 거예요. 끽해야 *장난감*이잖아요. 게다가 당신도 이야기했다시피 심지어 작동이 안 되는 것도 있었으니까."

"그런 걱정은 내가 하지."

닥터Z가 말한다. 다시 한 번 그의 뺨에 주름이 잡히면서 뒤로 당겨진다. 코카인이라도 한 것처럼 눈이 빨갛다. 그녀는 정확한 목적이 뭐냐고, 의도가 뭐냐고 물어볼까 하는 생각이 들지만…… 어렴풋이 짐작하고 있는데 굳이 확인할 필요가 있을까 싶다. 게다가 이 사람이 브래디라면 걱정하지 않아도 된다. 그는 예전에도 별의별 아이디어들로 넘쳐났는데 전부 황당하기 짝이 없었다.

뭐.

대부분은 그랬다.

그녀는 남는 방에 차린 작업실로 앞장선다. 전부터 전자기기로 이루어진 그런 식의 도피처를 꿈꾸었지만 그럴 만한 여력이 없었다. 글로리아처럼 예쁘고 잘 웃고 '대인 관계 기술'이 있는 사람들은 왜 그런 은신처가 필요한지 이해하지 못하겠지만 말이다. 이 방은 히터가 거의 작동하지 않아서 집 안의 다른 곳보다 온도가 2~3도 낮다. 그래도 컴퓨터들은 아랑곳하지 않는다. 오히려 좋아한다.

"자." 그가 말한다. "시작하시지."

그녀는 27인치 모니터가 달린 최고급 사양의 맥 데스크톱 앞에 앉아서 죽어 있던 화면을 살리고 아무 숫자나 조합해서 만든 비밀번호를 입력한다. 다른 비밀번호를 입력해서 그냥 Z라고 된 파일을 연다. 서브파일은 Z-1, Z-2라고 되어 있다. 그녀는 세 번째 비밀번호를 입력해 Z-2를 열고 키보드를 빠르게 두드리기 시작한다. 닥터Z가 왼쪽 어깨 옆에 서 있다. 처음에는 그의 존재가 심란하고 음산하게 느껴지지만 그녀는 늘 그렇듯 작업 속으로 빠져든다.

시간이 많이 걸리는 일도 아니다. 닥터Z가 프로그램을 주었으니 그걸 실행하는 것쯤이야 식은 죽 먹기다. 컴퓨터 오른쪽 높은 선반에 모토롤라 시그널 리피터가 있다. 그녀가 커맨드와 Z키를 동시에 누르자 시그널 리피터가 작동되기 시작한다. 노란 점으로 이루어진 한 단어가 뜬다. SEARCHING. 아무도 없는 네거리의 신호등처럼 깜빡거린다.

기다림이 시작되고 프레디는 자기가 숨을 참고 있다는 것을 뒤늦게 알아차린다. 그녀가 훅 하고 숨을 뱉자 푹 꺼진 뺨이 일시적으로 부풀어 오른다. 그녀가 일어나려고 하자 닥터Z가 어깨에 손을 얹는다. "좀 더 기다려보지."

그들은 5분 동안 기다리지만 기기가 나지막이 웅웅거리는 소리와 얼어붙은 호수에서 울부짖는 바람소리뿐이다. SEARCHING이라는 단어만 계속 깜빡인다.

"좋아." 마침내 그가 말한다. "애초부터 기대가 너무 컸다는 거 알아. 모든 건 때가 있는 법인데 말이지. 프레디, 다른 방으로 자리를 옮길까? 잔금을 주고 나는 이만……"

노란색 SEARCHING이 갑자기 초록색 FOUND로 바뀐다.

"찾았다!" 그가 고함을 지르자 그녀는 놀라서 움찔한다. "찾았어, 프레디! 첫 번째 타깃이야!"

이로써 일말의 의구심마저 해소되고 그녀는 확신이 생긴다. 의기양양한 함성이 결정타다. 틀림없는 브래디다. 그는 북슬북슬한 러시아 모자와 완벽하게 어울리는, 살아 있는 마트료시카(인형 안에 인형이 든 러시아 도기 인형 ─ 옮긴이)가 되었다. 배비노의 안을 들여다보면 닥터Z가 있다. 닥터Z의 안을 들여다보면 온갖 레버를 조종 중인 브래디 하츠필드가 있다. 어떻게 그럴 수가 있는지 아무도 모를 일이지만 분명히 그렇다.

FOUND라는 초록색 글씨가 LOADING이라는 빨간색 글씨로 바뀐다. 몇 초 만에 LOADING이 TASK COMPLETE(명령 수행 완료)로 바뀐다. 리피터는 그 뒤로 다시 검색을 시작한다.

"좋았어." 그가 말한다. "만족스러워. 이제 나는 가 봐야겠군. 오늘 밤에 해야 일들이 아직 많이 남았거든."

그녀는 등 뒤로 전자 은신처의 문을 닫고 그를 따라서 큰방으로 건너간다. 그녀는 오랫동안 미루었던 결심을 내린 참이다. 그가 나가면 당장 리피터를 끄고 마지막 프로그램을 삭제할 것이다. 그런 다음 트렁크에 짐을 챙겨서 모텔로 들어갈 것이다. 내일이면 이 우라질 도시에서 탈출해 남쪽의 플로리다로 떠날 것이다. 닥터Z와 그와 한 세트인 Z보이와 중서부의 겨울이라면 이제 신물이 난다.

닥터Z는 외투를 입고 문이 아니라 창가 쪽으로 어슬렁어슬렁 걸어간다.

"전망이라고 할 만한 게 없군. 고층건물들이 앞을 가로막고 있어서."

"맞아요. 왕짜증이죠."

"그래도 나보다는 낫네." 그는 창밖으로 시선을 고정한 채 말한다. "내가 지난 5년 반 동안 본 것이라고는 주차장뿐이거든."

문득 그녀는 한계치에 다다른다. 그와 60초라도 더 한 공간에 있다가는 히스테리를 일으킬 것 같다.

"이제 돈 줘요. 돈 주고 꺼져 줘요. 우리 볼일 끝났잖아요."

그가 고개를 돌린다. 배비노의 아내한테 썼던 단총을 들고 있다.

"맞아, 프레디. 우리 볼일은 끝났지."

그녀는 당장 그의 손에 들린 권총을 쳐서 떨어뜨리고 그의 사타구니를 발로 걷어차고, 그가 허리를 반으로 꺾자 루시 리우처럼 손날로 내리친 다음 비명을 지르며 밖으로 뛰쳐나간다. 이런 영화 속 한 장면이 총천연색 돌비 사운드로 머릿속에서 상영되는 동안 그녀는 못 박힌 듯 그 자리에 서 있다. 탕 하는 총소리가 들린다. 그녀는 비틀비틀 두 발짝 뒷걸음질을 치다 TV를 볼 때 애용하던 안락의자에 부딪치면서 그 위로 쓰러졌다가 머리부터 바닥으로 굴러떨어진다. 주변이 캄캄해지면서 멀어진다. 그녀가 마지막으로 느낀 감각은 온기다. 위로는 피가 새어나오고 밑으로는 방광이 풀린 탓이다.

"약속한 대로 이게 잔금이야." 아주 멀리서 이런 말소리가 들린다. 어둠이 주변을 삼킨다. 프레디는 그 속으로 추락해 사라진다.

6

브래디는 그녀의 밑에서 배어나오는 피를 바라보며 꼼짝 않고 서 있다. 현관문을 두드리며 아무 일 없느냐고 묻는 사람이 있을까 싶어 귀를 기울인다. 그럴 일은 없겠지만 유비무환이다.

90초쯤 지났을 때 그는 재킷이 든 외투 주머니에 총을 다시 집어넣는다. 떠나기 전에 컴퓨터실을 다시 한 번 들여다보고 싶어서 견딜 수가 없다. 시그널 리피터가 자동 검색을 끊임없이 반복한다. 그는 온갖 악조건에도 불구하고 놀라운 여정의 마침표를 찍었다. 최종 결과를 예측할 수는 없지만 모종의 결과물이 있을 것만큼은 분명하다. 그리고 그것은 늙은 퇴직 형사를 벌레처럼 갉아먹을 것이다. 복수는 정말이지 달콤한 것이다.

내려가는 엘리베이터에는 그밖에 없다. 로비도 마찬가지다. 그는 배비노의 비싼 외투 옷깃을 세우고 모퉁이를 돌아가서 삑 하고 배비노의 BMW 문을 연다. 올라타서 시동을 걸지만 히터를 켜느라 그런 거다. 다음 행선지로 출발하기 전에 해야 할 일이 있다. 내키지는 않는 일이다. 인간적인 단점들이 있긴 하지만 배비노는 상당히 지적인 인간이고 대부분의 지적 능력이 고스란히 보존되어 있다. 그런 지성인을 처치하는 것은 미신에 사로잡혀서 복구할 길 없는 예술과 문화유산을 때려 부수는 ISIS(급진적인 이슬람 테러 단체 — 옮긴이)의 바보짓과 다를 바 없다. 하지만 어쩔 수 없다. 그의 몸은 일종의 보물과도 같기에 무리수를 둘 수가 없다. 배비노는 혈압이 조금 높고 몇 년 전부터 가는귀가 먹기 시작했지만 테니스를 치고 1주일에 두 번씩 병원 체육관에서 운동을 하기에 근육의 상태가 양호하다. 심장은 분당 70번씩 규칙적으로 뛴다. 좌골 신경통, 통풍, 백내장을 비롯해서 그 연령대 사람들이 많이 걸리는 다른 질환도 없다.

게다가 지금 당장으로서는 브래디에게 남은 게 이 훌륭한 의사밖에 없다.

그 사실을 명심하며 브래디는 안으로 파고들어 펠릭스 배비노의 의식의 핵에서 남은 부분을 찾는다. 뇌 안의 뇌를 찾는다. 브래디의 반복적인 점유로 상처가 생기고 피폐해지고 쪼그라들기는 했지만 그래도 의식의 핵과 배비노와 일말의 통제력은 남아 있다. 최소한 이론상으로는 그렇다. 하지만 껍데기가 벗겨진 생물처럼 무방비한 상태다. 살덩이 같은 모습은 아니다. 배비노의 자아의 핵은 빽빽하게 뭉쳐진 광선 비슷하다.

브래디는 아쉬운 마음을 달래며 보이지 않는 손으로 그걸 잡아서 뜯는다.

7

호지스는 저녁 내내 천천히 요거트를 먹으며 일기예보 채널을 시청한다. 이 방송국의 전문가들이 '유지니'라는 우스꽝스러운 별명으로 부르는 겨울 폭풍이 점점 다가와 내일 늦은 시각에 이 도시를 강타할 것 같다고 한다.

"지금으로서는 보다 정확한 예측을 하기가 어렵습니다." 안경을 썼고 머리가 점점 벗어져 가는 전문가가 빨간 원피스를 입은 금발의 미녀에게 이렇게 얘기한다. "이로써 도로 위에서 한 차원 높은 가다서다가 반복되겠네요."

미녀 전문가는 기상학계의 동료가 어마어마하게 재미있는 농담이라도 되는 것처럼 웃음을 터뜨리고 호지스는 이참에 리모컨을 집어서 TV를 끈다.

'리모컨.' 그는 쳐다보며 생각한다. 따지고 보면 엄청난 발명품이다. 리모컨만 있으면 수백 가지 채널에 접속할 수 있다. 자리에서 일어날 필요도 없다. 의자에 앉아 있는 게 아니라 텔레비전 안에 들어가 있는 격이다. 아니면 동시에 양쪽에 존재하는 격이다. 사실상 경이로운 일이다.

욕실로 들어가서 이를 닦으려는데 휴대 전화가 진동으로 울린다. 화면을 쳐다보는 순간 그는 아픔을 무릅쓰고 웃음을 터뜨린다. 홈런이라고 외치는 문자 알림이 울려도 상관없는 집 안으로 들어오자 예전 파트너가 전화를 한 것이다.

"어이, 피트. 아직 내 번호를 기억하고 있다니 반가운데?"

피트는 농담에 장단을 맞출 새가 없다.

"내가 지금 무슨 이야기를 하나 하려고 하는데요, 커밋 선배, 선배가 그걸 조사하기로 마음먹더라도 나는 「호건의 영웅들」(제2차 세계대전 당시 포로수용소를 무대로 한 미국의 시트콤. 우리나라에서도 1980년대에 방영됐다 — 옮긴이)에 나오는 슐츠 상사(포로수용소의 경비대장. 무능하고 능청스러운 인물로 설정됐다 — 옮긴이)예요. 슐츠, 기억하죠?"

"당연하지." 지금 호지스의 뱃속에서 경련이 느껴지는 이유는 통증 때문이 아니라 흥분했기 때문이다. 그 둘이 어찌나 비슷한지 생각하면 섬뜩한 일이다. "나는 아무것도 몰라(「호건의 영웅들」에서 슐츠가 입버릇처럼 하는 말이다 — 옮긴이)."

"맞아요. 그래야 해요. 왜냐하면 우리 부서 내에서 마틴 스토버의 어머니가 딸을 살해하고 스스로 목숨을 끊은 사건은 공식적으로 종결된 사건이거든요. 우연의 일치 때문에 그걸 재수사할 수는 없어요. 그렇고말고요. 알겠죠?"

"물론이지. 우연의 일치라니 뭔데?"

"카이너 뇌손상 병동의 수간호사가 어젯밤에 자살을 했어요. 루스 스캐펠리가요."

"나도 들었어."

"사랑스러운 하츠필드 씨의 병실로 순례를 떠난 길에 들은 모양이네요?"

"으흠."

사랑스러운 하츠필드 씨를 만나러 간 적 없다고 피트에게 거짓말을 할 필요는 없다.

"스캐펠리한테 그 게임기가 있었어요. 재핏요. 손목을 긋기 전에 쓰레기통에 버린 모양이에요. 감식반에서 찾았어요."

"허." 호지스는 거실로 돌아가고, 복부가 접히자 움찔하며 의자에 앉는다. "그게 자네 생각에는 우연의 일치라는 건가?"

"내 생각은 아니에요." 피트는 무겁게 말한다.

"그런데?"

"그런데 젠장, 조용히 은퇴하고 싶다고요! 이 사건과 관련해서 총대를 멜 일이 있으면 이지가 메면 되잖아요."

"하지만 이지는 총대를 멜 생각이 없잖아."

"맞아요. 그리고 서장님도 국장님도 그럴 생각이 없죠."

이 말에 꺼진 촛불로 간주했던 예전 파트너에 대한 평가가 조금 바뀐다.

"그들과 얘기해 봤단 말인가? 이 사건을 살리려고?"

"서장님하고요. 덧붙이자면 이지 제인스의 반대를 무릅쓰고요. 그녀의 단호한 반대를 무릅쓰고요. 국장님한테는 서장님이 얘기했는데 오늘 저녁 늦게 그냥 덮고 지나가라는 지시가 전달됐어요. 이유는 뭔지 알죠?"

"응. 두 가지로 브래디와 연결이 되기 때문이지. 마틴 스토버는 그가 저지른 시티 센터 사건의 희생자였고. 루스 스캐펠리는 그의 간호사였고. 머리가 조금이라도 트인 기자라면 약 6분 만에 이 사실을 취합해서 근사하고 섬뜩한 기사를 만들어 낼 수 있겠지. 페더슨 서장이 그렇게 얘기하지 않던가?"

"맞아요. 수뇌부에서는 브래디가 여전히 자기변호 불능으로 재판을 모면하고 있는 마당에 그에게로 다시 관심이 집중되는 사태를 원치 않는 거죠. 젠장, 이 도시의 공무원들은 죄다 같은 생각일걸요?"

호지스는 아무 말 없이 열심히 머리를 굴린다. 머리를 이렇게 열심히 굴린 적은 그의 평생 처음일지 모른다. 그는 고등학교에서 루비콘 강을 건넌다는 표현을 배웠을 때 브래들리 선생님의 설명을 듣기 전부터 무슨 뜻인지 알아차렸다. 번복할 수 없는 결정을 내린다는 뜻이었다. 그가 나중에 깨달은 사실이 있다면 우리 인간들은 애석하게도 마음의 준비가 되지 않은 상태에서 루비콘 강을 맞닥뜨릴 때가 많다는 것이다. 만약 그가 피트에게 바브라 로빈슨에게도 재핏이 있었고 자살할 생각으로 학교를 나서 로타운으로 갔을지 모른다고 얘기하면 피트는 페더슨을 다시 찾아가야 할 것이다. 재핏과 연관 있는 자살자가 두 명이라면 우연의 일치로 간주할 수 있을지 모르지만 세 명이라면 이야기가 달라진다. 그리고 다행히 바브라의 경우에는 실패로 돌아갔지만 그녀 역시 브래디와 연관이 있는 인물이다. 라운드 히어 콘서트를 보러 가지 않았던가. 콘서트장에 같이 갔었던 힐다 카버와 다이나 스코트도 재핏을 받았다. 하지만 경찰이 과연 그의 가설을 믿을 수 있을까? 이건 중요한 문제다. 호지스는 바브라를 사랑하기에 구체적인 결실 없이 그녀의 프라이버시가 침해되는 것을 원치 않는다.

"커밋 선배? 듣고 있는 거예요?"

"응. 뭐 좀 생각하느라. 혹시 어젯밤에 스캐펠리를 찾아온 사람이 있었나?"

"몰라요. 이웃주민들을 신문하지 않았거든요. 살인이 아니라 자살이라."

"올리비아 트릴로니도 자살이었어. 기억하지?"

이번에는 피트가 침묵할 차례다. 물론 그도 기억한다. 그것이 조력 자살이었던 것도 기억한다. 하츠필드가 그녀의 컴퓨터에 고약한 악성코드를 심어서, 시티 센터에서 살해당한 젊은 엄마의 귀신이 그녀를 따라다니며 괴롭힌다고 착각하게 만들었다. 이 도시 주민들 대부분이 칠칠맞게 열쇠를 꽂아 두고 내린 올리비아 트릴로니도 대학살에 부분적으로 책임이 있다고 생각한 것도 자살의 한 원인이었다.

"브래디가 예전부터 사족을 못 썼던 게……"

"그가 예전부터 사족을 못 썼던 게 뭔지 나도 알아요. 장황하게 설명할 필요 없어요. 또 한 가지 알릴 정보가 있는데 들을래요?"

"뭔데?"

"오늘 저녁 5시쯤에 낸시 앨더슨이랑 통화했어요."

'잘했어, 피트.' 호지스는 생각한다. '마지막 몇 주 동안 시간이나 때울 생각하지 않으려고 노력 중이로군.'

"그녀가 그러는데 엘러턴 부인이 딸한테 줄 컴퓨터를 이미 사 놓왔대요. 인터넷 강의용으로. 지하실 계단에 상자째 그대로 두었대요. 마틴의 다음 달 생일 때 선물하려고."

"그러니까 부인에게 미래의 계획이 있었다는 거로군. 자살할 사람답지 않게."

"맞아요. 이제 그만 끊어야겠어요, 커밋 선배. 공은 선배한테로 넘어갔어요. 가지고 놀던지 그냥 내버려두던지 마음대로 해요."

"알았어, 피트. 알려 줘서 고마워."

"예전이 그립네요. 예전 같았으면 남들이 뭐라 하든 파고들었을 텐데."

"하지만 지금은 그때가 아니지."

호지스는 다시 옆구리를 문지른다.

"맞아요. 건강 챙겨요. 살 좀 찌고요."

"노력할게."

호지스는 그렇게 대꾸하지만 혼잣말이다. 피트는 이미 전화를 끊었다.

호지스는 이를 닦고 진통제를 먹고 천천히 잠옷으로 갈아입는다. 그런 다음 침대에 누워서 어둠을 올려다보며 잠이 오거나 아니면 날이 밝길 기다린다.

8

브래디는 배비노의 옷을 입고 책상 맨 위 서랍에서 그의 신분증을 확실하게 챙긴다. 그 뒤에 달린 마그네틱 선이 모든 곳을 드나들 수 있는 출입증 역할을 하기 때문이다. 그날 밤 10시 30분, 호지스가 일기 예보 채널에 싫증이 났을 무렵, 그는 처음으로 신분증을 동원해 병원 본관 뒤편의 직원용 주차장으로 들어간다. 낮에는 만차이지만 지금은 아무 데나 골라서 주차할 수 있다. 그는 눈부신 아크등에서 제일 먼 자리를 선택한다. B박사의 비싼 승용차 운전석을 뒤로 젖히고 시동을 끈다.

그는 깜빡 잠이 들고 펠릭스 배비노의 단편적인 기억들로 이루어진 옅은 안개 속을 헤맨다. 맨 처음으로 입을 맞추었던 여자아이(미주리 주 조플린의 이스트주니어 고등학교에 다니던 머조리 패터슨이었다.)의 페퍼민트 립스틱 맛을 느낀다. 희미해져 가는 까만색으로 VOIT(스포츠 용품 회사 ─ 옮긴이)라고 적힌 농구공을 본다. 빛바랜 초록색 벨루어로 덮인 거대한 할머니의 소파 뒤에서 색칠공부를 하다가 실수를 저질렀을 때 트레이닝복 바지가 어떤 식으로 뜨끈해졌는지 느낀다.

어린 시절의 기억이 가장 마지막까지 남는 모양이다.

새벽 2시가 막 지났을 때 집 다락방에서 성냥을 가지고 놀았다고 아버지에게 맞은 선명한 기억이 떠오르자 그는 움찔하며 눈을 뜨고, BMW의 1인석에서 숨을 헐떡이며 서서히 잠에서 깨어난다. 잠깐 동안이지만, 파란색 아이조드 골프 셔츠 옷깃 위로 핏줄이 불끈거리던 아버지의 벌게진 목까지 세세하게 기억이 난다.

하지만 그는 이내 배비노라는 옷을 입은 브래디로 돌아간다.

9

브래디는 하루의 대부분을 217호실과 무용지물이 되어 버린 몸속에 갇혀 지내는 동안 계획을 세우고 수정에 수정을 거듭했다. 그러는 과정에서 실수를 저지르기는 했지만(Z보이를 동원해서 블루 엄브렐라 사이트를 통해 호지스에게 메시지를 보낸 것도, 바브라 로빈슨을 서둘러 해치우려고 했던 것도 후회되는 부분이다.) 굴하지 않고 이렇게 성공의 문턱에 다다랐다.

그는 머릿속으로 수십 번 리허설을 반복한 부분으로 접어들었기에 자신 있게 강행한다. 배비노의 신분증으로 A 관리실이라고 적힌 문 앞에 다다른다. 위에서는 병원을 돌리는 기계의 소음이 나지막이 웅웅거리는 수준일지 몰라도 여기에서는 끊임없는 천둥소리처럼 들리고 타일이 깔린 복도가 숨 막힐 듯 뜨겁다. 하지만 예상했던 것처럼 아무도 없다. 대도시의 병원은 숙면을 취하는 법이 없지만 눈을 감고 깜빡 조는 시각이 바로 이 새벽이다.

관리직원용 휴게실에도, 그 너머의 샤워실과 탈의실에도 아무도 없다. 자물쇠가 달린 사물함도 있지만 대부분 열려 있다. 그는 하나씩 꺼내서 사이즈를 확인한 끝에 배비노에게 얼추 맞을 듯한 회색 셔츠와 작업용 바지를 찾는다. 배비노의 옷을 벗고 관리직원의 유니폼으로 갈아입되 배비노의 욕실에서 들고 온 약병을 잊지 않고 챙긴다. 그와 그녀의 약을 섞었기 때문에 효과가 강력하다. 샤워기 옆 고리에 마무리용으로 딱 알맞은 소품이 걸려 있다. 빨간색과 파란색이 어우러진 그라운드호그스 야구모자다. 뒤에 달린 플라스틱 밴드를 조절해서 배비노의 백발이 보이지 않도록 푹 눌러쓴다.

그는 A관리실 끝까지 걸어가서 덥고 습한 세탁실로 우회전한다. 두 줄로 늘어선 거대한 포샨 건조기 사이에 놓인 인체 공학적인 플라스틱 의자에 두 명의 청소부가 앉아 있다. 둘 다 세상모르게 잠이 들었는데 한 청소부의 초록색 나일론 치마 위로 동물 모양 비스킷이 상자째 쏟아져 있다. 저쪽 끝, 세탁기 너머에는 세탁물 카트 두 대가 콘크리트 벽에 기대 세워져 있다. 한 대에는 환자복이 가득 들어 있고 다른 한 대에는 새로 빤 침대 시트와 베갯잇이 수북이 쌓여 있다. 브래디는 환자복을 몇 벌 집어서 깔끔하게 개켜진 시트 위에 얹고 카트를 밀며 복도를 걸어간다.

엘리베이터를 갈아타고 고가 통로를 지나서 깡통 병동으로 가는 동안 만난 사람은 정확히 네 명이다. 두 명은 의료용품을 보관하는 벽장 앞에서 서로 수군거리던 간호사다. 다른 두 명은 의료진 휴게실에서 노트북 화면을 보며 조용히 웃던 인턴이다. 네 사람 모두 고개를 푹 숙이고 빨랫감이 넘치도록 담긴 카트를 밀며 지나간 야간조 관리직원에게 일말의 관심도 없다.

아무라도 그를 알은체할 가능성이 가장 높은 곳은 깡통 한복판에 있는 스테이션이다. 하지만 한 간호사는 컴퓨터로 솔리테어를 하고 있고 다른 간호사는 한 손으로 턱을 괸 채 메모를 끼적이고 있다. 곁눈으로 그의 움직임을 포착한 그녀가 시선을 들지도 않은 채 인사를 건넨다.

"네, 안녕하세요." 브래디는 대답한다. "그런데 날이 춥네요."

"그러게요. 폭설이 내릴 거라던데."

그녀는 하품을 하고 다시 메모를 끼적인다.

브래디는 복도를 지나 217호실 바로 앞에서 멈춘다. 이곳 깡통 병동의 사소한 비밀이 있다면 병실에 호수 표시가 있는 쪽과 없는 쪽, 이렇게 문이 두 개 달려 있다는 것이다. 호수 표시가 없는 문을 열면 벽장으로 연결돼서 야간에 휴식을 취하는 환자를 방해하지 않고 시트와 베갯잇, 기타 필요한 용품을 채워 넣을 수 있다. 브래디는 환자복을 몇 벌 집고 지나가는 사람이 없는지 주위를 잽싸게 살핀 다음 호수 표시가 없는 문을 슬그머니 열고 들어간다. 잠시 후에 그는 자기 자신을 내려다본다. 그는 브래디 하츠필드가 이 병원 직원들 사이에서 무뇌 인간, 바보, 머저리라고 불리는 그런 상태가 되었다고 모든 사람을 속여 왔다. 지금 그가 바로 그런 상태다.

그는 허리를 숙여서 수염이 살짝 까칠하게 돋은 뺨을 쓰다듬는다. 엄지손가락 아래쪽의 두툼한 부분으로 감긴 눈을 훑고 지나가며 눈꺼풀로 덮인 볼록한 안구를 느낀다. 한 손을 든 다음 뒤집어서 손바닥이 보이도록 침대보 위에 조심스럽게 내려놓는다. 빌려 입은 회색 바지 주머니에서 약병을 꺼내 알약 대여섯 개를 그의 손바닥 위로 쏟는다. '자, 먹어.' 그는 생각한다. '고장 난 이게 바로 네 몸이야.'

그는 고장 난 몸속으로 마지막으로 들어간다. 이제는 재핏 없이도 그럴 수 있고 깨어난 배비노가 생강 쿠키맨처럼 도망칠까 걱정할 필요가 없다. 브래디의 영혼이 빠져나오면 배비노는 무뇌 인간이 된다. 그곳에는 아버지의 골프 셔츠에 얽힌 기억 말고는 남은 게 아무것도 없다.

브래디는 한참 동안 머문 호텔 객실을 떠나기 전에 마지막으로 점검하는 사람처럼 그의 머릿속을 한 바퀴 둘러본다. 옷장 속에 걸어두고 깜빡한 건 없는지. 욕실에 치약을 두고 나오지는 않았는지. 침대 밑에 커프스단추가 떨어져 있지는 않은지.

아니다. 전부 챙겼고 방 안에는 아무것도 없다. 그는 관절에 진흙이 잔뜩 든 것처럼 느릿느릿 움직이는 손가락에 질색하며 주먹을 쥔다. 입을 벌리고 알약을 들어서 입 안에 떨어뜨린다. 씹는다. 맛이 쓰다. 그러는 동안 배비노는 연체동물처럼 바닥에 쓰러져 있다. 브래디는 약을 한 번 삼킨다. 또 한 번 삼킨다. 자. 됐다. 눈을 감았다가 다시 뜨자 브래디 하츠필드가 두 번 다시 신을 일 없는 침대 밑 슬리퍼가 보인다.

그는 배비노의 몸을 일으켜 먼지를 떨고 거의 30년 동안 그를 담고 있었던 육신을 다시 한 번 쳐다본다. 망고 대강당에서 휠체어 밑에 묶어 놓은 플라스틱 폭탄을 터뜨리기 직전에 머리를 두 번째로 얻어맞은 순간 무용지물이 되어 버린 육신을 다시 한 번 쳐다본다. 한때는 이 극단적인 조치에 부작용이 따르는 건 아닌지, 그의 의식과 원대한 계획이 육신과 함께 사라지는 건 아닌지 걱정이 됐었다. 이제는 아니다. 탯줄이 잘렸다. 그는 루비콘 강을 건넜다.

'안녕, 브래디.' 그는 생각한다. '알고 지내서 좋았다.'

그는 세탁물이 담긴 카트를 밀고서 다시 한 번 간호사 스테이션 앞을 지난다. 솔리테어를 하던 간호사는 화장실에 갔는지 보이지 않고 다른 간호사는 메모를 베고 잠이 들었다.

10

이제 3시 45분이지만 할 일이 많이 남았다.

브래디는 다시 배비노의 옷으로 갈아입은 다음 들어갔던 방식 그 대로 병원을 빠져나와서 슈거 하이츠로 차를 몬다. 이 도시에서 가 장 부유한 동네라(비질런트 가드 서비스 소속 경비원들이 지근거리에서 순찰을 도는) 요란한 총성이 들리면 신고될 가능성이 큰데, Z보이의 사제 소음기가 망가졌기에 가는 길에 밸리 플라자에 들른다. 텅 빈 주차장에 경찰차가 없는지 확인하고 디스카운트 홈 퍼니싱 하역장 으로 돌아간다.

'맙소사, 밖으로 나왔더니 이렇게 좋을 수가! 우라지게 *상쾌*하잖아!'

그는 차가운 겨울 공기를 가슴 깊이 들이마시는 한편 배비노의 비 싼 외투로 32구경의 짧은 총신을 감싸며 BMW의 앞쪽으로 걸어간 다. Z보이의 소음기만큼 효과가 좋지는 않을 테고 위험 부담이 있다 는 것을 그도 알지만 위험 부담이 크지는 않을 것이다. 한 방이면 끝 이다. 그는 별을 보고 싶어서 고개를 들지만 구름이 하늘을 하얗게 덮었다. 뭐, 상관없다. 오늘만 날이 아니다. 앞으로도 볼 수 있는 날 이 많다. 수천 일쯤 될 것이다. 그가 배비노의 몸에 묶여 있는 것도 아니다.

조준하고 방아쇠를 당긴다. BMW 앞 유리창에 조그만 구멍이 생 긴다. 이제 운전대 바로 위 유리창에 총탄 구멍이 뚫린 차를 몰고 슈 거 하이츠까지 가야 한다는 또 다른 위험 부담이 생겼지만, 지금은 근교 길거리의 인적이 가장 드물고 특히 잘사는 동네에서는 경찰들마저 꾸벅꾸벅 조는 시간대다.

맞은편 차로에서 전조등이 두 번 등장할 때마다 그는 숨을 참지만 두 번 모두 차가 속도를 늦추지도 않고 쌩하니 지나간다. 1월의 바람이 총탄 구멍으로 불어 들어오자 얇은 휘파람 소리가 난다. 그는 배비노의 맥맨션으로 무사히 돌아간다. 이번에는 암호를 입력할 필요가 없다. 차량 선바이저에 달린 게이트 오프너 버튼을 눌러 문을 연다. 진입로의 끝에 다다르자 눈 덮인 정원 쪽으로 방향을 틀어서 가장자리로 치워져 단단하게 굳은 눈덩이를 넘고 관목을 스친 다음 멈추어 선다.

다시 집으로, 다시 집으로, 랄랄랄랄라.

한 가지 문제가 있다면 깜빡하고 칼을 챙기지 않았다는 것이다. 이 집에서 해야 할 일이 한 가지 더 남았기에 안에 들어가서 하나 들고 나와도 되지만 두 번씩 왔다 갔다 하기가 싫다. 오늘 밤 안으로 해야 할 일이 산더미라 얼른 시작하고 싶다. 그는 좌석 옆에 달린 사물함을 열고 안을 뒤져 본다. 배비노 같은 멋쟁이가 미용 도구를 넣어두지 않았을까, 하다못해 손톱깎이라도 되는데…… 아무것도 없다. 조수석 앞에 달린 사물함을 뒤져 보니 BMW 관련 서류가 담긴 서류철에(당연히 가죽이다.) 래미네이트를 입힌 올스테이트 보험사의 플라스틱 카드가 있다. 이거면 될 것이다. 올스테이트가 자칭 굿 핸즈 피플이라고 하지 않는가.

브래디는 배비노의 캐시미어 코트와 그 아래 입은 셔츠 소매를 걷어 올리고 카드 모서리로 팔뚝을 긋는다. 가느다랗고 빨간 선이 생기고 그만이다. 그는 입가가 당겨질 정도로 얼굴을 찡그리며 한참 더 세게 다시 한 번 긋는다. 이번에는 살갗이 찢어지면서 피가 난다. 그는 팔을 위로 들고 차에서 내린 다음 문 안쪽으로 몸을 숙인다. 핏방울을 먼저 운전석에, 그 다음에는 운전대 밑면에 차례대로 떨어뜨린다. 몇 방울 안 되지만 상관없다. 앞 유리창에 뚫린 총탄 구멍과 한데 어우러지면 괜찮을 것이다.

그는 현관 앞 계단을 통통 뛰어서 올라간다. 한 걸음 뛸 때마다 살짝 오르가슴이 느껴진다. 현관 옷걸이 아래에 쓰러져 있는 코라는 영락없는 시신이다. 도서관 앨은 소파에서 계속 잠을 자고 있다. 브래디가 흔들어 깨워 보지만 그는 나지막이 끙끙거리고 그만이다. 양손으로 붙잡아서 바닥으로 굴리자 간신히 눈을 뜬다.

"에? 으잉?"

몽롱한 눈빛이지만 아주 명하지는 않다. 약탈당한 그 머릿속에 남은 앨 브룩스는 없을지 몰라도 브래디가 만들어 놓은 또 다른 자아는 약간이나마 존재한다. 그걸로 충분하다.

"안녕, Z보이." 브래디가 쭈그려 앉으며 말을 건넨다.

"안녕하세요." Z보이는 일어나 앉으려고 버둥거리며 쉰 목소리로 인사를 건넨다. "안녕하세요, 닥터Z. 박사님이 시킨 대로 그 집 계속 감시하고 있어요. 그 여자(걸어 다닐 수 있는 여자 말이에요.) 계속 재핏 쓰고 있어요. 맞은편 차고에서 보여요."

"이제는 그럴 필요 없어."

"그래요? 그나저나 여기가 어디죠?"

"우리 집." 브래디가 말한다. "네가 내 아내를 죽였어."

Z보이는 입을 떡 벌리고 외투를 입은 백발의 남자를 빤히 쳐다본

다. 입 냄새가 지독하지만 브래디는 고개를 돌리지 않는다. Z보이의 얼굴이 일그러지기 시작한다. 차량 충돌 사고를 슬로모션으로 보는 듯한 느낌이다.

"죽였다고요? ……설마!"

"맞아."

"아니에요! 그럴 리가 없어요!"

"그랬다니까. 하지만 내가 시켜서 그런 거였어."

"진짜예요? 기억이 안 나는데."

브래디는 그의 한쪽 어깨를 잡는다.

"네 잘못이 아니었어. 너는 최면 상태였거든."

Z보이의 표정이 밝아진다.

"피싱 홀 때문이죠!"

"맞아, 피싱 홀 때문이지. 최면에 걸렸을 때 내가 너한테 배비노 부인을 죽이라고 했어."

Z보이는 의구심과 경외감이 어린 표정으로 그를 쳐다본다.

"내가 그랬다 하더라도 내 잘못이 아니에요. 최면에 걸려서 심지어 기억도 하지 못하니까."

"받아."

브래디는 Z보이에게 총을 건넨다. Z보이는 총을 들고 외국의 공예품이라도 되는 듯이 미간을 찌푸리고 쳐다본다.

"주머니에 넣고 네 차 열쇠 줘."

Z보이가 32구경을 멍하니 자기 바지 주머니에 넣자 브래디는 총알이 발사돼서 한심한 얼간이의 다리에 구멍이 날까 봐 움찔한다. Z

보이가 열쇠고리를 내민다. 브래디는 받아서 주머니에 넣고 일어나서 거실을 가로지른다.

"어디 가세요, 닥터Z?"

"금방 올 거야. 내가 올 때까지 소파에 앉아 있지그래?"

"박사님이 올 때까지 소파에 앉아 있을게요." Z보이가 말한다.

"잘 생각했어."

브래디는 배비노 박사의 서재로 들어간다. 한쪽 벽이 액자로 가득하다. 젊은 시절의 펠릭스 배비노가 부시 대통령과 악수를 하는 사진도 있는데 둘 다 바보처럼 웃고 있다. 브래디는 무시하고 지나친다. 그 사진들이라면 몇 달 동안 다른 사람의 몸속으로 들어가는 법을 연습하던 초보 운전자 시절에 숱하게 보았다. 데스크톱에도 관심이 없다. 그의 관심사는 진열장 위에 있는 맥북 에어다. 그는 맥북 에어를 열고 전원을 켜고 배비노의 암호를 입력한다. 암호가 마침 세리벨린(CEREBELLIN)이다.

"당신이 투여한 약물은 뭣도 한 게 없어."

메인 화면이 켜지는 동안 브래디는 이렇게 중얼거린다. 사실 잘 모르겠지만 그렇게 믿으려고 한다.

그의 손가락이 배비노였으면 불가능했을 속도로 자판 위를 날아다니자 지난번에 박사의 머릿속을 방문했을 때 그가 직접 설치한 비밀 프로그램이 등장한다. 제목이 피싱 홀이다. 그가 다시 자판을 두드리자 프로그램이 프레디 링크래터의 전자 은신처에 있는 리피터에 접속한다.

WORKING. 노트북 화면에 이런 문구가 뜨고 그 밑으로 3 FOUND

라고 뜬다.

셋! 벌써 셋이나 찾았다니!

브래디는 기뻐하지만 이 캄캄한 새벽인데도 불구하고 놀라워하지는 않는다. 어느 집단에나 불면증 환자들은 있기 마련이고 badconcert.com에서 재핏을 받은 집단도 마찬가지다. 동이 트기전, 잠이 오지 않는 시간을 때우기에 간편한 게임기보다 더 좋은 방법이 뭐가 있을까. 솔리테어나 앵그리 버드를 하다가 분홍색 물고기를 터치하면 드디어 숫자가 나오게 됐는지 피싱 홀 데모 영상을 보지 않을 이유가 없다. 숫자의 조합이 맞아떨어지면 상품을 받지만 새벽 4시에는 그것이 가장 중요한 동기가 아닐 수 있다. 새벽 4시는 깨어 있기에 불행한 시간이다. 기분 나쁜 생각과 비관적인 발상들이 수면 위로 떠오르고 데모 영상이 위로가 되는 시간이다. 데모 영상에는 중독성도 있다. 앨 브룩스는 Z보이가 되기 전부터 그 사실을 알았다. 브래디는 영상을 본 순간 알아차렸다. 그건 우연의 일치였지만 그 뒤로 브래디가 저지르고 있는 일은, 그가 *준비*하고 있는 일은 우연의 일치가 아니다. 병실과 힘없는 몸이라는 감옥 속에서 오랜 시간 동안 조심스럽게 계획한 결과물이다.

그는 노트북을 닫아서 겨드랑이에 끼고 서재를 나선다. 문 앞에서 좋은 생각이 떠오르자 다시 배비노의 책상으로 돌아간다. 가운데 서랍을 열어 보니 마침 그가 찾던 게 있다. 뒤질 필요조차 없다. 운이라는 게 한번 터지면 계속 터지는 법이다.

브래디는 거실로 돌아간다. Z보이가 축 처진 어깨로 고개를 숙이고 허벅지 사이로 손을 늘어뜨린 채 소파에 앉아 있다. 말로 표현할 수 없을 만큼 피곤해 보인다.

"이제 가야겠군." 브래디가 말한다.

"어디로요?"

"그야 네가 알 바 아니지."

"내가 알 바 아니죠."

"맞아. 너는 다시 잠이나 자."

"여기 소파 위에서요?"

"아니면 2층 침실에서 자던지. 하지만 그 전에 먼저 해야 할 일이 있어." 그는 Z보이에게 배비노의 책상에서 찾은 사인펜을 건넨다. "엘러턴 부인의 집에서 했던 것처럼 네 흔적을 남겨라, Z보이."

"내가 차고에서 감시하고 있었을 때는 둘 다 살아 있었어요. 그건 분명해요. 그런데 지금은 죽었을지 모르겠네요."

"그래, 아마 죽었을 거야."

"내가 그 사람들도 죽이지는 않았죠? 욕실에는 들어갔었던 것 같거든요. 들어가서 거기다 Z를 적었어요."

"아냐, 아냐, 그게 아니……"

"박사님이 시킨 대로 재릿을 찾은 건 확실해요. 열심히 찾았는데 아무 데도 없었어요. 부인이 버렸나 봐요."

"이젠 상관없어. 여기에다가도 너의 흔적을 남겨, 알았지? 최소 열 군데에다가." 문득 생각난 게 있다. "10까지 셀 수는 있나?"

"하나…… 둘…… 셋……"

브래디는 배비노의 롤렉스 시계를 흘끗 확인한다. 4시 15분이다. 깡통의 오전 근무는 5시에 시작된다. 시간이 쏜살같이 흐르고 있다.

"좋아. 최소 열 군데에다가 흔적을 남겨. 그런 다음 다시 자."

"알았어요. 최소 열 군데에다가 흔적을 남긴 다음 자고, 그런 다음 박사님이 감시하라고 한 그 집으로 갈게요. 아니면 이제 그 사람들이 죽었으니까 감시 그만할까요?"

"이제 그만해도 될 것 같아. 다시 한 번 점검하자. 누가 내 아내를 죽였지?"

"내가요. 하지만 내 잘못이 아니에요. 최면에 걸려서 기억도 못하거든요." Z보이는 울음을 터뜨린다. "돌아오실 건가요, 닥터Z?"

브래디는 돈을 많이 들인 배비노의 치아를 드러내며 미소를 짓는다. "당연하지."

대답하는 그의 눈동자가 왼쪽 위로 움직인다.

그는 노인이 돈 자랑용으로 딱 알맞은 벽걸이 텔레비전 쪽으로 발을 질질 끌며 걸어가서 화면에 큼지막하게 Z를 그리는 모습을 지켜본다. 살인 현장을 반드시 Z로 도배할 필요는 없지만 브래디가 보기에는 괜찮은 마무리다. 특히 경찰이 예전에 도서관 앨이었던 그에게 이름을 물으면 Z보이라고 대답하지 않겠는가. 곱게 만든 보석에 세공을 살짝 더하는 격이랄까.

브래디는 코라의 시신을 다시 한 번 넘어서 현관문으로 걸어간다. 폴짝폴짝 뛰어서 계단을 내려와 맨 밑에 다다르자 배비노의 손가락을 퉁기며 댄스 스텝을 밟는다. 이제 막 시작된 관절염 때문에 살짝 아프지만 뭐 어떤가. 브래디는 진정한 고통이 뭔지 안다. 나이 먹은 팔다리뼈의 찌릿한 통증은 아픈 축에 끼지도 못한다.

그는 앨의 말리부로 가볍게 달려간다. 이제 고인이 된 배비노 박사의 BMW에 비하면 초라하지만 원하는 목적지로 그를 데려다주는 데에는 아무 문제가 없다. 그는 시동을 걸고, 계기반 스피커에서 개떡 같은 클래식이 쏟아져나오자 얼굴을 찡그린다. BAM-100으로 채널을 돌려보니 보컬 오지 오스본이 아직 멋있었던 시절의 블랙 사바스 노래가 흘러나온다. 그는 정원에 삐딱하게 세워진 BMW를 마지막으로 한 번 쳐다보고 출발한다.

오늘 중으로 많은 일을 처리하면 마지막 마무리, 화룡점정만 남는다. 그 일에 프레디 링크레터는 필요 없다. B박사의 맥북만 있으면 된다. 그는 이제 고삐 풀린 망아지다.

자유롭다.

11

Z보이가 열까지 셀 수 있다는 것 증명하고 있을 때쯤, 피가 딱딱하게 들러붙은 프레디 링크레터의 속눈썹이 피가 딱딱하게 들러붙은 눈가에서 떼어진다. 동그랗게 뜬 갈색 눈이 그녀를 내려다보고 있다. 그녀는 어느 정도 시간이 지난 다음에서야 그것이 진짜 눈이 아니라 눈처럼 생긴 소용돌이 모양의 나뭇결이라는 것을 알아차린다. 그녀는 바닥에 누워서 사상 최악의 숙취로 신음하고 있다. 필로폰과 럼을 섞는 바람에 악몽과도 같았던 스물한 살 생일파티 때보다 더 심하다. 돌이켜 보면 그런 깜찍한 실험에서 목숨을 부지한 게 행운이었다. 그런데 차라리 그때 죽는 게 나았겠다는 생각이 들 만큼

이번이 더 심하다. 머리만 아픈 게 아니다. 마숀 린치(미국의 미식축구 선수 — 옮긴이)의 태클 연습 상대로 동원되기라도 했던 것처럼 가슴이 욱신거린다.

움직이라는 명령을 내리자 두 손이 마지못한 듯 그녀의 명령에 응한다. 그녀는 팔굽혀 펴기 자세로 손을 놓고 바닥을 민다. 몸이 위로 올라오지만 셔츠는 스카치위스키로 추정되는 냄새를 풍기는 피 웅덩이 같은 것으로 바닥에 들러붙었다. 그러니까 그 위스키를 마시다 멍청하게 자기 발에 걸려서 넘어진 거다. 넘어지면서 머리를 부딪친 거다. 맙소사, 도대체 얼마나 마셨기에?

'그런 게 아니었어.' 그녀는 생각한다. '누군가가 찾아왔어. 누구였는지 너도 알잖아.'

단순한 추론을 거치면 된다. 최근 들어 이 집을 찾아온 손님은 Z 어쩌고 하는 두 명뿐이었고, 추레한 파카를 입고 다니는 남자는 본 지 좀 됐다.

그녀는 일어나 보려고 하지만 잘 되지 않는다. 숨도 얕은 호흡 말고는 쉴 수가 없다. 심호흡을 하면 왼쪽 젖가슴 윗부분이 아프다. 뭔가가 박혀 있는 것 같다.

술병인가?

술병을 돌리면서 그를 기다렸잖아. 그가 잔금을 주고 내 삶에서 꺼져 주길 기다리면서.

"쐈어." 그녀는 쉰 목소리로 꺽꺽거린다. "염병할 놈의 닥터Z가 날 쐈다고."

그녀는 비틀거리며 욕실로 향하고, 열차 사고 피해자 같은 모습이

거울에 비치지만 보고도 믿지 못한다. 얼굴 왼쪽이 피로 덮였고 찢어진 왼쪽 관자놀이에는 자주색 혹이 생겼지만 최악은 따로 있다. 파란색 샴브레이 셔츠도 피로 떡이 졌는데(머리에 난 상처 때문이길 바랄 따름이다. 원래 머리를 다치면 미친 듯이 피가 나지 않는가.) 왼쪽 가슴 주머니에 동그랗고 까만 구멍이 뚫려 있다. 이제 의식을 잃기 직전에 총소리를 듣고 화약 냄새를 맡았던 게 생각난다.

그녀는 계속 얕은 숨을 쉬며 부들부들 떨리는 손으로 가슴주머니에서 말보로 라이트 담뱃갑을 꺼낸다. 한복판에 총알 자국이 뚫려 있다. 그녀는 담배를 세면기에 떨어뜨리고 단추를 풀어서 셔츠를 바닥으로 떨어뜨린다. 스카치위스키 냄새가 더 강해진다. 그 아래에 입은 셔츠는 주머니마다 큼지막한 덮개가 달린 카키색이다. 그녀는 왼쪽 주머니에서 술병을 꺼내려다 가냘픈 비명을 지르지만(얕은 숨을 쉬며 낼 수 있는 소리가 이 정도뿐이다.) 술병을 치우자 가슴의 통증이 살짝 줄어든다. 총알이 술병도 관통해서 그녀의 살갗에 박혔던 삐죽삐죽한 쪽은 피로 밝게 물이 들었다. 그녀는 못 쓰게 된 술병을 담뱃갑 위로 떨어뜨리고 카키색 셔츠의 단추를 풀기 시작한다. 이번에는 시간이 좀 더 걸리지만 이 셔츠 역시 바닥으로 떨어진다. 그 아래에 입은 옷은 역시 주머니가 달린 아메리칸 자이언트 티셔츠다. 그녀는 주머니에서 알토이즈 박하사탕 통을 꺼낸다. 여기에도 구멍이 뚫려 있다. 티셔츠에는 단추가 없기에 총알 구멍에 새끼손가락을 넣어서 잡아당긴다. 티셔츠가 찢어지고 피로 얼룩진 피부가 마침내 그녀의 눈앞에 등장한다.

젖가슴이 살짝 부풀기 시작하는 지점에 구멍이 뚫렸고 그 안에 까만 게 박혀 있다. 죽은 벌레 같다. 그녀는 세 손가락으로 셔츠를 더 넓게 찢고 손가락을 넣어서 벌레를 집는다. 덜렁거리는 이처럼 잡아 당긴다.

"으아…… 으아…… 염병할……"

빠져나온 것은 벌레가 아니라 총알이다. 그녀는 총알을 쳐다보다 다른 물건들과 함께 세면기로 던진다. 머리가 지끈거리고 가슴이 욱 신거리지만 얼마나 황당하리만치 운이 좋았는지 알겠다. 소형 권총 이기는 했지만 그 정도의 지근거리였으니 성공했어야 맞는 거였다. 1000번 중에 한 번 있을까 말까 한 행운이 아니었다면 성공했을 것 이다. 담뱃갑을 뚫고 술병(이게 진정한 스토퍼였다.)과 알토이즈 통을 지나서 그녀의 몸속으로. 심장과의 거리가 얼마나 됐을까? 2.5센티 미터? 그보다 더 가까웠을까?

속에서 울컥하며 토가 나오려고 한다. 하지 않을 것이다. 하면 안 된다. 토악질을 하면 가슴에 뚫린 구멍에서 다시 피가 나올 것이다. 하지만 가장 큰 문제는 그게 아니다. 머리가 폭발할지 모른다는 것, 그게 가장 큰 문제다.

삐죽빼죽하게 깨져서 몸속에 박혀 있었던 고약한 술병(하지만 덕분 에 목숨을 구했다.)을 빼냈더니 이제 숨쉬기가 조금 수월해졌다. 그녀 는 터벅터벅 거실로 돌아가 바닥에 고인 피와 스카치위스키를 빤히 쳐다본다. 만약 그가 허리를 숙여서 그녀의 뒤통수에 총구를 대고 방아쇠를 당겼다면…… 만전을 기하기 위해 그랬다면…….

프레디는 눈을 감고 현기증과 울렁거림을 참으며 정신을 놓지 않 으려고 한다. 좀 괜찮아지자 의자로 가서 아주 천천히 앉는다. '허리

가 안 좋은 할머니 같네.' 그녀는 생각한다. 천장을 물끄러미 쳐다본다. '이제 어떻게 하지?'

맨 처음 든 생각은 911에 전화해서 구급차를 타고 병원에 가자는 것이지만 뭐라고 얘기하면 좋을지 알 수가 없다. 모르몬교도 아니면 여호와의 증인이 문을 두드리기에 문을 열었더니 총으로 쏘았다고 할까? 왜? 무슨 이유에서? 게다가 혼자 사는 여자가 밤 10시 30분에 낯선 사람에게 무슨 일로 문을 열어 주었을까?

그뿐만이 아니다. 경찰이 찾아올 것이다. 그녀의 방에는 28그램의 마리화나와 3.5그램의 코카인이 있다. 그거야 처분하면 된다지만 컴퓨터실에 있는 그 잡것은 어쩔 것인가? 그녀가 저지른 불법 해킹이 대여섯 건이고 남의 돈으로 사다 놓은 값비싼 장비들이 수두룩하다. 경찰에서는 링크래터 씨, 당신을 쏜 남자가 혹시 이 전자기기와 연관이 있지는 않은가요 하고 물을 것이다. 그걸 사느라 그에게 빚을 진 거 아닌가요? 그와 손을 잡고 신용 카드 번호와 기타 개인 정보를 훔치고 있었던 거 아닌가요? 게다가 라스베이거스의 슬롯머신처럼 깜빡이며 와이파이를 통해 끊임없이 시그널을 전송하고, 켜져 있는 재핏을 발견할 때마다 특수 제작한 악성 코드를 심는 리피터를 그들이 못 보고 지나칠 리 없다.

이건 뭔가요, 링크래터 씨? 정확히 어떤 일을 하는 장치죠?

이렇게 물으면 뭐라고 대답할 것인가.

그녀는 현금이 담긴 봉투가 바닥이나 소파에 놓여 있길 바라며 주위를 두리번거리지만 당연히 그가 가져가고 없다. 그 안에 신문지 조각이 아니라 실제 돈다발이 들어 있었을지, 그것도 모를 일이다.

그녀는 지금 총에 맞았고 뇌진탕을 일으켰는데(제발 두개골에 금이 가지는 않았길) 돈도 없다. 어떻게 하면 좋을까?

리피터 끄기. 맨 처음 해야 할 일은 그거다. 닥터Z의 안에는 브래디 하츠필드가 들어 있고 브래디는 나쁜 놈이다. 리피터의 역할이 뭔지 몰라도 끔찍한 일일 것이다. 어차피 끌 생각이었다. 모든 게 조금 애매해지기는 했지만 원래 계획에 따르면 그랬다. 리피터를 끄고 무대에서 퇴장하려고 했다. 잔금을 못 받기는 했지만 그녀의 씀씀이가 헤프기는 했어도 통장에 몇천 달러가 남아 있고 콘 은행은 9시면 문을 연다. 게다가 현금 인출이 되는 카드도 있다. 그러니까 리피터를 끄고, 그 섬뜩한 zeetheend 사이트의 싹을 자르고, 얼굴에 묻은 핏자국을 닦고, 도망치는 거다. 요즘은 공항 보안 검색대가 덫과도 같으니까 비행기는 말고 버스나 기차를 타고 서부로 가는 거다. 그게 가장 좋은 방법이지 않을까?

의자에서 일어나 발을 질질 끌며 컴퓨터실로 가는데 그게 가장 좋은 방법이 아닌 이유가 그녀의 머릿속을 강타한다. 브래디가 그의 프로젝트를, 그중에서도 특히 리피터를 멀리서 감시할 방법 없이 이 집에서 나갔을 리가 없는데 세상에서 그보다 더 쉬운 일이 없다. 그는 컴퓨터의 대가답게(인정하려니 짜증이 나긴 하지만 사실 천재적이다.) 그녀의 장비에 뒷문을 만들어 놓고 갔을 것이다. 그렇다면 아무 때나 내키는 대로 확인이 가능하다. 노트북만 있으면 된다. 만약 그녀가 리피터를 끄면 그가 알아차릴 테고, 그렇다면 그녀가 죽지 않았다는 것도 알아차릴 것이다.

그렇다면 다시 찾아올 것이다.

"그럼 어떻게 하지?" 프레디는 속삭인다. 부들부들 떨며(이 아파트는 겨울에 우라지게 춥다.) 창가로 터벅터벅 걸어가 어두운 창밖을 내다본다. "이제 어떻게 하면 좋을까?"

12

호지스의 꿈속에 어렸을 때 키웠던 혈기왕성한 잡종 개 바우저가 등장한다. 신문 배달하는 아이가 바우저에게 물려서 꿰매야 할 정도로 심한 상처를 입자 아버지는 호지스의 눈물 어린 반대에도 불구하고 녀석을 동물병원으로 데리고 가서 안락사시켰다. 이 꿈속에서 바우저는 그를 물고 있다. 그의 옆구리를 물고 있다. 어린 빌리 호지스가 간식 봉지에서 가장 맛있는 간식을 꺼내 주어도 절대 놓지 않아서 견딜 수 없을 만큼 고통스럽다. 초인종이 울리자 그는 생각한다. '신문 배달하는 아이가 왔잖아, 가서 그 *아이*를 물어, 네가 물어야 할 사람은 그 아이야.'

하지만 꿈에서 깨어나 현실세계로 돌아와 보니 초인종이 아니라 침대 옆에 놓인 집 전화가 울리는 소리다. 그는 더듬더듬 수화기를 집었다가 이불 위로 떨어뜨리고 다시 잡아서 우물우물 여보세요 비슷한 소리를 낸다.

"휴대 전화를 방해하지 마시오 모드로 해 놓은 모양이네요."

피트 헌틀리가 말한다. 잠기운 하나 없이 이상하게 명랑한 목소리다. 호지스는 실눈을 뜨고 침대 옆 시계를 쳐다보지만 읽을 수가 없다. 벌써 반이나 빈 진통제 병이 숫자를 가리고 있다. 맙소사, 어제 하루 동안 그렇게 많이 먹었단 말인가.

"그것도 어떻게 하는지 모르는데."

호지스는 끙끙대며 일어나서 앉는다. 통증이 이렇게 순식간에 심해지다니 믿기지가 않는다. 꼭 확진을 받을 때까지 기다렸다가 발톱을 세우고 달려드는 듯하다.

"왜 그렇게 살아요, 커밋 선배."

그런 잔소리를 듣기에는 좀 늦은 감이 있는데. 그는 이런 생각을 하며 다리를 침대 밖으로 내린다.

"도대체……" 호지스는 약병을 옮긴다. "아침 6시 40분부터 전화한 이유가 뭐야?"

"기쁜 소식을 얼른 전하고 싶어서요. 브래디 하츠필드가 죽었답니다. 오늘 아침에 병동을 돌던 간호사가 발견했다네요."

벌떡 일어나는 바람에 찌르는 듯한 통증이 들이닥치지만 호지스는 거의 느끼지도 못한다.

"뭐라고? 어떻게?"

"좀 있다 부검이 실시되겠지만 검진한 의사는 자살로 짐작하고 있어요. 혓바닥과 잇몸에 뭔가의 잔여물이 남아 있대요. 당직의사가 샘플을 채취했고, 검시실 소속 직원도 지금 샘플을 채취하고 있어요. 분석을 서두를 거예요. 하츠필드가 워낙 거물급 록스타였잖아요."

"자살이라니." 호지스는 이미 인정사정없이 뻗친 머리를 쓸어넘긴다. 복잡할 게 없는 소식인데 받아들여지지가 않는다. "자살이라니?"

"원래부터 자살이라면 사족을 못 썼잖아요. 선배 입으로 한 말이잖아요. 그것도 여러 번."

"그렇지. 하지만……"

하지만 뭘까? 피트 말이 맞다. 브래디는 정말로 자살이라면 사족을 못 썼고 남들에게만 적용되는 이야기도 아니었다. 그는 2009년에만 해도 일이 잘못되면 시티 센터에서 죽을 각오가 되어 있었고 그로부터 1년 뒤에는 1.5킬로미터짜리 플라스틱 폭탄을 좌석 밑에 붙인 휠체어를 타고 밍고 대강당으로 들어갔다. 그런 식으로 제로 지점을 자청했다. 하지만 그땐 그때고 지금은 상황이 달라졌다. 그렇지 않은가.

"하지만 뭐요?"

"모르겠네."

"나는 알아요. 드디어 방법을 찾은 거예요. 간단해요. 아무튼 하츠필드가 엘러턴, 스토버 그리고 스캐펠리의 죽음과 연관이 있다고 생각했다면(솔직히 나도 그렇지 않을까 의심했거든요.) 걱정 접어도 되겠어요. 죽은 거위, 구운 칠면조, 태운 대머리수리가 됐으니까 다 같이 만세를 부르자고요."

"피트, 생각을 정리할 시간이 좀 필요한데."

"아무럼요. 그 녀석하고의 역사가 좀 길어야죠. 그동안 나는 이지한테 연락해야겠어요. 기쁜 소식으로 하루를 시작할 수 있게."

"브래디가 어떤 약을 삼켰는지 분석 결과가 나오면 바로 연락해 주겠나?"

"그럴게요. 아무튼 미스터 메르세데스하고는 사요나라인 거예요. 그렇죠?"

"그렇지, 그렇지."

호지스는 전화를 끊고 부엌으로 가서 커피를 끓인다. 커피를 마시면 안 그래도 괴로워하는 뱃속에서 불이 날 테니 차를 마셔야겠지만 상관없다. 당분간은 진통제도 먹지 않을 것이다. 최대한 맑은 정신으로 이 문제를 생각해 보아야 한다.

그는 충전 중이던 휴대 전화를 집어서 홀리에게 전화한다. 그녀가 단박에 전화를 받자 도대체 몇 시에 일어나는지 궁금해진다. 5시? 심지어 그보다 일찍? 묻지 말고 그냥 지나가는 편이 나은 질문도 있을지 모른다. 그가 피트에게 들은 소식을 전하자 홀리 기브니는 일생에 딱 한 번 순화하지 않은 욕을 내뱉는다.

"염병, 말도 안 돼!"

"피트가 장난치는 거라면 말도 안 될 수 있는데 아닐 거예요. 그는 오후 느지막한 시간이 되어서야 장난기에 발동이 걸리고 그나마도 영 어설픈 친구거든요."

잠깐 정적이 흐른 뒤에 홀리가 묻는다.

"당신은 그 말을 믿어요?"

"그가 죽었다는 건 믿어요. 신원 오인의 가능성은 거의 없으니까. 하지만 자살했다는 건 내가 보기에는……" 그는 알맞은 단어를 찾지만 결국 찾지 못하고 5분 전에 예전 파트너에게 했던 말을 반복한다. "모르겠네요."

"이제 끝난 걸까요?"

"아마 아닐 거예요."

"내 생각도 같아요. 회사가 문을 닫은 이후에 남은 재핏들이 어떻게 됐는지 알아내야 해요. 브래디 하츠필드가 어떤 식으로 여기에 연루됐는지 모르겠지만 그와의 연결지점이 너무 많아요. 그가 폭탄을 터뜨리려고 했던 콘서트와의 연결지점도 너무 많고요."

"나도 알아요."

호지스는 한가운데 큼지막한 거미가 매달려 있고 독이 잔뜩 묻은 거미줄을 다시 한 번 떠올린다. 다만 그 거미가 이제는 죽었다.

'그런데 다 같이 만세를 부르자 이거지?' 호지스는 생각한다.

"홀리, 로빈슨 부부가 바브라를 퇴원시키러 갈 때 병원에 있어 줄 수 있어요?"

"네." 잠시 후에 그녀가 덧붙인다. "그거 괜찮겠네요. 그럼 타냐한 테 전화해서 그래도 되겠느냐고 물어볼게요. 당연히 된다고 하겠지만. 왜요?"

"바브라한테 6인의 용의자 사진을 보여 주고 싶어서요. 양복을 입은 나이 많은 백인 남자 다섯 명 더하기 펠릭스 배비노 박사."

"마이런 제이컴이 하츠필드의 *담당의*라고요? 그가 바브라와 힐다 한테 재핏을 주었다는 거예요?"

"지금 단계에서는 예감에 불과해요."

하지만 그건 겸손한 표현이다. 사실은 예감, 그 이상이다. 배비노 는 브래디의 병실에 들어가지 못하게 하려고 호지스에게 터무니없 는 거짓말을 했고, 호지스가 어디 편찮으신 건 아니냐고 묻자 버럭 화를 내다시피 했다. 그리고 노마 윌머의 주장에 따르면 브래디를 상대로 비밀 실험을 벌이고 있다고 했다. *배비노를 조사하세요. 그 녀는 바바블랙쉽에서 이렇게 얘기했다. 그를 궁지로 몰아넣는 거예 요. 한번 도전해 보는 거 어때요? 살날이 몇 개월 남지 않은 사람에*

게 그건 도전이랄 것도 없다.

"알았어요. 나는 빌, 당신의 예감을 존중해요. 그리고 배비노 박사 사진은 사회면을 뒤지면 구할 수 있을 거예요. 병원에서 여는 자선 행사에 참석했을 테니까요."

"좋아요. 이제 파산 관재인 이름을 다시 한 번 알려 줘요."

"토드 슈나이더요. 8시 30분에 전화해야 해요. 로빈슨 부부랑 같이 병원에 가면 난 그보다 늦게 출근할 거예요. 제롬 데리고 갈게요."

"좋아요. 슈나이더 전화번호 있어요?"

"이메일로 보냈어요. 이메일 접속하는 법은 기억하죠?"

"홀리, 내가 걸린 병은 치매가 아니라 암이에요."

"오늘이 마지막 날이에요. 그것도 잊어버리지 마요."

어떻게 잊어버릴 수 있겠는가. 오늘이 지나면 브래디가 죽은 병원에 입원할 테고 그것으로 호지스의 마지막 사건은 영영 미결로 남을 텐데. 그러기는 싫지만 어쩔 도리가 없다. 병이 빠르게 진행되고 있다.

"아침 챙겨 먹어요."

"알았어요."

그는 전화를 끊고 갓 끓인 커피를 애타는 눈빛으로 쳐다본다. 냄새가 끝내준다. 커피를 개수대에 버리고 옷을 갈아입는다. 아침은 건너뛴다.

13

접수대에 홀리가 없으니 파인더스 키퍼스가 텅 빈 느낌이지만 터너 빌딩 7층이 조용해서 좋다. 한 층을 쓰는 시끌벅적한 여행사 직원들은 최소 30분은 있어야 출근할 것이다.

호지스는 노란색 메모지를 앞에 두고 생각나는 대로 끼적이며 연결고리를 파악하고 딱 들어맞는 그림을 완성할 때 머리가 가장 잘 돌아간다. 경찰 시절부터 썼던 방식인데 그렇게 하면 연결고리가 떠오르는 경우가 그렇지 않은 경우에 비해서 더 많았다. 덕분에 오랜 세월 동안 받은 표창장도 많지만 그 표창장들은 벽에 걸려 있지 않고 벽장 선반에 마구잡이로 쌓여 있다. 그는 표창장에 연연한 적이 없었다. 연결고리가 번쩍 하고 떠오르는 데서 보람을 느꼈다. 알고 보니 그는 포기할 줄 모르는 인간이었다. 은퇴 대신 파인더스 키퍼스를 차린 이유도 그 때문이었다.

오늘 아침에는 메모는 없고 언덕을 오르는 졸라맨, 사이클론, 비행 접시만 그려져 있다. 대부분의 퍼즐 조각이 테이블 위에 놓여 있고 이제 그걸 맞추기만 하면 된다는 걸 아는데 브래디 하츠필드의 죽음이 그가 개인적으로 수집한 정보의 고속도로 위에서 벌어진 연쇄 충돌 사고와도 같아서 모든 생각의 흐름을 막고 있다. 손목시계를 확인할 때마다 5분이 지나 있다. 조만간 슈나이더에게 전화를 걸어야 할 것이다. 통화를 마칠 때쯤이면 시끄러운 여행사 직원들이 출근을 시작할 것이다. 그 뒤를 이어서 바브라와 제롬이 등장할 것이다. 조용히 생각할 수 있는 기회가 영영 날아가는 것이다.

연결지점을 생각해 봐요. 홀리는 이렇게 말했다. *하나같이 그와 연결되잖아요. 그가 폭탄을 터뜨리려고 했던 콘서트하고도 그렇고요.*

맞다, 정말 그렇다. 라운드 히어 콘서트에 갔었다고 증명할 수 있는 사람들(그 당시에는 대개 초등학생이었지만 지금 중고등학생이 된)만 홈페이지에서 무료 재핏을 신청할 수 있었고, 그 홈페이지는 현재 없어졌다. badconcert.com도 브래디처럼 죽은 거위, 구운 칠면조, 태운 대머리수리가 됐으니까 다 같이 만세를 부르자는 상황이 됐다.

마침내 그는 낙서 한중간에 두 단어를 적고 동그라미를 친다. 하나는 콘서트다. 다른 하나는 *재고*다.

그는 카이너 기념 병원으로 전화해 깡통 병동으로 연결해 달라고 한다. 노마 윌머가 출근했지만 바빠서 전화를 받을 수가 없다고 한다. 호지스는 정말로 바쁜 모양이라고 생각하며 심한 숙취에 시달리고 있지 않기를 바란다. 그는 가능한 한 빨리 전화해 달라는 메시지를 남기며 급한 일이라고 강조한다.

8시 25분까지 계속 낙서를 하다(외투 주머니에 다이나 스코트의 재핏이 들어 있기 때문인지 이제는 재핏을 그리고 있다.) 토드 슈나이더에게 전화하자 그가 직접 전화를 받는다.

호지스는 소비자 보호 협회에서 소비자를 대변하는 자원봉사자인데 이 도시에 유포된 재핏 게임기를 조사하는 일을 맡게 되었다고 자기소개를 한다. 계속 느긋하고 태평한 말투를 고수한다.

"무료로 배포된 재핏이라 별일 아니라고 볼 수 있을 텐데요, 선라이즈 리더스 서클이라는 사이트에서 책을 다운받았더니 뒤죽박죽이더라는 이야기가 있어서요."

"선라이즈 리더스 서클이라니요?" 슈나이더는 어리둥절한 목소리다. 난해한 법률 용어를 빌자면 실드를 치려는 조짐을 전혀 보이지 않는다. 계속 이런 식으로 대화를 이어나갈 수 있다면 호지스로서는 더 바랄 나위가 없겠다. "선라이즈 솔루션스의 바로 그 선라이즈 말입니까?"

"네, 그래서 제가 전화를 드린 거예요. 제가 아는 바에 따르면 선라이즈 솔루션스가 재핏 사를 인수한 뒤에 도산했다고 해서요."

"그건 맞습니다. 그런데 제가 선라이즈 솔루션과 관련해서 처리한 서류가 상당히 많았지만 선라이즈 리더스 클럽에 대해서는 아무 기억이 없는데요. 그런 게 있었다면 눈에 확 띄었을 텐데. 선라이즈는 큰 거 한 방을 노리고 소규모 전자회사들을 먹어 치우다시피 했거든요. 안타깝게도 그 한 방을 끝까지 찾지 못했습니다만."

"재핏 클럽은요? 거기에 대해서는 생각나는 게 있습니까?"

"들어 본 적이 없는데요."

"zeetheend.com이라는 사이트는요?"

호지스는 이렇게 물으면서 이마를 찰싹 때린다. 한심한 낙서로 메모지를 채울 시간에 그 사이트를 직접 체크해 보았어야 하는 거였다.

"아뇨, 그런 사이트도 들어본 적 없습니다." 실드가 슬슬 고개를 들려는 조짐을 보인다. "소비자 사기 건인가요? 그 부분에 대해서라면 파산법에 아주 명확하게 명시되어 있는데……"

"전혀 아닙니다." 호지스는 달래는 투로 얘기한다. "저희가 관여하는 이유는 오로지 뒤죽박죽으로 다운로드가 된 것 때문이에요. 게다가 고장 난 상태로 배달된 재핏이 다수 있었고요. 수령인이 반송하고 다시 받길 원하거든요."

"맨 마지막에 생산된 제품을 받았다면 그럴 만도 해요." 슈나이더가 말한다. "불량품이 워낙 많았거든요. 최종 물량에서는 30퍼센트쯤 됐을 겁니다."

"개인적으로 궁금해서 여쭈어보는 건데 그 최종 물량이 몇 대나 됐나요?"

"정확한 숫자는 찾아보아야겠지만 제가 기억하기로는 4만 대쯤 됐어요. 재핏에서 제조사를 고소했지만 중국업체를 고소한다는 게 바보 같은 짓인 데다 그즈음에는 생존을 위해 발악하는 상황이었죠. 모두 끝나서 마무리가 된 건이기 때문에 이런 정보를 알려 드리는 겁니다."

"알겠습니다."

"제조사에서는, 이청 일렉트로닉스라는 곳이었는데, 일제사격을 퍼부으며 반격하고 나섰죠. 돈 때문이라기보다 평판이 걱정됐기 때문이었을 겁니다. 그쪽을 나무랄 수도 없는 노릇 아니겠습니까?"

"그렇죠." 호지스는 더 이상 진통제 없이 버틸 수가 없어진다. 약병을 집어서 두 알을 흔들어 꺼냈다가 망설이며 한 알을 다시 넣는다. 약효가 더 빨리 발휘되길 바라며 약을 혀 밑에 넣어서 녹인다. "아무래도 그렇겠죠."

"이청에서는 운송 과정에서 아마도 습기 때문에 파손이 됐을 거라고 주장했어요. 소프트웨어상의 문제라면 모든 게임에 문제가 있어야 하는 거 아니냐고 하면서요. 제가 듣기에는 일리가 있습니다만 전자기기 쪽으로는 아는 게 많이 없어서요. 아무튼 재핏은 문을 닫았고 선라이즈 솔루션스에서는 소송을 강행하지 않기로 결정을 내렸습니다. 그보다 더 큰 고민거리가 있었거든요. 채권자들은 달려들고, 투자자들은 하나둘씩 손을 떼고 있었으니까요."

"그 마지막 물량은 어떻게 됐습니까?"

"그것도 자산이기는 했지만 불량 문제 때문에 값이 많이 나가지는 않았어요. 어느 정도 시간을 두고 회사 차원에서 할인 상품을 전문적으로 판매하는 소매업체들을 상대로 홍보를 펼쳤죠. 1달러 스토어나 이코노미 위저드 같은 체인점을 상대로요. 이런 체인점을 들어 보신 적 있는지 모르겠습니다만."

"들어 봤습니다."

호지스도 가까운 1달러 스토어에서 B급 구두를 산 적이 있었다. 가격은 1달러가 넘었지만 질은 나쁘지 않았다. 잘 신고 다녔다.

"물론 재핏 커맨더(최신 모델 이름이었어요.) 열 대당 많게는 세 대꼴로 불량품일 수 있기 때문에 일일이 확인해 보아야 한다는 조건을 달았죠. 그 때문에 일괄 처리할 수 있는 기회가 날아갔어요. 하나씩 확인하려면 품이 너무 많이 들 테니까요."

"그렇죠."

"그래서 파산 관재인으로서 폐기처분하고 세금공제를 받자는 쪽으로 결론을 내렸죠. 공제액이…… 제법 될 거였거든요. 제너럴모터스 같은 대기업 기준으로는 푼돈일지 몰라도 몇십만 달러는 될 테니까요. 장부를 정리하는 차원에서 말입니다."

"네, 잘 생각하셨네요."

"그런데 그 도시에서 게임즈 언리미티드라는 회사 직원의 전화를 받았어요. 게임 뒤에 Z가 붙어서 게임즈라는데 자기가 CEO라고 했어요. 두 칸짜리 사무실이나 차고에서 직원 세 명을 데리고 운영하는 회사 CEO였겠죠." 슈나이더는 뉴욕의 대기업에 몸담고 있는 사람답게 쿡쿡 웃는다. "컴퓨터 혁명에 불이 붙으면서 그런 회사들이 우후죽순처럼 생겨나고 있어요. 제대로 된 제품을 출시했다는 회사는 들어본 적이 없지만. 약간 사기극 냄새가 나지 않나요?"

"그러게요."

녹은 알약은 어마무지하게 쓰지만 그것이 주는 위안은 달콤하다. 인생의 수많은 것들이 그렇지 않을까 싶다. 《리더스 다이제스트》스러운 통찰이지만 그렇다고 무시해도 되는 건 아니다.

실드는 물 건너간 얘기가 된다. 슈나이더는 자기 이야기에 취해서 아주 신이 났다.

"그 사람은 재핏 800대를 대당 80달러에 사고 싶다고 했어요. 80달러면 소매가보다 100달러 정도 저렴한 거였죠. 서로 흥정한 끝에 100달러로 합의를 보았어요."

"대당 100달러요."

"네."

"그럼 8000달러가 되겠네요." 호지스가 말한다. 브래디를 상대로 제기된 몇 개인지 모를 민사소송에 드는 비용을 합하면 수천만 달러에 달할 것이다. 호지스의 기억이 맞는다면 브래디의 통장 잔액은 얼추 1100달러였다. "대금은 수표로 지불하던가요?"

그는 이 질문의 대답을 들을 수 있을지 자신이 없었는데(이쯤 되면 대다수의 변호사들이 논의를 종료한다.) 대답을 듣는다. 선라이즈 솔루션스의 파산이 모두 법적으로 깔끔하게 정리가 됐기 때문일 것이다. 슈나이더에게 이것은 경기 후 인터뷰와 같다.

"네. 게임즈 회사 계좌로 발행된 수표였어요."

"현금화하는 데 아무 문제없었었고요?"

토드 슈나이더는 대기업에 몸담고 있는 사람답게 쿡쿡 웃는다.

"문제가 있었다면 그 800대는 나머지 물량과 더불어 새로운 컴퓨터 기기를 만드는 데 재활용됐겠죠."

호지스는 낙서로 장식된 메모지에 대고 잽싸게 계산을 한다. 800대 중에서 30퍼센트가 불량품이었다면 560대가 멀쩡했던 셈이다. 어쩌면 그보다 더 적었을 수도 있다. 힐다 카버는 개조된 제품을 받았는데(그렇지 않았다면 그녀에게 그걸 건넬 이유가 없었다.) 바브라의 말에 따르면 파란 불빛이 한 번 번쩍이더니 먹통이 돼 버렸다고 했다.

"그렇게 처분이 됐군요."

"네. 테레호테에 있는 창고에서 UPS로 발송됐죠. 별 거 아니지만 그래도 그게 어딥니까. 저희는 고객을 위해 최선을 다하거든요, 호지스 씨."

"그러시겠죠." '그리고 다 같이 만세를 불러야겠지.' 호지스는 생각한다. "그 800개의 재핏이 어디로 배송됐는지 혹시 주소를 기억하십니까?"

"아뇨, 하지만 파일에 있을 거예요. 이메일 주소를 주시면 보내드릴게요. 이 게임즈에서 어떤 사기극을 계획 중인지 전화로 알려 주신다는 조건 하에요."

"그러겠습니다, 슈나이더 씨." 사서함 번호일 테고 그 번호의 주인은 오래 전에 자취를 감추었겠지. 호지스는 생각한다. 그래도 확인해 볼 필요가 있다. 그가 병원에 입원해서 완치될 가능성이 거의 없는 질병의 치료를 받는 동안 홀리가 알아보면 된다. "정말 도움이 많이 됐습니다, 슈나이더 씨. 마지막으로 한 가지만 더 여쭈어 볼게요. 혹시 게임즈 사의 CEO 이름을 기억하십니까?"

"아, 그럼요." 슈나이더가 말한다. "게임즈라는 단어가 S가 아니라 Z로 끝나는 이유도 그 이름 때문일 거예요."

"무슨 말씀이신지 모르겠는데요."

"CEO 이름이 마이런 제이컴(Myron Zakim)이었거든요."

14

호지스는 전화를 끊고 파이어폭스를 띄운다. zeetheend를 입력하자 어떤 남자가 곡괭이를 휘두르는 만화가 등장한다. 보안 먼지 구름이 똑같은 메시지를 만들고 또 만든다.

죄송합니다. 현재 홈페이지 공사중입니다.
하지만 계속 확인해 주세요!

"우리는 끈질기게 버티도록 만들어져 있고,
그 과정에서 우리가 어떤 사람인지 깨닫는다."
—토비아스 울프

'이 또한 《리더스 다이제스트》스러운 발상이로군.' 호지스는 생각하며 창가로 간다. 출근하는 차량들이 로어말버러에서 빠르게 움직이고 있다. 놀랍고 감사하게도 며칠 만에 처음으로 옆구리 통증이 완전히 사라졌다. 건강에 아무 문제가 없다고 믿을 수 있을 지경이지만 입 안에 남은 쓴맛이 아니라고 한다.

'쓴맛.' 그는 생각한다. '잔여물.'

휴대 전화가 울린다. 노마 윌머인데 하도 나지막이 속삭여서 귀를 쫑긋 세우고 들어야 한다.

"이른바 방문객 명단 때문에 연락하신 거라면 아직 찾아보지 못했어요. 경찰이랑 싸구려 양복을 입은 지방검찰청 직원들로 우글우글해요. 하츠필드가 죽은 게 아니라 탈출했나 싶을 정도예요."

"그것 때문에 전화한 건 아니지만 방문객 명단이 필요하긴 해요. 오늘 중으로 알아봐 주면 50달러를 더 얹어서 줄게요. 오전 중으로 알아봐 주면 100달러를 더 얹어서 주고요."

"맙소사, 그 명단에 목숨을 거는 이유가 뭐예요? 지난 10년 동안 정형외과랑 깡통을 왔다 갔다 한 조지아 프레더릭한테 물어봤는데, 당신 말고 하츠필드를 만나러 온 사람은 문신을 새기고 해병대처럼 머리를 짧게 친 추레한 아가씨밖에 본 적이 없대요."

그게 누군지 호지스로서는 전혀 알 길이 없다. 희미한 간질거림이 느껴지기는 하지만 못 미덥다. 퍼즐 조각들을 맞추고 싶은 마음이 워낙 간절하다는 것은 아주 조심스럽게 접근해야 한다는 뜻이기도 하다.

"원하는 게 뭐예요, 빌? 나 지금 우라질 리넨 벽장에 숨어 있어서 덥고 머리가 지끈거려요."

"예전 파트너한테 전화를 받았는데 브래디가 어떤 개떡 같은 걸 먹고 자살을 했다면서요? 그렇다면 오랜 시간에 걸쳐서 약을 모았다는 뜻인데 그게 가능해요?"

"가능하죠. 전 승무원이 식중독으로 죽으면 내가 767 점보기를 조종해서 착륙시키는 것도 가능한 얘기 아니겠어요? 둘 다 가능성이 우라지게 낮아서 그렇지. 내가 경찰하고 검찰청 소속의 제일 짜증 나는 떠버리 2인조한테 한 얘기를 고스란히 옮길게요. 브래디는 물리치료를 받는 날에 아나프록스 DS를 식사와 함께 복용했고 나중에 필요하면 한 번 더 복용했지만 그런 경우는 거의 없었어요. 아나프록스의 진통 효과는 약국에서 처방전 없이 살 수 있는 애드빌 수준이에요. 초강력 타이레놀도 처방은 되어 있었지만 그걸 달라고 한 적은 몇 번 없었어요."

"그 말에 검찰청 직원들은 뭐라고 하던가요?"

"지금 현재로서는 아나프록스를 어마무지하게 많이 먹었다는 전제 아래 움직이고 있어요."

"그런데 당신 생각은 다르다?"

"당연하죠! 그 많은 걸 어디다 숨겼겠어요? 뼈만 앙상해서 욕창이 생긴 똥구멍에다가 숨겼겠어요? 이제 그만 끊어야 해요. 방문객 명단은 나중에 알려 줄게요. 그런 명단이 있을지 모르겠지만."

"고마워요, 노마. 머리 아프면 아나프록스 먹어요."

"지랄하십니다." 그녀는 웃으며 이렇게 대꾸한다.

15

걸어 들어오는 제롬을 보고 호지스가 맨 처음 한 생각은 '맙소사, 이 자식 엄청 컸네!'다.

처음에는 잔디 깎아 주는 아이로, 그 다음에는 만능 잡역부로, 막판에는 그의 컴퓨터를 관리하는 천사로 그의 집에서 아르바이트를 했을 때 제롬 로빈슨은 키 170센티미터에 몸무게는 63.5킬로그램으로 비쩍 마른 십 대였다. 지금 문 앞에 서 있는 거인은 키가 최소한 188센티미터에 몸무게는 못해도 86킬로그램은 됨직하다. 외모야 전부터 준수했지만 지금은 영화배우급이고 온몸이 근육질이다.

문제의 그 인물은 함박웃음을 지으며 성큼성큼 사무실을 가로질러 와서 호지스를 끌어안는다. 그는 끌어안은 손에 힘을 주었다가 호지스가 움찔하는 것을 보고 얼른 놓는다.

"맙소사, 죄송해요."

"아파서 그런 거 아니야. 만나서 기쁜 마음에 그런 거지." 눈앞이 살짝 흐릿해지자 그는 손바닥의 불룩한 부분으로 눈을 훔친다. "반갑다."

"저도요. 좀 어떠세요?"

"지금은 괜찮아. 진통제를 먹었다만 네 얼굴이 더 약효가 좋은 것 같네."

홀리는 수수한 외투의 지퍼를 열고 조막만 한 손을 허리에 얹고 문 앞에 서 있다. 불행한 미소를 머금은 얼굴로 그들을 쳐다보고 있다. 불행한 미소라는 게 있을 줄 몰랐는데 이제 보니 있다.

"이리 와요, 홀리. 다 같이 끌어안자고 하지는 않을게요. 약속해요. 제롬한테 이번 사건에 대해서 설명했어요?"

"바브라와 연관 있는 부분은 알지만 나머지는 당신이 얘기하는 게 좋을 것 같아서요."

제롬은 큼지막하고 따뜻한 손으로 호지스의 뒷덜미를 살짝 감싼다.

"내일 입원해서 추가 검사를 받고 치료 계획을 세울 거라고 홀리한테 들었어요. 딴소리를 하려고 들면 저더러 입 닥치게 만들라고 하던데요."

"내가 언제 입 닥치게 만들라고 그랬니?" 홀리는 무서운 눈빛으로 제롬을 노려본다. "그런 단어는 쓴 적이 없구먼."

제롬은 씩 웃는다.

"말로는 조용히 시키라고 했지만, 눈빛으로는 입 닥치게 만들라고 했어요."

"바보."

그녀는 그렇게 말하며 다시 그 미소를 짓는다. '한 자리에 모이니까 좋지만 한 자리에 모인 이유 때문에 슬픈 거지.' 호지스는 생각한다. 그는 홀리와 제롬이 동기처럼 툭탁거리는 묘하게 즐거운 분위기를 깨뜨리며 바브라의 안부를 묻는다.

"괜찮아요. 경골과 비골이 골절됐대요. 축구를 하거나 초보자 코스에서 스키를 타다가도 골절될 수 있는 부위라고, 아무 후유증 없이 나을 거래요. 깁스를 했는데 벌써부터 가렵다고 난리예요. 엄마가 긁개를 사러 나가셨어요."

"홀리, 용의자 사진 보여 줬어요?"

"네, 배비노 박사를 지목했어요. 조금도 망설임 없이."

'내가 몇 가지 물어볼 게 생겼네, 의사 양반.' 호지스는 생각했다. '내 마지막 날이 끝나기 전에 대답을 들을 참이야. 눈알이 살짝 튀어 나오도록 비틀어야 대답을 들을 수 있다면 뭐, 좋아.'

제롬은 평소처럼 호지스의 책상 모서리에 걸터앉는다.

"처음부터 전부 얘기해 주세요. 제가 새로운 측면을 발견할 수도 있잖아요."

호지스가 이야기의 대부분을 맡는다. 홀리는 창가로 가서 팔짱을 끼고 손으로 어깨를 감싼 채 로어말버러를 내다본다. 가끔 몇 마디씩 보태지만 대개는 가만히 듣기만 한다.

호지스의 이야기가 끝나자 제롬이 묻는다.

"이게 마인드 파워의 문제라는 걸 어느 정도로 확신하세요?"

호지스는 곰곰이 따져본다.

"80퍼센트. 아니면 그 이상. 황당한 발상이긴 하지만 증거가 너무 많거든."

"만약 그가 마인드 파워를 쓸 수 있게 됐다면 나 때문이에요." 홀리가 창밖으로 시선을 고정한 채 이야기한다. "내가 휘두른 그 해피 슬래퍼에 맞아서 뇌가 재배치됐을 수 있어요. 그래서 일반인과 다르게 뇌의 나머지 90퍼센트를 활용할 수 있게 된 거죠."

"그럴 수도 있죠." 호지스가 말한다. "하지만 그렇게 두들겨 패지 않았다면 당신하고 제롬은 죽었을 거예요."

"수많은 다른 사람들은 또 어떻고요." 제롬이 말한다. "그리고 그때 맞은 것하고는 전혀 무관할 수도 있어요. 배비노가 투여한 약물이 그를 혼수상태에서 깨우는 이상의 역할을 한 거죠. 실험용 약물이 가끔 뜻밖의 결과를 낳을 때도 있잖아요."

"아니면 그 둘의 연합 작용일 수도 있고요."

호지스가 말한다. 그들이 이런 대화를 나누고 있다니 믿기지가 않지만 사실이 가리키는 대로 따라가라는 형사의 제1원칙을 거역할 수는 없다.

"그는 아저씨를 증오했어요." 제롬이 말한다. "자살해 주길 바랐더니 자길 추격했잖아요."

"게다가 그의 무기로 그를 공격했죠." 홀리가 여전히 창밖을 바라보며 자기 몸을 끌어안은 채로 덧붙인다. "데비스 블루 엄브렐라를 이용해서 그를 밖으로 끌어냈잖아요. 이틀 전에 그 메시지를 보낸 사람은 그예요, 분명해요. 브래디 하츠필드가 자칭 Z보이인 거예요." 이제 그녀는 고개를 돌린다. "불 보듯 빤한 사실이에요. 당신이 밍고에서 그를 저지했으니까……"

"아니, 나는 1층에서 심장마비로 괴로워하고 있었잖아요. 그를 저지한 사람은 홀리, 당신이었죠."

그녀는 세차게 고개를 젓는다.

"그는 그걸 몰라요. *나를 보지 못했으니까요.* 그날 저녁에 있었던 일을 내가 잊을 수 있을 것 같아요? 바브라가 통로를 지나서 몇 줄 위에 앉아 있었고 그는 내가 아니라 바브라를 쳐다보고 있었어요. 나는 뭐라고 소리를 지른 다음 그가 고개를 돌리려고 하자마자 내리쳤어요. 조금 있다가 한 번 더 내리쳤어요. 내가 얼마나 *세게* 쳤는지 알아요?"

제롬이 그녀에게 다가가려고 하지만 그녀가 손짓으로 거부한다. 시선 맞추기를 어려워하는 그녀가 지금은 이글거리는 눈빛으로 호지스를 똑바로 쳐다보고 있다.

"당신이 그를 쿡쿡 쑤셔서 밖으로 끌어냈고, 당신이 암호를 알아냈기에 우리가 그의 컴퓨터로 들어가서 뭘 어쩌려는 작정인지 알아낼 수 있었어요. 그는 항상 당신에게 원망을 퍼부었어요. 나는 알고 있다고요. 게다가 당신은 계속 그의 병실로 찾아가서 말을 걸고 그랬잖아요."

"그러니까 이게 뭔지 정체는 잘 모르겠지만 그가 이런 일을 저지르는 이유도 나 때문이다?"

"아니죠!" 그녀는 거의 비명을 지르다시피 한다. "그가 이런 짓을 저지르는 이유는 미친놈이기 때문이죠!"

잠시 정적이 흐르고 그녀는 얌전한 목소리로 언성을 높여서 미안하다고 사과한다.

"사과할 것 없어요, 홀리베리. 아줌마가 권위적으로 나오면 난 짜릿하더라."

홀리는 제롬을 향해 얼굴을 찡그려 보인다. 제롬은 코웃음을 치고 호지스에게 다이나 스코트의 재핏에 대해 묻는다.

"한번 보고 싶은데요."

"내 외투 주머니에 있어." 호지스가 말한다. "하지만 피싱 홀 데모 영상은 조심해."

제롬은 호지스의 주머니를 뒤져서 텀스 제산제 통과 그의 분신과도 같은 형사 수첩을 버리고 다이나의 초록색 재핏을 꺼낸다.

"헐. 이런 게임기는 비디오테이프, 전화식 모뎀과 더불어 멸종된 줄 알았더니."

"멸종된 거나 다름없어." 홀리가 말한다. "가격도 일조했지. 내가 알아봤거든. 2012년에 권장 소비자가가 180달러였더라. 정말 말도 안 되지."

제롬은 재핏을 이 손에서 저 손으로 던진다. 표정은 심각한데 피곤해 보인다. '그럴 만도 하지.' 호지스는 생각한다. 어제까지 애리조나에서 집을 짓다가 평소 명랑하기 짝이 없던 여동생이 자살하려고 했다는 소식을 듣고 허겁지겁 달려오지 않았는가.

제롬은 호지스의 표정을 읽은 모양이다.

"바브의 다리는 아물 거예요. 제가 걱정되는 건 정신적인 부분이에요. 파란 불빛이 번쩍이고 목소리가 들렸다고 하더라고요. 게임에서 그랬다고."

"아직 그게 머릿속에 남아 있다고 했어요." 홀리가 덧붙인다. "머릿속에서 계속 맴도는 노랫가락처럼 되어 버렸다고. 게임을 못하게 됐으니 시간이 지나면 지워지겠지만 게임기를 받은 다른 아이들은 어떻게 해요?"

"badconcert 사이트가 폐쇄된 마당에 몇 명이나 게임기를 받았는지 파악할 방법이 있을까?"

홀리와 제롬은 서로 쳐다보다가 똑같이 고개를 젓는다.

"젠장." 호지스가 말한다. "그럴 거라고 생각하긴 했지만 그래도…… 젠장."

"이것도 파란 불빛을 번쩍이나요?"

제롬은 아직 재킷을 켜지 않고 뜨거운 감자라도 되는 듯이 만지작거리고 있다.

"아니. 그리고 분홍색 물고기가 숫자로 바뀌지도 않아. 직접 살펴보지 그러니."

제롬은 재킷을 뒤집어서 배터리 칸을 열어 본다.

"그냥 평범한 AA 건전지가 들어 있네요? 재충전해서 쓸 수 있는 건전지가. 여긴 별 거 없고. 그런데 피싱 홀 데모 영상을 보고 있으면 정말 졸려요?"

"나는 그랬어." 호지스가 말한다. 그때 약에 잔뜩 취해 있었다는 이야기는 하지 않는다. "지금 내가 주목하는 인물은 배비노야. 이 일에 연루되어 있거든. 어떻게 해서 그런 공조 관계가 구축됐는지 모르겠다만 아직 살아 있다면 얘기해 주겠지. 그리고 공범이 한 명 더 있어."

"가정부가 보았다는 남자." 홀리가 말한다. "프라이머가 덕지덕지 뿌려진 고물차를 몰고 다니는 남자. 내가 무슨 생각을 하는지 알고 싶어요?"

"날려 봐요."

"배비노 박사 아니면 그 고물차를 몰고 다니는 남자, 둘 중 한 명이 루스 스캐펠리 간호사를 찾아갔을 거예요. 하츠필드가 그녀에게 앙심을 품은 거죠."

"그자가 무슨 수로 사람을 보낸다는 거예요?" 제롬이 탁 소리와 함께 배터리 커버를 다시 끼우며 묻는다. "마인드컨트롤이라도 한다는 거예요? 빌 아저씨의 설명에 따르면 염력인지 뭔지로 할 수 있는

게 화장실 수도꼭지를 트는 정도라는데 저는 그것도 잘 못 믿겠거든
요. 그냥 소문일 수도 있잖아요. 병원에서 전해져 내려오는 전설, 뭐
이런 거요."

"게임이랑 연관이 있을 거야." 호지스는 생각에 잠긴 투로 중얼거
린다. "게임에 무슨 수를 쓴 거야. 효과를 증폭시킨 거지."

"병실에서요?"

제롬은 정신 차리라고 얘기하는 듯한 눈빛으로 그를 쳐다본다.

"말도 안 된다는 거 나도 알아. 염력을 인정하더라도 말도 안 된다
는 거. 하지만 게임일 수밖에 없어. 그럴 *수밖에* 없어."

"배비노가 배후겠죠." 홀리가 말한다.

"래퍼인가, 라임도 잘 맞추네."

제롬이 침울한 목소리로 중얼거린다. 그는 게임기를 계속 이 손에
서 저 손으로 던지고 있다. 호지스가 보기에는 바닥으로 내동댕이쳐
서 밟아 버리고 싶은 걸 참고 있는 듯한데 그럴 만도 하다. 그 비슷
한 게임기 때문에 하마터면 그의 여동생이 목숨을 잃을 뻔하지 않았
던가.

'아니야.' 호지스는 생각한다. '그 비슷한 게임기가 아니었어. 다이
나의 재팻에 깔린 피싱 홀 데모 영상은 가벼운 최면 현상만 유발하
고 그만이었지. 어쩌면……'

그가 갑자기 허리를 펴자 찌릿한 통증이 옆구리를 강타한다.

"홀리, 인터넷에서 피싱 홀에 대해서 검색해 봤어요?"

"아뇨. 그럴 생각을 못 했네요."

"지금 검색해 볼래요? 왜냐하면……"

"데모 영상에 대한 이야기가 있는지 궁금한 거죠? 내가 진작 생각했어야 하는 부분인데. 지금 검색해 볼게요."

그녀는 바깥 사무실로 종종걸음 친다.

"내가 이해가 안 되는 건 뭔가 하면 말이다." 호지스가 말한다. "브래디가 어째서 결말을 확인하지 않고 자살을 했느냐는 거야."

"아이들을 몇 명이나 자살시킬 수 있는지 파악하기 전에 왜 그랬느냐는 거죠?" 제롬이 묻는다. "그 우라질 콘서트를 보러 갔던 아이들을. 우리가 지금 그 얘기를 하고 있는 거잖아요, 아니에요?"

"그렇지. 빈칸이 너무 많다, 제롬. 너무 많아. 심지어 그가 무슨 수로 자살을 했는지도 모르겠어. 자살한 게 맞다면 말이다."

제롬은 부풀어 오르려는 머리를 막는 사람처럼 손바닥으로 관자놀이를 누른다.

"설마 아직 살아 있다고 생각하시는 건 아니죠?"

"아니야. 죽은 건 맞아. 피트가 그런 실수를 저질렀을 리는 없어. 내가 하고 싶은 이야기는 뭔가 하면 누군가가 그를 살해했을지 모른다는 거야. 우리가 아는 사실을 근거로 추측하자면 배비노가 가장 유력한 용의자다만."

"이게 웬 똥이야!" 홀리가 옆방에서 외친다.

그때 마침 호지스와 제롬은 서로를 쳐다보고 있었기에 웃음을 참느라 순간 이심전심이 된다.

"왜요?"

호지스가 큰 소리로 묻는다. 배꼽을 잡고 미친 듯이 웃음을 터뜨리면 그의 옆구리도 아프고 홀리에게도 상처가 될 텐데 웃음을 참으면서 내뱉을 수 있는 말이 그 한 마디뿐이다.

"피싱 홀 히프노시스(히프노시스는 최면이라는 뜻 — 옮긴이)라는 사이트가 있어요! 사이트 대문에 아이들에게 데모 화면을 너무 오랫동안 보여 주지 말라는 경고문이 적혀 있어요! 2005년에 아케이드 게임 버전에서 맨 처음 발견됐대요! 게임보이에서는 수정했는데 재핏에서는…… 잠깐만요…… 수정했다고 했는데 실제로는 하지 않은 거예요! 스레드가 엄청 많아요!"

호지스는 제롬을 쳐다본다.

"온라인상에서 오가는 이야기를 스레드라고 해요."

제롬이 설명한다.

"디모인에 사는 어떤 아이는 기절하면서 책상 모서리에 머리를 부딪치는 바람에 두개골에 금이 갔대요!" 그녀는 신이 났다고도 할 수 있는 목소리로 이렇게 외치더니 일어나서 그들에게로 황급히 달려온다. 뺨이 장밋빛으로 발그레하다. "소송이 예정돼 있었대요! 재핏사가 그것 때문에 문을 닫은 것도 있었나 봐요! 어쩌면 선라이즈 솔루션스가……"

그녀의 책상 위에서 전화벨이 울린다.

"아이 참." 그녀는 전화기 쪽을 쳐다보며 말한다.

"누군지 모르겠지만 오늘은 문 닫았다고 해요."

하지만 홀리는 "여보세요, 파인더스 키퍼스입니다." 하고 말한 뒤에 잠자코 듣기만 한다. 그러더니 몸을 돌려서 수화기를 내민다.

"피트 헌틀리예요. 지금 당장 당신이랑 통화해야 한다는데 목소리가…… 이상해요. 슬퍼하는 것 같기도 하고 화가 난 것 같기도 하고 뭐 그래요."

호지스는 피트가 뭣 때문에 슬퍼졌거나 화가 났거나 뭐 그랬는지 알아보러 바깥 사무실로 나간다.

그의 뒤에서 제롬이 마침내 다이나 스코트의 재핏 전원을 켠다.

프레디 링크래터의 컴퓨터실에서 (프레디 본인은 엑시드린 네 알을 먹고 방에서 잠이 들었다.) 44 FOUND가 45 FOUND로 바뀐다. 리피터가 LOADING이라고 깜빡인다.

그러더니 TASK COMPLETE라고 깜빡인다.

16

피트는 '여보세요'라고 하지 않는다.

"끝까지 물고 늘어져서 진실을 밝혀 줘요, 커밋 선배. 그년은 지금 SKID 두어 명이랑 안에 있고 나는 지금 뭔지 모를 곳에 나와 있거든요. 아마도 화분 넣어 두는 창고 같은데 허벌나게 추워요."라고 한다.

호지스는 놀라서 아무 대꾸도 하지 못한다. SKID(시 경찰이 주 범죄 수사과를 줄여서 이렇게 부른다.) 한 쌍이 피트의 수사 현장에 나와 있다고 해서 그런 게 아니다. 그가 놀란(사실상 기함한) 이유는 그 오랜 세월 동안 알고 지냈지만 피트가 실존 인물을 가리켜서 '그년'이라고 부르는 걸 들은 적이 지금까지 딱 한 번뿐이었기 때문이다. 그때 상대는 피트의 아내에게 집에서 나오라고 종용했고, 정말로 집에서 나오자 아이들까지 함께 거두어들인 그의 장모였다. 이번에 그가 그년이라고 지칭하는 인물은 함께 일하는 파트너, 즉 회색 눈의 미녀일 수밖에 없다.

"커밋 선배? 내 말 듣고 있는 거예요?"

"응. 지금 어디야?"

"슈거 하이츠요. 경치 좋은 라일락 드라이브에 있는 펠릭스 배비노 박사의 집이에요. 제기랄, *대저택*이라고 해도 되겠어요. 배비노가 누군지 알죠? 브래디 하츠필드를 선배보다 더 예의 주시한 사람은 없으니까. 한동안은 그게 선배의 우라질 취미생활이었잖아요."

"그가 누구인지는 알지. 하지만 자네가 무슨 소리를 하는 건지는 모르겠는데."

"폭탄이 터지려는 찰나인데 이지는 폭탄이 터졌을 때 어떻게든 파편을 피하겠대요. 야심만만한 여자이거든요. 10년 안에 형사반장이, 15년 안에 경찰서장이 되는 게 목표일 거예요. 알겠는데 마음에 들지는 않아요. 나 몰래 호건 반장한테 연락해서 호건이 SKID를 불렀어요. 아직은 아니지만 정오 무렵이면 공식적으로 그들의 소관이 될 거예요. 범인을 체포했지만 느낌이 쌔하단 말이죠. 나도 알고, 이지도 알아요. 이지는 다만 쥐똥만큼도 상관하지 않을 뿐이지."

"숨 좀 돌려, 피트. 무슨 일인지 얘기해 봐."

홀리가 불안한 표정으로 근처를 서성인다. 호지스는 어깨를 으쓱하고 기다리라는 뜻에서 한 손가락을 들어 보인다.

"가정부가 7시 30분에 출근을 했단 말이죠. 이름은 노라 에벌리예요. 그런데 진입로 꼭대기의 잔디밭에 배비노의 BMW가 세워져 있고 앞 유리창에 총알 구멍이 뚫려 있어요. 안을 들여다보니 운전대와 운전석에 피가 묻어 있고요. 그래서 911에 연락을 하죠. 경찰차가 5분 만에 도착하는데(슈거 하이츠에서는 늘 그렇잖아요.) 에벌리가 문을 죄다 잠그고 자기 차에 앉아서 사시나무 떨듯 떨고 있어요. 경찰들이 거기 가만히 있으라고 하고 문 쪽으로 다가가죠. 문이 열려 있어요. 배비노의 부인 코라가 죽은 채로 현관 앞에 쓰러져 있는데 그녀의 몸에 박힌 총알이 BMW에 박힌 총알과 일치할 거예요. 그런데 이마에…… 마음의 준비됐어요? 까만색으로 Z라는 글자가 적혀 있어요. TV 화면을 비롯해서 1층 여기저기에도요. 엘러턴의 집에 적혀 있던 그대로. 이 시점에서 내 파트너가 이 골치 아픈 사건에서 발을 빼기로 마음을 먹은 것 같아요."

호지스는 장단을 맞추기 위해 "그래, 그랬겠지."라고 한다. 홀리의 컴퓨터 옆에 있는 메모지를 집어서 뉴스 헤드라인처럼 **배비노의 부인이 살해됨**이라고 큼지막하게 인쇄체로 적는다. 그녀의 손이 입으로 향한다.

"한 경찰이 본부에 연락하는 동안 다른 경찰은 2층에서 내려오는 코 고는 소리를 들어요. 꼭 켜 놓은 전기톱 소리 같았대요. 그래서 총을 꺼내들고 2층으로 올라가는데 여기 손님용 침실이 세 개거든요, *세 개*. 우라지게 넓은 집이라니까요? 아무튼 그중 한 곳에서 어떤 늙은이가 쿨쿨 자고 있더랍니다. 흔들어 깨우니 자기 이름이 앨빈 브룩스라고 했대요."

"도서관 앨!" 호지스는 고함을 지른다. "병원에서 근무하는! 내가 맨 처음 재핏을 본 게 그 사람을 통해서였어!"

"네, 맞아요. 셔츠 주머니에 카이너 신분증이 들어 있었어요. 묻지도 않았는데 자기가 배비노 부인을 죽였다고, 최면에 걸린 상태에서 그랬다고 주장했고요. 그래서 수갑을 채우고 1층으로 데려와서 소파에 앉혀 놨어요. 이지와 내가 30분쯤 뒤에 현장에 도착했을 때까지 계속 그 자리에 앉아 있었는데 신경쇠약증에 걸렸는지 뭔지 몰라도 딴 세상 사람이에요. 온갖 개소리를 쏟아내면서 계속 횡설수설이에요."

호지스는 브래디의 병실을 마지막으로 찾아갔을 때(2014년 노동절 주말 무렵이었다.) 앨이 했던 말을 떠올린다.

"'보이지 않는 것만큼 좋은 것도 없잖아요.'"

"맞아요." 피트는 놀란 눈치다. "그런 식이에요. 이지가 누가 최면을 걸었느냐고 물으니까 물고기래요. 아름다운 바닷가의 물고기."

이제 호지스는 사태가 파악이 된다.

"좀 더 캐물었더니…… 내가 캐물었거든요. 그 무렵 이지는 주방에서 내 의견은 묻지도 않고 이 사건을 통째로 남의 손에 넘기느라 정신이 없었으니까요. 아무튼 닥터Z가 자기더러 '그의 상징을 적으라'고 했대요. 10번요. 아니나 다를까, 시신의 이마에 적힌 것까지 포함해서 Z가 10개더라고요. 닥터Z가 배비노 박사냐고 물었더니 아니라면서 닥터Z는 브래디 하츠필드래요. 완전히 미쳤죠?"

"그렇네." 호지스가 말한다.

"배비노 박사도 쏘았느냐고 물었더니 고개를 저으면서 다시 자고 싶다지 뭐예요. 바로 그때 이지가 주방에서 사뿐사뿐 걸어 나오면서 배비노 박사가 고위급 인물이라 고위급 사건이 될 테니까 호건 반장이 SKID에 연락했는데 마침 두 명이 어떤 사건의 증인으로 소환돼서 우리 도시에 있다는 거예요. 편리하기도 하지. 이지는 시뻘게진 얼굴로 내 시선을 피해요. 내가 여기저기 적힌 Z를 가리키면서 어디서 본 것 같지 않으냐고 해도 대꾸도 하지 않아요."

호지스는 이렇게 분노하고 좌절하는 예전 파트너의 목소리를 들어본 적이 없다.

"그때 내 휴대 전화가 울렸는데…… 오늘 아침에 내가 전화했을 때 당직 의사가 하츠필드의 입에 남은 잔여물의 샘플을 채취했다는 얘기했죠? 검시관보다 먼저 채취했다고."

"그랬지."

"그 사람 이름이 시몬슨인데 그 의사 전화였어요. 검시 결과는 아무리 빨라도 이틀 뒤에나 나올 텐데 시몬슨은 당장 알려 주더라고요. 하츠필드의 입 속에 남아 있었던 약물은 비코딘(마약성 진통제 — 옮긴이)과 앰비엔(수면제 — 옮긴이)이었대요. 하츠필드는 두 약 모두 처방받은 적이 없었고, 가장 가까운 약품 보관함까지 덩실덩실 걸어가서 몇 알 슬쩍할 수도 없었을 텐데 말이죠."

호지스는 브래디가 어떤 진통제를 먹었는지 이미 알고 있기에 가능성이 거의 없는 얘기라고 맞장구를 친다.

"지금 이지는 집 안에 있어요. 입 꾹 다물고 뒤편에 서서 SKID들이 이 브룩스라는 작자를 신문하는 걸 구경하고 있겠죠. 그자는 옆에서 누가 힌트를 주지 않으면 자기 이름조차 기억하지 못하고 자꾸 Z보이라고 해요. 무슨 마블 만화책 등장인물이라도 되는 것처럼."

호지스는 볼펜을 거의 두 동강낼 기세로 움켜주고 메모지에 헤드라인 같은 글씨체로 다시 적는다. 홀리가 허리를 숙이고 읽는다. **도**

서관 앨이 데비스 블루 엄브렐라에서 메시지를 보냄.

홀리는 눈을 휘둥그레 뜨고 그를 쳐다본다.

"SKID들이 들이닥치기 직전에(얼마나 쏜살같이 왔는지 알아요?) 내가 브룩스한테 브래디 하츠필드도 당신이 죽었느냐고 물었거든요. 그랬더니 이지가 '대답하지 마요!' 그러는 거 있죠?"

"*뭐라고?*"

호지스는 소리친다. 머릿속이 너무 복잡해서 점점 악화되어 가는 피트와 파트너와의 관계에 대해 걱정할 여력이 없긴 하지만 그래도 놀라울 따름이다. 이지는 도서관 앨의 변호사가 아니라 형사 아닌가.

"진짜라니까요? 그러더니 날 쳐다보면서 '그거 얘기 안 했잖아요.' 이래요. 그래서 내가 맨 처음 출동한 경찰관한테 물었죠. '이분한테 미란다 규정 알려 드렸지?' 당연히 알려 줬다고 하죠. 내가 쳐다보니까 이지의 얼굴이 시뻘게졌는데 그래도 꿈쩍하지 않아요. '이일이 잘못되더라도 선배야 2, 3주 버티면 끝이지만 나한테는 후유증이 클 거란 말이에요.'"

"그래서 주 경찰이 출동한 거로군……."

"맞아요. 그리고 나는 죽은 배비노 부인이 화분을 보관하던 창고인지 뭔지 모를 염병할 곳에서 와들와들 떨고 있고요. 이 도시를 통틀어 가장 잘 사는 동네에서 동태 신세라니. 내가 선배랑 통화 중이라는 걸 이지도 알 거예요. 사랑하는 커밋 삼촌한테 고자질하고 있다는 걸 말이에요."

피트의 짐작이 맞을 것이다. 하지만 회색 눈의 미녀가 피트가 짐작한 것처럼 권력욕이 엄청나다면 기밀 누설이라는 더 고약한 단어를 떠올리고 있을 것이다.

"그 브룩스라는 작자는 좋지도 않은 머리가 완전히 맛이 가서 언론에서 이 사건을 다룰 때 전면에 내세우기 딱 좋아요. 언론에서 어떤 식으로 포장할지 알아요?"

호지스는 알지만 피트에게 설명을 맡긴다.

"브룩스는 자기가 정의의 사도 Z보이라는 착각에 빠졌다. 이 집으로 찾아와서 문을 열어 준 배비노 부인을 살해하고, BMW를 타고 달아나려고 하던 배비노도 살해했다. 그런 다음 병원으로 가서 배비노의 집에 있던 알약을 한 움큼 하츠필드에게 먹였다. 그 부분은 그럴 수도 있다 쳐요. 이 집 욕실 붙박이장에 우라질 약국을 차려 놨더라고요. 그리고 신분증이 있는데다 지난 6~7년 동안 붙박이 직원이었으니 뇌손상 병동에도 아무 문제없이 들어갈 수 있었겠죠. 하지만 *왜* 그랬을까요? 그리고 배비노의 시신은 어떻게 했을까요? 여기 없거든요."

"좋은 질문이네."

피트는 계속 파고든다.

"저들은 브룩스가 시신을 자기 차에 싣고 하츠필드한테 그 약을 먹이고 오는 길에 골짜기나 배수로나 그런 데 버렸을 거라고 하겠지만, 부인의 시신은 현관에 그냥 내버려 두었으면서 배비노의 시신만 왜 그랬을까요? 게다가 이 집으로 다시 돌아온 이유는 뭘까요?"

"저들은 아마……"

"맞아요, 정신병자라서 그렇다고 하겠죠! 분명히 그럴 거예요! 말이 안 되는 상황에 그보다 더 완벽한 설명이 어디 있겠어요? 그리고 그럴 일은 없겠지만 엘러턴과 스토버가 거론되면, 그 모녀도 그가 죽였다고 하겠죠!"

만약 그런 주장이 제기된다면 낸시 앨더슨이 어느 정도 힘을 실을 수 있을 것이다. 그녀가 힐탑 코트에서 보았다는 남자가 도서관 앨이었던 게 분명하니 말이다.

"저들은 브룩스를 전면에 내세워서 언론 보도를 무사히 해결하고 사건 종료라고 외칠 거예요. 하지만 뭔가가 있어요, 커밋 선배. 뭔가가 있을 수밖에 없어요. 아는 게 있으면, 실마리가 하나라도 있으면 반드시 파헤치겠다고 약속해 줘요."

'하나가 아니라 여러 개야.' 호지스는 생각한다. '하지만 배비노가 열쇠인데 배비노가 사라졌단 말이지.'

"차에는 피가 얼마나 묻었나?"

"많지는 않지만 감식반에서 배비노와 혈액형이 같다고 했어요. 그걸로 단정 지을 수는 없지만…… 젠장. 이만 끊어야겠어요. 이지랑 SKID 한 명이 뒷문으로 나왔어요. 나를 찾는 거예요."

"알았어."

"연락 줘요. 나한테 부탁할 게 있으면 뭐든 얘기하고요."

"그럴게."

호지스는 전화를 끊고 통화 내용을 알려 주려고 고개를 들지만 홀리가 곁에 없다.

"빌." 그녀가 나지막이 부른다. "이쪽으로 와 봐요."

그는 어리둥절해하며 사무실 입구로 걸어갔다가 그 자리에 우뚝 선다. 제롬이 책상을 앞에 두고 호지스의 회전의자에 앉아 있다. 긴

다리를 대자로 벌리고 다이나 스코트의 재킷을 쳐다보고 있다. 눈을 동그랗게 떴지만 멍한 눈빛이다. 입을 떡 벌리고 있다. 아랫입술에 침이 맺혔다. 게임기의 조그만 스피커에서 멜로디가 흘러나오는데 어젯밤과 다른 멜로디다. 호지스는 그렇다고 장담할 수 있다.

"제롬?"

그는 한 걸음 다가가지만 다시 한 걸음 내디디려는 찰나, 홀리가 그의 허리띠를 잡는다. 의외로 손힘이 세다.

"안 돼요." 그녀가 좀 전처럼 나지막이 속삭인다. "놀라게 하면 안 돼요. 지금 저런 상태일 때는."

"그럼 어떻게 해요?"

"내가 삼십 대에 1년 동안 최면치료를 받은 적이 있거든요. 뭣 때문에 그랬느냐면…… 뭐, 뭣 때문에 그랬는지는 알 거 없고요. 내가 해 볼게요."

"자신 있어요?"

그녀는 새하얗게 질린 얼굴을 하고 겁에 질린 눈빛으로 그를 쳐다본다.

"아뇨. 하지만 저 상태로 내버려 둘 수는 없잖아요. 바브라도 그런 일을 당한 마당에."

축 늘어진 제롬의 손에 들린 재킷이 파란 불빛을 번쩍인다. 제롬은 아무 반응을 보이지 않고 눈도 깜빡하지 않은 채 음악이 흘러나오는 화면만 계속 멍하니 바라본다.

홀리는 한 걸음, 다시 한 걸음 다가간다.

"제롬?"

아무 대답이 없다.

"제롬, 내 목소리 들리니?"

"네." 제롬은 화면에 시선을 고정한 채 대답한다.

"제롬, 너 지금 어디 있니?"

그러자 제롬이 말한다.

"내 장례식장에요. 다들 여기 참석했어요. 근사해요."

17

브래디는 열두 살 때 가이아나의 존스타운(남아메리카 가이아나의 한 지방. 1970년대에 짐 존스의 주도 아래 900여 명의 인민사원 신도들이 집단 자살한 곳이다 — 옮긴이)에서 벌어진 집단 자살 사건을 다룬 진정한 범죄서라 할 수 있는 『레이븐』을 읽고 나서부터 자살에 매료됐다. 900여 명(3분의 1이 어린아이였다.)이 청산가리를 섞은 과일 주스를 마시고 죽은 사건이었다. 짜릿하리만치 어마어마한 사망자 수 외에도 브래디의 호기심을 자극했던 것은 최후의 잔치를 준비하는 과정이었다. 온 가족이 독극물을 함께 마시고 악을 쓰는 젖먹이들에게는 간호사(*진짜 간호사였다!*)가 주사기로 독극물을 목구멍에 주입하기 한참 전부터 짐 존스는 격정적인 설교와 화이트 나이트라고 부른 자살 리허설로 신도들에게 절정의 순간을 준비하게 했다. 신도들에게 먼저 과대망상을 주입하고 죽음을 근사하게 포장하는 최면을 걸었다.

3학년 때 브래디는 '미국의 삶'이라는 한심한 사회 수업 시간에 제출한 보고서로 딱 한 번 A를 받은 적이 있었다. 보고서 제목은 「미국인의 사망 방식: 자살한 미국인들에 대한 소고」였다. 그 안에서 그는 당시로서는 가장 최근 자료였던 1999년 통계를 인용했다. 그 한 해 동안 4만여 명이 스스로 목숨을 끊었는데 대개는 총을 썼지만(가장 믿음직한 도구였다.) 약물이 2위로 바짝 그 뒤를 좇았다. 그런가 하면 목을 매고, 물속으로 뛰어들고, 피를 흘리고, 가스 오븐 속에 머리를 집어넣고, 자기 몸에 불을 지르고, 차를 몰고 교각을 들이받은 사람들도 있었다. 어떤 독창적인 인간은 220볼트짜리 전선을 직장에 집어넣어서 감전돼 죽는 방식을 선택했다.(이 사례는 보고서에 넣지 않았다. 그는 그때부터 이미 별종으로 낙인이 찍히지 않도록 조심했다.) 1999년 기준으로 자살은 미국에서 열 번째 주요 사인이었지만 사고사 또는 '자연사'로 공표된 인원까지 합하면 심장병, 암, 교통사고와 어깨를 나란히 할 수 있었다. 그보다는 사망자수가 적겠지만 많이 적지는 않을 것이다.

브래디는 알베르 카뮈가 한 말을 인용했다. "진정으로 심각한 철학적 문제는 딱 하나, 자살뿐이다."

그리고 레이먼드 카스라는 유명한 정신과의사가 딱 잘라서 한 말도 인용했다. "모든 인간은 자살 유전자를 타고난다." 하지만 김이 샐 수 있기 때문에 그가 그 뒤로 한 말은 넣지 않았다. "하지만 대부분의 경우, 발현되지는 않는다."

고등학교를 졸업하고 밍고 대강당에서 장애인이 되기까지 10년이라는 세월 동안 자살의 매력은 사그라들지 않았다. 그의 자살도 그

위대한 역사적인 순간의 일부분이었다.

그 씨앗이 모든 역경을 딛고 이제 화려하게 꽃을 피웠다.

그는 21세기의 짐 존스가 될 것이다.

18

이 도시에서 북쪽으로 65킬로미터쯤 벗어난 지점에 이르자 이 기다림의 한계에 다다른 브래디는 47번 고속도로의 휴게소로 들어가 허덕이는 Z보이의 말리부 시동을 끄고 배비노의 노트북을 켠다. 와이파이는 잡히지 않지만 6킬로미터도 안 되는 곳에 점점 짙어져 가는 구름 사이로 버라이즌(미국의 브로드밴드 및 전기통신사 — 옮긴이)이라는 빅마마의 기지국이 우뚝 서 있다. 배비노의 맥북 에어만 있으면 거의 인적이 끊기다시피 한 이 주차장에 앉아서 어디든 갈 수 있다. 인터넷의 능력에 비하면 일말의 염력은 아무것도 아니라는 생각이 든다.(지금 처음으로 든 생각도 아니다.) 그도 알다시피 악플이 만연하고 집단 괴롭힘이 꼬리에 꼬리를 물고 이어지는 소셜 미디어야말로 수천 명의 자살자를 배양하는 강력한 온상지다. 그곳에 바로 *진정한 마인드 파워*가 존재한다.

예전처럼 빠른 속도로 자판을 두드리지는 못하지만(폭풍을 앞두고 습해진 공기 때문에 배비노의 손가락 관절염이 심해졌다.) 마침내 노트북이 프레디 링크래터의 컴퓨터실에 있는 고성능 장비에 연결된다. 한참 동안 연결을 유지할 필요는 없을 것이다. 그는 예전에 배비노의 머릿속으로 들어왔을 때 노트북 속에 숨겨 놓은 파일을 클릭한다.

ZEETHEEND에 접속하시겠습니까? 예 아니오

그는 커서를 '예' 위로 옮기고 엔터 키를 누른 다음 기다린다. 동그라미가 뱅글 뱅글 뱅글 계속 돈다. 문제가 생겼나 의아해지려는 순간, 그가 기다리던 메시지가 화면에 뜬다.

ZEETHEEND가 활성화됐습니다.

됐다. zeetheend는 금상첨화에 불과하다. 그가 유포한 재킷이 많지는 않았지만(게다가 불량품의 비율이 상당했다.) 십 대는 무리를 지어서 다니는 종족이고, 무리를 지어서 다니는 종족들은 정신적, 정서적으로 발을 맞추어 걷는다. 물고기와 벌 들이 떼를 지어 움직이는 이유도 그 때문이다. 제비들이 해마다 카피스트라노로 돌아오는 이유도 그 때문이다. 인간에 대입하자면 미식축구와 야구 경기장에서 '파도타기'를 하는 이유, 군중이 있다는 이유만으로 그 안에 개인이 매몰되는 이유가 그 때문이다.

십 대 남자아이들은 무리에서 배제되지 않으려고 남들과 똑같이 헐렁한 반바지를 입고 남들과 똑같이 꾀죄죄한 얼굴로 다닌다. 십 대 여자아이들은 똑같은 스타일의 원피스를 입고 똑같은 그룹에 열광한다. 올해는 위 아 유어 브루타스가 대세다. 얼마 전까지만 해도 라운드 히어와 원 디렉션이었다. 그 옛날에는 뉴 키즈 온 더 블록이었다. 유행은 홍역처럼 십 대들을 휩쓸고 지나가는데 가끔 자살이 유행일 때도 있다. 웨일스 남부에서는 2007년부터 2009년까지 수십 명의 십 대들이 소셜 네트워크 사이트에 열풍을 부채질하는 메시지를 남기고 목을 맸다. 심지어 그들이 남긴 Me2(나도)와 CU L8er(나중에 만나)라는 작별인사가 인터넷상에서 인기를 얻었다.

수억 평을 태운 산불도 마른 덤불에 내던져진 한 개의 성냥개비에서 시작될 수 있다. 브래디가 인간 드론을 통해 유포한 재핏이 수백 개의 성냥개비와 같다. 불이 붙지 않는 것도 있고 중간에 꺼지는 것도 있을 것이다. 브래디도 알지만, 그에게는 백네트 겸 촉매 역할을 하는 zeetheend.com이 있다. 효과가 있을까? 절대 장담할 수 없지만 광범위한 테스트를 하기에는 시간이 너무 없다.

효과가 있다면 어떻게 될까?

이 주 전역에서, 어쩌면 중서부 전역에서 십 대들의 자살이 이어질 것이다. 수백 명, 어쩌면 수천 명에 달할 것이다. '어떠냐, 전직 형사 호지스? 덕분에 너의 은퇴 생활이 행복해질까, 오지랖 넓은 우라질 노인네?'

그는 배비노의 노트북을 Z보이의 게임기로 바꾼다. 그게 어울린다. 그에게 이 게임기는 재핏 0호다. 앨 브룩스가 병실로 들고 온 날 처음 본 것이기 때문이다. 그는 브래디가 이 게임기를 좋아할지 모른다고 생각했다. 그의 예상은 맞아떨어졌다. 아주 정확하게 맞아떨어졌다.

여기에는 숫자가 뜨는 물고기와 잠재의식 속으로 메시지를 주입하는 프로그램을 추가로 깔지 않았다. 그건 전적으로 표적들을 위한 프로그램이다. 그는 왔다 갔다 헤엄치는 물고기들을 보며 마음을 가라앉히고 정신을 한 곳에 집중한 다음 눈을 감는다. 처음에는 어둠뿐이지만 잠시 후에 빨간 불빛이 등장하기 시작한다. 이제 50개가 넘는다. 컴퓨터 지도상의 점들과도 같은데 차이점이 있다면 한 곳에 머물러 있지 않는다는 것이다. 이 점들은 앞뒤로, 좌우로, 위아래로, 지그재그로 헤엄친다. 그는 아무 거나 한 점을 지목해서 감은 눈꺼풀 아래로 눈동자를 굴리며 어떤 식으로 달라지는지 관찰한다. 움직이는 속도가 점점 느려지다 아예 멈추더니 점점 커지기 시작한다. 꽃처럼 펼쳐진다.

그는 어느 방 안에 있다. 한 여자아이가 badconcert.com에서 무료로 받은 재핏 속의 물고기들을 뚫어져라 내려다보고 있다. 오늘 결석했기 때문에 침대에 있다. 아마 아프다고 했을 것이다.

"이름이 뭐니?" 브래디가 묻는다.

게임기에서 목소리만 들리는 경우도 있지만 최면에 잘 걸리는 아이들의 눈에는 비디오 게임 속의 아바타처럼 그의 모습이 보인다. 이 아이는 후자라 조짐이 좋다. 하지만 그들은 이름에 더 긍정적인 반응을 보이기 때문에 그는 계속 이름을 부를 것이다. 그녀는 침대에 나란히 앉은 젊은 남자를 보고도 놀라지 않는다. 얼굴은 핏기가 없고 눈빛은 멍하다.

"엘렌." 그녀가 말한다. "맞는 숫자를 찾고 있어."

'당연히 그렇겠지.' 그는 생각하며 그녀의 안으로 들어간다. 그녀는 남쪽으로 65킬로미터 떨어진 곳에 있지만 일단 데모 화면으로 둘 사이의 공간이 열리면 거리는 문제되지 않는다. 그는 그녀를 조종해서 드론으로 만들 수도 있지만 한밤중에 트릴로니 부인의 집 안으로 몰래 들어가서 그녀의 목을 따고 싶었던 적이 없었던 것처럼 드론으로 만들 생각이 없다. 살인은 조종이 아니다. 살인은 그냥 살인이다.

자살이 조종이다.

"행복하니, 엘렌?"

"예전에는. 맞는 숫자를 찾으면 다시 행복해질 수 있어."

브래디는 서글프면서도 매력적인 미소를 지어 보인다.

"그래, 하지만 숫자는 인생하고 똑같아. 전부 이해가 안 되잖아, 엘렌. 안 그래?"

"그렇지."

"얘기해 봐, 엘렌. 너는 걱정거리가 뭐니?"

그가 스스로 알아낼 수도 있지만 그녀에게 이야기를 듣는 편이 낫다. 뭔가가 있을 것이다. 걱정거리가 없는 사람은 없고 십 대들의 걱정거리야말로 그중에서도 최고이지 않은가.

"지금? 지금은 SAT."

아하. 그는 생각한다. 교육 축산부에서 양이랑 염소를 구분하려고 만든 그 악명 높은 수학 능력 평가 시험?

"내가 수학을 워낙 못하거든. 완전 꽝이야."

"숫자에 약하구나." 그는 다정하게 고개를 끄덕인다.

"650점을 못 받으면 좋은 학교에 갈 수 없어."

"400점만 받아도 다행인데. 안 그래, 엘리?"

"맞아." 고인 눈물이 그녀의 뺨을 타고 흘러내린다.

"그러고 나면 영어 시험도 망칠 텐데." 브래디가 말한다. 그는 그녀의 마음의 문을 열고 있는데 이게 가장 짜릿한 부분이다. 기절했지만 아직 살아 있는 짐승의 속으로 손을 집어넣어서 내장을 끄집어 내는 것과도 같다. "얼어 버려서."

"나는 아마 얼어 버릴 거야."

엘렌이 말한다. 이제 흐느끼며 울고 있다. 그녀의 단기 기억을 확인해 보니 부모님은 출근했고 남동생은 학교에 있다. 그러니까 울어도 괜찮다. 이 계집애가 꺼이꺼이 울든 말든 내버려 두어도 된다.

"아마가 아니야. 당연히 얼어 버릴 거야, 엘렌. 스트레스를 감당 못해서."

그녀는 흐느낀다.

"나는 스트레스를 감당하지 못해서 얼어 버릴 거야. 좋은 학교에 들어가지 못하면 아빠는 실망할 테고 엄마는 노발대발할 텐데."

"*아무* 학교에도 못 들어가면? 집 안 청소나 세탁소에서 옷 개는 것 말고는 아무 일자리도 얻지 못하면?"

"엄마가 날 미워할 거야!"

"엄마는 이미 널 미워하잖아. 안 그래, 엘렌?"

"아니야…… 그건……"

"맞아. 엄마는 널 미워해. 말해 봐, 엘렌. '우리 엄마는 나를 미워한다.'"

"우리 엄마는 나를 미워한다. 어떡해, 너무 무서워. 내 인생은 엉망이야!"

재핏 때문에 최면에 걸려서 그런 식으로 암시에 걸리기 쉬운 상태가 되었을 때 브래디가 능력을 발휘해서 머릿속으로 들어가면 이처럼 엄청난 선물이 주어진다. 이렇게 불안한 환경에서 살아가는 아이들이 느끼고 있었던 일상적인 두려움이 먹이를 찾아 날뛰는 괴물로 돌변한다. 과대망상으로 이루어진 조그만 풍선이 메이시스 백화점의 추수감사절 퍼레이드 때 등장하는 대형 풍선처럼 커다랗게 부풀 수 있다.

"이제 더는 무서워하지 않을 수 있어." 브래디가 말한다. "그리고 너희 엄마를 아주, 아주 후회하게 만들 수 있어."

엘렌은 눈물 사이로 미소를 짓는다.

"이 모든 걸 두고 떠날 수 있어."

"맞아. 이 모든 걸 두고 떠날 수 있어."

"마음의 평화를 누릴 수 있어."

"평화." 그녀는 이렇게 말하고 한숨을 쉰다.

이 얼마나 근사한가. 늘 데모 영상을 두고 빌어먹을 솔리테어만 했던 마틴 스토버의 어머니 때는 몇 주가 걸렸고 바브라 로빈슨 때는 며칠이 걸렸다. 루스 스캐펠리와 구역질 나는 분홍색 방에서 지내는 이 여드름투성이 울보는? 몇 분 만에 끝났다. '하기야.' 브래디는 생각한다. '내가 원래 뭐든 빨리 배우잖아.'

"전화기 있니, 엘렌?"

"여기."

그녀는 장식용 쿠션 밑으로 손을 넣는다. 휴대 전화마저 구역질 나는 분홍색이다.

"페이스북이랑 트위터에 포스팅해야지. 너희 친구들이 전부 읽을 수 있게."

"뭐라고 해?"

"'나는 이제 평화로워. 너희도 그럴 수 있어. zeetheend.com에 접속해 봐.'라고."

그녀는 받아 적지만 속이 터질 정도로 속도가 느리다. 이런 상태일 때는 물속에 있는 것과 비슷해진다. 브래디는 일이 얼마나 잘 되고 있는지 되새기며 짜증을 누른다. 그녀가 작성을 마치고 메시지를 전송하자(마른 불쏘시개에 성냥을 몇 개 더 넣은 셈이다.) 그는 창가로 가지 않겠느냐고 그녀에게 권한다.

"상쾌한 공기를 마시면 머리가 맑아질지 몰라."

"상쾌한 공기를 마시면 그럴지 몰라."

그녀는 이불을 젖히고 맨발을 침대 밖으로 내린다.

"재킷 들고 가는 거 잊지 말고." 그가 말한다.

그녀는 재킷을 들고 창가로 걸어간다.

"창문을 열기 전에 여러 아이콘이 죽 있는 메인 화면으로 가 봐. 그럴 수 있겠니, 엘렌?"

"응······." 한참 동안 정적이 흐른다. 이 계집애는 차갑게 굳은 엿보다 더 느리다. "됐다, 아이콘들이 보여."

"좋아. 이제 '글 삭제' 버튼으로 가 봐. 칠판이랑 지우개 모양의 아이콘이야."

"보인다."

"그걸 두 번 터치해, 엘렌."

그녀가 아이콘을 두 번 터치하자 재킷이 알겠다는 듯이 파란 불빛을 번쩍인다. 다른 사람이 이 게임기를 쓰려고 하면 마지막으로 파란 불빛이 번쩍하고 먹통이 될 것이다.

"*이제 창문을 열어.*"

차가운 바람이 불어 들어와 그녀의 머리칼을 뒤로 날린다. 그녀는 깨어나려는 듯이 머뭇거리고 잠깐 동안 브래디는 그녀가 멀어지는 것을 느낀다. 거리가 멀면 상대가 최면 상태라도 조종하기가 힘이 드는데 그는 기술을 갈고 닦아야겠다고 다짐한다. 연습이 완벽을 낳는 법이다.

"뛰어내려." 브래디는 속삭인다. "뛰어내리면 SAT를 볼 필요가 없어. 엄마는 너를 미워하지 않을 거야. 후회할 거야. 뛰어내리면 모든 숫자가 좋아질 거야. 가장 좋은 상을 받게 될 거야. 잠이 가장 좋은 상이잖아."

"잠이 가장 좋은 상이지." 엘렌이 맞장구친다.

"얼른."

브래디는 중얼거리며 눈을 감고 앨 브룩스의 낡은 차 운전석에 기댄다.

65킬로미터 남쪽에서 엘렌이 창밖으로 뛰어내린다. 높지 않은 데다 집 앞에 눈이 쌓여 있다. 오래돼서 딱딱하지만 그래도 어느 정도 완충 역할을 해서 죽지 않고 쇄골과 갈비뼈 세 대가 부러지는 데 그친다. 그녀가 고통의 비명을 지르자 브래디는 F-111 전투기의 사출 좌석에 앉은 조종사처럼 그녀의 머리 밖으로 튕겨져 나온다.

"젠장!" 그는 소리 지르며 운전대를 주먹으로 내리친다. 배비노의 관절염으로 팔뚝까지 화끈거리자 더욱 부아가 치민다. "젠장, 젠장,

젠장!"

19

엘렌 머피는 브랜슨 파크라는 쾌적한 상류층 거주 지역에서 비틀
거리며 일어선다. 마지막으로 기억이 나는 건 엄마에게 아파서 학교
에 가지 못하겠다고 한 거다. 중독성 강한 피싱 홀 데모 영상을 보며
분홍색 물고기를 터치해서 상을 받으려고 거짓말을 한 거였다. 화면
에 금이 간 재핏이 옆에 놓여 있다. 이제는 아무 관심도 느껴지지 않
는다. 그녀는 재핏을 그대로 둔 채 맨발로 휘청휘청 현관문을 향해
걸어간다. 숨을 들이마실 때마다 옆구리가 쿡쿡 쑤신다.

'하지만 살아 있잖아.' 그녀는 생각한다. '적어도 살아는 있잖아.
내가 무슨 생각으로 그랬을까? 도대체 무슨 생각으로 그랬을까?'

브래디의 목소리가 여전히 머릿속에 남아 있다. 끔찍한 무언가를
산 채로 삼킨 것처럼 끈적끈적한 느낌이 남아 있다.

20

"제롬?" 홀리가 부른다. "내 목소리 들리니?"

"네."

"재핏 끄고 빌의 책상에 내려놨으면 좋겠는데." 그러고는 허리띠

도 하고 멜빵도 해야 직성이 풀리는 성격답게 이렇게 덧붙인다. "화면을 밑으로 가게 해서."

그의 넓은 이마에 주름이 잡힌다. "꼭 그래야 해요?"

"응. 지금 당장. 그 빌어먹을 물건은 쳐다보지 말고."

제롬이 그녀의 명령을 실천에 옮기기 직전에 호지스가 헤엄치는 물고기들을 마지막으로 흘끗 쳐다본 순간 파란 불빛이 한 번 더 번쩍인다. 순간 현기증이 그를 덮친다. 진통제 때문일 수도 있고 아닐 수도 있다. 제롬이 게임기 꼭대기에 달린 버튼을 누르자 물고기들이 사라진다.

호지스는 안도감이 아니라 실망감을 느낀다. 말도 안 되는 반응이지만 그가 겪고 있는 건강상의 문제를 감안했을 때 이해가 되는 반응일 수도 있다. 그는 최면으로 증인들의 기억이 개선되는 경우를 가끔 목격했지만 엄청난 효과를 고스란히 느낀 것은 이번이 처음이다. 이런 상황에서 불경스러운 발상일 수 있지만 재핏의 물고기들이 스태머스 박사에게 처방받은 약보다 더 효과 좋은 진통제일지 모른다는 생각이 든다.

홀리가 말한다. "내가 이제 10부터 1까지 셀게, 제롬. 숫자가 들릴 때마다 조금씩 정신을 차리는 거야. 알았지?"

몇 초 동안 제롬은 아무 말도 하지 않고 얌전하고 평온하게 앉아 있기만 한다. 다른 세계를 둘러보며 그곳에 영영 눌러앉을지 여부를 고민하고 있는지도 모를 일이다. 반면에 홀리는 소리굽쇠처럼 부들부들 떨고 있고, 호지스는 손톱이 손바닥을 파고드는 것이 느껴지도록 주먹을 쥔다.

마침내 제롬이 입을 연다.

"알았어요, 뭐. 다른 사람도 아니고 홀리베리가 하라는 거니까."

"센다. 10…… 9…… 8…… 정신을 차린다…… 7…… 6…… 5…… 깨어난다……."

제롬이 고개를 든다. 그의 눈이 호지스를 향하지만, 호지스를 쳐다보고 있기는 한 건지 알 수가 없다.

"4…… 3…… 거의 끝나 간다…… 2…… 1…… *정신 차려!*"

그녀가 손뼉을 친다.

제롬이 요란하게 움찔거린다. 한 손이 다이나의 재킷을 건드려서 바닥으로 떨어뜨린다. 제롬이 다른 때 같으면 우스꽝스럽게 여겨질 만큼 과도하게 놀란 표정으로 홀리를 쳐다본다.

"어떻게 된 거예요? 제가 깜빡 졸았어요?"

홀리는 손님용 의자에 주저앉는다. 심호흡을 하고 땀이 나서 축축해진 뺨을 닦는다.

"졸았다고 볼 수도 있겠다." 호지스가 말한다. "최면에 걸렸거든. 네 동생이 그랬던 것처럼."

"진짜예요?" 제롬은 이렇게 묻고 자기 손목시계를 확인한다. "맞네요. 15분이 지났는데 아무 기억이 없어요."

"거의 20분에 가까워. 기억나는 거 뭐 없니?"

"분홍색 물고기를 터치해서 숫자로 바꿨던 거요. 어렵던데요. 엄청 집중해서 열심히 쳐다보고 있어야 하는데 가끔 파란 불빛이 번쩍여서 정신이 사나워져요."

호지스는 바닥에 떨어진 재킷을 집는다.

"켜지 마요." 홀리가 날카로운 목소리로 얘기한다.

"켜려는 거 아니에요. 그런데 나도 어제 그 게임을 했는데 파란 불빛이 번쩍이지도 않았고 손가락이 마비될 때까지 분홍색 물고기를 터치해도 숫자로 바뀌지 않던데. 게다가 노래도 달라졌어. 많이는 아니고 살짝."

홀리가 완벽한 음정으로 노래를 부른다.

"'바닷가에서, 바닷가에서, 아름다운 바닷가에서, 그대와 나, 그대와 나, 오 얼마나 행복할까.' 내가 어렸을 때 엄마가 불러 줬던 노래예요."

제롬이 너무 빤히 쳐다보는 바람에 그녀는 당황스러워하며 고개를 돌린다.

"왜? 왜 그러는데?"

"가사가 있긴 있었는데 그게 아니었어요." 그가 말한다.

호지스의 귀에는 가사 없이 멜로디만 들렸지만 아무 소리 하지 않는다. 홀리가 제롬에게 어떤 가사였는지 기억하느냐고 묻는다.

그의 음정은 홀리만큼 정확하지 않지만 그래도 그들이 들은 그 멜로디가 맞는다는 것을 알 수 있을 정도는 된다.

"잠 속으로, 잠 속으로, 아름다운 잠 속으로……" 그는 멈춘다. "기억나는 게 여기까지예요. 내가 지어낸 게 아니라면 말이죠."

홀리가 말한다.

"이로써 분명해졌어. 누군가가 피싱 홀 영상에 약을 친 거야."

"스테로이드를 빵빵하게 넣은 거죠."

"그게 무슨 소리냐?" 호지스가 묻는다.

제롬이 홀리를 턱으로 가리키자 그녀가 대답한다.

"처음부터 살짝 최면 효과가 있었던 데모 영상에 누군가가 스텔스 프로그램을 심어놨다는 뜻이에요. 다이나가 재핏을 가지고 있었을 때나 간밤에 빌, 당신이 게임기를 켰을 때는 잠복기였는데(얼마나 다행이에요.) 그 뒤로 누군가가 작동을 시킨 거죠."

"배비노일까?"

"그럴 수도 있고, 배비노가 살해됐다는 경찰의 짐작이 맞는다면 다른 사람이겠죠."

"미리 설정된 것일 수도 있어요." 제롬이 홀리에게 말하고 이어서 호지스에게 말한다. "알람시계처럼 말이죠."

"내가 제대로 이해했는지 한번 정리해 볼게." 호지스가 말한다. "프로그램이 처음부터 다이나의 재핏에 설치돼 있었는데 오늘에서야 작동이 시작됐다는 거냐?"

"맞아요. 어딘가에서 리피터가 돌아가고 있을 거예요. 그럴 것 같지 않니, 제롬?"

"네. 어떤 멍청이(오늘의 경우에는 저였죠.)가 재핏을 켜고 와이파이에 접속할 때까지 계속 업데이트를 돌리는 컴퓨터 프로그램이 있을 거예요."

"모든 게임기가 이럴 수도 있는 거냐?"

"스텔스 프로그램이 심어져 있으면 당연히 그렇죠." 제롬이 말한다.

"브래디가 설치한 거야." 호지스는 그 안에 통증을 가두어 놓기라도 하려는 듯 옆구리 쪽으로 손을 가져가며 왔다 갔다 걷기 시작한다. "브래디 하츠필드, 그 새끼가."

"무슨 수로요?" 홀리가 묻는다.

"그건 모르겠지만 그래야 앞뒤가 맞아요. 녀석은 콘서트 도중에 밍고 대강당을 폭파하려고 했잖아요. 우리가 막았죠. 덕분에 대부분 십 대 소녀였던 관객들이 목숨을 부지했고요."

"홀리 덕분에 말이죠." 제롬이 말한다.

"가만히 있어, 제롬. 얘기 끝까지 들어 보자."

하지만 그녀는 호지스가 말하려는 게 뭔지 아는 눈치다.

"6년이 자났어요. 2010년 그 당시에 대부분 초등학생 아니면 중학생이었던 그 소녀들은 지금 고등학생이 됐죠. 어쩌면 대학생이 됐을 수도 있고요. 라운드 히어는 해체됐고 소녀들은 자라서 다른 장르의 음악을 듣지만 거부할 수 없는 제의를 듣죠. 그날 저녁에 라운드 히어 콘서트를 보러 갔다는 증거만 제시하면 공짜로 게임기를 주겠다는 거예요. 흑백 TV만큼이나 구닥다리 게임기인 것 같지만 뭐 어때요, 공짠데."

"맞아요!" 홀리가 말한다. "브래디가 그들을 계속 노리고 있는 거예요. 이런 식으로 복수를 하겠다는 건데 그들만 노리는 게 아니에요. 이건 당신을 향한 복수이기도 해요, 빌."

'그래서 내 책임이 되는 거지.' 이런 생각이 들자 호지스는 암울해진다. '하지만 내가 달리 어쩔 수 있었겠어? 우리가 달리 어쩔 수 있었겠어? 대강당을 폭파하겠다는데.'

"배비노가 마이런 제이컴이라는 이름으로 게임기를 800대 구입했어요. 그일 수밖에 없어요, 그만 한 여력이 되려면. 브래디는 파산 상태였고 도서관 앨은 퇴직해서 그동안 모아 놓은 돈으로 사는 사람이 무슨 수로 2만 달러를 조달할 수 있었겠어요? 그 게임기들이 시중에 유포된 거예요. 거기에 전부 약이 쳐져 있다면 게임기를 켜는 순간……"

"잠깐만요." 제롬이 끼어든다. "명망 있는 신경외과 전문의가 이 개떡 같은 사건에 연루되었다는 거예요?"

"음, 내 생각에는 그렇다. 네 동생이 그를 지목했고 그 명망 있는 신경외과 전문의가 전부터 브래디 하츠필드를 모르모트 삼아서 실험을 벌이고 있었거든."

"하지만 하츠필드는 죽었잖아요." 홀리가 말한다. "그러면 배비노밖에 안 남는데 그자도 죽었을지 모르고요."

"아닐 수도 있죠." 호지스가 말한다. "차에 핏자국은 남아 있었지만 시신은 없었으니까. 그 자식은 전에도 죽은 척 위장한 전적이 있잖아요."

"컴퓨터로 뭐 좀 알아봐야겠어요." 홀리가 말한다. "공짜 재핏에 오늘부로 새로운 프로그램이 깔렸다면, 그렇다면……"

그녀는 황급히 밖으로 나간다.

제롬이 입을 연다. "어떻게 이럴 수 있는지 모르겠지만."

"배비노한테 들을 수 있겠지." 호지스가 말한다. "그자가 아직 살아 있다면 말이다."

"그렇겠죠. 하지만 잠깐만요. 바브는 어떤 목소리가 들렸다고 했어요. 온갖 끔찍한 이야기를 늘어놓는 목소리가요. 하지만 저는 아무 목소리도 듣지 못했고 자살하고 싶은 생각도 들지 않았어요."

"너한테는 효과가 없는 모양이지."

"아니에요. 화면을 보고 저도 당했잖아요. 완전히 맛이 갔었잖아요. 멜로디와 함께 무슨 말이 들렸고 파란 불빛이 번쩍일 때도 무슨 말이 들렸던 것 같아요. 잠재적인 메시지 비슷하게. 하지만…… 목소리는 들리지 않았어요."

'이유야 많고 많겠지.' 호지스는 생각한다. 그리고 제롬의 귀에 자살을 부추기는 목소리가 들리지 않았다고 해서 공짜 게임기를 받은 아이들도 대부분의 경우에 그럴 거라고 단정 지을 수도 없다.

"그 리피터라는 장치가 지난 14시간 동안에 가동됐다고 치자. 그 전에 작동이 시작됐을 리는 없어. 그랬다면 내가 다이나의 게임기를 켰을 때 물고기가 숫자로 변했거나 파란 불빛이 번쩍였을 테니까. 그렇다면 문제는 이거야. 그 장치가 꺼졌을 때도 데모 영상에 프로그램이 설치될 수 있느냐는 거."

"그건 불가능해요." 제롬이 말한다. "장치가 켜져 있어야 해요. 하지만 일단 켜 놓으면……"

"열려요!" 홀리가 외친다. "그 망할 *zeetheend* 사이트가 열려요!"

제롬이 바깥 사무실에 있는 그녀의 컴퓨터 옆으로 달려간다. 호지스는 그보다 천천히 따라간다.

홀리가 컴퓨터 볼륨을 키우자 노랫소리가 파인더스 키퍼스 사무실을 가득 채운다. 이번에는 「아름다운 바닷가에서」가 아니라 「사신을 두려워 말라」(블루 오이스터 컬트라는 미국 록밴드의 노래다 — 옮긴이)다. 노래 가사가 울려 퍼지는 가운데(4만 명의 남녀가 날마다, 또 다른 4만 명의 남녀가 날마다) 촛불을 밝힌 장례식장과 꽃으로 덮인 관이 호지스를 맞이한다. 그 위에서 젊은 남자와 여자 들이 미소를 지은 얼굴로 왔다 가고, 좌우로 움직이고, 십자로 교차하고, 희미해졌다가 다시 등장한다. 일부는 손을 흔들고 일부는 손가락으로 평화를 상징하는 V자를 그린다. 관 아래에 적힌 글씨는 천천히 뛰는 심장처럼 팽창과 수축을 반복한다.

고통의 끝
두려움의 끝
분노는 이제 그만
불확신도 이제 그만
몸부림도 이제 그만
평화
평화
평화

파란 불빛이 불규칙하게 연속으로 번쩍인다. 그 안에 메시지가 삽입되어 있다.

'메시지가 아니라 독약이라고 해야겠지.' 호지스는 생각한다.

"꺼요, 홀리."

모니터 화면을 쳐다보는 홀리의 표정이 호지스의 눈에는 영 마뜩잖다. 몇 분 전의 제롬처럼 눈을 동그랗게 뜨고 빤히 들여다보고 있다.

그녀의 움직임이 너무 느리다. 제롬이 그녀의 어깨 너머로 손을 뻗어서 컴퓨터를 꺼 버린다.

"그러면 어떻게 해." 그녀가 비난조로 얘기한다. "데이터가 날아 갈 수도 있는데."

"그 빌어먹을 사이트의 목적이 바로 그거예요. 데이터를 날려 버리는 거. *맛탱이가 가게* 만드는 거. 맨 마지막 문장 읽었어요, 빌 아저씨. 파란 불빛 속에 들어 있는 문장 말이에요. *지금 당장 실천하라*라고 되어 있었어요."

홀리는 고개를 끄덕인다. "*친구들에게 전파하라*도 있었어."

"재핏이 그들에게…… 그런 명령을 내리는 걸까?"

호지스가 묻는다.

"그럴 필요도 없어요." 제롬이 말한다. "이 사이트를 발견한 아이들(공짜 재핏을 받은 적 없는 아이들까지 엄청 많을 거예요.)이 페이스북이나 뭐 그런 걸로 동네방네 소문을 낼 테니까요."

"그는 자살이 전염병처럼 유행하길 바라는 거예요." 홀리가 말한다. "그렇게 되도록 세팅해 놓고 자살한 거예요."

"어쩌면 다른 아이들보다 먼저 떠난 것일 수도 있겠죠." 제롬이 말한다. "뒤따라오는 아이들을 문 앞에서 맞이하려고."

호지스가 말한다. "록 음악과 장례식 사진으로 자살을 유도할 수 있다는 건가? 재핏은 인정해. 어떤 식인지 내 눈으로 확인했으니까. 하지만 이걸로도 그럴 수 있다고?"

홀리와 제롬이 서로 쳐다본다. 그 눈빛에 담긴 의미를 호지스는 금세 알아차린다. 이걸 어떤 식으로 설명하면 좋을까? 새를 한 번도 본 적 없는 사람한테 개똥지빠귀를 어떤 식으로 설명한다? 그 눈빛만으로도 그를 설득하기에 충분하다.

"십 대들은 이런 거에 취약하거든요." 홀리가 말한다. "전부는 아니지만 대다수가 그래요. 나도 열일곱 살이라면 그럴 거예요."

"그리고 전염성이 크죠. 일단 시작되면…… 만약 그렇게 된다면……"

제롬은 어깨를 으쓱하는 것으로 말을 맺는다.

"그 리피터라는 장치를 찾아서 꺼야겠군." 호지스가 말한다. "피해를 최소화하려면."

"아마 배비노의 집에 있을 거예요." 홀리가 말한다. "피트한테 연락해요. 컴퓨터처럼 생긴 게 있는지 찾아보라고. 있으면 플러그를 뽑으라고 해요."

"이지랑 같이 있으면 전화를 안 받을 텐데."

호지스는 이렇게 말하면서도 전화를 걸고 피트는 신호음이 한 번 떨어지자마자 전화를 받는다. 그는 이지가 첫 번째 감식 결과를 기다리느라 SKID들과 함께 서로 돌아갔다고 알린다. 도서관 앨 브룩스는 맨 처음 호출에 응답한 경찰들의 손에 호송됐다. 그들은 용의자 체포에 일조한 공을 인정받을 것이다.

피트는 지친 목소리다.

"싸웠어요. 이지하고. 대판. 우리 둘이 파트너로 일하기 시작했을 때 선배가 했던 말을 해 줬거든요. 사건이 왕이다, 사건이 이끄는 대로 따라가라. 숨지 말고 외면하지 말고 빨간 실을 잡고 집까지 따라가면 된다. 이지는 팔짱을 끼고 서서 어쩌다 한 번씩 고개를 끄덕이며 열심히 듣더라고요. 내 설득에 넘어온 줄 알았어요. 그런데 막판에 이지가 뭐라고 물었는지 알아요? 가장 최근에 여자가 시경 총책임자로 부임한 게 언제였는지 아냐고 묻더라고요. 내가 모른다고 했더니 여자가 총책임자로 부임한 적이 없기 때문에 모르는 거래요.

자기가 최초의 여청장이 될 거라나? 맙소사, 그런 인간일 줄이야."
피트는 호지스가 그때까지 들어본 적 없을 만큼 무미건조한 웃음을
터뜨린다. "그런 인간을 경찰인 줄 알았다니."

호지스는 위로는 나중으로 미루기로 한다. 지금은 그럴 시간이 없
다. 그는 컴퓨터 장비를 본 적 있느냐고 묻는다.

"방전된 아이패드 말고는 아무것도 없었어요. 가정부 에벌리 말로
는 서재에 산 지 얼마 되지 않은 노트북이 있었다는데 없어졌어요."

"배비노하고 같은 신세로군. 그가 들고 갔을 수도 있겠어."

"그럴지도 모르죠. 선배, 내가 도울 일이 있으면……"

"알았어. 꼭 연락할게."

지금은 있는 도움, 없는 도움을 모조리 끌어다 써야 할 판이다.

21

엘렌이라는 여자아이를 상대로 벌인 시도가 짜증나게 끝이 났지
만(로빈슨 집안의 그 계집애 때와 똑같다.) 브래디는 마음을 가라앉힌다.
그래도 효과가 있었다는 데 초점을 맞추어야 한다. 운이 나빠서 높
이가 얼마 안 됐고 눈이 쌓여 있었을 뿐이다. 기회는 많을 것이다.
앞으로 할 일도 많고 불을 붙여야 할 성냥도 많지만 일단 불길이 시
작되면 느긋하게 앉아서 구경할 수 있다.

그 불길은 소진될 때까지 꺼지지 않을 것이다.

그는 Z보이의 차에 시동을 걸고 휴게소에서 빠져나온다. 47번 고

속도로를 타고 드문드문 북쪽으로 향하는 차량 행렬에 합류한 순간 하얀 하늘에서 첫 눈송이가 뱅글뱅글 내려와 말리부의 앞 유리창을 때린다. 브래디는 액셀러레이터를 밟는다. Z보이의 똥차에는 폭설용 장비가 없는데 고속도로를 벗어나면 길이 점점 안 좋아질 것이다. 폭풍을 앞질러야 한다.

'아무 문제 없이 앞지를 수 있을 거야.' 브래디는 근사한 생각이 떠오르자 씩 웃는다. 어쩌면 엘렌은 스토버 그년처럼 전신마비 환자가 됐을지 모른다. 가능성이 크지는 않지만 아예 없지도 않다. 운전의 지루함을 달랠 수 있는 즐거운 상상이다.

라디오를 켜서 주다스 프리스트가 나오는 채널을 찾고 쩌렁쩌렁 울리도록 볼륨을 높인다. 호지스처럼 그도 독한 것을 좋아한다.

자살의 황태자

　브래디는 217호실에서 많은 성과를 거두었지만 혼자만의 비밀로 간직해야 했다. 그는 산송장이나 다름없는 혼수상태에서 깨어나 생각만으로 조그만 물건들을 움직일 수 있다는 사실(배비노가 투여한 약물 때문인지 그의 뇌파가 근본적으로 달라졌기 때문인지 아니면 그 둘의 조합 때문인지 알 수 없었다.)을 터득했고, 도서관 앨의 머릿속으로 들어가서 Z보이라는 제2의 인격을 만들어 놓았다. 자기 방어가 불가능한 그의 불알을 걷어찬 뚱땡이 경찰에게 복수한 것도 빠트리면 안 될 것이다. 하지만 그중에서 최고는, 절대적인 압권은 새디 맥도널드를 자살하게 만든 것이었다. 그것이야말로 진정한 능력이었다. ．

　그는 그 기분을 다시 한 번 만끽하고 싶었다.

　이로써 간단한 문제가 제기됐다. 다음 주자는 누가 될 것인가? 고가 통로에서 뛰어내리거나 배수관 청소액을 마시도록 앨 브룩스를 조종하는 것쯤이야 식은 죽 먹기였지만 Z보이는 그의 곁에 남아 있어야 했다. Z보이가 없으면 브래디는 217호실에서 갇혀 지내는 수밖에 없었는데 그곳은 주차장이 보이는 감방이나 다를 게 없었다. 브룩스는 그 자리를 지켜야 했다. 그 모습 그대로 남아 있어야 했다.

그보다 더 중요한 문제가 있다면 그를 이곳에 집어넣은 개새끼를 어떻게 하면 좋으냐는 것이었다. 나치 스타일로 물리치료실을 관리하는 어슐러 하버가 말하길 재활 환자들은 발전 목표가 있어야 된다고 했다. 그는 발전해 나가고 있었고 호지스에 대한 복수야말로 의미 있는 목표였지만 문제는 방법이었다. 시도할 방법이 있다 한들 호지스에게 자살을 유도하는 것은 해결책이 될 수 없었다. 그는 이미 호지스와 자살 게임을 벌인 적이 있었다. 그 게임에서 패배한 전적이 있었다.

프레디 링크래터가 그와 어머니의 사진을 들고 찾아온 이후로도 호지스와의 악연에 마침표를 찍을 묘책을 찾아내기까지 1년 반이라는 시간이 걸렸지만, 프레디와의 만남이 간절히 필요하던 자극제가 되었다. 하지만 조심스럽게 접근해야 했다. 아주 조심스럽게 접근해야 했다.

한 걸음씩 걷자. 한밤중에 깨어 있을 때면 그는 속으로 중얼거렸다. 딱 한 걸음씩만 걷자. 장애물이 많지만 특별한 무기도 많잖아.

1단계는 앨 브룩스를 동원해서 병원 도서관에 남아 있는 재핏을 없애는 것이었다. 그는 동생의 집으로 재핏을 옮겼다. 그 집 차고 윗방이 그의 거처였다. 어차피 인기 없는 게임기였기 때문에 별 어려움이 없었다. 브래디에게 그것은 실탄이었다. 언젠가는 그 실탄을 넣어서 쓸 총을 찾을 수 있을 것이었다.

브룩스는 브래디가 Z보이라는 피상적이지만 유용한 페르소나 안에 심어 놓은 명령(생각 물고기)의 조종을 받기는 했지만 자기 스스로 재핏을 챙겼다. 그는 브룩스의 안으로 완전히 들어가서 그의 머릿속을 장악할 때마다 만전을 기했다. 노인의 뇌가 연소되는 속도가 너무 빨랐기 때문에 완전히 몰입하는 횟수를 제한했고 그 시간을 현명하게 활용했다. 병원 밖으로 맘껏 소풍을 떠날 수 없다니 애석한 노릇이었지만 도서관 앨의 윗면에 살짝 안개가 끼기 시작한 것을 사람들이 알아차리기 시작했다. 안개가 너무 *심해지면* 자원봉사도 할 수 없었다. 그보다 더 심각하게는 호지스가 알아차릴 수도 있었다. 그건 안 될 노릇이었다. 늙은 퇴직 형사가 염력을 둘러싼 소문을 수집하는 거야 상관없었지만 배후에서 어떤 일이 벌어지고 있는지 조금이라도 눈치 채면 큰일이었다.

브래디는 2013년 여름에 머릿속이 삭제될 수도 있는 위험을 무릅쓰고 브룩스의 안으로 완전히 들어갔다. 도서관 컴퓨터가 필요했기 때문인데 컴퓨터를 *쳐다보는* 것은 완전히 몰입하지 않아도 할 수 있는 일이지만 그걸 쓰는 것은 다른 차원의 문제였다. 볼일은 짧게 끝냈다. *재핏과 피싱 홀*이라는 단어를 넣어서 구글 알림을 설정했을 뿐이다.

그리고는 2~3일에 한 번씩 Z보이를 보내서 알림을 확인하고 와서 보고하게 했다. 그가 뭘 검색하는지 들여다보려는 사람이 있으면 ESPN 홈페이지로 바꾸게 했다.(그런 사람은 거의 없었다. 도서관은 벽장이나 다름없었고 몇 안 되는 방문객도 바로 옆 예배실을 찾으러 온 사람들이었다.)

알림 검색 결과는 흥미진진하고 유익했다. 피싱 홀 데모 영상을 한참 동안 쳐다보았다가 반 최면에 걸리거나 실제로 발작을 일으킨 사람들이 많은 듯했다. 브래디가 예상했던 것보다 효과가 훨씬 더 강력했다. 심지어 《뉴욕 타임스》 비즈니스 섹션에 기사까지 실려서 제조사가 그것 때문에 골머리를 앓고 있었다.

안 그래도 위태위태한 회사에 없어도 되는 골칫거리였다. 천재가 아니라도(브래디는 자기가 천재라고 생각했지만) 알 수 있다시피 재핏 사는 조만간 도산하거나 좀 더 규모가 큰 기업에 삼켜질 운명이었다. 브래디는 도산 쪽에 한 표 던졌다. 속수무책으로 시대에 뒤떨어진 게임기를 만들어서 어처구니없을 만큼 비싼 가격에 판매하는 회사에 눈독을 들일 바보 같은 기업이 어디 있겠는가. 거기다 한 게임에는 치명적인 결함이 있다지 않은가.

그런가 하면 그에게는 또 다른 고민거리가 있었다. 어떤 식으로 그의 재핏(Z보이의 방 벽장에 보관되어 있었지만 그의 소유물이었다.)을 조작해야 화면을 좀 더 오랫동안 들여다볼 수 있게 만들 수 있겠느냐는 것이었다. 그 단계에 막혀서 꼼짝 못하고 있었을 때 프레디가 찾아왔다. 그녀가 그리스도교도로서의 의무를 다하고 돌아갔을 때(프레데리카 비넬 링크래터가 교회에 다닌 적은 없지만) 브래디는 한참 동안 열심히 머리를 굴렸다.

그러다 2013년 8월 말, 퇴직 형사가 유난히 그의 속을 뒤집어 놓았을 때 Z보이를 그녀의 아파트로 보냈다.

프레디는 돈을 세고, 초록색 디키스 티셔츠를 입고 거실이라고 할 수 있는 곳에 어깨를 수그리고 서 있는 노인을 빤히 쳐다보았다. 앨브룩스의 미드웨스트 페더럴 계좌에서 인출한 돈이었다. 몇 푼 안 되는 저금통장에 손을 댄 게 그때가 처음이었지만 마지막은 아니었다.

"몇 가지 질문에 대답하면 200달러를 주겠다고요? 뭐, 그 정도야 할 수 있어요. 하지만 입으로 해 주길 바라서 찾아온 거면 딴 데 가서 알아봐요. 나는 레즈비언이니까."

"몇 가지 물어보기만 할 거예요." Z보이는 재핏을 건네주며 피싱 홀 데모 영상을 보라고 했다. "하지만 30초 이상 보면 안 돼요. 좀 희한하거든요."

"희한하단 말이죠?"

그녀는 사람 좋은 미소를 지어 보이고 헤엄치는 물고기 쪽으로 관심을 돌렸다. 30초가 40초가 됐다. 브래디가 이번 임무를 부여하면서 내린 지시사항에 따르면 그 정도는 괜찮았다.(그는 항상 임무라는 표현을 썼다. 브룩스가 그 단어를 들으면 영웅이 된 듯한 착각에 빠졌던 것이다.) 하지만 45초가 넘어가자 게임기를 빼앗았다.

프레디는 고개를 들고 눈을 깜빡였다.

"우와. 이거 머릿속을 어지럽히는 거죠?"

"네. 그렇다고 보면 돼요."

《게이머 프로그래밍》에서 스타 스매시 아케이드 게임이 그 비슷한 현상을 초래한다는 기사를 읽은 적이 있는데 한 30분쯤 해야 나타난다고 했거든요. 이건 훨씬 빠르네요. 사람들이 이걸 알아요?"

Z보이는 그 질문을 무시했다.

"우리 보스는 이걸 고쳐서 사람들이 게임을 바로 시작하지 않고 데모 영상을 더 오랫동안 볼 수 있게 붙잡아 놓을 수 있겠는지 궁금해 해요. 게임에는 이런 효과가 없거든요."

프레디는 이때 처음으로 어설픈 러시아 말투를 동원했다.

"그 겁 없는 리더가 누구인가, Z보이? X동무에게 알려 주지 않겠 나, 착한 친구?"

Z보이는 미간을 찌푸렸다.

"에?"

프레디는 한숨을 쉬었다.

"보스가 누구냐고요."

"닥터Z."

브래디는 이런 질문을 예상하고(옛 친구 프레디를 알고도 남았다.) 답 변을 지시해 놓았다. 펠릭스 배비노를 겨냥한 계획도 세워 놓았지만 아직 구체적이지는 않았다. 그는 아직 암중모색하는 중이었다. 계기 비행을 하는 중이었다.

"닥터Z와 그의 단짝 Z보이." 그녀는 담배에 불을 붙이며 말했다. "그들이 세계를 정복하러 나서다. 어머나, 어머나, 그럼 나는 Z걸이 되는 건가요?"

여기에 대한 대처는 들은 바 없었기에 그는 잠자코 있었다.

"걱정 마요, 무슨 뜻인지 알아들었으니까." 그녀가 연기를 내뿜으 며 말했다. "당신 보스는 아이 트랩(Eye Trap)을 원하는 거잖아요. 데 모 영상을 게임으로 만들면 돼요. 하지만 단순한 게임이어야 해요. 복잡한 프로그램이 많으면 안에서 꼬일 수 있어요." 그녀는 전원이 꺼진 재핏을 들어 보였다. "얘는 무뇌아나 다름없거든요."

"어떤 게임을요?"

"나도 몰라요. 그건 창의력이 필요한 부분인데 내가 그쪽은 영 젬병이거든요. 당신 보스한테 생각해 내라고 해요. 아무튼 와이파이가 빵빵한 곳에서 전원을 켜고 루트 키트를 설치해야 해요. 적어 줄까요?"

"아뇨."

브래디는 급속도로 쪼그라들어가는 앨 브룩스의 메모리 저장소를 일부 떼어내서 이번 임무에 할애했다. 게다가 작업을 시작해야 하는 단계에 이르면 프레디가 맡게 될 것이다.

"루트 키트를 설치하면 다른 컴퓨터에서 소스 코드를 다운받을 수 있어요." 그녀는 다시 러시아 말투를 썼다. "북극의 만년설 밑에 있는 비밀 기지에서 말이다."

"보스한테 그 부분도 전달해야 하나요?"

"아뇨. 그냥 루트 키트랑 소스 코드만 전달하면 돼요. 알았죠?"

"네."

"또 없어요?"

"브래디 하츠필드가 자기를 만나러 다시 와 달래요."

프레디의 눈썹이 거의 머리카락이 시작되는 부분까지 올라갔다.

"브래디가 당신한테 *이야기*도 한단 말이에요?"

"네. 처음에는 무슨 말인지 이해하기 어렵지만 좀 지나면 적응이 돼요."

프레디는 흥미진진한 대상을 관찰하는 듯이 어두침침하고 지저분하며 간밤에 사다먹은 중국 음식 냄새가 남은 거실을 두리번거렸다. 대화가 점점 섬뜩한 분위기로 흘러가고 있었다.

"글쎄요. 내가 선행을 베풀기는 했지만 사실 걸스카우트도 해 본 적이 없거든요."

"그가 대가를 지불할 거예요." Z보이가 말했다. "많지는 않지만 그래도……"

"얼마나요?"

"한 번당 50달러?"

"왜요?"

Z보이는 몰랐던 사실이지만, 2013년만 해도 그의 머릿속에 앨 브룩스가 상당 부분 남아 있었기에 이유를 이해할 수 있었다.

"내가 생각하기에는…… 당신이 그의 삶의 일부분이었으니까요. 둘이서 컴퓨터를 고쳐 주러 다니던 시절에는요. 예전에는요."

브래디는 K 윌리엄 호지스를 증오한 만큼 배비노 박사를 증오하지는 않았지만 그래도 개떡 같은 인간 명단에 그가 들어 있었다. 배비노는 그를 모르모트처럼 활용했다. 그건 나쁜 짓이었다. 그러더니 실험 약물이 효과가 없는 것 같으니까 브래디에 대한 관심을 끊었다. 그건 더 나쁜 짓이었다. 최악은 브래디가 의식을 회복하자 다시 약물을 투여하기 시작했다는 건데, 그게 어떤 영향을 미칠지 아무도 알 수 없는 노릇이었다. 그로 인해 죽을 수도 있었지만 열심히 자살을 도모했던 사람으로서 그걸 걱정하느라 밤잠을 설치는 건 아니었다. 그가 밤잠을 설치는 이유는 약물이 그의 새로운 능력에 영향을 미칠 수도 있기 때문이었다. 배비노는 남들이 브래디의 마인드 파워를 운운하면 콧방귀를 뀌었고 그가 아무리 옆구리를 찔러도 브래디가 그의 앞에서는 절대 능력을 과시하지 않았지만, 브래디에게 그런 능력이 존재할 수도 있다고 믿었다. 그리고 염력이 있다면 그가 세리벨린이라고 명명한 약물의 효과라고 생각했다.

CT와 MRI 촬영도 다시 시작됐다.

"너는 세계 8대 불가사의야."

한번은 CT와 MRI 촬영을 마치고 배비노가 그렇게 말한 적도 있었다. 2013년 가을의 일이었다. 잡역부가 브래디를 휠체어에 싣고 217호실로 가는 동안 나란히 걸으면서 한 말이었다. 흡족해하는 표정을 짓고 있었다.

"현재까지 투여한 약물로 단순히 뇌세포의 파괴가 중단된 게 아니라 한 걸음 더 나아가 새로운 뇌세포의 성장을 자극하고 있어. 좀 더 팔팔한 녀석들로 말이지. 그게 얼마나 대단한 건지 알고 있나?"

'당연하지, 이 개자식아.' 브래디는 생각했다. '그러니까 촬영 결과는 너 혼자만 알고 있어라. 검찰청에 알려지면 내가 곤란해지니까.'

배비노는 자기 소유물 대하듯 브래디의 어깨를 토닥였다. 반려견 토닥이듯 했다. "인간의 두뇌는 대략 1000억 개의 신경세포로 이루어져 있지. 네 경우에는 브로카 영역의 세포들이 심각하게 손상됐는데 회복되고 있어. 내가 한 번도 본 적 없는 뉴런을 만들어 내면서. 나중에 너는 인명을 앗아 간 사람이 아니라 인명을 구하는 데 기여한 사람으로 유명해질 거야."

'그런 날이 오더라도 네가 살아서 그날을 맞이할 일은 없을 거다. 내 말 믿어도 좋아, 좆밥아.'

"그건 창의력이 필요한 부분인데 내가 그쪽은 영 젬병이거든요."

프레디는 Z보이에게 그렇게 말했다. 맞는 말이었지만 브래디는 '예전부터' 그 부분에 있어서 특출했고, 2013년이 2014년이 되자 피싱 홀 데모 영상을 어떤 식으로 재미있게 꾸며서 프레디가 아이 트랩이라고 표현한 것으로 만들 수 있을지 고민할 여유가 많아졌다.

프레디가 문병 오더라도 둘이서 재핏에 대해 이야기하지는 않았다. 대개는 사이버 순찰대 시절을 회상했다.(프레디가 대화의 대부분을 주도하는 수밖에 없었다.) 출장 나가서 만났던 온갖 미친 인간들. 그리고 재수 없었던 앤서니 '톤스' 프로비셔. 그녀는 가슴속에 담아 두었던 말을 그의 면전에 대고 퍼부었던 것처럼 각색해 가며 그에 대한 험담을 끝도 없이 늘어놓았다. 프레디의 병문안은 단조롭지만 위로가 됐다. 배비노 박사와 그의 '비타민 주사' 앞에서 속수무책인 채 평생 217호실에 갇혀 지내야 할지 모른다는 절망감으로 설친 밤이 그로써 상쇄됐다.

'그를 막아야 해.' 브래디는 생각했다. '그를 조종해야 해.'

그러려면 데모 영상에 완벽하게 약을 쳐야 했다. 배비노의 머릿속으로 맨 처음 들어갔을 때 망쳐 버리면 두 번 다시 기회가 없을 수 있었다.

이제는 217호실에서 하루에 최소한 4시간 이상 TV가 방송됐다. 배비노가 수간호사 헤밍턴에게 "하츠필드 씨를 외부 자극에 노출시키라"고 칙령을 내렸기 때문이다.

하츠필드 씨의 입장으로 말할 것 같으면 정오 뉴스는 상관없었지만(전 세계 어디에선가 항상 신나는 폭발 사고 아니면 대량 참극이 벌어졌다.) 나머지 요리쇼, 토크쇼, 연속극, 사이비 의료인이 등장하는 프로그램들은 쓸데없는 짓거리였다. 하지만 어느 날 창가 의자에 앉아서 「프라이즈 서프라이즈」를 보는 동안(그쪽을 쳐다보고 있는 동안) 깨달은 게 있었다. 그 프로그램에서는 보너스 라운드까지 가면 전용기를 타고 아루바 섬으로 여행할 수 있는 기회가 주어졌다. 출연자가 색색의 큼지막한 점이 이리저리 움직이는 초대형 컴퓨터 화면을 보고 빨간색 점을 다섯 개 터치하면 그것이 숫자로 변했다. 터치한 숫자의 합이 100을 중심으로 ±5안에 들면 상품을 받을 수 있었다.

크게 뜬 눈을 좌우로 움직이며 화면을 들여다보는 출연자가 화면에 등장했을 때 브래디는 이거다 싶었다. 분홍색 물고기. 그는 생각했다. 분홍색 물고기들이 다른 녀석들보다 빨리 움직이는 데다 빨간색은 분노를 상징하는 색이었다. 분홍색은…… 뭘까? 뭐라고 해야 할까? 알맞은 단어가 떠오르자 그는 미소를 지었다. 그가 다시 열아홉 살로 돌아간 것처럼 보일 수 있을 만큼 환한 미소였다.

분홍색은 마음을 달래는 색이었다.

가끔 프레디가 찾아오면 Z보이는 도서관 카트를 복도에 두고 그들과 동석했다. 그랬던 2014년 여름의 어느 날, 그가 프레디에게 전자 레시피를 건넸다. 브래디가 단순히 지시 사항만 전달한 게 아니라 운전석에 앉아서 그의 머릿속을 완전히 장악했던 날 도서관 컴퓨터로 작성한 거였다. 그러는 횟수를 점점 줄이고 있었지만 어쩔 수가 없었다. 이것만큼은 완벽해야 했다. 실수할 여지가 없어야 했다.

프레디는 쓱 훑어보다가 흥미를 느끼고 좀 더 자세히 들여다보았다.

"오, 제법인데요. 잠재적인 메시지를 넣은 것도 끝내주네요. 추잡하지만 끝내줘요. 닥터Z라는 사람이 생각해 낸 거예요?"

"맞아요." Z보이가 말했다.

프레디는 브래디에게로 시선을 돌렸다.

"너는 이 닥터Z가 누군지 알아?"

브래디는 천천히 고개를 저었다.

"너는 아닌 거 맞아? 꼭 네 작품 같거든."

브래디는 그녀가 고개를 돌릴 때까지 멍한 눈빛으로 그녀를 빤히 쳐다보았다. 호지스나 그 어떤 간호사나 재활치료사보다 그녀에게 속내를 많이 드러내기는 했지만 완전히 *까뒤집어서* 보여 줄 생각은 없었다. 적어도 아직은 그랬다. 그녀가 정보를 흘릴 가능성이 너무 컸다. 게다가 자신의 의도가 무엇인지 그도 아직 정확히 파악하지 못했다. 더 좋은 쥐덫을 만들면 세상 사람들이 사러 오기 마련이라는 말도 있지만 이것으로 쥐를 잡을 건지 아직 알 수 없었기에 입 다물고 있는 편이 나았다. 게다가 닥터Z라는 존재가 아직은 없었다.

하지만 조만간 탄생될 예정이었다.

프레디가 피싱 홀 데모 영상을 어떤 식으로 고치면 되는지 전자 레시피를 받고 며칠 지나지 않은 어느 날 오후, Z보이가 펠릭스 배비노의 내실을 찾아갔다. 그는 출근한 날이면 거의 매일 거기서 한 시간 동안 커피를 마시고 신문을 읽었다. 창가에 실내 퍼팅 연습용 매트를 설치해 놓고(배비노의 창밖으로는 주차장이 보이지 않았다.) 가끔

쇼트 게임(골프에서 짧은 거리에서 샷을 날리는 상황 — 옮긴이)을 연습하기도 했다. 바로 그 방으로 Z보이가 노크도 없이 들어왔다.

배비노는 싸늘한 눈빛으로 그를 쳐다보았다.

"어쩐 일이에요? 길을 잃었나요?"

Z보이는 프레디가 업그레이드한(급속도로 쪼그라들어 가는 앨 브룩스의 통장 잔고로 컴퓨터 부품을 몇 개 장만했다.) 재핏 0호를 내밀었다.

"이걸 보세요. 어떻게 하면 되는지 알려 드릴게요."

"나가 줘요." 배비노가 말했다. "도대체 무슨 생각으로 이러는지 모르겠지만 여긴 내 사적인 공간이고 지금은 내 사적인 시간이에요. 아니면 경비를 호출해야 하나?"

"이걸 보세요. 아니면 저녁 뉴스에 나오는 박사님 얼굴을 보게 될 거예요. 다중 살인으로 기소된 브래디 하츠필드에게 검증되지 않은 남아메리카의 약물을 투여하는 실험을 벌인 의사, 이렇게요."

배비노는 입을 떡 벌리고 그를 쳐다보았다. 브래디에게 의식의 핵을 갉아 먹힌 뒤에 보이게 될 모습과 비슷했다.

"지금 무슨 소리를 하는지 전혀 모르겠는데."

"세리벨린 말이에요. 식품의약국 승인을 받을 수 있을지 불분명하고 받더라도 몇 년은 기다려야 하는 그거요. 박사님 파일로 들어가서 휴대 전화로 사진을 수십 장 찍었어요. 아무한테도 보여 주지 않는 뇌 스캔 영상도 찍었고요. 박사님이 법을 한두 가지 어긴 게 아니에요. 이 게임을 보면 아무한테도 얘기하지 않을게요. 거부하면 박사님의 의사 인생은 끝장이에요. 5초 줄 테니까 결정해요."

배비노는 게임기를 받아서 헤엄치는 물고기들을 쳐다보았다. 깜찍한 멜로디가 흘러나왔다. 어쩌다 한 번씩 파란 불빛이 번쩍였다.

"분홍색 물고기가 나오면 터치하세요, 박사님. 그러면 숫자로 바뀔 거예요. 그 숫자를 암산으로 더해요."

"얼마나 이러고 있어야 합니까?"

"보면 알아요."

"지금 제정신이에요?"

"자리를 비울 때 내실을 잠그는 건 현명한 발상이지만 아무나 입수할 수 있는 보안 카드가 여기저기서 굴러다니는걸요. 게다가 컴퓨터를 켜 놓고 나가다니 내가 보기엔 그게 정신 나간 짓 같은데요. 물고기들을 보세요. 분홍색이 나오면 화면을 터치해요. 나온 숫자를 더해요. 그러기만 하면 건드리지 않을게요."

"지금 협박하는 건가요?"

"아뇨. 협박은 돈을 달랄 때 하는 거죠. 이건 그냥 거래예요. 이제 물고기들을 보세요. 두 번 묻지 않을 겁니다."

배비노는 물고기들을 쳐다보았다. 분홍색이 등장하자 화면을 터치했지만 놓쳤다. 또 한 번 터치했지만 놓쳤다. "망할!" 하고 나지막이 중얼거렸다. 보기보다 제법 어려워서 재미있어졌다. 번쩍이는 파란 불빛이 짜증스럽게 느껴져야 하는데 그렇지 않았다. 덕분에 집중이 잘 되는 것 같았다. 이 늙은이가 아는 걸 듣고 놀랐던 기억이 생각의 저편으로 사라졌다.

분홍색 물고기가 화면 왼편으로 사라지기 전에 손끝으로 건드리는 데 성공하자 9가 떴다. 스타트가 좋았다. 그는 이걸 하고 있는 이유를 잊었다. 분홍색 물고기를 잡는 것이 중요한 일이 되었다.

멜로디가 흘러나왔다.

한 층 위 217호실에서 브래디는 그의 재킷을 빤히 쳐다보다 호흡
이 느려지는 게 느껴지자 눈을 감고 빨간색 점 하나를 쳐다보았다.
그게 Z보이였다. 그는 기다리고…… 기다리고…… 또 기다렸다. 이
표적은 최면에 걸리지 않는가 보다는 생각이 들기 시작할 무렵 두
번째 점이 등장했다. 처음에는 희미했지만 점점 밝고 선명해졌다.

'조금씩 피어나는 장미꽃을 보는 것 같네.' 브래디는 생각했다.

두 점이 까불거리며 이리저리 헤엄치기 시작했다. 그는 배비노에
해당하는 점에 정신을 집중했다. 점이 움직이는 속도가 느려지다가
정지했다.

'잡았다.' 브래디는 생각했다.

하지만 조심해야 했다. 이건 스텔스 미션이었다.

그는 배비노의 몸속에서 눈을 떴다. 그 의사는 계속 물고기들을
쳐다보고 있었지만 이제 손끝으로 건드리지는 않았다. 병원 직원들
이 쓰는 단어가 뭐였더라? 무뇌 인간. 맞다. 의사는 무뇌 인간이 되
었다.

브래디는 그 첫날에 오래 머물러 있지 않았지만 자신이 어떤 보
물을 입수했는지 금세 알아차릴 수 있었다. 앨 브룩스는 돼지저금통
이었다. 펠릭스 배비노는 은행 금고였다. 브래디는 그의 기억과 축
적된 지식과 능력을 이용할 수 있었다. 앨의 안으로 들어가면 전기
회로를 바꿀 수 있었다. 배비노의 안으로 들어가면 개두술로 인간
의 뇌 속 회로를 바꿀 수 있었다. 게다가 지금까지는 원론적인 희망

사항에 불과했지만, 이로써 멀리 떨어져 있는 사람들도 그의 것으로 만들 수 있다는 증거가 생겼다. 재핏으로 최면을 걸어서 마음의 문을 열기만 하면 됐다. 프레디가 개조한 재핏은 아주 강력한 아이 트랩이었고 맙소사, 효과가 엄청 *빨랐다.*

호지스에게 써 보고 싶어서 좀이 쑤실 지경이었다.

브래디는 떠나기 전에 배비노의 머릿속에 생각 물고기를 몇 마리만 풀어 놓았다. 이 의사에게는 조심스럽게 접근할 작정이었다. 배비노가 화면(최면 전문가들이 유도장치라고 부르는 도구의 역할을 했다.)에 완전히 중독된 다음이라야 그의 것이라고 선포할 수 있었다. 그날 심은 생각 물고기 중에는 브래디의 CT 촬영 결과가 별로 신통치 않으니 이제 그만해야겠다는 것도 있었다. 세리벨린 투여도 중단해야 했다.

왜냐하면 브래디가 별다른 진전이 없잖아. 막다른 길에 다다랐잖아. 게다가 들통날 수도 있고.

"들통 나면 안 되지." 배비노는 중얼거렸다.

"맞아요." Z보이가 말했다. "들통나면 우리 둘 다 안 되죠."

배비노는 퍼터를 내려놓은 참이었다. Z보이가 그걸 집어서 그의 손에 쥐어 주었다.

브래디는 무더웠던 그해 여름이 춥고 비가 많이 내리는 가을로 변해 가는 동안 배비노를 잡은 손에 점점 힘을 주었다. 금렵구 관리인이 호수에 송어를 넣듯 조심스럽게 생각 물고기를 풀었다. 배비노는 성추행범으로 몰릴 수 있음에도 불구하고 몇몇 젊은 간호사들에게 공공연하게 애정을 표현하고 싶은 충동을 느꼈다. 있지도 않은 의사의 신분증(브래디가 프레디 링크래터를 통해 조작한 신분증이었다.)을 동원해 깡통의 픽시스 의약품실에서 가끔 진통제를 슬쩍했다. 여러 번 반복되면 들통날 수밖에 없고 좀 더 안전하게 진통제를 입수할 방법이 있음에도 불구하고 그랬다. 자기한테 똑같은 브랜드의 시계가 있는데도 신경외과 휴게실에서 롤렉스 시계를 훔쳐다가 내실 책상 맨 아래 서랍에 넣고는 곧바로 잊어버린 적도 있었다. 예전에는 브래디 하츠필드가 그의 손 안에 있었지만 제대로 걷지도 못하는 브래디가 조금씩 상황을 역전시켜서 수많은 톱니가 달린 죄책감의 덫 속으로 그를 밀어넣었다. 그가 예컨대 누군가에게 현재 상황을 털어놓으려 든다든지 하는 식의 어리석은 짓을 시도하면 덫이 철커덕 하고 닫히게 되어 있었다.

이와 함께 그는 닥터Z의 성격을 조각했다. 도서관 앨 때보다 훨씬 신중을 기했다. 그때보다 그의 실력이 더 나아지기도 했고 재료도 훌륭했다. 그해 10월, 수백 마리의 생각 물고기들이 배비노의 머릿속에 헤엄치는 가운데 그는 들어가 있는 시간을 늘리며 의사의 정신뿐 아니라 육체까지 장악하기 시작했다. 한번은 거리가 멀어지면 영향력이 약해지는지 알아보기 위해 배비노의 BMW를 몰고 오하이오 주경계선까지 다녀온 적도 있었다. 아무 문제가 없었다. 일단 안으로 들어가면 그것으로 끝인 듯했다. 여행은 재미있었다. 대로변 음식점에 들어가 어니언 링을 게걸스럽게 먹어치웠다.

꿀맛이었다!

2014년 명절 시즌이 다가왔을 때 브래디는 아주 어렸을 때 말고는 경험해 본 적 없는 심리 상태로 접어들었다. 하도 생경해서 크리스마스 장식이 치워지고 밸런타인데이가 다가올 때가 되어서야 그게 뭔지 파악할 수 있을 정도였다.

그것의 정체는 삶에 대한 만족감이었다.

그는 이 감정을 실신지경으로 규정하며 배척했지만 또 한편으로는 받아들이고 싶은 마음도 있었다. 심지어 두 팔 벌려 환영하고 싶은 마음도 있었다. 왜 아니겠는가. 그는 217호실은 물론이고 심지어 그의 몸에서도 해방됐다. 조수석 아니면 운전석에 앉아서, 언제든 마음 내킬 때마다 떠날 수 있었다. 너무 자주 또는 너무 오랫동안 앉아 있지 않도록 조심하기만 하면 그만이었다. 의식의 핵은 무한정하지 않았다. 없어지면 그것으로 끝이었다.

너무 안타까웠다.

만약 호지스가 계속 찾아왔더라면 브래디에게는 또 다른 목표가 생겼을 것이다. 서랍 속에 들어 있는 재핏을 쳐다보게 만들어서 그의 안으로 들어가 자살이라는 생각 물고기를 심어 놓는 것. 데비스 블루 엄브렐라를 동원하던 시절과 비슷하지만 이번에는 유혹이 훨씬 강력할 것이었다. 유혹이라기보다 명령일 것이었다.

그 계획에 한 가지 문제가 있다면 호지스가 더 이상 찾아오지 않는다는 것이었다. 그는 노동절 직후에 찾아와서 평소처럼 온갖 헛소리를 늘어놓더니(너는 정신이 멀쩡하다는 거 알아, 브래디, 네가 괴로워하고 있으면 좋겠다, 브래디, 진짜 손 하나 까딱 않고 물건들을 움직일 수 있는 거냐, 브래디, 그렇다면 어디 한번 보여 주시지.) 그 뒤로 발길을 끊었다.

추정컨대 그가 이렇게 낯설고 전적으로 반갑지만은 않은 만족감이라는 감정을 느끼는 이유도 호지스가 그의 인생에서 사라졌기 때문인 것 같았다. 호지스는 그의 화를 돋우고 길길이 날뛰게 만드는 눈엣가시와도 같았다. 이제 그 가시가 사라졌으니 그는 마음대로 돌아다니며 인생을 즐길 수 있었다.

그래서 그는 그렇게 했다.

브래디는 배비노 박사의 머릿속뿐만 아니라 통장과 투자 상품들까지 마음대로 건드릴 수 있었기에 컴퓨터에 돈을 아끼지 않았다. 배비노가 돈을 찾아서 장비를 구입하면 Z보이가 프레디 링크래터의 허름한 거처로 운반했다.

'프레디는 그보다 괜찮은 아파트에서 살 만한 자격이 있는데 말이지.' 브래디는 생각했다. '내가 방법을 마련해 줘야겠다.'

Z보이가 도서관에서 슬쩍한 나머지 재핏도 모두 가져다주자 프레디가 모든 피싱 홀 데모 영상에 약을 쳤다. 물론 공짜는 아니었다. 상당한 금액이 들었지만 브래디는 군소리 없이 지불했다. 어차피 배비노의 돈이었다. 더 재미있게 만든 게임기로 뭘 할 작정인지는 아직 전혀 알 수 없었다. 결국에는 인간 드론을 한두 명 더 갖고 싶어지겠지만 지금 당장은 필요가 없었다. 그는 만족감이라는 게 어떤 건지 이해하기 시작했다. 모든 바람이 잦아들어서 한없이 둥둥 떠다니기만 하는 무풍지대와 같은 감정이었다.

발전 목표가 소진되면 이어지는 감정이었다.

이런 상태가 계속되던 2015년 2월 13일, 「정오의 뉴스」에 소개된 어떤 기사가 브래디의 호기심을 자극했다. 뒤편의 자막이 새끼 판다에서 깨진 하트 로고로 바뀌자 녀석들의 익살스러운 행동을 보며 웃던 두 앵커가 이런, 너무나 안타까운 소식이네요 하는 표정을 지었다.

"세위클리 근교에서는 슬픈 밸런타인데이가 되겠네요."

여자 앵커가 말했다.

"그러게요, 베티." 남자 앵커가 맞장구쳤다. "시티 센터 대참사의 생존자로 올해 스물여섯 살인 크리스타 컨트리맨과 스물네 살인 키스 프라이어스가 컨트리맨의 집에서 자살을 했네요."

이제 베티의 차례였다. "충격에 휩싸인 부모님들의 증언에 따르면 이들 커플은 다가오는 5월에 결혼할 수 있길 바랐는데 브래디 하츠필드가 저지른 사건 때 중상을 입은 뒤로 정신적, 육체적 고통이 너무 컸다고 하네요. 프랭크 덴턴 기자가 자세한 소식을 전합니다."

브래디는 의자에 앉은 채 최대한 꼿꼿이 허리를 세우고 눈을 반짝이며 정신을 바짝 차렸다. 저 둘의 목숨도 그가 앗아 간 거라고 주장할 수 있을까? 그럴 수 있을 것 같았고 그렇다면 시티 센터에서 거둔 득점이 8점에서 10점으로 올라갔다. 이제 겨우 두 자리 숫자가 됐지만 뭐, 괜찮은 성적이었다.

프랭크 덴턴 기자가 최대한 참담한 표정으로 잠깐 뭐라 뭐라 늘어놓은 뒤 화면에 컨트리맨이라는 계집애의 가엾은 아버지가 등장했다. 그는 그 커플이 남긴 유서를 낭독하는 내내 흐느꼈지만 브래디는 요지를 파악할 수 있었다. 그들은 상처가 모두 치유되고 고통의 짐이 사라져서 주님이자 구세주인 예수 그리스도 앞에서 완벽하게 건강한 모습으로 결혼식을 올릴 수 있는 아름다운 내세를 꿈꾸었다.

"아, 슬픈 사연이네요." 남자 앵커가 이런 말로 말미를 장식했다. "정말 슬픈 사연이에요."

"그러게요." 베티가 말했다. 이윽고 뒤쪽 화면에 예복을 입고 수영장에 서 있는 바보들 사진이 등장하자 그녀의 얼굴에서 슬픈 표정이 삽시간에 사라지고 환한 표정이 되돌아왔다. "하지만 이 사연을 들으면 기분이 좋아질 거예요. 스무 커플이 클리블랜드의 수영장에서 결혼식을 올리기로 했다네요. 현지 기온이 영하 7도인데 말이죠!"

"더할 나위 없이 뜨겁게 사랑하는 사이라야 하겠는데요?" 켄은 완벽하게 씌운 치아를 드러내며 씩 웃었다. "부들부들! 패티 뉴필드 기자가 자세한 소식을 전합니다."

'내가 몇이나 더 처치할 수 있을까?' 브래디는 궁금해졌다. 열의가 불타올랐다. '업그레이드한 재핏이 아홉 대 있고 여기에 드론들이 쓰는 것 두 대랑 내 것 한 대가 더 있지. 내가 그 일거리 찾으러 온 바보 새끼들한테 볼일이 끝났다고 누가 그래?'

'내가 더 이상 득점을 올릴 수 없다고 누가 그래?'

휴지기 동안 브래디는 매주 한두 번씩 Z보이를 통해 구글 알림을 체크하며 재핏 사의 추이를 예의 주시했다. 이제는 피싱 홀 화면의 최면 효과(그리고 그보다는 덜한 휘슬링 버즈 데모의 최면 효과)에 대한 논의가 잦아들고 회사의 도산 시기에 대한 추측이 난무했다. 재핏사의 도산은 기정사실이었다. 선라이즈 솔루션스에서 재핏사를 인수하자 전기 회오리바람이라는 닉네임을 쓰는 블로거가 이런 글을 남겼다. "와우! 이건 살날이 6주밖에 남은 암환자 커플이 사랑의 도피

행각을 벌이기로 결정한 것과 같다."

이제는 제2의 자아가 배비노의 안에 탄탄히 자리를 잡았고, 브래디 대신 시티 센터 대참사의 생존자를 검색해서 자살 충동에 가장 취약할 수밖에 없는 중상자 명단을 작성한 것도 닥터Z였다. 대니얼 스타나 주디스 로마를 비롯한 두어 명은 아직도 휠체어 신세를 지고 있었다. 마틴 스토버는 전신 마비 상태로 리지데일에서 어머니와 함께 살고 있었다.

'내가 그 사람들한테 호의를 베풀어야겠어.' 브래디는 생각했다. '진짜로 그래야겠어.'

그는 스토버의 엄마가 첫 타자로 삼기에 안성맞춤이라는 결론을 내렸다. 처음에는 Z보이를 동원해서 재핏을 우편으로 보낼까 했지만 ("무료로 드리는 선물!") 쓰레기통으로 직행하지 않을 거라는 보장이 없었다. 고작 아홉 대뿐인데 한 대도 허투루 쓸 수 없었다. 그걸 업그레이드하느라 거금이 들지 않았는가.(물론 배비노의 돈이었지만.) 배비노를 파견하는 편이 나을 수 있었다. 맞춤 양복을 입고 여기에 짙은 색의 수수한 넥타이를 매면 초록색의 구깃구깃한 디키스 티셔츠를 입고 다니는 Z보이보다 훨씬 믿음직해 보일 테고, 그로 말할 것 같으면 스토버의 어머니 같은 여자들이 아주 좋아하는 중후한 신사에 가까웠다. 이제 남은 건 그럴 듯한 이야기를 만들어 내는 것이었다. 시험 판매하는 중이라고 할까? 북클럽이라고 할까? 경품이라고 할까?

그가 시나리오를 엄선하고 있었을 때(서두를 이유가 없었다.) 구글 알림에서 예상된 부고를 알렸다. 선라이즈 솔루션스가 문을 닫는다는 소식이었다. 그때가 4월 초였다. 자산을 매각할 파산 관재인이 선정됐고 이른바 '현물'이 조만간 여러 매매 사이트에 풀릴 예정이었다. 궁금해서 좀이 쑤시는 사람은 파산 기록을 뒤지면 선라이즈 솔루션스의 팔리지 않은 잡동사니 목록을 확인할 수 있었다. 브래디는 호기심이 동했지만 닥터Z를 동원해서 자산 목록을 확인할 만큼은 아니었다. 그 중에 재핏 몇 상자가 들어 있을지 몰라도 그에게는 아홉 대가 있었다. 그거면 가지고 놀기에 충분했다.

그의 생각은 한 달 뒤에 바뀌었다.

「정오의 뉴스」에서 가장 인기 있는 코너 중에 '잭의 한마디'라는 코너가 있었다. 잭 오말리는 아마도 TV가 아직 흑백이었던 시절부터 연예계 생활을 시작했을 뚱뚱한 공룡이었고 뉴스가 끝날 때마다 5분 동안 단상을 주절주절 늘어놓았다. 큼지막한 까만색 뿔테 안경을 썼고 말을 할 때마다 턱밑 살이 젤리처럼 흔들렸다. 평소에 브래디는 그를 상당히 재미있는 분위기 전환용 장치라고 생각했는데 그날 '잭의 한마디'에는 장난기가 전혀 없었다. 그로 인해 전혀 새로운 시각이 열렸다.

"조금 전에 이 방송에서 크리스타 컨트리맨과 키스 프라이어스의 사연이 소개된 이후에 두 가족에게 조의가 답지하고 있습니다." 잭은 투덜거리는 앤디 루니(미국의 방송작가. CBS의 인기 시사 프로그램 「60분」에서 30년 넘게 '앤디 루니와 함께 하는 몇 분'이라는 제목의 고정 논평을 진행했다―옮긴이)의 음성으로 말문을 열었다. "말로 다 표현할 수 없는 끝없는 고통을 죽음으로 마감한 두 사람의 선택으로 인해 자살을 둘러싼 논쟁에 다시 불이 붙었습니다. 뿐만 아니라 유감스러운 노릇이지만 말로 다 표현할 수 없는 그 끝없는 고통을 야기한 겁쟁이, 브래디 윌슨 하츠필드라는 괴물도 다시금 생각이 나네요."

'그게 바로 나야.' 브래디는 희희낙락거리며 생각했다. '가운데 이름까지 거론할 정도면 진정한 악귀로 인정한다는 거지.'

"만약 내세라는 게 있다면." 잭은 앤디 루니처럼 삐죽빼죽한 눈썹을 한데 모으고 턱밑 살을 펄럭이며 말했다. "브래디 윌슨 하츠필드는 그곳으로 건너갔을 때 자기가 지은 죄의 대가를 톡톡히 치를 겁니다. 그 동안 우리는 이 고뇌의 먹구름 사이로 보이는 한 줄기 밝은 빛에 대해 생각해 보기로 하죠.

브래디 윌슨 하츠필드는 시티 센터에서 비겁한 연속 살인을 저지르고 1년 뒤에 그보다 훨씬 가증스러운 범죄를 시도했습니다. 어마어마한 양의 플라스틱 폭탄을 몰래 소지하고 밍고 대강당에서 열리는 콘서트장으로 들어가 재미있는 시간을 보내러 온 수천 명의 십 대 청소년들을 살해하려고 한 겁니다. 하지만 은퇴한 형사 윌리엄 호지스와, 이 찌질한 살인마가 폭탄을 터뜨리기 직전에 두개골을 박살내버린 홀리 기브니라는 용감한 여성에게 저지를 당했는데요……."

이 지점에서부터 그가 늘어놓는 이야기가 브래디의 귀에 더 이상 들리지 않았다. 그의 머리를 박살내서 죽일 뻔한 사람이 홀리 기브니라는 여자였다고? 그런데 그 여자 때문에 머릿속이 까매져서 이 병실로 불시착한 지 5년이 지나는 동안 왜 아무도 얘기해 주지 않은 걸까? 어떻게 그럴 수가 있었을까?

그는 충분히 그럴 수 있었겠다는 결론을 내렸다. 기사가 따끈따끈

했을 때 그는 혼수상태였다. '나중에는 내가 그냥 호지스 아니면 그 잔디 깎아 주던 깜둥이였을 거라고 넘겨짚었지.' 그는 생각했다.

기회가 되면 인터넷에서 기브니를 검색해 보겠지만 그건 중요한 문제가 아니었다. 그녀는 과거의 일부분이었다. 그가 만든 최고의 발명품들이 그랬듯 번뜩 하고 떠오른 근사한 아이디어가 미래였다. 몇 군데만 손을 보면 완벽해질 수 있을 만큼 모든 면에서 부족함이 없는 아이디어였다.

그는 재핏을 켜고 Z보이를 찾아서(산부인과 진료를 기다리는 환자들에게 잡지를 나누어 주고 있었다.) 도서관으로 보냈다. 그가 컴퓨터 앞에 자리를 잡고 앉자 브래디는 그를 운전석에서 밀어내고 근시인 앨 브룩스의 눈을 가늘게 뜨고 모니터를 들여다보았다. Bankruptcy Assets 2015라는 사이트에 선라이즈 솔루션스의 재고 목록이 있었다. 10여 군데 회사의 쓰레기들이 알파벳 순서로 나열되어 있었다. 재핏이 맨 마지막 항목이었지만 브래디에게는 꼴찌가 아니었다. 선라이즈의 가장 중요한 자산이 소매가가 189달러 99센트라는 4만 5872대의 재핏 커맨더였다. 400달러, 800달러, 1000달러 묶음으로 팔리고 있었다. 하단에 빨간색으로 일부 불량품이 섞일 수 있지만 "대부분 사용하는 데 아무 문제 없다"는 경고문이 적혀 있었다.

브래디가 느낀 흥분으로 도서관 앨의 노쇠한 심장이 헐떡였다. 그의 손이 키보드를 떠나 주먹을 쥐었다. 지금 그를 사로잡은 원대한 계획에 비하면 시티 센터 생존자들의 자살을 유발하는 것은 아무것도 아니었다. 그날 저녁 밍고에서 하지 못한 일을 끝내는 것. 호지스에게 블루 엄브렐라를 통해 이런 메시지를 보내는 그의 모습이 그려졌다. *나를 막은 것 같아? 다시 한 번 생각해 봐.*

그러면 얼마나 근사할까!

배비노의 재력이면 그날 저녁에 콘서트를 보러 갔던 모든 사람들에게 재핏 게임기를 돌리고도 남을 테지만 브래디가 표적을 한 번에 한 명씩 상대해야 할 테니 설친다고 될 일이 아니었다.

그는 Z보이에게 배비노를 불러오라고 했다. 배비노는 오기 싫어했다. 이제 그는 브래디를 무서워했다. 브래디로서는 아주 기분 좋은 반응이었다.

"어떤 제품을 좀 사 줘야겠어." 브래디가 말했다.

"어떤 제품을 산다."

고분고분하다. 더 이상 그를 두려워하지 않는다. 217호실로 들어왔을 때는 배비노였을지 몰라도 어깨를 늘어뜨리고 브래디의 의자 앞에 서 있는 사람은 닥터Z였다.

"응. 계정을 하나 새로 만들어서 돈을 넣어 놔. 회사 이름은 게임 즈라고 할까봐. 맨 끝에 z를 넣어서."

"z를 넣어서. 나처럼."

카이너 병원 신경과 과장이 희미하게 멍한 미소를 지었다.

"그렇지. 한 15만 달러쯤. 그리고 프레디 링크래터도 좀 넓고 번듯한 아파트로 옮겨 줘. 네가 산 제품을 받아서 작업할 수 있게. 그 아가씨, 앞으로 바빠질 거야."

"넓고 번듯한 아파트로 옮길게. 앞으로……"

"종알거리지 말고 듣기나 해. 그녀가 쓸 장비도 좀 더 필요할 거야."

브래디는 몸을 앞으로 기울였다. 퇴직 형사가 게임은 끝났다고 생각한 지 몇 년 뒤에 브래디 윌슨 하츠필드가 승리의 왕관을 쓰는 밝은 미래가 눈에 보이는 듯했다.

"제일 중요한 장비는 리피터라는 장치야."

헤즈 앤드 스킨스

1

프레디를 깨운 것은 통증이 아니라 요의다. 방광이 터질 것 같다. 침대에서 빠져나오는 것 자체가 큰일이다. 골이 울리고 가슴에 깁스를 한 것 같다. 많이 아프지는 않다. 뻣뻣하고 너무 무거울 뿐이다. 숨을 쉴 때마다 용상으로 역기를 들어서 올리는 듯한 기분이다.

화장실이 폭력 영화 속 한 장면 같다. 그녀는 변기에 앉자마자 사방의 핏자국이 보이지 않도록 눈을 감는다. 몇십 리터는 됨직한 소변을 방출하며 살아 있어서 다행이라는 생각을 한다. 우라지게 다행이라는 생각을 한다. '내가 이런 개판 속에 나뒹굴게 된 이유가 뭐지? 그 사진을 들고 갔다가 이렇게 됐잖아. 어머니 말이 맞았어. 물에 빠진 놈 구해 주면 보따리 내놓으라고 한다더니.'

하지만 명확한 판단이 필요한 순간이 있다면 바로 지금이고, 그녀도 인정할 수밖에 없다시피 브래디에게 그 사진을 들고 갔다가 이렇게 머리에는 혹을, 가슴에는 총상을 달고 피로 얼룩진 화장실에 앉아 있게 된 게 아니다. 그 뒤로 문병을 가는 바람에 이렇게 된 것인데, 문병을 갔던 이유는 한 번에 50달러씩 돈을 받았기 때문이다. 그러니까 그녀는 콜걸이나 다름없었던 것이다.

'너는 이게 다 뭔지 알았잖아. 닥터Z가 섬뜩한 웹사이트를 활성화하는 썸드라이브를 사 왔을 때에서야 알아차렸다고 네 자신을 속이고 싶을지 몰라도 그 많은 재펏을 업데이트하는 동안 알고 있었잖아. 모든 정상 제품에 지뢰가 깔릴 때까지 하루에 40대에서 50대씩 일괄 작업을 했을 때부터. 500대가 넘었지. 너는 처음부터 배후에 브래디가 있었다는 걸, 브래디는 미친놈이라는 걸 알았어.'

그녀는 바지를 추어올리고 물을 내린 다음 화장실을 나선다. 거실 창문으로 들어오는 햇빛이 쨍하지 않은데도 눈이 아프다. 실눈을 뜨고 쳐다보니 눈이 막 내리기 시작했다. 그녀는 숨을 쉴 때마다 괴로워하며 발을 질질 끌고 부엌으로 간다. 냉장고 가득 먹다 남은 중국 음식 천지지만 문 쪽 선반에 레드불이 두어 캔 있다. 한 개를 집어서 단숨에 반 캔을 들이켜자 좀 낫다. 심리적인 효과일지 몰라도 좀 나아졌다고 믿을 것이다.

'이제 어떻게 하면 좋을까? 도대체 어떻게 하면 좋을까? 이 아수라장에서 빠져나갈 방법이 있을까?'

이제는 좀 더 빨라진 발걸음으로 컴퓨터 방에 들어가서 꺼져 있던 모니터를 살린다. 어떤 남자가 곡괭이를 휘두르는 만화가 등장하길 바라며 검색을 통해 zeetheend에 접속하지만 촛불을 밝힌 장례식장이 모니터를 가득 메우자 심장이 철렁 내려앉는다. 그녀가 데이터만 전송하라는 지시를 무시하고 썸드라이브를 열었을 때 확인한 초기 화면이 그거였다. 몽롱한 블루 오이스터 컬트의 노래가 흘러나온다.

그녀는 천천히 뛰는 심장처럼 팽창과 수축을 반복하는 판 밑의 메시지(고통의 끝, 두려움의 끝)를 지나서 게시판을 클릭한다. 이 인터넷상의 독극물이 활성화된 지 얼마나 됐는지 몰라도 게시된 글이 이미 수백 건이다.

Bedarkened77: 용감하게 진실을 선포하는군!

AliceAlways401: 나도 그럴 만한 용기가 있었으면 좋겠다. 집안 분위기가 엉망인데.

VerbanaTheMonkey: 여러분, 고통을 견뎌요. 자살은 비겁한 짓이에요!

KittycatGreeneyes: 아니다, 자살은 고통을 없애는 길이다. 그것으로 많은 것이 달라진다.

말리는 사람이 VerbabaTheMonkey 한 명은 아니지만 게시글을 일일이 확인하지 않아도 그(또는 그녀)가 소수 의견이라는 것을 알 수 있다. '독감처럼 번지겠네.' 프레디는 생각한다.

'아니, 그보다는 에볼라에 가깝겠어.'

그녀가 리피터를 쳐다보자 마침 171 FOUND가 172로 바뀐다. 물고기가 숫자로 바뀐다는 소문이 급속도로 번져서 오늘 밤이면 조작된 재핏이 거의 전부 활성화될 것이다. 데모 화면의 최면에 빠져서 다들 부추김에 쉽사리 넘어갈 것이다. 어떤 부추김이냐고? zeetheend 사이트에 접속해야 한다는 부추김. 재핏을 가지고 있는 사람들은 거기에 접속할 필요조차 없을지 모른다. 곧장 연결이 될지 모른다. 사람들이 최면에 걸리면 정말로 목숨을 끊으라는 명령을 따를까? 그럴 리 없지 않을까?

그렇지?

브래디가 다시 찾아올지 모른다는 두려움에 감히 리피터는 끄지 못하지만 웹사이트는 어떨까?

"죽어라, 개새끼야."

그녀는 이렇게 말하고 자판을 미친 듯이 두드리기 시작한다.

30초도 지나지 않았을 때 그녀는 화면 위에 뜬 메시지를 아연한 눈빛으로 멍하니 쳐다본다. 사용할 수 없는 기능입니다. 그녀는 다시 한 번 시도하려다 멈춘다. 또다시 웹사이트를 만지작거렸다가는 컴퓨터 장비뿐 아니라 신용카드, 은행계좌, 휴대 전화 심지어 우라질 운전면허증까지 못 쓰게 될지 모른다. 이 세상에 그런 사악한 프로그램을 만들 수 있는 사람이 있다면 바로 브래디다.

망할. 도망쳐야겠다.

여행 가방에 옷을 몇 벌 챙겨서 택시를 부르고 은행으로 가서 통장에 남은 돈을 전부 인출할 것이다. 4000달러쯤 있을 것이다.(속으로는 3000달러에 가깝다는 것을 안다.) 은행에서 버스 터미널로 직행할 것이다. 창 밖에서 휘몰아치는 눈발은 대형 폭풍의 전조라 재빨리 도주할 수 있는 가능성이 차단될지 몰라도 터미널에서 몇 시간 기다려야 한대도 상관없다. 거기서 *하룻밤*을 보내야 한대도 상관없다. 이게 다 브래디 때문이다. 그가 존스타운 사건에 버금가는 치밀한 계획을 세웠다. 개조한 재핏은 그 계획의 일부분에 불과한데 그녀가 그걸 거들었다. 계획대로 될지 어떨지 모르겠지만 프레디는 여기 남아서 확인할 생각이 없다. 재핏 속으로 빨려 들어가거나 그 우라질 zeetheend 웹사이트에 넘어가서 자살을 고민만 하는 게 아니라 실제로 행동에 옮길지 모르는 사람들에게는 미안하게 됐지만 그녀는 *자신*을 챙겨야 한다. 아무도 대신 챙겨 주지 않는다.

프레디는 최대한 빨리 침실로 돌아간다. 낡은 샘소나이트를 벽장에서 꺼내는데 얕은 호흡과 지나친 흥분으로 산소가 부족해서 다리의 힘이 풀린다. 가까스로 침대에 가서 걸터앉고 고개를 숙인다.

'서두르지 마.' 그녀는 생각한다. '먼저 숨부터 고르자. 한 번에 하나씩 하는 거야.'

다만 웹사이트를 날려 버리려다 실패하는 바람에 시간이 얼마나 남았는지 모르는 게 문제라 서랍장 꼭대기에서 「부기우기 버글 보이」가 흘러나오자 그녀는 조그맣게 비명을 터뜨린다. 전화를 받고 싶지 않지만 그래도 침대에서 일어선다. 때로는 확인하는 게 나은 경우도 있기 때문이다.

2

브래디가 7번 출구로 고속도로를 빠져나왔을 때만 해도 눈발이 심하지 않았는데 79번 주도로 진입하자 (그는 이제 깡촌을 달리고 있다.) 좀 더 거세어지기 시작한다. 도로가 아직은 그냥 축축하기만 하지만 조만간 눈이 쌓이기 시작할 텐데 할 일 많은 은신처에 도착하려면 아직 65킬로미터가 남았다.

'레이크 찰스. 진짜 재미있는 시간이 시작되는 곳.'

이 시점에서 배비노의 노트북이 깨어나 차임벨 소리를 세 번 낸다. 브래디가 설정해 놓은 경보다. 돌다리도 두들겨보고 건너는 게 낫다지 않은가. 이 빌어먹을 폭풍을 뚫고 질주하는 마당에 차를 세울 여유가 없지만 그렇다고 그냥 달릴 수도 없다. 녹이 슨 비키니를 입은 두 여자가 포르노의 궁전과 XXX와 화끈하게 벗어 드려요라고 적힌 간판을 들고 지붕 위에 서 있는 건물이 우측 앞쪽으로 보인다. 눈으로 얇게 덮이기 시작한 흙 주차장 한가운데에 매물 입간판이 세워져 있다.

브래디는 주차장으로 들어가서 기어를 P에 놓고 노트북을 펼친다. 화면에 뜬 메시지를 본 순간 즐거웠던 마음 한복판에 쩍 하고 금이 간다.

오전 11시 4분 비인가된 시도
수정/취소 ZEETHEEND.COM
거부
사이트 활성

말리부의 사물함을 열어 보니 앨 브룩스가 거기에 늘 넣고 다니는 너덜너덜한 휴대 전화가 있다. 배비노의 휴대 전화를 깜빡하고 두고 왔는데 다행이다.

'뭐, 어쩌라고. 하나부터 열까지 어떻게 다 기억해. 계속 바빴는데.'

그는 입력된 연락처를 뒤지지도 않고 기억하고 있는 프레디의 번호를 누른다. 그녀는 디스카운트 일렉트로닉스 시절에 쓰던 번호를 그대로 쓰고 있다.

3

호지스가 화장실에 다녀오겠다고 하자 제롬은 그가 문 밖으로 완전히 사라질 때까지 기다렸다가 창가에 서서 내리는 눈을 바라보고 있는 홀리에게로 다가간다. 도시에서는 아직 폭설이 내리기 전이라 눈송이가 중력을 무시하는 듯 허공에서 춤을 추고 있다. 홀리는 또다시 팔짱을 껴서 어깨를 손으로 감싸고 있다.

"아저씨 상태가 얼마나 심각해요?" 제롬이 나지막이 묻는다. "안색이 안 좋아 보여서요."

"췌장암이야, 제롬. 췌장암 환자의 안색이 좋아 봤자 얼마나 좋을 수 있겠니?"

"아저씨가 오늘 하루는 버틸 수 있을까요? 정말로 이 사건을 끝내고 싶어 하는 것 같은데요."

"하츠필드를 끝내고 싶은 거겠지. 빌어먹을 브래디 하츠필드를. 이미 죽었는데도 말이야."

"네, 제 말이 그 말이에요."

"내 생각엔 심각한 것 같아." 그녀는 고개를 돌려서 벌거벗은 듯한 기분을 무릅쓰고 그의 눈을 쳐다본다. "손으로 옆구리를 계속 누르는 거 봤니?"

제롬은 고개를 끄덕인다.

"몇 주 전부터 그랬는데 계속 소화불량이라고 했어. 병원도 내가 하도 잔소리를 하니까 간 거야. 그러더니 무슨 문제가 생겼는지 알고 나서는 거짓말을 하려고 했어."

"제 질문에 대답 안 하셨잖아요. 아저씨가 오늘 하루는 버틸 수 있을까요?"

"아마도 그럴 거야. 그러길 바라야지. 왜냐하면 네 말마따나 마무리를 지어야 하거든. 우리가 곁에 있어야 해. 우리 둘 다." 그녀는 한쪽 어깨를 놓고 그의 손목을 잡는다. "약속해 줘, 제롬. 비쩍 마른 여자애는 집으로 보내고 남자들끼리만 나무 위의 집에서 놀지는 않겠다고."

그는 그녀의 손을 풀어서 꼭 잡는다.

"걱정 마요, 홀리베리. 아무도 우리 밴드를 해체할 수 없어요."

4

"여보세요? 닥터Z예요?"

브래디는 그녀와 노닥거릴 시간이 없다. 눈발이 시시각각으로 굵어져 가고 있는데 Z보이의 고물차는 스노타이어도 없고 계기반에 기록된 주행거리가 16만 킬로미터가 넘는다. 폭풍이 들이닥치면 맥도 못 출 것이다. 다른 때 같았으면 그녀가 무슨 수로 목숨을 부지했는지 궁금해했겠지만 지금은 돌아가서 상황을 바로잡을 생각이 전혀 없으니 쓸데없는 질문이다.

"내가 누군지 알잖아. 나는 네가 무슨 짓을 하려고 했는지 알아. 또 그러면 그 건물을 감시하고 있는 사람들을 보낼 거야. 운 좋게 목숨을 부지했잖아, 프레디. 나라면 운명을 두 번 시험하지 않겠어."

"미안."

거의 속삭임에 가깝다. 사이버 순찰대에서 같이 근무했던 시절의 그 과격한 페미니스트는 어디 갔나 싶다. 하지만 완전히 기가 꺾인 건 아니다. 그랬다면 컴퓨터를 만지지도 않았을 것이다.

"아무한테라도 얘기했어?"

"아니!" 그녀는 경악한 목소리다. 바람직한 반응이다.

"얘기할 거야?"

"아니!"

"잘 생각했어. 네가 아무한테라도 얘기하면 내가 알아차릴 수 있어. 지금 널 감시하는 사람들이 있거든, 프레디. 그걸 명심해."

그는 대꾸를 듣지 않고 전화를 끊는다. 그녀가 살아 있다는 사실보다 하려고 했던 행동에 더 화가 난다. 그가 그녀를 죽은 것으로 간주하고 나왔는데 그 건물을 감시하는 사람들이 있다는 말을 믿을까? 아마 믿을 것이다. 그녀는 닥터Z와 Z보이를 상대한 적이 있다. 그가 마음대로 부릴 수 있는 드론이 몇 명이나 더 있는지 아무도 모를 것이다.

아무튼 그 부분에 대해서는 더 이상 어쩔 도리가 없다. 브래디는 문제가 생기면 남 탓으로 돌리는 데 유구한 역사를 자랑해 온 사람답게 지금은 죽어야 할 때 죽지 않은 프레디를 원망한다.

그는 말리부의 기어를 D로 옮기고 액셀을 밟는다. 더 이상 존재하지 않는 포르노의 궁전 주차장 위로 얇게 쌓인 눈 때문에 바퀴가 헛돌지만, 갈색이었던 비포장 갓길이 흰색으로 변해 가는 주도로 다시 진입하자 안정을 되찾는다. 브래디는 Z보이의 차를 시속 100킬로미터까지 밟는다. 조만간 버거워지겠지만 최대한 오랫동안 그 속도를 유지할 것이다.

5

파인더스 키퍼스는 7층 화장실을 여행사와 같이 쓰지만 지금은 남자화장실에 다행히 호지스밖에 없다. 그는 오른손으로는 세면대 가장자리를 붙잡고 왼손으로는 옆구리를 누르고 세면대 위로 고개를 숙인다. 아직 허리띠를 채우지 않아서 주머니에 든 잔돈, 열쇠, 지갑, 휴대 전화와 같은 잡동사니들의 무게 때문에 바지가 골반 너머로 줄줄 내려간다.

그는 큰일을 보러 들어왔다. 평생 아무 문제없이 반복했던 배설 행위인데 힘을 주자 복부의 왼쪽 부분에서 폭탄이 터졌다. 이전의 통증은 본격적인 콘서트를 앞두고 분위기를 띄우기 위한 사전 공연이었던 것처럼 느껴지고 지금이 이 정도로 괴로운데 앞으로는 어떨지 생각조차 하기 끔찍해진다.

'아니야.' 그는 생각한다. '끔찍하다는 건 알맞은 표현이 아니야. 공포스럽다는 게 맞지. 난생처음으로 미래가 두려워. 나를 이루는 모든 게 밑으로 가라앉았다가 지워지겠지. 통증 아니면 그 통증을

잠재우기 위한 약물이 그 모든 걸 질식시키겠지.'

췌장암이 침묵의 암이라고 불리는 이유와 예후가 거의 항상 안 좋은 이유를 이제는 알 것 같다. 녀석은 허파, 림프절, 뼈와 뇌로 밀사를 보내며 살금살금 병력을 늘린다. 그런 다음 승리는 곧 자신의 죽음이라는 걸 알지 못한 채 바보처럼 탐욕스럽게 기습 공격을 감행한다.

호지스는 생각한다. '어쩌면 녀석이 바라는 게 그것일지 모르지. 주인이 아니라 자기 자신을 살해하겠다는 욕망을 안고 태어난 자기 혐오의 화신일지도. 그런 의미에서 보면 암이 *진정한* 자살의 황태자로군.'

길고 요란한 트림을 하자 왠지 모르게 속이 좀 괜찮아진다. 효과가 오래가지는 않을 테지만 무슨 수단이든 동원할 작정이다. 그는 진통제 세 알을 꺼내(벌써부터 돌진해 오는 코끼리를 향해 장난감 총을 쏘는 격이라는 생각이 든다.) 수돗물과 함께 삼킨다. 그런 다음 혈색을 살리려고 찬물을 얼굴에 끼얹는다. 별 효과가 없자 양쪽 뺨을 두 대씩 세게 때린다. 홀리와 제롬은 상태가 얼마나 나빠졌는지 모를 것이다. 그는 약속받은 오늘을 1초도 허투루 낭비하지 않을 것이다. 필요하다면 자정까지 잠을 자지 않을 것이다.

허리를 펴고 옆구리를 그만 눌러야겠다는 다짐을 하며 화장실을 나서는데 휴대 전화가 진동으로 울린다. 피트가 또 그년 어쩌고 하며 욕을 늘어놓으려고 전화한 줄 알았더니 아니다. 노마 윌머다.

"그 파일 찾았어요." 그녀가 말한다. "지금은 고인이 되신 위대한 루스 스캐펠리가……"

"그래요." 그가 말한다. "방문객 명단. 그 안에 누가 적혀 있어요?"

"그런 명단은 *없어요*."

그는 벽에 기대며 눈을 감는다.

"아, 젠……"

"그런데 배비노의 이름이 인쇄된 메모지가 한 장 있어요. 거기 뭐라고 적혔는지 고스란히 옮길게요. '프레데리카 링크레터는 면회시간에 상관없이 방문을 허락할 것. B. 하츠필드의 회복을 돕고 있음.' 도움이 되겠어요?"

'해병대처럼 머리를 짧게 깎은 아가씨였지.' 호지스는 생각한다. '문신이 많고 삐딱했고.'

처음에 기억이 나지 않았지만 희미한 울림이 느껴졌던 이유를 이제는 알겠다. 그는 2010년에 제롬, 홀리와 함께 브래디를 상대로 수색망을 좁혀 가고 있었을 때 디스카운트 일렉트로닉스에서 머리를 짧게 치고 비쩍 마른 그녀를 만난 적이 있었다. 6년이 지난 지금도 그녀가 함께 사이버 순찰대로 일했던 동료에 대해서 뭐라고 했었는지 기억이 난다. *분명 엄마한테 무슨 일이 생긴 걸 거예요. 엄마 일이라면 이상하게 굴거든요.*

"내 말 듣고 있어요?" 노마는 짜증이 난 목소리다.

"듣고 있어요. 그런데 이만 끊어야겠어요."

"좀 전에는 오늘 중으로 알아내면 추가로……"

"맞아요. 약속 지킬게요, 노마." 그는 전화를 끊는다.

약효가 돌기 시작해서 중간 정도 *빠른* 걸음으로 사무실로 돌아갈 수 있다. 홀리와 제롬은 창밖으로 로어말버러 가를 내려다보고 있다. 문이 열리는 소리에 고개를 돌린 두 사람의 표정으로 보건대 그의 이야기를 하고 있었던 모양이지만 지금은 그런 데 신경 쓸 겨를이 없다. 그런 데 고민할 겨를이 없다. 지금 그의 머릿속은 조작된 재릿 생각뿐이다. 그들이 진상을 파악한 이래 해결하지 못한 문제가 있다면 브래디가 제대로 걷지도 못하는 몸으로 병실에 갇혀 있는데 무슨 수로 재릿을 개조했을까 하는 것이었다. 하지만 그만한 능력이 되는 사람이 대신해 주었을 거라고 짐작하고 있지 않았던가. 한 회사에서 일을 했던 사람이. 배비노의 서면 승인 아래 깡통으로 그를 만나러 왔던 사람. 문신이 많고 태도가 불량했던 여자.

"브래디의 방문객이, 유일한 방문객이 프레디 링크래터라는 여자였대요. 그녀로 말할 것 같으면……"

"사이버 순찰대!" 홀리는 거의 비명을 지르다시피 한다. "그와 같이 일했던 여자잖아요!"

"맞아요. 그리고 또 다른 남자도 있었는데. 팀장이었던. 혹시 그의 이름 기억하는 사람?"

홀리와 제롬은 서로 쳐다보더니 고개를 젓는다.

"오래 전 이야기잖아요." 제롬이 말한다. "그리고 우리는 그때 하츠필드에 집중하고 있었고요."

"그렇지. 내가 링크래터를 기억하는 이유도 특이했기 때문이고."

"아저씨 컴퓨터 좀 써도 돼요? 홀리가 그 여자의 주소지를 찾는 동안 저는 그 남자를 찾아보게요."

"그래, 써라."

홀리는 벌써 자기 컴퓨터 앞에 앉아서 허리를 꼿꼿하게 펴고 열심히 자판을 두드리고 있다. 뭔가에 열중하면 종종 그렇듯 큰 소리로 중얼거린다.

"망할. 전화번호부에 이름도 없고 주소도 없네. 어차피 승산이 없긴 했어. 싱글 여자들이 원래…… 이런 망할, 잠깐만…… 페이스북 페이지가 뜨는데……."

"여름휴가 가서 찍은 사진이라든지 친구가 몇 명인지에는 관심 없어요." 호지스가 말한다.

"진심이에요? 왜냐하면 친구가 여섯 명뿐인데 그중 한 명이 앤서니 프로비셔거든요. 그게 분명 그 팀장……"

"*프로비셔!*" 제롬이 호지스의 방에서 외친다. "*앤서니 프로비셔가 사이버 순찰대의 남은 한 사람이었어요!*"

"내가 이겼다, 제롬." 홀리가 말한다. 의기양양한 표정이다. "새삼스럽지도 않지만."

6

프레데리카 링크래터와는 다르게 앤서니 프로비셔의 연락처는 그의 이름으로도 유어 컴퓨터 구루라는 회사 이름으로도 전화번호부에 기재되어 있다. 양쪽 번호가 같은 걸 보니 휴대 전화 번호인 모양이다. 그는 제롬을 몰아내고 그의 방 의자에 천천히, 조심스럽게 앉는다. 변기에 앉았을 때 터져 나왔던 통증이 아직까지 기억에 생생하다.

상대는 전화벨이 울리자마자 받는다.

"컴퓨터 구루, 토니 프로비셔입니다. 무엇을 도와 드릴까요?"

"프로비셔 씨, 안녕하세요. 빌 호지스입니다. 저를 기억하지 못하시겠지만……"

"아, 당연히 기억하죠." 프로비셔는 경계하는 목소리다. "무슨 일로 전화를 하셨나요? 하츠필드와 관련된 일이라면……"

"프레데리카 링크래터와 관련된 일입니다. 혹시 현재 주소지를 아시나 해서요."

"프레디요? 제가 그 친구 주소지를 어떻게 알겠어요? 디스카운트 일렉트로닉스가 문을 닫은 뒤로 만난 적이 없는데."

"그래요? 그녀의 페이스북을 보니까 두 분이 친구라고 되어 있어서요."

프로비셔는 믿기지 않는다는 듯이 웃음을 터뜨린다.

"친구가 또 누가 있는데요? 김정은? 찰스 맨슨? 저기요, 호지스 씨, 입만 살아서 나불대는 그년은 친구가 없어요. 친구에 가장 가까웠던 사람이 하츠필드였는데 방금 전에 휴대 전화에 뜬 푸시 알림을 보니까 죽었다네요."

호지스는 푸시 알림이 뭔지 알 도리가 없고 배울 생각도 없다. 그는 프로비셔에게 고맙다고 인사하고 전화를 끊는다. 프레디 링크래터의 페이스북 친구들은 진짜 친구가 아니라 왕따가 된 기분을 느끼지 않으려고 그냥 달아 놓은 이름들인 모양이다. 홀리도 예전에는 그랬을지 모르지만 지금은 친구들이 *생겼다*. 그녀로서도 다행스러운 일이고 그들로서도 다행스러운 일이다. 이로써 의문이 제기된다. 프레디 링크래터를 무슨 수로 찾을 수 있을까?

그와 홀리가 회사 이름을 아무 이유 없이 파인더스 키퍼스라고 지은 건 아니지만 그들의 전공은 질 나쁜 친구들을 사귀고 전과가 길며 수배 이유가 다양한 악당 추적이다. 요즘은 어느 누구도 완벽하게 잠수를 탈 수 없는 컴퓨터의 시대라 프레디 링크래터를 찾을 수는 있겠지만 서둘러야 한다. 아이들이 공짜로 받은 재핏을 켤 때마다 분홍색 물고기와 파란 불빛이 업로드될 테고, 제롬도 경험했다시피 zeetheend라는 사이트에 접속하라는 잠재적인 메시지가 들릴 것이다.

'너는 탐정이잖아. 암에 걸리기는 했어도 탐정은 탐정이잖아. 그러니까 쓸데없는 개소리 늘어놓지 말고 찾아내야지.'

그런데 잘 되질 않는다. 브래디가 라운드 히어 콘서트장에서 죽이려다 실패한 아이들이 자꾸만 생각난다. 제롬의 여동생도 그중 한 명이었고 드리스 네빌이 없었다면 바브라는 다리에 깁스를 하는 정도로 그치지 않고 아마 목숨을 잃었을 것이다. 어쩌면 그녀의 재핏은 시험 모델이었을지 모른다. 엘러턴의 것도 그랬을지 모른다. 그래야 어느 정도 앞뒤가 맞는다. 하지만 이제는 다른 재핏들이 봇물 터지듯 쏟아져 나왔고 빌어먹을 출처가 어딘가에 있을 텐데……

그때 드디어 반짝 하고 전구에 불이 들어온다.

"홀리! 전화번호 알려 줘요!"

7

토드 슈나이더는 상냥하게 전화를 받는다.

"엄청난 폭풍이 그 일대를 지나가고 있다면서요, 호지스 씨."

"그렇다고 하더군요."

"불량 게임기 추적은 잘 돼 가고 있습니까?"

"사실 그것 때문에 전화를 드렸습니다. 혹시 재핏 커맨더를 어디로 발송했는지 주소를 가지고 계십니까?"

"당연하죠. 확인하고 다시 전화 드릴까요?"

"전화 끊지 않고 기다리겠습니다. 저희가 좀 급해서요."

"소비자 보호 센터 일이 급할 수도 있나요?" 슈나이더는 어리둥절한 목소리다. "미국에서 있을 법하지 않은 일이네요. 제가 도움이 될 수 있을지 어디 한번 알아보겠습니다."

딸깍 하는 소리가 들리고 호지스는 통화 대기 상태가 된다. 차분한 음악이 흐르지만 그는 차분해지지 않는다. 홀리와 제롬이 둘 다 그의 방으로 들어와서 책상을 에워싸고 있다. 호지스는 옆구리에 손을 얹지 않으려고 애를 쓴다. 몇 초가 1분으로 늘어난다. 1분이 2분으로 늘어난다. 호지스는 생각한다. '다른 전화를 받았든지 나를 잊어버렸든지 자료를 못 찾든지, 셋 중 하나로군.'

통화 대기 음악이 멈춘다.

"호지스 씨? 아직 기다리고 계신가요?"

"네."

"주소 찾았습니다. 회사 이름은 게임즈(기억하실지 모르겠지만 Z로 끝나는 게임즈요.)이고 주소가 매리타임 드라이브 442번지입니다. 수신인은 프레데리카 링크래터 씨고요. 도움이 되셨을까요?"

"물론입니다. 감사합니다, 슈나이더 씨." 그는 전화를 끊고 두 동료를 쳐다본다. 한쪽은 호리호리하고 얼굴이 창백하며, 다른 한쪽은 애리조나에서 집을 짓다 오느라 근육질이 됐다. 현재 이 나라의 반대편에서 살고 있는 그의 딸 앨리를 포함해서 그 세 명이 생의 마지막을 향해 가는 그가 가장 사랑하는 사람들이라고 볼 수 있다.

그가 말한다. "어이, 출동하자고."

8

브래디는 79번 주도에서 빠져나와 서스턴 주유소 앞에서 베일 대로로 진입한다. 이 동네 농장 일꾼들이 트럭에 기름을 넣고 소금 섞인 모래를 싣거나 삼삼오오 모여서 커피를 마시며 잡담을 나누고 있다. 브래디는 들어가서 도서관 앨의 말리부에 징 박힌 스노타이어를 장착할 수 있는지 알아볼까 고민하지만, 폭풍 때문에 주유소에 모인 인파로 볼 때 그러다가는 오후가 저물 것 같다. 목적지에 거의 다 왔으니 그냥 서두르기로 한다. 일단 거기 도착하면 눈이 오거나 말거나 아무 상관없다. 그는 정찰 삼아 캠프장에 이미 두 번 다녀왔고 두 번째로 갔을 때 비축식량도 좀 가져다놓았다.

베일 대로에 눈이 7~8센티미터는 쌓여서 가는 길이 미끄럽다. 말리부는 여러 번 미끄러지고 한 번은 배수로에 처박힐 뻔한다. 그는 땀을 비 오듯 흘리고 있다. 운전대를 어찌나 으스러져라 움켜쥐었던지 관절염이 있는 배비노의 손가락이 욱신거린다.

마침내 마지막 표지물 격인 빨간색의 우뚝한 기둥이 보인다. 브래디는 브레이크를 밟고 걷는 속도로 방향을 튼다. 마지막 3킬로미터는 이름도 없는 1차로짜리 시골길이지만 머리 위를 덮은 나뭇가지 덕분에 운전이 지난 1시간을 통틀어 가장 쉽다. 아직 맨땅인 곳도 더러 있다. 라디오 방송에 따르면 오늘 저녁 8시에 본격적인 폭풍이 들이닥친다는데 그러고 나면 이 길도 달라질 것이다.

그는 늙은 전나무에 박힌 나무 화살표가 서로 다른 방향을 가리키고 있는 갈림길에 다다른다. 오른쪽 화살표에는 빅 밥스 베어 캠프라고 적혀 있다. 왼쪽에는 헤즈 앤드 스킨스라고 적혀 있다. 화살표 위로 3미터쯤 떨어진 곳에서 눈을 얇게 뒤집어쓴 방범 카메라가 그를 내려다본다.

브래디는 좌회전을 하고 마침내 손의 긴장을 푼다. 이제 거의 다 왔다.

9

도시에서는 본격적인 폭설이 시작되지 않았다. 길거리는 깨끗하고 차량의 흐름도 원활하지만 세 사람은 만일의 경우에 대비해 제롬의 지프 랭글러에 올라탄다. 매리타임 드라이브 442번지는 알고 보니 80년대에 호수 남쪽에 우후죽순 격으로 지어진 아파트 가운데 하나다. 그 당시에는 선풍적인 인기였지만 지금은 대부분 절반이 공가 상태다. 제롬이 공동 현관문 앞에서 F. 링크래터의 집이 6A라는 걸 확인한다. 그가 그 집 번호를 누르려고 손을 뻗자 호지스가 막아선다.

"왜요?" 제롬이 묻는다.

홀리가 새침하게 대답한다.

"보고 배워, 제롬. 우리는 이런 식으로 한다고."

호지스가 다른 집 번호를 마구잡이로 누른다. 네 번째 만에 어떤 남자 목소리가 들린다.

"누구세요?"

"페덱스입니다." 호지스가 말한다.

"누가 페덱스로 뭘 보냈는데요?" 남자는 어리둥절해하는 목소리다.

"저도 모르겠는데요. 저는 소식을 만드는 사람이 아니라 전하는 사람이라서요."

공동 현관문이 사납게 덜컹거리며 열린다. 호지스가 먼저 들어가서 나머지 두 명이 들어올 수 있도록 잡아 준다. 엘리베이터가 2대인데 한 대에는 고장이라는 문구가 붙어 있다. 작동이 되는 다른 쪽 엘리베이터에는 누군가가 이런 쪽지를 붙여 놓았다. *4시에 개 짖는 집, 내가 찾아내고야 만다.*

"왠지 불길한데요." 제롬이 말한다.

엘리베이터 문이 열리고 안에 올라타자 홀리가 핸드백을 뒤지기 시작한다. 니코레트 통을 꺼내 하나를 입 안에 넣는다. 6층에서 엘리베이터 문이 열렸을 때 호지스가 말한다.

"그녀가 안에 있다면 내가 대화를 주도할게요."

6A는 엘리베이터 바로 맞은편이다. 호지스가 노크를 한다. 아무 대답이 없자 탕탕 두드린다. 그래도 아무 대답이 없자 주먹 옆면으로 때린다.

"가요." 건너편에서 가늘고 힘없는 목소리가 들린다. '독감에 걸린 여학생 같은 목소리로군.' 호지스는 생각한다.

그는 다시 주먹으로 때린다.

"문 열어요, 링크래터 양."

"경찰이에요?"

그는 그렇다고 대답할 수도 있었다. 은퇴하고 경찰을 사칭한 적이 전에도 있었다. 하지만 지금은 그러지 않는 게 좋을 것 같은 느낌이 든다.

"아뇨. 내 이름은 빌 호지스예요. 2010년에 잠깐 만난 적이 있는데. 당신이 디스카운트……"

"네, 기억나요."

잠금장치가 하나, 또 하나 돌아간다. 체인이 풀린다. 문이 열리자 톡 쏘는 마리화나 냄새가 복도로 풍긴다. 문 앞에 서 있는 여자는 반쯤 피우다 만 큼지막한 마리화나를 왼쪽 엄지손가락과 집게손가락으로 들고 있다. 초췌해 보일 정도로 말랐고 얼굴은 백짓장처럼 하얗다. 배드 보이 베일 본즈, 플로리다 주 브레이든턴(보석금 지원 서비스 업체명 — 옮긴이)이라고 적힌 끈 달린 티셔츠를 입고 있다. 그 밑에 *구치소에 있다고? 보석으로 꺼내주마!*라고 적혀 있지만 핏자국 때문에 잘 보이지 않는다.

"당신한테 연락했어야 하는 건데." 프레디는 이렇게 중얼거린다. 호지스를 쳐다보고 있지만 어째 혼잣말 같다. "생각났더라면 연락했을 텐데. 당신이 전에 그를 막았잖아요, 그렇죠?"

"맙소사, 이거 왜 이래요?" 제롬이 묻는다.

"내가 짐을 너무 많이 쌌나 봐요." 프레디는 그녀의 뒤편으로 거실에 세워져 있는, 서로 어울리지 않는 여행 가방 두 개를 가리킨다. "엄마 말을 들었어야 하는 건데. 엄마는 여행은 가볍게 다니는 거라고 입버릇처럼 얘기했거든요."

"여행 가방 얘기를 하는 게 아닐 거예요."

호지스는 프레디의 셔츠에 묻은 핏자국을 엄지손가락으로 가리킨다. 그가 안으로 들어가자 제롬과 홀리가 바로 뒤를 쫓는다. 홀리가 문을 닫는다.

"뭘 보고 한 얘긴지 알아요. 개새끼가 날 쐈어요. 여행 가방을 방에서 끌고 나오는데 피가 다시 나기 시작하더라고요."

"어디 봅시다."

호지스가 이렇게 말하며 다가가자 프레디는 팔짱을 끼면서 그가 다가간 만큼 뒷걸음질을 친다. 홀리와 비슷한 몸짓에 호지스의 가슴이 아파진다.

"안 돼요. 브래지어를 하지 않았어요. 너무 아파서."

홀리가 호지스를 지나서 다가간다.

"화장실 어디에요? 내가 볼게요."

호지스가 듣기에는 그녀의 목소리가 괜찮은 듯하지만(침착한 듯하지만) 사실 니코틴 껌을 미친 듯이 씹고 있다.

434

프레디가 홀리의 손목을 잡고 여행 가방 너머로 데려가다 잠깐 멈추고 마리화나를 빤다. 봉화 모양으로 연거푸 연기를 내뱉으며 말을 한다.

"장비는 손님용 침실에 있어요. 오른쪽요. 찬찬히 보세요." 그러더니 좀 전에 했던 말을 반복한다. "짐을 적당히 쌌더라면 지금쯤 벌써 튀었을 텐데."

호지스가 보기에는 과연 그랬을까 싶다. 엘리베이터에서 기절하지 않았을까 싶다.

10

헤즈 앤드 스킨스는 슈거 하이츠에 있는 배비노의 맥맨션만큼 넓지는 않지만 그래도 거의 비슷하다. 길고 낮고 이리저리 두서없이 뻗었다. 그 너머로 눈 덮인 비탈길이 레이크 찰스 호수로 이어지는데, 호수는 브래디가 지난번에 다녀간 뒤로 얼어붙었다.

그는 앞에 차를 세우고 조심스럽게 서쪽으로 돌아간다. 배비노의 비싼 구두가 쌓인 눈 위에서 미끄러진다. 빈터에 조성된 사냥용 캠프장이라 눈이 훨씬 많이 쌓였다. 발목이 꽁꽁 얼었다. 그는 부츠를 챙겨올걸 그랬다는 생각을 하며 하나부터 열까지 어떻게 다 기억하느냐고 또다시 속으로 중얼거린다.

전기 계량기 안에서 발전기 창고 열쇠를, 창고 안에서 집 열쇠를 꺼낸다. 발전기는 최신식 제네락 가디언이다. 지금은 조용하지만 조금 있으면 작동을 시작할지 모른다. 이런 시골에서는 폭풍이 불면 거의 반드시 전기가 끊긴다.

브래디는 다시 차로 가서 배비노의 노트북을 챙긴다. 캠프장에는 와이파이가 설치되어 있어서 노트북만 있으면 현재 프로젝트의 진행상황을 파악할 수 있다. 물론 재핏도 있어야 한다.

믿음직한 재핏 0호.

집 안이 어두컴컴하고 썰렁해서 그는 집을 비웠던 주인답게 조치를 취한다. 불을 켜고 보일러 온도를 높인다. 거실은 운동장만 하고 송판으로 벽을 댔는데 잘 닦은 카리부(북아메리카의 순록 — 옮긴이) 뼈로 만든 샹들리에가 불을 밝힌다. 이 숲속에 카리부가 살던 시절에 만든 샹들리에다. 자연석으로 만든 벽난로는 코뿔소를 구워 먹을 수 있을 만큼 널찍하다. 그 위에 십자 모양으로 놓인 두툼한 들보는 오랜 세월 동안 쪼인 벽난로 연기로 시커메졌다. 한쪽 벽면에는 방과 길이가 같은 체리목 사이드보드가 있다. 그 위에 줄 지어 늘어선 술병들은 거의 빈 것도 있고 마개를 아예 따지 않은 것도 있다. 가구들은 오래됐고 서로 짝이 안 맞고 화려하다. 안락의자들은 깊숙하고 큼지막한 소파 위로는 수십 년 동안 셀 수 없이 많은 골 빈 여자들이 쓰러졌을 것이다. 여기서 사냥과 낚시 말고도 수많은 혼외정사가 펼쳐졌을 것이다. 벽난로 앞에 깔린 가죽으로 말할 것 같으면 지금은 하늘나라의 그 위대한 수술실로 떠난 엘튼 마천트 박사가 잡은 곰 가죽이다. 벽에 걸린 대가리와 박제한 물고기 들은 열 명이 넘는 전현직 의사들의 전리품이다. 배비노가 진짜 배비노였을 때 잡은, 가지 열여섯 개짜리 뿔이 달린 아주 멋진 수사슴도 있다. 시즌이 아닐 때 잠은 거지만 뭐 어떤가.

브래디는 방 저쪽 끝에 놓인 접뚜껑 달린 책상에 노트북을 내려놓고 전원을 켠 다음 외투를 벗는다. 먼저 리피터부터 확인하다가 이제는 243 FOUND라고 된 걸 보고 좋아한다.

그는 아이 트랩의 효과를 안다고 생각했고 업그레이드되기 전부터 데모 영상이 얼마나 중독적인지 파악했지만 이 정도 수치는 예상을 뛰어넘는 수준이다. 예상을 훌쩍 뛰어넘는 수준이다. zeetheend에서 경보가 새로 울리지 않았지만 그래도 사이트로 접속해서 상황을 확인한다. 여기에서도 성적이 그의 예상을 웃돈다. 지금까지 접속한 방문객이 *자그마치* 7000명이 넘고 그가 지켜보는 와중에도 숫자가 꾸준히 올라가고 있다.

그는 외투를 떨어뜨리고 곰 가죽 위에서 날렵하게 춤을 춘다. 금세 지치지만(다음번에 몸을 바꿀 때는 20대나 30대를 선택해야겠다.) 몸이 기분 좋게 데워진다.

사이드보드에 놓인 TV 리모컨을 집어서 거대한 평면 TV를 켠다. 이 캠프장에서 몇 안 되는 21세기 문물이다. 위성 안테나 덕분에 채널이 몇 개인지 모를 지경이고 HD 화질이 끝내주지만 브래디의 관심사는 지역 방송이다. 그는 바깥세상과 연결된 캠프장 길이 화면에 뜰 때까지 버튼을 누른다. 누가 올 것 같지는 않지만 앞으로 2~3일 동안 그의 인생사상 가장 중요하고 생산적인 시간을 보내야 하는데 방해하려는 사람이 있다면 미리 알고 싶기 때문이다.

총기를 보관하는 벽장은 서서 들어갈 수 있을 만한 높이다. 마디가 진 송판 벽에 소총이 늘어섰고 권총들은 못에 걸려 있다. 이중에서 브래디의 선택은 권총 손잡이가 달린 FN 스카 17S다. 1분에 650발을 발사할 수 있고 총에 미친 항문외과 전문의가 완전 자동으로 불법 개조했기 때문에 기관단총계의 롤스로이스라 할 수 있다. 브래디는 여분의 탄창 몇 개와 308구경 윈체스터 산탄이 담긴 묵직한 상자 몇 개와 함께 그 총을 들고 와서 벽난로 옆 벽에 기대고 세워 놓는다. 불을 지필까 하다(잘 말린 장작이 난로에 쌓여 있다.) 그보다 먼저 해야 할 일을 떠올린다. 그는 그 도시의 속보를 알리는 사이트에 접속해서 스크롤을 획획 내리며 자살 관련 기사가 없는지 찾는다. 아직은 없지만 만들 방법이 있다.

"재피타이저라고 할까."

그는 씩 웃으며 게임기 전원을 켠다. 안락의자에 편하게 앉아서 분홍색 물고기들을 좇는다. 눈을 감아도 분홍색 물고기들이 보인다. 처음에는 그렇다. 하지만 잠시 후에는 까만 벌판 위를 움직이는 빨간 점들이 된다.

브래디는 아무 점이나 하나 골라서 작업에 들어간다.

11

호지스와 제롬이 244 FOUND라고 뜬 디지털 화면을 빤히 쳐다보고 있을 때 홀리가 프레디를 데리고 컴퓨터 방으로 들어온다.

"프레디는 괜찮아요." 홀리가 호지스에게 나지막이 얘기한다. "괜찮을 수가 없는데 그러네요. 가슴에 구멍이 뚫렸는데……"

"내가 그랬잖아요." 프레디는 전보다 조금 더 힘이 들어간 목소리다. 눈이 빨갛지만 그건 피우고 있는 마리화나 때문일 것이다. "그 자식이 쐈다고."

"조그만 솜이 있길래 상처 위에다 붙여 줬어요." 홀리가 말한다. "너무 커서 밴드에이드로는 안 되겠더라고요." 그녀는 콧잔등을 찡그린다. "으웩."

"그 새끼가 날 쐈어요."

프레디는 그 사실을 아직도 받아들이지 못하는 눈치다.

"그 새끼가 누군데요?" 호지스가 묻는다. "펠릭스 배비노?"

"맞아요. 염병할 닥터Z. 그런데 사실은 브래디예요. 다른 사람, Z보이도 그렇고."

"Z보이?" 제롬이 묻는다. "Z보이는 또 누구예요?"

"나이 많은 남자?" 호지스가 묻는다. "배비노보다 나이가 많은 남자예요? 머리는 곱슬곱슬한 백발이고. 프라이머를 덕지덕지 뿌린 고물차를 몰고 다니고. 찢어진 부분을 테이프로 때운 파카를 입고 다니고."

"차는 모르겠지만 파카는 맞아요. 우리 Z보이가 입고 다니는 거 맞아요." 프레디는 맥 컴퓨터 앞에 앉아서(지금은 프랙탈 화면보호기로 덮여 있다.) 마리화나를 마지막으로 한 모금 빨고 말보로 꽁초로 가득한 재떨이에 비벼서 끈다. 아직까지 안색이 창백하지만 예전에 만났을 때 풍겼던 그 껄렁한 분위기가 슬슬 돌아오고 있다. "닥터Z와 충직한 단짝 Z보이. 그런데 사실은 둘 다 브래디예요. 그들은 염병할 마트료시카 인형이에요."

"링크래터 씨?" 홀리가 부른다.

"아, 그냥 프레디라고 불러요. 내가 젖퉁이라고 부르는 껌딱지를 본 사람이라면 나를 프레디라고 불러야죠."

홀리는 얼굴을 붉히지만 밀어붙인다. 뭔가 냄새를 맡았을 때는 항상 그런다.

"브래디 하츠필드는 죽었어요. 어젯밤 아니면 오늘 새벽에 약물 과다 복용으로."

"공연이 끝났다고요?" 프레디는 생각해 보더니 고개를 젓는다. "그게 사실이면 얼마나 좋겠어요?"

'그리고 나는 그녀가 헛소리를 늘어놓고 있다고 믿을 수 있다면 얼마나 좋겠느냔 말이지.' 호지스는 생각한다.

제롬은 점보 모니터 위로 보이는 판독기를 가리킨다.

이제는 247 FOUND라고 깜빡이고 있다.

"저거는 뭘 찾고 있는 거예요 아니면 다운받고 있는 거예요?"

"둘 다요." 프레디의 손이 임시로 상처에 덧댄 솜이 있는 지점을 무의식적으로 누르자 호지스는 그가 습관적으로 하고 있는 행동을 떠올린다. "리피터예요. 내가 끌 수 있는데, 끌 수 있을 것 같은데, 그 대신 이 건물을 감시하고 있는 사람들한테서 나를 보호하겠다고 약속해 줘야 해요. 하지만 웹사이트는…… 안 돼요. IP 주소랑 암호를 아는데도 서버를 다운시키지 못했어요."

호지스는 묻고 싶은 게 1000개쯤 되지만, 숫자가 247에서 248로 바뀌자 다른 무엇보다 중요한 질문이 하나로 요약된다.

"이게 뭘 찾는 거예요? 그리고 뭘 다운받고 있는 거예요?"

"먼저 날 보호해 주겠다고 약속해야 해요. 안전한 데로 데려다주겠다고. 증인 보호 프로그램, 뭐 그런 걸로."

"빌은 당신한테 아무 약속도 할 필요가 없어요. 나는 이게 뭔지 이미 알고 있으니까." 홀리가 말한다. 전혀 못된 말투가 아니다. 오히려 달래는 말투에 가깝다. "재핏을 검색하는 거예요, 빌. 누가 재핏을 켜면 리피터가 찾아내서 피싱 홀 데모 영상을 업그레이드하는 거예요."

"분홍색 물고기에서 숫자가 나오게 하고 파란 불빛을 추가하는 식으로요." 제롬이 설명을 덧붙이고 프레디를 쳐다본다. "맞죠?"

이번에는 그녀의 손이 자주색으로 피 떡이 진 이마 위의 혹으로 향한다. 손끝이 혹을 건드리자 그녀는 움찔하며 손을 거둔다.

"맞아요. 여기로 배송된 800대의 재핏 중에서 280대가 불량품이었어요. 부팅하는 동안 먹통이 되든지 게임을 열려고 하면 퍽 하고 꺼지는 식으로. 나머지는 괜찮았고요. 내가 일일이 루트 키트를 설치했는데 얼마나 일이 많았는지 알아요? 지루하기는 또 얼마나 지루하던지. 조립 라인에서 머시기를 거시기에 붙이는 거나 다름없었다고요."

"그러니까 520대는 괜찮았다는 거로군요." 호지스가 말한다.

"뺄셈 좀 할 줄 아시네. 박수." 프레디는 숫자를 홀끗 쳐다본다. "그런데 거의 절반이 이미 업데이트를 마쳤어요." 그녀는 웃음을 터뜨리지만 유쾌한 기미라고는 전혀 느낄 수 없는 웃음이다. "브래디가 정신병자일지 몰라도 이거 하나는 아주 제대로 만들었다니까요. 그런 것 같지 않아요?"

호지스가 말한다. "꺼요."

"그럴게요. 보호해 주겠다고 약속하면요."

제롬은 재핏이 얼마나 금세 효과를 발휘하고 얼마나 끔찍한 망상을 머릿속에 심어놓는지 직접 경험한 사람으로서 프레디가 빌을 상대로 흥정을 벌이는 동안 옆에서 가만히 지켜보고 있을 생각이 없다. 애리조나에서 허리춤에 꽂고 다녔던 스위스 아미 나이프를 가방에서 꺼내 주머니에 챙겨 왔다. 그는 가장 큰 칼을 꺼내고 리피터를 선반에서 끄집어낸 다음 프레디의 컴퓨터와 연결된 선을 자른다. 리피터가 적당히 요란한 소리와 함께 바닥으로 떨어지자 책상 밑에 있는 CPU에서 알람이 울리기 시작한다. 홀리가 허리를 숙여서 뭔가를 누르자 알람이 꺼진다.

"스위치 달려 있잖아, 이 멍청아!" 프레디가 고함을 지른다. "그럴 필요까지는 없었다고!"

"그래서, 어쩔 건데? 그 우라질 재핏 때문에 내 여동생이 하마터면 죽을 뻔했어." 제롬이 다가가자 프레디는 움찔하며 뒤로 물러난다. "당신이 무슨 짓을 하고 있는지 몰랐어? 씨발, 전혀 몰랐어? 알았을 테지. 취한 것 같기는 하지만 멍청해 보이지는 않으니까."

프레디는 울음을 터뜨린다.

"몰랐어. 정말 몰랐어. 알고 싶지 않았다고."

호지스가 심호흡을 하자 통증이 되살아난다.

"처음부터 차근차근 설명해 봐요, 프레디."

"최대한 빨리요." 홀리가 덧붙인다.

12

제이미 윈터스는 아홉 살 때 어머니와 함께 망고 대강당에서 열린 라운드 히어 콘서트를 보러 갔다. 그날 콘서트를 보러 간 초등학교 남학생은 거의 없었다. 그들은 그 또래의 남자아이들에게 계집애들이나 좋아하는 그룹으로 간주됐다. 하지만 제이미는 계집애 같은 것을 좋아했다. 아홉 살이라 그가 동성애자인지 뭔지는 잘 몰랐다.(심지어 그게 무슨 뜻인지도 잘 몰랐다.) 다만 라운드 히어의 리드싱어 캠 놀스를 보면 뱃속이 이상하게 간질간질하다는 것만 알 수 있을 따름이었다.

이제 그는 열여섯 살이 되어 가고 있고 그의 정체를 정확하게 안다. 학교에서 몇몇 남자아이들과 함께 있을 때는 이름의 끝에 달린 e를 빼고 싶다. 그들 앞에서는 여성스러운 이름이고 싶기 때문이다. 아버지도 그의 정체를 알고 그를 무슨 별종처럼 대한다. 사나이 중의 사나이(그런 게 존재하는지 모르겠지만)인 레니 윈터스는 잘 나가는 건설회사 사장인데, 오늘은 조만간 들이닥칠 폭풍 때문에 윈터스 건설사에서 진행 중인 네 군데 공사가 모두 중단됐다. 그래서 집에서 서류를 검토하고 컴퓨터 화면을 뒤덮은 스프레드시트를 들여다보고 있다.

"아빠!"

"왜?" 레니는 고개를 들지도 않고서 으르렁거린다. "그나저나 왜 학교 안 갔어? 오늘 쉬니?"

"*아빠!*"

이번에는 레니가 고개를 들고(제이미 귀에 들리지 않을 거라고 생각할 때만) "우리 집안의 호모"라고 부르는 아들을 쳐다본다. 아들이 바른 립스틱과 볼 터치과 아이섀도가 맨 먼저 눈에 들어온다. 그 다음이 원피스다. 레니도 아는 아내의 원피스다. 아들의 키가 커서 허벅지 중간까지밖에 안 내려온다.

"이게 무슨 개지랄이야!"

제이미는 웃고 있다. 환하게 웃고 있다.

"이런 차림으로 묻혔으면 좋겠어요!"

"너 지금……"

레니가 벌떡 일어나는 바람에 의자가 뒤로 넘어진다. 그때 아들이 들고 있는 총이 그의 눈에 들어온다. 안방 옷장에서 들고 나왔을 것이다.

"이것 봐요, 아빠!"

진짜 끝내주는 마술 시범이라도 보이는 것처럼 계속 웃고 있다. 그가 총을 들어 오른쪽 관자놀이에 총구를 댄다. 손가락으로 방아쇠를 감싼다. 손톱에 반짝이는 매니큐어를 꼼꼼히 칠했다.

"그거 내려놔! 그거……"

제이미(유서에 남긴 서명에는 e를 뺐다.)는 방아쇠를 당긴다. 357구경이라 총성이 귀청을 찢을 듯하다. 피와 뇌수가 부채꼴로 튀어서 문틀을 요란하게 장식한다. 어머니에게 원피스와 화장품을 빌린 아이는 왼쪽 면이 풍선처럼 튀어나온 얼굴을 하고서 앞으로 쓰러진다.

레니 윈터스는 떨리는 목소리로 연거푸 고음의 비명을 지른다. 계집애처럼 비명을 지른다.

13

제이미 윈터스가 머리에 총을 겨누자 브래디는 접속을 끊는다. 그가 들어가 있는 동안 머릿속에 총알이 박히면 무슨 일이 벌어질지 걱정이 되기(사실은 두렵기) 때문이다. 반쯤 최면에 빠진 상태로 217호실 바닥을 닦던 그 머저리 때 그랬던 것처럼 밖으로 튕겨져 나올까 아니면 아이와 함께 죽을까?

처음에는 너무 늦게 빠져나온 게 아닌가 하는 생각이 들고 계속 울리는 차임벨 소리가 이승을 떠날 때 들린다는 소리인가 싶다. 하지만 정신을 차려 보니 헤즈 앤드 스킨스의 거실로 돌아와 있고 축 늘어진 손에는 재핏 게임기가, 앞에는 배비노의 노트북이 놓여 있다. 차임벨 소리의 진원지가 노트북이다. 화면을 보니 두 개의 메시지가 떠 있다. 첫 번째 메시지는 248 FOUND이다. 좋은 소식이다. 두 번째 메시지는 나쁜 소식이다.

리피터의 접속이 종료되었습니다.

'프레디.' 그는 생각한다. '너한테 그 정도 배짱이 있을 줄 몰랐는데. 정말 몰랐는데.'

개 같은 년.

그의 왼손이 연필과 볼펜이 가득 든 해골 모양의 사기 연필꽂이를 향해 책상 위를 더듬더듬 움직인다. 연필꽂이를 화면으로 던져서 그 화딱지 나는 메시지를 없애려는 것이다. 그런데 문득 어떤 생각 하나가 떠오른다. 무시무시하게 그럴 듯한 생각 하나가 떠오른다.

'어쩌면 그녀는 그럴 만한 배짱이 *없었을지* 몰라. 다른 사람이 리피터를 끈 거지. 그 다른 사람이 누구일까? 당연히 호지스지.' 그 늙은 퇴직 형사. 빌어먹을 그의 철천지원수.

브래디는 그의 정신 상태가 살짝 이상하다는 것을 오래 전부터 알고 있었기에 이것이 피해망상에 불과할 수도 있다는 것을 안다. 하지만 어느 정도 앞뒤가 맞는다. 호지스는 으스대며 217호실을 들락거리다 1년 반 전에 발길을 끊었는데, 배비노가 목격한 바에 의하면 바로 어제 병원 주변을 쿵쿵거리며 돌아다녔다지 않는가.

'게다가 내가 연극하고 있다는 걸 처음부터 알았지.' 브래디는 생각한다. '몇 번이고 똑같은 말을 반복했잖아.' *네가 듣고 있다는 거 알아, 브래디.* 지방검찰청에서 나온 양복쟁이들도 똑같은 말을 했지만 그건 그들의 희망사항을 이야기한 거였다. 그를 법정에 세워서 해치우고 싶기 때문에 한 얘기였다. 하지만 호지스는······.

"확신을 가지고 이야기했지." 브래디는 중얼거린다.

그런데 그렇게 끔찍한 소식이 아닐 수도 있다. 프레디가 프로그램을 깔고 배비노가 발송한 재핏의 절반이 활성화됐으니 대부분 그가 조금 전에 상대한 꼬맹이 호모처럼 공습에 역부족일 것이다. 게다가 웹사이트도 있다. 재핏 동지들이 줄줄이 자살하기 시작하면(물론 브래디 윌슨 하츠필드의 도움 아래) 웹사이트가 다른 사람들을 절벽 너머로 밀치는 역할을 할 것이다. 인간은 모방의 동물이다. 처음에는 자살 위험군만 그러겠지만 그들을 기점으로 폭넓게 확산될 것이다. 절벽을 향해 우르르 달려가는 물소 떼처럼 생명의 낭떠러지 밑으로 몸을 던질 것이다.

하지만.

호지스.

브래디는 어렸을 때 그의 방에 붙여놓았던 포스터를 기억한다. 인생이 네게 레몬을 건네거든 레모네이드를 만들어라!(전화위복과 비슷한 뜻의 경구다 ─ 옮긴이) 좌우명으로 삼을 만한 문구다. 특히 레몬으로 레모네이드를 만들려면 똥줄이 빠지도록 쥐어짜는 수밖에 없지 않은가.

그는 낡았지만 성능에는 아무 문제가 없는 Z보이의 플립 전화기를 집어서 기억하고 있는 프레디의 번호를 누른다.

14

집 안 어딘가에서 「부기 우기 버글 보이」가 울려 퍼지자 프레디는 조그맣게 비명을 지른다. 홀리가 다정하게 그녀의 어깨에 손을 얹고 묻는 눈빛으로 호지스를 쳐다본다. 호지스는 고개를 끄덕이고 소리가 나는 곳을 찾아간다. 제롬이 그의 뒤를 따른다. 그녀의 전화기는 한 무더기의 핸드크림, 담배 마는 종이, 꽁초 끼우는 클립, 두 개나 되는 큼지막한 마리화나 봉지들이 어지럽게 널려 있는 서랍장 위에 있다.

화면에 뜬 이름은 Z보이지만, 한때 도서관 앨이었던 Z보이는 현재 경찰서에 있으니 그가 전화를 걸었을 리는 없다.

"여보세요?" 호지스가 받는다. "배비노 박사님이십니까?"

거의…… 아무 소리도 들리지 않는다. 숨소리만 들릴 뿐이다.

"아니면 닥터Z라고 해야 할까요?"

아무 대꾸가 없다.

"그럼 브래디라고 하면 될까?" 그는 프레디에게 들은 이야기를 아직 믿지 못하겠지만 배비노가 정신 분열증을 일으켜서 자기를 브래디로 착각할 가능성은 있다고 생각한다. "너냐, 이 개자식아?"

숨소리가 2, 3초 정도 더 이어지다 사라진다. 전화가 끊긴 것이다.

15

"불가능한 이야기는 아니에요." 홀리가 다른 사람들을 따라서 어지러운 프레디의 방 안으로 들어왔다. "그러니까 정말로 브래디였을 수 있다고요. 인격 투사는 사례가 많아요. 귀신 들림 현상이 벌어지는 두 번째로 흔한 원인이 그거예요. 가장 흔한 원인은 정신분열증이고요. 다큐멘터리도 본 적 있는데……"

"아니야." 호지스가 말한다. "그럴 리 없어요. 불가능해요."

"눈을 감지 마요. 회색 눈의 미녀처럼 그러지 말라고요."

"그게 무슨 소리예요?"

맙소사, 이제는 통증이 그의 불알까지 촉수를 뻗고 있다.

"증거가 당신이 원치 않는 방향을 가리키더라도 외면하면 안 된다고요. 의식을 되찾았을 때 브래디가 달라졌다는 걸 당신도 알잖아요. 아주 드문 능력이 생겼잖아요. 염력은 그중 하나에 불과했을지 몰라요."

"그가 뭘 움직이는 걸 직접 본 적은 없는데."

"하지만 봤다는 간호사들 말은 믿죠. 안 그래요?"

호지스는 아무 말 없이 고개를 숙이고 생각에 잠긴다.

"대답해 보세요." 제롬이 말한다. 부드러운 말투지만 호지스는 그 밑에 깔린 조바심을 느낄 수 있다.

"맞아요. 적어도 몇 명은 믿어요. 베키 헤밍턴처럼 분별 있는 경우는. 날조라고 하기에는 그들의 이야기가 너무 딱 맞아 떨어졌죠."

"날 봐요, 빌."

홀리 기브니가 이런 부탁을 하다니, 아니 이런 명령을 하다니 흔치 않은 일이라 그는 고개를 든다.

"정말로 배비노가 재핏을 개조하고 그 웹사이트를 만들었을 거라고 믿어요?"

"믿고 자시고 할 필요도 없잖아요. 프레디를 시켜서 했을 테니까."

"웹사이트는 아니에요." 지친 목소리가 들린다.

그들은 고개를 돌린다. 문 앞에 프레디가 서 있다.

"내가 만든 거면 닫을 방법도 알고 있게요? 웹사이트의 모든 게 들어 있는 USB 메모리를 닥터Z한테 전달받았을 뿐이에요. 그걸 컴퓨터에 연결해서 업로드했죠. 하지만 그가 가고 난 뒤에 좀 알아보긴 했어요."

"먼저 DNS부터 검색하기 시작했죠?" 홀리가 묻는다.

프레디는 고개를 끄덕인다.

"뭘 좀 아시네요?"

홀리가 호지스에게 설명한다.

"DNS는 도메인 네임 서버의 약자예요. 징검다리로 개울을 건너듯이 서버에서 저 서버로 옮겨다니며 '이 사이트 알아?' 하고 계속 묻는 거예요. 맞는 서버를 찾을 때까지." 그러고는 프레디에게 묻는다. "그런데 IP 주소를 찾았는데도 들어갈 수가 없었어요?"

"네."

홀리가 말한다. "배비노가 인간의 뇌에 대해서는 아는 게 많을지 몰라도 그런 식으로 웹사이트를 봉쇄할 수 있을 만큼 컴퓨터 관련 지식이 풍부할까요?"

"나는 일개 도우미였어요. 프로그램을 어떤 식으로 설치해서 재핏을 수정하면 되는지 무슨 커피케이크 요리법처럼 종이에 적어서 들고 온 사람은 Z보이였지만 그가 컴퓨터에 대해서 아는 거라고는 뒤에 달린 버튼을 찾을 수 있다는 가정 아래 전원을 켜서 좋아하는 포르노 사이트를 찾아가는 수준일 거라는 데 1000달러를 걸 수 있어요."

호지스도 그 부분에 대해서는 프레디의 말을 믿는다. 이 사태를 파악했을 때 경찰 측에서도 그녀의 말을 믿을지 그건 잘 모르겠지만 그는 믿는다. 그리고…… *회색 눈의 미녀처럼 그러지 말라고요.*

그 소리를 들었을 때 뜨끔했다. 미치도록 뜨끔했다.

"게다가." 프레디가 말을 잇는다. "프로그램을 설치하는 단계별 설명이 끝날 때마다 마침표가 두 개씩 찍혀 있었어요. 브래디가 그랬거든요. 고등학교에서 받은 컴퓨터 수업 때 생긴 습관일 거예요."

홀리가 호지스의 양쪽 손목을 잡는다. 프레디의 상처에 솜을 대주느라 한 손에 피가 묻어 있다. 홀리는 여러 가지 특이한 면모들과 더불어 결벽증 환자이기도 한데 핏자국을 씻지 않았다는 것은 그만큼 이 일에 열심히 매달리고 있다는 뜻이다.

"배비노는 하츠필드에게 실험용 약물을 투여하고 있었죠. 그것 자체가 비윤리적인 행동이기는 하지만 그게 전부였어요. 그의 관심사는 브래디의 의식을 되살리는 것뿐이었거든요."

"확실히 모르는 일이잖아요." 호지스가 말한다.

그녀는 손보다 시선으로 그를 꽉 붙들고 있다. 평소에 워낙 시선을 잘 맞추지 않는 성격이라 작정하고 덤비면 눈빛이 얼마나 이글거릴 수 있는지 깜빡하기 십상이다.

"문제는 하나예요." 홀리가 말한다. "이 사건에서 자살의 황태자는 누구인가? 펠릭스 배비노인가 브래디 하츠필드인가?"

프레디가 노래를 부르는 것처럼 나른한 목소리로 이야기한다. "가끔 닥터Z가 그냥 닥터Z이고 Z보이가 그냥 Z보이일 때도 있었지만 그럴 때는 둘 다 약에 취한 사람 같았어요. 멀쩡하게 깨어 있으면 그들이 아니었고요. 멀쩡하게 깨어 있을 때는 브래디가 안에 들어 있었어요. 안 믿어도 좋지만 분명 그랬어요. 마침표 두 개랑 뒤로 비스듬하게 기울여서 쓴 글씨체뿐만 아니라 모든 면에서. 나는 그 더러운 새끼랑 같이 일을 해 봤기 때문에 알아요."

그녀가 방 안으로 들어온다.

"이제 아마추어 탐정단 여러분께서 이의를 제기하지 않으면 나는 마리화나를 한 대 더 말게요."

16

브래디는 배비노의 다리로 헤즈 앤드 스킨스의 널찍한 거실을 서성이며 열심히 머리를 굴린다. 재핏의 세상으로 돌아가서 새로운 표적을 찾아 절벽 아래로 밀치는 짜릿한 기분을 다시금 경험하고 싶지만 그러려면 '차분'하고 '침착'해야 하는데 지금 그의 심리 상태는 두 단어와 거리가 멀다.

호지스.

호지스가 프레디의 아파트에 있다니.

프레디가 아는 정보를 폭로할 것 같으냐고? 차라리 해가 동쪽에서 뜨느냐고 묻는 게 낫겠지.

브래디가 보기에 관건은 두 가지다. 첫째는 호지스가 웹사이트를 폐쇄할 수 있느냐는 것이고, 둘째는 깡촌에 있는 그를 호지스가 찾을 수 있느냐는 것이다.

브래디는 둘 다 그럴 수 있다고 보지만 그 사이에 그가 자살을 유발하면 할수록 호지스가 괴로워할 것이다. 그런 관점에서 생각하면 호지스가 여기에 있는 그를 찾아내는 것이 잘된 일이 될 수 있다. 레몬으로 레모네이드를 만드는 길이 될 수 있다. 아무튼 그에게는 시간이 있다. 그는 도시에서 북쪽으로 한참 떨어진 곳에 와 있고 겨울 폭풍 유지니가 그의 편이다.

다시 노트북으로 시선을 돌려보니 zeetheend가 정상적으로 작동 중이다. 방문객 수를 확인한다. 이제 9000명이 넘었는데 대부분(절대 전부는 아니겠지만) 자살에 관심이 있는 십 대일 것이다. 그들의 관

452

심은 어둠이 일찍 깔리고 봄이 절대 오지 않을 것처럼 느껴지는 1월과 2월에 최고조에 달한다. 게다가 그에게는 재핏 0호기가 있으니 수많은 아이들과 개인적으로 접촉할 수 있다. 재핏 0호기만 있으면 통 안에 담긴 물고기를 쏘는 것처럼 쉽게 그들에게 접근할 수 있다.

'통 안에 담긴 *분홍색* 물고기를 쏘는 것처럼 말이지.' 그는 생각하고 실실 웃는다.

늙은 퇴직 형사가 존 웨인의 서부극 마지막 장면에 등장하는 기마병처럼 들이닥치려고 하면 어떻게 대처하면 좋을지 생각이 날 만큼 진정이 되자 브래디는 재핏을 집어서 켠다. 물고기를 뚫어져라 쳐다보는데 고등학교 때 배운 싯구가 생각나서 큰 소리로 읊조린다.

"아, 이게 뭐냐고 묻지 말고 우리 그냥 찾아갑시다(T. S. 엘리엇의 「J. 알프리드 프루프록의 연가」의 일부분이다 — 옮긴이)."

그는 눈을 감는다. 획획 움직이는 분홍색 물고기들이 획획 움직이는 빨간색 점으로 바뀐다. 콘서트에 갔었던 아이들이 상품을 획득할 수 있길 바라며 지금 이 순간, 선물로 받은 재핏을 들여다보고 있는 것이다.

브래디는 하나를 골라서 붙잡아 놓고 활짝 꽃잎을 펼치는 것을 구경한다.

꼭 장미꽃 같다.

17

"물론 경찰에도 컴퓨터 수사과가 있긴 하죠." 호지스는 홀리의 질문에 대답하는 중이다. "파트타임으로 근무하는 3인조에 불과하지만. 그리고 그들은 내 말을 귀담아 듣지 않을 거예요. 나는 일개 민간인에 불과하니까요." 가장 걸림돌이 되는 부분은 그게 아니다. 그는 경찰 출신 민간인이고 퇴직 경찰이 경찰 일에 간섭하려고 들면 다들 삼촌이 납셨다고 한다. 칭찬으로 하는 말이 아니다.

"그럼 피트한테 연락해서 맡겨요." 홀리가 말한다. "그 망할 사이트를 폐쇄해야 한다고요."

그들은 프레디 링크래터의 우주 비행 관제 센터로 돌아와 있다. 제롬은 프레디와 함께 거실에 있다. 호지스가 보기에 그녀가 도주할 것 같지는 않지만(있지도 않은 사람들이 건물 밖에서 감시하고 있다고 벌벌 떨고 있지 않은가.) 약물에 취한 사람의 행동은 예측하기 어려운 법이다. 좀 더 취하고 싶어 한다는 것 말고는 말이다.

"피트한테 연락해서 컴퓨터 수사팀원을 나한테 연결시켜 달라고 해요. 컴퓨터를 좀 아는 사람이라면 정신이 반만 박혔어도 사이트를 도스 공격해서 다운시킬 수 있을 거예요."

"도스?"

"서비스 거부 공격요. 봇 네트워크에 접속해서……" 그녀는 멍한 표정을 짓고 있는 호지스를 본다. "됐어요. 아무튼 수천 개, 수백만 개의 서비스를 요청해서 그 망할 자살 사이트를 질식하게 만들고 서버를 다운시키자는 거예요."

"당신이 그럴 수 있어요?"

"나는 못 하고 프레디도 못 하지만 경찰 컴퓨터 전문가라면 컴퓨터로 그만한 능력을 발휘할 수 있지 않겠어요? 경찰 컴퓨터로도 안되면 국토안보국에 요청하고요. 이거 안보에 관련된 사건 맞잖아요, 아니에요? 사람 목숨이 달렸는데."

맞는 말이기에 호지스는 전화를 걸지만 피트의 전화는 곧장 음성사서함으로 넘어간다. 다음으로 옛 친구 캐시 신과의 통화를 시도해 보지만 전화를 받은 내근 경관이 말하길 어머니의 당뇨병에 문제가 생겨서 모시고 병원에 갔다고 한다.

그는 하는 수 없이 이사벨에게 전화한다.

"이지, 빌 호지스야. 피트한테 연락하려고 했더니……"

"피트 선배는 떠났어요. 끝이에요. 이제 볼 일 없어요."

호지스는 잠깐 동안 그가 죽었다는 소리인가 하는 끔찍한 생각을 한다.

"내 책상에 쪽지를 남겨 놨더라고요. 집에 가서 휴대 전화 전원 끄고 집 전화기 코드 뽑고 앞으로 24시간 동안 잠을 잘 거라고요. 그러면서 오늘이 경찰로 근무하는 마지막 날이라고 덧붙였어요. 잔뜩 쌓아 놓은 연차를 건드리지 않아도 돼요. 월차가 하도 많이 쌓여 있어서 퇴직하는 날까지 출근을 하지 않아도 되거든요. 그리고 퇴임식은 일정에서 지워도 되겠어요. 퇴임식 대신 두 분이서 그날 저녁에 영화를 보든지요."

"지금 내 탓을 하는 건가?"

"선배님이랑 선배님의 그 브래디 하츠필드에 대한 집착을 탓하는 거예요. 피트 선배가 선배님한테 물들었어요."

"아니야. 피트는 사건을 끝까지 파헤치고 싶어 했어. 자네가 그걸 다른 팀에 넘기고 가장 가까이 있는 참호 속으로 쏙 하니 숨어 버렸지. 그 부분에 관한 한 나는 피트의 편에 가깝다고 얘기해야겠군."

"보세요. 보세요. 바로 이런 태도를 얘기하는 거라고요. 정신 차리세요, 호지스 선배님. 언제까지 꿈만 꾸고 계실 거예요? 마지막으로 한 말씀 드리겠는데 남의 일에 계속 그렇게 쓸데없이 참견하지……"

"*나야*말로 한마디 하겠는데 우라질 승진이라는 걸 하고 싶으면 머리를 장식으로 달고 다니지 말고 내 말 잘 들어."

좀 더 괜찮은 표현을 생각할 겨를도 없이 이런 말들이 그의 입에서 쏟아져나온다. 그는 그녀가 전화를 끊지 않을까 걱정스러워진다. 그녀가 전화를 끊으면 다른 대안이 없다. 하지만 충격에서 파생된 정적만 흐를 따름이다.

"자살. 슈거 하이츠에서 복귀한 뒤로 보고된 자살 건 없나?"

"그야 저도 모르……"

"찾아봐! 지금 당장!"

이지가 5초 정도 자판을 두드리는 소리가 희미하게 들린다.

"방금 전에 무전으로 접수된 건이 있네요. 레이크우드에서 어떤 아이가 권총 자살을 했대요, 자기 아버지 앞에서. 아버지가 경찰에 연락했어요. 히스테리 반응이겠죠. 그게 도대체 무슨 상관……"

"현장에 출동한 경찰들한테 연락해서 재핏 게임기를 찾아보라고 해. 홀리가 엘러턴의 집에서 찾은 그거."

"또 그 소리예요? 선배님 진짜 고장 난 테이프도 아니고……"

"그러면 있다고 할 거야. 그리고 오늘 중으로 재핏과 연관 있는 자살 사건이 추가될지 몰라. 어쩌면 훨씬 많이."

웹사이트! 홀리가 소리를 내지 않고 입을 벙긋거린다. *웹사이트도 얘기해요!*

"그리고 zeetheend라는 자살 웹사이트도 있어. 오늘 생긴 거. 그거 폭파해야 해."

그녀는 한숨을 쉬고 어린애 대하듯 말한다.

"*별의별* 자살 웹사이트가 얼마나 많은지 아세요? 작년에 청소년복지부에서 관련 기록을 우리한테 보낼 정도였어요. 대개 까만 티셔츠를 입고 다니고 방 안에 틀어박혀 지내는 아이들이 만든 사이트들이 우후죽순처럼 등장해요. 한심한 시나 고통 없이 자살하는 방법을 소개하고, 두말하면 잔소리지만 엄마, 아빠는 나를 이해 못한다며 투덜거리고요."

"이건 달라. 여기에서 일대 사태가 시작될 수 있어. 잠재적 메시지가 깔려 있거든. 컴퓨터 수사팀원 아무라도 **당장** 홀리 기브니한테 연락하라고 해."

"그건 규정 위반인데요." 그녀가 싸늘한 목소리로 말한다. "제가 먼저 살펴본 다음에 채널을 거쳐야죠."

"파트타임으로 근무하는 컴퓨터 전문가가 5분 안으로 홀리한테 전화하지 않으면 자살 사건이 봇물 터지듯 터지기 시작하는 순간(분명 그럴 거라고 장담할 수 있어.) 내가 이 사람, 저 사람 붙잡고 얘기할 거야. 자네한테 경고했는데 절차를 운운하면서 내 손발을 묶었다고.

그 이 사람, 저 사람에는 일간지와 《8 얼라이브》도 포함될 거야. 부서가 이 양쪽 매체랑 별로 안 친하지? 작년 여름에 두 경관이 마틴 루터 킹에서 무기도 없는 흑인 아이를 쏴서 죽인 이후로 말이야."

잠시 정적이 흐르고 그녀가 좀 더 부드러운 목소리(상처받은 목소리일 수도 있다.)로 묻는다.

"선배님은 우리 편이라야 하잖아요. 그런데 왜 이러는 거예요?"

'왜냐하면 홀리가 자네를 두고 한 말이 맞았거든.' 그는 생각한다.

하지만 말로는 이렇게 얘기한다.

"시간이 없어서 그래."

18

거실에서는 프레디가 마리화나를 한 대 더 말고 있다. 그녀는 종이에 침을 묻혀서 붙이며 그 너머로 제롬을 쳐다본다.

"덩치가 되게 좋네요?"

제롬은 아무 대꾸도 하지 않는다.

"체중이 얼마나 돼요? 95킬로? 100킬로?"

이번에도 대꾸할 말이 없다.

그녀는 아랑곳하지 않고 마리화나에 불을 붙여서 한 모금 빨고 그에게 내민다. 제롬은 고개를 젓는다.

"후회할 거예요, 빅 보이. 이거 진짜 좋은 거거든요. 개 오줌 냄새가 난다는 거 나도 알지만 그래도 진짜 좋은 거예요."

제롬은 아무 말도 하지 않는다.

"꿀 먹었어요?"

"아뇨. 고등학교 3학년 때 사회 수업 시간에 배운 걸 생각하고 있었어요. 4주 동안 자살에 대해서 공부했는데 그때 본 통계를 지금도 잊을 수가 없어서. 소셜 미디어에 십 대 자살 소식이 뜰 때마다 일곱 명의 자살 시도자가 생기는데 다섯 명은 보여 주기고 두 명은 진짜라고 했거든요. 그쪽도 되도 않는 터프걸 흉내나 내지 말고 그 점에 대해서 생각해 보지 그래요?"

프레디의 아랫입술이 떨린다.

"나는 몰랐어요. 잘 몰랐다고요."

"그럴 리가."

그녀는 마리화나 위로 시선을 떨군다. 이번에는 그녀가 침묵할 차례다.

"내 동생은 목소리가 들렸다고 했어요."

그 말에 프레디는 고개를 든다.

"어떤 목소리가요?"

"재핏에서. 온갖 막말을 늘어놓더래요. 너는 백인처럼 살려고 한다는 둥. 자기 인종을 부인하고 있다는 둥. 살 가치가 없는 못된 사람이라는 둥."

"그 말을 듣고 생각나는 사람이 있었죠?"

"네." 제롬은 올리비아 트릴로니가 죽고 한참 지났을 때 그녀의 컴퓨터에서 홀리와 함께 들었던 비난조의 비명을 떠올린다. 도살장으로 끌려가는 소처럼 트릴로니를 자살의 길로 몰고 가기 위해 브래디 하츠필드가 심어 놓은 비명이었다. "있었어요."

"브래디는 자살에 홀딱 빠졌어요. 인터넷에서 계속 검색할 정도로. 그 콘서트장에서 다른 아이들이랑 같이 자살할 생각이었어요."

제롬도 안다. 그도 그 자리에 있었다.

"그가 우리 동생한테 텔레파시로 접근했을 거라고 생각해요? 재핏을…… 뭐랄까? 일종의 도관 삼아서?"

"배비노와 다른 영감 속에 들어갈 수 있었으니까…… 믿거나 말거나 진짜라고요. 네, 그것도 가능했을 거라고 생각해요."

"업데이트된 재핏을 가지고 있는 다른 아이들한테도 그게 가능할까요? 그 이백사십몇 명의 아이들 말이에요."

프레디는 연기 장막 사이로 그를 쳐다보기만 한다.

"웹사이트를 폭파한다 하더라도…… 그건 어떻게 해요? 그 목소리가 그 아이들한테 너는 개똥같은 존재라고 꺼져 버리는 수밖에 없다고 얘기하기 시작하면?"

그녀가 뭐라고 말을 꺼내기도 전에 호지스가 대신 대답한다.

"우리가 그 목소리를 막아야지. 그러니까 그를 막아야지. 가자, 제롬. 사무실로 돌아가자."

"나는 어쩌고요?" 프레디가 애처로운 목소리로 묻는다.

"같이 가요. 그런데 프레디?"

"네?"

"마리화나가 진통 효과가 있죠?"

"저마다 의견이 달라요. 염병할 이 나라의 윗대가리들이 그렇잖아요. 그래서 내 경험담밖에 얘기 못하는데 나 같은 경우에는 매달 예민해지는 시기에 이게 있으면 훨씬 덜 예민하게 보낼 수 있어요."

"그거 챙겨요." 호지스가 말한다. "마는 종이도 같이."

19

그들은 제롬의 지프를 타고 파인더스 키퍼스로 돌아간다. 뒷좌석에 제롬의 잡동사니가 가득해서 프레디가 누군가의 무릎에 앉아야 하는데 그 누군가가 호지스가 될 수는 없다. 지금 상태에서는 불가능하다. 그래서 그가 운전대를 잡고 제롬이 프레디를 맡는다.

"흠, 존 섀프트하고 데이트하는 기분이네." 프레디가 실실 웃으며 말한다. "모든 여자를 뿅 가게 만들었던 그 덩치 큰 사설탐정 말이에요."

"버릇들일 생각 마요." 제롬이 말한다.

홀리의 휴대 전화가 울린다. 경찰서 컴퓨터 수사과 소속 트레버 젭슨이라는 남자다. 홀리는 이내 호지스는 알아듣지 못하는 용어를 쏟아낸다. 보트가 어쩌고 다크넷이 어쩌고 한다. 남자의 반응이 만족스러운지 전화를 끊을 때 미소를 짓고 있다.

"웹사이트를 도스 공격해 본 적이 없대요. 크리스마스 아침에 눈을 뜬 아이처럼 신났어요."

"시간이 얼마나 걸릴까요?"

"암호랑 IP 주소를 이미 알고 있으면요? 얼마 안 걸려요."

호지스는 터너 빌딩 앞의 30분짜리 공간에 차를 댄다. 운이 따라

준다면 여기 오래 있을 필요가 없기 때문인데 최근 들어 계속 재수가 없었던 걸 감안하면 분위기가 바뀔 때도 되지 않았나 싶다.

그는 그의 방으로 들어가서 문을 닫고 베키 헬밍턴의 번호를 찾느라 너덜너덜한 주소록을 뒤진다. 홀리가 주소록의 연락처를 휴대 전화에 입력해 주겠다고 하지만 그가 계속 차일피일 미루고 있다. 그는 낡은 이 주소록이 좋다. '어쩌면 이제는 휴대 전화로 옮길 짬이 끝까지 나지 않을 수도 있지.' 그는 생각한다.『트렌트 최후의 사건』과 기타 등등 때문에.'

베키는 그에게 자기가 이제는 깡통 소속이 아니라고 짚고 넘어간다.

"잊어버렸나 봐요?"

"안 잊어버렸어요. 배비노 소식 들었어요?"

그녀는 언성을 낮춘다.

"네. 앨 브룩스, 바로 그 도서관 앨이 배비노의 부인을 죽이고 배비노까지 살해했을지 모른다면서요? 믿기지가 않아요."

'믿기지 않는 이야기가 한두 가지가 아니랍니다.' 호지스는 생각한다.

"아직은 배비노에 대해서 속단하지 마요, 베키. 내가 보기에는 도주 중일 수도 있는 것 같아요. 브래디 하츠필드에게 실험용 약물 비슷한 걸 투여했고 하츠필드의 죽음에 일조했을 수 있어요."

"맙소사, 진짜예요?"

"진짜예요. 하지만 조만간 폭풍이 들이닥친다고 예고된 마당에 멀리 가지는 못했을 거예요. 그가 갈 만한 데 없을까요? 배비노한테 여름 별장이나 뭐 그런 거 없어요?"

그녀는 기억을 더듬고 자시고 할 필요도 없다.

"별장이 아니라 사냥용 캠프장이 있어요. 배비노 단독 소유는 아니고요, 네댓 명의 의사들이 같이 산 거예요." 그녀의 목소리가 다시 은밀한 속삭임으로 바뀐다. "거기서 사냥 말고 다른 것도 한다고 들었어요. 무슨 뜻인지 알죠?"

"거기가 어딘데요?"

"레이크 찰스요. 깜찍과 끔찍을 겸비한 이름인데 막상 생각이 안 나네. 하지만 바이올렛 트란이 알 거예요. 주말에 한 번 간 적이 있거든요. 그 친구 말로는 그렇게 술을 많이 마신 48시간이 없었다던데 클라미디아라는 성병에 걸려서 왔어요."

"전화해서 물어봐 줄래요?"

"그럴게요. 하지만 비행기를 타고 도망쳤을 수도 있지 않을까요? 캘리포니아나 외국으로. 오늘 아침까지 비행기가 이착륙했으니까요."

"경찰에서 찾고 있는데 감히 비행장을 시도하지는 않았을 거예요. 고마워요, 베키. 연락 기다릴게요."

그는 금고로 가서 비밀번호를 누른다. 볼 베어링이 가득 든 양말(그의 해피 슬래퍼)은 집에 있지만 권총은 두 자루 모두 여기 있다. 하나는 그가 현역 시절에 들고 다녔던 글록 40구경이다. 다른 하나는 빅토리 38구경이다. 아버지에게 물려받은 것이다. 그는 금고 맨 위 선반에서 캔버스 자루를 꺼내 총과 탄약 네 상자를 넣고 끈을 세게 당긴다.

'이번에는 내가 심장마비에 발목을 잡히는 일은 없을 거다, 브래디.' 그는 생각한다. '이번에는 암인데 그건 견딜 수 있단 말이지.'

놀랍게도 웃음이 터진다. 아프다.

다른 방에서 세 사람이 박수를 치는 소리가 들린다. 호지스는 박수의 의미를 알아차리고 그의 짐작은 맞아 떨어진다. 홀리의 컴퓨터에 이런 메시지가 떠 있다. ZEETHEEND 사이트에 기술적인 문제가 발생했습니다. 그 밑에 이렇게 적혀 있다. 1-800-273-TALK으로 문의하세요.

"그 젭슨이라는 사람의 아이디어예요." 홀리가 하던 일을 계속하면서 얘기한다. "전국 자살 예방 센터 상담 전화번호예요."

"잘했어요." 호지스가 말한다. "그리고 그것도 훌륭하네요. 숨겨진 재주가 많기도 하지." 홀리 앞에 마리화나가 일렬로 놓여 있다. 그녀가 말고 있던 한 개를 추가하자 한 다스가 된다.

"속도도 빨라요." 프레디가 감탄하는 투로 말한다. "그리고 얼마나 깔끔하게 말았는지 봐요. 꼭 기계로 만 것 같아요."

홀리는 반항하는 눈빛으로 호지스를 쳐다본다.

"상담치료사가 가끔 마리화나를 피우는 건 아무 문제없다고 했어요. 몇몇 사람들처럼 선만 넘지 않으면 된다고." 그녀의 시선이 프레디에게로 향했다가 다시 호지스에게로 돌아온다. "그리고 내가 피우려고 만든 거 아니에요. 당신 주려고 만든 거지. 필요하면 피워요, 빌."

호지스는 고맙다고 인사하고, 그들의 관계가 얼마나 발전했고 이 단계로 오기까지 전반적으로 얼마나 즐거웠는지 잠깐 기억을 더듬는다. 하지만 너무 짧다. 너무너무 짧다. 잠시 후에 전화벨이 울린다. 베키다.

"캠프장 이름이 헤즈 앤드 스킨스예요. 깜찍과 끔찍을 겸비한 이름이라고 했죠? 바이올렛은 거기까지 어떻게 갔는지 모르겠지만(발동을 거느라 가는 차 안에서 아마 여러 잔 마셨을 거예요.) 고속도로를 타고 북쪽으로 한참 달리다 빠져나와서 서스턴 주유소에서 기름을 넣은 기억이 난대요. 도움이 됐을까요?"

"네, 아주 많이 됐어요. 고마워요, 베키." 그는 전화를 끊는다. "홀리, 이 도시 북쪽에 서스턴 주유소가 어디 있는지 알아봐 줘요. 그런 다음 공항 허츠에 전화해서 남은 차중에서 제일 큰 4륜 구동차를 렌트해 줘요. 우리, 장거리 자동차 여행을 떠날 거예요."

"제 지프로……" 제롬이 말문을 연다.

"작고 가볍고 오래됐잖니." 호지스는 이렇게 말하지만…… 눈길에 끄떡없는 다른 차를 굳이 렌트하려는 또 다른 이유가 있긴 하다. "그래도 공항까지는 그 차를 타고 가도 되겠지."

"나는요?" 프레디가 묻는다.

"증인 보호 프로그램 발동이에요." 호지스가 말한다. "약속했잖아요. 꿈이 이루어진 느낌일 거예요."

20

제인 엘스베리는 완벽하게 정상적인 아기로 태어났지만(2.98킬로그램이었으니 사실 살짝 저체중이었다.) 일곱 살 때 이미 40킬로그램이었고 요즘에도 가끔 꿈속에 등장하는 노래에 시달렸다. *돼지, 돼지, 세로 1미터 가로 2미터, 화장실 문을 지나갈 수 없어서 바닥에다 쌌*

대요. 2010년 6월에 어머니가 열다섯 살 생일선물로 라운드 히어 콘서트에 데려가 주었을 때 그녀의 몸무게는 95킬로그램이었다. 그래도 화장실 문을 지나다니는 데는 아무 문제없었지만 신발 끈을 묶는 게 힘들어졌다. 열아홉 살인 지금은 몸무게가 145킬로그램으로 늘었는데 우편을 통해 무료로 받은 재핏에서 들리는 목소리가 구구절절 옳은 말만 한다. 그 목소리는 나지막하고 차분하며 논리적이다. 그녀를 좋아하는 사람은 아무도 없고 모두들 그녀를 보며 웃을 따름이라고 한다. 식욕을 주체할 수 없지 않으냐고 한다. 지금도 그녀는 눈물을 줄줄 흘리며 진득진득한 마시멜로가 안에 잔뜩 든 소용돌이 모양의 초콜릿 쿠키를 한 봉지 해치우고 있다. 그 목소리는 『크리스마스 캐럴』에서 에베네저 스크루지에게 뼈아픈 진실을 폭로하는 미래의 유령보다는 친절하게, 점점 더 뚱뚱해질 수밖에 없는 그녀의 미래를 조목조목 짚는다. 그녀가 부모님과 함께 엘리베이터 없는 아파트에서 살고 있는 두메산골의 카빈 대로를 장식할 웃음소리. 혐오스러워하는 사람들의 표정. *코끼리 납시네, 아니면 그 밑에 깔리지 않게 조심해요!* 이런 식의 막말. 그 목소리는 이성적이고 논리적으로 설명한다. 그녀는 절대 데이트를 할 수 없을 거라고, 정치적 올바름 어쩌고저쩌고로 서커스장에서 공연하던 뚱뚱한 여자들의 씨가 말랐기 때문에 제대로 된 일자리도 찾을 수 없을 거라고, 어마어마한 젖가슴에 폐가 눌려서 마흔 살부터 앉아서 잠을 자야 할 거라고, 쉰 살에 심장마비로 죽기 전까지 휴대용 진공청소기로 겹겹이 접힌 살 주름 사이로 떨어진 부스러기들을 빨아들이며 살아야 할 거라고. 그녀가 병원이나 그런 데 가서 살을 빼면 되지 않겠느냐고 해도 그

목소리는 웃지 않는다. 어머니와 아버지의 수입을 합쳐 봐야 기본적으로 충족이라는 단어를 모르는 그녀의 식욕을 간신히 달랠 수 있는 수준인데 어디서 그런 돈이 나겠느냐고 연민이 어린 투로 다정하게 물을 따름이다. 그녀가 사라지면 부모님이 더 잘살 수 있지 않겠느냐는 말에 그녀는 맞장구를 치는 수밖에 없다.

카빈 대로 주민들 사이에서는 뚱보 제인이라고 불리는 그녀는 뒤뚱뒤뚱 욕실로 들어가서 아버지가 허리 아플 때 먹는 옥시콘틴 진통제 병을 꺼낸다. 알약 숫자를 세어 본다. 30알이면 충분하고도 남는다. 그녀는 우유와 함께 다섯 알씩 삼키고 한 번 삼킬 때마다 초콜릿 마시멜로 쿠키를 한 개씩 먹는다. 정신이 몽롱해지기 시작한다. '나는 지금 다이어트를 하는 거야.' 그녀는 생각한다. '아주, 아주 오랫동안 다이어트를 하는 거야.'

'맞아.' 재핏에서 들리는 목소리가 말한다. '그리고 이번에는 눈 가리고 아웅 하지 않을 거지, 제인…… 그렇지?'

그녀는 마지막 남은 다섯 알을 마저 먹는다. 재핏을 집으려고 하지만 손가락이 얇은 게임기를 더 이상 움켜잡지 못한다. 무슨 상관일까? 어차피 이런 상태라면 잽싸게 사라지는 분홍색 물고기를 잡지도 못할 텐데. 차라리 눈이 온 세상을 깨끗하게 감싸고 있는 창밖을 내다보는 게 낫다.

'이제 더는 돼지, 돼지, 세로 1미터 가로 2미터라고 놀림 당할 일이 없겠지.' 그녀는 생각하고, 안도하며 무의식 속으로 빠져든다.

21

호지스는 허츠로 가기 전에 에어포트 힐튼 앞 회차로 지점으로 제 롬의 지프를 몰고 간다.

"이게 증인 보호 프로그램이에요?" 프레디가 묻는다. "*이게?*"

호지스가 말한다.

"내 마음대로 쓸 수 있는 은신처가 없으니 어쩔 수 없어요. 내 이름으로 체크인할게요. 안에 들어가서 문 잠그고 이 사태가 해결될 때까지 TV 보면서 기다려요."

"상처에 덮은 솜도 갈고요." 홀리가 말한다.

프레디는 그녀의 말을 못 들은 체하고 호지스에게 집중 공세를 퍼붓는다.

"내 입장이 얼마나 난처해질 것 같아요? 이 사태가 해결되면요."

"잘 모르겠고, 지금은 그런 걸 의논할 시간적 여유도 없네요."

"룸서비스는 주문해도 돼요?" 충혈된 프레디의 눈이 희미하게 번 뜩인다. "통증이 어느 정도 가라앉으니까 미치도록 배가 고픈데."

"마음대로 해요." 호지스가 말한다.

제롬이 옆에서 거든다.

"문 열기 전에 열쇠구멍으로 확인하는 거 잊지 마요. 브래디 하츠 필드가 보낸 맨 인 블랙일 수도 있으니까."

"농담이죠?" 프레디가 묻는다. "그렇죠?"

눈 내리는 그날 오후, 호텔 로비는 개미 새끼 한 마리 얼씬하지 않는다. 호지스는 피트의 전화를 받고 잠에서 깬 게 대략 3년 전에 있었던 일 같다는 생각을 하며 프런트데스크로 가서 볼일을 마치고 나머지 세 사람이 앉아서 기다리고 있는 곳으로 돌아간다. 홀리는 아이패드에 코를 박고 자판을 열심히 두드리고 있다. 프레디가 열쇠를 향해 손을 내밀지만 호지스는 열쇠를 제롬에게 건넨다.

"522호야. 데리고 올라가라. 홀리한테 할 얘기가 있거든."

제롬은 눈썹을 추켜세우지만 호지스가 더 이상 아무 말도 하지 않자 어깨를 으쓱하고 프레디의 팔을 잡는다.

"존 섀프트가 스위트룸까지 에스코트해 드리죠."

그녀는 그의 손을 치운다.

"미니바라도 있으면 다행이지."

하지만 그렇게 말하면서도 일어나서 그와 함께 엘리베이터 쪽으로 걸어간다.

"서스턴 주유소가 어디 있는지 찾았어요." 홀리가 말한다. "47번 고속도로를 타고 북쪽으로 90킬로미터 가면 되는데 안타깝게도 폭풍이 오는 방향이에요. 그 뒤로는 79번 주도를 타면 돼요. 날씨가 정말 안 좋은 것 같……"

"괜찮을 거예요." 호지스가 말한다. "허츠가 포드 익스피디션을 준비해 놓겠다잖아요. 그 정도면 묵직하고 훌륭해요. 길은 나중에 가르쳐 줘요. 지금은 다른 할 얘기가 있으니까."

그는 조심스럽게 아이패드를 뺏어서 끈다.

홀리는 깍지 낀 손을 무릎 위에 얹고 그를 쳐다보며 기다린다.

22

브래디는 상쾌하고 짜릿한 기분을 달래며 두메산골의 카빈 대로에서 돌아온다. 엘스베리라는 뚱땡이는 쉽고 재미있었다. 그녀의 시신을 그 아파트 3층에서 옮기려면 몇 명이나 필요할지 궁금해진다. 적어도 네 명은 있어야 할 것이다. 게다가 관은 또 얼마나 커야 할까!

다운된 웹사이트를 확인한 순간 좋았던 기분이 또 다시 확 가라앉는다. 호지스가 사이트를 마비시킬 방법을 찾아낼 줄은 알았지만 이렇게 빠를 줄은 몰랐다. 게다가 화면에 뜬 전화번호가 1차전 때 호지스가 데비스 블루 엄브렐라를 통해서 보낸 꺼지라는 메시지만큼 그를 열 받게 만든다. 자살 예방 센터의 상담 전화번호라니. 확인해 볼 필요도 없다. 보면 안다.

그리고 맞다, 조만간 호지스가 들이닥칠 것이다. 카이너 기념 병원에는 이 캠프장의 존재를 아는 직원들이 많다. 일종의 전설처럼 간주되는 곳이다. 그런데 그가 정면으로 쳐들어올까? 브래디는 그럴지 모른다고 단 1초도 믿지 않는다. 첫째, 캠프장에 총기를 두고 다니는 사냥꾼들이 얼마나 많은지(헤즈 앤드 스킨스처럼 빼곡하게 채워진 곳은 드물지만) 그 퇴직 형사가 모를 리 없다. 둘째, 이게 더 중요한 이유이기는 한데 그는 교활한 하이에나다. 브래디와 처음 만났을 때에 비하면 여섯 살 더 나이를 먹어서 숨은 가빠지고 팔다리는 더 후들거리겠지만 그래도 교활한 건 여전하다. 그렇게 살금살금 움직이는 짐승은 정면으로 달려들지 않는다. 다른 곳을 보고 있을 때 오금을 노린다.

내가 호지스라면 어떻게 할까?

브래디는 충분히 고민한 뒤에 벽장 앞으로 다가가고 배비노의 (남은) 기억을 잠깐 뒤져서 지금 머물고 있는 육신에 걸맞은 외투를 선택한다. 모든 게 딱 맞는다. 그는 관절염이 있는 손가락에 장갑을 끼고 밖으로 나간다. 눈발은 아직 거세어지지 않았고 나뭇가지들은 잠잠하다. 나중에는 모든 게 달라지겠지만 지금은 쾌적하게 캠프장을 한 바퀴 둘러보기에 충분한 날씨다.

낡은 캔버스 방수포로 덮인 장작더미가 있는 곳까지 걸어간다. 방수포 위로 보송보송한 눈이 몇 센티미터 쌓여 있다. 그 너머로 9000에서 1만 제곱미터쯤 되는 늙은 소나무와 가문비나무 숲이 헤즈 앤드 스킨과 빅 밥스 베어 캠프를 갈라놓고 있다. 완벽하다.

총기를 보관하는 벽장에 다녀와야겠다. 스카도 훌륭하지만 쓸 만한 다른 것들도 있다.

'호지스 형사.' 왔던 길을 서둘러 돌아가며 브래디는 생각한다. '깜짝 선물이 있어. 기절할 만큼 엄청난 깜짝 선물이.'

23

제롬은 호지스가 하는 말을 열심히 귀담아 듣고는 고개를 젓는다.

"절대 안 돼요, 아저씨. 저도 가야 해요."

"너는 집에 가서 가족들과 함께 있어야지." 호지스가 말한다. "특히 동생이랑. 어제 하마터면 큰일 날 뻔했는데."

프런트데스크 직원이 어딘지 모를 곳으로 사라졌는데도 그들은 힐튼 로비 한구석에 앉아서 나지막이 속삭이고 있다. 제롬은 두 손으로 허벅지를 딛고 몸을 앞으로 내밀고 고집스럽게 미간을 찌푸리고 있다.

"홀리가 가면……"

"우린 다르잖아." 홀리가 말한다. "그걸 알아야지, 제롬. 나는 어머니랑 잘 지낸 적이 없어, 한 번도. 요즘도 1년에 한두 번 보는 게 다야. 집에 가더라도 나는 얼른 빠져나오고 싶어서 안달이고 어머니는 얼른 나를 보내고 싶어서 안달이지. 그리고 빌은…… 병마와 싸우겠지만 가능성이 어느 정도인지 우리 둘 다 알잖니. 네 경우는 전혀 달라."

"녀석은 위험해." 호지스가 말한다. "그리고 우리 쪽에서 기습 작전을 동원할 수도 없어. 내가 잡으러 갈 줄 모른다면 바보라는 소리인데 다른 건 몰라도 그 녀석이 바보인 적은 없었거든."

"밍고에서는 우리 셋이었잖아요." 제롬이 말한다. "아저씨가 엔진 고장을 일으켰을 때는 홀리하고 저 둘뿐이었고요. 우리 둘이서 잘 해치웠잖아요."

"그때하고 지금은 다르지." 홀리가 말한다. "그때는 그가 마인드 컨트롤이라는 주문을 쓸 줄 몰랐잖아."

"그래도 같이 가고 싶어요."

호지스는 고개를 끄덕인다.

"네 심정은 이해하지만 아직은 내가 대장이잖니. 대장이 안 된다는 거야."

"하지만……"

"이유가 하나 더 있어." 홀리가 말한다. "그보다 더 중요한 이유. 리 피터가 꺼졌고 웹사이트가 다운됐지만 활성화된 재핏이 거의 250대야. 스스로 목숨을 끊은 아이가 이미 최소 한 명인데 이게 어떻게 된 일인지 경찰에 알릴 방법이 없어. 이사벨 제인스는 빌을 참견대장이라고 생각하고 다른 사람들은 우리를 정신병자로 간주할 테니까. 우리한테 무슨 일이 생기면 너밖에 안 남는 거야. 모르겠니?"

"두 분이서 나를 빼놓고 가려고 한다는 것 말고는 아무것도 모르겠는데요."

제롬이 말한다. 호지스가 잔디 깎는 일을 맡겼던 몇 년 전의 비쩍 마른 소년으로 돌아간 듯한 말투다.

"그뿐만이 아니다. 내가 그를 죽여야 할지 몰라. 사실 그럴 가능성이 가장 높다."

"맙소사, 아저씨. 그건 저도 알아요."

"하지만 경찰들과 세상 사람들이 보기에는 내가 죽인 사람이 펠릭스 배비노라는 명망 있는 신경과 의사일 거 아니냐. 내가 파인더스 키퍼스를 연 이래 법망을 요리조리 잘 피해 왔다만 이번에는 경우가 다를 수 있어. 살인 방조범으로 기소될 수도 있는데 그러고 싶니? 이 주에서는 과실치사로 간주할 텐데? 심지어 1급 살인범이 될 수도 있는데?"

제롬은 당혹스러워한다.

"홀리한테는 그걸 감수하게 하고 있잖아요."

홀리가 말한다.

"너는 우리 셋 중에서 미래가 제일 창창하잖아."

호지스는 아픔을 참고 몸을 앞으로 기울여서 제롬의 널찍한 뒷덜미에 손을 얹는다.

"내키지 않는다는 거 안다. 왜 아니겠니. 하지만 어느 모로 보나 이게 올바른 선택이야."

제롬은 곰곰이 생각하더니 한숨을 쉰다.

"무슨 뜻인지 알겠어요."

호지스와 홀리는 그런 대답으로는 부족하다는 것을 알기에 기다린다.

"그럴게요." 마침내 제롬이 말한다. "싫지만 그렇게 할게요."

호지스는 통증을 견디기 위해 옆구리를 손으로 누르며 자리에서 일어난다.

"그럼 차 가지러 가자. 폭풍이 온다는데 그 전에 최대한 멀리 가야지."

24

제롬은 랭글러 보닛에 기대고 서서 그들이 4륜 구동 익스피디션의 열쇠를 들고 렌터카 사무실에서 나올 때까지 기다린다. 그는 홀리를 끌어안고 그녀의 귀에 대고 속삭인다.

"마지막 기회예요. 나도 데려가요."

그녀는 그의 가슴에 기댄 채로 고개를 젓는다.

그는 그녀를 놓아주고 호지스 쪽으로 고개를 돌린다. 그 옛날 페도라를 쓰고 있는데 벌써부터 쌓인 눈으로 챙이 하얗다. 호지스가 한쪽 손을 내민다.

"다른 때 같으면 포옹을 하겠다만 지금은 포옹하면 아파서."

제롬은 손을 굳게 잡는 것으로 만족한다. 눈에 눈물이 맺혀 있다.

"조심하세요. 연락하시고요. 그리고 홀리베리를 데리고 돌아와 주세요."

"그럴 작정이다." 호지스가 말한다.

제롬은 익스피디션에 올라타는 두 사람을 바라본다. 운전석에 오르는 호지스는 불편한 기색이 역력하다. 제롬은 그들의 판단이 맞는다는 것을 안다. 셋 중에서 그가 가장 소모성이 떨어진다. 그걸 이해한다고 해서 그들이 내린 결정을 기쁘게 받아들일 수 있거나 집으로 돌려보내진 어린애가 된 것 같은 기분을 떨칠 수 있는 건 아니다. 그런데도 그들을 따라나서지 않는 이유는 아무도 없는 호텔 로비에서 홀리가 한 말 때문이다. *우리한테 무슨 일이 생기면 너밖에 안 남는 거야.*

제롬은 지프에 올라타서 집으로 향한다. 크로스타운으로 합류하는데 강한 예감이 느껴진다. 두 친구를 두 번 다시 만나지 못할 것 같은 예감이다. 그는 말도 안 되는 미신이라고 생각해 보려 하지만 잘 되지 않는다.

25

크로스타운을 빠져나온 호지스와 홀리가 47번 고속도로 상행선으로 진입했을 무렵에는 눈발이 나풀거리는 수준을 넘어선다. 그걸 뚫고 달리자니 홀리와 함께 보았던 SF 영화가 생각난다. 엔터프라이즈 우주선이 하이퍼 드라이브인가 뭔가로 진입하는 순간이 생각난다. 제한 속도를 알리는 표지판 위에서 폭설 주의와 시속 65킬로미터라는 두 단어가 깜빡이지만 그는 시속 100킬로미터에 속도계를 고정하고 50킬로미터, 안 되면 30킬로미터라도 최대한 오랫동안 그 속도로 달릴 작정을 한다. 주행차로를 달리는 차량 몇 대가 속도를 줄이라고 클랙슨을 울리지만, 열여덟 개의 바퀴로 보얀 눈보라를 날리며 요란하게 달리는 트레일러 트럭 옆을 쌩하니 지나는 것은 일종의 공포 극복 훈련이다.

거의 30분이 지났을 때 홀리가 정적을 깬다.

"총 들고 왔죠? 끈으로 묶는 가방 안에 든 게 총이죠?"

"맞아요."

그녀는 안전벨트를 풀고(보는 그가 불안해진다.) 뒤 좌석에서 가방을 집는다.

"장전됐어요?"

"글록은 장전됐어요. 38구경은 당신이 직접 해야 해요. 당신이 쏠 총이 그거예요."

"방법을 모르는데."

호지스는 예전에 한 번 그녀에게 같이 사격장에 가서 총기 소지

자격증 강의를 들어보지 않겠느냐고 제안했다가 그녀의 격렬한 반대에 부딪친 적이 있다. 그 뒤로 두 번 다시 이야기를 꺼내지 않은 이유는 그녀가 총기를 소지할 필요가 없을 거라고 생각했기 때문이다. 그녀를 그런 상황으로 몰아넣을 일이 없을 거라고 생각했기 때문이다.

"보면 알아요. 어렵지 않아요."

그녀는 손과 방아쇠, 얼굴과 총구의 거리를 멀찌감치 유지하며 빅토리를 요리조리 뜯어본다. 몇 초 뒤에 총신을 돌리는 데 성공한다.

"잘했어요. 이제 총알을 넣으면 돼요."

38구경 원체스터 탄약 상자가 두 개다. 무게는 130그레인, 전피갑탄이다. 그녀는 상자를 열고 미니 탄두처럼 고개를 내밀고 있는 탄약통을 보더니 얼굴을 찡그린다.

"으웩."

"할 수 있겠어요?" 트럭을 또 한 대 제치자 익스피디션이 눈안개에 휩싸인다. 주행차로는 군데군데 맨땅인 곳도 있지만 추월차로는 눈으로 뒤덮였고 그들 오른쪽에서 달리는 트럭은 끝이 어디인지 보이지 않는다. "못 하겠으면 그냥 둬요."

"설마 장전할 수 있겠느냐고 묻는 건 아니죠?" 그녀는 화난 목소리로 묻는다. "어떻게 하면 되는지 알겠어요. 어린애라도 할 수 있겠는걸요."

'가끔 어린애들이 실제로 장전을 할 때도 있지.' 호지스는 생각한다.

"그를 쏠 수 있겠느냐고 물은 거죠?"

"그럴 일은 없겠지만 만약 그런 상황이 닥친다면 쏠 수 있겠어요?"

"네." 홀리는 대답하고 빅토리의 탄창에 여섯 개의 총알을 장전한다. 그러고는 총이 손 안에서 폭발할까 두려운 사람처럼 입 꼬리를 내리고 실눈을 뜬 채 탄창을 얼른 제자리에 다시 넣는다. "안전장치는 어디 있어요?"

"없어요. 리볼버에는 원래 없어요. 공이치기를 밑으로 내리면 그걸로 끝이에요. 핸드백에 넣어요. 탄약도 같이."

그녀는 그가 시킨 대로 하고 핸드백을 발 사이에 둔다.

"그리고 입술 그만 씹어요. 그러다 피가 나겠네."

"노력은 하겠지만 지금 아주 스트레스가 많은 상황이라고요, 빌."

"알아요."

그들은 다시 주행차로로 돌아왔다. 구간 표식은 고통스러우리만치 더디게 지나가고 옆구리의 통증은 긴 촉수를 심지어 목구멍까지 뻗은 뜨거운 해파리 같다. 예전에, 20년 전에 그는 텅 빈 주차장에 몰린 절도범이 쏜 총에 다리를 맞은 적이 있었다. 그때 느낀 통증이 지금과 비슷했지만 결국에는 가라앉았다. 이건 가라앉을 것 같지 않다. 약을 먹으면 잠깐 잠잠해질지 몰라도 오래도록은 아닐 것이다.

"거길 찾았는데 그가 없으면 어떻게 해요, 빌? 그럴 경우에 대해서 생각해 봤어요? 네?"

생각해 봤지만 그럴 경우 어떻게 하면 좋을지 전혀 모르겠다.

"미리 걱정하지는 말자고요."

전화벨이 울린다. 외투 주머니에 들어 있기에 도로에 시선을 고정한 채 꺼내서 홀리에게 넘긴다.

"여보세요, 홀리인데요." 그녀는 상대방이 하는 말을 듣더니 *회색*

눈의 미녀라고 호지스에게 입 모양으로 알린다. "아하…… 네……
그래요, 알겠어요…… 아뇨, 못 받아요. 지금 바빠서요. 내가 전해 줄
게요." 그녀는 좀 더 듣더니 이렇게 이야기한다. "얘기해 줄 수는 있
지만 내 말을 못 믿을 거예요, 이지."

그녀는 탁 소리 나게 전화기를 닫고 그의 외투 주머니에 다시 넣
는다.

"자살자가 나왔대요?" 호지스가 묻는다.

"지금까지 세 명이래요. 아버지 앞에서 총을 쏜 그 남자아이까지
포함해서."

"재핏은요?"

"세 군데 중 두 군데에서 발견됐대요. 세 번째 현장에서는 찾아볼
겨를이 없었고요. 아이를 살리려고 했는데 너무 늦었대요. 목을 맸
다는데. 이지는 정신이 반쯤 나간 목소리예요. 어떻게 된 영문인지
알고 싶어 해요."

"우리한테 무슨 일이 생기면 제롬이 피트한테 얘기할 테고, 그러
면 피트가 이지한테 얘기하겠죠. 이제는 그녀도 귀담아서 들을 자세
가 거의 갖추어진 것 같네요."

"더 이상 희생자가 나오기 전에 막아야 해요."

'지금도 희생자가 속출하고 있을지 몰라요.' 호지스는 생각한다.

"그래야죠."

이동한 거리가 차곡차곡 쌓인다. 호지스는 어쩔 수 없이 속도를
80으로 줄이고, 익스피디션이 월마트 트럭의 뒤바람을 맞고 살짝 흔
들리는 것처럼 느껴지자 다시 70으로 줄인다. 3시가 지나 눈 내리는

하늘에서 햇빛이 가시기 시작할 때 홀리가 다시 입을 연다.

"고마워요."

그는 잠깐 고개를 돌려서 묻는 표정으로 그녀를 쳐다본다.

"데려가 달라고 애원하지 않게 해 줘서요."

"당신 상담치료사의 희망사항을 내가 실천에 옮기고 있을 뿐이에요." 호지스가 말한다. "끝맺음을 한 무더기 선물하는 것."

"그거 웃자고 하는 얘기에요? 나는 당신이 무슨 말을 하면 농담인지 진담인지 절대 구분 못하겠더라. 당신 진짜 능청스러운 거 알아요?"

"웃자고 하는 얘기 아니에요. 이건 우리에게 주어진 임무잖아요, 홀리. 다른 누구의 것이 아니라."

하얀 눈보라 사이로 초록색 표지판이 보인다.

"79번 주도." 홀리가 말한다. "여기로 빠져나가야 해요."

"고마워라. 날이 밝을 때라도 고속도로 운전은 싫네요."

26

홀리의 아이패드에 따르면 주도를 따라서 동쪽으로 24킬로미터만 가면 서스턴 주유소가 나온다지만 거기까지 가는 데 30분이 걸린다. 익스피디션이 눈 덮인 도로에서는 아무 문제없을지 몰라도 바람이 거세어지고 있고(라디오에서 말하길 8시면 강풍이 될 거라고 한다.) 돌풍이 불면 눈의 장막이 도로를 뒤덮기 때문에 호지스는 다시 앞이 보일 때까지 속도를 25킬로미터로 줄인다.

노란색의 큼지막한 셸 간판이 보이는 쪽으로 핸들을 꺾는데 홀리의 전화벨이 울린다.

"전화 받아요." 그가 말한다. "금방 올게요."

그는 페도라가 바람에 날리지 않도록 깊숙이 눌러쓰며 차에서 내린다. 내리는 눈을 뚫고 사무실로 뚜벅뚜벅 걸어가는 동안 바람에 날린 외투 옷깃이 그의 목을 기관총처럼 난사한다. 몸통이 전체적으로 욱신거린다. 불이 붙은 석탄을 삼킨 느낌이다. 주유 펌프 주변과 그 옆 주차장은 공회전중인 익스피디션 말고는 아무도 없다. 농장 일꾼들은 올해 첫 폭풍이 기승을 부리는 기나긴 밤 동안 돈을 벌러 뿔뿔이 흩어졌다.

호지스는 순간, 카운터 뒤에 도서관 앨이 앉아 있는 듯한 섬뜩한 착각을 느낀다. 똑같은 초록색 디키스 티셔츠를 입었고, 존 디어 모자 가장자리로 팝콘처럼 하얀 머리칼이 삐죽삐죽 튀어나온 것도 똑같다.

"이렇게 광풍이 부는 오후에 여기까지 어쩐 일이쇼?" 노인은 이렇게 묻고 호지스 너머를 흘끗 쳐다본다. "벌써 저녁인가?"

"오후와 저녁의 중간이에요." 호지스가 대답한다. 수다를 떨고 있을 시간이 없지만(도시에서는 지금 이 시각에도 아이들이 아파트 창밖으로 뛰어내리거나 약을 삼키고 있을지 모른다.) 용건을 처리하려면 어쩔 수 없다. "서스턴 씨 되십니까?"

"그렇소만. 기름을 넣으러 온 것 같지는 않아 보여서 강도인가 했는데 그러기에는 또 너무 번듯해 보이고. 도시에서 왔소?"

"네. 그런데 제가 좀 급해서 그렇습니다만."

"도시 친구들이 대개 그렇지." 서스턴은 보고 있던 《필드 앤드 스트림》을 내려놓는다. "필요한 게 뭐요? 길을 물어보려고? 가까운 데라야 할 텐데. 이 녀석이 점점 기세등등해지는 걸 보면."

"가까울 겁니다. 헤즈 앤드 스킨스라는 사냥용 캠프장인데요. 혹시 들어 보셨나요?"

"아, 물론이지. 빅 밥스 베어 캠프 바로 옆에 있는 의사들 캠프장. 그 친구들, 들어오는 길에 아니면 나가는 길에 여기서 재규어나 포르쉐에 기름을 넣지." 그의 말투를 들으면 포르쉐가 노인네들이 저녁에 일몰을 감상할 때 앉아 있는 의자나 뭐 그런 건 줄 알겠다. "그런데 지금은 아무도 없을 거요. 사냥 시즌은 12월 9일에 끝나거든. 활사냥은. 총사냥은 11월 마지막 날에 끝나고. 그 의사들은 전부 소총을 써. 큰놈들로다가. 아프리카에 있는 척하고 싶은가 봐."

"오늘 여기 들른 외지인은 없었나요? 프라이머가 여기저기 덕지덕지 뿌려진 고물차를 몰고 왔을 텐데요."

"없었는데."

젊은 남자가 걸레에 손을 닦으며 정비소에서 나온다.

"저는 그 차 봤어요, 할아버지. 쉐보레던데. 제가 요 앞에서 스파이더 윌리스랑 얘기하고 있을 때 지나갔어요." 그는 호지스에게로 시선을 돌린다. "아저씨가 타고 오신 차하고는 다르게 눈길에 픽 쓰러지게 생긴 차가 별 것도 없는 방향으로 가니까 눈에 들어오더라고요."

"캠프장으로 가는 길을 알려 주실 수 있을까요?"

"아주 쉬워." 서스턴이 말한다. "오늘은 날씨가 궂어서 어쩔지 모르겠지만. 오던 길로 어느 정도 더 가면 되는가 하면······" 그는 손자를 돌아본다. "얼마나 되겠냐, 듀에인? 5킬로미터?"

"6킬로미터는 될 거예요."

"그럼 서로 양보해서 5.5킬로미터. 그쯤 가면 왼쪽으로 빨간 기둥이 두 개 보일 거요. 높이가 180센티미터쯤 되지만 제설기가 벌써 두 번 왔다 갔기 때문에 잘 봐야 해. 눈으로 거의 묻혔거든. 삽을 들고 왔다면 모를까, 쌓인 눈더미를 헤치고 지나가야 할 거요."

"저 차면 되지 않을까 싶은데요." 호지스가 말한다.

"응, 아마 그렇겠지. 그리고 눈이 아직 꽁꽁 얼어붙기 전이라 저 차에 아무 피해도 없을 테고. 아무튼 2~3킬로미터쯤 가면 길이 두 개로 나뉘어. 한쪽은 빅 밥스로 가는 길이고 다른 쪽은 헤즈 앤드 스킨스로 가는 길인데, 어느 쪽이 어느 길인지 모르겠네. 예전에는 화살표 모양으로 표지판이 달려 있었는데."

"요즘도 달려 있어요." 듀에인이 말한다. "빅 밥스가 오른쪽이고 헤즈 앤드 스킨스가 왼쪽이에요. 확실해요. 제가 작년 10월에 빅 밥 로완의 지붕널을 다시 깔아 줬거든요. 엄청 중요한 일인가 보네요. 이런 날씨에 찾아오다니."

"내 차로 그 길을 헤치고 갈 수 있을까?"

"그럼요." 듀에인이 말한다. "아직까지는 나무들이 눈을 대부분 막아 주고 있을 테고 호수로 가는 내리막길이거든요. 나중에 빠져나올 때는 좀 힘들 수 있겠어요."

호지스는 뒤 주머니에서 지갑을 꺼내(맙소사, 심지어 이 동작마저 아프다.) 퇴직 도장이 찍힌 경찰 신분증을 끄집어낸다. 여기에 파인더스 키퍼스 명함을 더해서 카운터 위에 올려놓는다.

"두 분, 비밀을 지켜주실 수 있을까요?"

그들은 호기심으로 얼굴을 환히 빛내며 고개를 끄덕인다.

"저는 지금 소환장을 들고 왔어요. 민사 사건인데 걸린 금액이 몇 백만 단위예요. 프라이머로 때운 셰비를 몰고 지나간 사람이 배비노라는 의사예요."

"그 친구야 11월마다 봤지. 태도가 아주 가관이야. 모든 사람을 자기 눈 아래로 보고. 하지만 그 친구 차는 BMW인데."

"오늘은 아무 차나 되는 대로 타고 왔어요. 오늘 자정까지 이걸 처리하지 않으면 이 사건은 물 건너간 얘기가 되고, 수중에 남은 게 별로 없는 노부인이 돈을 못 받게 돼요."

"의료 사고인가요?" 듀에인이 묻는다.

"그건 밝힐 수 없지만 아무튼 찾아가 보려고 해요."

'이들은 내가 한 말을 기억하겠지.' 호지스는 생각한다. '그리고 배비노의 이름도.'

노인이 입을 연다.

"이 건물 뒤편에 스노모빌이 두어 대 있는데. 필요하면 한 대 써요. 악틱 캣 스노모빌이 앞 유리창이 높아. 그걸 타고 가면 춥긴 하겠지만 아무 문제없이 나올 수 있을 거요."

생전 처음 보는 사람에게 이런 제안을 하다니 감동스러운 일이지만 호지스는 고개를 젓는다. 스노모빌은 시끄러운 짐승이다. 헤즈앤드 스킨스에 있는 사람은 (브래디일지 배비노일지 그 둘의 섬뜩한 조합일지 모르지만) 그의 등장을 예상하고 있다. 호지스 쪽에서 유리한 측면이 있다면 그게 언제일지 그의 사냥감은 모른다는 것이다.

"파트너하고 제가 급습할 거예요." 그가 말한다. "나오는 건 나중에 걱정하고요."

"살금살금 조용히 말이죠?"

듀에인은 그렇게 말하면서 미소를 머금은 입술 위로 한 손가락을 갖다 댄다.

"바로 그거지. 눈밭에서 옴짝달싹 못하게 되면 도움을 청할 사람이 있을까요?"

"이 번호로 연락하시게." 서스턴이 금전등록기 옆 플라스틱 쟁반에서 명함을 한 장 집어서 건넨다. "듀에인이나 스파이더 윌리스를 보낼 테니. 오늘 밤 늦게나 될 테고 요금은 40달러. 몇백만 달러짜리 사건을 맡았다니 그 정도는 부담할 수 있겠지."

"이 일대에서 휴대 전화가 터지나요?"

"험한 날씨에도 막대가 다섯 개 떠요." 듀에인이 말한다. "호수 남쪽에 기지국이 있거든요."

"다행이네. 고맙다. 어르신도 감사합니다."

그가 몸을 돌리려는 찰나 노인이 입을 연다.

"지금 그런 모자는 이런 날씨에 아무 소용없어. 이걸 쓰게." 그는 꼭대기에 주황색의 큼지막한 방울이 달린 털모자를 건넨다. "그런데 신발은 어쩔 도리가 없네그려."

호지스는 고맙다는 인사와 함께 모자를 받아서 들고, 페도라를 벗어서 카운터에 내려놓는다. 거기에 마가 낀 것 같다. 그래서 벗어야 할 것 같다.

"담보예요." 그가 말한다.

두 사람 다 씩 웃는다. 젊은 쪽이 이를 훨씬 더 많이 드러내고 웃는다.

"좋소. 그런데 호수까지 운전해도 정말 괜찮겠소……?" 노인은 파인더스 키퍼스 명함을 흘끗 내려다본다. "호지스 씨? 안색이 좀 안 좋아 보이는데."

"기침 감기예요. 해마다 겨울만 되면 걸리네요. 두 분 다 고맙습니다. 그리고 만에 하나 배비노 씨가 여기로 전화하더라도……."

"아무 소리도 하지 않겠소. 저 잘난 맛에 사는 인간인걸."

호지스가 문 쪽으로 걸음을 옮기려는 순간, 지금껏 한 번도 겪어 보지 못한 통증이 어디에선가 튀어나와 턱까지 그의 몸통을 가른다. 불이 붙은 화살에 맞은 것과도 같아서 그는 비틀거린다.

"정말 괜찮은 거요?" 노인이 물으며 카운터를 돌아나온다.

"네, 괜찮습니다." 사실은 정반대다. "다리에 쥐가 났어요. 운전을 오래했더니. 나중에 모자 찾으러 오겠습니다."

'운이 좋으면.' 그는 생각한다.

27

"한참 있었네요?" 홀리가 말한다. "그럴듯하게 둘러댔죠?"

"소환장요." 긴 설명이 필요 없다. 그들은 전에도 소환장 이야기를 우려먹은 적이 있다. 그러면 소환 당한 당사자가 아닌 이상 너도나도 돕고 싶어 한다. "누구 전화였어요?"

그는 어떻게 돼 가고 있는지 궁금해서 제롬이 전화했겠거니 짐작하며 묻는다.

"이지 제인스요. 자살 사건이 두 건 더 접수됐대요. 한 명은 시도로 끝나고 한 명은 성공하고. 시도에 그친 여자아이는 2층 창밖으로 뛰어내렸는데 눈 더미 위로 떨어져서 뼈만 몇 군데 부러졌대요. 다른 남자아이는 자기 방 벽장에서 목을 맸대요. 베개에 유서를 남겼는데 *베스*라는 한 단어와 깨진 하트뿐이었다고 하고요."

기어를 넣고 다시 주도로 진입하자 익스피디션 바퀴가 살짝 헛돈다. 하향등을 켜고 가야 한다. 전조등 불빛이 내리는 눈을 반짝이는 하얀색 장막으로 바꾼다.

"이 사건은 우리 손으로 해결해야 해요." 그녀가 말한다. "이 자가 브래디라고 한들 아무도 안 믿을 거예요. 그는 배비노인 척하면서 무서워서 도망쳤다는 둥 거짓말을 늘어놓을 테고요."

"그런데도 도서관 앨이 자기 부인을 쏴서 죽였을 때 경찰에 신고하지 않았다?" 호지스가 묻는다. "아무도 안 믿을 것 같은데요."

"그럴지 모르지만 그가 다른 사람한테로 옮겨가면 어떻게 해요? 배비노 안으로 들어갔으니까 다른 사람 안으로 들어갈 수도 있지 않겠어요? 이 사건은 우리 손으로 해결해야 해요. 살인죄로 체포되는 한이 있더라도. 그런데 정말 그럴 수도 있을까요, 빌? 네? 네? 네?"

"그 걱정은 나중에 해요."

"내가 사람을 쏠 수 있을지 모르겠어요. 상대가 브래디 하츠필드이더라도 겉모습은 다른 사람일 거 아녜요."

그는 했던 말을 반복한다.

"그 걱정은 나중에 해요."

"알았어요. 그 모자 어디서 났어요?"

"페도라하고 바꿨어요."

"꼭대기에 달린 방울이 웃기기는 하지만 따뜻해 보이네요."

"쏠래요?"

"아뇨. 하지만 빌."

"나 원 참. 왜요, 홀리?"

"꼴이 말이 아니네요."

"아부해 봐야 소용없어요."

"그런 식으로 비아냥거리겠다 이거죠? 좋아요. 앞으로 얼마나 가야 한대요?"

"아까 거기서 사람들이 합의한 바로는 5.5킬로미터쯤 가면 된대요. 그쯤 가면 캠프장 진입로가 나온대요."

날리는 눈을 뚫고 엉금엉금 5분을 기어가는 동안 정적이 흐른다. '본격적인 폭풍은 아직 시작되지도 않았는데 이렇다니.' 호지스는 생각한다.

"빌?"

"이번에는 또 왜요?"

"당신은 부츠가 없고 나는 니코레트가 다 떨어졌어요."

"그럼 마리화나를 피워 보지그래요? 그런데 피울 땐 피우더라도 왼쪽으로 빨간 기둥이 보이는지 잘 살펴요. 조만간 나올 때가 됐으니까."

홀리는 마리화나에 불을 붙이지 않고 내앉아서 왼쪽을 쳐다본다. 익스피디션이 다시 미끄러져서 뒤꽁무니가 처음에는 왼쪽으로, 그 다음에는 오른쪽으로 삐죽거리는데도 모르는 눈치다. 1분 뒤에 그녀가 손으로 가리킨다.

"저거예요?"

맞다. 제설기 때문에 눈으로 덮여서 맨 끝 45센티미터 정도만 남았지만 워낙 밝은 빨간색이라 못 보고 지나치거나 착각할 여지가 없다. 호지스는 브레이크를 밟아서 익스피디션을 세우고 눈 더미를 마주 보도록 방향을 돌린다. 그런 다음 레이크우드 놀이공원에 딸을 데리고 가서 와일드 컵에 태우며 가끔 했던 말을 홀리에게 반복한다.

"틀니 빠지지 않게 꽉 잡아요."

홀리는 농담을 모르는 사람답게 "틀니 없어요."라고 대꾸하면서도 계기반을 꼭 붙잡는다.

호지스는 가볍게 액셀을 밟으며 눈 더미를 향해 다가간다. 예상과 다르게 쿵 하는 느낌이 없다. 서스턴의 말마따나 눈이 아직 굳지 않았다. 쌓인 눈이 양옆과 앞 유리창으로 튄다. 앞 유리창으로 튄 눈 때문에 일시적으로 앞이 보이지 않는다. 와이퍼를 최고 속도로 움직여서 유리를 말끔히 닦아 내고 보니 익스피디션이 급속도로 눈이 쌓여 가는 1차로짜리 캠프장 진입로를 내려가고 있다. 머리 위 나뭇가지에서 어쩌다 한 번씩 눈덩이가 떨어진다. 이전에 차가 지나간 흔적이 보이지 않지만 그건 아무 의미 없다. 지금쯤 이미 지워졌을 것이다.

그는 전조등을 끄고 살금살금 전진한다. 나무 사이로 간신히 보이는 흰 띠가 길잡이 역할을 한다. 비탈길과 커브길과 다시 비탈길이 끝없이 이어지는가 싶더니 마침내 좌우로 나뉘는 지점이 등장한다. 내려서 화살표를 확인할 필요도 없다. 왼편의 눈과 나무 사이로 희미하게 깜빡이는 불빛이 보인다. 거기가 헤즈 앤드 스킨스이고 누군가가 안에 있다. 그는 핸들을 잡고 오른쪽 길을 천천히 내려가기 시작한다.

두 사람 모두 고개를 들어서 확인하지 않지만 비디오카메라가 그들을 내려다보고 있다.

28

호지스와 홀리가 제설차가 만든 눈 더미를 뚫고 지나왔을 무렵, 브래디는 배비노의 겨울 외투와 부츠를 완전 장착하고 TV 앞에 앉아 있다. 스카를 써야 할 경우에 대비해 장갑은 벗었지만 한쪽 허벅지 위에 까만색 스키 마스크가 놓여 있다. 때가 되면 그걸로 배비노의 얼굴과 백발을 가릴 것이다. 해골 도자기에 꽂힌 볼펜과 연필을 신경질적으로 섞으면서도 그의 시선은 텔레비전을 떠나지 않는다. 정신을 바짝 차리고 망을 보아야 한다. 호지스는 전조등을 끄고 접근할 것이다.

'잔디를 깎아 주던 검둥이를 데려 올까?' 브래디는 궁금해진다. '그러면 얼마나 좋을까! 그야말로 원 플러스 원……'

드디어 등장이다.

점점 굵어지는 눈발에 가려서 퇴직 형사의 차를 놓치면 어쩌나 했더니 쓸데없는 걱정이었다. 눈은 새하얀데 그 사이를 가르는 SUV는 시커면 정사각형이다. 브래디는 실눈을 뜨고 몸을 앞으로 기울여 보지만 타고 있는 인원수가 한 명인지 두 명인지 아니면 염병할 대여섯 명인지 알 길이 없다. 스카가 있으니 필요한 경우 1개 분대를 소탕할 수도 있지만 그러면 재미가 없어진다. 그는 호지스를 살려두고 싶다.

최소한 처음에는 말이다.

이제 관건은 딱 한 가지다. 그가 왼쪽으로 틀어서 곧장 달려들 것인가 아니면 오른쪽으로 틀 것인가? 브래디는 K. 윌리엄 호지스가 빅 밥스로 향하는 길을 선택할 거라고 보는데 그의 짐작은 맞아떨어진다. SUV가 첫 번째 모퉁이를 도는 동안 미등을 잠깐 번쩍이며 눈 속으로 사라지자 브래디는 해골 모양 연필꽂이를 TV 리모컨 옆에 내려놓고 소파 옆 테이블에서 기다리고 있던 물건을 집는다. 제대로 쓰면 법적으로 아무 문제가 없는 물건이지만…… 배비노와 그의 무리들은 한 번도 그런 적이 없었다. 그들은 훌륭한 의사였을지 몰라도 여기 이 숲속에서는 악동일 때가 많았다. 그는 이 값진 장비를 머리 위로 늘렸다가 고무줄을 잡고 외투 앞으로 대롱대롱 늘어뜨린다. 그런 다음 스키 마스크를 쓰고 스카를 집고 밖으로 나간다. 심장이 빠르게 두근거리고 지금 이 순간만큼은 배비노의 손가락에서 관절염이 사라진 것처럼 느껴진다.

복수는 꿀맛이라는데 그 꿀맛을 느낄 때가 되었다.

29

홀리는 호지스에게 왜 오른쪽 길로 가느냐고 묻지 않는다. 그녀가 노이로제 환자일지 몰라도 바보는 아니다. 그는 왼쪽으로 보이는 불빛을 가늠하며 걷는 속도로 차를 몬다. 불빛과 나란해지자 차를 멈추고 시동을 끈다. 이제는 어둠이 완전히 내려서 그가 홀리 쪽으로 고개를 돌리자 그녀의 눈에는 언뜻 머리가 있어야 할 자리에 해골이 놓인 것처럼 보인다.

"여기 있어요." 그가 나지막이 얘기한다. "아무 일 없다고 제롬한테 문자 보내요. 내가 숲속으로 가로질러가서 그를 끌고 올게요."

"산 채로 끌고 오겠다는 건 아니죠?"

"재핏을 가지고 있는 한 그건 안 될 말이죠." 어쩌면 재핏을 가지고 있지 않아도 그건 안 될 말이라고 그는 생각한다. "무리수를 둘 수는 없으니까요."

"그러면 그가 브래디라는 걸 믿는다는 얘기네요?"

"배비노라 하더라도 이 사건에 관여했잖아요. 아주 깊숙이."

하지만 언제부터인가 그는 브래디 하츠필드가 배비노의 몸을 조종하고 있다고 믿게 됐다. 아니라고 할 수 없을 만큼 강한 직감이 느껴지는데다 증거도 어느 정도 뒷받침하고 있다.

'그를 죽였는데 내가 착각한 것만은 아니길.' 그는 생각한다. '하지만 무슨 수로 알 수 있을까? 무슨 수로 확신할 수 있을까?'

홀리가 자기도 같이 가겠다며 반항할 줄 알았더니 "당신한테 무슨 일이 벌어지면 내가 이걸 몰고 여기서 빠져나갈 자신이 없어요, 빌."

하고는 그만이다.

그는 그녀에게 서스턴의 명함을 건넨다.

"10분, 아니 15분이 지나도 내가 감감무소식이면 이 사람한테 연락해요."

"총소리가 들리면요?"

"내가 쏜 총소리고 나는 무사하면 도서관 앨의 자동차 경적을 울릴게요. 경적 소리가 안 들리면 차를 몰고 이 길 끝에 있는 빅 밥스 머시긴가 하는 캠프장까지 가요. 거기 들어가서 숨을 만한 데를 찾은 다음 서스턴에게 전화해요."

호지스는 중앙 사물함 너머로 몸을 내밀고 처음으로 그녀에게 입을 맞춘다. 그녀는 너무 놀라서 대응하지 못하지만 몸을 뒤로 빼지는 않는다. 그가 입술을 떼자 그녀는 혼란스러워하는 표정으로 아래를 내려다보며 제일 먼저 생각난 말을 내뱉는다.

"빌, 구두 신고 와서 어떡해요? 발이 얼겠어요!"

"숲에는 눈 별로 안 쌓였어요. 5~6센티미터밖에 안 돼요." 그리고 발이 시린 건 이 시점에서 걱정할 거리도 못 된다.

그는 스위치를 눌러서 실내등이 켜지지 않게 한다. 그가 통증을 참느라 끙끙거리며 차에서 내리자 전나무 사이로 부는 바람의 속삭임이 그녀의 귀에 들린다. 인간의 목소리라면 애도하는 분위기에 가깝다. 잠시 후 문이 닫힌다.

홀리는 그 자리에 가만히 앉아서 시커먼 그의 형체와 시커먼 나무의 형체가 점점 합쳐지는 것을 지켜보다가 마침내 그 둘을 구분할 수 없는 지경에 이르자 차에서 내려서 그의 뒤를 따라간다. 슈거 하이츠가 아직 숲이었던 1950년대에 호지스의 아버지가 순찰경관으로 들고 다녔던 빅토리 38구경이 그녀의 외투 주머니 안에 들어있다.

30

호지스는 헤즈 앤드 스킨스의 불빛을 향해 한 걸음씩 터벅터벅 다가간다. 눈발이 그의 얼굴을 때리고 눈꺼풀을 덮는다. 불붙은 화살이 다시 돌아와 안에서 이글거린다. 그가 달구어진다. 얼굴 위로 땀이 흐른다.

'그래도 발은 뜨겁지가 않네.' 그는 이렇게 생각한 순간 눈 덮인 통나무에 미끄러져서 대자로 넘어진다. 정확히 왼쪽으로 땅에 부딪치는 바람에 비명이 나오려는 걸 참느라 외투 소매로 얼굴을 막는다. 뜨끈한 액체가 사타구니 사이로 쏟아진다.

'바지에다 실수를 했네.' 그는 생각한다. '어린애처럼 바지에다 실수를 했어.'

통증이 조금 가시자 그는 다리를 모아서 일어서려고 한다. 그런데 일어날 수가 없다. 축축하게 젖은 곳이 점점 차가워진다. 그걸 피하느라 거시기가 오그라드는 게 느껴질 정도다. 그는 낮게 드리워진 가지를 붙잡고 다시 한 번 일어나 보려고 한다. 가지가 뚝 부러진다. 그는 만화 속 주인공, 와일 E 코요테(루니툰 애니메이션에서 목숨을 걸고 로드 러너를 잡으려고 하지만 번번이 죽지 않을 만큼 다치는 캐릭터 — 옮긴이)가 된 심정으로 부러진 나뭇가지를 멍청히 쳐다보다 옆으로 던진다. 바로 그때 누군가가 그의 겨드랑이 밑으로 손을 집어넣는다.

그는 너무 놀라서 하마터면 비명을 지를 뻔한다. 홀리가 그의 귀에 대고 속삭인다.

"끙차, 빌. 일어나요."

그는 그녀의 도움을 받아가며 마침내 일어선다. 나무 차단막 사이로 보이는 불빛까지의 거리가 이제 40미터도 안 된다. 그녀의 머리를 성에처럼 덮은 눈과 뺨 위에서 반짝이는 눈이 보인다. 문득 앤드류 홀리데이라는 고서적상의 사무실과, 그와 홀리와 제롬이 바닥에 시신으로 누워 있었던 홀리데이를 어떤 식으로 발견했는지 기억이 난다. 그때 그는 두 사람에게 물러서 있으라고 했지만…….

"홀리. 돌아가라고 하면 돌아갈 거예요?"

"아뇨." 그녀는 조그맣게 속삭인다. 두 사람 모두 그렇게 조그맣게 속삭이고 있다. "어쩌면 그를 쏘아야 할지 모르는데 혼자서는 거기까지 못 가잖아요."

"당신은 내 지원군이에요, 홀리. 보험이라고요."

땀이 기름처럼 쏟아져나온다. 긴 외투라 다행이다. 그가 바지에 실례했다는 걸 홀리에게는 들키고 싶지 않다.

"제롬이 보험이죠. 나는 파트너고요. 당신은 몰랐을지 몰라도 그래서 날 데려온 거예요. 내가 원하는 게 그거예요. 내가 원하는 게 그것뿐이에요. 자, 이제 나한테 기대요. 이 사건을 끝내자고요."

그들은 남은 나무 사이를 천천히 움직인다. 호지스의 체중을 그녀가 얼마나 잘 감당하는지 믿기지 않을 정도다. 그들은 집을 에워싼

빈터가 시작되는 곳에서 걸음을 멈춘다. 불이 켜진 방이 두 개다. 호지스는 은은한 불빛으로 볼 때 가까운 쪽 방은 부엌일 거라고 결론을 내린다. 아마 레인지 위에 불이 하나 켜져 있을 것이다. 다른 쪽 창문에서 흔들거리는 불빛은 아마 벽난로 불빛일 것이다.

"우리 목적지가 저기예요." 그가 손가락으로 가리키며 말한다. "그리고 여기에서부터 우리는 야간 순찰에 나선 병사예요. 그러니까 포복으로 기어가야 한다는 말이에요."

"할 수 있겠어요?"

"그럼요." 어쩌면 걷는 것보다 더 수월할지 모른다. "샹들리에 보여요?"

"네. 꼭 뼈 같아요. 으웩."

"저기가 거실인데 그는 아마 저기 있을 거예요. 없으면 저기로 들어올 때까지 기다릴 거예요. 재킷을 들고 있으면 쏠 생각이에요. 손 들어 아니면 엎드려서 손 뒤로 돌려, 이런 경고 없이. 불만 있어요?"

"전혀 없어요."

그들은 엎드린다. 호지스는 글록을 눈 속에 빠뜨릴까 봐 외투 주머니에 그대로 둔다.

"빌."

속삭이는 소리가 너무 작아서 점점 거세어지는 바람소리에 덮여 거의 들리지 않는다.

그는 그녀를 돌아본다. 그녀가 장갑을 한 쪽 내밀고 있다.

"너무 작아요."

그는 말하고 조니 코크란(미식축구 스타 O. J. 심슨이 아내 살인죄로 기소되었을 때 무죄 판결을 이끌어낸 변호사 ─ 옮긴이)이 한 말을 떠올린다. *장갑이 맞지 않으면 무죄입니다*(코크란이 법정에서, 심슨의 아내가 살해된 현장에서 발견된 피 묻은 장갑이 심슨의 손에 맞지 않으면 무죄라고 했다 ─ 옮긴이). 이런 때 인간의 머릿속에 떠오르는 생각들을 보면 희한하기 짝이 없다. 지금까지 살아오면서 이런 때가 또 있었나 싶지만.

"억지로라도 껴요." 그녀가 속삭인다. "총을 쏘는 쪽 손이 얼면 안 되잖아요."

그녀의 말이 맞기에 그는 어찌어찌 장갑의 거의 끝까지 손을 집어넣는다. 짧아서 손이 다 덮이지는 않지만 손가락은 모두 들어갔으니 됐다.

그들은 기어가기 시작한다. 호지스가 살짝 앞장을 선다. 통증이 여전하지만 엎드렸더니 뱃속에서 이글거리던 화살이 이제는 연기만 피운다.

'그래도 기운이 좀 비축됐네.' 그는 생각한다. '딱 필요한 만큼.'

숲이 끝나는 곳에서 샹들리에가 보이는 창문까지는 12미터에서 15미터 정도인데 반쯤 갔을 무렵 장갑을 끼지 않은 쪽은 모든 감각을 잃었다. 가장 사랑하는 친구를 반경 몇 킬로미터 이내에 도움의 손길 하나 없는 이곳으로 데려와 전쟁놀이를 하는 어린애처럼 눈밭을 기게 하다니 믿기지가 않는다. 나름대로 이유가 있었고 에어포트 힐튼에서는 그 이유들이 일리가 있게 느껴졌다. 하지만 지금은 아니다.

그는 도서관 앨의 말리부가 가만히 서 있는 왼쪽을 바라본다. 오른쪽으로 고개를 돌리자 눈 덮인 장작이 보인다. 그는 거실 창문이 보이는 정면을 향해 고개를 돌리려다 장작더미를 홱 하니 다시 돌아보지만 경보가 울린 타이밍이 조금 늦었다.

눈 위에 발자국이 남아 있다. 숲이 끝나는 곳에서는 각도가 맞지 않아서 보이지 않았는데 지금은 똑똑히 보인다. 집 뒤편에서 땔감까지 이어져 있다. '부엌문을 열고 밖으로 나온 모양이로군.' 호지스는 생각한다. '그래서 거기 불이 켜져 있었던 거야. 진작 알아차렸어야 하는 건데. 아프지 않았다면 알아차렸을 테지만.'

그는 글록을 꺼내려고 더듬거리지만 너무 작은 장갑 때문에 시간이 지체되고 마침내 잡아서 꺼내려고 할 때에는 주머니에 걸린다. 그러는 동안 시커먼 형체가 장작더미 뒤에서 등장한다. 장작더미에서 그들이 있는 곳까지 4.5미터 거리를 네 걸음 만에 성큼성큼 건너온다. 공포 영화에 나오는 외계인처럼, 앞으로 튀어나온 동그란 눈 말고는 이목구비가 하나도 보이지 않는다.

"홀리, 조심해요!"

그녀가 고개를 드는 순간 스카 개머리판이 내리꽂힌다. 쩍 하는 소름끼치는 소리에 이어 그녀가 두 팔을 양옆으로 뻗으며 앞으로 쓰러진다. 호지스가 외투 주머니에서 글록을 꺼낸 순간 개머리판이 다시 내리꽂힌다. 손목이 부러지는 소리와 느낌이 동시에 전달된다. 그가 보는 앞에서 글록이 눈 위로 떨어져 거의 자취를 감춘다.

엎드린 채 고개를 들어보니 브래디 하츠필드보다 훨씬 키가 큰 남자가 미동조차 없는 홀리의 앞에 서 있다. 스키 마스크와 야간용 고글을 쓰고 있다.

'우리가 숲속에서 나오자마자 보였겠군.' 호지스는 멍하니 생각한

다. '숲속에 있을 때부터 보였을지도 몰라. 내가 홀리의 장갑을 끼고 있었을 때.'

"안녕하신가, 호지스 형사."

호지스는 아무 대꾸도 하지 않는다. 홀리가 살아 있는지, 살아 있다면 방금 전의 충격에서 완전히 회복할 수 있을지 궁금할 따름이다. 하지만 그건 바보 같은 상상이다. 브래디가 회복할 기회를 줄 리가 없다.

"나랑 같이 안으로 들어가 줘야겠어." 브래디가 말한다. "관건은 이 여자를 데리고 가느냐 아니면 얼음과자가 되도록 여기 그냥 내버려두느냐 하는 건데." 그러더니 호지스의 생각을 읽기라도 한 것처럼(호지스도 알다시피 그에게는 그럴 능력이 있다.) 이렇게 덧붙인다. "아, 살아 있어, 아직은. 등이 올라왔다 내려갔다 하는 게 보이거든. 하지만 머리를 그렇게 세게 맞은 다음 얼굴을 눈 속에 박고서 얼마나 버틸 수 있을지 아무도 모를 일이지."

"내가 안고 가겠다."

호지스는 말한다. 아무리 고통스럽더라도 그렇게 할 것이다.

"좋아."

고민의 여지없이 튀어나온 대답을 듣고, 호지스는 브래디가 예상했고 바라던 대로 됐음을 알아차린다. 그가 한 수 위다. 처음부터 그랬다. 그런데 그게 누구 잘못일까?

'나. 전적으로 내 잘못이지. 또다시 론 레인저 놀이를 하다가 이렇게 된 건데…… 어쩔 방법이 없었잖아. 누가 그 말을 믿었겠느냐고.'

"여자를 들어." 브래디가 말한다. "할 수 있는지 모르겠네. 왜냐하면 네 얼굴이 지금 똥색이거든."

호지스는 홀리 밑으로 두 팔을 넣는다. 숲속에서 넘어졌을 때는 혼자 일어나지도 못했지만 지금은 남은 힘을 모두 모아서 축 늘어진 그녀의 몸을 용상으로 들어올린다. 비틀거리며 주저앉을 뻔하지만 다시 중심을 잡는다. 불붙은 화살은 사라졌다. 그의 안에서 활활 타오른 산불에 닿아 잿더미로 변했다. 하지만 그는 그녀를 품에 안는다.

"훌륭해." 브래디는 진심으로 감탄하는 목소리다. "이제 여자를 집 안으로 옮길 수 있는지 볼까?"

어찌어찌 호지스는 해낸다.

31

벽난로 장작이 이글거리며 숨 막히는 열기를 뿜어내고 있다. 빌려 쓴 모자에서 녹은 눈이 진창처럼 얼굴 위로 흘러내리는 가운데 호지스는 숨을 헐떡이며 거실 중간까지 가서 무릎을 꿇는다. 부러진 팔목이 소시지처럼 부풀어 올랐기에 팔꿈치 안쪽으로 홀리의 목을 받쳐야 한다. 홀리의 머리가 딱딱한 마룻바닥에 부딪치지 않도록 내려놓는 데 성공한다. 다행이다. 그녀의 머리는 오늘 저녁에 충분히 학대당했다.

브래디는 외투와 야간용 고글과 스키 마스크를 벗었다. 배비노의 얼굴과 배비노의 백발(평소와 다르게 엉망이다.)이지만 분명 브래디 하츠필드다. 호지스의 마지막 의구심이 사라진다.

"저 여자도 총을 들고 왔나?"

"아니."

펠릭스 배비노의 얼굴을 한 남자는 미소를 짓는다.

"내가 어쩔 작정인지 알려 줄까, 빌? 주머니를 뒤져서 총이 나오면 그걸로 쏴서 이 여자의 궁둥이를 옆 주로 날려 버릴 거야. 어때?"

"38구경이야. 오른손잡이니까 들고 왔다면 외투 오른쪽 앞주머니에 있을 거다."

브래디는 스카의 방아쇠에 한 손가락을 얹고 개머리판을 오른쪽 가슴에 대서 호지스를 겨눈 채 허리를 숙인다. 리볼버를 찾아서 잠깐 들여다본 다음 잘록한 허리춤에 꽂는다. 호지스는 통증과 절망감을 견디는 와중에도 그걸 보고 속으로 비웃음을 흘린다. 브래디는 수백 편의 TV 프로그램과 액션 영화에서 본 악당 흉내를 내는 거겠지만 납작한 자동 권총이나 허리춤에 꽂는 거다.

털 깔개 위에 누운 홀리가 목젖 깊숙한 곳에서 코 고는 소리를 낸다. 한쪽 발이 경련을 일으켰다가 잠잠해진다.

"너는? 너는 다른 무기 또 안 들고 왔어? 너도나도 좋아하는 여분의 권총을 발목에 차고 왔다든지."

호지스는 고개를 젓는다.

"혹시 모르니까 바지춤을 들어서 보여 줄래?"

호지스는 바지춤을 들어서 눈에 젖은 신발과 축축한 양말 말고는 아무것도 없다는 것을 보여준다.

"좋아. 이제 외투를 벗어서 소파 위로 던져."

호지스는 지퍼를 열고 조용히 외투를 벗는 데는 성공하지만 소파 위로 던지는 순간 쇠뿔이 사타구니에서 심장 쪽으로 그를 들이받자 신음소리를 낸다.

배비노의 눈이 동그래진다.

"정말 아픈 거야 아니면 연극이야? 진짜야 아니면 설정이야? 살이 많이 빠진 걸로 보면 진짜인 것 같은데. 무슨 일이야, 호지스 형사? 어떻게 된 거야?"

"암이야. 췌장암."

"아이쿠, 안됐네. 슈퍼맨도 그건 때려눕히지 못할 텐데. 하지만 기운 내. 내가 고통의 시간을 단축시켜줄 수 있을지 모르니까."

"나는 네 마음대로 해도 좋아. 저 여자만 건드리지 말아 주었으면 한다."

브래디는 지대한 호기심이 담긴 눈빛으로 바닥 위에 누워 있는 여자를 쳐다본다.

"설마하니 이 여자가 내 머리라고 불렸던 그 부위를 박살낸 장본인은 아니겠지?"

이렇게 말하고 보니 우스운지 그는 웃음을 터뜨린다.

"아니." 심박 조율기가 달린 심장이 힘겹게 한 번 뛸 때마다 세상이 카메라 렌즈처럼 점점 작아졌다가 점점 커진다. "너를 내리친 사람은 홀리 기브니였어. 지금은 오하이오로 돌아가서 부모님과 함께 살고 있지. 이 여자는 내 조수 카라 윈스턴이야."

난데없이 그 이름이 떠오르자 그는 일말의 망설임도 없이 내뱉는다.

"조수가 목숨이 걸린 임무에 따라왔다고? 조금 안 믿기는데."

502

"보너스를 주겠다고 약속했거든. 돈이 필요한 상황이라."

"잔디 깎아 주던 그 검둥이는 어디 있지?"

호지스는 제롬이 도시에 있다고, 브래디가 사냥 캠프장에 있을지 모른다는 걸 안다고, 그 정보를 조만간 경찰에 넘길 거라고, 어쩌면 벌써 넘겼을지 모른다고 사실대로 얘기할까 잠깐 고민한다. 하지만 그런 말로 브래디를 저지할 수 있을까? 절대 아니다.

"제롬은 애리조나에서 집을 짓고 있다. 다른 해비타트 회원들과 함께."

"봉사정신이 투철하군그래. 너랑 같이 와 주길 바랐는데. 동생은 얼마나 다쳤지?"

"다리가 부러졌어. 조만간 멀쩡하게 나아서 걸어 다닐 수 있을 거다."

"아쉬워라."

"그 아이도 너의 시범 케이스 중 한 명이었지?"

"맞아, 오리지널 재핏을 받았으니까. 전부 합해서 열두 대였거든. 세상에 말씀을 전파하러 나선 열두 명의 사도였다고 할까? TV 앞 의자에 앉아라, 호지스 형사."

"싫은데. 내가 좋아하는 프로그램은 전부 월요일에 하거든."

브래디는 깍듯하게 미소를 짓는다.

"앉아."

호지스는 성한 쪽 손으로 의자 옆 테이블을 짚으며 앉는다. 몸을 숙이는 게 고역이지만 일단 자리에 앉자 통증이 조금 덜하다. TV가 꺼져 있지만 그는 그래도 TV 화면을 쳐다본다.

"카메라가 어디 달려 있었지?"

"갈림길이 시작되는 기둥. 화살표 위에. 그걸 못 보고 지나쳤다고 자책할 건 없어. 눈으로 덮여서 렌즈밖에 안 보였는데 그때쯤 너는 전조등을 꺼 놓고 있었거든."

"네 안에 배비노가 조금이라도 남아 있나?"

그는 어깨를 으쓱한다.

"여기저기 조금씩. 자기가 아직 살아 있다고 생각하는 부분이 어쩌다 한 번씩 비명을 지르기는 해. 조만간 멈추겠지."

"맙소사." 호지스는 중얼거린다.

브래디는 스카 총신을 허벅지에 대고 계속 호지스를 겨누며 한쪽 무릎을 꿇고 앉는다. 홀리의 외투 뒷덜미를 당겨서 상표를 확인한다.

"H. 기브니. 유성 매직으로 적었네. 아주 깔끔하게. 빨아도 지워지지 않게. 나는 자기 물건을 간수 잘하는 사람이 좋더라."

호지스는 눈을 감는다. 고통이 너무 극심해서 그걸 없앨 수만 있다면, 앞으로 벌어질 일을 면할 수만 있다면 뭐든 줘도 아깝지 않겠다. 그냥 자고 자고 또 잘 수만 있다면 뭐든 줘도 아깝지 않겠다. 하지만 그는 다시 눈을 뜨고 억지로 브래디를 쳐다본다. 게임을 시작하면 끝장을 보아야 하기 때문이다. 그것이 게임의 법칙이다. 시작하면 끝장을 보아야 한다는 것.

"내가 앞으로 48시간 아니면 72시간 동안 할 일이 아주 많아, 호지스 형사. 그런데 그 많은 걸 미뤄 두고 너를 상대하고 있는 거야. 그 말을 들으니까 네가 특별한 존재가 된 것 같지 않아? 그런 기분을 느껴야 하는데. 왜냐하면 내가 너한테 진 빚이 워낙 많거든. 네가 나를 좀 괴롭혔어야지."

"잊어버렸나 본데 먼저 접근한 쪽은 *너*야. 한심한 소리를 늘어놓은 편지로 네가 먼저 시작했잖아. 내가 아니라. 네가."

배비노의 얼굴(나이를 먹은 연기파 배우처럼 우락부락하다.)에 먹구름이 드리워진다.

"네 말이 맞을지 몰라도 지금은 주도권을 쥐고 있는지 봐. 누가 *이겼는지* 보라고, 호지스 형사."

"세상물정 모르는 어리석은 아이들을 몇 명 자살하게 만든 걸 승리로 간주할 수 있다면 네가 승자겠지. 내가 보기에는 투수를 삼진아웃시키는 정도의 난이도이지만."

"관건은 통제야! 내가 통제권을 쥔 거라고! 네가 나를 저지하려고 했지만 못 했잖아! 저지할 수가 없었잖아! 이 여자도 마찬가지고!" 그는 홀리의 옆구리를 걷어찬다. 그녀의 몸이 연체동물처럼 벽난로 쪽으로 반쯤 굴러갔다가 다시 굴러 내려온다. 얼굴은 흙빛이고 감은 눈은 안으로 움푹 들어갔다. "이 여자 덕분에 나는 더 훌륭해졌어! 예전보다 더 훌륭해졌어!"

"그럼 *그만 좀 걷어차!*" 호지스는 고함을 지른다.

분노하고 흥분한 브래디 때문에 배비노의 얼굴이 벌게진다. 손으로는 소총을 으스러져라 쥐고 있다. 그가 침착하게 심호흡을 한 번 하고 또 한 번 한다. 그러고는 미소를 짓는다.

"기브니 양한테 마음이 있군그래, 맞지?" 그가 이번에는 그녀의 엉덩이를 걷어찬다. "이 여자를 따먹고 있어? 그래? 얼굴은 별 볼일 없어 보인다만 네 또래 남자는 찬 밥, 더운 밥 가릴 처지가 아니겠지. 예전에 그런 말도 있었잖아. 국기로 여자의 얼굴을 덮고 조국의 영광을 위해 따먹어라."

그는 홀리를 다시 한 번 걷어차고 호지스를 향해 이를 드러낸다. 미소라고 지은 표정일까.

"예전에 나더러 어머니랑 잤느냐고 물은 적이 있었지, 기억해? 내 병실로 찾아와서는 이 세상에서 유일하게 나한테 눈곱만큼이나마 애정을 보였던 사람이랑 잤느냐고 물었잖아. 화끈해 보였다는 둥, 밝히는 엄마였느냐는 둥 하면서. 나더러 연기냐고 묻기도 했지? 고통스러워했으면 좋겠다고 했고. 그러면 나는 가만히 앉아서 듣고만 있어야 했어."

그는 가엾은 홀리를 다시 걷어찰 준비를 하고 있다. 호지스는 그의 주의를 딴 데로 돌리기 위해 이야기를 꺼낸다.

"간호사가 있었잖아. 새디 맥도널드. 그녀도 너의 부추김에 넘어가서 자살을 한 거냐? 그렇지? 맞지? 그녀가 첫 타자였지?"

브래디는 그 소리를 듣고 좋아하며 돈을 들인 배비노의 치열을 좀 전보다 더 많이 드러낸다.

"식은 죽 먹기였지. 늘 그래. 안으로 들어가서 레버를 당기기만 하면 되거든."

"어떻게 그게 된다는 거냐, 브래디? 어떻게 안으로 들어간다는 거야? 선라이즈 솔루션스에서 그 많은 재핏을 무슨 수로 입수해서 개조한 거야? 아, 그리고 웹사이트도 있지?"

브래디는 웃음을 터뜨린다.

"탐정 소설을 너무 많이 읽은 모양이로군. 거기에서는 지원군이 도착할 때까지 사설탐정이 광기 어린 살인범에게 계속 말을 시키지. 아니면 살인범이 딴 데 정신을 팔 때까지 기다렸다가 덮쳐서 총을 빼앗든지. 지금은 지원군이 도착할 가능성도 없고 너는 금붕어하고도 몸싸움을 벌일 기운이 없어 보이는데? 게다가 어떻게 된 일인지 이미 대부분 알고 있잖아. 알고 있으니까 찾아온 거겠지. 프레디가 아는 걸 모조리 실토했을 텐데. 스나이들리 위플래시(『폭소 기마특공대』에 등장하는 전형적인 악당—옮긴이) 같은 소리 늘어놓긴 싫지만 대가를 치르게 될 거야. 결국에는."

"웹사이트는 자기가 만든 게 아니라고 하던데."

"그 친구의 도움이 필요 없었거든. 배비노의 서재에서 배비노의 노트북으로 내가 직접 만들었지. 217호실에서 휴가를 나왔을 때."

"그럼……"

"입 닥쳐. 옆에 있는 테이블 보이지, 호지스 형사?"

사이드보드와 같은 체리목으로 비싸 보이지만, 받침 없이 내려놓은 유리잔 때문에 희미해진 동그라미 무늬로 뒤덮였다. 이 집의 주인들은 수술실에서는 꼼꼼한 의사일지 몰라도 여기서는 칠칠치 못했다. 테이블 위에 지금은 TV 리모컨과 해골 모양의 도자기 연필꽂이가 놓여 있다.

"서랍을 열어."

호지스는 그가 시키는 대로 한다. 휴 로리가 표지 모델인 해묵은 《TV 가이드》 위에 분홍색 재핏 커맨더가 놓여 있다.

"그걸 꺼내서 켜."

"싫다."

"좋아. 그럼 기브니 양을 해치워야겠군." 그는 스카의 총신을 낮추어서 홀리의 뒷덜미를 겨눈다. "완전 자동 모드라 머리가 산산조각이 날 거야. 벽난로까지 날아가려나? 같이 알아보자고."

"알았어." 호지스가 말한다. "알았어, 알았어, 알았어. 그만해."

그는 재핏을 꺼내서 윗면에 달린 버튼을 누른다. 시작 화면이 켜지고 빨간색 Z의 사선 부분이 화면을 가득 메운다. 그 화면을 옆으로 넘겨서 게임에 접속하라고 한다. 그는 브래디가 옆구리를 찌르지 않아도 게임기에서 시키는 대로 한다. 땀이 기름처럼 얼굴 위로 쏟아진다. 살면서 이렇게 더운 적이 없었다. 맥박이 뛸 때마다 부러진 손목이 욱신거린다.

"피싱 홀 아이콘 보이지?"

"응."

피싱 홀을 시작하는 것이야말로 가장 멀리하고 싶은 일이지만, 부러진 손목과 부풀어 올라서 지끈거리는 위장을 달래며 가만히 앉아서 굵직한 총알이 홀리의 가녀린 몸과 머리를 분리하는 광경을 지켜보는 것과 비교하면 얘기가 달라진다. 게다가 어디에선가 읽은 바에 따르면 거부하기로 작정한 사람은 최면에 걸리지 않는다고 했다. 다이나 스코트의 게임기에 하마터면 넘어갈 뻔한 적 있기는 하지만 그때 그는 무방비한 상태였다. 지금은 다르다. 최면에 걸렸다고 브래디를 착각하게 만들 수 있다면 어쩌면…… 어쩌면…….

"방법은 이미 알고 있지?" 브래디가 말한다. 거미줄에 불을 지르려는 아이처럼 눈을 초롱초롱 반짝이고 있다. 거미는 어떤 반응을 보일까? 이글거리는 거미줄 위에서 종종걸음 치며 빠져나갈 구멍을

508

찾을까 아니면 그냥 불길에 몸을 맡길까? "아이콘을 터치해. 그럼 물고기들이 헤엄치고 노래가 나올 거야. 분홍색 물고기를 터치할 때마다 숫자가 합산될 거야. 120초 안에 120점을 넘으면 돼. 성공하면 기브니 양을 살려 주겠어. 실패하면 이 자동소총의 능력이 어느 정도인지 알게 될 테고. 배비노는 예전에 이걸로 콘크리트 블록 더미를 부수는 걸 본 적이 있거든. 그러니까 인간의 살은 어떻게 될지 상상에 맡길게."

"내가 5000점을 기록한들 그녀를 살려 둘 리 없잖아. 네 말은 절대 믿지 않아."

브래디는 화가 난 척 배비노의 파란 눈을 동그랗게 뜬다.

"믿어야지! 내 앞에서 대자로 뻗은 이년 덕분에 내가 이 모양 이 꼴이 되었는데! 최소한 목숨 정도는 살려 줘야 예의 아니겠어? 뇌출혈로 이미 죽었다면 어쩔 수 없지만. 이제 시간 벌려는 수작은 집어치우고 얼른 게임이나 해. 아이콘을 터치하자마자 120초가 시작되는 거다."

호지스는 어쩔 수 없이 아이콘을 터치한다. 화면이 깨끗하게 지워졌다가 눈이 부실 정도로 파란 불빛이 번쩍이는가 싶더니 등장한 물고기들이 은색의 거품을 보글거리며 좌우, 위아래, 지그재그로 헤엄친다. 노래가 뚱땅뚱땅 흘러나오기 시작한다. *바닷가에서, 바닷가에서, 아름다운 바닷가에서……*.

하지만 단순한 음악이 아니라 그 안에 메시지가 섞여 있다. 파란 불빛에도 메시지가 섞여 있다.

"10초 지났다. 째깍, 째깍."

호지스는 분홍색 물고기를 잡으려고 하지만 실패한다. 오른손잡이라 화면을 터치할 때마다 손목의 욱신거림이 점점 더 심해진다. 하지만 사타구니에서 목구멍까지 이글거리는 고통에 비하면 아무것도 아니다. 세 번째 만에 분홍이(그가 지어서 붙인 별명이다.)를 잡는 데 성공하자 물고기가 숫자 5로 바뀐다. 그가 큰 소리로 숫자를 외친다.

"20초 동안 겨우 5점?" 브래디가 되묻는다. "좀 더 분발해야겠는데요, 형사님."

호지스는 눈을 상하좌우로 움직이며 더욱 빠르게 화면을 터치한다. 이제는 적응이 됐기 때문에 파란 불빛이 번쩍여도 실눈을 뜨지 않는다. 게임도 점점 쉬워진다. 물고기들이 이제는 좀 더 커지고 느려진 것처럼 느껴진다. 음악소리도 전보다 귀에 거슬리지 않는다. 왠지 모르겠지만 좀 더 풍성하게 들린다. *그대와 나, 그대와 나, 오 얼마나 행복할까.* 브래디가 노래를 따라 부르고 있는 걸까 아니면 그의 착각일까? 진짜일까 아니면 설정일까? 지금은 고민할 겨를이 없다. *시간이 쏜살같이 흐르고 있다.*

7점짜리, 4점짜리에 이어서 12점까지 잭팟이 터진다. 그가 말한다. "이제 27점이야."

맞나? 숫자 감각을 점점 잃어 가고 있다.

브래디는 아무 대꾸도 하지 않고 "80초 남았어."라고 할 뿐이다. 그런데 긴 복도 저쪽 끝에서 나는 소리인 양 살짝 울리는 것처럼 느껴진다. 이와 더불어 놀라운 현상이 벌어진다. 위장의 통증이 점차 사라지기 시작한 것이다.

'와우.' 그는 생각한다. '의사협회에 이 사실을 알려야겠는데?'

분홍색 물고기를 또 한 마리 잡자 2로 변한다. 실망스러운 숫자이지만 분홍색 물고기는 많다. 많고 많다.

바로 그때 손가락 비슷한 것이 그의 머릿속을 조심스럽게 헤집는 것이 느껴지는데 그의 착각이 아니다. 그가 침범당하고 있는 것이다. *식은 죽 먹기였지.* 브래디는 맥도널드 간호사에 대해서 이렇게 얘기했다. *늘 그래. 안으로 들어가서 레버를 당기기만 하면 되거든.*

브래디가 언제 그의 레버를 당길까?

'배비노의 안으로 뛰어들었던 것처럼 내 안으로 뛰어들었군.' 호지스는 이렇게 생각하지만…… 이 깨달음조차 목소리나 음악과 마찬가지로 긴 복도 저 끝에서 전해지는 것처럼 느껴진다. 그 복도 끝에 217호실로 들어가는 문이 있는데 그 문이 열려 있다.

왜 그러는 걸까? 왜 암세포 공장으로 바뀐 몸 속으로 들어오려고 하는 걸까? 내가 홀리를 죽여 주길 바라기 때문이지. 하지만 총을 쥐여 주지는 않을 거야. 나를 절대 믿지 못할 테니까. 손목이 부러진 이 손으로 그녀의 목을 조르게 할 거야. 그런 다음 내가 저지른 짓을 대면하게 할 테지.

"실력이 점점 좋아지고 있어, 호지스 형사. 1분 남았다. 긴장 풀고 계속 터치해. 긴장을 풀면 좀 더 쉬워져."

이제는 목소리가 복도 저 끝에서 들리지 않는다. 브래디가 그의 바로 앞에 서 있는데도 머나먼 은하계에서 들리는 것처럼 느껴진다. 브래디가 허리를 숙이고 호지스의 얼굴을 열심히 들여다본다. 그들 사이에는 헤엄치는 물고기들만 존재한다. 분홍이, 파랑이 그리고 빨강이. 호지스가 피싱 홀 안으로 들어왔기 때문이다. 다만 여기는 수족관이고 그는 물고기다. 조만간 그는 잡아먹힐 것이다. 산 채로 잡아먹힐 것이다. "뭐 해, 빌리 보이. 분홍색 물고기를 터치해야지!"

'그가 내 안으로 들어오도록 내버려둘 수는 없어.' 호지스는 생각한다. '하지만 들어오지 못하게 막을 수도 없네.'

그가 분홍색 물고기를 건드리자 9로 바뀌고, 이제는 그냥 손가락이 아니라 제삼자의 의식이 그의 머릿속으로 스며들어온다. 물속의 잉크처럼 번진다. 호지스는 반항하려 하지만 질 거라는 것을 안다. 쳐들어오는 기세가 어마어마하다.

바닷가에서, 바닷가에서, 아름다운 바⋯⋯

바로 옆에서 유리창이 깨진다. 그 뒤를 이어서 남자아이들의 명랑한 합창 소리가 들린다. **"홈런이다!"**

전혀 뜻밖의 깜짝 사건으로 인해 호지스와 하츠필드를 잇는 선이 끊어진다. 호지스가 의자에 앉은 채 몸을 홱 하니 뒤로 빼며 올려다보니 브래디가 놀라서 눈을 동그랗게 뜨고 입을 벌린 채 소파 쪽으로 몸을 돌리고 있다. 그의 허리춤에 살짝 꽂혀 있던(탄창 때문에 그 이상 들어가지 않는다.) 빅토리 38구경이 허리띠 밖으로 빠져나와 곰가죽 위로 떨어진다.

호지스는 주저 없이 재핏을 벽난로 안으로 던진다.

"뭐하는 거야!" 브래디가 고개를 돌리며 으르렁거린다. 스카를 치켜든다. *"씨발, 뭐하는⋯⋯"*

호지스는 가장 가까이에 있는 물건을 집어든다. 38구경이 아니라 연필꽂이지만 그의 왼쪽 손목에는 아무 문제가 없고 사정거리가 짧다. 그가 던진 연필꽂이는 브래디가 훔친 얼굴의 정중앙을 강타한다. 도자기로 된 해골이 산산이 부서진다. 브래디는 비명을 지르고 (아프기도 하지만 그보다는 충격 때문이다.) 코피가 콸콸 쏟아져 나온다. 그가 스카를 치켜들려고 하자 호지스는 쇠뿔로 들이받히는 듯한 통증을 누르며 두 발을 뻗어 브래디의 가슴을 가격한다. 브래디는 뒷걸음질을 치며 중심을 잡는가 싶더니 무릎방석에 걸려서 곰 가죽 위로 넘어진다.

호지스는 의자에서 벌떡 일어나려고 하지만 곁에 있던 테이블만 넘어뜨리고 그만이다. 그가 무릎으로 바닥을 찧는 동안 브래디가 스카의 방향을 돌리며 일어나 앉는다. 그가 스카로 호지스를 겨누지도 못했을 때 총성이 들리고 브래디가 다시 비명을 지른다. 이번에는 온전히 아파서 지른 비명이다. 그는 셔츠에 뚫린 구멍 사이로 피가 흘러나오는 자기 어깨를 믿기지 않는다는 눈빛으로 쳐다본다.

홀리가 일어나서 앉아 있다. 왼쪽 눈 위, 프레디의 이마와 거의 비슷한 위치에 섬뜩하게 멍이 들었다. 그쪽 눈은 온통 충혈이 돼서 시뻘겋지만 다른 쪽 눈은 또렷하게 반짝인다. 그녀가 빅토리 38구경을 두 손으로 쥐고 있다.

"*한 번 더 쏴요!*" 호지스는 고함을 지른다. "*한 번 더 쏴요, 홀리!*"

브래디가 한 손으로는 어깨에 난 상처를 누르고 다른 손으로는 스카를 잡고 놀라서 힘이 풀린 얼굴로 휘청거리며 일어나는 동안 홀리가 다시 한 번 방아쇠를 당긴다. 이번에는 너무 높게 날아간 총탄이 이글거리는 벽난로 위에 달린 자연석 굴뚝에 맞고 튕긴다.

"그만해!" 브래디가 고개를 수그리며 소리친다. 그와 동시에 스카를 들려고 애를 쓴다. "그만해, 이 나쁜 년……"

홀리가 세 번째로 방아쇠를 당긴다. 브래디의 셔츠 소매가 씰룩거리고 그가 꽥 하고 비명을 지른다. 총알이 그의 팔에 또다시 명중했는지 호지스로서는 알 길이 없지만 상처를 낸 것만큼은 분명하다.

호지스는 일어나서 또다시 자동 소총을 들어 올리려고 끙끙대는 브래디를 향해 달려가려고 한다. 하지만 터벅터벅 다가가는 게 고작이다.

"당신이 앞을 막고 있어요!" 홀리가 외친다. "빌, 당신이 길을 막고 있다고요, 망할!"

호지스는 무릎을 꿇고 고개를 숙인다. 브래디는 몸을 돌려서 달아난다. 38구경이 포효한다. 브래디 오른쪽으로 30센티미터 떨어진 문틀에서 나뭇조각들이 튀어 오른다. 앞문이 열리면서 그가 사라진다. 차가운 공기가 쏟아져 들어오자 장작불이 신이 나서 너울거린다.

"놓쳤어요!!" 홀리가 괴로워하며 소리를 지른다. "아무짝에도 쓸모없는 한심한 것! 아무짝에도 쓸모없는 한심한 것!"

그녀는 빅토리를 내려놓고 자기 얼굴을 때린다.

호지스는 다시 때리지 못하게 그녀의 손을 잡고 옆에 무릎을 꿇고 앉는다.

"아니에요, 최소한 한 번은 맞혔잖아요. 두 번일 수도 있고. 당신 덕분에 우리가 지금까지 목숨을 부지한 거예요."

하지만 얼마나 버틸 수 있을까? 브래디는 그 빌어먹을 소총을 들고 갔고 여분의 탄창까지 챙겼을지 모른다. 호지스는 스카 17로 콘크리트 블록을 부술 수 있었다던 그의 말이 거짓말이 아니라는 것을 안다. 빅토리 카운티의 황야에 개설된 사설 사격장에서 HK 416이라는 그와 비슷한 공격용 소총이 똑같은 광경을 연출하는 것을 그도 본 적이 있었다. 피트와 함께 찾아간 길이라 돌아오는 길에 두 사람은 HK가 경찰에 지급되어야 한다는 농담을 주고받았다.

"이제 어떻게 해요?" 홀리가 묻는다. "이제 우리 어떻게 해요?"

호지스는 38구경을 집어서 탄창을 확인한다. 총알이 두 개 남아있는데 38구경은 어차피 단거리용이다. 홀리는 최소한 뇌진탕 감이고 그는 불구나 다름없다. 그들에게 기회가 주어졌지만 브래디가 무사히 빠져나갔다는 것. 이것이 쓰라린 진실이다.

그는 그녀를 끌어안으며 말한다.

"모르겠어요."

"숨어야 하는 거 아니에요?"

"그래봐야 소용없을 것 같아요."

그는 이유를 밝히지는 않고, 다행히 그녀는 이유를 묻지 않는다. 그래봐야 소용없는 이유는 그의 안에 브래디가 조금이나마 남아 있을지 모르기 때문이다. 조만간 사라지겠지만 지금 당장은 유도등이나 다름없을 만큼 선명하지 않을까 싶다.

32

브래디는 눈을 휘둥그레 뜨고 쿵쾅거리는 배비노의 63년 된 심장을 달래며 정강이까지 쌓인 눈밭을 헤집고 비척비척 걷는다. 혀에서

쇠 맛이 느껴지고 어깨는 화끈거리는데 그의 머릿속을 끊임없이 맴도는 생각은 이것이다. *개 같은 년, 개 같은 년, 뒤통수치는 더러운 년, 기회가 있었을 때 왜 죽이지 않고 살려 뒀을까?*

재핏도 없어져 버렸다. 들고 온 게 그 믿음직한 재핏 0호기 한 대뿐이었는데. 그게 없으면 활성화된 재핏을 들여다보고 있는 아이들에게 접근할 방법이 없다. 그는 칼바람이 불고 눈보라가 날리는 와중에 외투도 없이 숨을 헐떡이며 헤즈 앤드 스킨스 앞에 선다. Z보이의 자동차 열쇠가 여분의 탄창과 함께 주머니에 들어 있지만 무슨 소용일까? 그 똥차는 첫 번째 언덕을 반도 오르지 못하고 퍼져 버릴 것이다.

'그 둘을 해치워야겠어.' 그는 생각한다. '그들이 나한테 진 빚 말고 다른 이유가 생겼네. 호지스가 타고 온 SUV가 여기서 탈출할 수 있는 유일한 방법인데 호지스 아니면 그년이 열쇠를 가지고 있겠지. 차 안에 두고 내렸을 가능성도 있지만 도박을 감행할 수는 없어. 게다가 그들을 살려 두는 셈이 되잖아.'

그는 무엇을 해야 하는지 알기에 사격 모드를 완전 자동으로 바꾼다. 스카의 개머리판을 멀쩡한 쪽 어깨에 대고 왼쪽에서부터 오른쪽으로 난사하되 그들과 마지막으로 대적했던 거실을 집중 공격한다.

총격이 밤하늘을 밝히고, 빠른 속도로 내리는 눈발을 플래시 사진처럼 바꾸어놓는다. 연거푸 이어지는 총성에 귀가 먹먹할 지경이다. 창문들이 안쪽으로 폭발한다. 물막이 판자들이 박쥐처럼 외벽에서 튀어오른다. 그가 도망치느라 반쯤 열어 놓은 앞문이 저 끝까지 열렸다가 벽에 맞고 튕겨져 나와서 다시 닫힌다. 배비노의 얼굴은 온전히 브래디의 감정인 환희에 가까운 증오심으로 일그러져 있다. 그는 뒤에서 부르릉거리며 점점 다가오는 엔진 소리도 철커덕거리는 체인벨트 소리도 듣지 못한다.

33

"엎드려요!" 호지스는 고함을 지른다. "홀리, 엎드려요!"

그는 홀리가 시키는 대로 하고 있는지 확인하려 들지 않고 그녀의 위로 몸을 날려서 그녀를 감싼다. 두 사람의 머리 위로 깨진 나뭇조각, 유리조각, 굴뚝에서 떨어져 나온 돌 부스러기들이 날아다닌다. 벽에 걸려 있던 엘크 머리가 난로 위로 떨어진다. 한쪽 유리 눈알이 윈체스터 산탄에 산산조각 나서 그들을 향해 윙크하는 것처럼 보인다. 홀리가 비명을 지른다. 사이드보드 위에 있던 술병이 대여섯 개 폭발하자 버번과 진 냄새가 진동한다. 산탄 하나가 벽난로 안에서 이글거리고 있던 장작을 때리자 장작이 둘로 쪼개지며 불똥이 위로 솟구친다.

'탄창이 더 있으면 안 되는데.' 호지스는 생각한다. '그 녀석이 아래를 조준하더라도 홀리가 아니라 나를 맞추길.' 하지만 308구경 윈체스터 산탄이 그에게 꽂히면 그녀까지 관통할 테고 그도 그렇다는 것을 안다.

총성이 멎는다. 재장전하는 걸까 아니면 총알이 다 떨어진 걸까? 진짜일까 아니면 설정일까?

"빌, 저리 가요. 숨을 못 쉬겠어요."

"참아요. 내가……"

"저게 뭐예요? 저게 무슨 소리예요?" 그녀는 이렇게 묻더니 자문자답한다. "누가 오고 있어요!"

맑아진 호지스의 귀에도 그 소리가 들린다. 처음에는 서스턴의 손자가 노인이 얘기한 스노모빌을 몰고 와서 선한 사마리아인 행세를 하려다 조만간 총에 맞아 죽겠구나 하는 생각이 든다. 하지만 아닐 수도 있다. 점점 다가오는 엔진 소리가 스노모빌이라고 하기에는 너무 묵직하다.

누르스름한 하얀색의 눈부신 빛이 경찰 헬리콥터의 조명등처럼 깨진 유리창 사이로 쏟아져 들어온다. 하지만 이건 헬리콥터 조명등이 아니다.

34

브래디는 여분으로 들고 온 탄창을 꽂는 순간 으르렁거리며 철커덕철커덕 다가오는 차량의 존재를 알아차린다. 그가 총에 맞아서 썩은 이처럼 욱신거리는 어깨를 달래며 몸을 홱 돌린 순간, 캠프장 진입로 저쪽 끝에서 거대한 실루엣이 등장한다. 전조등에 눈이 부시다. 그의 그림자가 반짝이는 눈 위로 길게 드리워진 가운데 뭔지 모를 그것이 눈덩이를 뒤로 날리며 난사당한 집을 향해 철커덕철커덕 다가온다. 그를 향해 다가온다.

그가 방아쇠를 당기자 스카에서 천둥소리가 다시 뿜어져 나온다. 이제 보니 체인벨트가 감긴 바퀴 위로 밝은 주황색의 높다란 몸체를 얹은 일종의 제설기다. 앞 유리창이 폭발하는 순간 누군가가 운전석 쪽 문을 열고 뛰어내린다.

괴물은 계속 다가온다. 브래디는 도망치려고 하지만 배비노의 비싼 구두가 눈길에 미끄러진다. 그는 점점 가까워져 오는 전조등을 빤히 쳐다보며 두 팔을 마구 내젓다가 뒤로 넘어진다. 주황색 침략군이 그를 타고 올라온다. 윙윙거리며 다가오는 체인벨트가 보인다. 그는 병실에서 블라인드와 침대시트와 화장실 문을 움직였던 것처럼 그걸 밀쳐내려고 하지만 달려드는 사자를 향해 칫솔을 들이대는 격이다. 그는 한 손을 들고 비명을 지르려고 숨을 들이마신다. 하지만 그 전에 터커 스노캣의 왼쪽 궤도가 그의 복부를 타고 넘으며 잘근잘근 씹어서 찢는다.

35

홀리는 그들을 구조하러 온 사람이 누구인지 100퍼센트 확신했기에 일말의 망설임도 없다. 그의 이름을 외치고 또 외치며, 곰보처럼 총알자국이 남은 홀을 지나 현관문 밖으로 달려나간다. 땅바닥에서 몸을 일으킨 제롬은 설탕가루를 뒤집어쓴 듯한 형상이다. 그녀는 흐느껴 울다 웃다 하며 그의 품 안으로 뛰어든다.

"어떻게 알았어? 와야 한다는 걸 어떻게 알았어?"

"제가 아니에요. 바브라였어요. 집에 간다고 전화했더니 걔가 아줌마랑 아저씨를 뒤쫓아 가야 한다고 그러더라고요. 안 그러면 브래디 손에 죽을 거라고. 걔는 '그 목소리'라고 했지만요. 거의 정신이 나간 사람 같았어요."

호지스는 비틀거리며 천천히 그들을 향해 다가가고 있지만 그들의 대화를 들을 수 있을 만한 거리에 있기에 바브라가 홀리에게 자살을 종용하던 그 목소리가 아직 머릿속에 남아 있다고 했던 걸 떠올린다. 그녀는 끈적끈적한 자국이 남기라도 한 것 같다고 했다. 호지스도 그 역겨운 생각의 점액질이 머릿속에 남았기에 그녀가 한 말의 뜻을 이해할 수 있다. 어쩌면 연결고리가 남아 있었기에 바브라는 브래디가 숨어서 기다리고 있는 것을 간파했을지 모른다.

아니면 순수하게 여자의 직감이었을 수도 있다. 사실 호지스는 그런 것들을 믿는다. 옛날 사람이라 그렇다.

"제롬." 그가 말한다. 목에 먼지가 낀 것처럼 꺽꺽대는 소리가 난다. "내 친구."

무릎이 꺾인다. 그는 쓰러진다.

제롬이 죽을 동 살 동 매달려 있는 홀리의 손을 떼어내고 호지스가 완전히 쓰러지기 전에 한 팔로 감싸 안는다.

"괜찮으세요? 그러니까…… 괜찮지 않은 건 알지만 총에 맞거나 그러지는 않았어요?"

"응." 호지스는 홀리를 한 팔로 감싸안는다. "네가 올 줄 진작부터 알았어야 하는 건데. 둘 다 내 말은 귓등으로도 안 듣잖아."

"밴드를 해체할 땐 하더라도 마지막 재결합 공연은 해야죠." 제롬이 말한다. "이제……"

왼편에서 짐승 소리가 들린다. 말이 되고 싶어 하지만 되지 못한 거친 신음소리다.

호지스는 평생 이렇게 피곤해 본 적이 없지만 신음소리가 들리는 곳으로 다가간다. 왜냐하면…….

왜냐하면.

오는 길에 홀리에게 뭐라고 했던가. 끝맺음을 선물하겠다고 하지 않았던가.

습격당한 브래디의 몸이 척추까지 갈라졌다. 내장이 붉은 용의 날개처럼 그의 주변에 널브러져 있다. 콸콸 쏟아져나오는 피가 눈 속으로 스며든다. 하지만 두 눈은 또렷하게 뜨고 있고 호지스는 당장 그 손가락들을 다시 느낄 수 있다. 이번에는 손가락들이 한가하게 더듬거리지 않는다. 미친 듯이 쑤석거린다. 호지스는 예전에 바닥을 닦던 잡역부가 이 남자의 존재를 머리 밖으로 밀어낼 때 그랬듯이 그 손가락들을 간단하게 내쫓는다.

수박씨처럼 밖으로 내뱉는다.

"살려 줘." 브래디가 속삭인다. "나를 살려 줘야 하는 거 아니야?"

"이미 가망이 없는 것 같은데." 호지스가 말한다. "너는 차에 치였어, 브래디. 그것도 엄청 무거운 차에. 이제 그게 어떤 기분인지 알겠지? 응?"

"아프네." 브래디가 속삭인다.

"그래. 그렇겠지."

"살려 주지 못할 거면 총으로 쏴 줘."

호지스가 손을 내밀자 홀리가 의사에게 메스를 건네는 간호사처럼 빅토리 38구경을 쥐여 준다. 그는 탄창을 돌려서 남아 있던 두 발의 총알 중에서 한 발을 버린다. 그러고는 탄창을 다시 제자리에 끼운다. 이제 온몸이 미칠 듯이 아프지만 그래도 그는 무릎을 꿇고 앉아서 그의 아버지가 썼던 총을 브래디의 손에 쥐여 준다.

"네가 해." 그가 말한다. "늘 꿈꿨던 거잖아."

브래디가 마지막 한 발로 호지스를 겨냥할 경우를 대비해서 제롬이 옆을 지킨다. 하지만 브래디는 호지스를 겨냥하지 않는다. 자기 머리를 조준하려고 하지만 잘 되지 않는다. 팔을 움찔거리기만 할 뿐 들어 올리질 못한다. 그가 다시 신음소리를 낸다. 핏물이 아랫입술을 타고 흐르고, 깔끔하게 씌운 펠릭스 배비노의 잇새로 배어나온다. '녀석이 시티 센터에서 저지른 짓과 밍고 대강당에서 저지르려고 했던 짓과 오늘 작동시킨 자살 기계에 대해서 모르는 사람 눈에는 딱하게 보일 수도 있겠네.' 호지스는 생각한다. 숙주가 결딴났으니 그 기계도 점점 느려지다 멈추겠지만 그래도 우울한 청춘을 몇 명 더 집어삼킨 다음의 이야기일 것이다. 호지스는 그럴 거라고 장담할 수 있다. 자살에는 고통이 따를지 몰라도 전염성이 있다.

'녀석이 괴물이 아니면 딱하게 보일 수도 있겠어.' 호지스는 생각한다.

홀리가 무릎을 꿇고 앉아서 브래디의 손을 들더니 총구를 그의 관자놀이에 댄다.

"자, 하츠필드 씨. 나머지는 직접 해야 해요. 주님이 당신의 영혼에 자비를 베풀어 주시길 빌게요."

"그러지 않길 바라요."

제롬이 말한다. 스노캣의 전조등에 비친 그의 얼굴은 돌처럼 딱딱하게 굳어 있다.

한참 동안 스노머신의 대형 엔진이 웅웅거리는 소리와 겨울 폭풍 유지니의 바람 소리만 들린다.

홀리가 말한다.

"맙소사. 방아쇠에 손가락을 올려놓지도 않았네. 둘 중 아무라도 나 좀 도와줘요. 나는……"

이때 총성이 들린다.

"브래디의 마지막 농간이었네요." 제롬이 말한다. "맙소사."

36

호지스에게 익스피디션까지 걸어갈 기운은 남아 있지 않지만 제롬이 완력으로 그를 스노캣 안쪽에 앉힐 수는 있다. 홀리는 그와 함께 나란히 바깥쪽에 앉는다. 제롬이 운전석에 올라타 기어를 넣는다. 그는 후진을 한 다음 배비노의 잔해를 빙 돌아서 가지만 홀리에게 최소한 맨 첫 번째 언덕 꼭대기에 도착할 때까지 뒤를 돌아보지 말라고 한다.

"우리가 핏자국을 남기고 있거든요."

"으웩."

"맞아요." 제롬이 말한다. "으웩할 일이죠."

"서스턴은 스노모빌이 있다고만 했지 셔먼 탱크(제2차 세계대전 때 사용되었던 탱크 — 옮긴이)가 있다고는 하지 않았는데."

"이건 터커 스노캣(남극 종단에 이용될 정도로 유명한 설상차 — 옮긴이)이에요. 아저씨는 마스터카드를 담보로 맡기지 않았잖아요. 깡촌까지 저를 무사히 실어다 준 훌륭한 지프 랭글러도 맡기지 않았고요."

"그 사람 죽은 거 맞아요?" 홀리가 묻는다. 창백한 얼굴을 돌려서 호지스를 올려다보고 있는데, 이마에 생긴 큼지막한 혹이 고동치는 것처럼 보인다. "정말로 확실해요?"

"자기 머리를 쏘는 거 봤잖아요."

"봤죠. 그래도 죽은 거 맞아요? 정말로 확실해요?"

사실 아직은 그렇다고 대답할 수 없다. 그가 많은 사람들의 머릿속에 남겼을지 모르는 끈적끈적한 자국이 인간의 놀라운 자기 치유 능력으로 완전히 씻기기 전에는. 하지만 바깥세상에서는 1주일이 지나면, 한 달이 지나면 브래디가 완전히 잊힐 것이다.

"맞아요." 그가 말한다. "그나저나 홀리. 그런 문자 알림 설정해 줘서 고마워요. 남자애들이 홈런이라고 외치는 거 말이에요."

그녀는 미소를 짓는다.

"누구였어요? 그 문자 말이에요."

호지스는 외투 주머니에서 어렵사리 전화기를 꺼내 확인한다.

"이럴 수가." 그는 웃음을 터뜨린다. "완전히 잊어버리고 있었네."

"뭔데요? 보여 줘요, 보여 줘요, 보여 줘요!"

그는 전화기를 기울여서 태양이 빛나고 있을 캘리포니아에서 딸 앨리슨이 보낸 문자를 보여 준다.

아빠, 생신 축하드려요! 일흔인데도 정정하신 우리 아빠! 급히 장보러 가는 길이라 나중에 전화드릴게요. 사랑해요, 앨리.

제롬이 애리조나에서 돌아온 이래 처음으로 타이런 필굿 딜라이트가 모습을 드러낸다.

"칠십이셨어유, 호지스 주인님? 아이구야! 육십다섯이래도 안 믿겠는디유!"

"그만해, 제롬." 홀리가 말한다. "너는 재미있는 모양이지만 아주 무식하고 바보 같아 보여."

호지스는 웃음을 터뜨린다. 웃으면 아프지만 어쩔 수가 없다. 그는 서스턴 주유소로 가는 내내 의식의 끈을 놓지 않는다. 심지어 홀리가 불을 붙여서 건네준 마리화나를 가볍게 몇 모금 피우기까지 한다. 그러고 났을 때 어둠이 스며들기 시작한다.

'이게 끝일 수도 있겠어.' 그는 생각한다.

'생일 축하한다.' 그는 생각한다.

그러고는 정신을 놓는다.

그후

4일 뒤

지금은 저세상 사람이 된 장기 입원 환자를 만나러 성지 순례하듯 드나들었던 예전 파트너에 비하면 피트 헌틀리는 카이너 기념 병원에 대해서 잘 모른다. 그래서 두 번(한 번은 로비 안내데스크에서, 또 한 번은 종양과 안내데스크에서)이나 문의한 끝에 호지스의 병실을 찾아가지만 가 보니 안에 아무도 없다. *아빠 생신 축하해요*라고 적힌 풍선들만 침대 가드에 묶여 있거나 천장 근처에 둥둥 떠 있을 뿐이다.

간호사 한 명이 고개를 들이밀었다가 텅 빈 침대를 쳐다보고 있는 그를 발견하고 미소를 짓는다.

"복도 끝에 있는 일광욕실로 가 보세요. 거기서 간단하게 파티를 벌이고 있거든요. 아직 끝나지 않았을 거예요."

피트는 복도를 따라 걸어간다. 천장에 채광창이 달린 일광욕실은 환자들의 기운을 북돋우기 위해서 아니면 산소를 추가로 공급하기 위해서 아니면 양쪽 모두를 위해서 만들어진 공간일 것이다. 한쪽 벽 근처에서 네 명이 카드 게임을 하고 있다. 두 명은 머리가 다 빠졌고 한 명은 팔에 링거 바늘을 꽂고 있다. 호지스는 채광장 바로 밑에서 홀리, 제롬, 바브라에게 케이크를 나누어 주고 있다. 수염을 기르는 모양인데 눈처럼 하얀색이라 피트는 아이들을 데리고 산타클로스를 만나러 쇼핑몰에 갔던 기억을 잠깐 떠올린다.

"피트!" 호지스가 미소를 지으며 그의 이름을 부른다. 그가 자리에서 일어나려고 하자 피트는 손사래를 친다. "이리 와서 케이크 좀 먹어. 앨리가 바툴스 베이커리에서 사온 거야. 어렸을 때 그 집 빵을 제일 좋아했거든."

"앨리는 어디 갔어요?"

피트는 의자를 끌고 와서 홀리 옆에 놓으며 묻는다. 홀리는 이마 왼편에 당당하게 거즈를 붙이고 있고 바브라는 한쪽 다리에 깁스를 했다. 제롬만 멀쩡하고 쌩쌩해 보이지만 사냥 캠프에서 햄버거가 될 뻔한 신세를 간신히 모면했다는 것을 피트는 안다.

"아침에 캘리포니아로 돌아갔어. 이틀밖에 시간을 낼 수가 없어서. 3월에 3주 휴가를 쓸 수 있다고, 그때 다시 오겠대. 자기 도움이 필요하면."

"좀 어때요?"

"나쁘지 않아." 호지스가 말한다. 그의 눈동자가 왼쪽 위로 움직이지만 아주 잠깐뿐이다. "세 명의 암 전문의가 달라붙었는데 첫 번째 검사 결과가 괜찮게 나왔어."

"잘됐네요." 피트는 호지스가 건네는 케이크 조각을 받아든다.

"이거 너무 많은데요."

"남자가 그 정도는 먹어 줘야지. 저기, 자네하고 이지는……"

"잘 풀었어요." 피트는 이렇게 말하면서 케이크를 한입 먹는다. "오, 맛있는데요? 혈당을 높이는 데 크림치즈를 바른 당근 케이크만 한 게 없죠."

"그럼 퇴임식은……?"

"예정대로 치러질 거예요. 공식적으로는 취소된 적 없어요. 선배가 맨 처음으로 건배를 제안해 주길 바라는 마음도 여전하고요. 그런데……"

"응, 응, 헤어진 부인이랑 지금 만나는 애인이 둘 다 참석할 테니까 너무 야한 농담은 하지 말아 달라, 이거지? 알아, 알아."

"그거 하나만 확실히 기억하면 돼요." 너무 많다고 했던 케이크 조각이 점점 작아지고 있다. 바브라는 순식간에 사라져가는 케이크를 넋 놓고 지켜본다.

"우리한테 문제가 생길까요?" 홀리가 묻는다. "그래요, 피트? 그래요?"

"아뇨. 완벽하게 무혐의예요. 내가 그 소식을 알려 주려고 온 거예요."

홀리가 안도의 한숨을 쉬며 의자에 기대앉자 이마를 덮고 있던 희끗희끗한 앞머리가 날린다.

"배비노한테 전부 뒤집어씌운 모양이네요." 제롬이 말한다.

피트는 플라스틱 포크로 제롬을 겨눈다.

"진실을 말하는구나, 젊은 제다이 전사여."

"인형극으로 유명한 프랭크 오즈가 요다의 목소리를 맡았던 거 알아요? 신기하죠?" 홀리는 이렇게 얘기하고 주위를 두리번거린다. "나는 신기하던데."

"나는 이 케이크가 신기하네요." 피트가 말한다. "조금 더 먹어도 될까요? 눈곱만큼만."

바브라가 칼을 집어서 눈곱보다 훨씬 크게 잘라 주지만 피트는 아무 소리하지 않는다. 한 입 먹고는 그녀에게 좀 어떠냐고 묻는다.

"괜찮아요." 제롬이 대신 대답한다. "남자친구도 생겼어요. 드리스 네빌이라고 유명한 농구선수예요."

"뭔 소리야, 오빠. 걔는 내 남자친구 아니야."

"꼭 남자친구처럼 들락거리던데? 네 다리가 부러진 뒤로 날마다 오잖아."

"할 얘기가 워낙 많아서 그래." 바브라는 한껏 점잖을 떤다.

피트가 말한다.

"다시 배비노 얘기로 돌아가자면 병원 행정실에서 그러는데 아내가 살해된 날 밤에 그가 뒷문으로 병원에 들어오는 장면이 보안카메라에 찍혔대요. 들어와서 관리직원용 유니폼으로 갈아입었는데, 탈의실을 뒤졌겠죠. 그러고는 나갔다가 15분이나 20분 뒤에 돌아와서 자기 옷으로 갈아입고 사라졌다더라고요."

"다른 영상은 없고?" 호지스가 묻는다. "깡통 병동이나 뭐 그런 데서 찍힌 거."

"있긴 한데 그라운드호그스 모자를 쓰고 있어서 얼굴이 잘 안 보이고 하츠필드 병실로 들어가는 장면은 찍히지 않았어요. 변호사 측에서 그 점을 물고 늘어질 수도 있겠지만 배비노가 법정에 설 일이 없으니……"

"아무도 신경 쓰지 않겠군." 호지스가 대신 말문을 맺는다.

"맞아요. 그가 모든 책임을 떠맡아 주었다고 시 경찰청과 주 경찰청에서는 기뻐해요. 이지가 좋아하니까 나도 좋고요. 우리끼리 있을 때 선배한테 그 숲속에서 죽은 사람이 정말 배비노였냐고 소심하게 물어볼 수도 있겠지만 실은 알고 싶지 않아요."

"그럼 도서관 앨은 이 시나리오에서 어떤 역할을 맡고 있는 거야?"

"아무 역할도 없어요." 피트는 종이접시를 옆으로 치운다. "어젯밤에 자살했거든요."

"맙소사. 구치소에서?"

"네."

"구치소에서 특별 감시하지 않은 거야? 이런 일이 있었는데도?"

"했죠. 수감자들은 자르거나 찌르는 데 쓰일 만한 소지품의 휴대가 금지되어 있는데 앨빈 브룩스는 어찌어찌 볼펜을 입수했나 봐요. 교도관한테 받은 것일 수도 있고 다른 수감자한테 받은 것일 수도 있겠죠. 그걸로 벽이랑 간이침대랑 자기 몸 위에다가 Z로 도배를 했어요. 그러고는 볼펜심을 꺼내서 그걸로……"

"그만하세요." 바브라가 말한다. 머리 위에서 쏟아지는 겨울 햇살을 받은 얼굴이 새하얗게 질렸다. "어떤 식이었는지 알겠으니까."

호지스가 묻는다.

"그래서…… 어떻게들 생각하는 거야? 그가 배비노의 공범이었다는 건가?"

"그의 조종을 받았다고요." 피트가 말한다. "아니면 둘 다 다른 누군가의 조종을 받았을 수도 있겠지만 거기까지 논의를 발전시키지는 말자고요. 지금 중요한 건 세 사람이 무혐의라는 거니까. 이번에는 표창장이나 공공시설 무료 이용권을 받지 못하겠지만……"

"괜찮아요." 제롬이 말한다. "저하고 홀리하고 버스를 공짜로 타고 다닐 수 있는 기간이 4년 정도 남았거든요."

"여기 있는 날 자체가 며칠 안 돼서 쓸 일도 없잖아." 바브라가 말한다. "나한테 넘겨야 하는 거 아니야?"

"양도 불가거든." 제롬이 으스대며 맞받아친다. "내가 계속 가지고 있을 거야. 너한테 넘겼다가 법적으로 문제가 생기면 어떻게 하냐? 게다가 너는 조만간 드리스랑 여기저기 돌아다닐 거 아냐. 그런데 너무 멀리 가지는 마라. 무슨 뜻인지 알지?"

"유치하기는." 바브라는 피트를 돌아본다. "지금까지 자살자가 총몇 명이에요?"

피트는 한숨을 쉰다. "지난 5일 동안 열네 명. 그중에서 아홉 명이 재핏을 가지고 있었는데 지금은 그 기계도 주인을 따라서 죽었어. 최연장자는 스물네 살, 최연소자는 열세 살. 그중 한 남자아이는 동네 주민들의 증언에 따르면 정통파 기독교도가 진보적으로 느껴질만큼 희한한 종교를 믿는 가족 출신이었어. 부모와 남동생을 같이 데려갔지. 엽총으로."

다섯 명은 한동안 아무 말도 하지 않는다. 왼쪽 테이블에서 카드게임을 하던 사람들이 무슨 이유에서인지 왁자지껄하게 웃음을 터뜨린다.

피트가 정적을 깬다.

"그리고 자살 시도자는 40명이 넘고."

제롬이 휘파람을 분다.

"그래, 나도 알아. 신문에는 소개되지 않았고 TV 방송국에서는 심지어 '살인과 난동'에서조차 미적대고 있는데 말이지." '살인과 난동'은 경찰들 사이에서 '유혈이 낭자한 곳에 특종이 있다'를 신조로 삼은 독립 방송국 WKMM을 지칭할 때 쓰는 별명이다. "하지만 자살 시도자들의 소식이 대거(어쩌면 거의 빠짐없이) 소셜 미디어 사이트를 통해 전해질 테고 그러면 새끼를 낳겠지. 나는 그런 사이트들이 정말 싫다. 그래도 진정될 거야. 자살 열풍은 늘 그렇거든."

"결국에는." 호지스가 말한다. "하지만 소셜 미디어가 있건 없건, 브래디가 있건 없건 자살은 피할 수 없는 현실이라고 해야겠지."

그는 이 말을 하면서 카드 게임을 하고 있는 환자들을, 그중에서도 두 명의 대머리를 쓱 훑어본다. 한 명은 안색이 좋지만(현재 호지스와 비슷한 수준이다.) 다른 한 명은 시체처럼 눈이 퀭하다. 호지스의 아버지가 보았더라면 한쪽 발로는 무덤을, 다른 쪽 발로는 바나나 껍질을 딛고 있는 형국이라고 했을 것이다. 문득 분노와 슬픔이라는 끔찍한 조합으로 뒤범벅되어 있어서 말로 표현하기에는 너무 복잡한 생각이 든다. 건강하고 아무 고통 없는 육신을 살 수만 있다면 영혼을 바치겠다는 사람들도 있는데 그걸 함부로 낭비하는 이유가 뭘까? 너무 맹목적이거나 너무 가슴의 상처가 많거나 너무 자기 안으로 침잠해서 육지의 어두컴컴한 구릉 너머에 내일의 태양이 있다는 것을 모르기 때문이다. 숨이 붙어 있는 한 내일의 태양은 항상 떠오

532

르기 마련인 것을.

"케이크 더 드릴까요?" 바브라가 묻는다.

"아니. 이제 그만 가야겠다. 그 전에 깁스에 내 흔적을 남겨도 될까?"

"좋아요." 바브라가 말한다. "그런데 뭔가 재치 있는 글귀를 남겨주세요."

"피트의 능력으로는 어림도 없는 일이지." 호지스가 말한다.

"말조심하세요, *커밋 선배*." 피트는 청혼을 앞둔 청년처럼 한쪽 무릎을 꿇고 바브라의 깁스 위에 조심스럽게 뭔가를 적어 내려간다. 다 쓰고 난 다음에는 일어나서 호지스를 쳐다본다. "이제 좀 어떤지 솔직하게 얘기해 보세요."

"아주 괜찮아. 약보다 훨씬 효과 좋은 진통 패치를 붙이고 있고 내일이면 퇴원이야. 내 침대가 그리워서 좀이 쑤실 지경이라니까?" 그는 말을 멈추었다가 다시 덧붙인다. "나는 이 녀석을 이기고 말 거야."

엘리베이터를 기다리는 피트에게 홀리가 다가간다.

"빌한테 큰 선물이 됐어요." 그녀가 말한다. "이렇게 찾아와 준 것도 그렇고 건배를 맡기고 싶다고 한 것도 그렇고요."

"상태가 별로 안 좋죠?"

"네." 피트가 끌어안으려고 팔을 벌리자 홀리는 뒷걸음질을 친다. 하지만 손을 잡고 살짝 누르는 정도는 허락한다. "별로 안 좋아요."

"젠장."

"맞아요, 젠장. 젠장이 딱 맞는 말이에요. 이런 병에 걸릴 이유가 없는 사람인데. 그런데 걸리고 말았으니 친구들이 곁을 지켜야 해요. 그래 줄 거죠?"

"물론이죠. 그리고 아직은 포기하지 마요, 홀리. 살아 있는 한 희망이 있다잖아요. 진부한 표현인 건 알지만……." 그는 어깨를 으쓱한다.

"*당연히* 저는 희망을 버리지 않아요. 홀리식 희망을요."

'예전처럼 희한하지는 않지만 특이한 건 여전하네.' 피트는 생각한다. 그런데 왠지 모르게 그게 마음에 든다.

"건배하면서 이상한 소리 늘어놓지 않게 입단속이나 부탁할게요."

"알았어요."

"그리고 생각해 보면…… 선배가 하츠필드보다 오래 버텼잖아요. 무슨 일이 생기더라도 그거 하나는 남겠죠."

"우리에게는 파리의 추억이 남겠죠(영화 「카사블랑카」의 명대사다―옮긴이)." 그녀는 보거트처럼 끝을 길게 늘려 가며 이렇게 말한다.

'역시 특이해. 정말 독특해.'

"저기, 기브니 씨, 당신도 건강 잘 챙겨야 해요. 무슨 일이 생기더라도. 안 그러면 선배가 싫어할 거예요."

"알아요."

홀리는 그렇게 대답하고, 제롬과 함께 생일파티 뒷정리를 하러 일광욕실로 돌아간다. 이번이 마지막은 아닐 거라고 속으로 중얼거리며 그렇게 믿으려고 한다. 100퍼센트 확신이 생기지는 않지만 그래도 여전히 홀리식 희망을 버리지 않는다.

장례식이 끝나고 이틀이 지났을 때 제롬이 약속한 대로 10시 정각에 페어론 공동 묘지로 찾아가 보니 홀리가 이미 무덤 머리맡에 무릎을 꿇고 앉아 있다. 기도를 하는 게 아니라 국화를 심고 있다. 그의 그림자가 그녀의 위로 드리워져도 고개를 들지 않는다. 누구인지 알기 때문이다. 그녀가 장례식장에서 끝까지 버틸 수 있을지 모르겠다고 했을 때 둘이서 약속한 게 이거였다. "노력은 해 볼게." 그녀는 그때 이렇게 말했다. "하지만 내가 그런 데 워낙 젬병이라. 도망쳐야 할지도 몰라."

"이게 가을에 심는 꽃이래." 그녀가 얘기한다. "내가 식물에 대해서 아는 게 별로 없어서 책을 사서 읽었어. 문장은 그저 그런데 쉽게 설명이 잘 돼 있더라."

"다행이네요."

제롬은 잔디가 시작되는 가장자리에 책상다리를 하고 앉는다.

홀리는 시선을 계속 피한 채 손으로 조심스럽게 흙을 뜬다.

"내가 도망쳐야 할지도 모른다고 했잖아. 다들 나를 쳐다보더라만 어쩔 수가 없었어. 계속 그 자리에 있으면 나더러 관을 앞에 두고 한마디 하라고 할 텐데 못 하겠더라고. 그 많은 사람들 앞에서는. 딸이 엄청 화가 났겠지?"

"아닐지도 몰라요."

"나는 장례식이 싫어. 그거 알아? 내가 여기 오게 된 것도 장례식 때문이었는데."

제롬은 알지만 아무 말도 하지 않는다. 그저 그녀에게 이야기를 맡긴다.

"이모가 돌아가셨거든. 올리비아 트릴로니의 어머니였던 이모가. 빌을 만난 게 그 장례식장이었어. 그때도 뛰쳐나와서 장례식장 뒤에 앉아서 처참한 기분을 달래며 담배를 피우고 있었는데 거기서 빌이 나를 발견했지. 무슨 뜻인지 알겠니?" 마침내 그녀가 그를 바라본다. "빌이 나를 *발견했다고*."

"알겠어요, 홀리. 알겠어요."

"그가 문을 열어 주었어. 바깥세상으로 나가는 문을. 그리고 의미 있는 일을 할 수 있는 기회를 주었어."

"그건 저도 마찬가지예요."

그녀는 화가 난 사람처럼 눈물을 닦는다.

"정말이지 너무 징글맞게 심란하다."

"그 심정은 알겠지만 아저씨는 홀리가 예전으로 돌아가길 바라지 않을 거예요. 그것만큼은 절대 바라지 않을 거예요."

"돌아가지 않아. 그가 나한테 회사를 남긴 거 알지? 보험금이나 기타 등등은 앨리한테 넘어갔지만 회사는 내 거야. 나 혼자서는 꾸려 나갈 수가 없어서 피트한테 물었어. 파트타임으로 나랑 같이 일할 생각 없느냐고."

"그랬더니 뭐래요?"

"좋대. 퇴직 생활이 벌써부터 신물 나기 시작했다면서. 잘될 거야. 내가 빚을 떼어먹고 도망간 사람들을 컴퓨터로 찾아내면 그가 출동해서 잡아오는 거지. 아니면 법정에 세우던지. 하지만 예전 같지는